Knaur.

Knaur.

Im Knaur Taschenbuch Verlag sind bereits von der Autorin erschienen:
Die Kaffeeprinzessin
Das Erbe der Kaffeeprinzessin
Die Schaustellerin

Über die Autorin:
Karin Engel lebt an der Westküste Schleswig-Holsteins, in Dithmarschen. Die Liebe hat sie an die Küste geführt, doch ihre Wurzeln liegen in Bremen, denn sie ist eine echte »Tagenbarin«, wie die gebürtigen Bremer genannt werden, deren Großeltern und Eltern ebenfalls in der Hansestadt an der Weser geboren wurden. Ihre ersten drei Romane »Die Kaffeeprinzessin«, »Das Erbe der Kaffeeprinzessin« und »Die Schaustellerin« waren große Erfolge.

Karin Engel

Die Teehändlerin

Roman

Knaur Taschenbuch Verlag

Alle Ereignisse und Personen des Romans, mit Ausnahme der historischen Gegebenheiten und Persönlichkeiten, entspringen der Phantasie der Autorin. Ähnlichkeiten mit lebenden oder verstorbenen Personen wären rein zufällig.

Besuchen Sie uns im Internet:
www.knaur.de

FSC
www.fsc.org
MIX
Papier aus verantwortungsvollen Quellen
FSC® C083411

Originalausgabe September 2011

Ein Unternehmen der Droemerschen Verlagsanstalt
Th. Knaur Nachf. GmbH & Co. KG, München

Umschlaggestaltung: ZERO Werbeagentur, München
Umschlagabbildung: Portrait of a lady holding a fan, 1898, Aviat, Jules-Charles (b.1844) / Private Collection / © Gavin Graham Gallery, London, UK / Bridgeman Berlin
Satz: Daniela Schulz, Stockdorf
Druck und Bindung: CPI – Clausen & Bosse, Leck
Printed in Germany
ISBN 978-3-426-50572-4

4 5 3

1

Behutsam, fast zärtlich zupfte Tallulah in dem Moment, da Luise, das neue Mädchen, hochrot im Gesicht die Frage herauspresste, ob die gnädige Frau grünen oder chinesischen Tee serviert wissen wollte, und daher aller Aufmerksamkeit auf sie gerichtet war, eins der Gurken-Sandwichs von den auf der Kredenz angerichteten Porzellanplatten. Die Platten waren mit einem blaugrundigen, einen Bären und ein Pferd zeigenden Phantasie-Wappen verziert und goldgerandet, die Sandwichs oblatendünn und die weiche Hundeschnauze mit der violetten Zunge und den kräftigen Zähnen geübt, Diebstähle dieser Art manierlich, schnell und unbemerkt auszuführen. Doch dieser misslang. Mit einem leisen Klatsch landete ein Teil des ersten Gangs des Nachmittagstees auf den gewachsten Eichenholzdielen. Sechs Augenpaare richteten sich auf das Tier, das die grünliche Bescherung seelenruhig vom Boden zu lecken begann.

»Augusta von der Hohenweide! Nein!« Adeline Kaysers rauher Sopran zerschnitt die Luft. An das Mädchen gerichtet und im selben Ton stieß Adeline die Worte »Grün *ist* chinesisch!« hervor, und fügte mit einem Blick in die Runde freundlich erklärend hinzu, man dürfe »niemals!« den Rufnamen eines Tieres wie eine Rüge aussprechen, »weil es auf diese Weise lernt, dem Klang zu misstrauen, was in der Folge dazu führt, dass es das Zutrauen zu seinen Menschen verliert«; besser sei es, in solchen Fällen den Zuchtnamen zu verwenden. Der Besuch aus Lüne-

burg, dankbar für ein Gesprächsthema, verfolgte den Weg der Gescholtenen vom nunmehr blankgeputzten Tatort in den rückwärtigen Teil des Salons und merkte an, dass Tallulah besser zu dem aufgeweckten Tier passe als das sperrige Von-und-Zu, unterstelle die Vokalmelodie doch eine gewisse Eigensinnigkeit. In der Tat ignorierte Tallulah Befehle konsequent, legte eine divaeske Launenhaftigkeit an den Tag – gestern wurden Post, Zeitung, Hauspantoffeln brav apportiert, heute unauffindbar versteckt und morgen vollständig zerstört – und hätte daher eigentlich eine Quelle beständigen Ärgers für Adeline Kayser sein müssen. Aber die Herrin des Hauses, von den Dienstboten wegen ihrer humorlosen Strenge gefürchtet, liebte sie zärtlich. Ein sanfter Schimmer trat in ihre blassblauen Augen, sobald sie auf der dreijährigen goldfarbenen Hovawart-Hündin ruhten, die den nachfolgenden Ereignissen zu guter Letzt und ums Haar eine ganz andere Wendung gegeben hätte. Doch davon ahnte Adeline Kayser natürlich nichts, andernfalls hätte sie das Tier bei aller Liebe vermutlich zum Teufel geschickt und den Besuch aus Lüneburg, Ursel und Walter Jürgensen und ihre Tochter Eliana, gleich hinterher.
Die drei saßen auf dem blaugestreiften Kanapee der Kaysers in Bremen, ihren angeblich sehr weit entfernten Verwandten, so weit entfernt, dass die Bande genealogisch nahezu bedeutungslos waren, aber Adeline, eine stolze hanseatische Dame, war der Meinung, Blut sei dicker als Wasser, ganz gleich, in welcher Verdünnung, und so packten die Jürgensens zweimal im Jahr, in der Adventszeit und im Sommer, die wenige gute Kleidung, die sie besaßen, in einen Pappkoffer und reisten von der Ilmenau an die Weser, um sich zwei Tage lang in Atmosphäre und

Ambiente des gehobenen Bürgertums minderbemittelt, unzulänglich und deplaziert zu fühlen.
Wie immer war auch dieses Treffen eine steife Angelegenheit, doch dieses war überstürzt zustande gekommen, ganz und gar außerplanmäßig, und zudem lag die Ahnung von etwas Feierlichem, Besonderem in der Luft.
Elianas Blick aus taubenblausanften Augen mit schweren, langbewimperten Lidern flog von ihrer Tante, wie Adeline sich trotz des undefinierbaren Verwandtschaftsgrades »der Einfachheit halber« nennen ließ, zu ihrer »Cousine« Josephine – kräftige, flachbrüstige Jugend von zwanzig Jahren, krauses schwarzes Haar um ebenmäßige ovale Züge, ein spöttischer Ausdruck in den Augen, eine frische Ausgabe ihrer Mutter, die in den letzten Jahren etwas molliger um die Taille geworden war. Die Kayserinnen, wie Ursel die beiden mitunter nannte, wenn sie glaubte, Eliana bekäme es nicht mit, hatten sich seit ihrem letzten Besuch nicht verändert. Dennoch, die Locken der Tante schienen noch akkurater gedreht und gesteckt, der Geruch der Brennschere und des Haaröls durchdringender als sonst, und überdies wurde ein veritabler »Afternoon-Tea« mit drei Gängen serviert.
Irgendetwas geht hier vor, dachte Eliana. Dann fiel ihr ein, dass ihre Mutter sie ermahnt hatte, nicht ständig die Flöhe husten zu hören, und so richtete sie ihre Aufmerksamkeit auf das Mädchen, das die entweihte Platte inzwischen abgeräumt hatte und nun damit beschäftigt war, Kuchenteller, Teetassen und Silberzeug für Kandiszucker, braunen Zucker, Sahne und Milch auf den Tischchen vor und neben dem Kanapee zu arrangieren.
Josephine zog die Nase kraus; sie hatte für das prätentiöse Getue nur Spott übrig. »Liebste Duchess«, flötete sie,

wenn sie und Eliana nach dem offiziellen Teil der Zusammenkünfte hinausgeschickt wurden, und ließ der Mutter Lieblingsgeschichte folgen, nach der die Erfindung des englischen Teerituals allen Historikern zum Trotz niemals! auf die Portugiesin Katharina von Braganza zurückzuführen sein könne, ganz gleich, ob mit dem englischen König Charles II. verheiratet oder nicht und ob das Teetrinken in Portugal im 17. Jahrhundert bereits sehr verbreitet gewesen sei oder nicht (während auf der Insel vornehmlich Bier getrunken wurde, was so manche blutrünstige Fehde erklärte). Nein, nein, diese Ehre gebühre einzig und allein der Duchess von Bedford, Hofdame Königin Victorias, die eines Tages damit begann, die hohen Damen täglich nach der Mittagsruhe zum Tee zu laden. Das war zwar hundert Jahre nach der Portugiesin, aber Josephines Mutter fand diese Version aus unerfindlichen Gründen ungleich nobler. Dass diese akademische Frage überhaupt Gegenstand tiefschürfender Überlegungen war, amüsierte Josephine; sie wurde nicht müde, über ihrer Mutter Neigung zum Royalen zu lästern – obwohl eben diese aus der Familiengeschichte gespeist wurde. Hätte das Schicksal die Schritte von Adelines Vater Gunter einst anders gelenkt, hätte Adeline einer Kaiserin huldigen dürfen, die diamantene Sterne im Haar trug und ihrem Land jenen Glanz schenkte, den das deutsche Kaiserpaar so schmerzlich vermissen ließ. Josephine war überzeugt, dass ihre Mutter viel, wenn nicht alles darum gegeben hätte, wenn das Y in ihrem Namen ein I gewesen wäre.

Die komische Vehemenz, mit der sie aus ihrer Mutter eine Witzfigur machte, war ziemlich übertrieben und vor allem nicht recht für eine Tochter, fand Eliana. Andererseits setzte die Vorstellung, dass diese Frau, der sie eine gewisse

Beklommenheit entgegenbrachte, romantische Sehnsüchte hegte, sie in ein milderes Licht.
Jetzt suchte Josephine Elianas Blick, spreizte geziert den kleinen Finger ab und zuckte mit den Mundwinkeln. Eliana verbiss sich das Lachen und sah schnell weg Richtung Kredenz, wo die Köstlichkeiten britischer Manier versammelt waren – Sandwichs, angerichtet mit zu Röschen gedrehten Salatblättern, weiche Teebrötchen, ungesüßte Schlagsahne, Orangenmarmelade mit kleinen Stücken Orangenschale darin, Malzbrot mit Rosinen, warme, mit weicher Butter bestrichene Gewürzkuchen, kandierte Früchte und mit Marzipan ummantelte Schokoladenpralinen.
Das Essen (bis auf die etwas bittere Marmelade, die Eliana nicht mochte) würde ein Genuss sein, der Tee hingegen nicht. Adeline konnte keinen anständigen Tee kochen. Sie tat den getrockneten Blättern, die nichts anderes wollten, als ihr Aroma bestens zu entfalten, Gewalt an. Eliana versuchte unbeteiligt dreinzublicken, während ihre Tante feierlich drei gehäufte Teelöffel Oolong in die Kanne schaufelte und mit kochendem Wasser überbrühte. Sofort roch es nach gegerbter Schafshaut, nach fünf Minuten würde es gallig schmecken und einen ledernen Nachgeschmack auf der Zunge hinterlassen.
Ursel schoss Eliana einen warnenden Blick zu und setzte sogleich wieder die freundlich-ausdruckslose Miene auf, die, wie sie fand, famos in das Haus eines angesehenen Kaufmanns und seiner Familie passte. Walter hatte mit der Assimilation sichtlich mehr Probleme; er knetete seine Hände, stellte die Hacke des rechten Fußes auf den Spann des linken und wippte mit den Ballen auf und ab, bereit, sich abzustoßen. Das Signal ließ an Deutlichkeit

nichts zu wünschen übrig. Alle Anwesenden meinten zu wissen, warum Walter zum Davonlaufen zumute war, tatsächlich kannten aber nur drei von ihnen die richtige Antwort.

»Ist das eine Neuerwerbung?«, fragte Ursel und deutete auf ein mäßig appetitanregendes Stillleben mit ausblutendem Wildbret und Weintrauben kurz vor Einsetzen des Gärungsprozesses, das linker Hand des lauschigen familiären Beisammenseins über dem Kamin hing.

»Gefällt es euch?«, erwiderte Adeline freudig überrascht. »Ein Werk dieses begabten Menschen, dem wir die *Nachtwache* im Flur verdanken. Ich musste es einfach haben.«

Ursel lächelte gequält.

Die Reproduktion des Rembrandt-Gemäldes dominierte den Eingangsbereich des Kayser'schen Heims und machte jeden Besucher blind für den Rest. Adeline, die die Dinge mit preußischer Gründlichkeit anging, hatte in Erfahrung gebracht, dass das Original, nachdem es 1715 ins Amsterdamer Rathaus geschafft, um die Hälfte des rechtsseitigen Trommlers beraubt und zudem zwei Jahrhunderte vom Kaminfeuer bis zur Unkenntlichkeit zugerußt worden war. Adeline wünschte den Trommler und die Farben zurück, damit man erkennen konnte, wo das legendäre Ganze überhaupt stattfand, aber weil sich das beim Original des Meisters auch bestenfalls erahnen ließ, hatte der wackere Bremer Kopist kurzerhand einen Dom, eine Flussmündung und einige Tiere, Esel, Hund, Katze und Hahn, im Hintergrund angedeutet. Hendrik Kayser fand es ulkig, Adeline war wütend und die Mehrheit ihrer Besucher überrascht von der Nonchalance, mit der die Kaysers eine noble Geste an die niederländische Konkurrenz, deren Ururahnen einst den Tee von China nach Europa geholt hatten, mit dem Hinweis konterkarierten, wo jetzt, 1895, die Musik gespielt wurde – in Bremen, bei Kaysers. Niemand fand es geschmacklos. Es war durchaus üblich, sich Originärem zu bedienen und nach eigenem Gutdünken zu ergänzen, zu korrigieren und zu funktionalisieren. Was scherte einen die Intention eines längst zu Grabe getragenen Künstlers?

So fett die Jahre seit der Gründung des Deutschen Reichs auch sein mochten, so ängstlich hielt die Oberschicht am Althergebrachten fest. Während Gauguin, Klimt, Kraus um Farben, Formen und Worte rangen, um dem ausgehenden 19. Jahrhundert ein eigenes kulturelles Gesicht zu verleihen, schleppten Kaufleute wie Bildungsbürger fleißig Requisiten aus vergangener Zeit in ihren Bau. Rokoko-Sesselchen im Salon, minoische Säulen an der Haustür aus Eichenholz – die Kaysers wie ihresgleichen lebten in einer historisierenden Inszenierung und merkten es nicht, weil der Plüsch klare Gedanken erstickte. Aber es sah halt nach was aus. »Fehlt nur noch, dass wir gepuderte Perücken tragen«, hatte Josephine einmal zu Eliana gesagt, die pflichtschuldig gelächelt hatte über das Bemühen ihrer Cousine, ihr wieder einmal das Gefühl vermitteln zu wollen, Reichtum sei eigentlich etwas Blödes. Das war nett gemeint und typisch Josephine, aber es war reiner Unfug. Nur ein Bruchteil dessen, was die Bremer besaßen, würde Eliana und ihre Eltern zufriedener schlafen lassen.

Sie zuckte zusammen, als Adeline ihr eine Tasse Tee und einen mit Köstlichkeiten angehäuften Teller hinhielt.

»Meine Lieben, wie schön, euch wohlbehalten anzutreffen!« Mit einem leutseligen Lächeln segelte Hendrik Kayser in den Salon, am Arm seine Schwiegermutter Victoria Franzini-Magyary, einer bleichen, ätherischen Erscheinung in schwarzer Seide, die er fürsorglich zu einem Sessel führte. Sofort sprang Walter auf, stand stramm und wartete. Victoria nahm auf eine Weise Platz, als würde es sich bei dem Möbel um ein gefährliches Ding aus einer anderen Welt handeln. Auf die Begrüßungen reagierte sie mit einem irritierten Blick.

Hendrik klopfte Walter jovial auf die Schulter. »Walter, altes Haus, setz dich.« Er selbst ließ sich lässig in einen Sessel fallen. »Verzeiht meine Verspätung, aber ich musste mich noch rasch mit Kapitän Pommorenke unterhalten. Er ist gerade aus Shanghai zurückgekehrt und hat neben allerbester erster Ernte ein paar Gewächse dabei.« Er zwinkerte Walter zu. »Magere Dinger, diese Orchideen, wenn du mich fragst, aber wenn du später einen Blick darauf werfen möchtest, Walter …«

Walters Miene hellte sich auf. »Danke, das ist sehr nett von dir, Hendrik.«

»Keine Ursache«, wehrte Hendrik ab und wandte sich Ursel und Eliana zu. »Prächtig sehen die Damen aus.«

Während Ursel ihm verhalten zulächelte, etwas überfordert von seiner raumgreifenden Präsenz, strahlte Eliana ihren Onkel unverhohlen an. Er zeigte sich stets zugänglich, gab sich jovial und fröhlich und konnte wunderbare Geschichten erzählen, wenn seine Frau ihn ließ. Oft genügte jedoch ein mattblauer Blick, und manches, was poetisch begonnen hatte, fand ein prosaisch schnelles Ende.

Wie es ihrer Tante gelungen war, diesen Mann, hochgewachsen, mit breitem Mund, flacher Nase, leicht hervorspringenden Augen und grauen, nach hinten gekämmten Wellen, einem alten Löwen nicht ganz unähnlich, zu zähmen, war Eliana ein Rätsel. Aber um die seltsame Dynamik in mancher Ehe, die die Verheirateten ihrer persönlichen Wahrhaftigkeit verlustig gehen lässt, wusste Eliana zu diesem Zeitpunkt noch nicht.

»Möchten Sie Orangen?« Die Worte schwebten durch den Raum wie zarteste Seifenblasen, und den Moment, den es brauchte, da sie niedersanken und vergingen, hielten alle die Luft an.

»Nein, danke, Mutter, nachher vielleicht«, sagte Adeline, die sich als Erste gefasst hatte und ihrer Mutter nun resolut eine Teetasse in die Hand drückte.

Folgsam nahm Victoria einen Schluck Oolong. Ihre Augen weiteten sich. Sie murmelte etwas und drückte ein Spitzentaschentuch an ihren Mund. Überzeugt, dass Victoria den Tee mindestens so scheußlich fand wie sie, Eliana, und nur zu höflich war, ihre Tochter zu blamieren, lächelte Eliana ihre (nun ja, was? Niemand wusste es schließlich so genau, und man hatte sich geeinigt auf:) Großtante an.

Zwei senkrechte Falten auf der Stirn, starrte Victoria zurück. »Denk ja nicht, ich hätte sie nicht alle beisammen, mein Kind. Die Orangen hat Gunter mitgebracht. Oder Hendrik. Einer von beiden. Sie sind in meinem Zimmer. Ich werde sie holen.« Scheppernd wurde die Teetasse auf den Tisch gestellt. Victoria erhob sich und verließ den Salon.

Adeline seufzte schwer und eilte hinterher. Der strenge Ton, mit dem sie das Mädchen anwies, ihrer Mutter nachzugehen und sich um sie zu kümmern, hallte durchs Treppenhaus. Eine trotzige Erwiderung folgte. Dann ein zischendes »*Luise*!«, ein Klatschen und eilige Schritte die Stufen hinauf. Walter und Ursel taten, als hätten sie nichts gehört. Eliana senkte den Blick, und Josephine atmete vernehmlich.

»Luise ist aus einer Besserungsanstalt in der Vorstadt«,

erklärte Hendrik ohne Umschweife und mit einem Kopfnicken in östlicher Richtung. »Wir können froh sein, dass wir sie haben.«

Zum ehrlichen Bedauern wohlhabender Bremer hatte es sich auf dem Land herumgesprochen, dass die Flucht von der Scholle in die Stadt nicht unbedingt das erhoffte bessere Leben brachte. Im Gegenteil, so manche Bauersmaid war unter die Räder gekommen, hauste hungrig, schwanger und grottenelend in irgendeinem Loch in Hafennähe. Da blieb man doch lieber daheim, in Syke, Bassum oder Scheeßel. Die Töchter der Kleinbürger dienten eine Weile als Ersatz, bis deren Eltern begriffen, dass es sinnvoller war, sie einen Beruf erlernen zu lassen, statt unausgebildet zu Herrschaften in den Dienst zu schicken. So war man von der Parkallee bis zur Bismarckstraße gezwungen, sich anderer Quellen zu bedienen. Die Besserungsanstalt war eine davon. Wer seine weiblichen Angestellten hier rekrutierte, galt überdies als sozial erleuchtet. Leider verlief das Verhältnis zwischen Wohltäter und den erwählten jungen Frauen selten ungetrübt. Weil manche mit Trotz auf die Selbstverständlichkeit reagierten, mit der das Großbürgertum sich das Recht herausnahm, sie zu erwählen, ohne zu fragen, ob sie erwählt werden wollten; weil die meisten von der Pike auf angelernt werden mussten, was Hygiene und Dienstleistung zu bedeuten hatten, andere wiederum sich übelster Gossensprache bedienten, keine Manieren besaßen und gleichermaßen große Scheu und Aufsässigkeit an den Tag legten. Ob etwas davon auf Luise zutraf, ließ Hendrik taktvollerweise offen. »Sie muss sich auch um Victoria kümmern, bis wir eine geeignete Pflegerin gefunden haben, und ich schätze, das ist ein wenig zu viel für das arme Ding.« Als niemand etwas erwiderte, fügte er mit einem schiefen Lächeln hinzu: »Ihre Vorgängerin hat nach einem Monat gekündigt. Sie hat, so erklärte sie es uns, einen Ruf aus Afrika erhört. Gottes Ruf natürlich. Dagegen konnten wir schlecht etwas einwenden, obwohl es offensichtlich war, dass sie flunkerte. Ehrlich gesagt fanden wir es wenig ermutigend, dass sie glaubte, mit wilden Tieren sei besser umzugehen als mit Victoria ...« Sogleich ging ihm auf, dass seine Bemerkung als Zynismus aufgefasst werden könnte, und genervt verdrehte Hendrik die Augen. »Malfalda will uns demnächst besuchen«, sagte er mit Hoffnung in der Stimme, ob nicht, wenn schon die Quacksalber von Ärzten mit ihrem Latein am Ende waren, vielleicht die resolute Schwester seiner Schwiegermutter ein Licht entzünden könnte im zunehmenden Dunkel des Vergessens, unter dem Victoria litt.

»Das ist ja wunderbar«, rief Josephine und suchte Elianas Blick. Beide mochten die Großtante aus Wien von Herzen gut leiden. Niemand war wie Malfalda, eine Galionsfigur des unbedingten Willens zur Individualität.

Energische Schritte kündigten Adelines Rückkehr an. Mit großer Geste öffnete sie die zur Hälfte verglasten Flügeltüren. Es war so weit. »Ihr Mädchen solltet nun ein wenig spazieren gehen. Die Luft wird euch guttun.«

Vom Fenster des Salons aus beobachtete Adeline, wie die beiden schmalen Gestalten in den pastellfarbenen, von einem leichten Wind gebauschten Sommerkleidern die Emmastraße entlangschlenderten, während ihr Mann seinerseits seine Frau betrachtete.

»Kann mir mal jemand erklären, was hier los ist?«, fragte er belustigt. »Ich kann mich des Eindrucks nicht erwehren,

dass eine gewisse konspirative Stimmung in der Luft liegt.«
Adeline drehte sich um. Den Einwurf ihres Mannes ignorierend, sagte sie gedehnt: »Wenn ich deine Zeilen richtig verstanden habe, Ursel, ist John van Steen nunmehr vorstellig geworden.«
»Wer ist das?«
»Aber geh, Hendrik, ich habe dir doch von ihm erzählt!«, versetzte sie mit tadelndem Unterton. »Erfreulicherweise hat sich in Lüneburg eine entfernte Verbindung zu Torge offenbart, die die Frage nach einer angemessenen Versorgung unserer lieben Eliana aufs eleganteste löst. John ist nicht mehr ganz jung, aber strebsam, und seine Mittel sind ausreichend. Er ist im Begriff, einen kleinen Kurbetrieb aufzubauen.«
»Ja, richtig, jetzt entsinne ich mich …« Hendrik warf Ursel und Walter einen entschuldigenden Blick zu. »Der Handel nimmt mich zurzeit über Gebühr in Anspruch. Die Amerikaner drängen äußerst aggressiv auf die Märkte, und alle Kaufleute im alten, behäbigen Europa, nicht nur ich, haben Mühe, sie in Schach zu halten.« Er machte eine kurze Pause. »Seid ihr sicher, dass er die richtige Wahl ist?«
Walter nickte. »Nun, er wird gut zu Eliana sein, ganz bestimmt. Er versteht nichts von Pflanzen, aber er achtet sie.«
Hendrik unterdrückte ein Grinsen.
»Er ist höflich«, ergänzte Ursel schnell. »So einer wie er findet sich in der Heide kein zweites Mal. Es ist ein großes Glück für Eliana, dass er sich für sie interessiert.«
»Auch scheint er mir zwar freundlich, jedoch nicht zu gutmütig zu sein«, meinte Adeline, »und damit erfüllt er

eine wesentliche Voraussetzung zum Gelingen dieser Ehe. Denn, wie wir uns alle gewiss einig sind, gilt es, Eliana gegenüber die goldene Mitte zwischen Nachsicht und Strenge zu bewahren.«

»Ach, ich glaube nicht, dass die Dinge noch einmal aus dem Ruder laufen«, warf Hendrik ein.

»Mein Lieber, dein Optimismus in allen Ehren, sollten wir doch wachsam bleiben. Dazu gehört auch, dass wir uns nicht aus dem Rahmen bewegen, den wir uns nun einmal gesteckt haben.«

Ursel begriff. »Du meinst, ihr werdet an der Hochzeit nicht teilnehmen.« Als Adeline nickte, erhob sie zum ersten Mal die Stimme. »Eliana ist munter und schlägt weder zur einen noch zur anderen Seite aus, über ihre kleinen Kümmernisse kommt sie schnell hinweg, sie ist tapfer und verständig. Ich kann mir nicht denken, dass ein Risiko darin liegt, dass ihr an der Hochzeit teilnehmt. Eher liegt ein Risiko in der Heirat an sich ...«

»Das müssen wir eingehen«, unterbrach Adeline sie barsch. »Eliana *muss* ein normales Leben führen. Alles andere wäre dazu angetan, sie in Grübeleien zu versenken. Aber wir können das Risiko mindern, indem wir unsererseits kein großes Aufhebens von der Sache machen.«

Ursel zuckte mit den Schultern und schaute bekümmert zu Boden. Walter zupfte einen nicht vorhandenen Krümel von seiner dunkelgrauen Tuchhose. Hendrik betrachtete seine Frau. Seine Miene verriet nicht, was er dachte. Als Adeline begriff, dass ihr niemand widersprach, entspannten sich zum ersten Mal an diesem Nachmittag ihre Züge, und ein kleines Lächeln umspielte ihre Mundwinkel. »Es ist also beschlossene Sache.«

Mild und wispernd setzte der Regen ein. Binnen fünf Minuten hingen die Kleider wie unförmige Säcke an ihren Körpern herunter und offenbarten jede nennenswerte Kurve. Sie begannen zu rennen, übersprangen Pfützen auf der menschenleeren Parkallee und stürzten atemlos kichernd die Treppen zum Hintereingang des Kayserhauses hinunter. Auf Zehenspitzen schlichen sie durchs Souterrain und an der auf einem Holzstuhl zusammengesunkenen und leise schnarchenden Köchin Margarethe vorbei durch die Küche. Drei Hasen lagen ihres Fells beraubt, ausgeweidet und lang ausgestreckt neben der Spüle, daneben ein Bund notdürftig gesäuberter Möhren und drei dicke Zwiebeln. Es roch nach Blut und nach Eingeweide. Eliana verzog das Gesicht.
Hinter der Küche ging ein schmaler Flur zu einer steilen Stiege, die nur von den Dienstboten benutzt wurde und in die oberen Stockwerke des Hauses führte. Josephine zerrte die knöchelhohen geknöpften Stiefel von ihren Füßen, ließ sie nass und sandig liegen, wo Newtons Gesetz es wollte, und bedeutete Eliana, es ihr nachzutun. Auf Strümpfen tappten sie die Stiege hinauf in den ersten Stock.
Kurz darauf hingen ihre Röcke, die Hemdchen und pumpigen Unterhosen feucht und zerknittert über einem eilends vor den Kamin gerückten Birnbaum-Sekretär. Die Beine nackt, die Haut rosig vom Trockenrubbeln mit dem weichsten Handtuch, das jemals Elianas Haut berührt hatte, die Brust notdürftig mit einem von Josephine geliehenen Hemdchen bedeckt, kuschelte sie sich unter deren weiche Bettdecke und sah sich in ihrem Zimmer um. Ein weißlackierter Kleiderschrank mit silberglänzenden Intarsien, eine schmale Matratze in einem filigranen Eisen-

gestell, daneben ein weißlackierter Nachtschrank, der Sekretär, das war's. Kein Gemälde, keine Porzellanfigürchen, keine Vitrine mit aufgespießten Schmetterlingen, keine Chaiselongue mit dicken Samtkissen, keine Seidenfächer und Pfauenfedern, nichts, was den Geist träge machte und die Sonne hinderte, durch den großzügigen Raum zu fluten. »Der Schlichtheit verpflichtet und dem Licht gewidmet« stand in Josephines eckigen, nach rechts geneigten Buchstaben auf einer schneeweißen Karte, die an eine Petroleumlampe gelehnt war.

Eliana schüttelte den Kopf, zugleich amüsiert und bewundernd, dann drehte sie sich auf den Rücken, verschränkte die Arme hinter dem Kopf und lauschte auf die Geräusche von nebenan. Außer Malfalda, die sie leider nur wenige Male zu Gesicht bekommen hatte, besaß niemand, den sie kannte, auch nur annähernd so viel Spaß an der Kultivierung ihrer Extravaganzen. Josephine weigerte sich, Korsetts zu tragen und ihr Hinterteil auszupolstern, als beides noch in Mode war, vollführte zum Entsetzen ihrer Mutter Turnübungen im Garten und hatte hinter dem Rücken ihrer Eltern ein Fahrrad erworben, ein brandneues Modell mit Luftreifen und Stahlrohrrahmen, das sie im rückwärtigen Teil des Gartens unter Tannen verborgen hielt, um, sobald die Eltern außer Haus waren und die Luft rein war, mit fliegenden Röcken in den Bürgerpark zu strampeln.

»Nicht einschlafen«, neckte Josephine sie, als sie, in einen Morgenmantel gehüllt, aus dem angrenzenden Bad kam, jener hochmodernen Einrichtung mit Porzellanklosett und Waschbecken, die ihr Vater vor kurzem hatte einbauen lassen und deren Vorzüge Josephine bei aller Neigung zur Schlichtheit überzeugt hatten. »Ich will dir etwas zeigen!« Mit einer schnellen Bewegung langte sie unters Bett und förderte – »Tata!« – eine Art Skalp hervor, ein struppiges Ding von undefinierbarer Farbe. »Ponyhaar«, sagte Josephine mit Genugtuung, drehte ihre drahtigen langen Strähnen zu einem flachen Knoten und setzte das Ungetüm wie einen Hut auf. »Und – wie sehe ich aus?« Ihre mattblauen Augen, die Augen aller Franzini-Magyarys, blitzten mutwillig.

»Nun ja«, erwiderte Eliana, unsicher, ob Josephine sie auf den Arm nahm oder eine ernstgemeinte Antwort erwartete. Schließlich entschied sie sich, aufrichtig zu sein. »Wie ein halbwüchsiger Junge, bloß ohne Flaum am Kinn.«

»Gute Antwort«, meinte Josephine zufrieden. »Genauso soll es sein. Mein Name ist Jo, und dies wird meine Frisur sein, wenn ich auf Reisen gehe. Wer braucht schon eine Brennschere am Nanga Parbat?«

»Jo. Hm.« Eliana schürzte die Lippen. »Deine Mutter wird von diesem netten Einfall gewiss sehr angetan sein.«

»Das ist mir wurscht, hätte sie mir halt nicht einen so unsäglich albernen Vornamen geben sollen. Josephine Kayser. Ich bitte dich, da hört man doch gleich heraus, was sie mit mir im Sinn hat. Aber sie hat sich geschnitten.«

Einen kurzen Moment versank sie in Schweigen. Eliana wusste, dass Josephine auf ihr Stichwort wartete und tat ihr gern den Gefallen. »Los, zeig schon her!«, rief sie. »Zeig einem unbedarften Landmädel deine Schätze!«

»Na schön, du hast es so gewollt.« Josephine wuchtete einen mit Riemen verschlossenen ledernen Koffer unter dem Bett hervor und öffnete ihn feierlich. Ein kaum wahrnehmbarer Geruch nach Parfum, Leder und Leim mit einem Hauch von Moder stieg Eliana in die Nase.

Zärtlich glitt Josephines Blick über den Inhalt – Bücher,

kleine, dicke, dünne, mit Goldschnitt und ohne, mit Lederrücken, in Halbleinen gefasst, einige unversehrt, die meisten deutlich gebraucht, wenige zerfleddert. Ein paar Bände von insgesamt dreißig, die Alexander von Humboldt seinen Aufenthalten in Übersee gewidmet hatte, ein paar rot eingebundene Baedeker, verfasst, weil immer mehr Menschen in ferne Länder drängten und neben den Angaben zu Kultur und Klima das Gefühl vermittelt bekommen wollten, das Wissen um die Gegebenheiten schütze vor den Risiken; Marco Polos Aufzeichnungen über seine im letzten Drittel des 13. Jahrhunderts unternommenen Reisen in die Mongolei und nach China, in denen der Welt berühmteste Reisende Dichtung und Wahrheit so verwoben hatte, dass später erhebliche Zweifel aufkommen sollten, ob er überhaupt je einen Fuß auf asiatisches Gebiet gesetzt hatte. Daniel Defoes *Robinson Crusoe* fehlte ebenso wenig in Josephines Sammlung wie Homers *Odyssee* und Karl Mays Blutsbrüder-Saga, die die Grenzen einer rassistischen Gesellschaft konsequent pathetisch überwanden. Pfeil und Bogen und edle Profile auf billigem Pappeinband.
Reiseliteratur war das Schönste für Josephine, aber strikt verboten, seitdem sie siebenjährig eine reichillustrierte Ausgabe des indischen *Kamasutra* in Vaters Kleiderschrank gefunden, ausgiebig studiert und den Eltern beim Abendessen pikante Fragen über indische Sitten und Gebräuche gestellt hatte; in der Folge bestand ihre Mutter darauf, dass jegliche Lektüre aus dem Ausland indiziert wurde. Aber wie alle Verbote war auch dieses vor allem dazu angetan, den Ehrgeiz des Kindes zu wecken, es zu umgehen. Die kleine Josephine entwickelte eine geradezu kriminelle Energie, um an Reiseberichte, ganz gleich

welcher literarischen Qualität, heranzukommen. Sie borgte sich Geld vom Dienstmädchen und zahlte es mit Gestohlenem aus Mutters Portemonnaie zurück, pumpte ihre Großmutter an, schickte die Köchin mit einer Liste in die Buchhandlung am Dom und erkaufte sich das Schweigen der jungen Frau mit dem Versprechen, über die häufigen nächtlichen Besuche eines groben Burschen mit fleischigen Lippen, der nach Fisch roch, zu schweigen. Jo las unablässig, und war der Koffer voll, wanderte ein Teil ihrer Schätze in die Kammer unterm Dach, wo ihre Mutter die ausgedienten Kleider, Krinolinen, Hinterpolster und Gott weiß was noch aufbewahrte. Das *Kamasutra*-Erlebnis zeitigte also in der Tat, obschon ganz anders, als Adeline es befürchtet hatte, einen einschneidenden Einfluss auf Josephine.

»Ich werde Zitronen von damaszenischen Bäumen pflücken«, sagte sie träumerisch, den Rücken an das Bett gelehnt, »die Wasser des Ganges um meine nackten Füße streicheln sehen, den Schnee des Kilimandscharo riechen und mich an japanischen Kirschblüten berauschen. Das wollte ich, seitdem ich lesen kann.«

»Ich weiß«, erwiderte Eliana geduldig. »Schon als Kind hast du mit den Seidenschals deiner Mutter dieses Zimmer in einen orientalischen Palast verwandelt, weil du die Geschichten aus *Tausendundeiner Nacht* in zwei Tagen aufgesogen hast.«

»Hast du denn wirklich *niemals* Scheherezade gespielt?«

»Nein«, erwiderte Eliana nachdrücklich, aber immer noch geduldig, obwohl Josephine ihr jedes Mal dieselbe Frage stellte. Dort, wo und wie sie, Eliana, lebte, konnten die Menschen nicht auf solch blumige Erinnerungen zurückgreifen. Erwachsene wie Kinder mussten täglich hart arbeiten, um ihren Lebensunterhalt zu verdienen. Gleichwohl meinte Eliana gelegentlich, ein Bild von irgendwoher, fremd und exotisch, wollte sich vor ihrem inneren Auge formen, aber ehe es Kontur annehmen konnte, flog es zurück in den Nebel. Aus Angst, in ihrem Kopf könnte irgendetwas nicht stimmen, hatte Eliana vor Jahren ihrer Mutter davon erzählt, und die beschied ihr überraschend trocken, sie solle sich bloß nicht von den Kapriolen ihrer Cousine kirremachen lassen; nie und nimmer hätte Adeline dem unsachgemäßen Gebrauch ihrer teuren französischen Seidenschals zugestimmt, Josephine besitze einfach zu viel Phantasie.

»Entschuldige«, murmelte Josephine. »Ich bin eine Nervensäge.« Verlegen zog sie einige Bücher aus dem Koffer und breitete sie aufgeschlagen vor Eliana auf dem Bett aus. »Hier, sieh dir das an. Die Pyramide von Chichén Itzá. Die Maya haben sie der gefiederten Schlange gewidmet, die eine Art Gott der Auferstehung ist. Zweimal im Jahr soll ihr Schatten die Treppen hoch- und runtersteigen und so den Beginn des Frühlings und des Herbstes ankünden.« Ein entrückter Ausdruck lag auf ihrem Gesicht.

Eliana gab ihre bequeme Rückenlage auf, setzte sich auf und betrachtete die bunten Illustrationen flüchtig. »Glaubst du an solche Legenden?«

»Ich weiß nicht«, entgegnete Josephine. »Ich weiß nur, dass ich eines Tages dort oben stehen werde.«

»Lesen ist eine Sache, aber so verrückt kannst du nicht sein, ernsthaft so eine Reise in Erwägung zu ziehen. Das ist viel zu gefährlich!«

»Für eine Frau, meinst du?«, versetzte Josephine ironisch. »Du solltest einmal lesen, was Ida Pfeiffer vor fünfzig

Jahren schon erlebt hat, dir würden die Augen übergehen. Sie hat die Kordilleren bestiegen und Madagaskar durchquert, sie war in Südamerika, China, Ostindien, Persien und Kleinasien! Stell dir nur vor, sie ist auf einem Dampfer den Tigris hinunter nach Basra geschippert und mit einer Karawane weiter Richtung Russland und von dort nach China gelangt.«

»Das muss ja ewig dauern!«

»Von London nach Peking sollte man mindestens fünfzig Tage einplanen, also von Bremen vermutlich ebenso viel, wenn man den Landweg über Moskau wählt«, entgegnete Jo lässig, als säße sie bereits auf gepackten Koffern.

Eliana schüttelte den Kopf. »Warum willst du eigentlich so unbedingt fort aus Bremen? Man könnte meinen, du würdest deiner Heimat lieber heute als morgen den Rücken kehren. Und das alles nur wegen ein paar Büchern.«

Josephine dachte einen Moment nach. Dann sagte sie: »Es hat nichts mit der Stadt zu tun. Es ist wegen Mutter. Sie ist immer so damit beschäftigt, ihren Stand zu wahren, dass sie für den Rest der Welt keinen Blick hat. Gesundes Volksempfinden nennen sie und die Andreesens und wie sie alle heißen das, aber für mich bedeutet es eine widernatürliche Abgrenzung gegen andere Menschen. Ich ersticke fast daran.«

»Ist das nicht das Gleiche in Grün?«, erwiderte Eliana lakonisch. »Sie stellt ihr Wohnzimmer voll und achtet auf Etikette wie ein Schießhund, und du willst in den mexikanischen Dschungel fliehen. Abgrenzung kann man das eine wie das andere nennen.«

»Du!« Josephine stieß einen Schrei aus und begann Eliana zu kitzeln. Die rollte sich behende zur Seite, schnappte sich ein Kopfkissen und schlug damit auf Josephine ein, die es ihr entriss und sich auf sie stürzte. Atemlos, kichernd und ineinander verschlungen blieben sie kurz darauf liegen.

»Es wird nicht einfach werden«, murmelte Josephine in Elianas dunkelhonigblondes Haar. »Ich glaube, Ida Pfeiffer ist unterwegs überfallen und einmal sogar als Spionin verdächtigt worden.«

»Prima Aussichten«, gab Eliana zurück. »Aber wahrscheinlich wird deine Mutter schwieriger zu überwinden sein als der Geheimdienst Ihrer Majestät.«

»Da hast du wohl recht«, räumte Josephine kichernd ein. »Wenn Vater ein berühmter Afrikaforscher wäre wie der Hagedorn ... Aber was machen seine Kinder? Püppi hechelt den Männern hinterher, und Hubertus säuft wie ein Loch. Zum Glück hat Mutter mir den Umgang mit ihnen verboten. Sie befürchtet, der Hagedorn'sche Einfluss könnte mich auf Gedanken bringen. Sie scheint wirklich nicht zu ahnen, dass ich mich seit Jahren darauf vorbereite, in Idas Fußstapfen zu treten.«

»Na ja, vielleicht weiß sie es durchaus, meint aber, das verwachse sich wie Babyspeck.«

Beide schwiegen einen Augenblick. Eliana löste sich aus der Umarmung und rollte sich wieder auf den Rücken.

Josephine tat es ihr nach. Nach einer Weile sagte sie: »Manchmal denke ich, das Schicksal stellt uns absichtlich in eine andere Ecke, als es unseren Neigungen und Sehnsüchten entspricht. Um uns zu prüfen, um uns zu härten und darüber zu befinden, ob wir es wert sind.«

»Und, bist du es?«, fragte Eliana ironisch.

»Nun, ich büffle Sprachen, trainiere meine Muskeln und stelle mir jeden Abend, wenn ich schlafen gehe, ganz genau vor, wie es sein wird. Ich schmecke den Wüstenwind

und rieche den Kebab in Bagdad. Ich tue so, als wäre ich bereits unterwegs. Manchmal weiß ich gar nicht mehr, was der Traum und was die Wirklichkeit ist.«
»Wozu soll das gut sein?«
»Das bringt mir den Traum näher.«
Ein Schatten flog über Elianas Züge. »Ich halte mich lieber an das, was ich sehe«, entgegnete sie in einem Ton, der Josephine verstummen ließ.

2

Der Hof nordwestlich von Lüneburg lag fernab von den Nachbargehöften in einer leichten Senke in komfortablem Abstand zum Lüner Holz. Dort, in den Reihen duftender Kiefern hatte Eliana von klein auf jeden Tag Zweige und Äste für den Küchenofen gesammelt. Sie war stolz darauf, dass man ihr diese wichtige Aufgabe anvertraut hatte, und sie war glücklich darüber, dass alles, was die Familie brauchte, sich in unmittelbarer Nähe ihres Hauses oder unter ihrem Dach befand. Das gepökelte Hammelfleisch brachte sie über den Winter, die Schafwolldecken schützten vor der Kälte, die gekochte Seife säuberte sie, und die Marmelade aus den Beeren hinter dem Haus erinnerten sie an die Süße des Lebens, die sie über all der Arbeit hin und wieder vergaßen. Bis auf die seltenen Besuche in Bremen oder auf dem Markt in Lüneburg, wenn Mehl gekauft werden musste, Schnurbänder fehlten oder Salz und Gewürze, die sie nicht selbst herstellen konnten, brauchten sie ihre Senke nicht zu verlassen.

Nach Sonnenuntergang fanden sie sich um den Esstisch versammelt, um einen Teller Kohleintopf oder Graupensuppe mit Würsten aus Lammfleisch zu sich zu nehmen. War das Geschirr abgeräumt und abgewaschen, nahm Ursel die Lektüre des Monats zur Hand und las ein oder zwei Gedichte, ein, zwei Psalmen aus der Bibel oder ein oder zwei Szenen eines Theaterstücks vor, sie las von Eichendorff, Goethe, Aristophanes, um, wie sie sagte, sich selbst, Mann und Kindern eine Welt voller Wunder und Zeichen, Phantasie und Kunst nahezubringen, die jenseits der Senke existierte. Während Walter, Fraukes Kopf an seiner Schulter, meistens dabei einnickte, fiel Ursels Bemühen bei Eliana auf fruchtbaren Boden. Eliana genoss das klingende Spiel der Laute und Silben und gewöhnte sich mit der Zeit daran, sich ihrer so selbstverständlich und elegant zu bedienen wie die, die mit einem goldenen Löffel im Mund auf die Welt gekommen waren.

Der Friede war fast mit Händen zu greifen, da unterlief ihrem Vater vor einigen Jahren ein kapitaler Fehler. Einem zwielichtigen Händler namens Balthasar, der betörende Worte fand, sie drehte und wendete und Walter damit ganz irremachte, war es gelungen, eine Handvoll Karakullämmer für Heidschnucken auszugeben. Das gelockte Fell? »Eine Laune der Natur, die sich alsbald wieder legt – haha, im wahrsten Sinn des Wortes, nicht wahr!« Die schmalen Köpfchen mit den im Ansatz breiten, langen Hängeöhrchen? »Der schweren Geburt der bedauernswerten Mütterkreaturen geschuldet«, die früh verschieden waren und die Kleinen einem bösherzigen Schäfer ausgeliefert hatten, der sie hätte verhungern lassen, wenn nicht er, Balthasar, sich ihrer angenommen hätte. Walter erkannte die Chance und ergriff sie. Es konnte nicht schaden, ihre im Entstehen begriffene Herde um fünf gesunde Lämmer aufzustocken. Auf dem Markt hätten sie den doppelten Preis bezahlen müssen. Als Ursel, die nach ihrer Rückkehr von einem Besuch auf dem Nachbargehöft den putzigen Zuwachs erblickt und von Anfang an nichts Gutes geahnt hatte (»Seit wann hat ein Hausierer Geld zu verschenken?«), gewahr wurde, dass das Fell der Lämmer

schwarz und gelockt blieb – gerade so wie die Mäntel reicher Damen –, witterte sie eine weitaus interessantere Einkommensquelle, als die Heidschnucken je hätten sein können. So machte sie sich, eins der Lämmer als Anschauungsobjekt auf dem Karren, auf die Suche nach Züchtern, um ein paar Muttertiere und einen Bock dieser ihr noch unbekannten Rasse zu erstehen. Misstrauen und Verachtung schlugen ihr entgegen, wann immer sie einen Heidschnucken-Schäfer darauf ansprach. Immerhin konnte Ursel in Erfahrung bringen, dass es sich bei dem gelockten Corpus Delicti auf ihrem Karren um ein Karakullamm handelte, dessen Verwandte in Arabien beheimatet waren. In Lüneburg und Umgebung gab es jedoch niemanden, so die niederschmetternde Erkenntnis, der mit diesen Steppentieren Handel trieb. Was selten vorkam, geschah. Ursel geriet in maßlose Wut – auf ihren Mann, dem man jedes X für ein U vormachen konnte, auf sich selbst und ihre törichte Begeisterung, am meisten aber auf den abgebrühten Hausierer, der gewiss schlau genug war, sich nicht mehr in die Nähe ihrer Senke zu wagen.
Die Lämmer wuchsen zu flauschigen, kräftigen Jungtieren heran. Etliche Male hatte Ursel das Schlachtbeil in der Hand, legte es jedoch wieder hin. Eines Tages drang ein Scheppern und Klappern von Kochtöpfen, Besenstielen und Nachtgeschirr durch den Wald hinunter in ihre Senke, und wenig später stand Balthasars Wagen vor ihrem Haus. »Du bist das also«, sagte Ursel beherrscht, nachdem der Hausierer seinen Namen genannt und sich nach dem Befinden »der lieben Kleinen, haha!« erkundigte. Das »haha« machte das Maß voll. Ursel holte aus und ohrfeigte den Mann. Blut schoss aus seiner Nase, und er begann zu kreischen, was ihr einfalle.

»Wo hast du die verdammten Karakullämmer her?«, schrie Ursel.
»Ich hab sie einem Perser abgenommen!«, schrie Balthasar zurück. »Der Kerl schuldete mir Geld und wollte es nicht herausrücken. Was weiß denn ich, was das für Viecher sind. Ein Schaf sieht doch aus wie das andere, Himmelherrgott!«
Ursel überlegte einen Augenblick. Ein Perser. Das klang plausibel. Die persischen Händler brachten die Felle aus den arabischen Emiraten auf den europäischen Markt, so viel hatte Ursel bei ihrer vergeblichen Suche nach Züchtern herausgefunden. »Ich will fünf Muttertiere und einen Bock. Ich zahle gut. Und jetzt komm herein, das Blut abwaschen.«
Ein paar Monate später konnte Ursel mit der Zucht beginnen, die sich in der Folge recht passabel ausnahm. Nachdem Ursel die ersten gelockten Felle auf dem Lüneburger Markt angeboten hatte, begannen die Nachbarn jedoch die Familie zu schneiden. Bald galten die Jürgensens nicht mehr als Eigenbrötler in der Senke, sondern als Nestbeschmutzer von auswärts, Verräter an der Scholle, die sich zu Höherem berufen fühlten. Karakulschafe! Da hörte sich doch alles auf! Aber was wollte man schon erwarten von Leuten, die nicht von hier stammten!
Die Familie tat daraufhin, was sie immer getan hatte – sie verbrachte ihre Tage in der Senke, ignorierte tapfer das verletzende Gerede auf dem Markt und begab sich alle drei Monate auf die Reise nach Hamburg, um die Felle an weltoffenerem Ort zu veräußern. Da jeder Druck einen Gegendruck benötigt, um nicht nachzulassen, verlor sich nach einiger Zeit das wütende Interesse der Leu-

te, und sie begannen eine andere Sau durchs Dorf zu treiben.
Eliana war damals acht oder neun und atmete auf. Sie registrierte feinste atmosphärische Störungen mit allen Sinnen, und was sie hörte, schmeckte und roch, wenn Dissonanzen in der Luft hingen, ein lautes Wort fiel oder ein böser Blick sie streifte, verstörte und ängstigte sie zutiefst. Es war nicht normal, den Geruch von Obst in der Nase und auf der Zunge zu haben, sobald gestritten wurde, und umso erleichterter fühlte sie sich nun, da der Gleichklang des Gewohnten sie wieder schützend umfing.
So gingen die Jahre fast unmerklich dahin.
Ihr Leben war einfach, aber nicht arm, beschwerlich, aber nicht zermürbend, ihre Mienen neutral bis heiter, als hätte das Schicksal in ihrem Fall entschieden, keine nennenswerten Ausschläge nach oben oder unten zuzulassen.
Bis zu dem Tag, da es begann.
Eliana mochte zehn oder zwölf gewesen sein, genau konnte sie es nicht sagen. Eines Tages war es da. Aus heiterem Himmel sah Eliana sich in einen dunklen Abgrund gestürzt, wo ein Dickicht von unbestimmten Empfindungen und Erinnerungen, Erwartungen und einer unerklärlichen, jagenden Angst nach ihrem Herzen griff und ihr den Atem benahm, als ob sie in Eiswasser getaucht würde wie damals, da sie kurz vor Weihnachten in den Teich hinter dem Haus gefallen war und sich nicht wehrte und hinabsank auf den Grund, bis Walters Arme sie emportrugen. Manchmal hielt die Angst sie auch in der Nacht gefangen, und dann saß sie am nächsten Morgen stiller und blasser als sonst vor ihrer Hafersuppe, doch die Eltern und

Frauke, als sie noch bei ihnen war, merkten nichts oder taten so, als würden sie es nicht bemerken. Manchmal jedoch strich Ursel ihrer Tochter zärtlicher übers Haar als sonst, wies sie auf eine besonders schöne Blüte oder ein verstecktes Vogelnest hin und erklärte ihr auf einfache Weise, wie wichtig es sei, sich an den kleinen Dingen zu freuen. Eliana setzte »mich an den kleinen Dingen freuen« auf ihre gedankliche Liste ihrer täglichen Aufgaben, und tatsächlich gab es Wochen und Monate, da der Alpdruck ausblieb, doch dann kehrte er mit unvermindertem Schrecken zurück. Die kleine Eliana betete, der liebe Gott möge ihr ihre Sünden verzeihen; die junge Frau hingegen war überzeugt, nie Mensch oder Tier etwas zuleide getan zu haben, was Sanktionen überirdischer Art nach sich hätte ziehen können. Sie verlor nicht den Glauben an Gott, misstraute ihm jedoch, was vielleicht auf dasselbe hinauslief.

So sahen ihre Träume aus: dunkle Gespinste, überspannte Nerven, eine schwache seelische Konstitution. Nichts Glamouröses, aber auch nichts Ernstes, einfach nur etwas, was man nicht erzählte, wie wenn jemand unter Verstopfung oder einem nässenden Ausschlag litt.

Josephine riss sie aus ihren Gedanken. »Geht es dir gut, Eliana?« Sie sah besorgt aus.

»Aber ja«, log Eliana. »Ich habe mich nur gefragt, ob Daphnes Auge wieder gut ist und ob das Futter für alle reicht.« Als sie Josephines fragenden Blick auffing, fügte sie hinzu: »Ihr linkes Auge war arg gerötet.«

»Hm.« Kranke Schafe mit ausgefallenen Namen interessierten Josephine nicht. »Sag, würdest du mich Jo nennen, wenigstens, wenn wir allein sind?«

»Von mir aus. Also Jo.«

»Du hast die Franzini-Nase geerbt«, sagte Josephine plötzlich und strich über Elianas stumpfen Nasenrücken. »Deine Augen sind aber dunkler als Mutters und meine, jedenfalls manchmal, wenn die Dämmerung einsetzt, so wie jetzt.« Sie verstummte. Eine Weile ließen sich die beiden jungen Frauen vom Orangerosa einer müden Sonne liebkosen, als es mit einem Mal an der Tür klopfte und die mürrische Aufforderung des Dienstmädchens gedämpft durch die entrückte Stimmung drang. »Sie sollen in den Salon kommen. Beide.«
»Nackt?«, fragte Josephine und hielt sich die Hand vor den Mund.
Luise war nicht so leicht aus der Fassung zu bringen. »Von mir aus.«

Der Tee und die Leckereien waren zu Elianas Enttäuschung abgeräumt, stattdessen wurde bernsteinfarbener Sherry aus einer bauchigen Kristallkaraffe mit Silberverschluss in ebenso bauchige, zum Rand sich verjüngende Stielgläser gefüllt. Mit einem Augenzwinkern und einem verschwörerischen Lächeln reichte Hendrik seiner Tochter und Eliana ebenfalls ein Glas. Das war noch nie vorgekommen. Und niemandem schien es aufzufallen, dass Jo ein anderes Kleid trug als vorhin und sie, Eliana, eins von Jos Kleidern. Das war merkwürdig. Tante Adeline entging kaum je ein Detail, und sie ließ keine Gelegenheit ungenutzt, darauf hinzuweisen, dass es ihr nicht entgangen war.
Elianas Sinne schärften sich. Aufmunternd nickte Ursel ihr zu, was Elianas Alarmbereitschaft jedoch nur erhöhte.
Ihr Vater erhob sich und ergriff das Wort. »Liebe Eliana,

wir wollen heute auf dein Wohl anstoßen. Bevor wir das tun, möchte ich dir sagen, dass du selbstverständlich auch nein sagen kannst, wenn das, was wir dir zu sagen haben ...«

Adeline räusperte sich.

»... dir nicht zusagen sollte«, setzte Walter seine ungeschickte kleine Ansprache unbeirrt fort. »Also, um es kurz zu machen: John van Steen hat um deine Hand angehalten.«

Eliana vergaß zu atmen. Josephine stieß einen kleinen Schrei aus und schlug die Hand vor den Mund.

»Josephine, benimm dich«, fuhr Adeline ihre Tochter an. »Dies ist ein besonderer Tag für unsere ganze Familie, ein schöner Tag. Ich wünsche dir von Herzen alles Gute, liebe Eliana. Komm, lass dir einen Kuss geben.« Sie öffnete ihre Arme und wartete, als Hendrik ihr schmunzelnd widersprach.

»Sie hat noch nicht ja gesagt, meine Liebe.«

Mit einem gequälten Lächeln ließ Adeline die Arme sinken. »Verzeih.«

»Sie muss das doch erst einmal verdauen«, meinte Ursel, umfasste die Taille ihrer Tochter und drückte sie liebevoll.

»Sie muss vor allem nachdenken«, murmelte Josephine, was niemand hörte, weil Walter im selben Moment trompetend in sein Taschentuch schneuzte, was er immer tat, um seine Verlegenheit zu überspielen.

Adelines Blick war verheerend. Hendrik sah von ihr zu Walter, gab daraufhin ein glucksendes Geräusch von sich, dann war es mit seiner Beherrschung vorbei, Gelächter brach aus ihm heraus, dröhnend, unpassend und schrecklich ansteckend. Hendriks Gelächter war gefürchtet in der Familie, unter Kaufmannskollegen und Freunden. Wenn Hendrik lachte, blieb kein Auge trocken, ganz gleich, wie ernst oder feierlich die Umstände sein mochten. Nach ein, zwei Sekunden vergeblichen Bemühens um Fassung senkte Ursel den Blick, ein breites Grinsen auf dem Gesicht, Walter grinste in sein Taschentuch, seine Schultern zuckten, Josephine kicherte ihr Jungmädchenkichern, das sich alsbald in eine weibliche, hellere, gleichwohl ebenso durchdringende Version von Hendriks Lache weitete.

Nur Adeline verzog keine Miene. Besorgt musterte sie Eliana, die tief in Gedanken versunken schien.

»Entschuldige bitte, Eliana«, gluckste Hendrik, als er, von abflauenden Salven nur mehr sacht geschüttelt, wieder zu sich kam. »Ich wollte mich gewiss nicht über dich oder deine Heirat lustig machen. Wenn es mit mir durchgeht, kann ich einfach nichts dagegen tun.« Erneut schüttelte es ihn.

»Da an eine vernünftige Unterhaltung wohl nicht mehr zu denken ist, schlage ich vor, nunmehr das Abendessen servieren zu lassen.«

Seufzend und so peinlich berührt, dass sie einem fast leidtun konnte, stand Adeline auf, zog ihr dunkelgrünes Seidenkleid, das ihr Mann so gern leiden mochte, glatt und schickte sich an, nach Luise zu klingeln, als Eliana mit fester Stimme verkündete: »Ich bin einverstanden.« Die Laute hingen im Raum, aber niemand schien sie zu begreifen. Nach der grotesken Szene von eben wirkte die schlichte Klarheit der Worte unwirklich, wie eine Botschaft aus einem Paralleluniversum. Verblüfftes Schweigen. Als das Schweigen anhielt, bekräftigte Eliana lächelnd: »Unter der Voraussetzung, dass John sich bei unserer ersten Begegnung nicht als völliger Idiot entlarvt, wovon ich natürlich nicht ausgehe.«

Das Abendessen verlief unverhältnismäßig früh im Sande. Der Tag der Eheschließung stand fest, das liturgische Prozedere musste mit dem Pastor in Adendorf abgestimmt werden, und die übrigen Einzelheiten – welches Kleid? Myrtenkranz oder Schleier? Ringe? – waren zu intim, als dass sie Gegenstand einer Unterhaltung bei Tisch sein durften. Auch der Zukünftige durfte nicht mehr erwähnt werden, befand Adeline. »Wir wollen doch nicht, dass ihm die Ohren klingeln, nicht wahr?«, meinte sie und lächelte Eliana verschwörerisch zu, die das Lächeln mit einer perfekten Mischung aus Verschämtheit und Koketterie erwiderte.
Victoria gratulierte und fragte, ob Eliana ihre Aussteuer beisammenhabe, als ihre Tochter ihr flüsternd beschied, dieses delikate Thema bitte nicht bei Tisch zu erörtern, woraufhin Victoria ihre Möhrensuppe mit Ingwer auslöffelte, die Serviette an den Mund drückte und mit einem Nicken in die Runde das Esszimmer verließ. Adeline seufzte und schüttelte den Kopf.
Schweigend begann man das Hasenrückenfilet zu verspeisen. Dann und wann streifte ein verstohlener Blick das Gesicht der siebzehnjährigen Eliana, aber kein Schimmer in den taubenblauen Augen oder eine verdächtige Rötung an Hals oder Haaransatz verriet eine innere Erregung, die über das gewöhnliche Maß einer überraschend zur Braut erklärten jungen Frau hinausging. Vorsichtige Erleichterung kroch in die Herzen der fünf, die ängstliche Anspannung wich. Zaghaft begann die Konversation zu plätschern, doch da es so viele Klippen und Fettnäpfchen

und Fallstricke zu umgehen galt, strengte sie die Beteiligten außer Eliana, die nur mit halbem Ohr zuhörte, dermaßen an, dass alle ganz erledigt und heilfroh waren, als Adeline die Tafel unmittelbar nach dem Dessert mit einer für sie gänzlich untypischen Offenheit aufhob: »Kinders, ich bin hundemüde.«

Befreiendes Gelächter. Gemurmelte Gutenachtwünsche. Alsbald klappten die Türen der Gästezimmer im Westteil und der im Ostteil des ersten Stocks gelegenen Schlafräume der Kaysers und ihrer Tochter.

Eliana hatte gerade das Licht gelöscht und lag, die Arme hinterm Kopf verschränkt, auf dem Rücken und starrte an die Decke, wo der Schatten einer Flüsterpappel tanzte. Sie war hellwach und wartete auf einen Gedanken, der der plötzlichen, ersehnten Metamorphose vom Mädchen zur Braut dieses Mannes würdig war, aber sie konnte nur an die feiste Margarethe denken, deren kleine breite Hände zuvor die Hasen ausgeweidet hatten, die als Hauptgang dieses denkwürdigen Abendessens ihr Ende gefunden hatten.

Plötzlich ließ das Geräusch von leise tappenden Füßen sie aufhorchen. Vor ihrem Zimmer machten sie halt. Lautlos wurde die Türklinke hinuntergedrückt, und Josephine schlüpfte herein, gefolgt von Tallulah, die sich gern in die Schlafzimmer schlich, was offiziell verboten, inoffiziell jedoch genehmigt werden musste, weil Tallulah keine geoder verschlossenen Türen akzeptierte und entweder sich selbst Einlass verschaffte, indem sie auf die Klinke sprang, oder so lange das teure Holz zerkratzte, bis jemand Erbarmen mit ihr und der Tür zeigte. Josephine kroch unter die Bettdecke. Mit einem tiefen Seufzer ließ Tallulah sich vor dem Bett auf die Seite fallen.

»Das ist also dein geheimer Traum, den du mir nicht verraten wolltest.« Als Eliana nichts erwiderte, fügte Josephine hinzu: »Du kennst ihn, und er gefällt dir.« Da Eliana hartnäckig schwieg, puffte Josephine sie in die Seite. »Ach, komm schon, sag es. Du kennst ihn, und du magst ihn.«
Schließlich schüttelte Eliana ganz leicht den Kopf, mehr die Ahnung einer Bewegung als wirklich eine Bewegung. »Beides lässt sich so nicht sagen.«
»Dafür hast du dich aber recht schnell für ihn entschieden«, meinte Josephine trocken.
»Ich werde ihn heiraten, das weiß ich einfach. Mehr nicht.«
Das war jedoch nur die halbe Wahrheit.
Die Dinge begannen sich zu fügen, nachdem ihr Vater die Schafzucht ganz seiner Frau überantwortet hatte und sich nach einer einträglichen Beschäftigung umsah. Nach einigen Umwegen verfiel er der Flora mit Haut und Haar. Niemand, am wenigsten er selbst, hatte geahnt, dass das Potenzial eines begnadeten Gärtners in ihm verborgen lag, aber mit den ersten Wicken, die Walter vor dem Weidezaun ausgesät hatte und die sich bald rot und blau und rosa zum Licht drängten und schlängelten, blühte der Mann, der Eliana stets so knochentrocken wie der Heideboden vorkam, auf.
Für eine fundierte Förderung seiner Fähigkeiten fehlten den Jürgensens freilich die Mittel, so dass es bei einer autodidaktischen, gutgemeinten, aber lückenhaften Ausbildung bleiben musste. Walter war es gleich; er liebte die Pflanzen, und sie liebten ihn. Er zog und pikierte, wässerte und wartete und beschnitt und zupfte, und was dabei herauskam, verkaufte er auf den Märkten der Umgebung.

Das Zubrot war zwar bescheiden, aber Walters Hingabe blieb ungebrochen.
Vor einem Jahr hatte Walters Leben – und damit Elianas – eine Wendung erfahren. Auf der Pirsch nach Samenkapseln des leuchtend blauen Rittersporns, die ihn an diesem Sommertag immer weiter von zu Hause fort und auf die nördliche Seite des Waldes getrieben hatte, stellte sich ihm ein kräftig gebauter Mann in den Weg und schnauzte ihn an, er befinde sich auf seinem Grund und Boden und habe dort nichts zu suchen. Walter erschrak und wich zurück, doch der Mann setzte nach, fasste ihn am Ärmel und fragte in freundlicherem Ton, ob er nicht der Händler mit den schönen Blumen sei. Als Walter stumm nickte, stellte sich der Mann als John van Steen vor und entschuldigte sich für seine harschen Worte mit der Erklärung, er müsse sich mit allerlei Gesindel herumschlagen, das um sein Haus streiche und ihn nicht in Ruhe lasse, was Walter veranlasste, seinerseits um Verzeihung zu bitten. Die Aussicht auf üppige Rittersporn-Rabatten im nächsten Sommer habe ihn blind gemacht für anderer Leute Eigentum.
Die lebhafte Unterhaltung, die sich daraufhin entspann, endete damit, dass Walter zusagte, einen Zaun um das ansehnliche Grundstück zu setzen und den völlig verwilderten Garten auf Vordermann zu bringen.
Benommen kehrte Walter zurück in die Senke und wiederholte Wort für Wort, was sich jenseits des Waldes zugetragen hatte. Die Entlohnung, die van Steen ihm in Aussicht gestellt hatte, würde es ihnen gestatten, eins dieser Gewächshäuser aus Glas zu errichten, in denen sich selbst im Winter Blumen und Gemüse ziehen ließen. Am nächsten Tag hatte er seinen Spaten geschultert und mit

der schweren Arbeit begonnen. In den ersten Wochen bekam Walter seinen Auftraggeber selten zu Gesicht; manchmal winkte van Steen von der Terrasse der Villa zu ihm herüber, ein anderes Mal erschien er lächelnd und drückte Walter ein Kuvert mit seinem Lohn in die Hand, obwohl der Monat noch gar nicht vorüber war. Dann wieder schien van Steen tagelang wie vom Erdboden verschluckt; die Villa wirkte verlassen und abweisend, die Fenster blieben geschlossen. Einmal hatte der Hausherr auf der Terrassenbrüstung ein aufgeschlagenes Buch liegen lassen, dessen Seiten vom Sommerwind beständig hin und her geblättert wurden. Eine vergessene Teetasse hatte dem Wind nicht standhalten können und lag in Scherben neben dem Gartenstuhl. Walter fand die Szenerie trostlos. Man merkte doch gleich, wenn einem Mann die fürsorgliche Hand einer Frau fehlte, hatte er Ursel eines Abends zugeraunt, als er meinte, Eliana schlafe bereits. Kein Dienstmädchen, geschweige denn eine Mamsell kümmerte sich um die Geschicke des Hauses. Aber gut, dies war der Tatsache geschuldet, dass van Steen Villa und Grundstück erst vor kurzem erworben hatte. Das zumindest hatte Walter auf dem Markt läuten hören, und gewiss, so reimte er sich den Rest zusammen, war van Steen nun damit beschäftigt, die Dinge an seinem bisherigen Wohnsitz zu regeln. Tatsächlich wurden die Abstände zwischen van Steens Reisen größer, der Hausherr schien sich einzurichten, wirkte nicht mehr so angespannt und suchte immer häufiger seinen Gärtner bei der Arbeit auf, um ein wenig mit ihm zu plaudern.

Angetrieben von der Neugier, die die Erzählungen ihres Vaters über seinen geheimnisvollen Arbeitgeber in ihr geweckt hatten, lungerte Eliana eines Nachmittags am Gartentor herum und gab vor, ihren Vater abholen zu wollen. Als er nicht auftauchte, begann sie das Anwesen zu durchstreifen, bis sie die beiden Männer unter einer mächtigen Platane stehend erblickte, die den rückwärtigen Teil der bescheidenen Villa zur Hälfte beschattete. Wie sie vertraut miteinander redeten, lachten und verständnisinnig nickten, gerade so wie Vater und Sohn, versetzte Eliana in belustigtes Erstaunen; was sie jedoch vollständig verblüffte, war die Wirkung, die John van Steen auf sie ausübte. Selbst auf die Entfernung von vielleicht hundert Metern meinte sie eine hypnotische Kraft zu spüren, die von ihm ausging und ihre Sinne in Schwingung versetzte. Sie glaubte seinen Duft zu schmecken, und wie seine Stimme ihre Haut streichelte, und instinktiv hatte sie Schutz hinter ein paar aufgeschichteten Bündeln abgeschnittener Äste gesucht. Sie wollte nicht entdeckt werden, ihm nicht vorgestellt werden. Dieser Mann würde mit einem Blick erfassen, dass sie wie eine läufige Hündin fühlte, und sie dafür verachten. Eliana lugte über die Zweige. Als die Männer ihr den Rücken zuwandten und in Richtung des Vordereingangs abdrehten, wagte sie sich aus der Deckung und lief nach Hause, verwirrt und ein wenig erschrocken. In der Nacht wichen Verwirrung und Erschrecken einer wundersamen Klarheit. Mit einem Mal lag der Weg, eben noch dunkel und sich im Nirgendwo verlierend, deutlich vor ihr. Sie würde John van Steen heiraten, sollte sie dasselbe empfinden, wenn sie ihm zum ersten Mal die Hand reichen würde.

Seitdem hatte Eliana darüber nachgedacht, wie sie eine Begegnung herbeiführen und ihr den Anschein des Zufalls verleihen könnte, was sie zu John sagen und wie sie ihn in die Tiefe ihrer taubenblausanften Augen locken würde, wie er sich beeindruckt und tief berührt von ihrer zarten Erscheinung, dem üppig geschnittenen Mund und dem mondhellen Teint zeigen würde. Sie wartete ungeduldig auf den perfekten Moment, ihren Plan in die Tat umzusetzen, und hätte darüber beinahe ihren Mut verloren.

Und jetzt spielte das Schicksal ihn ihr direkt in die Arme!

Das war verrückt und ganz und gar wunderbar und hätte Josephine bestimmt gefallen, doch Elianas heftige Gefühle für einen Fremden gingen nur sie allein etwas an, und so beließ sie es bei einem entschuldigenden Schulterzucken und wiederholte: »Ich weiß es einfach.«

»Mensch, Eliana«, flüsterte Josephine mit deutlichem Sarkasmus, »das ist ja wie im Märchen. Der Prinz taucht auf und Päng!«

»Aber das ist doch nichts Ungewöhnliches«, wisperte Eliana zurück. »Wenn deine Eltern es gut meinen, und das tun sie doch, suchen sie dir gewiss jemanden aus, der zu dir passt, und dann macht es auch bei dir … Päng!« Sie kicherte leise.

»Ganz bestimmt nicht«, gab Josephine so laut zurück, dass Eliana zusammenfuhr und den Zeigefinger an ihre Lippen legte. »Ich werde niemals heiraten.«

Eliana lachte leise. »Natürlich wirst du das. Warum solltest du nicht?«

»Ich weiß es einfach«, äffte Josephine ihre Cousine nach. »Männer sind haarige Geschöpfe mit dünnen Beinen und Mittelscheitel, die das *Kamasutra* für eine südamerikanische Krokodilsart halten.«

»Ach Jo, komm, vermies es mir nicht. Ich freu mich so sehr darauf, eine verheiratete Frau zu sein und meinen eigenen Haushalt zu führen. Ich werde in einer Villa leben, sie wird mir gehören, ganz allein mir und meinem Mann, und nie wird jemand über die Schwelle gelangen, den wir nicht haben wollen, sie wird ein Hort der Sicherheit werden und der Geborgenheit, und erst wenn das getan ist, bin ich bereit, in die Welt zu gehen, meinetwegen sogar auf eine Pyramide zu klettern, aber nicht vorher, erst muss alles … sicher sein … und …« Überrascht von den eigenen Worten verstummte Eliana mitten im Satz.

Nachdenklich sah Josephine sie an, fast ein wenig besorgt, wie Eliana voller Unbehagen feststellte. »Du brauchst kein Nest, alles, was du brauchst, ist hier.« Sie drückte ihre flache Hand auf Elianas Brust. »Du musst dir deiner selbst sicher sein.« Sie zögerte, dann fuhr sie stockend fort. »Bist du das nicht?«

»Ich bin müde.« Brüsk drehte Eliana sich um. Drei, vier, fünf Sekunden später hörte sie, wie Josephine aufstand und leise das Zimmer verließ. Die Hündin rührte sich nicht.

Am nächsten Morgen nach dem Frühstück reisten die Lüneburger ab. Die Erleichterung war Walter, Ursel und Eliana, vor allem jedoch Adeline anzumerken, und um einer Geste willen, die diesen Eindruck zerstreute, winkte Adeline der Droschke, die die drei zum Bahnhof brachte, mit einem weißen Taschentuch hinterher, bis sie nicht mehr zu sehen war. Hendrik und Josephine begleiteten die Verwandten, um ihnen auf dem Bahnsteig behilflich zu sein, den richtigen Zug nach Hamburg zu erreichen; von dort wollte ihr Mann ins Kontor und ihre Tochter zur Schneiderin fahren.

Wahrscheinlicher ist es, dass Josephine eine Buchhandlung besucht, dachte Adeline grimmig. Dann verzogen sich ihre Lippen zu einem leichten Schmunzeln. Sie hatte das eine Problem gelöst, sie würde auch diese Jungmädchenmarotte in den Griff bekommen. Der Plan war gewagt, gesellschaftlich betrachtet, aber Pioniergeist lag schließlich in der Familie.

Den ganzen Tag verbrachte Adeline äußerst zufrieden mit sich. An ihrer Hochstimmung konnten auch dieses strohdumme Dienstmädchen und Victoria, ihre Mutter, nichts ändern, die sie mit scharfen Blicken verfolgte und sich weigerte zu essen. Anfangs hatte Adeline den geistigen Verfall ihrer Mutter kaum ertragen können, doch mittlerweile hatte sie sich an die feindselige Haltung ebenso gewöhnt wie an Victorias weinerliche und verrückte Touren. Das Schlimmste war ihre Unberechenbarkeit; ein, zwei Tage benahm Victoria sich im Lichte vollständiger geistiger Gesundheit, dann fiel sie plötzlich in die Umnachtung, schimpfte wie ein Rohrspatz, schwieg verbissen oder faselte von Orangen. In diesem Zustand wirkte sie noch zerbrechlicher, durchscheinend, geradeso, als wäre sie im Begriff, sich allmählich aufzulösen, doch am nächsten Morgen saß sie wieder heiter am Frühstückstisch. Aber es war ja nichts zu machen, kein Branntwein, kein Elixier, kein Schröpfen und keine Schrothkur halfen, wenn ein Schleier vor den Verstand fällt. Alles, was sie, Adeline, tun konnte, war, inständig zu hoffen, dass ihre Mutter in einem akuten Wahnanfall nichts ausplauderte, was Erklärungen notwendig machen würde.

Am Abend kamen die Kaysers zu einem schlichten Abendbrot mit Resten vom Hasen und einem Kartoffelsalat mit Speck und Zwiebeln zusammen, und sobald Victoria und Josephine sich in ihre Zimmer zurückgezogen hatten,

stand Hendrik auf, schenkte ihnen beiden einen ordentlichen Malt-Whisky aus dem Schottischen ein, reichte seiner Frau ein Glas und sah sie erwartungsvoll an.
»Und inwiefern hast du deine Finger im Spiel?« Das war eine von Hendriks typischen sizilianischen Eröffnungen, die seine Geschäftspartner regelmäßig überrumpelten, nicht jedoch seine Frau.
»Aber nein, was du dir nur wieder denkst!«, wich sie geschmeidig aus, den rauhen Sopran auf Seide gestimmt. »Es ist ein glücklicher Zufall, weiter nichts.« Sie schwenkte das Glas, so dass der bernsteindunkle Whisky sanft wogte.
Hendrik schnaufte geringschätzig, seine Augen fixierten seine Frau, das Ticken der Standuhr zerlegte die Stille leise und enervierend. Schließlich gab Adeline auf. »Also schön, ja, ich habe das eine oder andere versucht. Ich habe mich diskret erkundigt, welche Möglichkeiten Lüneburg uns bietet. Mir wurde John van Steen aufs herzlichste empfohlen, und meine Erwartungen wurden nicht enttäuscht. Und er ist um fünf Ecken mit Torge verwandt und ein reifer Mensch. Nicht zu reich, nicht zu arm, nicht ungestüm jung, nicht zu alt – genau der Richtige für die Erfordernisse. Kein Ausschlag zur einen oder anderen Seite, und das ist, wie du weißt, das, was Eliana braucht.« Als ihr Mann nichts erwiderte, runzelte sie die Stirn und ging zum Angriff über. »Ist es verkehrt, dass ich mich verpflichtet fühle, alles dafür zu tun, dass das Kind angemessen versorgt ist?«
Endlich – Hendrik lächelte. »Nein, es ist herzenswarm, und das weißt du auch.« Er sagte es freundlich und so, als würde er sich sehnlichst wünschen, es wäre wahr und jedermann würde Zeuge, dass der Drache, den seine Frau

stets gab, sich als der Engel offenbarte, der in Wahrheit in ihr steckte. Aber Adeline hörte bloß blanke Ironie heraus. Schon wollten sich ihre Lippen zu einem schmalen Strich verziehen, da besann sie sich im letzten Moment und erwiderte sein Lächeln. Ihre Blicke trafen sich. Alles war wieder gut.

Hendrik war viel zu müde, um die Klingen zu kreuzen, das sah sie ihm an. Tiefe Ringe ließen seine hervorspringenden Augen noch größer erscheinen, und die Falten, die von den Nasenflügeln zum Kinn verliefen, wirkten tiefer noch als heute morgen. Nur seine Haltung war wie immer tadellos. Hendrik war ein stattlicher Mann Mitte fünfzig, noch straff um die Taille, selbst wenn er die Bauchbinde zur Nacht ablegte; das stramme Stück Stoff, das er sich hatte auf Maß schneidern lassen, gehörte zu Hendriks kleinen verzeihlichen Eitelkeiten, genauso liebenswert wie seine neueste Angewohnheit, jeden Abend Gesicht und Hals akribisch mit Sanddornsalbe zu massieren. Neulich hatte sie ihn dabei erwischt, was ihm sichtlich peinlich gewesen war, und um seine Verlegenheit zu überspielen, hatte sie dankbar lächelnd in den irdenen Topf gegriffen und ihre makellose mattweiße Haut mit dem fetten Zeug bekannt gemacht. Jetzt cremten sie beide jeden Abend ausgiebig, und über dem steifen mattweißen Bettzeug glänzten ihre öligen gelblichen Gesichter wie monströse Löwenzahnblüten.

Adeline hätte sich das Gesicht durchaus auch mit Lavendel oder Entengrieß oder sonst was eingecremt, um ihre Loyalität zu bekunden; sie würde genau genommen alles für Hendrik tun. Sie liebte ihn seit zwanzig Jahren, innig und heiß, und sie sorgte sich entsetzlich um ihn.

Dieses verfluchte Teehaus brachte jeden ins Grab.

Adeline war nicht abergläubisch veranlagt, doch wenn ihr ein schlüssiges Argument einfallen würde, würde sie keine Sekunde zögern, Hendrik die Vorstellung schmackhaft zu machen, das Geschäft zu veräußern. Aber das war der Haken – es gab einfach keinen vernünftigen Grund.

Die Geschichte des Teehauses Kayser, vormals Franzini-Magyary, war vom Tag der Gründung an von wirtschaftlichem Erfolg begleitet, trotz oder wegen des exotischen Flairs seiner Inhaber vermochte niemand zu sagen.
Die Franzini-Magyarys, ein munteres Gemisch aus Ungarn, Österreichern und einem Italiener, der vor vielen, vielen Jahren seine Spuren hinterlassen hatte, waren weder Aristokraten, die sich 1848 mit dem ungarischen Adel gegen die Donaumonarchie hätten verbünden können, noch arm und verzweifelt genug, um einen Anreiz zu verspüren, sich zu den plebejischen Aufständischen zu zählen. Ihr Horizont war angenehm beschränkt; sie hatten sich in Domony niedergelassen, und alles, was sie wollten, war, in Frieden den Weinanbau auf ihrem bescheidenen Grund und Boden voranzutreiben. Heiße Herzen jedoch besaßen der achtzehnjährige Gyula und sein zwei Jahre jüngerer Bruder Tomasz. Eines Abends beteiligten die beiden sich am Überfall auf eine Delegation der verhassten Habsburger, unter deren Knute die zehn Nationalitäten im Vielvölkerstaat ihrer Meinung nach schon viel zu lange leiden mussten. Die vermeintlichen Wiener entpuppten sich als harmlose Pferdehändler aus dem Böhmischen, die den zerknirschten Jungen nach überwundenem Schreck versicherten, die Sache nicht an die große Glocke zu hängen. Die Freunde stoben von dannen, nur Gyula blieb am Ort des Geschehens – einer Weggabelung zwischen Domony

und Gödöllö –, sah den Fremden nach und fragte sich, ob sie ihr Wort halten oder nicht stehenden Fußes dafür sorgen würden, ihn und seinen Bruder und ihre Freunde ins Gefängnis zu bringen. Es schien ihm weitaus klüger, sich eine Weile fern von Domony und dieser unglückseligen Weggabelung versteckt zu halten. Und in dem Moment war ihm der Gedanke seines Lebens gekommen. Wenn er, Gyula Franzini-Magyary, schon gezwungen sein würde zu fliehen, dann nur mit ihr, der fünfzehnjährigen Victoria Roszy, seiner großen Liebe. Beide Väter verweigerten die Zustimmung zu ihrer Heirat. Victoria Roszys Familie besaß ein veritables Gut südlich von Domony und sah auf die Franzini-Magyarys herab, die ihrerseits die Nase rümpften über die »stinkenden Putenkadaver«, mit denen die Roszys ihr Geld auf den Märkten von Buda und Pest verdienten. Als Victorias Schwester sich vor etlichen Jahren einem Franzini-Magyary hingegeben hatte, war die Feindschaft in alle Ewigkeit besiegelt (ungeachtet dessen, dass dieser einer Linie der Franzini-Magyarys entstammte, die seit Jahrzehnten in Wien lebte, also mit all dem Schlamassel nichts zu tun hatte). Wollte Gyula seine Victoria heiraten, galt es also, beherzt die Gelegenheit beim Schopf zu packen.

So geschah es. Tomasz widersprach nicht, weil sein eigenes Wollen stets ein wenig im Dunkeln blieb, und Victoria fragte nicht, weil Gyula alles war, was sie wollte. Drei Tage brauchten sie, um sich bis Wien durchzuschlagen. Dort, in der Laudongasse, bei Victorias Schwester, schöpften die jungen Leute neue Kräfte und ließen sich von der großzügigen Malfalda die Taschen füllen.

Die Hauptstadt der Donaumonarchie war zu diesem Zeitpunkt ein heißes Pflaster. Im März war die Hofburg belagert worden, Mitte Mai wurde unter dem Druck neuer Unruhen die Verfassung aufgehoben, und Franz Joseph I. stellte Wahlen für einen verfassungsgebenden Reichstag in Aussicht. Die Dinge schienen sich in eine demokratische Richtung zu entwickeln. Unbeirrt davon setzten die drei ihre Flucht fort, torkelten wie Korken auf bewegter See durch Europa, bis sie im lieblichen Amsterdam eintrafen und die Tage bei Poffertjes und süßem Tee verbrachten, während sich in ihrer Heimat die Kräfte der Gegenrevolution bündelten, die im Herbst einen Sieg der Monarchie auf ganzer Linie erkämpften.

Das vorläufige Ende ihrer Odyssee sollte für Gyula und Victoria für immer mit dem Geschmack des süßen, billigen Tees verbunden sein, den sie nie zuvor gekostet hatten. Gyula begann sich für die Mechanismen des Handels im Allgemeinen und des Tees im Besonderen zu interessieren und fand in Kaufmann Wim van der Straaten einen freundlichen Mentor. Während Tomasz es vorzug, dessen Tochter Ines zu bezirzen, lernte Gyula das Prinzip von Nachfrage und Angebot und auch, dass es keinen Sinn ergab, in einer Stadt, in der es von Teehändlern nur so wimmelte, als Neuling reüssieren zu wollen. Es galt, einen Ort zu finden, in dem der Teehandel nicht an erster Stelle stand. Bremen schlug van der Straaten vor und unterbreitete Gyula das großzügige Angebot, den van der Straaten'schen Tee als Kommissionsware in die Hansestadt einzuführen, unter der Bedingung, dass er auch seinen unseligen Bruder zur Weiterreise überreden konnte. Gyula unterzeichnete den Vertrag am selben Tag, füllte seinen Bruder mit Genever ab, bis er besinnungslos umfiel, warf ihn, den Schmächtigeren, über seine Schulter und verließ stante pede mit Victoria das Grachtenidyll.

Da ihr Familienname das Einzige war, was ihnen von der Heimat geblieben war, entschlossen sich die Gebrüder, ihre Firma Teehaus Franzini-Magyary zu nennen, obschon die auffällige Häufung der hellen Vokale in den Ohren der Bremer vermutlich nicht ganz astrein klingen würde. Man würde zigeunerhafte Wesen, die einem Schierlingspflanzen für Grüntee andrehten, wittern, und als Zugeständnis an den norddeutschen Argwohn wurde aus Gyula Gunter und aus Tomasz Thomas. Tomasz-Thomas verlor darob jedoch ein wenig den Halt, begann Bremen und ihr gemietetes Häuschen im Stephani-Viertel zu hassen und packte ein halbes Jahr nach ihrer Ankunft sein Bündel und verschwand. Ein Jahr später erhielten Gyula und Victoria einen kurzen Brief ohne Absender, in dem Tomasz ihnen mitteilte, Ines und er seien soeben Eltern des kleinen Jehann geworden. Danach riss der Kontakt ab.

Van der Straaten schäumte vor Wut, seitdem Ines verschwunden war, stellte die Teelieferungen nach Bremen ein, wünschte allen Franzini-Magyarys die Pest an den Hals und setzte in der Folge alles daran, die junge Firma zu vernichten. Aber Gunters Talent zum Handel, einmal zum Leben erweckt, ließ sich vom Gift des väterlichen Rachedurstes nicht lähmen, und als sich Japan 1854 für den freien Teehandel öffnete, war Gunter zur Stelle. Gunter war zur Stelle, als deutsche Pflanzer im nordindischen Darjeeling die ersten Teegärten anlegten, und er war der Erste, der mit den russischen Gebrüdern Popow verhandelte, die seit 1860 mit chinesischem Teepflanzenmaterial eigene Pflanzungen im Kaukasus anlegten. Die Holländer ließen an den Russen kein gutes Haar, und Gunter war zur Stelle, um sie auf der Amsterdamer Teeauktion lachend daran zu erinnern, dass es ihre eigenen Vorfahren waren, die 1827 mit gestohlenen chinesischen Teesamen auf Java, der niederländischen Kronkolonie, die ersten Teegärten jenseits des Jangtse angelegt hatten. Beinahe hätten der aufgebrachte van der Straaten und seine Geschäftsfreunde kurzen Prozess mit Gunter gemacht.

Gunter war zur Stelle, als die ersten schlanken, schnellen Teeclipper über die Meere von London nach China sausten, er war zur Stelle, als die Ära der Postdampfer begann und der Suezkanal eröffnet wurde und Shanghai, Kalkutta und Columbo nur mehr einen Katzensprung von Bremen entfernt schienen. Er war dabei, wie die indische und ceylonesische Konkurrenz die chinesischen Teemandarine entthronte, und zog seinen Nutzen daraus, indem er mit ihnen kühne Rabatte auf langfristige Lieferverträge aushandelte. Gunter war stets zur Stelle, wenn es galt, Profit zu machen, er war zäh, einfallsreich und avancierte trotz des Namens zu einem angesehenen Mitglied der Bremer Kaufmannschaft.

Als sie, Adeline, die jüngere Tochter, Hendrik Kayser kennenlernte, hatte ihr Vater Gunter seine Kräfte bereits verschlissen. In dem jungen Löwen Hendrik erkannte er sich selbst wieder, und dessen Familienname schien ihm ein ungleich besseres Omen als der des Mannes, der zwei Jahre später Judiths Ehemann werden sollte – Nelissen. Melodisch, gewiss, wie ein weiches Schnalzen mit träger Zunge, aber so eindeutig niederländisch. Sollte dieser Nelissen eines schönen Tages Gunters Firma übernehmen und womöglich umbenennen, würde jeder Händler von London bis Shanghai den Eindruck gewinnen, die Amsterdamer hätten ihren alten Kontrahenten Gunter Franzini-Magyary zu guter Letzt doch noch bezwungen.

Zumindest diese Sorge wurde Gunter 1882 abgenommen, in jenem Jahr, das sie das Schicksalsjahr zu nennen pflegten. Mühsam hatte die Familie die Scherben aufgesammelt, und aus dem Teehaus Franzini-Magyary wurde das Teehaus Kayser. Das Kayser-Haus, wie Hendrik und Adeline es nannten, heimlich, um die Bremer Freigeister nicht zu verärgern.

Hendrik legte los. Er rackerte sich für die Firma ab, knüpfte geschickt Seilschaften aus Senatoren und Bürgerschaftsabgeordneten, nutzte die Angst der Bankiers aus, dass Bremen im Wettlauf um die führende Rolle in Norddeutschland endgültig von Hamburg abgehängt werden würde, indem er ihnen gewaltige Kredite abrang; und er zog im Hintergrund die Fäden, als es galt, auf dem Gelände der Stephani-Kirchenweide einen neuen großen Hafen, den auch Seeschiffe erreichen konnten, politisch durchzusetzen. Seit dessen Eröffnung 1888 florierte der Überseehandel, und Hendrik ging dazu über, das Sortiment des Teehauses um Teelikör, Teepralinen und allerlei Schnickschnack aus Fernost zu ergänzen.

1895 stand das Teehaus Kayser besser da denn je.

Gott, was wäre ihr Vater Gunter stolz, wenn er wüsste, dass Hendrik nun auch noch für das Amt eines Senators im Gespräch war. Zumindest riefen das die Spatzen von allen Bremer Dächern. Seiner Frau gegenüber hatte er kein Sterbenswörtchen verlauten lassen, aber Adeline kannte ihren Mann gut genug, um sicher zu sein, dass er niemals einem Kollegialsystem angehören wollte, in dem ein allzu konservativer Geist herrschte und in dessen Deputationen mehr gedöst als pragmatisch angepackt wurde.

Dennoch, allein die Tatsache, dass an ihn gedacht wurde!

Adeline war von unbändigem Stolz erfüllt, doch die Angst, die sich damals im Schicksalsjahr für immer in ihr Herz gesenkt hatte, überschattete ihre Freude, und wie stets hielt sie mit allem hinterm Berg, was ihren geliebten Ehemann unnötig belasten (mithin vorzeitig ins Grab bringen) könnte.
Und eine gewisse Belastung musste auch in diesem Fall vermutet werden. Zumindest würde Hendrik sich Gedanken machen.
So schwieg Adeline, trank den Whisky in kleinen Schlucken und dachte bei sich: Ja, ihr Engagement für Eliana war herzenswarm, durchaus, daran änderte auch die Tatsache nichts, dass John van Steen ihr verpflichtet war. Dass er eines Tages vor ihrer Tür stand und behauptete, ein Großneffe von Torge Nelissen zu sein, sie ihm, dem freundlichen Mittellosen, spontan auf die Beine geholfen und ihm ebenso spontan aufgetragen hatte, ein Auge auf Eliana zu haben. Sie mochten sich vom ersten Moment an, und Adeline zweifelte nicht daran, dass ihre Übereinkunft für alle von Nutzen sein würde. Sie war sogar zu der Ansicht gelangt, das Arrangement erfüllte einen höheren Zweck, so als würde eine Generation später eine Schuld beglichen. Obwohl – Schuld war vielleicht nicht das richtige Wort. Fahrlässigkeit traf es schon eher.
Der Brief, der sie heute Vormittag erreicht hatte, kam Adeline wieder in den Sinn, und für einen Moment wurde ihr das Herz schwer. Die Dinge entwickelten sich nicht gerade zum Besten. Aber wer vermochte schon zu sagen, was das war. Vielleicht war das Beste genau das, was ihr in salbungsvollen Worten mitgeteilt worden war.
Aber das alles musste Hendrik nicht erfahren.
Es würde ihn wirklich ganz unnötig belasten.

Adeline riss sich von ihren Gedanken los und den zwiespältigen Gefühlen, die mit ihnen einhergingen.
»Wann willst du es Josephine sagen?«, wechselte sie leichthin das Thema.
Hendrik, der ihr Mienenspiel aufmerksam verfolgt hatte, gab mit mildem Spott zurück: »Bevor du noch einen Ehemann aus dem Hut zauberst.«
Adeline verdrehte die Augen und trank den Whisky aus.

3

Trau dir, trau dich … Wenn ich mir traue, traue ich mich. Das ist zum Lachen, aber verhält es sich nicht ganz genauso? Ich muss mir aus tiefster Seele trauen, sonst ist das Michtrauen zum Scheitern verurteilt. Oh, ich musste es üben, wieder und wieder üben, habe Vertrauen ins außen gesenkt, wo es versank, und mein Bemühen endete kläglich, so kläglich, dass es ein Witz war für sie, mich zu finden, mich zurückzuholen … Zum Teufel mit ihnen.
Aber auf diese Weise habe ich verstanden, dass es sinnvoller ist, Vertrauen ins Innere zu geben. Mir fehlt die Konzentration dazu, dessen bin ich mir bewusst. Gedanken flattern wie Vögel in zu kleinem Käfig. Aber manchmal sind sie still, als lauschten sie mit angehaltenem Atem.
Ich habe den Arzt gefragt, ob man merkt, dass mit mir etwas nicht stimmt, aber er sagte, nein, das könne man nicht merken, weil mit mir alles in Ordnung sei, der Lügner.
Ich habe aber nun auch ohne seine Hilfe etwas gefunden, was mir hilft. Ein System der Vergewisserung. Ich wiederhole meine Handlungen so oft, bis ich sicher bin, sie wirklich getan zu haben. Auch habe ich angefangen, Orchideen zu sammeln. Sie sind nicht billig, aber ich kann es mir leisten, und die Widmung meiner leeren Zeit an etwas Pflege- und Katalogisierbedürftiges tut mir gut. Der Arzt sagt, dass die Wiederholun-

gen nicht gut für mich seien, die Sammlung jedoch schon, und ich sehe es seinen Augen an, dass er damit meint, dass ich, wenn ich die Wiederholungen beibehalte, langsam geisteskrank werde, aber das ist Unsinn. Beides ist Ausdruck desselben. Die Pflanzen wiederholen sich, die Handlungen wiederholen sich. Ich habe ihm erklärt, dass ich die Wiederholung benutze, nicht sie mich, aber er hat nur so getan, als ob er mich verstehen würde. Wahrscheinlich hat er insofern recht, dass es auf andere seltsam wirken könnte. Ich werde die Wiederholungen aufgeben.

Ich muss fort von hier, obwohl es so schön ist. Das Klima ist viel angenehmer als im Norden. Ich muss … ich spüre, dass es wichtig ist. Wenn man in einem Zimmer, das so aussieht wie dieses, sein Leben verbringt, werden die Empfindungen klarer, schärfer.

Es war sehr wohltuend, hierhergebracht zu werden, verfrachtet, wenn man so will, aber ich konnte und wollte mich nicht wehren, ich hatte großes Unrecht begangen, ich hatte kein Recht mehr, mich zu beklagen. Ewige Dankbarkeit, dass sie mich bewahrte vor dem Tod! Und mir ein Leben schenkte jenseits des Durchschnitts und ohne dumme Ablenkungen – hier durfte ich mich auf das einzige Ziel konzentrieren, das zählt und nur zählen darf. Wie gern würde ich darüber sprechen, aber die Gedanken dürfen nicht aus meinem Kopf, es ist zu gefährlich. Einstweilen dürfen nur die Vögel zuhören, wie ich sie forme, bis ihre vage Kontur sich verdichtet und die Zeit reif ist, sie in die Welt zu entlassen.

Jetzt geht die Tür auf, und Dr. Morgenstern kommt herein wie jeden Morgen um halb zehn.

Wie geht es Ihnen?, fragt er wie jeden Morgen um halb zehn.
Wenigstens sagt er nicht: Wie geht es uns, diese scheußliche Anbiederei resoluter Pflegerinnen mit Händen wie Bratpfannen.
Mir geht es gut, sage ich lächelnd. Ich lese viel, die Klassiker natürlich ... ich gehe spazieren durch den Bayerischen Wald wie König Ludwig und werde jeden Tag kräftiger. Sie dürfen mich bald entlassen. Kokett, ich.
Eigentlich wollen Sie doch lieber bei uns bleiben, nicht wahr?, weicht der Doktor mir aus, der graue Bart hebt und senkt sich, und ich sehe dem Mann an, wie unangenehm es ihm ist, er windet sich.
Sie sagen nicht die Wahrheit, nicht wahr?, sage ich wie selbstverständlich und ganz ruhig.
Wir tun alles, damit Sie ein angenehmes Leben führen können, bringen Sie etwas mehr Geduld auf, bitte.
Er lächelt milde und wünscht mir einen guten Tag. Dann schließt er die Tür hinter sich. Lügner. Dummkopf.
Er ist Arzt, aber er weiß nichts über die Verführbarkeit derjenigen, die die Kranken bewachen sollen. Er ahnt nicht, wie oft ich schon den Geschmack der Freiheit gekostet habe.
Bald gehe ich endgültig fort von hier. Alles ist in die Wege geleitet. Die Frage, ob dies ein Sanatorium, ein Gefängnis oder beides ist, wird dann für mich nicht mehr relevant sein.

Auf der Unterhose prangte ein winziges Wappen, dessen verschlungene Stiche nur vage einem Bären und einem

steigenden Pferd ähnelten. Doch die Absicht war erkennbar.
»Wie hübsch«, sagte Eliana. »Ich wusste gar nicht, dass du so kunstvoll sticken kannst, Mutter.«
»Eine dumme Idee«, murmelte Ursel und nahm Eliana das Wäschestück aus der Hand. »Vor Jahren habe ich mich einmal daran versucht, für meine Enkelchen, die du mir hoffentlich schenkst, etwas Besonderes herzustellen. Das Ergebnis spricht, wie du siehst, für sich. Der Herr in seiner Gnade führte bei der übrigen Leibwäsche meine Hand, so dass sie ganz schlicht geriet. Ich habe wohl vergessen, diese Hose beiseitezuschaffen, und irgendwie muss sie in den übrigen Stapel gerutscht sein. Du hättest warten sollen, bis ich dir erlaube, die Truhe zu öffnen.« Ihre letzten Worte begleitete sie mit einem vorwurfsvollen Unterton.
Eliana ging nicht darauf ein. Ein feines Lächeln umspielte ihre Mundwinkel. »Was Tante Adeline wohl dazu sagen würde, wenn ein Kind der Tochter ihrer sehr entfernten Nichte, die wiederum eine Stieftochter vom Schwager des verstorbenen Bruders des verstorbenen Gunter Franzini-Magyary ist, das Familienwappen am Allerwertesten trägt? Oder habe ich etwas durcheinanderbekommen?«
»So ungefähr«, gab Ursel müde zurück. Ihr Gesicht verschloss sich. Schweiß rann ihr aus den schlaffgelockten graublonden Haaren, die sie zu einem kleinen festen Knoten gedreht hatte. Drückend lag die Hitze auf der Senke, verdichtete die Zeit und den Raum zu zähflüssigem Sirup, der die Gedanken verklebte und die Bewegungen erschwerte. Kein Laut drang von draußen zu ihnen, den Schafen war es zu heiß zum Blöken.

Schweigend fuhren Eliana und ihre Mutter fort, den Inhalt der Holztruhe zu inspizieren. Fünf Garnituren Leibwäsche, fünf leinene Nachthemden mit gebauschten langen Ärmeln, drei Tageskleider aus weicher Baumwolle in Taubenblau, Hellbraun und einem verschossenen fleischfarbenen Rosa, ein hellgrünes Sonntagskleid, sechs vergilbte Tischtücher von zeltartigen Ausmaßen, Betttücher, Taschentücher, Handtücher, gehäkelte Bettjacken, gefilzte Hausschuhe, gestrickte Schafwollsocken, eine in schwarzes Leder gebundene Bibel, Leinenservietten und noch mehr Leinenes, Schafwolliges, Gutgemeintes, Unaussprechliches und Unerlässliches, das zu der Aussteuer einer jungen Frau aus ihren Verhältnissen gehörte.
Behutsam öffnete Eliana eine kleine Schachtel, darin ein federleichtes geklöppeltes Häubchen, eine buntbemalte Holzente mit drolligem Gesichtsausdruck und in Seidenpapier gehüllte Babyschühchen, akkurat gehäkelte, mit Röschen bestickte Winzlinge. Der Anblick rührte sie zutiefst. Was musste sie für ein hochwillkommenes Kind gewesen sein, wenn die Mutter, die ihr Herz so gar nicht auf der Zunge trug, all ihre Liebe hineinwirkte in diese kleinen Kunstwerke, ganz gleich, wie viel Arbeit auf dem Hof wartete.
Ein zarter Duft nach Maiglöckchen und Rose entströmte den Reliquien ihrer Kindheit, und mit ihm stiegen Empfindungen und Geräusche wie aus einer versunkenen Welt in ihr auf. Eliana schloss die Augen, um die Spur aufzunehmen, und als sie sie wieder aufschlug, ruhte Ursels nachdenklicher Blick auf ihr.
Rasch hielt Eliana ihrer Mutter die Schühchen hin. »Sie duften. Noch nach all den Jahren duften sie.«
Ursel schnupperte und schüttelte den Kopf. »Es riecht

nach Mottenkugeln, aber wenigstens stinkt es nicht nach Schaf.« Stolz schwang in ihrer Stimme.

Statt des in diesen Breiten üblichen Fachhallenhauses, in dem Menschen und Tiere unter einem Dach schliefen, so nahe beieinander, dass sich ihr Atem und der Geruch ihrer Ausdünstungen vereinigten, sich in Kleidern und Haaren festsetzte und die Nase stumpf machte, hatten Elianas Eltern ein schlichtes Holzhaus mit einem abgetrennten Stall errichtet; auch dies, wie die Karakulschafe und Walters weibischer Hang zur dekorativen Gartenarbeit, ein Stachel im Fleisch der Nachbarn. Während ihre Mutter, von Geblüt eine wehrhafte Hannoveranerin, der Meinung war, dass es sich am Rand der Gemeinschaft ohnehin besser lebte, weil die Leute nicht so schnell auf die Idee verfielen, einen mit ihren Kümmernissen zu belästigen, war ihr Vater in der Vergangenheit oft geneigt, den ganzen Krempel an den preußischen Forstfiskus oder eine der Klosterkammern zu verscherbeln, so wie viele in der Heide es schon getan hatten in den letzten Jahren. Aber ihre Mutter wollte nichts davon wissen und ließ ihn einfach stehen, wenn er wieder die Rede darauf brachte. Walter nickte dann nur und wartete auf die nächste Gelegenheit, die Sache erneut zur Sprache zu bringen.

Doch dann tauchte John van Steen auf und schenkte Walters Zärtlichkeit zur Flora, die er im Menschlichen ein wenig vermissen ließ – er beschränkte sich auf gelegentliches flüchtiges Wangestreicheln, und selbst das fühlte sich für Eliana an, als würde ihr Vater die Beschaffenheit eines Blütenblatts prüfen –, eine Heimstatt. Walter redete nie wieder vom Verkauf des Hofs. Und jetzt, da sich die Wege seines Brotherrn und der Familie für

immer verbinden sollten, war das Thema endgültig vom Tisch.
Obwohl – die Hand hätte Eliana dafür nicht ins Feuer gelegt. Sie vermochte nie einzuschätzen, was in seinem Kopf vorging; ihr Vater erschien ihr freundlich, aber unzugänglich. Vielleicht, so dachte sie manchmal, wäre ihr Verhältnis inniger gewesen, wenn sie ein besseres Kind gewesen wäre, so wie Frauke, als sie noch bei ihnen war. Ihre Schwester, fünf Jahre älter, verspielt und biegsam wie ein junger Seehund, hatte einen Gutteil von Walters Heiterkeit mit sich genommen, als sie mit einem Mal verschwand. Die Eliana ihm nicht in dem Maße zurückgeben konnte, wie sie gern gewollt hätte. Ja, vielleicht, wenn sie mutiger, drolliger gewesen wäre, wenn sie ihren Vater hätte necken und um den kleinen Finger wickeln können, so wie Frauke es getan hatte. Aber das lag nicht in ihrer Natur.
Eliana liebte es, für sich zu sein. Halbe Tage lang ließ sie sich durch die kargen, fast baumlosen Heideflächen treiben, die der Dichter Friedrich Hebbel »gespenstiglich« empfand. Was für ein armseliges Zeugnis für mangelhafte Kenntnisse, hatte Elianas Lehrer Dr. Hempel gewettert, als des Dichters Verriss auf dem Lehrplan der Dorfschule stand. »Lasst euch niemals einreden, die Heide sei karg und lebensfern!« Es gebe die Lehmheide mit dem Borstgras und dem Feinschwingel, die feuchte Sandheide mit dem Pfeifengras und der Glockenheide, die flechtenreiche Sandheide und so fort. Das Klingeln erlöste die Mädchen, die hinausstürmten, nur fort von dem Sendungsbewusstsein ihres Lehrers; allein oder zu zweit trödelten sie nach Hause, vorbei an Fachhallenhäusern, Koten und Schafställen, die wie zufällig beisammenstanden und ein Dorf

bildeten mit Wegen, die ohne scharfe Grenze in die Landschaft übergingen, als hätten sie unterwegs vergessen, Wege zu sein.

Eine Landschaft, die sich wie ein Feenmantel auf Elianas empfindliche Nerven legte, ihre Kümmernisse linderte, damals wie heute und ganz besonders jetzt, in dieser Situation, die bei aller frohen Erwartung aufs höchste dazu angetan war, einen scheuen Menschen wie sie zu verunsichern. Eliana war froh, dass ihr neues Zuhause nicht allzu weit von der Senke entfernt war.

»Hast du Angst, mein Kind?«

»Nein«, sagte Eliana mit fester Stimme. Ihre erste Begegnung mit John war genauso verlaufen, wie sie es erwartet hatte. Er war in ihr Haus in die Senke gekommen, den Arm voller Geschenke, hatte Ursels Apfelkuchen gelobt und Walters unbeholfene Bemühungen, eine Unterhaltung in Gang zu bringen, charmant überspielt. Eliana hatte einsilbig auf seine höflichen Fragen reagiert und seinen Blick forschend erwidert, gebannt von dem, was man nicht sehen konnte. Die hypnotische Kraft, die ihn umgab wie ein Parfum.

Sie wollte ihn, mehr denn je.

Die Trauung in der Adendorfer Johanneskapelle sollte niemandem der Beteiligten als besonders ereignisreich im Gedächtnis bleiben, bis auf den Moment, als Elianas recht kurzer elfenbeinfarbener Schleier den Halt verlor und in Zeitlupe zu Boden glitt wie eine erschöpfte Möwe. Da Hendrik Kayser dringender Angelegenheiten wegen der Feier ebenso fernbleiben musste wie Frau und Tochter, die angeblich aufgrund eines Eisenbahnstreiks in der Sommerfrische in Alicante festsaßen, bannte niemand das böse Omen mit Gelächter oder wenigstens einem unterdrückten Glucksen. Eliana vernahm, wie ihre Mutter die Luft anhielt und Mabel, Johns Schwägerin, sie zischend ausstieß, und um selbst die Fassung zu bewahren, begann sie den Flügelaltar zu fixieren, vor dem der Pastor hin und her paradierte. Nach einer Weile kam sie zu dem Schluss, dass Gott in seiner Gnade ihr den Schleier vom Gesicht gehoben haben musste. Er wollte, dass sie der Zukunft ins Auge blickte, ohne dass der milchige Organza die Sicht erschwerte.

Das war ein gutes Zeichen. Vielleicht war es an der Zeit, Gott wieder Vertrauen zu schenken.

Bis auf Mabel, die den Tränen nahe war, erwähnte niemand den Vorfall beim Festessen im einen Steinwurf von der Kirche entfernten Gasthaus der Brauerei Schnabelmann; während der Suppe begann sie sich darüber zu empören, wie wenig empfindsam die Reaktion aller anderen doch sei. Als das Dessert aufgetragen wurde, setzte sie ihre Litanei fort, indem sie Jane Austens Welt beschwor, in der derlei Vorkommnisse mit Geschmack und Sensibilität behandelt würden. Schließlich beschied John ihr freundlich und vernehmlich, sie möge endlich den Mund halten.

»Ich hätte auf Mutter hören sollen«, bemerkte Mabel daraufhin mit zitternder Stimme, legte ihre Serviette ordentlich zusammen, erhob sich und verließ nach einem flüchtigen Nicken den Schankraum. Ohne Hast, der Rücken so gerade, als zöge eine unsichtbare Macht sie himmelwärts.

Marten sprang auf. »Es tut mir leid, John«, sagte er verlegen. »Ich habe nicht damit gerechnet, dass dein Hochzeitstag für einen ihrer Auftritte herhalten muss.« Sprach's

und eilte seiner Frau hinterher. An der Tür drehte er sich kurz um. »Ich schreibe dir, John. Auf Wiedersehen. Und verzeiht, bitte.«
Wie vom Donner gerührt saßen Eliana und ihre Eltern da.
»Marten und Mabel«, sagte John so belustigt wie nachsichtig.
Fragend sah Eliana ihn an. John rollte die Augen zur Decke und breitete die Arme aus wie ein Prediger, der ein verlorenes Schaf beklagt. »Mabel neigt wie meine Mutter zur Hysterie und Marten dazu, ihr alles durchgehen zu lassen. Er bekommt sie einfach nicht unter Kontrolle. Dass wenigstens sie unserer Einladung folgten, hielt ich für ein gutes Zeichen. Nun ja, da habe ich mich wohl getäuscht.« Mit einem Blick unter halbgeschlossenen Lidern sah er aus dem Fenster und beobachtete, wie Marten seiner Frau in die Kutsche half. Das Geräusch klappernder Hufe entfernte sich, doch Johns Blick blieb unverwandt auf dieselbe Stelle gerichtet.
»Ist sie in Behandlung?«, fragte Ursel vorsichtig. Allein das Wort Hysterie schien ihr Unbehagen zu bereiten.
»Ja, ich denke schon«, erwiderte John leichthin, wandte sich dann Eliana zu und lächelte dieses Lächeln, aufmunternd und herausfordernd zugleich, das ihr ins Herz drang und die Knie weich werden ließ. »Es tut mir leid, ich war der Ansicht, an wichtigen Tagen müsse die Familie zusammenkommen, ganz gleich, wie zerrüttet die Verhältnisse sein mögen.«
Eliana zuckte zusammen. Die Rede war von seiner Familie, aber dennoch lag in der Art, wie er es sagte, etwas, das ihr den Eindruck vermittelte, seine Worte wären zugleich eine wenig dezente Anspielung auf die Abwesenheit der

Kaysers. Eliana glaubte zu spüren, dass er die Absagen als gegen ihn gerichteten Affront auffasste, obwohl er die Kaysers gar nicht kannte und obwohl Elianas Verwandtschaft, wie sie ihm erläutert hatte, mehr loses Band als Blutsband war. Entsetzt musste sie feststellen, wie der Geschmack überreifer Orangen plötzlich auf ihre Zunge drängte. Sie griff nach ihrem Glas und trank den samtigen roten Wein in kleinen Schlucken.

Walter brummte ein paar unverständliche Worte.

Schließlich rettete Ursel die Situation, indem sie John die lustige Geschichte ihrer ersten Karakullämmer erzählte. John lachte herzlich und bestellte noch eine Flasche Portwein. Die Unterhaltung der vier wandte sich daraufhin der modernen Verarbeitung lockiger Schafswolle zu und dann der Pflege exotischer Gewächse, und am frühen Abend hatten sie es hinter sich.

John bestand darauf, Elianas Eltern nach Hause zu fahren. Als sie die Senke erreichten, stiegen sie aus. Eliana umarmte ihre Eltern zum Abschied, Ursel streichelte über Elianas Rücken, Walter strich ihr sacht über die Wange und reichte John die Hand.

»Bist du bereit?«, raunte John Eliana zu, nachdem sie wieder Platz genommen hatte, und als sie nickte, schwang er sich zurück auf den Kutschbock der zweispännigen, ein wenig in die Jahre gekommenen Barouche, winkte Walter und Ursel mit der Peitsche zu, ließ sie sodann durch die Luft und auf den Rücken eines der beiden Pferde zischen, die abrupt anzogen und in einen viel zu schnellen Trab fielen. John johlte und sprang auf, seine kräftige, hochgewachsene Gestalt zeichnete sich scherenschnittartig gegen den wildbewölkten Abendhimmel ab, die Peitsche kreiste über den dampfenden Tierleibern. Mehrmals kam die

Kutsche heftig ins Schlingern. Nach einer Weile zügelte John endlich die Pferde. In gemächlichem Schritt zuckelten sie durch das Lüner Holz, und John setzte sich zu seiner Frau, die ihn die ganze Zeit über stumm beobachtet hatte.

»Habe ich dich erschreckt?«

Eliana schüttelte den Kopf.

»Doch, habe ich«, beharrte er. »Bitte entschuldige, aber wenn ich mich freue, schlage ich mitunter ein wenig über die Stränge.« Seine Augen von unbestimmter Farbe – irgendetwas zwischen einem grünlichen Braun und erdigem Ocker – schauten treuherzig, doch siegesgewiss. Es war offensichtlich, John wusste um seine Wirkung auf sie, wusste, dass sie ihm nicht lange würde böse sein können. Verlegen wich Eliana seinem Blick aus.

»Wir werden nun das Lüner Holz hinter uns lassen, das von Adendorf bis zum Kloster Lüne führt, der prachtvollen mittelalterlichen Klosteranlage mit rotem Stein und Fachwerk.« John hatte eine blasierte Miene aufgesetzt und sprach mit affektierter Betonung. »Besonders eindrucksvoll ist die Kanzel im Renaissancestil, die frühbarocke Orgel, der vierflüglige Kreuzgang mit Taustabsteingewölbe und der zwar nur sechzig Zentimeter breite, aber dafür sage und schreibe neun Meter lange Esstisch für die Nonnen.« John spitzte die Lippen und senkte die Stimme. »Es heißt, dieses ehemalige Benediktinerinnenkloster, das nunmehr ein evangelisches Damenstift ist, habe sich vorwiegend um die Versorgung unverheirateter Töchter des Landadels gekümmert. Manche, so wird gesagt, sollen regelrecht dort Zuflucht gesucht haben, um der Ehe aus dem Weg zu gehen. Die Nonnen nennen ausgesprochen ertragreiche Kräuterbeete und Streuobstwiesen ihr Eigen. Sie singen gern und sollen alles in allem recht fidel sein.«

»Dieses Schicksal wird mir ja nun erspart bleiben«, entgegnete Eliana trocken. John lachte schallend, und sie stimmte in sein Gelächter ein. Sie fand es rührend und irgendwie drollig, dass er sie aufzuheitern versuchte, indem er ihr die Vorzüge eines enthaltsamen Lebens im Kloster schilderte, wo sie doch im Begriff stand, noch in dieser Nacht ihre Unschuld zu verlieren.

Später, viel später sollte sie sich seiner Worte entsinnen.

Nachdem John die Pferde ausgespannt und mit Futter und frischem Wasser versorgt hatte, nahm er Eliana bei der Hand und trat mit ihr vor die Eingangstür.

»Herzlich willkommen in deinem neuen Heim«, sagte John leise, drückte die Klinke herunter und achtete darauf, dass sie beide im selben Moment die Schwelle überschritten. »Das bringt Glück«, fügte er hinzu. Vollkommene Dunkelheit empfing sie im Innern des Hauses. »Rühr dich nicht vom Fleck.«

Eliana hörte, wie er suchend umhertastete. Schließlich brachte John eine Petroleumlampe in Gang. Ihr milder Schein bahnte ihnen den Weg von der Diele eine gewundene Treppe hinauf zu einem Flur und von dort aus zu einem Raum, der sich, nachdem John eine weitere Petroleumlampe und einen Haufen unterschiedlich abgebrannter Kerzen entzündet hatte, als recht geräumig erwies. In der Mitte hatte er ein Lager aus Schaffellen und Sofakissen bereitet, in einer Ecke stand ein Bett, das mit von der Decke herabwallenden und dekorativ gerafften Bahnen aus hauchdünnem weißem Baumwollstoff wie eine bauschige Schönwetterwolke anmutete.

John nahm seiner Frau das Schultertuch ab, drückte sie sanft auf das Lager, hauchte ihr einen zarten Kuss auf die Wange und bedeutete ihr mit geheimnisvollem Lächeln und einem erhobenen Zeigefinger, sich einen Moment in Geduld zu üben. Die Tür ließ er sperrangelweit offen stehen. Wenig später drang das Geräusch von klapperndem Geschirr, einem schmatzenden »Plopp« und einem groben Sägemesser, das die harte Kruste eines Brotes teilte, nach oben. Die Küche, schloss Eliana daraus, musste sich direkt unter diesem Schlafzimmer befinden. Sie brannte vor Neugier auf die übrigen Räume und schickte sich eben an, eine Kerze zu nehmen und nach nebenan zu gehen, als sie Johns schwere Schritte auf der Treppe hörte. Rasch ließ sie sich wieder auf die Schaffelle sinken.
Zufrieden lächelnd, ein vollbeladenes Tablett in Händen, kehrte John zurück. Er breitete eine Decke vor dem Lager aus und arrangierte darauf schnell und geschickt Brot und Butter, geräucherten Schinken, eingelegte Gurken, eine nach Bärlauch duftende Creme, zwei irdene Krüge und eine Flasche Rotwein. John schenkte ein und reichte Eliana einen Krug. Begehren flackerte in seinen Augen auf, als seine Hand die ihre streifte.
»Wir werden ein wunderbares Leben haben«, sagte er weich. »Wir werden reich sein.«
Sie lächelte. »Das alles hier ist doch so schön. Ich fühle mich jetzt schon sehr reich beschenkt.«
»Dummerchen, das ist erst der Anfang. Ich meine wirklichen Reichtum. Vermögen. So viel Geld, dass wir ohne mit der Wimper zu zucken zehn Kutschen kaufen könnten, wenn wir wollten.«
»Und wie sollen wir das anstellen?«
»Wir werden uns das Salz zunutze machen, mein Kind,

das Salz wird unser Verbündeter sein.« Das Begehren in seinen Augen war feuriger Begeisterung gewichen, und mit großer Geste begann John Lüneburgs Geschichte vor seiner jungen Frau zu entfalten, als wüsste sie nicht selbst, dass ihre Heimat am Unterlauf der Ilmenau ihre prachtvollen Backsteinbauten dem Salzstock verdankte, der im 9. Jahrhundert entdeckt wurde, sagenhafte 1,2 Quadratkilometer lang war und vierhundert Meter in die Tiefe reichte.

Salz bedeutete Geld, viel Geld – eine einfache Gleichung, die lange Zeit aufging, weil das weiße Gold das einzige verfügbare Konservierungsmittel für Lebensmittel war. Es entzog den Bakterien das lebensnotwendige Wasser. Im Mittelalter waren fünfzehn Prozent der vierzehntausend Einwohner Lüneburgs direkt vom Salz abhängig, die größte Saline Deutschlands förderte jährlich fünfundzwanzigtausend Tonnen Salz, während Halle an der Saale mit höchstens fünfzehntausend Tonnen keine ernsthafte Konkurrenz für die Sülfmeister Lüneburgs darstellte, in deren Siedehäusern die Sole zu Salz verkocht wurde. Aber im 17. Jahrhundert stagnierte der Absatz, die Konkurrenz wuchs, und der Niedergang der Hanse, die einst die Hauptabnehmerin des Salzes war, riss die Lüneburger aus dem Traum vom immerwährenden Reichtum.

John schüttelte verständnislos den Kopf. »Manche der alten Haudegen wollen bis heute nicht wahrhaben, dass eine neue Zeit angebrochen ist, die ihre Arbeit überflüssig macht. Vor allem diese Sülfmeister benehmen sich wie die Fürsten, arrogantes Pack ...«

Johns Vortrag glich im Wesentlichen den Ausführungen von Lehrer Hempel, und fragend sah Eliana ihren Ehe-

mann an. Was hatte das alles mit ihrem zukünftigen Reichtum zu tun? John runzelte die Stirn. »Versteh doch, wir werden die Menschen mit Salz heilen.« Als sich immer noch kein Begreifen in ihrer Miene spiegelte, erklärte er vehement: »Solebäder helfen gegen Hauterkrankungen, Allergien, Erkältungen, Verdauungsbeschwerden, Nieren- und Harnblasenkrankheiten, Schlafstörungen, Frauenkrankheiten, ja, sogar Krebs! Verstehst du nun?«
»Ja, ich denke schon. Du willst also ein Badehaus eröffnen. Aber wo? In Lüneburg gibt es ja bereits eins, ich meine Ecke Lindenstraße und Sülztorstraße …«
»Ach, diese alte Hütte«, sagte John wegwerfend. »Das ist keine Konkurrenz für uns. Nein, nein, wir werden hier einen richtigen Kurbetrieb auf die Beine stellen, mit Solebädern, die einen Salzgehalt von exakt sechs Prozent aufweisen werden. Das ist die Voraussetzung für die Heilung.«
»Ist das denn erwiesen? Es handelt sich doch bloß um Salz«, wandte Eliana zaghaft ein.
Sein Stirnrunzeln vertiefte sich, doch mit einem Mal entspannten sich seine Züge, und vergnügt rief er aus: »Ja, aber haben deine Eltern dir denn nicht erzählt, dass ich vor einiger Zeit als Verwalter im Soleheilbad Elmen gearbeitet habe, dort, wo der berühmte Arzt Dr. Johann Wilhelm Tolberg einst die Sole-Therapie begründete?«
Eliana schüttelte den Kopf. Sie hatten nichts davon gesagt, und sie, Eliana, hatte nicht gefragt, einerseits, weil sie davon ausging, dass Stellung und Einkommen ihres Zukünftigen von ihrer Familie hinlänglich überprüft worden waren, und andererseits, weil ihre Sinne von seiner Ausstrahlung so gefesselt waren, dass die Frage nach seinem Beruf ihr nicht in den Sinn gekommen war. Bei ihrer

einzigen Begegnung vor der Hochzeit hatten sie über das Wetter geredet, darüber, dass John gern angelte, ab und an ins Theater ging und sich Reisen erlaubte, nach Hamburg und München und einmal sogar in die menschenleere Wildnis Südschwedens, die ihn tief beeindruckt hatte.

Wenn man es nüchtern betrachtete, wusste sie so gut wie nichts von ihrem Ehemann außer seinem Namen und der Tatsache, dass er fünfzehn Jahre älter war. Die plötzliche Erkenntnis traf sie wie ein Schlag.

John schien ihr Unbehagen zu bemerken. »Sei sicher, dass ich weiß, wovon ich spreche«, sagte er sanft und fügte leise hinzu: »Hab ein wenig Vertrauen, Eliana. Ich werde dich nicht enttäuschen.«

Er zögerte einen winzigen Moment, dann beugte er sich zu ihr hinüber und küsste sie behutsam auf den Mund. Eliana schloss die Augen und öffnete ihre Lippen.

»Der eigenen Mutter vorzuenthalten, wie seine Braut heißt und dass sie die Tochter eines Gärtners und einer Schafzüchterin ist!« Wenn Mabel sich aufregte, schraubte sich ihre Stimme in eine Höhe, die enervierend wirkte. Das war Mabel durchaus bewusst, aber zum einen besaß sie ein hübsches herzförmiges Gesicht mit Wangengrübchen, weshalb man ihr jede Tonlage verzieh, und zum anderen wusste sie, dass dies das Mittel der Wahl war, wenn es galt, sich Gehör bei ihrer Schlafmütze von Ehemann zu verschaffen.

Auffordernd sah sie ihn an. Der Esstisch, ein schäbiges Holzteil, den die Nachbarin ihnen überlassen hatte, nachdem ihr Mann verstorben war und sie beschlossen hatte, ihre einsamen Mahlzeiten nur mehr in bequemer Haltung auf dem Sofa, den Blick aus dem Fenster in den Himmel gerichtet, zu sich zu nehmen, war übersät mit Brotkrümeln. Der Saft einiger Tomaten, die Mabel wütend aufgeschnitten hatte, mäanderte zwischen ihnen wie ein trüber, gallertiger Strom.

Seufzend schlug Marten den *Bremer Kurier* zu. »Woran stößt du dich denn nun eigentlich, Mabel? Am Beruf ihres Vaters, an ihrer Jugend oder daran, dass uns das Hochzeitsessen entgangen ist?«

»Unsinn«, gab Mabel brüsk zurück. »Du weißt genau, was ich meine.«

»Und du weißt, dass Mutter keinen Kontakt mehr mit John pflegt, seit … nun, ich weiß es nicht mehr genau.« Martens Miene verschloss sich. »Im Übrigen legt John darauf auch keinen gesteigerten Wert.« Er griff wieder nach der Zeitung. Für Marten Drossard war die Diskussion beendet.

»Weißt du es nicht, oder willst du es mir nicht sagen?«, setzte Mabel unverdrossen nach.

»Meine Güte, Mabel, lass es doch einfach gut sein. John hat Mutter eingeladen, Mutter hat erwartungsgemäß abgelehnt. Er hat ihr schon, als er klein war, nur Kummer bereitet, und irgendwann ist ihre Liebe müde geworden. Wir hingegen sind der Einladung gefolgt, werden Mutter aber nichts davon erzählen, um sie nicht zu kränken. Das ist alles. Kein Grund zur Hysterie.« Marten verzog das Gesicht zu einem schiefen Lächeln, jenem Lächeln, mit dem er Nachbarn, Freunde, vor allem Frauen betörte, weil es so herzig daherkam und stets entschuldigend, selbst wenn es nichts zu entschuldigen gab.

Wäre er ein Welpe, würde er unablässig mit dem Schwanz wedeln, dachte Mabel gehässig und schämte sich sogleich für den Gedanken. Sie liebte sein Lächeln doch so sehr, viel zu sehr, um nicht darunter zu leiden, wie gezielt ihr Mann es benutzte, um sich unangenehmen Fragen zu entziehen und Situationen, in denen Rückgrat gefordert wurde.

Seit drei Jahren waren sie und Marten miteinander verheiratet, und abgesehen davon, dass ihr Ehemann für ihren Geschmack ein wenig Schwung und Beharrlichkeit vermissen ließ, lebte es sich gut mit ihm und hier, in dem Häuschen am Brommyplatz, das Raum genug für Martens Schneiderstube und drei, vier oder sogar fünf, sechs Kinder besaß. Marten war ein guter Schneider, er schnitt und nähte sorgfältig und mit unendlicher Liebe zum Detail; an einer Knopflochverzierung konnte er sich stundenlang aufhalten. Die Kunden schätzten seine Arbeit, und wenn er sich etwas mehr ranhalten, das Tempo der Produktion ein wenig steigern würde, könnten sie die vielen Mäuler, von denen Mabel träumte, auch satt bekommen. Einstweilen waren Marten und sie und ihre beiden süßen Babys, die den Tag in der Obhut der Nachbarin verbracht hatten, darauf angewiesen, dass Anna Drossard, Martens Mutter, ihnen gelegentlich etwas zusteckte, und vermutlich lag darin die Ursache für das Übel. Marten hatte bis heute nicht gelernt, auf eigenen Füßen zu stehen, und aus Angst, die finanziellen Zuwendungen seiner Mutter zu verlieren, scheute er davor zurück, die heilige Kuh der Familie zu schlachten, die da hieß: Man kann die Dinge auch zerreden, deshalb redet man am besten gar nicht.

Mabel schnaubte verächtlich. Nicht zum ersten Mal sorgte das Thema für Reibereien zwischen ihr und Marten, und nicht zum letzten Mal würde er versuchen, sie mit

der Litanei von der Mutter und ihrem Ältesten, die sich bedauerlicherweise hassten, einfach so, wie es eben in den besten Familien vorkäme, für dumm zu verkaufen.
Die Schlichtheit seiner Antwort beleidigte sie zutiefst. Eines Tages würde die Wahrheit ans Licht kommen, und bis dahin würde sie, Mabel, wieder und wieder nach John fragen, nur um zuzusehen, wie Marten sich innerlich wand.

4

Jeden Morgen schliefen sie miteinander. Niemals abends oder in der Nacht. Wenn John spätabends, nachdem er sich stundenlang in seinem provisorischen Büro aufgehalten hatte, um sich, wie er sagte, konzentriert seinen Plänen zu widmen, was er im Beisein ihrer verlockenden Weiblichkeit nicht fertigbringe, zu ihr in das Wolkenbett stieg, fiel er unvermittelt in Schlaf, schnarchte entsetzlich und erwachte am Morgen erfrischt und erregt. Dann trank er einen Schluck von dem auf dem Nachttisch bereitstehenden Traubensaft, um seinen Morgenatem zu überdecken, erlaubte Eliana aber nicht, das Gleiche zu tun. Als sie einmal protestierte, erklärte er, er liebe es, sie so zu nehmen, wie der Schlaf sie aus seiner Umarmung entlassen hatte, säuerlich-würzig riechend und schmeckend. Seine Worte waren Eliana peinlich, doch sie befeuerten ihre Lust und ihre Leidenschaft, die John schon in der Hochzeitsnacht virtuos geweckt hatte. Eliana besaß zwar keine Vergleichsmöglichkeiten, war aber insgeheim überzeugt, dass nicht viele Männer sich ihrer Finger und Zunge bedienten, um ihre Frau in beseligende Höhen zu wiegen, wenn das von der Schöpfung dafür vorgesehene Instrument dies nur unzureichend zuwege brachte. Ihre Mutter hatte am Vorabend der Hochzeit von Schmerzen und Pflichten einer Ehefrau gesprochen, die sie hinnehmen müsse. Tatsächlich musste Eliana nichts hinnehmen, sie genoss vielmehr und wäre ganz und gar glücklich gewesen, wenn nicht die gelegentlichen Anfälle rasender Angst sie unvermindert heimgesucht hätten.

Eines Morgens schmeckte John das Salz auf ihren Wangen und hielt in seiner Liebkosung inne. »Du hast geweint«, sagte er, und als sie den Kopf wegdrehen wollte, hielt er ihn mit beiden Händen fest. »Du kannst es mir sagen, ich bin dein Mann. Es darf keine Geheimnisse zwischen uns geben, hörst du?«

Schließlich begann sie stockend und nach Worten suchend zu beschreiben, wie ein dunkles Gefühl sich ihrer bemächtigt und mit sich gerissen hatte, verschwieg jedoch aus Angst, John könnte sie wie seine Schwägerin und seine Mutter für hysterisch halten, wie oft sie dies schon durchgemacht hatte.

Nachdenklich sah John sie an.

»Ein Alptraum«, flüsterte er und streichelte tröstend ihre Wange.

Eliana widersprach nicht. Das klang plausibel und unverfänglich; viele Menschen litten unter Alpträumen, maßen ihnen aber nur geringe Bedeutung zu. Dämonen der Nacht, die bei Tagesanbruch zu Staub zerfielen. Mehr nicht. Ihr Dämon hingegen kam und ging, wann es ihm passte, aber das musste John nicht erfahren.

Sie atmete in seine Halsbeuge, sog den Geruch ihres Mannes nach Tabak, Wein und Verlangen tief ein, als würde es sich um Riechsalz handeln, das sie vor einer Ohnmacht bewahren könnte.

»Wenn das häufiger vorkommen sollte, wirst du meine erste Patientin«, sagte John. »Solebäder helfen nämlich auch gegen Schlafstörungen aller Art.« Aufmunternd lächelte er ihr zu, dann beschäftigte er sich ausgiebig mit ihren Brüsten und ihrem Schoß. Eine halbe Stunde später

standen sie auf, bereiteten gemeinsam ein Frühstück aus Kaffee und Butterbroten und widmeten sich anschließend der Herausforderung, aus einer bescheidenen Villa ein gemütliches Heim zu machen und im Garten den Grundstein für ihre Zukunft zu legen.
Im hinteren Teil des Anwesens, etwa hundert Meter vom Haus entfernt, hatte John mittlerweile ein einfaches Holzhaus nach schwedischem Muster errichtet, die Fassade verputzt und sie wie die Villa mit einem dickflüssigen, müden Gelb beschichtet. Zuvor hatte er sechs Gruben grabähnlicher Größe ausgehoben und verfestigt, die nun durch das Haus vor Schmutz, Regen, Schnee und herabfallendem Laub geschützt waren.
»Mit diesen Solewannen hat Tolberg auch angefangen«, sagte John an diesem Vormittag zu Eliana, als sie ihm das zweite Frühstück brachte und den Ausgrabungen einen skeptischen Blick zuwarf. »Diesen Bereich werden wir Erdsole-Therapie nennen. Nebenan, wo die Emaillewannen stehen werden, wird es EW45 heißen.«
»Was bedeutet das?«
»Nun, EW steht für Emaillewannen und 45 für 1945, weil ich mir wünsche, auch wenn das vermessen klingt, die goldene Hochzeit mit dir zu erleben.«
Eliana strahlte, dann musste sie kichern. »Mit der Therapie haben die Bezeichnungen demnach nicht viel zu tun?«
»Nein«, erwiderte John fröhlich. »Aber das klingt nach was, nicht wahr? Alle Kurdirektoren geben gern ein laues Lüftchen für einen Wüstenwind aus. Bei mehr als tausend Solebädern von hier bis Bayern muss man sich eben etwas einfallen lassen, um die Patienten herbeizulocken. Du kannst dir schon mal Gedanken machen, wie wir die Inhalationskammer nennen wollen.«

»Dafür bietet das Haus doch gar nicht genügend Platz«, wandte Eliana ein.
John nickte trübselig. »Leider. Auch fehlen uns im Moment die Mittel. Aber weißt du«, er breitete die Arme aus, zog Eliana an seine Brust und begann ihr Haar zu streicheln, »der salzige Jungbrunnen wird Lüneburg wieder berühmt machen, und eines Tages werden sie ein Kurhaus bauen, aber bis dahin werde ich den Rahm abschöpfen. Ich werde einen Arzt beschäftigen und Masseure anstellen.«
»Wir sollten vielleicht auch einige Möbel anschaffen«, meinte Eliana mit leiser Ironie und löste sich sacht von ihm. Bis auf ihr Schlafzimmer, Johns Büro und die Küche standen alle Zimmer leer, drei im Erdgeschoss, vier in der ersten Etage. Eliana hatte sie sämtlich einer intensiven Grundreinigung unterzogen, hatte Wespennester ausgeräuchert, zerbrochene Scheiben, durch die sich bereits der Efeu ins Haus schlängelte, ersetzen lassen, wurmstichiges Gerümpel, das die Vorbesitzer hinterlassen hatten, ins Freie geschleppt und mühsam zersägt, verschossene Tapeten abgekratzt und die Böden gewienert, bis sie glänzten. Fehlte nur mehr passendes Mobiliar, das der wunderlich-geisterhaften Atmosphäre, die die gähnende Leere hervorrief, greifbare Fülle entgegensetzte.
»Das habe ich befürchtet«, stöhnte John und rang die Hände in komischer Verzweiflung. »Warum sind Frauen nicht eher zufrieden, als bis ein Haus aus allen Nähten platzt, weil es vollgestopft ist mit Sesseln und Sofas und Vasen und Gipsfiguren!«
»Und warum neigen Männer zu unseliger Übertreibung, wenn es um Fragen des Haushalts geht?«, gab Eliana im selben Ton zurück.
»Weil ein Teil von uns sich nach der Steppe, dem Speer in

der Hand und einer schlichten Höhle sehnt, in der ein Feuerchen lodert und unser Mädel auf uns wartet«, sagte John grinsend, grunzte laut, wölbte den Brustkorb und schlurfte o-beinig auf sie zu.

Eliana juchzte und floh kichernd in den vorderen Teil des Gartens, wo sie sich hinter einer Fichte versteckte und auf Johns Schritte lauschte. Vor der Haustür lag ein Bündel Post, nachlässig hingeworfen von dem Schnösel, der seit zwei Wochen den freundlichen alten Postboten ersetzte. Eliana nahm die Post, eine Zeitung, zwei Briefe für John, ein Brief für sie von ihrer Mutter. Sofort befiel Eliana ein schlechtes Gewissen, und hastig riss sie das Kuvert auf. Nur ein paar hingeworfene Zeilen, ein Hauch von Wehmut und elterliche Fürsorgepflicht. Eine liebe Geste.

Eliana biss sich auf die Lippe. Sie war nicht besser als Frauke. Aus den Augen, aus dem Sinn. In den sechs Wochen, die sie nun schon mit John verheiratet war, hatte sie es nicht ein einziges Mal für nötig befunden, ihre Eltern zu besuchen. Und da John mit Rücksicht auf sie ihren Vater entlassen (»Meinst du nicht, dass es ihn beschämen würde, für die eigene Tochter zu arbeiten?«) und ihm ein Gewächshaus geschenkt hatte, in dem er sich floristisch austoben konnte, gab das Band zwischen ihnen mehr und mehr nach, als wäre es immer schon viel loser gewesen, als es den Anschein gehabt hatte.

Gleich morgen, nahm Eliana sich vor, fahre ich hinüber in die Senke.

Sie drückte die Briefe an ihre Brust, lief hinters Haus und hielt sie John hin, der sie hastig an sich riss und öffnete. Während er die Zeilen überflog, verdüsterte sich seine Miene. Wortlos wandte er sich ab.

Nach drei Monaten begann sich in einem ausgewählten Lüneburger Kreis das Interesse an den Frischvermählten im Allgemeinen und der Geschäftigkeit des Hausherrn, die dem Späher und passionierten Waidmann Becker auf der Pirsch durchs Lüner Holz nicht entgangen war, im Besonderen zu regen. Zwar stammte die junge Frau van Steen aus der Senke, aber darüber ließ sich hinwegsehen, wenn man dafür ihrem Ehemann ein wenig auf den Zahn fühlen konnte – ihm eilte der Ruf voraus, ein hohes Tier in Medizinalkreisen gewesen zu sein, das ausgerechnet in Lüneburg Deckung suchte, und vielleicht ließ sich im Gespräch mit ihm beiläufig ergründen, warum. Da eine Einladung des Ehepaars van Steen bislang hatte auf sich warten lassen, wurde beschlossen, den Berg zum Propheten zu schicken, und so erreichten in der ersten Novemberwoche mehrere Kuverts aus feinem Bütten das einsame Haus am Wald.

Ein Gabelfrühstück bei der attraktiven Witwe von Zündt in der Bleckeder Straße machte den Anfang, es folgte eine Soiree bei den Beckers in der Frommerstraße, eine Angelegenheit von ganz eigenem Reiz, denn die Frommerstraße gehörte zu jenem Teil der Stadt, der direkt über dem Salzstock lag und in dem es durch den Abbau des weißen Goldes und die jahrhundertelange Abpumpung der Sole zu Senkungen und Erdeinbrüchen gekommen war, denen einige Gebäude zum Opfer gefallen waren. Andere, wie das der Beckers, standen nur ein klein wenig nach vorn oder hinten geneigt, als würden es allmählich die Kräfte verlassen, waren aber von Sachverständigen als nicht akut einsturzgefährdet eingestuft worden. Dennoch verlieh die unterschwellige Gefahr, jeden Moment unter Steinen und Putz begraben zu werden, dem sterbenslang-

weiligen Abend jene gewisse Würze, die dem Bœuf Stroganoff, das Frau Becker servieren ließ, fehlte.
Der Soiree folgte ein Ball. Unter den prachtvollen Deckenmalereien des frühbarocken Tanzsaals am Ochsenmarkt drehten Eliana und John etliche Walzerrunden und waren sich durchaus einig mit den Beckers und der Witwe von Zündt, dass ihre Stadt viel lebendiger sei, als ihr Ruf vermuten lasse, den Hebbels Spießgeselle Heinrich Heine einst gründlich verdorben hatte, indem er sie als »Residenz der Langeweile« bezeichnet hatte, auf deren Rathaus ein »Kulturableiter« stehe.
Nach Weihnachten fiel der erste Schnee, und die Kolonne feiner Kaleschen und Kutschen auf Kufen hinterließ tiefe Spuren auf weiten verschneiten Wiesen, das Gelächter der Damen und Schnalzen der Kutscher schien von dichtbezweigten Kiefern und drahtiger Wacholderheide, die struppig aus der zarten weißen Decke ragte, zurückgeworfen zu werden wie etwas, das hier nicht hingehörte. Eliana gefiel es, ziellos durch die Gegend zu kutschieren und unterwegs irgendwo anzuhalten, um einen Becher Wodka gereicht zu bekommen, der sie wärmte und ihre Wangen entflammte.
Als die Krokusse blühten, wurden die Kufen abmontiert und, obschon es noch bitterkalt war, die Sommerkutschen herausgeputzt, um Eindruck zu machen auf dem Weg zum Wilseder Berg, wo sich zur Wintersonnenwende alles traf, was auf sich hielt, magisch angezogen von diesem Ort, der mit hundertneunundsechzig Metern über dem Meeresspiegel einsame Spitze unter den norddeutschen Hügeln war und bei guter Sicht einen grandiosen Fernblick bis Hamburg bot. Hier zu stehen hieß gleichsam, sich zu erheben.

Alle gaben sich schick und mondän, die Gespräche der Damen ventilierten den neuesten Schrei aus Berliner Ateliers. Jetzt, da der Kaiser auf die Weltmeere drängte und das Deutsche Reich zur Seemacht nach britischem Vorbild formen würde, fand man es allgemein ganz formidabel, dass die Mode ihren Tribut zollte. Unauffällig sah man zu Frau von Zündt, die, den Blick schläfrig in die Weite gerichtet, ihren Mantel aus enggelocktem schwarzem Fell aufgeknöpft hatte und ein marineblaues Ensemble mit Matrosenkragen und weißen Biesen blitzen ließ.

Die Herren standen im Halbkreis und disputierten.

So ging es fort, ein steter Fluss aus Worten, Gesichtern, Gesten, Blicken, die verbargen, und Gerüchen, denen zu Elianas Verwunderung nicht selten eine Spur Beklommenheit anhaftete.

Ihre Neugier half ihr, sich schnell einzufühlen, ohne sich preiszugeben oder bemüht zu erscheinen; sie lernte die taxierenden Blicke, wohlwollend die einen, abschätzig die anderen, gelassen hinzunehmen, empfand es jedoch als befremdlich, dass auch ihr Mann, der sich doch mindestens so nobel gab wie die Beckers, von dem elitären Kreis nur mit lauwarmer Freundlichkeit bedacht wurde, nachdem sie ihm sein Vorhaben aus der Nase gezogen hatten. Aber möglicherweise war dieses Benehmen der beklemmenden Einsicht geschuldet, in einer Stadt zu leben, die ihre Blüte hinter sich hatte, mithin: in einer Falle zu sitzen. Nicht jeder hatte das Glück, sich an der Schwelle zum neuen Reichtum zu wissen wie John, nicht jeder besaß diese Tatkraft, diese Zuversicht. Die Beckers, die Witwe von Zündt und die anderen wollten nur eines, das Vergangene festhalten, und diese Anstrengung verengte

ihnen Herz und Hirn. Es würde eine Weile dauern, das Eis zu brechen, wenn es überhaupt gelingen sollte.
Entspannter verliefen die Sonntagnachmittage, die John und Eliana sich angewöhnt hatten in der Senke zu verbringen. Sie tranken Kaffee und aßen Kuchen, schlenderten bei guter Witterung ums Haus, Vater und Schwiegersohn voraus, dem Gewächshaus zu, in dem Walter aus den mickrigen Orchideen, die Hendrik ihm überlassen hatte, eine ganz passable Sammlung zusammengemendelt hatte, Mutter und Tochter hinterdrein, die eine dankbar für die Besuche, die andere vom schlechten Gewissen befreit.
Ende April reisten Eliana und John auf sein Drängen für ein paar Tage nach Hamburg. John kaufte ihr ein Kleid in der Farbe einer untergehenden Herbstsonne, was ihre taubenblauen Augen zum Leuchten brachte, und führte sie in die Oper an der Dammtorstraße aus, wo sie einen leidenschaftlichen, hinreißenden Gustav Mahler dirigieren erlebten. Von dort aus fuhren sie weiter nach Bremen, wo sie im piekfeinen Parkhotel übernachteten, im Schauspielhaus über komödiantische Verwicklungen mit Max und Helen Wessels in den Hauptrollen lachten und den Kaysers ihre Aufwartung machten.
Nicht eben erfreut über den unerwarteten Sonntagsbesuch, hatte Adeline sie hereingebeten, Hendrik seufzend entschuldigt, der mit dem Afrikaforscher Hagedorn ein Schwätzchen hielt, und ihren schrecklichen Tee, Butterkuchen und trockene Plätzchen servieren lassen. John quittierte den spröden Empfang mit charmantem Dauerlächeln, gewillt, zu großer Form aufzulaufen. Blitzgescheit parlierte er über die Bremer Stadtpolitik, erzählte Anekdoten aus seiner Zeit als Verwalter in Bad Elmen

und äffte ihre neuen Lüneburger Bekannten so komisch nach, dass Adeline, die den Kreis gar nicht kannte, herzlich lachen musste. Elianas Blick flog zwischen ihrem Mann und ihrer Tante hin und her. Es gab keinen Zweifel, John hatte den alten Zerberus bezirzt.
Glücklich sah sie zu Josephine hinüber. Die saß jedoch stocksteif neben ihrer Mutter und knabberte mit missmutiger Miene einen Keks nach dem anderen. Rasch wandte Eliana sich ab. Sie würde sich von Jo nicht die Stimmung verderben lassen. John war ein guter Mann.
Er gab ihr genügend Haushaltsgeld und blieb nachsichtig, obwohl ihre Omeletts zu schlaff, das Fleisch zu durch, die Hafergrütze zu fest geriet und das Gemüse in lieblosen, grobgeschnittenen, verkochten oder beinharten Stücken auf den Tellern landete. Die Köchin, die John aus reinem Selbstschutz daraufhin probehalber einstellte, eine gutmütige Witwe aus Adendorf mit einem runden Gesicht, das von feinen rotblauen Äderchen durchzogen war, musste sie nach zwei Wochen wieder verlassen, weil die ständige Anwesenheit einer dritten Person im Haus John nervös machte. Er behauptete, die Frau schnüffle ihnen hinterher, entließ sie und hielt Eliana mit leiser Ungeduld an, in der Küche etwas mehr Sorgfalt walten zu lassen.
Aber Eliana hasste es, zu kochen. Das Einzige, was sie vortrefflich zubereitete, war Tee. Die feinen Blättchen benötigten nur ein wenig Aufmerksamkeit, das Gespür, wann es Zeit war, den Aufguss zu beenden, und eine feine Zunge, die das feinherbe Aroma zu genießen verstand.
In Hamburg hatte John seine Frau ergeben in jedes Teegeschäft begleitet und nicht gemurrt, wenn sie noch ein Päckchen Orange Pekoe oder Oolong erstand, obwohl

sie daheim schon mehr als genug hatten, weil Hendrik Kayser jeden Monat eine Sendung voll unterschiedlicher Teesorten schickte, in die Eliana ihre Nase versenkte, als würde es sich bei dem trockenen Kraut um alle Wohlgerüche des Orients und Okzidents zusammen handeln. Wenn John sie damit aufzog, und das tat er häufig, gab Eliana zurück, andere Menschen würden Wein sammeln und ihre Keller mit altem Bordeaux vollstapeln; sie finde eine Teesammlung ebenso edel, überdies sei sie etwas Besonders, weil es sonst niemand tue, und schließlich sei sie ja auch mit einer Familie von Teehändlern verwandt.
Auf der Rückfahrt von Bremen deutete Eliana behutsam, um John nicht zu reizen, an, dass sie gehofft habe, Marten und Mabel zu sehen und auf diese Weise das abrupte Ende ihrer Bekanntschaft wiederbeleben zu können, aber John winkte ab. »Das ist Zeitverschwendung. Du hast sie so erlebt, wie sie nun einmal sind.« Er machte eine Pause, dann sagte er unvermittelt: »Hast du deine reiche Verwandtschaft eigentlich je beneidet? Oder tust es noch?« Seine Augen ruhten freundlich abwartend auf seiner Frau.
»Ja, um das Geld«, räumte Eliana freimütig ein. »Um die Freiheit, die es einem schenkt, und die Sicherheit, morgen nicht unter einer Brücke hausen zu müssen.« Als John nichts erwiderte und in Schweigen fiel, wie er es häufig von einem Moment auf den anderen tat, wuchs in ihr die Befürchtung, ihn mit ihrer gedankenlosen Antwort verletzt zu haben, und so beeilte sie sich, hinzuzufügen: »Was nicht heißen soll, Herr van Steen, dass ich bei dir Freiheit und Sicherheit vermisse.« Sie schlug einen heiter-neckischen Ton an, der, wie die Erfahrung sie gelehrt hatte, bei John meistens verfing, mehr noch, ihn in gewisser Weise

gefügig machte. Als sich ihre Blicke trafen und sie in dem seinen las, dass die Klippe umschifft war, ließ sie ein kokettes »Obwohl …« und einen Augenaufschlag folgen.

»Obwohl?«, echote John und nahm ihre Hände in die seinen, diese sehnigen Pranken mit möhrendicken Fingern und spatelförmigen glatten Nägeln, die John penibel sauber hielt, für den Fall, das Eliana nach seiner Handarbeit verlangte. Die federnden Bewegungen der Kutsche, die Schwüle ihrer dunkelrotledernen Höhle brachte sie beide hin und wieder auf gewisse Gedanken. John verzichtete zwar stets aus Angst, die Kutsche könnte mit einem Mal havarieren und er mit offenem Hosenstall und entblößtem Geschlecht im Graben oder sonst wo landen, dem Gespött des Kutschers wie der Passanten ausgeliefert, aber das war kein Grund, seine Frau schmoren zu lassen; ihre strömende Lust würde im Falle eines Falles von bauschigen Röcken und weiten Unterhosen verborgen werden.

»Obwohl«, setzte Eliana ihre Rochade fort, »ich finde, es ist an der Zeit, die zahlreichen Einladungen endlich zu erwidern. Dazu ist es notwendig, den großen Raum im Erdgeschoss zu möblieren und auch ein Esszimmer einzurichten. Es muss ja nichts Überkandideltes aus Paris sein«, schloss sie und schenkte ihrem Mann ein strahlendes Lächeln.

John schüttelte den Kopf. »Tu mir das nicht an, Eliana. Ich hasse es, wildfremde Menschen durch unser Haus schleichen und trampeln zu sehen. Es ist …«, er suchte nach Worten, »als ob die Mauern meine Haut wären und die Zugluft, die durchs Haus streicht, mein Atem wäre …« Verlegen fuhr er sich durchs Haar. »Entschuldige, das klingt so dumm.«

»Gar nicht«, wehrte Eliana resolut ab, darauf hoffend, dass ihre Stimme nicht das Maß an Enttäuschung und Irritation verriet, die sie empfand. »Ich kann das gut verstehen. Was hältst du davon, wenn wir im Sommer ein Gartenfest veranstalten? Damit tun wir der Höflichkeit Genüge und halten uns die Leute dennoch vom Hals.«
Die Leute vom Hals halten! Was redete sie ihm denn nach dem Mund? Sie mochte die Witwe von Zündt und die Beckers, und sie wollte das Eis zwischen ihnen brechen, sie wollte Freunde gewinnen, wollte sie in dieses Haus holen, wollte es mit Geplauder und Gelächter füllen. Und zuvor mit Möbeln, Herrgott!
Ihre widersprüchlichen Empfindungen mussten sich in ihrer Miene gespiegelt haben, denn John ließ ihre Hände los und bedachte sie mit einem langen, prüfenden Blick, in dem sie den Schatten der Resignation wahrnahm. Ihre Schuld. Beschämt schlug sie die Augen nieder.
John tätschelte ihr Knie.

Im Frühsommer trafen die ersten Gäste in Johns behelfsmäßigem Kurhaus ein, ein paar Versprengte, Neugierige aus Lüneburg und Adendorf, später aus Winsen, Bergedorf, Hamburg und gelegentlich aus Bad Elmen. Die vorwiegend älteren Männer bezogen Pension im Brauhaus Schnabelmann, dessen Inhaber die Gunst der Stunde erkannt und Mägde und Knechte in den Stall verbannt hatte, um deren Unterkünfte nun zu überhöhten Preisen zu vermieten.
Die Solebäder, die das welke Gästefleisch in Schwerelosigkeit wiegten, Johns beträchtlicher Charme und die feuchtfröhlichen Trinkgelage zwischen den Gruben und Emaillewannen begeisterten Einheimische wie Zugereiste. Das

allabendliche Gegröle und Gelächter aus dem Holzhaus ersetzte den Ruf von Kauz und Nachtigall. Die Mundpropaganda war unbezahlbar.

»Stell die Ohren auf Durchzug, mein Kind«, murmelte John eines Nachts, als er, nachdem er den letzten Gast nach Adendorf zu Schnabelmann kutschiert hatte, erschöpft in ihr Wolkenbett stieg und die unzufriedene Miene seiner Frau sah. »Ich weiß, du kannst bei dem Lärm nicht einschlafen, aber diese Leute legen die Grundlage für unsere Zukunft. Wenn das Geschäft so weiterläuft, können wir noch mehr Holzhäuser bauen, in zwei, drei Jahren vielleicht sogar ein Grundstück dazukaufen und eine Kurklinik mit allem Drum und Dran errichten.«

»Ich könnte dir helfen«, murmelte Eliana in seine Halsbeuge, wie sie es immer tat, wenn sie wusste, wie John reagieren würde. Er roch nach feuchtem Salz und Schnaps.

»Das willst du nicht«, gab er zurück. »Oder willst du trübes Wasser wechseln, in dem der Schmutz alter Männer schwimmt, willst du sie abtrocknen und ihre lüsternen Blicke ertragen?«

Johns Fürsorge ging so weit, dass Eliana das Bad nicht betreten durfte, wenn sich auch nur ein einziger Gast darin aufhielt. Nur sonntagmorgens, wenn selbst der Sündigste sich den Hintern reuig auf der harten Kirchenbank plattsaß, gehörten die Wannen ihnen allein.

Unermüdlich hatte John an diesem Sonntag das Feuer geschürt, um die Sole in den großen Bottichen auf Temperatur zu bringen. Eliana ließ ihn warten, gerade lange genug, um einerseits nicht seine Ungeduld zu wecken, andererseits ihn nicht dabei zu überraschen, wie er das Brunnenwasser mit einigen Handvoll gekauftem Salz versetzte.

Nachdem John ein ums andre Mal Briefe erhalten und mit

stummer Wut gelesen, und bis zur Eröffnung des Kurhauses noch immer kein mit enormen Fässern beladener Fuhrwagen bei ihnen gehalten hatte, hatte Eliana eins und eins zusammengezählt. Sie fand die Briefe der Lüneburger Sülfmeister sorgfältig gebündelt und mit Daten versehen in Johns Schreibtisch und las sie mit Herzklopfen, wachsendem Zorn und pochendem Mitgefühl für John. Alle Sülfmeister hatten sein Angebot, ihre Sole zu erwerben, abgelehnt, niemand sah sich in der Lage, die gewünschte Bestellung bis hinters Lüner Holz zu liefern.
Da John ihr die Angelegenheit nicht nur verschwieg und vorgab, alles stünde zum Besten, sondern auch feierlich ein Messingschild an das Holzhaus schraubte, auf dem ein gewisser U. Wolff aus Bad Elmen als Lieferant der van-Steen'schen Qualitätssole genannt wurde, begann Eliana ihren Mann heimlich zu beobachten, bis sie eines Tages sah, wie er mit einem Eimer erst im Wald und nach einer Weile im Holzhaus damit verschwand. Als sie durch das Fenster spähte, sah sie, wie John ein helles Zeug aus dem Eimer in die Wannen schüttete. Sie suchte nicht nach Johns geheimem Salzvorrat, es genügte ihr zu wissen, dass es ihn gab.
Die Unbefangenheit, mit der Eliana die sonntäglichen Solebäder genossen hatte (obwohl sie ihre Angstanfälle keineswegs bezähmten, wie sie gehofft hatte), war dahin; es kam ihr vor, als würde sie in Verlogenheit baden, seiner wie ihrer. Aber sollte sie ihn beschämen, indem sie zugab, zu wissen, was er zu verbergen trachtete? Oder auf die Kraft der Stille setzen, die wortlos tötete, bis nur mehr ein Schatten von dem blieb, was des Verschweigens würdig gewesen war? Eliana entschied sich, das Thema vorerst nicht anzuschneiden. In einem Jahr, wenn sie aus dem

Gröbsten heraus wären, würden sie beide vermutlich herzlich darüber lachen, und was jetzt wie Betrug aussah, würde als gelungener Streich dastehen.

»Bist du bereit?«, fragte John leise, der Elianas Schritte auf dem Steinfußboden gehört hatte und sich ihr nun erwartungsvoll zuwandte. Eliana nickte, ließ den Bademantel fallen und glitt, ehe John ihre blendend weiße Nacktheit bewundern konnte, in die mit milchigem warmem Wasser gefüllte Emaillewanne.

Echte Sole oder nicht, das Salzwasser hatte die kleinen Unreinheiten am Hals und am Dekolleté ausgetrocknet; ihre Haut schimmerte wie Seide. Selbst ihrer Mutter, die sie gestern zu beider großen Freude spontan besucht hatte, war dies nicht entgangen.

Sacht fuhr John ihr mit einem schmutzig gelben Schwamm über Dekolleté, Brust und Arme. Sein Atem eine Mischung aus Bier und Pfefferminze und reichlich genossenem Schweinefleisch. »Haben wir es gut, nicht wahr?«

»Hm.«

Stille, nur unterbrochen vom leisen Plätschern des Betrugswassers, das über Elianas Körper lief und leckte und sich wand.

»Gestern hatte ich nicht den Eindruck«, fuhr er fort.

»Warum?«

»Nun, die Frage stelle ich dir, mein Liebling. Offensichtlich gibt es einen Grund, der dich veranlasst, mich stundenlang im Ungewissen zu lassen.«

»Ach, John, ich habe dir doch erzählt, dass ich Mutter und Vater besucht und bei ihnen zu Abend gegessen habe.«

»Gewiss, du hast es erwähnt, nachdem du zurückgekehrt warst.«

»Du warst in Adendorf, um die neuen Gäste bei Schnabelmann abzuholen, als ich den Entschluss fasste. Du musst doch meine Nachricht gefunden haben, die ich auf den Küchentisch gelegt habe.«

»Ein paar hingekritzelte Worte sind nicht das, was ich von meiner Frau erwarten darf. Ich habe mich gesorgt.«

»Das tut mir leid. Aber wie gesagt, ich hatte eine Nachricht geschrieben, weil ich ein paar hingekritzelte Worte immer noch besser fand, als spurlos zu verschwinden«, entgegnete sie angriffslustig.

John schwieg.

Das Wasser kühlte ab, und Eliana begann zu frieren. Sie schlug die Arme vor der Brust zusammen. »Mir ist kalt. Gib mir bitte meinen Bademantel.« Sie machte Anstalten, aufzustehen, aber Johns Hand lag wie eine Eisenpranke auf ihrer Schulter und drückte sie hinunter.

»Was gibt mir die Gewissheit, dass du die Wahrheit sagst? Du könntest ebenso gut bei einem Liebhaber gewesen sein. Oder einer Liebhaberin. Bei deinem Appetit würde mich nichts überraschen.«

Johns Ton klang beiläufig, als würde er über das Wetter reden, aber der lauernde Unterton entging Eliana nicht. Seine Augen blickten starr, beinahe unbeseelt. Eliana schluckte, kaute an widerstreitenden Gefühlen, die sich gegenseitig neutralisierten. Wie gelähmt hockte sie in der Wanne. Die honigblonden Haare hatten sich gelöst und wogten dunkel, Algen gleich um ihr blasses Gesicht. Die Luft schmeckte orangenbitter.

Plötzlich lockerte sich sein Griff. John brach in leises Lachen aus. »O je, als verhinderter Othello bin ich wohl überzeugender, als ich dachte«, rief er aus und blickte zerknirscht drein, wie ein Junge, der erwischt worden war, wie er die Keksdose plünderte. »Verzeih mir, ich wollte dich nur ein wenig aufziehen. Und mich gleich dazu, weil ich mich gestern wie ein Rindvieh benommen habe.« Er beugte sich über Eliana und schürzte die Lippen. »Kannst du mir verzeihen? Ich liebe dich so sehr.«

Eliana schüttelte den Kopf. »Niemals.«

»Niemals?«

»Niemals.«

Ihre Blicke trafen sich. Und nicht lange darauf ließ die Hitze ihrer Leidenschaft sie die harte Kälte des Steinfußbodens vergessen.

Später, als Eliana in der Küche am Herd lehnte und den Kartoffeln beim Verkochen zusah, kam sie nicht mehr umhin, sich einzugestehen, dass das, was sie vor wenigen Monaten als hypnotische Kraft an John wahrgenommen hatte, in Wahrheit schnöde Fleischeslust war. Die sie genoss, der sie jedoch misstraute. Zweifellos besaß sie einen moralischen Wert, nämlich den, ihren Mann ans Haus zu binden. Darüber hinaus verhinderte die Wollust, dass sie einander im biblischen Sinn erkannten. Sie gewöhnten sich aneinander, aber das war etwas anderes. Nach wie vor fühlte Eliana sich mit einem bezwingenden Fremden verheiratet, der, wie sie nun wusste, nicht ehrlich zu ihr war. Mit gerunzelter Stirn stampfte sie die Kartoffeln zu einem zähen Brei von fadem Gelb und schmeckte ab. Sie hatte das Salz vergessen, und die Ironie dieses Umstands ließ sie unfroh auflachen.

Der Othello-Auftritt sollte nicht der einzige dieser Art bleiben, und jedes Mal erfand John andere Ausflüchte, wenn er begriff, dass er zu weit gegangen war. Einmal sollte es nur ein kleiner Scherz gewesen sein, das andere Mal ein dummes Missverständnis. Mit der Zeit aber ging

John zu zärtlicheren Beweisen seiner Liebe über. Morgens bereitete er das Frühstück und fütterte seine Frau mit in Kaffee eingetauchten Brotstückchen, er half ihr in Höschen und Rock und sah sie traurig an, wenn sie ihm zuvorkam und die Knöpfe ihrer Bluse selber schloss. »Ich bin so viel älter als du, ich muss die Zeit mit dir auskosten.« Er stellte Fragen über Fragen ihr Leben vor der Heirat betreffend, jede noch so vage Erinnerung sog er auf, als würde es sich um die Offenbarung handeln, und fiel Eliana beim besten Willen nichts mehr ein, was er nicht schon kannte, verdunkelten sich seine Augen.

Die Last seiner Liebe senkte sich auf sie wie eine Bettdecke aus Blei, und Eliana begann darüber nachzusinnen, ob ein Kind seine Gefühle ein wenig lockern könnte. Von Anfang an hatte sich John mit Rücksicht auf Elianas allzu zarte Konstitution, wie er erklärte, rechtzeitig aus ihr zurückgezogen, und reagierte erst verwundert, dann ungehalten, wenn sie nun ihre Hände auf seinen Hintern presste, um ihn in sich zu behalten, oder ihn so ungestüm ritt, dass die erste seiner Explosionen ihn durchzuckte, bevor er Eliana von sich stoßen konnte. »Es ist nicht gut«, stöhnte er dann schwer atmend und beinahe flehentlich, doch Eliana ging mit der Bemerkung darüber hinweg, einmal oder zweimal sei wie keinmal. Inständig hoffte sie auf das Gegenteil.

Mit jedem Monat, den sie wieder unpässlich wurde, wuchs ihre Scham darüber, das Kind mit einer Aufgabe zu überfordern, die seine Mutter nicht in der Lage war zu meistern, im selben Maß wie ihre Sehnsucht nach ihm, und mit einem Mal verstand sie, warum alle Menschen meinten, die Mutterschaft bilde die natürliche Fortsetzung der Rolle als Ehefrau und Haushälterin. Es schien, als ob

allein die Vorstellung, ein Baby im Arm zu halten, ein Licht in ihr entzünden würde.
Abgesehen davon blieb einer Frau in diesen Zeiten ja auch nicht viel anderes, das ihr ein Licht hätte sein können. Die Arbeit, egal welche, half, die Familie durchzubringen, weckte aber weder Sehnsüchte noch befriedigte sie. Begabungen und Neigungen besaßen schon eher das Zeug dazu. Doch obschon sie mindestens so schöpfungsgewollt wie die Mutterschaft waren – sonst hätte Gott sie einem doch nicht in die Wiege gelegt –, konnten ihnen nur die nachgehen, die – wie Josephine – die Mittel dazu besaßen. Allen anderen blieb das nagende Gefühl der vom Schicksal Betrogenen.
Da Eliana zweifellos zu Letzteren zählte, war sie ganz zufrieden, dass kein ausgefallenerer Wunsch in ihr gärte als der nach einem Kind, und keine Gaben zur Entfaltung drängten, die übers Teekochen hinausgingen.

Im Frühling 1897 riss ein Ereignis die Lüneburgerinnen aus dem Winterschlaf, in dessen Mittelpunkt die Drogerie an der Grapengießerstraße stand, oder besser gesagt deren Inhaber, Anatol Jablonski, vierundvierzig Jahre alt.
Dem Ruf der Buschtrommeln folgend, wonach etwas Besonderes im Gange sein musste, sowie der zweispaltigen Anzeige in der Tageszeitung, die fette Rabatte in Aussicht stellte, betrat Eliana wie viele andere Neugierige das Ladenlokal mit hochgezogenen Augenbrauen und erwartungsvollem Blick. Durch die Glastür fiel ein schmaler Streifen gelbes Licht auf die gebohnerten Dielen und die an den Wänden befestigten Regale mit den hölzernen Schubern, die beim Herausziehen immer ein leise zischendes »Ffft« machten und denen köstliche Düfte ent-

strömten, Rosen und Lavendel, Zimt und Thymian. Brauner Zucker, dekorativ auf einem weißen Tuch angehäuft, schimmerte wie hundert und aberhundert feinster Bernsteine, die einen Sammler um den Verstand gebracht hätten. In einer Ecke baumelten getrocknete Enten mit lederner Haut von der Decke herunter (»ganz wie in Londons Soho«, behauptete Jablonski), darunter lagen Bürsten und Besen und Flaschenreiniger ineinander verkeilt, in einer Auslage stapelten sich Brocken türkischen Honigs, und auf einem langen, beängstigend zum Boden neigenden Nagel hingen Bilderrahmen aus Messing und solche aus mit Muscheln beklebtem Holz. An der Wand lehnten Spazierstöcke, Ballen indischer Seide, holländische Holzschuhe. Ein ziemliches Durcheinander, wenn man es genau nahm, aber das Durcheinander hatte Methode.

Jablonski, ehedem als Handwerksgeselle auf der Walz, hatte nach dem Tod der Eltern vor zwei Jahren ihr Geschäft übernommen, sich jedoch nicht entscheiden können, ob er wie sie eine Drogerie oder nicht doch lieber eine Kolonialwarenhandlung betreiben wollte. Sein Verstand empfahl das eine, sein Herz schlug für das andere. Schließlich befand Anatol Jablonski, der Mensch müsse sich nicht immer entscheiden (vielmehr sei der Menschen Wille zum Ausschluss ein Zeichen seiner Einfalt), und übte sich seitdem in der Kunst, Balance zu halten zwischen dem, was der Markt exotischer Waren hergab, und dem, was den schlichten Lüneburger Gemütern zuzumuten war.

Das im Vergleich zu den vielen Unsäglichkeiten, die man schon in Jablonskis Laden erblickt hatte, geringere Wagnis, das an diesem Tag der Öffentlichkeit präsentiert wurde, war dem Hagestolz laut Buschtrommeln von seiner neuen Bekannten aufgeschwatzt worden. Angeblich hatten die beiden sich auf dem Hamburger Hauptbahnhof kennengelernt, sie eine Mittvierzigerin auf der Durchreise, er auf Beutezug nach ausgefallenen Waren, ausgehungert nach der Aufmerksamkeit eines liebenden Herzens alle beide. Eine Romanze, so hieß es, habe ihren Lauf genommen.

»Finden Sie nicht auch, dass Herr Jablonski seit einiger Zeit weniger hager ausschaut?«, flüsterte eine Stimme hinter Eliana. Sie fuhr herum. Die Witwe von Zündt lächelte sie maliziös an.

»So genau habe ich ihn noch nicht betrachtet«, gab Eliana schmunzelnd zurück.

»Ich glaube nicht an dieses Märchen vom späten Glück. Sie etwa?«

»Immerhin besitzt die geheimnisvolle Dame offenkundig genügend Einfluss, um ihm einzuflüstern, er müsse sein Geschäft um ein Herbarium erweitern.«

»Herbarium! Du meine Güte! Sollen jetzt die Kräuterhexen fröhliche Urständ bei uns feiern?« Wie ein Raubvogel auf Beutezug fixierte die Witwe die untersetzte weibliche Gestalt, die mit vollendeter Ruhe hinter dem Eichentresen stand und das gierige Interesse der Leute heranbranden ließ, als nähme sie gelassen ein Bad in aufgewühlter See.

Jablonski tänzelte zwischen seiner neuen Angestellten und der Registrierkasse hin und her, noch nervöser, als man ihn kannte. »Eine typische Frauenangelegenheit«, hörte Eliana ihn schwadronieren, »schon meine Mutter, Gott hab sie selig, war der Ansicht, Männer besäßen kein Gefühl für die Kräuterkunde, und nur der Tod konnte verhindern, dass sie sich diesem weiten Feld widmete. Sie verstehen, dass ich umso erfreuter bin, dass mir der Herr-

gott eine Stütze gesandt hat, die sich bereit erklärt hat, mir für eine Weile zur Seite zu stehen, damit wir gewissermaßen gemeinsam Mutters Willen erfüllen.«
»Schleimer«, raunte Frau von Zündt.
Eliana achtete nicht darauf. Eben hatte sich in der Reihe vor ihr eine Lücke aufgetan, und rasch schlüpfte sie hinein. In ein abwartendes Lächeln gebettete, feuchtschimmernde Augen musterten Eliana. Kinnlange dunkelblonde Wellen mit hellgrauen Strähnen darin schmiegten sich wie eine Kappe um ein ovales pausbäckiges Gesicht, das vor zwanzig Jahren die Männer vermutlich in Wallung gebracht hatte, jetzt aber einer in die Jahre gekommenen Putte ähnelte.
»Probieren Sie«, forderte Jablonskis Stütze Eliana auf und hielt ihr eine dampfende Tasse hin.
Eliana pustete und schnupperte. Fenchel. Anis. Orangenblüten. Schuldbewusst stellte sie die Tasse auf den Tresen.
»Vielen Dank«, sagte sie in gedämpftem Ton, »aber das ist nicht das Richtige für mich.«
Die Frau senkte den Kopf, ohne den Blick von Eliana zu wenden. »Suchen Sie etwas Bestimmtes?«
»Nein, ich wollte mich nur ein wenig umschauen«, erwiderte Eliana und fügte in Gedanken hinzu: Ob es ein Kraut gibt, das mir hilft, ein Kind zu empfangen und die Liebe meines Mannes zu besänftigen. Sie hob die Schultern und lächelte die Frau entschuldigend an.
»Ich verstehe«, erwiderte sie gedehnt. »Warten Sie einen Augenblick.« Die Frau verschwand hinter einem roten, mit goldenen Applikationen gesäumten Samtvorhang (der einem Bordell alle Ehre gemacht hätte und mutmaßlich auch aus einem solchen stammte, wie es hieß) und kam nach kurzer Zeit zurück, ein braunes Päckchen in der

Hand. »Fürs Erste würde ich Ihnen diesen Tee empfehlen.«
Eliana sah sie fragend an. Unmerklich nickte die Frau. »Er wirkt … nun, sagen wir, anregend auf die Organe, wenn man ihn täglich zu sich nimmt. Mit kochendem Wasser aufgießen und zwanzig Minuten ziehen lassen.« Dann reichte sie Eliana die Hand. »Ich bin übrigens Annemarie Wagner.«
»Eliana van Steen.«
»Ich weiß«, sagte Annemarie Wagner. »Die Tochter der Leute mit den Karakulschafen, verheiratet mit dem Betreiber eines Badehauses. Kinderchen lassen noch auf sich warten.« Sie lachte leise, als sie Elianas erstauntem und ein wenig konsterniertem Blick begegnete. »Anatol und ich streifen an den Sonntagen gern durch die Umgebung, damit ich mich ein wenig heimischer fühle, und neulich wanderten wir am Kloster vorbei. Ihre Villa lag quasi auf dem Weg, und das Schild davor machte mich neugierig, so dass ich mich genötigt sah, dem guten Anatol, der ja ein Ausbund der Verschwiegenheit ist, abzuringen, was er weiß. Verzeihen Sie mir, ich wollte nicht aufdringlich erscheinen.«
»Aber gar nicht«, entgegnete Eliana, von so viel Freimütigkeit entwaffnet. »Wenn Sie wieder einmal in der Nähe spazieren gehen, besuchen Sie uns doch bitte.« Schon waren die Worte heraus. Wie würde John auf einen unerwarteten Besuch reagieren, und, vor allem, wo sollte sie Annemarie Wagner und Anatol Jablonski empfangen, in der Küche oder im Schlafzimmer etwa oder in einem der leeren Zimmer?
Eliana verabschiedete sich hastig und beeilte sich, ihre Einkäufe beim Schlachter nebenan zu erledigen. Als sie

nach Hause kam, war von John und seinen Patienten weit und breit nichts zu sehen und zu hören. Eliana zuckte mit den Schultern, bereitete Kartoffelpuffer für das Mittagessen vor und setzte Wasser im Kessel auf.
Der Tee schmeckte süßlich und ein wenig modrig und hinterließ einen pelzigen Nachgeschmack auf Zunge und Gaumen.
Zwei Wochen später blieb ihre Periode aus.
Sie wartete weitere vier Wochen, um ganz sicher zu sein, bevor sie es John erzählen wollte, doch dazu sollte es nicht kommen.
Kurz darauf, in einer mondlosen Juninacht, setzten die Blutungen ein.

»Um Gottes willen!« Mit drei großen Schritten durchquerte Annemarie Wagner das Schlafzimmer, schob sich in Ermangelung einer anderen Sitzgelegenheit wie selbstverständlich auf das Wolkenbett und musterte Elianas kalkweiße Züge. Behutsam streichelte sie Elianas Hand. »Wann ist es passiert?«
»Vor drei Tagen«, entgegnete sie und ließ die Berührung geschehen.
»Sie sind jung und kräftig, Sie werden wieder ein Kind empfangen. Das ist zumindest das, was Ihnen der Arzt und Ihr Mann gesagt haben, und sie haben recht. Aber Männer wissen nichts davon, was es bedeutet, ein Kind zu verlieren.« Mitgefühl schwamm in Annemarie Wagners feuchten Augen, als dicke Tränen über Elianas Gesicht zu rollen begannen. »Sie wissen nichts von der Verbindung zwischen zwei Wesen, die ein Fleisch sind, ganz gleich, ob sie es zwei Monate waren oder neun.«
»John bemüht sich«, verteidigte Eliana ihren Mann. »Er

hat sofort eine Mamsell eingestellt, die sich um den Haushalt und das Essen kümmert, damit ich mich auf meine Genesung konzentrieren kann.« Sie machte eine Pause, dann setzte sie hinzu: »Aber er hat keine Ahnung, wie ich mich fühle. Heute Morgen hat er sogar versucht …« Sie verstummte. Das ging die Fremde nichts an.

»Das ist typisch«, erwiderte Annemarie Wagner seufzend. »Aber ist das ein Wunder? Eine Gesellschaft, die eine Ehe für ideal erachtet, wenn die Frau sich vollständig unterwirft und alle Rechte einschließlich desjenigen, ihren eigenen Namen zu behalten, abtritt, vergiftet das Gemüt der Kinder und macht aus kleinen Jungen selbstherrliche, emotional abgestumpfte und gewalttätige Ehemänner und aus Mädchen alberne Geschöpfe, nur gut zum Kochen und Kinderkriegen.«

»Donnerwetter!«, entfuhr es Eliana trotz des Kloßes, der ihr im Hals saß. »Mir scheint, bei Ihnen hat eher das Gift der Sozialdemokratie gewirkt!«

»O nein, um zu diesem Schluss zu gelangen, genügt es, seinen Verstand ein wenig zu wetzen.«

»Sie reden wie meine Cousine Josephine«, meinte Eliana und nahm das Batisttaschentuch, das Annemarie aus ihrem Gürtel genestelt hatte und ihr hinhielt.

»Erzählen Sie mir von ihr.«

»Nun, Jo ist das glatte Gegenteil von mir, sie ist mutig und verfolgt entschlossen ihre eigenen Ziele. Vielleicht ist sie schon unterwegs nach Mexiko …« Während Eliana ihre Zuneigung und ihren leisen Neid in immer lebhaftere Worte fasste, wurde sie gewahr, wie sehr sie ihre Cousine vermisste, ihr quecksilbriges Wesen, ihre kompromisslose Haltung, die Nähe, die in den seltenen Stunden ihrer einstigen Besuche in Bremen entstanden war und die sie zu

Frauke nicht einmal annähernd empfunden hatte. »Sie fehlt mir«, schloss sie mit einem schiefen Lächeln. »Aber jetzt sind Sie dran! Haben Sie Familie?«

»Mein Mann ist vor vielen Jahren verstorben, und meine Tochter … Nun, unsere Wege haben sich irgendwann getrennt, ich weiß nicht einmal, wo sie wohnt oder ob sie verheiratet ist.«

»Verzeihen Sie mir, ich wollte nicht indiskret sein. Es tut mir sehr leid.«

»Schon gut«, erwiderte Annemarie. »Über die Jahre habe ich gelernt, dankbar zu sein für die guten Zeiten, dafür, dass diese beiden Menschen wenigstens eine Weile mein Leben geteilt haben. Es war ein Geschenk des Allmächtigen. Irgendwann werden wir wieder vereint sein.« Sie schüttelte den Kopf und bemerkte ironisch: »Die Trauer macht selbst aus aufmüpfigen Gemütern gläubige Esel. Nicht zu fassen. Bevor ich mich um Kopf und Kragen rede, verabschiede ich mich lieber. Passen Sie gut auf sich auf.«

Eliana dachte an ihren eigenen verqueren Pakt mit Gott und schmunzelte. Diese Fremde hatte etwas erfrischend Nonkonformistisches an sich. »Ich würde mich freuen, wenn Sie mich wieder besuchen kämen, Frau Wagner.«

»Wenn Sie möchten, gern. Und bitte sagen Sie Annemarie zu mir. Frau Wagner klingt, als ob jemand anders gemeint wäre.« Sie rollte mit den Augen und wackelte mit dem Kopf, eine Gauklerin bei der Abschiedsszene. An der Tür blieb sie stehen und fasste sich an die Stirn. »Dummes Ding ich. Habe doch Tee und Wohlgeruch im Körbchen.« Sie sah sich im Zimmer um und ächzte, als würde es ihr große Mühe bereiten, einen Platz für die Päckchen zu finden. Schließlich legte sie beide auf eine Fensterbank.

Als Annemarie die Tür hinter sich zugezogen hatte, fiel Eliana ein, dass sie ihren Besuch nicht gefragt hatte, was ihn an einem Dienstagnachmittag in die Abgeschiedenheit jenseits des Lüner Holzes getrieben hatte.

Als Annemarie die Treppe hinunterging, kam John van Steen ihr entgegen.
»Wer sind Sie?«
Sein Argwohn war fast greifbar, und eine lauernde Aggressivität ging von ihm aus. Annemarie setzte eine freundliche Miene auf, nannte ihren Namen und erwähnte, dass es im Dorf nicht verborgen geblieben sei, dass der Doktor in der Nacht von Sonnabend auf Sonntag seine liebe Mühe gehabt habe, das Leben der jungen Frau zu retten und den tobenden Ehemann zur Mäßigung anzuhalten.
»So, erzählt man sich das.« Ein Schatten flog über seine Züge. »Dass ein Mensch außer sich gerät vor lauter Sorge und Angst, kommt diesen beschränkten Provinzlern natürlich nicht in den Kopf. Und Sie?«, fuhr er Annemarie an. »Hat man Sie geschickt, um uns auszuspionieren?«
»Ich bin die Drogistin und wollte nur nachsehen, ob Ihre Frau einen Kräutertee oder ein wenig Riechsalz benötigt.« Ihr Blick wanderte von ihm zu dem Korb, den sie in ihrer rechten Hand trug.
John folgte ihrem Blick. »Entschuldigen Sie meine Ungezogenheit, ich bin dieser Tage nicht gut beieinander. Ich hoffe, Sie tragen es mir nicht nach.«
Annemarie lächelte wie eine Sphinx, deutete ein Nicken an und ging an John vorbei. An der Haustür blieb sie stehen und drehte sich nach ihm um und sah gerade noch, wie seine massige Gestalt am Ende des Flurs um eine Ecke bog. Mit angehaltenem Atem lauschte sie seinen Schrit-

ten, die sich langsam entfernten. Kurz darauf ertönte vom Garten her das Geräusch einer Motorsäge; es klang, als wäre ein Hornissenschwarm im Anflug.
Unschlüssig blieb Annemarie noch eine Weile stehen, dann setzte sie ihren Weg fort.
In dem Moment, da sie sich anschickte, vor die Tür zu treten, manövrierte ein funkelnagelneuer weinrot- und schwarzlackierter Duc um die zahlreichen Schlaglöcher auf der holprigen, ungepflegten Auffahrt. Das Verdeck der sportlichen Kutsche, die vom Sitz aus, also à la d'Aumont, wie man es in gewissen Kreisen nannte, gelenkt wurde, war zurückgeschlagen und gab den Blick frei auf die Dame, die die Zügel in Händen hielt.
Annemarie erschrak und zog sich rasch zurück ins Haus. Nach kurzem Zögern folgte sie einem vielversprechenden Duft, bis sie das Ende des Flurs erreichte. Die Tür, hinter der John verschwunden war, war nur angelehnt. Vorsichtig spähte Annemarie um die Ecke. Die Küche – schwarzweißer Terrazzo, ein elfenbeinfarbener Schrank mit Aufsatz und Glastüren, hinter denen Gewürze und allerlei Dosen aufbewahrt wurden – war penibel gesäubert und vorbildlich aufgeräumt. Im Backofen schmorte ein Kapaun vor sich hin.
Die Mamsell war nirgendwo zu sehen.
Gut, gut. Es würde ein Kinderspiel sein, den Tee auszutauschen.
Falls es demnächst, und davon ging sie aus, nötig werden sollte.

Unterdessen war die Kutsche vor dem Haus angelangt. Malfalda Franzini-Magyary zügelte die Pferde und musterte das wuchernde Unkraut, die geschlossenen Fenster-

läden und die Fassade der Villa, die durch den herabbröckelnden Putz ausschaute, als hätte sie die Blattern.
So sah also die gute Partie aus, von der Adeline gesprochen hatte.
Schließlich raffte Malfalda ihre Röcke und stieg aus. Sie klopfte an die Haustür und lauschte dem Klang, der sich im Innern des Hauses verlor, wartete, klopfte erneut, und als sich nach einer Weile immer noch nichts regte, ging sie, in der Hoffnung, eine Kellertür oder etwas dergleichen vorzufinden, an der linken Seite des Hauses vorbei, während Annemarie auf der anderen Seite davonschlich.

5

Vom Hafen wehte eine sanfte Brise und trug den Geruch nach Motoröl, Fisch und Salzwasser durch das weitgeöffnete Fenster ins Kontor. Reglos lehnte Josephine an ihrem Pult und fixierte einen Punkt in der geschlossenen Wolkendecke, die seit Tagen über Bremen lag, wie es sich für einen anständigen Juni eigentlich nicht gehörte.

»Ich wäre dann so weit«, sagte Wolfgang Hadeler, eifriger Lehrling im dritten Jahr und netter Bursche aus dem Fesenfeld, jener Ansammlung akkurater Gassen nördlich der Humboldstraße, in deren Mitte seine Mutter, eine verwitwete Klavierlehrerin, wie eine Drohne residierte und mit harter Hand unterrichtete. Zu ihrem Kummer zeigte ihr Sohn seit dem Stimmbruch keinerlei musikalische Neigung mehr, was, wie er Josephine inzwischen gebeichtet hatte, nicht ganz der Wahrheit entsprach, aber aufrechterhalten werden musste. Mutter Hadeler würde es fertigbringen, seine Stellung zu kündigen und ihn zu ihrem Assistenten zu domestizieren; einzig und allein vor völliger Talentfreiheit streckte sie die Waffen. Also gab Wolfgang sich takt- und tonlos. Tatsächlich jedoch streifte jeden Abend kurz vor Dienstschluss sein vibrierender Bariton leise, aber wohlklingend um Pulte, Tintenfässer und Teekisten, die Requisiten des Lebens, das er liebte. Wenn alles gutging, würde er der jüngste Prokurist werden, den Bremen je gesehen hatte.

»Der Gestank verdirbt das Aroma«, sagte er nun entschuldigend, schloss das Fenster und wiederholte ehrerbietig: »Ich wäre dann so weit, Fräulein Kayser.«

»Gut, dann wollen wir mal.« Josephine nickte ihm zu und ging an ihm vorüber in das angrenzende Zimmer, in dem Hadeler die Verkostung vorbereitet hatte, was streng genommen nicht zu seinen Kompetenzen gehörte, aber von ihm mit so viel Enthusiasmus vereinnahmt wurde, dass Hendrik Kayser es nicht übers Herz brachte, ihn in seine Schranken zu weisen. Wie immer hatte Hadeler die Mitwirkenden der Zeremonie wie auf einem Altar arrangiert, das Häufchen Tee anbetungswürdig in der Mitte, links und rechts davor die Reihe der Messdiener, mehrere hauchdünne Porzellantassen, im Hintergrund die heiligen drei Teekannen für die verschiedenen Aufgüsse, die von einer Sorte zubereitet wurden. In einer Ecke des Kontorzimmers bollerte ein Ofen, darauf ein dampfender Kessel, den Hadeler nun in die Hand nahm und andächtig zum ersten Aufguss führte.

Josephine besaß eine rasche Auffassungsgabe und hatte sich das Grundwissen des Metiers gründlich angeeignet, ohne der Antwort auf die Frage näherzukommen, wie man für diese zerschrumpelten grünlich grauen Blätter mehr als wirtschaftliches Interesse aufbringen konnte. Sie hoffte inständig, dass der vakante Posten des Teeverkosters bald wieder besetzt würde. Sie, Jo, besaß weder den dafür erforderlichen feinen Geschmackssinn noch den Ehrgeiz, ihn zu entwickeln.

Hadeler füllte die Tassen der Reihe nach mit Tee und hielt Josephine eine entgegen.

Beide nahmen einen Schluck, schmatzten, gurgelten und wälzten die heiße Welle von links nach rechts. Josephine schmeckte nichts als gefärbtes Wasser, Wolfgang Hadeler hingegen gab Geräusche reinen Entzückens von sich, und das Lachen stieg unwiderstehlich in ihr auf. Sie schluckte hart, räusperte sich und hustete, bis sie es vertrieben hatte. Hadeler auszulachen wäre unfair; er besaß gute Gründe, seine Stellung mit solcher Inbrunst auszufüllen und seiner Bewunderung für seinen Brotherrn so freimütig nachzugeben.

Seine Schwester Anna, Packerin bei Kaysers, hatte ihr Herz vor zwei Jahren an einen Leichtfuß gebunden, der sich auf und davon gemacht hatte, nachdem sie mit Zwillingen niedergekommen war. Und weil Mutter Hadeler sich außerstande sah, sich gleichzeitig um ihre Klavierschüler und zwei schreiende Babys zu kümmern, hatte Anna zu jenem Mittel gegriffen, dessen sich viele verzweifelte Arbeiterinnen in ihrer Not bedienten, ohne zu wissen oder es wahrhaben zu wollen, dass es Teufelszeug war, dazu angetan, aus den Unschuldigen, sofern sie nicht an Vergiftung starben, halbdebile Wiedergänger zu machen: Sie flößten ihren Babys morgens Schnaps ein, damit sie den ganzen Tag Ruhe gaben.

Als Adeline Kayser auf einer Sitzung des karitativen Vereins Hansewohl zu Ohren kam, dass diese Praxis auch unter den Packerinnen und Teesortiererinnen, die Hendrik beschäftigte, allgemein üblich sein sollte, drängte sie ihren Mann, etwas dagegen zu unternehmen. Und er, begeistert, wieder einmal dem Engel in seiner Frau begegnet zu sein, berief am nächsten Tag eine Versammlung in seinem Speicherhaus am Hafen ein und verkündete den Männern und Frauen, er trage sich mit der Absicht, einen Betriebshort zu gründen, müsse zuvor jedoch den Bedarf prüfen. Auf seine Frage, wer ein solches kostenloses Angebot wahrnehmen würde, schnellten siebzig Arme von achtzig nach oben. Am selben Tag mietete Hendrik Kayser eine leerstehende Halle neben seinem Speicher an, ließ sie mit Farben, Möbeln und Spielzeug herrichten und stellte drei Kindermädchen ein, die sich seitdem um den Nachwuchs der Kayser'schen Belegschaft kümmerten. Hendrik Kaysers mutige Entscheidung trug ihm die Hochachtung seiner Angestellten ein und den Argwohn der Kaufmannschaft, die solcherlei sozialdemokratischen Firlefanz missbilligte. Galt es nicht jetzt, an der Schwelle eines neuen Jahrtausends, Geld und Grips in wirtschaftliche Herausforderungen zu investieren? Und zwar nicht irgendwo, sondern in Übersee, dort, wo sich die Engländer, Franzosen, Spanier seit Jahren breitmachten, während im deutschen Reichstag lamentiert wurde, die Kolonien seien nichts als defizitäre Abenteuer, »Kinder des Gefühls und der Phantasie«, wie Fürst Hohenlohe, der zweite wenig charismatische Nachfolger Bismarcks, neulich gelästert hatte. Wenigstens war der Kaiser aufgewacht, hatte zwei und zwei zusammengezählt und war zu dem Ergebnis gekommen, das die Kaufleute ihm seit Jahren vorrechneten: Wer jetzt nichts gebacken bekam zwischen Pazifik und Rotem Meer, würde auf Jahrzehnte das Nachsehen haben.

Niemand verstand, warum ausgerechnet Hendrik Kayser sich diesen Argumenten verschloss. Dabei verschloss er sich gar nicht, ganz im Gegenteil. Er wartete auf die perfekte Gelegenheit.

Und die begann sich dieser Tage allmählich abzuzeichnen wie die vagen Umrisse des aus den Morgennebeln geborenen Shangri-La.

»Hallo? Jemand zu Hause?« Wolfgang Hadeler fuchtelte mit der Hand vor ihrem Gesicht herum.

Josephine schlüpfte zurück in die Gegenwart. Der Tee war kalt geworden.
»Hier bitte, der zweite Aufguss«, sagte er knapp und reichte ihr die nächste Porzellantasse, Miene und Stimme ein einziger Vorwurf, wie sie, die Tochter des Chefs, der Verkostung so wenig Beachtung schenken konnte.
Josephine riss sich zusammen und konzentrierte sich auf die Aromen, die sie nichtssagend und fad fand, notierte das blumig formulierte Gegenteil auf einem Klemmbrett und machte ein ernstes Gesicht. Schließlich beendeten sie die Farce, spülten Tassen und Kannen ab und räumten sie fort und gingen zurück an ihre Stehpulte, um die Zeitung nach Wirtschaftsmeldungen zu durchforsten, Post zu öffnen und Korrespondenz zu erledigen.
Auf der Suche nach Beute ließ Hadeler die Schere geräuschvoll auf- und zuschnappen. Auf Seite 3 wurde er fündig. »Übergriffe auf deutsche Missionare in China.« Hadeler pfiff durch die Zähne. »Das kann ja noch was werden. Der dritte Opiumkrieg. Du lieber Gott, woher beziehen wir denn dann den guten Oolong? Unser Kayser sagt ja immer, auf den Verschnitt aus Russland kann er gut verzichten, aber woher nehmen, wenn die Welt wieder verrückt spielen will? Na, Ihrem werten Herrn Vater wird gewiss etwas einfallen …«
»Eine diplomatische Mission beispielsweise?«, warf sie in beiläufigem Ton ein. »Und Sie und ich fungieren als Unterhändler, die weiße Flagge in der einen Hand …«
»So ähnlich, bloß dass Sie sich wohl als Mann werden verkleiden müssen, weil Chinesen niemals eine Frau als Verhandlungspartner akzeptieren«, gab Wolfgang Hadeler den Ball geschickt zurück, den Josephine wiederum mit der Behauptung retournierte, sie habe sich für

diesen Fall bereits eine Perücke aus Ponyhaaren anfertigen lassen.

Und so entspann sich eins jener munteren Geplänkel, die Wolfgangs Geist jenseits der Kayser-Verehrung leuchten und Josephine wenigstens für diese fröhlichen Augenblicke die Tatsache vergessen ließ, eingepfercht zu sein zwischen muffigen Papieren und gestapelten Teekisten, gestrandet zwischen ihrer Eltern Fürsorge und eigenen aufgeschobenen Plänen.

Andere junge Frauen würden einem Vater die Füße küssen, der es ihnen ermöglichte und zutraute, in seine Fußstapfen zu treten, statt auf einen männlichen Heilsbringer in Gestalt eines Schwiegersohns zu hoffen. Es wurde ihr noch ganz flau, wenn sie sich sein Gesicht in Erinnerung rief, auf dem sich maßlose Enttäuschung ausgebreitet hatte wie ein Teefleck auf weißer Tischdecke, als sie ihre eigenen Pläne beschworen, geweint und getobt und ihm an den Kopf geworfen hatte, sich wie ein wilhelminischer Armleuchter aufzuführen. Beinahe hätte er sie geohrfeigt, dann siegten seine Liebe und sein alchimistisches Lachen, das die Beleidigung veredelte zu Wortwitz in töchterlichem Affekt.

Schließlich hatten sie sich darauf geeinigt, dass Josephine zumindest für eine Weile Kontorluft schnuppern sollte, nur um ihren guten Willen zu beweisen und sich zu vergewissern, ob nicht doch eine geborene Teehändlerin in ihr steckte. Josephine fand diesen Kompromiss fair und in gewisser Hinsicht auch nützlich. Da es (was sie insgeheim gehofft hatte) nicht zu erwarten stand, dass ihr Vater für ihre Reisen aufkommen würde, musste sie Augen und Ohren aufsperren, um sich mit dem erworbenen Wissen eines Tages ihren Lebensunterhalt verdienen zu können

wie viele tausend andere Kontoristinnen, Sekretärinnen, Buchhalterinnen auch.
Josephine bemühte sich vom ersten Moment an, zu hassen, was zu tun sie sich bereit erklärt hatte, musste sich jedoch nun nach etlichen Monaten zwischen Kontor und Speicher eingestehen, dass sie ihre Arbeit mochte.
Sie mochte es, teilzuhaben an der Betriebsamkeit, die im Freihafen herrschte, sie mochte diesen Ort, wo es nach Brackwasser und modrigen Tampen roch, wo in Korb gefasste, mit Rotwein gefüllte Glasflaschen aus Genua verwundert herumstanden, Kaffeesäcke und in Leinen eingeschlagene Gewürze von Äquatorsonne träumten, Fässer und Ballen einander begafften wie Schwarz und Weiß, wo derbe Männer mit behaarter Brust und tätowierten Unterarmen schweigsam ihrer Arbeit nachgingen und den Huren hinterherstierten, wenn die am Monatsanfang an ihnen vorüberschlenderten. Jo gefiel die Vorstellung, dass dieser Ort wie kaum ein anderer in Bremen sich durch den Fluss der Waren ständig selbst erneuerte. Sie begriff es als eine profane Variante dessen, was der griechische Philosoph Aristoteles als Katharsis – Reinigung der Seele – formuliert hatte, aber als sie sich entsann, dass sie der ja eigentlich auf einer Reise in die Ägäis zu begegnen vorgehabt hatte, meinte Josephine mit einem Mal zur Verräterin an den eigenen Träumen zu werden.
Früher als es einer Juniorchefin zustand, wünschte sie Wolfgang Hadeler am Nachmittag einen guten Abend, eilte nach Hause in die Emmastraße und hinauf in das Bad. Als sie wieder zu sich kam, lagen eine Schere und ihre krausen schwarzen Strähnen auf den weißen Fliesen wie das drahtige Rosshaarinlett eines geplatzten Polster-

sessels. In Büscheln standen ihr die verbliebenen Haare vom Kopf wie einer Brandversehrten.
Das wäre es wohl mit dem Kontor. So würden ihre Eltern sie nicht unter die Leute lassen.
Josephine fand, die Genugtuung stehe ihr gut zu Gesicht.
Als sie an diesem Abend bei Tisch erschien, stand die Luft still, das neue Dienstmädchen Käthe schlug die Hand vor den Mund, und Tallulah witterte der Anspannung hinterher, die von Teilchen zu Teilchen sprang wie ein Floh, aber Adeline und Hendrik gaben mit keiner Regung zu verstehen, dass sie die atmosphärische Verdichtung bemerkten. Sie setzten sich und begannen die Suppe zu löffeln. Josephine zögerte, dann tat sie es ihren Eltern nach.
Schweigend löffelten die drei, bis die Rindsbouillon verzehrt war.
Hendrik tupfte sich die Mundwinkel ab, faltete die Serviette ordentlich zusammen und erhob sich. »Ich habe noch zu tun, wenn du mich bitte entschuldigen willst, liebe Adeline«, murmelte er und schloss die Flügeltür hinter sich.
Josephine schlug die Augen nieder, beschämt, dass sie ihren Vater so gekränkt hatte, dass er nicht imstande war, ihren Anblick wenigstens mit einer lakonischen Bemerkung zu kommentieren, dann hob sie trotzig den Blick.
Adeline schickte Käthe mit dem unberührten Nachtisch zurück in die Küche. Als sie allein waren, sagte sie: »Du verlässt dein Zimmer bis auf weiteres nicht.«
»Das ist ganz in meinem Sinn, Mama«, erwiderte Josephine würdevoll.
Drei Tage danach – Josephine hatte ihren Triumph ausgekostet, bis er schal schmeckte und ihr verunstaltetes Aus-

sehen in den Vordergrund ihres Bewusstseins rückte – betrat Adeline ihr Zimmer, eine buntbedruckte Hutschachtel in der Hand.
»Ich bin stärker als du, mein Kind«, sagte Adeline, ihr rauher Sopran weich wie Honig, »meine Nerven sind die besseren.«
»Woher willst du das wissen?«, gab Josephine über den Rand eines aufgeschlagenen Buches zurück. »Aus dem Teesatz?«
»Allmählich komme ich nicht umhin, mir zu wünschen, dass ich lieber einen Sohn gehabt hätte, der das Erbe meiner Familie übernimmt, statt einer leichtfertig veranlagten Tochter, die sich gleich doppelt der Verantwortung entzieht – die nicht ins Kontor und nichts lernen, vom Heiraten aber erst recht nichts wissen will, was uns die Chance nimmt, die Familientradition fortzuführen. Dein Vater ist maßlos enttäuscht von dir.« Mit einer Handbewegung verbat sie ihrer Tochter den Mund. »Ich bin noch nicht fertig! Dies hier«, sie öffnete die Schachtel und holte ein welliges schwarzes Etwas so lang und glänzend wie ein Bündel zappelnder Aale hervor, »diese Perücke, mein Kind, ist aus Chinesenhaar gemacht und ungleich hübscher als dein Ponyfellmodell, das unter deinem Bett versteckt ist, nicht wahr? Ganz zu schweigen von der Katastrophe auf deinem Kopf. Du siehst aus, als wäre eine Ratte auf deinem Kopf verendet. Nun, diese Perücke wird dich mehr schmücken. Ab morgen erscheinst du damit im Kontor.«
Überrumpelt und bestürzt starrte Josephine das Ding an. »Du kannst mich nicht zwingen.«
»Das könnte ich sehr wohl«, erwiderte Adeline und lächelte fein. »Aber wozu? Du hast kaum eine Wahl. Entweder

bleibst du für den Rest deines Lebens in diesem Zimmer, oder du gehst ab morgen wieder zur Arbeit.«

Malfalda hatte die Reise nach Lüneburg mit der vagen Vorstellung unternommen, Adelines Verdikt zu unterlaufen und Eliana in bekömmlichen homöopathischen Dosen mit den Geschehnissen im Schicksalsjahr vertraut zu machen. Zum einen glaubte sie nicht daran, dass Adeline es selbst tun würde, weil das Schweigen darüber ihr zur zweiten Natur geworden war, zum anderen hielt sie, Malfalda, die Befürchtungen, Elianas Zustand könnte fünfzehn Jahre nach den Ereignissen erneut aus dem Ruder laufen und aller Bemühungen um ihr Wohlergehen zunichtemachen, für reichlich übertrieben. Aber als sie an diesem Junitag durch die Hintertür in die Villa gelangte und mit wachsender Besorgnis die eigentümliche Leere erfasste, erkannte sie, dass nicht längst Vergangenes das Problem war, sondern die gegenwärtige Lage, und nachdem sie zögerlich Stufe um Stufe nach oben gegangen war und schließlich Elianas bleiches, spitzes Gesicht erblickte, das in dem Wolkenbett ertrank, musste sie Adeline im Stillen Abbitte leisten. Am liebsten hätte sie auf dem Absatz kehrtgemacht und wäre nach Bremen weitergereist.
Später am Abend, nachdem sie erfahren hatte, was sich vor drei Tagen zugetragen hatte, sie John kennengelernt, er ihr ein provisorisches Lager aus Heu und Decken bereitet und sich tausendmal dafür entschuldigt hatte, zog Malfalda Bilanz.
Eine Fehlgeburt.
Ein Haus ohne Möbel.
Ein Ehemann, der … ja, was?
Malfalda wusste sich keinen Reim auf diesen Mann zu

machen, der sich gepflegt von Hacke bis Scheitel kleidete, doch die abgetretenen Absätze seiner Schuhe mit geschwärztem Holz ausbesserte, und der sich so hocherfreut über den überraschenden Besuch gab, dass es Malfalda übertrieben und unecht vorkam. Zweifellos liebte er Eliana, und sie liebte ihn. Die Blicke, die sie einander beim Abendbrot zugeworfen hatten, waren magnetisch.
Malfalda fühlte sich an den Sturm des Begehrens erinnert, den ihr Ehemann in den acht Jahren ihres Zusammenseins entfacht hatte, sobald seine Hand flüchtig die ihre streifte. Es war eine Amour fou gewesen zwischen ihnen, dem schneidigen k.u.k. Offizier und der reichen ungarischen Schönheit vom Land. Die junge Malfalda hatte jede Sekunde mit ihm genossen, die ältere hatte die Erinnerung konserviert, verglich sie gelegentlich mit den zwei, drei, vier nachfolgenden Liaisons, aus denen mehr hätte werden können, wenn sie es gestattet hätte, und begann zu kultivieren, was ihre Umgebung als kapriziöse Attitüde wahrnehmen sollte – die Liebe zu sich selbst. Sie kaufte sich duftige bauschige Kleider, die ihre tonnenförmige Silhouette umwehten wie das weiche Gefieder eines Paradiesvogels, sie erklärte zwei Hovawarts zu ihren ständigen Begleitern, gefiel sich in der Rolle der noblen Gönnerin und machte ausschließlich, was sie wollte.
Nach kurzer Überlegung kam sie zu dem Schluss: John war ein Idiot, der lieber Kurdirektor spielte, als sein Haus zu möblieren, und Eliana war so verliebt in ihn, dass sie es sich gefallen ließ, in diesem Spukgemäuer leben zu müssen.
In Anbetracht der Umstände war nicht daran zu denken, möglichst bald nach Bremen aufzubrechen, um das Vorhaben in die Tat umzusetzen, dass ihr seit einiger Zeit

durch den Kopf ging. Sie würde eine Weile hierbleiben müssen, um die Dinge auszuloten und gegebenenfalls einzugreifen. Zufrieden mit sich löschte Malfalda das Licht. Das Heu piekste und roch abscheulich.

Als John am nächsten Morgen gleich nach dem Frühstück, das sie zu dritt im Schlafzimmer an einem behelfsmäßigen Tischchen eingenommen hatten, das Haus verließ, legte Malfalda los.

»Eine Frage sei mir gestattet, liebe Eliana. Du weißt, wie neugierig ich bin, ich kann nichts dagegen tun, also sag: Wie trägt deine Mutter es?« Ihre Hände lagen gefaltet auf dem lavendelfarbenen Gürtel, der deutlich spannte.

»Sie weiß es nicht«, erwiderte Eliana, »und das soll auch so bleiben.«

»Aber eine Mutter will ihr Kind pflegen, wenn es krank ist, das ist doch ganz natürlich.«

»Ich bin nicht krank, ich habe mein Baby verloren. So etwas passiert nun einmal. Das ist wahrlich kein Grund, um meine Mutter in Sorge zu stürzen. Vater würde sich vor Peinlichkeit nicht mehr trauen, mir ins Gesicht zu sehen. Niemand hätte etwas davon. John ist auch der Meinung.«

»Ich verstehe.« Malfalda lächelte Eliana entschuldigend an. Dann fuhr sie fort, als wäre ihr der Gedanke gerade eben erst gekommen: »Da trifft es sich ja gut, dass dein Vater hier nicht mehr als Gärtner beschäftigt ist.«

»Er züchtet jetzt Tomaten, stell dir das vor!«, rief Eliana aus. »Sie reißen sie ihm auf den Märkten förmlich vom Wagen. Alle sind verrückt nach dem Zeug.«

»Paradeiser«, bemerkte Malfalda. »Bei uns nennt man sie Paradeiser.«

»Hübsch.«

Verstohlen musterten sie einander, Malfalda sich fragend, ob Elianas Begeisterung vorgetäuscht war und nur dem Zweck diente, einer Antwort auszuweichen, Eliana abwägend, ob sie belustigt oder verärgert sein sollte über die subtile Unterstellung in Malfaldas Frage, John wolle ihren Vater von seinem Grund und Boden fernhalten.

»Und seine Mutter?«

»Ist eine hysterische Person, die nie Gefühl für ihren ältesten Sohn hat aufbringen können und Johns zur Versöhnung ausgestreckte Hand in Form seiner Einladung zu unserer Hochzeit ausgeschlagen hat. Bis auf weiteres will er mit ihr nichts zu tun haben, und ich respektiere das.«

»Wo wohnt sie denn?«

»In Bremen, in der Nähe meines Schwagers Marten und seiner Frau Mabel.«

»In Bremen. Was für ein Zufall.«

Eliana zuckte mit den Schultern. »Johns Mutter hatte dort Arbeit gefunden.«

»Eine Witwe und zwei Söhne.«

»Ja, so sieht es aus. Wie gesagt, Johns Verhältnis zu seiner Familie ist eher kühl. Wir berühren daher das Thema nicht. Ich setze meinen Mann nicht unter Druck, um etwas zu erfahren, was mich gar nicht so sehr interessiert.« Den letzten Satz betonte Eliana mit leiser Schärfe.

»Hm.« Malfalda seufzte tief. »Habt ihr denn inzwischen einige gesellschaftliche Kontakte knüpfen können?«

»O ja«, gab Eliana heiter zurück. »Wir gehen mit dem Ehepaar Becker und der Witwe von Zündt und einem sehr netten Bibelforscherpaar, dessen Namen ich mir nicht merken kann, gelegentlich zu Tanzveranstaltungen. Neulich gastierten sogar die – Gott, wie heißen sie bloß noch – na ja, also eine Theatertruppe aus Thüringen auf dem Markt. Die Aufführung war zwar etwas deftig geraten, aber es war doch eine erfreuliche Abwechslung für John und mich.«

»Wie schön«, meinte Malfalda glatt, aber Eliana, geübt darin, feinste Regungen zu registrieren, entging der Unterton in ihrer Stimme nicht, eine Mischung aus Skepsis, Wachsamkeit und vorgetäuschter Unbefangenheit. Mit einem Mal wallte Empörung in ihr auf.

»Es ist alles in bester Ordnung, Tante Malfalda«, sagte sie leise, aber energisch, »und gerade jetzt brauche ich niemanden, der mir einzureden versucht, dem wäre nicht so. Mag sein, dass John ein wenig zu alt für mich ist, dass er Dinge in der Vergangenheit erlebt hat, an denen er mich nicht teilhaben lässt, dass sein bescheidenes Badehäuschen einer mondänen Dame aus Wien lächerlich erscheint und was weiß ich noch alles. Aber er ist mein Ehemann. Das Einzige, was mir fehlt, sind Möbel.«

»Dann lass uns welche kaufen«, befand Malfalda trocken. »Gönn mir bitte das Vergnügen, mich hilfsbereit zu geben.«

»Nicht um den Preis, meinen Mann zu beschämen.«

»Ich werde mit ihm sprechen.« Als Eliana aufbegehren wollte, hob Malfalda die Hände. »Beruhige dich, ich werde selbstverständlich nicht mit der Tür ins Haus fallen. Vertrau einem alten Schlachtross, das schon so manchen Sieg errungen hat. In längstens drei Wochen besitzt du eine Ausstattung, die sich sehen lassen kann, ohne dass John sein Gesicht verliert.«

Eliana nickte, nicht überzeugt.

Zwei Tage später, nachdem Eliana wieder vollständig bei Kräften zu sein schien, bestiegen sie und Malfalda den eleganten Duc und fuhren an den westlichen Stadtrand von Lüneburg. Im einzigen und gar nicht einmal so schlechten Tischlerei- und Polsterbetrieb gaben sie nach einigem Hin und Her Farben und Holzqualitäten betreffend ein halboval geschwungenes Polstersofa, eine Kredenz aus Nussbaum mit dezent geschnitztem Aufsatz, einen dazupassenden Esstisch und sechs Stühle in Auftrag.

Am nächsten Tag reiste Malfalda ab.

»In ihr habe ich meinen Meister gefunden«, bemerkte John beiläufig, als sie vor dem Haus standen und dem Duc nachsahen. »Sie hat mich in Grund und Boden geredet und zu guter Letzt angedroht, zwei Monate bei uns zu bleiben, wenn ich ihr nicht den Gefallen tue, sich großzügig zu erweisen, was im Übrigen das einzige Vergnügen sei, das sie in ihrem Witwendasein noch habe. Sie war unglaublich. Besser als die Duse.«

»Es tut mir leid, ich war nicht imstande, sie zu bremsen«, erwiderte Eliana. »Ich fürchtete …«

»Dass es mich beschämt?«, unterbrach er sie. »Ja, das tut es. Aber so etwas vergeht.« Er verzog das Gesicht, küsste sie flüchtig auf die Wange und wandte sich ab, um die Pferde anzuspannen.

Das Leben hat mich wieder. Hat länger gedauert, als mir lieb war. Aber nun: Schön! Ich hatte ganz vergessen, wie es sein kann, Teil einer Gesellschaft zu sein. Da drunten im Bayrischen ist man so abgeschieden und immer liegt der Ludwig'sche Wahnsinn in der Luft, Neuschwanstein und Linderhof und Wagner … Da wird man ja ganz verrückt. Hier ist alles flach und ohne Zier, Gemüt und Körper gesunden daran, und dieses Haus, genauso, wie ich es mir erträumte, da-

mals ... die Erker, der Garten ... Und sie! Schön ist sie und schüchtern, so schüchtern, sie weiß gar nichts, nichts ... Niemand kennt mich, niemand vermisst mich, niemand weiß von mir. Ich mache mir einen Spaß und tue so, als würde ich Briefe erhalten. Die schreibe ich mir natürlich selbst. Tagebücher sind etwas für Memmen. Vielleicht fasse ich sie in rosa Schleifen zu handlichen Päckchen zusammen, die einen Geruch nach abgeholzten Zedern verströmen.

In einem gewissen Sinn hat das Sanatorium Spuren hinterlassen, kein Zweifel, ich laufe eine Handbreit neben der Spur. Aber mein Verstand hat nicht gelitten, ganz im Gegenteil.

Es war so einfach, hinauszutreten, zurück ins Leben zu gleiten. Törichte Menschen. Sie wird zornig sein, wenn sie es herausbekommt, und mich undankbar schelten, und das bin ich ja auch. Ich habe schamlos ausgenutzt, was ich wusste. Biologisch betrachtet mein gutes Recht. Und moralisch meine Pflicht! Denn ich weiß jetzt, dass das Muster sich wiederholt. Und dass ich gefordert bin, es nicht so weit kommen zu lassen. Die Begegnung mit ihm hat mich ins Bodenlose gestürzt. Alles war plötzlich wieder da. Habe daraufhin ein wenig zu viel getrunken. Kommt nicht wieder vor. Ist schrecklich. Geschwollene Augen und steifer Nacken.

Muster. Moral. Pflicht. Ich.

Wie geht die Reihe weiter?

6

Im August kippte das Gleichgewicht.
Es begann an einem Montag, nachdem die Möbel am Freitag zuvor geliefert und am Sonntag von Ursel und Walter gebührend bestaunt worden waren. Ursel hatte Königskuchen gebacken, die Reste aßen Eliana und John nun zum zweiten Frühstück. Ein lichtes Blau war aus der Dämmerung geschlüpft.
»Was machen deine Alpträume?«, fragte John unvermittelt.
»Ich habe keine mehr gehabt«, log Eliana.
»Da siehst du, wie gut das Salz wirkt«, sagte John, um einen heiteren Ton bemüht, aber es war offensichtlich, dass er auf etwas anderem herumkaute als auf dem Kuchen.
Eliana nickte. Und wartete. Ihn zu fragen, was ihn bedrückte, war in der Regel sinnlos. Eher noch würde man einen Ochsen zum Singen bringen.
»Sie behandeln mich wie Luft!«, stieß John nach einer Weile hervor und schob den Teller so vehement von sich, dass er auf die Tischkante zutanzte.
»Wer?«
»Sie wollen eine verdammte Kurklinik bauen, mit allem Drum und Dran.«
»Nun, damit hast du doch gerechnet. Sagtest du nicht, es sei nur eine Frage der Zeit, bis irgendwer auf den Zug aufspringen würde?«
»Sie reden nicht mit mir, sie lassen mich links liegen, sie

tun so, als wäre unser Kurhaus gar nicht vorhanden!« John war aufgesprungen und marschierte, die Hände in den Hosentaschen zu Fäusten geballt, vor der Kredenz auf und ab. »Sie haben doch keine Ahnung, wie man einen Kurbetrieb aufzieht! Warum zum Teufel fragen sie mich nicht um Rat?«

»Warum sprichst du nicht einfach mal mit Frau von Zündt? Sie weiß doch über alles, was in der Stadt vorgeht, Bescheid, und sie ist diskret«, meinte Eliana. »Jetzt, da wir die Möbel haben, könnten wir sie zum Tee einladen ...«

»Ich werde mir keine Blöße geben«, fuhr John ihr dazwischen, »niemals.«

»Du unterstellst den Lüneburgern eine böse Absicht, aber vielleicht verhalten sich die Dinge ganz anders, als du denkst. Überdies solltest du nicht vergessen, dass du nicht von hier bist, dass sie dich möglicherweise als Fremden betrachten, dem es anstünde, den ersten Schritt zu tun und seine Dienste anzubieten ...«

»Das glaubst du doch selber nicht!« John war stehen geblieben und starrte seine Frau wütend an. Doch plötzlich wich die Wut einer fiebrigen Entschlossenheit. Er kniete vor Eliana nieder und umklammerte ihre Hände. »Du gehst. Geh zu ihr. Tu so, als würdest du einen Rezitationsabend planen oder scharf auf irgendein Rezept sein, was weiß ich. Lass dir etwas einfallen. Und dann horchst du sie aus. Ich will wissen, was die im Schilde führen.« Er zog sie hoch und schob sie zur Tür. »Ich fahre dich zum Markt.«

»Jetzt?«

»Wann denn sonst?«

Eine Stunde später läutete Eliana am Haus in der Bleckeder Straße, hin- und hergerissen zwischen der freudigen

Erwartung, endlich einmal wieder mit der geistreichen, zynischen Witwe plaudern zu können, der Befürchtung, sie nicht oder im falschen Moment anzutreffen, und der delikaten Aufgabe, die John ihr aufgebürdet hatte.
Frau von Zündt öffnete selbst. Wie immer in einer für eine Witwe viel zu auffälligen Aufmachung, dieses Mal in dunkelroter, schmalgeschnittener Seide mit einem Kragen aus Nerz, der sich auf Höhe ihres Busens in den Schwanz biss. Die mit künstlichen Perlen versehenen Augenhöhlen des Tierchens, das einst als Einziges seines Pelzes bedurft hätte, glänzten. Eine manikürte rechte Hand strich ihm unablässig über den Kopf.
Die Witwe musste um die vierzig sein, ihr Gesicht wirkte durch hohe Wangenknochen und diszipliniert sparsames Lächeln jedoch straffer.
»Ich komme ungelegen«, sagte Eliana statt einer Begrüßung.
»Nein, nur unerwartet«, gab Frau von Zündt zurück. »Treten Sie ein.«
Sie ging Eliana voran durch den Flur in ein kleines, zum Garten gelegenes Zimmer. Sonne flutete über eine geblümte Chaiselongue, ein Orangen- und ein Olivenbäumchen, deren Zweige sich mittig treffend ein Dach über den hier Ruhenden, Muße Suchenden bildeten; von einem angedeuteten Deckenfresko regnete es Rosenblätter und appetitlich leichtgeschürzte griechische Götter.
Als Frau von Zündt ihr bedeutete, auf der Chaiselongue Platz zu nehmen, während sie selber es vorzog, mit verschränkten Armen am Fenster zu stehen, ahnte Eliana, dass diese Frau ihr das Märchen von einem geplanten Gabelfrühstück am Erntedanksonntag, das sie sich zurechtgelegt hatte, nicht abkaufen würde. Sie versuchte es dennoch.

»Sparen Sie sich doch bitte die Mühe«, schnitt ihr Frau von Zündt wie befürchtet das Wort ab. Ihre Stimme klang sanft, aber entschieden. »Wir wissen beide, dass es nicht um ein Essen geht. Ihr Mann hat Sie geschickt, um gut Wetter zu machen, nicht wahr?«
»Er ahnt nicht, dass ich Sie aufsuche …« Die zweite Lüge dieses Vormittags.
»Nun, wie dem auch sei, ich mag Sie gut leiden, deshalb schenke ich Ihnen reinen Wein ein.« Sie zögerte, dann fuhr sie fort: »Wir wissen nun, was in Bad Elmen geschehen ist. Herr Becker hat es zufällig in Erfahrung gebracht, als er vor einiger Zeit zur Jagd in Sachsen weilte.«
Fragend hob Eliana die Augenbrauen.
»Warum glauben Sie wohl erhalten sie keine Einladungen mehr?«, fügte Frau von Zündt hinzu.
»Wir leben sehr zurückgezogen, weil wir es mögen, wir genügen einander«, stammelte Eliana und errötete. Es klang zu dämlich. »Und weil wir keine Möbel besaßen, konnten wir keine Gegeneinladungen …« Sie verstummte. Das klang noch dämlicher.
Frau von Zündt nickte. »Es ist ehrenwert, Eliana, ich darf Sie doch so nennen, dass Sie versuchen, Ihren Mann zu schützen, aber glauben Sie wirklich, man kann auf Dauer verheimlichen, dass jemand in exponierter Stellung seiner Trunksucht wegen mehrere Menschen auf dem Gewissen hat? So naiv kann niemand sein.« Sie machte eine Pause und sah aus dem Fenster auf die mächtigen Linden und Eichen, die ihren Garten begrenzten wie große stumme Wächter.
Eliana folgte ihrem Blick. Als kleines Mädchen hatte sie erlebt, dass man übler Nachrede am besten mit Gelassenheit beikommt, und obwohl sie innerlich bebte, erwiderte

sie mit fester Stimme: »Es handelt sich gewiss um ein Missverständnis.«
Frau von Zündt drehte sich zu ihr um. »Das würde mich freuen«, sagte sie nachdenklich und ohne jede beißende Süffisanz, die fürchten musste, wer mit ihr in den Ring stieg.
»Gut, dann danke ich Ihnen für Ihre Offenheit«, erklärte Eliana. »Mein Mann und ich werden die kleine Gesellschaft geben, von der ich eingangs sprach, und dann wird sich alles in Wohlgefallen auflösen. Wir werden Ihnen unser Kurhaus zeigen und …«
»Eliana, ich bitte Sie! Ihr Mann ist ein Trinker und ein Blender, der nichts als verbrannte Erde auf seinem Weg hinterlassen hat. Was erwarten Sie von uns, die wir so lange arglistig darüber getäuscht wurden? Dass wir so tun, als wäre alles in schönster Ordnung?« Die Witwe schüttelte den Kopf. »Und was das sogenannte Kurhaus betrifft, kann ich Ihnen nur raten, die Augen zu öffnen. Ein Holzhaus mit sechs Gruben und ein paar Badewannen, in dem vornehmlich Schnaps konsumiert wird! Ich weiß durchaus, dass Liebe blind machen kann, aber so blind kann man doch nicht sein, ein Maultier für ein Rennpferd zu halten.«
»Mag sein, dass wir erst am Anfang stehen«, gab Eliana scharf zurück, »aber für jemanden, der Nackte an der Decke hat, um vorzugeben, auf dem Olymp zu leben, erscheint mir Ihr Standpunkt doch ein wenig fragwürdig.«
Frau von Zündt pfiff durch die Zähne. »Gut pariert …«
»Für jemanden aus der Senke«, fiel Eliana ihr ins Wort. »Das wollten Sie doch sagen, nicht wahr?«
»Nein, das wollte ich nicht«, entgegnete Frau von Zündt

ruhig. »Ich wollte sagen: Gut pariert, aber ich bin die falsche Adresse für Ihren Zorn.«
»Ich fürchte, Sie sind ganz und gar die falsche Adresse«, erwiderte Eliana lakonisch und stand auf. »Bemühen Sie sich nicht, ich finde selbst hinaus.«
»Warten Sie!« Frau von Zündt ging hinüber zu einem kleinen Tisch neben der Chaiselongue, auf dem Bücher, Zeitungen und Papiere einen unordentlichen Haufen bildeten. Die manikürten Hände zupften und blätterten darin herum. »Hier«, sagte Frau von Zündt und hielt Eliana eine Fotografie hin. »So sieht ein Kurhaus aus.«
Widerwillig glitt Elianas Blick über Säulen aus Sandstein vor einem klassizistischen Gebäude und ein Meer von Rosen, das zwischen gepflegtem Rasen und geharkten Kieswegen mit gusseisernen Parkbänken wogte. »Wenn Sie mich jetzt bitte entschuldigen wollen«, sagte Eliana so kühl sie es vermochte, und Frau von Zündt trat wortlos beiseite.
Der Pfeil hatte gesessen, und beide waren sich dessen bewusst.
Eliana nickte der Witwe zu und verließ das Haus an der Bleckeder Straße, um es nie wieder zu betreten. Ihr Herz raste, ihr Magen fühlte sich an wie ein Klumpen geschmolzener Schafskäse, und ihre Knie zitterten.
John wartete in sicherer Entfernung, einen halben Kilometer stadteinwärts. Kaum hatte Eliana sich in die Polster der Kutsche fallen lassen, zogen die Pferde an.
»Und?« Johns Augen ruhten auf einem der Pferdehintern, aus dem grünlich braune Äpfel quollen und leise auf das Pflaster klatschten.
»Ein Missverständnis. Oder eine Intrige, die gegen uns gesponnen wurde. Ich bin mir nicht sicher«, sagte Eliana,

um Fassung bemüht, und begann ihm von dem Gespräch zu berichten. »Was sollen wir denn jetzt nur tun?«, schloss sie mit einem Anflug von Verzweiflung.

»Nichts«, erwiderte er kurz angebunden. »Was kümmert's die Eiche, wenn die Sau sich dran scheuert.«

Sie berührten das Thema nicht weiter. Aber sowenig es gelingt, das Wasser aus einer schadhaften Leitung mit der bloßen Hand zurückzudrängen, so schwierig ist es, eine Katze, einmal aus dem Sack, wieder hineinzustopfen und vorzugeben, weder Sack noch Katze seien existent.

Die folgenden Nächte verbrachte John im Kurhaus. In diesem Spätsommer hatten sie kaum Gäste von außerhalb, und die wenigen Lüneburger, die sich abends von Haus und Hof loseisen konnten, um ihre Leiden zu pflegen und die Kehlen zu laben, fuhren früher heim, weil sie der Ernte wegen mit dem ersten Hahnenschrei rausmussten. Eliana stand am Fenster und beobachtete den flackernden Schein der Kerze, der Schatten und Lichter auf Johns Züge malte. Er wirkte versteinert, ratlos. Er tat ihr leid, anfangs, bis ein gänzlich unbekanntes Gefühl von ihr Besitz ergriff, so zögerlich, wie es bei vielen Frauen der Fall ist, die stets für andere Verständnis aufbringen und selten für sich selbst. Eliana spürte, dass sie diejenige war, die das Mitgefühl verdiente, und auch, dass jenseits ihrer verborgenen Angst und den diffusen Bildern, die nach wie vor in ihr aufstiegen wie ein inneres Atlantis, noch etwas anderes darauf wartete, entdeckt zu werden – die Kraft des Zorns.

Als John keine Anstalten machte, ins Haus zurückzukehren, und jeder Begegnung mit ihr aus dem Weg ging, hatte Eliana es satt.

Am fünften Morgen passte sie ihn vor dem Stall ab. »Rede mit mir.«

John schüttelte den Kopf und blickte zu Boden wie ein gescholtener Junge.
»Vielleicht hast du es vergessen, aber ich bin diejenige, die dem Spott und dem Hohn ausgeliefert war, nicht du. Ich musste mir anhören, dass du ein Verbrecher und ein Betrüger bist, der versucht hat, alle zu täuschen einschließlich seiner Frau, die ja aus der Senke stammt und so dumm ist, dass sie keine Ahnung hat, wie ein richtiges Kurhaus aussieht.« Ihre Stimme zitterte. Schwankend zwischen Wut und Scham stieß Eliana hervor: »Und was tust du? Versteckst dich hinter deinen Badewannen!«
John griff nach ihrem Arm, aber sie schlug seine Hand fort. Seine Augen verengten sich. »Sieh dich vor«, knurrte er. Seine Worte klangen, als hätte er den Mund voll Watte. »Du bist meine Frau, du gehörst mir. Ich kann mit dir machen, was ich will. Und jetzt geh mir aus dem Weg.« Grob drängte er sie zur Seite. Bestürzt sah sie ihm nach. Kurz darauf hörte sie ein Pferd davongaloppieren.
Zum Abendbrot kehrte John zurück. Sein schwarzes Haar war geschnitten, ein würzig-rauchiger Duft wehte ihm voraus. »Ein Stück Wacholderschinken«, sagte er und blieb in der Tür zum Wohnzimmer stehen. »Den magst du doch so gern.« Eliana saß auf dem Sofa, steif, die Hände im Schoß gefaltet, als wäre sie zu Besuch. Als sie ihn nur stumm ansah, fuhr John fort: »Es war ein Unfall, ich war es nicht. Das Thermometer war kaputt. Es kam zu Verbrühungen bei den Anwendungen. Sie haben es aber mir in die Schuhe geschoben, um mich loszuwerden, damit der Schwiegersohn der Tochter des Bürgermeisters meinen Posten besetzen kann.« John sprach wie ein Metronom. Der Takt schlug auf Eliana ein. Als sie noch immer nichts erwiderte, wechselte John den Ton und den

Rhythmus. »Ich wollte nicht, dass du es erfährst, ich hatte Angst, dass du mich verurteilst. Zum ersten Mal in meinem Leben bin ich auf dem richtigen Weg, und ich darf dich nicht verlieren. Wenn ich es jetzt und mit dir nicht schaffe, wird es nichts mehr mit mir.«

»Ach, John …«

»Du verlässt mich nicht, nein?«

»Natürlich nicht.«

Mit drei Schritten war er bei ihr und ergriff ihre Hände. Sein flehentlicher Blick machte sie verlegen. Er umarmte sie, bedeckte ihr Gesicht mit schnellen, feuchten Küssen und führte ihre Hand an sein pochendes Geschlecht. »Zeig mir, dass du es ehrlich meinst«, raunte er. »Zeig mir, dass du mich liebst.«

»Ich kann nicht«, flüsterte Eliana und deutete auf ihren Unterleib. »Du weißt schon.« Eine Lüge, die nur bedingt fruchtete, wie sie feststellen musste, als John ihren Kopf mit eisernem Griff hinunterdrückte.

Als es vorbei war, grunzte John befriedigt und strich ihr übers Haar. »Wir gehören zusammen. Wir sind aus demselben Holz geschnitzt.« Er lachte leise, dann stiegen ihm Tränen in die Augen. »Wenn du mich verlässt, bringe ich erst dich um und dann mich.«

»Scht«, machte Eliana und bettete seinen Kopf an ihre Brust.

Gedanken flatterten vorbei wie eine Schar aufgescheuchter Vögel.

Der Abgrund öffnet sich, und du stürzt hinein!, schrie der eine ihr zu, ein anderer rief sie zur Ordnung. Wer in schlechten Zeiten versagte, hatte die guten nicht verdient. Weil sie nicht wusste, was sie anderes hätte tun können, versuchte Eliana dem Ehegelöbnis zu entsprechen, indem

sie die Fragen hinunterschluckte, die Johns dürftiges Bekenntnis offengelassen hatte, und hoffte inständig, dass die Wogen ihres gemeinsamen Lebens sich bald wieder geglättet haben würden.
Seit diesem Tag schien John jedoch nicht mehr er selbst zu sein. Seine Stimmungen wechselten so abrupt, wie sie es bereits von ihm kannte, aber so häufig, dass es Eliana mitunter vorkam, als würde er auf einer Theaterbühne proben, unsicher, wie er seine Rolle anlegen sollte. Mitunter näherte er sich ihr schüchtern, fast ängstlich, die Augen feucht, kurz darauf stieß er sie von sich und schimpfte auf die gottverdammten Lüneburger Spießer, die ihm übel mitgespielt hätten. Dann ballte er die Fäuste und hieb auf die Wand ein oder schleuderte einen Stuhl durchs Wohnzimmer. Er schenkte ihr ein silbernes Medaillon mit einer Haarlocke und riss es ihr am selben Abend vom Hals, weil er überzeugt war, dass Eliana ihren Eltern vorgeweint hatte, was für ein grässlicher Ehemann er doch sei. Er tobte wie ein gereizter Stier und bot eigentlich einen lächerlichen Anblick – die Knie gebeugt, zum Veitstanz bereit wie Rumpelstilzchen, das Haar zerzaust, Gesicht und Hals mit roten Flecken übersät und der Mund, der doch so vortrefflich küssen konnte, zu einem quadratischen Schlund verzerrt, aus dem ein Speichelfaden rann. Aber wer Ziel einer solchen Raserei ist, hat dafür in der Regel keinen Blick, weil durch seine Adern der Befehl pumpt, zu fliehen oder zu kämpfen. Eliana flüchtete in die Vorratskammer und schob den Riegel vor. John rüttelte an der Klinke, schrie und fluchte noch eine Weile, dann sanken er und, so schien es Eliana, auch das Haus erschöpft in die Stille.
Nicht lange und Johns schwere Schritte verklangen auf

dem Flur, irgendwo quietschte eine Tür, kurz darauf hörte sie ihn zurückkehren. Vor der Tür zur Vorratskammer blieb John stehen. Er zögerte. Eliana hielt den Atem an. Die Axt, die das Holz zersplitterte, verfehlte ihren Kopf um wenige Zentimeter. Eliana schrie auf. Während John auf die Tür einhieb, kauerte Eliana sich auf den Boden zwischen zwei Regalen voller Weckgläser. Sie hatte die Arme um die Beine geschlungen, um sich an sich selbst festzuhalten, und fühlte entsetzt, wie ihre Knochen und ihr Fleisch aufzuweichen schienen vor Angst. Als John zur Besinnung kam, starrte er sie durch das zerborstene Holz hindurch an. »Tu das nie wieder. Ich ertrage es nicht.«

Als die Mamsell am nächsten Morgen die Bescherung sah, kündigte sie auf der Stelle.

Es gab Tage, da war er wieder der Mann, den Eliana liebte und dem sie sich anzuvertrauen bereit war. Aber die meisten waren von der Furcht überschattet, im nächsten Moment könnte es wieder herausbrechen aus John.

Es. Ein Es musste es sein, meinte Eliana, irgendetwas, das in ihm nistete und dort nicht hingehörte, ein teuflischer Kuckuck, vielleicht sogar der Teufel selbst, vielleicht in der Maskerade einer tückischen Krankheit, einer Infektion, einer Vergiftung, die alles Freundliche, Liebevolle in ihrem Mann abtötete. Eines Morgens befiel sie ein anderer, bestürzender Gedanke. Was, wenn John die Hysterie seiner Mutter geerbt hatte? Da er sich stets geweigert hatte, über sie zu sprechen, musste ihre Krankheit so entsetzliche Ausmaße erreicht haben, dass die Worte selbst einem unsentimentalen Menschen wie John nicht über die Lippen wollten. Widerfuhr ihm womöglich Ähnliches? War Hysterie überhaupt erblich? Und falls ja, gehörte ihr

Mann dann in eine Anstalt? Was würde man dort mit ihm tun? Würde man ihm helfen können?
Elianas Phantasie fieberte.
Aber schließlich erinnerte sie sich des Pragmatismus, mit dem ihre Mutter den Alltag in der Senke gelenkt hatte.
Nie und nimmer würde sie den Dorfarzt mit der Begründung hinters Lüner Holz bitten, ihr Mann wäre möglicherweise hysterisch geworden. Die welken Züge des Doktors würden entgleisen, er würde Eliana auslachen oder tadeln. Um ihn zu überzeugen, brauchte sie stichhaltige Argumente.
Eliana beschloss, Protokoll zu führen. Was John wann zu sich nahm, wie viel Zeit er in der salzhaltigen Luft des Kurhauses zubrachte, wie lange er schlief, ob er sich wusch, was er tat, wenn er sich in sein Büro zurückzog, ob er morgens oder abends tobte, welche Beschimpfungen er ausstieß und so fort. Sie schrieb jedes Detail auf, sie beobachtete ihn und schlich ihm nach, schwebte über Sand und drahtige Heide und verlor sich hinter Bäumen.
Sie weinte nie wieder. Die schwarze Kladde mit der Chronologie ihres täglichen Schreckens gab ihr Halt, und das methodische Vorgehen legte sich wie Mull auf ihre wunden Nerven.
Schließlich erkannte sie das Muster hinter Johns Benehmen und auch, dass sie einfach auf Frau von Zündt hätte hören müssen. Es war ein banales Muster, ein simpler Kreuzstich, wo sie eine Komposition aus Spitze erwartet hatte, ein verschlungenes Neben- und Ineinander von Ursachen, Auslösern und Wirkung. Aber alles, was das Muster offenlegte, war: John war ein Trinker.
Er roch nie nach Schnaps, er war vorsichtig und bewegte sich in seinem Muster fehlerlos wie ein Automat.

Die Sonntage verliefen ohne Zwischenfälle. Das Kurhaus war geschlossen.

Wenn Gäste im Kurhaus waren, trank John abends mit ihnen, aber gerade so viel, dass er sie nach Adendorf kutschieren und danach zu seiner Frau ins Wolkenbett stürzen konnte. Er schnarchte laut, blieb aber friedlich.

Waren keine Gäste da, war Gefahr in Verzug. An diesen Tagen brütete John stundenlang vor den leeren Gruben und Badewannen und ließ den Wodka in sich hineinlaufen, ohne zu schlucken. An einem solchen Tag hatte John die Tür zur Vorratskammer zerlegt.

An solchen Tagen verfolgte sie ihn nun auf Schritt und Tritt und mit allen Sinnen, um seine Stimmungen so frühzeitig zu erfassen wie ein Tier das nahende Erdbeben und sich entsprechend zu wappnen. Sie sah es an seinen Augen, wenn deren unbestimmte Farbe plötzlich dem schmutzigglasigen Grün eines Flaschenbodens ähnelte, sie hörte es an der Art, wie er die Tür zuzog, wenn er vom Kurhaus zurückkehrte, und an der Schwere seiner Schritte. Trat er auf wie ein tapsiger Bär, hatte er meist so viel intus, dass ein kleiner Schubs genügt hätte, ihn auf den Boden zu schicken. Ging er ein wenig elastischer, einer ausgeleierten Bettfeder ähnlich, besaß er noch genügend Kontrolle über sich. Es kam in diesen Momenten darauf an, ihn nicht zu verärgern, kein unbedachtes Wort zu äußern, nicht zu laut zu lachen, weil er denken könnte, sie mache sich über ihn lustig, aber auch keinesfalls mürrisch oder schnippisch dreinzublicken, weil er sich schnell kritisiert fühlte. Einmal hatte sie Staub gewischt, wie man eben Staub wischt – die Hände fahren Kurven über Möbel, die Gedanken tanzen zwischen Wolken und Sternen. Ihre darob entrückte Miene hatte John sofort misstrauisch

gemacht und eine Salve irrwitziger Verdächtigungen aus seinem quadratischen Schlundmund stürzen lassen.
Ein Liebhaber! Als ob sie dazu jetzt die Zeit und den Nerv hätte!
Beinahe hätte er sie geschlagen, seine rechte Hand war schon zur Faust geballt, als er plötzlich innehielt. Aber es schien Eliana nur noch eine Frage der Zeit, bis der klägliche Rest an Zurückhaltung, der John geblieben war, versickern würde wie alles andere, was ihn noch vom Teufel unterschied.
Eliana ging deshalb dazu über, an solchen Tagen dafür zu sorgen, dass John mehr Alkohol trank, indem sie vorgab, gern einen Schluck zur Nachtruhe mit ihm teilen zu wollen. Sie wollte ihn ertrinken sehen, besinnungslos abgefüllt, auf dem Bett liegend oder sonst wo, Hauptsache, besinnungslos. Sie setzte ein schüchternes, gleichsam elfenunschuldiges Lächeln auf, wobei sie darauf achtgab, nicht zu chargieren. John witterte sofort, wenn sie ihn zu manipulieren versuchte. Neulich hatte sie übertrieben, und er hatte es gemerkt und ihr den Arm verdreht und ruckartig nach oben gerissen, dass sie die Engel singen hörte.
Seitdem ging sie noch vorsichtiger zu Werke, wie eine Krankenschwester mit einem feinstofflichen Skalpell. Manchmal malte sie sich aus, wie es wäre, wenn dieses Skalpell Muster in sein Fleisch ritzen würde, aus denen die Trunksucht aus ihm herausrann wie Eiter. Als sie sich bei dem Gedanken ertappte, dass es ein Glück war, ihr Kind verloren zu haben, ein Glück, es nicht in einer Atmosphäre der Angst und der Gewalt aufwachsen zu sehen, erkannte Eliana, dass ihre Liebe zu John ihr abhandenkam. Und auch, dass sie wenig dafür getan hatte, es nicht so weit kom-

men zu lassen. Gewiss, sie hatte sich um ihn gedreht wie eine verirrte Sonne. Aber sie hatte nicht um ihn gekämpft.
Eliana wählte den Zeitpunkt klug. Ein Sonntagmorgen, sie hatten miteinander geschlafen, und sie war soeben aufgestanden, um, wie sie sagte, Kaffee zu machen. In der Tür blieb sie stehen, bereit, die Treppe hinunterzustürzen, falls es nötig sein sollte. Auch wenn es ein Sonntag war, blieb es riskant. John reagierte inzwischen auch an diesem Tag zusehends gereizt. »Ich will den John zurück, den ich geheiratet habe«, sagte Eliana mit fester Stimme. »Ich will, dass du aufhörst zu trinken, und falls du es aus eigener Kraft nicht schaffst, lass dich behandeln.«
John war liegen geblieben, zupfte träge an seinen Brusthaaren herum und starrte an die Decke. »Andere trinken auch, und mehr.«
»Andere interessieren mich nicht. Der Schnaps verändert dich, ich erkenne dich nicht mehr wieder, und ich fürchte mich vor dir.«
»Das tut mir leid.«
Sie spürte, dass er es ehrlich meinte, und fragte sich dennoch unwillkürlich, ob es einem Menschen wirklich entgehen konnte, welche verheerende Wirkung es auf seinen Nächsten ausübte, kontrolliert, drangsaliert, beschimpft und beschuldigt zu werden.
»Und dann mach ich dir wieder ein Kind …«, sagte er im selben Ton, ohne den vibrierenden Unterton, den zu fürchten sie gelernt hatte.
Eins nach dem anderen, dachte Eliana. Laut erwiderte sie: »Das wäre schön.«
»Ich sehe, du hast recht. Wenn ich es nicht tue, gehe ich vor die Hunde.« John setzte sich auf und klopfte mit der Hand auf den Platz neben sich. »Komm her.«

Als sie sich so auf die Matratze geschoben hatte, dass es zwar so aussah, als läge sie entspannt da, tatsächlich jedoch jederzeit herumschnellen und davonstürzen könnte, griff John nach ihrer Hand. »Ich reise noch heute.«

»Wohin?«

»Nicht alle in Bad Elmen glauben, ich sei ein Schurke«, sagte er lächelnd. »Ich denke, in meiner alten Heimat bin ich gut aufgehoben, zumindest für die Zeit des Entzugs.«

»Entzug?«

»Dem Körper wird der Alkohol ausgetrieben wie der armen Seele der Teufel. Wer sich einer solchen Kur unterzieht, schreit vor Schmerzen, sieht Trugbilder und Dämonen, die ihm bei lebendigem Leib die Haut abziehen. Wir haben viele Alkoholiker gehabt damals, und durch die Bank waren sie dem Tode näher als dem Leben. Sie werden nachts auf schwarzen Pritschen festgeschnallt, damit sie zur Ruhe kommen, aber manche können nicht aufhören zu rasen und zu toben, bis der Körper rebelliert. Sie ersticken an ihrem eigenen Erbrochenen.« Johns Blick verlor sich.

»John, das ist …« Eliana brach ab, unsicher, was sie sagen sollte, um ihn einerseits in seinem Entschluss zu bestärken und ihm Mut zu machen, andererseits ihm nicht das Gefühl zu vermitteln, ihr wäre es gleichgültig, welche Tortur er auf sich zu nehmen bereit war, um ihren Wünschen nachzukommen. Wann habe ich zuletzt frank und frei sagen können, wie mir zumute war?, dachte sie. Habe ich es je getan? Indem ich mich in meinen Mann hineinwinde, winden muss, um das Schlimmste zu verhüten, schlüpfe ich aus mir heraus und finde nicht mehr zu mir zurück.

»Ja, es ist nicht angenehm«, bemerkte er leichthin.
Nach dem Frühstück packte John ein paar Sachen in eine Reisetasche, bedankte sich bei Eliana artig für die Butterbrote und das Apfelmus, erklärte ihr noch einmal (zum vierten Mal), wie sie mit dem übermorgen eintreffenden Ehepaar aus Hamburg zu verfahren habe, küsste sie auf die Wange und versprach, auf sich achtzugeben. Dann machte er sich zu Fuß auf den Weg nach Adendorf. Schnabelmann sollte ihn zum Bahnhof fahren. John hasste sentimentale Abschiedsszenen.
Als er fort war, ging sie ins Haus und setzte sich ins Wohnzimmer. Sie wartete. Nach einer Weile fühlte sie, wie von den Wänden, den Böden und jedem Ding in diesem Haus eine dunkle Schicht sich löste, die Farben glänzten wieder, jeder Stein schien zu atmen und zu pulsieren, das Holz verströmte einen betörenden Duft nach Sonne. Sie sprang auf und lief ans Fenster. Die Bäume breiteten ihr Geäst segnend aus, der Himmel wurde weit und nahm Elianas Herz mit, führte sie in die Senke zu Ursel und Walter und den neugeborenen Karakullämmern, deren von Schleim verschmiertes Fell sich alsbald locken würde, ließ sie Stunde um Stunde durch die drahtige Heide laufen und mit rosigen Wangen und glänzenden Augen und vollgepumpt mit Leben nach Hause streifen. Am frühen Abend briet sie sich zwei Spiegeleier mit Speck und backte einen Apfelkuchen aus den Winteräpfeln, die ihre Mutter ihr geschenkt hatte. »Du siehst blass aus, mein Kind, ist alles in Ordnung mit dir?« – »Doch, mir geht es gut.«
Sie lachte ihr Essen an. Ihr ging es wunderbar. Einen winzigen Moment dachte sie an John und ob er schon in Sachsen angekommen war. Als ihr einfiel, dass sie nicht einmal wusste, in welcher Richtung Sachsen sich befand,

brach sich ein kleines, kitzelndes Lachen Bahn, hüpfte und tanzte auf und ab, bis ihr die Tränen kamen.
In der Nacht erwachte sie aus unruhigem Schlaf. Die vertrauten Geräusche des Hauses klangen anders, wenn Johns massige Gestalt neben ihr lag und sie abfingen. Ihre Augen glitten durch die Dunkelheit.
»Ich dachte plötzlich bei mir, es kann nicht ihr Ernst sein. Deine süße Frau kann doch nicht wollen, dass du dich quälst …«
Seine Stimme war nah. Und der Himmel spuckte Elianas Herz aus und verschloss sich wieder. Sie starrte auf den Schatten vor ihrem Bett, der sich schwarz von der Dunkelheit abhob.
Als sie nichts erwiderte, fuhr John fort, seine Stimme ein seidiges Versprechen, sie diesen Tag büßen zu lassen. »Ich habe dich beobachtet, du hast es genossen. Hast dich von Mama wickeln lassen und bist herumspaziert wie eine von Schnabelmanns Huren.«
John fand viele Beleidigungen für sie, die meisten kannte sie schon, aber irgendetwas in seinem Ton klang anders als sonst, und es alarmierte Eliana. Unwillkürlich begann sie flach zu atmen.
Wie immer steigerte sich John in seinen Zorn hinein. Er lief vor dem Fenster auf und ab, und jede seiner ausholenden Gesten schnitt das Dunkel in Stücke. Die Bettfedern gaben keinen Mucks von sich, als Eliana begann, sich sachte Zentimeter für Zentimeter seitwärtszutasten. Ihre Füße, eiskalt und feuchtklebrig von Schweiß, machten ein schmatzendes Geräusch auf dem Holz. Schon war John bei ihr, packte sie an den Oberarmen und schüttelte sie.
»Bleib gefälligst hier, wenn ich mit dir spreche!«
»Ich muss mal«, flehte Eliana. »Es kommt mir schon zu

den Ohren raus. Bitte, John, ich wollte dich doch nur nicht unterbrechen, deshalb habe ich nichts gesagt.«
Er stieß sie vor sich her, durch das Schlafzimmer und ein Stück die Treppe hinab, was ein Fehler war, weil nun mehr als zwei Armlängen zwischen ihnen lagen. Eliana erkannte die Chance, rappelte sich hoch und flog die Stufen hinunter. Sie riss die Haustür auf, Johns zweiter Fehler, er hätte abschließen müssen, und begann zu rennen, fort von der Villa, die Straße entlang, durch den Wald, wie von Sinnen vor Angst.
Seine Schreie jagten ihr nach, kamen näher, sie wechselte die Richtung, kauerte sich hinter Böschungen, hielt sich Mund und Nase zu, damit ihr Atem, der hell und bauschig aus ihr herausdampfte, sie nicht verriet, sie stolperte, schlug hin, etwas Warmes rann ihr Schienbein hinunter, sie wusste nicht, wie lange noch wohin sie lief, sie trudelte durch Raum und Zeit wie die verirrte Sonne, zu der sie geworden war.

Wird dies wieder ein Liebesbrief? Ich glaube nicht. Obschon auch dieser mit Herzblut getränkt sein wird wie all die anderen, mit rosa Band umschlungen, in denen ich die Unbenannten erwecke, die nur ich benennen kann, aber unbenannt lasse, um die Poesie nicht zu stören. Und sicherer ist es auch, sicherer als jedes Versteck. Diese Briefe sind nicht sicher vor fremden Blicken. Die Unbenannten schon.
Rosa und unbenanntes Blut. Das passt zusammen. Ich mag es, wenn die Dinge zusammenpassen. Auge um Auge, Zahn um Zahn.
Ich habe einen Mord begangen. Aus Notwehr, aber dennoch. Und dafür muss ich büßen. Ist es aber Buße,

wenn die Buße so süß und unschuldig ist? Wenn sie meine Sehnsucht stillt?
Doch jetzt habe ich ein ungutes Gefühl. Wie damals schleicht sich etwas heran, ich muss aufpassen. Sie ist so wunderwunderschön, ich muss auf sie achtgeben. Doch ich muss auch auf mich achten, ich darf die Kontrolle nicht verlieren … wie damals … Die Gedanken sind dunkel … Warum nur suchen Männer und Frauen einander aus? Dieses Gefeilsche, diese wogenden Busen und diese koketten Blicke. So verlogen alles, Köder sind wir.
Er hat mir zugesetzt, mich gequält, so wie ich ihn gequält habe, aber dennoch hatte ich nicht das Recht, ihn zu töten, und doch habe ich es getan. Nicht mit Vorsatz, das zumindest kann ich mir zugutehalten.
Was für eine fürchterliche Nacht das war! Und sie hat alles gesehen.

7

Durch ihre geschlossenen Augenlider drang milchiges rosenholzfarbenes Licht. Sie stellte sich vor, darin zu baden und es zu trinken, sich ganz und gar damit an- und auszufüllen, jede Ader, jede Hautfalte, jedes Gelenk, um gleichsam selbst zu diesem tröstlichen Licht zu werden. Dann sanken zwei schwarze Krähenflügel auf sie herab.

Entsetzt riss Eliana die Augen auf und blickte in das faltige, blasse Gesicht einer Nonne, hinter dem sich ein prachtvoller Sonnenaufgang ankündigte.

»Was ist geschehen?«, flüsterte die Nonne und musterte besorgt Elianas aufgelöste Haare, das zerrissene, mit kleinen Zweigen und altem Laub bedeckte Nachthemd und das blutverkrustete Schienbein.

Als Eliana bewusst wurde, dass sie die Nacht hier, in einem Gebüsch kauernd, verbracht haben musste, spürte sie mit einem Mal die Kälte, die ihr bis zu diesem Augenblick wundersamerweise nichts hatte anhaben können; sie begann zu zittern, so dass ihre Zähne hart aufeinanderschlugen.

»Kommen Sie«, sagte die Nonne und half Eliana, aufzustehen. »Sie brauchen eine heiße Brühe und ein warmes Bett.«

Kaum hatten sie einen Fuß in das Kloster gesetzt, flatterten einige andere Nonnen herbei, um sich nach einem Blick auf Eliana wortlos miteinander zu verständigen. Wenig später fand Eliana sich auf einem schmalen Bett in einem winzigen Raum wieder, bis zum Hals in ein wollenes Nachthemd verpackt und eingehüllt in eine Filzdecke von der Farbe frischgeschlüpfter Amseln, das verletzte Bein gesäubert und verbunden. Die Nonne, die sie gefunden hatte, hielt ein Tablett mit einem Teller darauf in der einen Hand und fütterte Eliana mit der anderen. Gehorsam öffnete Eliana den Mund, sobald der Löffel sich näherte. Heiß und salzig. Hühnerbrühe.

»Was ist geschehen, mein Kind?«, wiederholte die Nonne, die sich als Schwester Agathe vorgestellt hatte, mit gedämpfter Stimme. »Sie machen mir nicht den Eindruck einer jungen Frau, die gewohnt ist, auf der Straße zu leben, unter anderem deshalb, weil Sie in dem Fall vermutlich nicht Zuflucht bei Gott gesucht hätten.« Sie seufzte leicht. »Das tun leider die wenigsten.«

»Hm«, machte Eliana und schmeckte der Suppe nach, um Zeit zu gewinnen. Durfte sie einem Menschen, der mit Christus verheiratet war, anvertrauen, dass sie, Eliana, ihrem Ehemann davongelaufen war? Oder war zu erwarten, dass sie auf Unverständnis stoßen würde und, schlimmer noch, die Nonnen umgehend John benachrichtigen würden? Unschlüssig erwiderte sie den sanften Blick Schwester Agathes.

»Nun«, brach Schwester Agathe das Schweigen. »Möchten Sie, dass wir nach jemandem schicken? Ihrer Mutter oder einer Freundin vielleicht, der gegenüber Ihr Herz zu öffnen Ihnen leichter fallen könnte? Oder nach Ihrem Ehemann, falls …«

Eliana schüttelte den Kopf. Es war nicht nötig, ihre Familie mit ihrem Kummer zu belasten. Überdies war es gut möglich, dass ihre Mutter ihr Vorhaltungen machen würde, als Ehefrau versagt zu haben. Hinter jedem schlechten Mann steht eine dumme Frau, hatte Ursel kurz vor

Elianas Hochzeit einmal beiläufig bemerkt, als sie allein waren, und hinzugefügt, Männer seien im Allgemeinen schlicht gestrickt und deshalb so überaus leicht zu lenken, dass eine Frau, die diese ihre Aufgabe nicht meistere, nicht mit Verständnis rechnen könne. Vom Dämon Schnaps, der aus einem zahmen Bären einen Teufel machte, hatte sie nichts gesagt.

Ihre Mutter kam also nicht in Frage. Eliana verspürte keine Kraft und keine Lust, sich zu rechtfertigen.

»Annemarie Wagner.« Der Name plumpste plötzlich aus ihr heraus, und ehe Eliana begriff, was sie gesagt hatte, nickte Schwester Agathe.

»Das trifft sich gut, ich wollte ohnehin in die Drogerie, weil wir die Hoffnung hegen, dass Frau Wagner noch einen kleinen Vorrat Pfefferminztee hütet und uns überlässt. Unser eigener ist bis auf den letzten Krümel aufgebraucht.« Sie strahlte den Teller und dann Eliana an. »Sie haben alles aufgegessen. Sehr schön. Sie sollten sich nun ein wenig ausruhen. Ich spreche mit unserer Äbtissin, und wenn sie es erlaubt, fahre ich noch heute Vormittag nach Lüneburg.«

Behutsam zog die Schwester die Tür hinter sich zu, der winzige Raum versank in fließendem Halbdunkel.

Annemarie. Verwundert, aber nicht unzufrieden spürte Eliana dem Aroma dieses Namens nach. Auch bei längerem Nachdenken fiel ihr niemand anderes ein, es gab keine Menschenseele, die ihr nahestand. Höchstens Josephine. Aber ihre Cousine war weit weg.

Annemarie also. Warum auch nicht. Durch ihren überraschenden Besuch im November wusste sie ohnehin schon mehr über Eliana als deren eigene Mutter, und sie hatte gezeigt, dass sie gegen den Strich zu denken geübt war.

Das Letzte, wonach es Eliana in diesem Augenblick verlangte, war jemand, der den allgemeinen Konsens, wie sich eine Frau zu verhalten hatte, nachplapperte.
Noch am selben Tag um die Vesperzeit stand Annemarie Wagner in dem winzigen Raum mit dem Kruzifix über dem Bett.
»Meine Ehe ist zu Ende«, sagte Eliana mit der gleichen hellsichtigen Klarheit, mit der sie vor zweieinhalb Jahren den Weg zu John als einzig möglichen für sich erkannt hatte. Mehr zu sagen, zu erläutern war sie nicht imstande; was sich in den letzten Wochen und Stunden zugetragen hatte, hatte sich zu einem zähen Klumpen verdichtet, der ihr zwischen Magen und Hals hing und weder vor noch zurück konnte. Hilfesuchend sah sie Annemarie an.
»Ich verstehe«, erwiderte Annemarie und setzte sich zu Eliana aufs Bett. Sie faltete die Hände vor ihrem Bauch und überließ sich einen Moment der Stille. Schließlich sagte sie: »Ich habe es in seinen Augen gesehen, jedoch gehofft, dass ich mich täusche. Es gibt zwei Sorten Trinker. Die einen werden friedlich wie ein Lamm, wenn sie ein bestimmtes Quantum intus haben, die anderen roh, schlimmstenfalls sogar gefährlich. Taub und blind gegen gute Ratschläge, die Tränen und den Kummer, den sie anderen zufügen. Da sind Hopfen und Malz verloren. Sie muss meiden, wem sein Seelenheil lieb ist.«
Überrascht sah Eliana sie an. »Woher wissen Sie das?«
»Nennen Sie es Erfahrung. Eine Drogistin, zumal eine Kräuterkundige, weiß mehr über die Nöte und das Ach, das unter jedem Dach seufzt.« Ein nachsichtiges Lächeln auf den schmalen Lippen, fügte sie hinzu: »Unter jedem Dach seufzt ein Ach. So heißt es zumindest in der Poesie von Herrn Jablonski, aber ich muss zugeben, dass der

Reim eine Menge für sich hat.« Ihr Lächeln zerfiel. »Und über Ihren Mann oder besser gesagt seine seltsamen Kurmethoden waren einige Gerüchte in Umlauf.«
»Gemeinheiten und Verleumdungen«, flüsterte Eliana. »John mag etwas zu viel trinken, aber diese Leute, die diese Dinge in die Welt gesetzt haben, sind Hyänen.«
»Für eine Frau, die ihren Mann verlassen will, verteidigen Sie ihn recht energisch.«
»Ich habe nicht gesagt, dass ich ihn verlassen werde. Ich habe gesagt, dass meine Ehe zu Ende ist. Die Ehe, wie ich sie wollte und sie mir erhoffte. Ich weiß aber nicht, was danach kommt.« Resigniert hob Eliana ihre Hände und ließ sie auf die kratzige Decke sinken. »Ich kann es nicht besser ausdrücken.«
»Hat John Sie belogen?«
»Ja.«
»Hat er Sie angeschrien, beschimpft und geschlagen?«
»Geschlagen? Nein. Aber … das andere.«
»Fühlten Sie sich bedroht?«
Eliana nickte. Ihre Augen schwammen in Tränen. »Ich hatte plötzlich entsetzliche Angst vor ihm. Ich dachte, wenn ich noch eine Sekunde in seiner Nähe bleibe, bringt er mich um.«
»Gehen Sie fort von ihm«, sagte Annemarie eindringlich. »Solche Männer ändern sich nicht, glauben Sie mir. Dagegen ist kein Kraut gewachsen noch ein Gebet stark genug.« Sie machte eine Pause. »Wollen Sie noch einmal durchleben, was Sie gestern hierhergetrieben hat?«
Übelkeit stieg in Eliana auf, als die Bilder und die Geräusche der vergangenen Nacht zusammen mit dem penetranten Geschmack überreifer Orangen in ihr aufstiegen. Mühsam drängte sie alles fort und wusste doch, dass die

Erinnerungen von nun an in jedem Moment ihres Seins auf sie lauerten, um sie zu überfallen, in die Tiefe zu zerren und mit Ekel und Angst zu überschwemmen, bis sie darin ertrank. Genau wie die Zustände, die sie John gegenüber Alpträume genannt hatte.
Bei diesem Gedanken hielt Eliana inne.
Einen Atemzug lang schien die Erde stillzustehen. Es gab einen Zusammenhang. Sie war sich ganz sicher. Sie starrte die Wand an, als würden die Steine ihr etwas zuflüstern, aber wie wenn einem der Name eines Bekannten entschlüpft und sich auch bei konzentriertestem Nachdenken partout nicht wieder einfangen lassen will, entzog sich auch dieses Namenlose.
»Die Äbtissin möchte Ihnen anbieten, ein paar Tage hierzubleiben, damit Sie sich sammeln und Kraft schöpfen können«, sagte Annemarie.
Eliana nickte. Etwas Zeit, um nachzudenken. Gut.
Sachte klopfte es an der Tür.
»Ja, bitte?«
Schwester Agathe trat ein, die Hände, vor ihrem stattlichen Bauch gefaltet, hielten das Kreuz. »Darf ich fragen, ob Sie Frau van Steen sind?«
Elianas Augen weiteten sich. »Woher wissen Sie meinen Namen?«
»Nun, vor dem Kloster wartet seit heute früh ein Mann, ziemlich groß und kräftig und ziemlich verzweifelt, wie es aussieht. Er hat zwei Schwestern, die den Kräutergarten für die Aussaat vorbereiten, zugerufen, wer er ist und dass er seine Frau bittet, zu ihm zurückzukehren.« Schwester Agathe machte aus ihrer Bestürzung keinen Hehl. »Er hat gesagt, er wolle so lange vor dem Kloster Stellung beziehen, bis er eine Antwort von Ihnen erhalten habe oder wir

ihm glaubhaft versichern könnten, dass Sie nicht bei uns seien. Allerhand, das muss ich schon sagen.« Die Nonne schöpfte tief Atem, ihr Bauch hob sich wie eine Bugwelle und mit ihm das schlichte Kreuz, das auf ihm ruhte.

Typisch John, dachte Eliana. Ihm ist es ganz gleich, ob er die Nonnen in Verlegenheit bringt. Oder mich.

Ungehalten schlug sie die Filzdecke zurück und schlüpfte aus dem Bett.

»Ich werde mit ihm sprechen.«

»Liebes Kind, meinen Sie nicht, dass Sie ein wenig übereilt handeln? Sie sind doch noch geschwächt von den Aufregungen der Nacht, und Ihre Verletzung sollten Sie auch nicht unterschätzen. Sie brauchen Ruhe. Und nicht zu vergessen warme Kleidung«, fügte Schwester Agathe trocken hinzu.

»Wenn er merkt, dass Sie nachgeben, haben Sie schon verloren«, schaltete Annemarie sich ein.

»Wahrscheinlich haben Sie beide recht. Aber früher oder später muss ich ihm ohnehin gegenübertreten.«

»Gott zwingt niemanden. Denken Sie einmal darüber nach«, meinte Schwester Agathe lächelnd. »Lassen Sie sich von Ihm führen.«

»Nehmen Sie es mir nicht übel, Schwester Agathe, aber das habe ich getan, als ich vor dem Altar stand, und wohin mich das geführt hat, weiß ich ja nun.« Schwester Agathe hatte ihren wütenden Zynismus nicht verdient, dessen war sich Eliana bewusst, aber sie spürte auch, dass er sie wie ein unsichtbarer Schild gegen John wappnete. »Verzeihen Sie mir«, murmelte Eliana und verließ das Zimmer.

Annemarie Wagner und Schwester Agathe warfen sich einen kurzen Blick zu und folgten ihr.

Vor dem Kloster stand John lässig an einen Baum gelehnt und rauchte.
Ohne zu zögern schritt Eliana auf ihn zu; er sollte nicht merken, wie sehr sie fror und wie unbehaglich sie sich fühlte, bedrängt und verängstigt durch seine bloße Anwesenheit.
John stieß sich von dem Baum ab und ging ihr entgegen, so dass sie nun wie zwei Duellanten aufeinander zuliefen, um in einigem Abstand voreinander stehen zu bleiben. John zielte als Erster mit einer Waffe, die streng genommen keine war und doch jedes Schild über kurz oder lang durchdrang. Er schwenkte die weiße Fahne und nahm alle Schuld auf sich. »Ich habe meine Lektion gelernt«, sagte er. Als Eliana ihn stumm ansah, fuhr er fort. Er redete nicht um den heißen Brei herum, sondern räumte ein, dass sie in allem recht gehabt und er sich wie ein Prolet aufgeführt habe. »Ich schwöre bei Gott, dass ich nie wieder einen Tropfen Alkohol trinken werde«, schloss er. »Wenn du mir nur noch eine Chance geben willst.« Kurze Pause. »Bitte.« Weder wiederholte er seine Bitte, noch setzte er etwas Dummes hinzu wie: »Ich habe es verdient, meinst du nicht? Jeder Mensch hat doch eine zweite Chance verdient.« Das war auch nicht nötig.
Eliana reagierte, wie es von einem mitfühlenden weiblichen Wesen erwartet wurde, das in der kollektiven Überzeugung aufgewachsen war, die eigenen Gefühle hintanzustellen sei Pflicht, überdies ein Ausdruck von Nächstenliebe und führe dereinst geradewegs ins Himmelshoch: Sie zeigte Verständnis und stellte in Frage, wovon sie noch eben überzeugt gewesen war.
John las es in ihren Augen, noch bevor sie es aussprechen musste.

»Ich danke dir«, sagte er mit einem Hauch Pathos in Stimme und Mimik, was ihn entschlossen wirken und zugleich keinen Zweifel darüber ließ, wie bestürzt er über die eigene Fehlbarkeit war und wie bewegt von der ihm unverdientermaßen zuteilgewordenen Großherzigkeit.
»Dann lass uns fahren«, erwiderte Eliana. Bevor sie in die Kutsche stieg, drehte sie sich zum Kloster um und hob die Hand. Annemarie und Schwester Agathe sahen bekümmert drein, und Eliana wandte sich rasch ab. Als sie Platz genommen hatte, deckte John sie mit Schaffellen zu und setzte ihr eine Mütze auf. Ihrem Blick wich er aus.
Aber er hielt Wort. Um seiner Frau eine Freude zu machen und die Aufrichtigkeit seines Vorsatzes zu unterstreichen, hatte er eine Köchin eingestellt, die ihm jeden Tag zwei Kannen Tee ins Kurhaus bringen musste. Ob er wirklich keinen Wodka mehr anrührte, vermochte Eliana nicht zu sagen, aber wenn John sein Versprechen brach, riss er sich zumindest so zusammen, dass er niemals betrunken wirkte und sich keine Aussetzer mehr erlaubte.
»Der Teufel ist zurückgeschlüpft hinter die Kulissen«, meinte Annemarie Wagner, als Eliana zwei Wochen nach den Ereignissen im Kloster die Drogerie betrat und so lange angelegentlich die Bürsten und Kämme begutachtete, bis alle Kundinnen ihre Einkäufe erledigt hatten und gegangen waren. Mit gesenkter Stimme bat sie Annemarie um Entschuldigung dafür, dass sie erst jetzt die Gelegenheit gefunden hatte, nach Lüneburg zu kommen und sie über den Stand der Dinge in Kenntnis zu setzen. »Bleiben Sie wachsam«, riet Annemarie und schob Eliana eine kleine Papiertüte zu, »und wenn Sie ein Übriges tun wollen, mischen Sie ihm täglich ein wenig Baldrian in seinen Tee. Das kühlt sein Mütchen.«

Eliana nahm die duftende Papiertüte an sich und versprach, sich daran zu halten. Inständig hoffte sie, dass sie solche Gespräche nie mehr würde führen müssen.
Unterdessen hatte sich der bescheidene Skandal in den umliegenden Dörfern herumgesprochen und zeitigte eine erstaunliche Wirkung. Nicht Johns, sondern Elianas Verhalten war auf dem Prüfstand, erregte das Missfallen, steigerte sich zu heller Empörung und beschwor schließlich eine Welle der Solidarität für den geduldigen Ehemann herauf. Erfreut und ein wenig erstaunt begrüßte John jeden Abend mehr Gäste aus der Umgebung als je zuvor und verzeichnete darüber hinaus zahlreiche Anmeldungen für den Herbst. Abgesehen davon, dass John gelegentlich über Magenschmerzen und Übelkeit klagte, schienen sich die Dinge für ihn zum Besten zu wenden, so dass er ernsthaft daran denken konnte, ein zweites und drittes Badehaus zu errichten. Da er ein intelligenter Mann war, entging ihm die Absurdität der Entwicklung zwar keineswegs, in Anbetracht der Tatsache, dass sie beide davon profitierten – je mehr Gäste, je mehr Umsatz –, schien es ihm jedoch angebracht, mit den Wölfen zu heulen statt Partei für seine Frau zu ergreifen. »Soll ich einen alten Kauz wie Schnabelmann etwa belehren und ihm vorschreiben, was er zu denken hat? Das wäre höchst unklug. Wenn wir es hingegen geschickt anstellen und die Geschäfte weiterhin so blendend laufen, werden diese eingebildeten Lüneburger mich eines Tages doch noch zum Kurdirektor ernennen, meinst du nicht auch?«
Um ihn nicht zu verärgern und möglicherweise wieder einen unseligen Mechanismus in Gang zu bringen, nickte Eliana und setzte eine zuversichtliche Miene auf, obwohl

sie erhebliche Zweifel an seinen Worten hegte, die sich bald darauf als berechtigt erweisen sollten.
Ein Redakteur der Lüneburger Zeitung, der namentlich nicht genannt wurde, hatte Wind von den Gerüchten über John van Steen bekommen, war der Geschichte nachgegangen und hatte die Ergebnisse seiner Recherche in einem Vierspalter in den *Lüneburger Nachrichten* zusammengefasst. Es war im März 1898, als die Zeitungsabonnenten in Lüneburg und Umgebung, sensationsgierig die einen, entsetzt die anderen, zum Frühstück verschlangen, dass John van Steen vor einiger Zeit in Bad Elmen fünf Kurgäste mit kochendem Solewasser so verbrüht hatte, dass drei im Krankenhaus verstarben und zwei für den Rest ihres Lebens gezeichnet waren. Weil es der Polizei jedoch an Beweisen mangelte, die John hätten überführen können – die Überlebenden sagten aus, sie hätten mit geschlossenen Augen in der Wanne gelegen und auf ihren Aufguss gewartet –, wurde der Vorfall zum Unfall erklärt. Aber, so hieß es weiter, es handle sich dennoch um ein offenes Geheimnis, dass es John van Steen gewesen sein musste – seine Kündigung galt den Elmenern als Eingeständnis seiner Schuld –, derselbe John van Steen im Übrigen, der seit einiger Zeit hinterm Lüner Holz sein Unwesen in Form betrügerischer Quacksalberei betrieb, Kurhaus nannte, was in Wahrheit eine Spelunke war, und die angebliche Sole eigenhändig aus minderwertigem Salz herstellte.
Der unbenannte Redakteur hatte die Recherche offenkundig äußerst akribisch betrieben.
»Wir gehen fort von hier«, sagte John an diesem Montagmorgen, nachdem er den Bericht gelesen und Eliana die Zeitung hingehalten hatte. »Es hat keinen Sinn. Sie werden mich nicht in Ruhe lassen.«

Eliana überflog die Zeilen. »Wir bleiben. Du gehst zur Zeitung und erzählst denen deine Version. Wenn du willst, begleite ich dich.«
»Das habe ich nicht nötig.«
»Doch das hast du. Du musst Stellung beziehen.« Sie zögerte, unsicher, wie viel Offenheit John vertragen konnte. »Was willst du denn tun? Nach Wilster ziehen oder nach Celle oder nach Syke und von vorne beginnen, bis wieder ein oberschlauer Schreiber dir auf die Schliche kommt?« Plötzlich schlug ihre Stimmung um. Alle Vorsicht außer Acht lassend, rief sie: »Sag mir die Wahrheit, John. Warst du betrunken, als das in Bad Elmen geschah? Bist du schuld an dem Unglück?«
»Ja, natürlich«, zischte John zurück. »Ich bin ein Dreckschwein, ein versoffenes Dreckschwein. Das denkst du doch über mich, nicht wahr?«
Er sprang auf, im Begriff, zur Tür hinauszustürzen, hielt aber in der Bewegung inne und blieb, die Hände zu Fäusten geballt, vor Eliana stehen, die ihn entsetzt und auf alles gefasst ansah. »Das kommt dabei heraus, wenn man den Menschen erlaubt, sich zu nähern. Sie schnüffeln an dir herum wie tolle Hunde, wahnsinnig vor Gier, ihren Hunger zu stillen. Ich bin die Beute, die sie brauchen, um von ihren eigenen Machenschaften abzulenken, verstehst du nicht? Wir hätten uns nie mit den Beckers und Konsorten einlassen dürfen. Nie. Sie sehen meinen Erfolg, und sie haben begriffen, dass ihnen die Felle davonschwimmen, wenn sie nichts tun, um das zu verhindern. Und das hier« – er spuckte auf die Zeitung – »ist ihre Art, es zu tun.«
»Ich glaube, du irrst dich«, widersprach Eliana ihm leise. »Wenn wir ihre Freundschaft hätten gewinnen können,

wären diese Gerüchte und ein solcher Bericht nie denkbar gewesen. Was immer in Elmen geschehen ist – Freunden hättest du es möglicherweise erklären können. Aber wir haben ihnen nicht die geringste Chance gegeben, unsere Freunde zu werden.«

John lachte verächtlich und schlug die Tür hinter sich zu. Kurz darauf hörte sie, wie eine Fensterscheibe nach der anderen zu Bruch ging und Holz splitterte. Dann, unvermittelt, setzte Regen ein, ein schnurgerader, prasselnder Regen, der aus bauschigen Frühlingswolken herabstürzte und mit sich riss, was nicht fest verwurzelt war.

John kam nicht zu Eliana zurück, weder an diesem Morgen noch an einem der folgenden Tage, in denen der Winter wiederkehrte und die Heide erneut mit Schnee und Eis überzog. In der ersten Zeit argwöhnte Eliana, dass er sie für den Wortwechsel beim Frühstück bestrafen wollte, indem er, wie schon einmal, vorgab zu verreisen, aber aus einem Versteck in der Nähe heraus jeden ihrer Schritte beobachtete, um sie dabei zu ertappen, wie sie seine Abwesenheit genoss, und rasch überprüfte sie seine persönlichen Sachen, das Reisegepäck und zählte seine Kleidungsstücke, doch weder fehlte eine Hose noch ein Koffer. Ihr Blick fiel aus dem Fenster auf das zerstörte Badehaus. Angewidert verzog Eliana das Gesicht. Wahrscheinlich liegt er ja doch nur wie eh und je besinnungslos betrunken auf irgendeinem Feld und schläft seinen Rausch aus, dachte sie und beschloss, nichts weiter zu unternehmen, sondern zu tun, was sie stets getan hatte – zu warten.

Nach drei Tagen wich ihr Widerwille einer ängstlichen Anspannung. Hatte John in seiner verletzten Ehre den Redakteur, der für den diffamierenden Bericht verantwortlich war, ausfindig gemacht, zur Rechenschaft gezogen und ihn angegriffen, woraufhin er im Gefängnis gelandet war? Oder hatte sich Johns rasender Jähzorn mit einem Mal gegen ihn selbst gerichtet? Hatte er sich womöglich etwas angetan?

Am Morgen des vierten Tages nach Johns Verschwinden spannte Eliana die Kutsche an und fuhr nach Lüneburg, um die Polizei in Gestalt eines ältlichen, untersetzten, hellblonden Beamten mit eisblauen, in geschwollene Lider und faltige Tränensäcke gebettete Augen sowie bis aufs Fleisch abgekauten Fingernägeln zu benachrichtigen. Der Beamte, Nowak mit Namen, schrieb mit, was sie sagte. Aber so wie Menschen es tun, die des Schreibens nicht wirklich mächtig sind, drückte Nowak die Spitze des Füllfederhalters so vehement auf das Papier, bis sie entzweibrach. Sein vorwurfsvoller Blick gab Eliana die Schuld daran. »Ich vergesse nie ein Gesicht«, sagte er missmutig, »und wenn einer wie Ihr Mann stiften geht, hat er meistens einen Grund dazu.«

»Mein Mann ist nicht stiften gegangen«, widersprach Eliana.

»Das sagen alle Ehefrauen, die ihre Männer als vermisst melden«, gab Nowak von oben herab zurück. »Unsere Erfahrung lehrt aber etwas anderes. Die großen, kräftigen Kerle, die ordentlich Schlag bei Frauen haben, sind immer stiften gegangen.«

»Wollen Sie damit andeuten, dass Sie meinen Mann aufspüren, oder wie soll ich Ihre Worte verstehen?«

Nowak brummte etwas Unverständliches vor sich hin, dann sagte er missmutig: »Sie hören von uns.«

Du unverschämtes kleines Scheusal, dachte Eliana. »Wenn Sie jemals in die bedauerliche Lage kommen sollten, in der ich mich befinde, hoffe ich, dass Sie auf einen ebenso mitfühlenden Beamten treffen, wie es mir vergönnt war. Guten Tag.«

Aufgebracht stürmte sie hinaus und blieb einen Moment unschlüssig auf dem Marktplatz stehen, ehe sie den Weg zur Drogerie Jablonski einschlug. Kaum stand sie vor dem Geschäft und spähte hinein, als Annemarie, einen schwarzen Wollmantel über der blütenweißen Kittelschürze, herauskam.

»Ich hoffe, Sie möchten sich lediglich mit mir zum Mittagessen verabreden, aber wenn ich Sie mir so anschaue, Kindchen, fürchte ich, dass es wieder so weit ist. Was hat er denn dieses Mal angestellt?«

»Er hat sich darüber aufgeregt, was in der Zeitung stand«, erwiderte Eliana, »aber das allein ist es nicht.« Mit wenigen Worten schilderte sie, was sich vor vier Tagen zugetragen hatte, dass John seitdem verschwunden war und welche Befürchtungen sie mittlerweile plagten. »Ich habe Angst, dass er sich etwas angetan hat.«

»Keine Sorge«, sagte Annemarie mit mildem Spott, »so schnell wirft ein Kerl wie er nicht die Flinte ins Korn. Das passiert nur, wenn sie richtig unten sind, wenn gar nichts mehr geht und wenn sie selbst merken, dass sie nur noch ein Stück Dreck sind.«

Eliana zuckte zusammen. »Reden Sie nicht so über ihn. Ich habe ihn einmal sehr geliebt.«

»Und jetzt?«

»Ich weiß es nicht mehr. Erst hatte ich vor ihm Angst und nun um ihn, und ich weiß nicht, wo mir der Kopf steht, geschweige denn, was ich fühle. Ich will nur, dass er zurückkommt.«

»Wirklich?«

»Wir waren auf einem guten Weg.«

»Er zerhackt das Badehaus wie von Sinnen, und Sie nennen das auf einem guten Weg sein? Eliana, nehmen Sie es mir nicht übel, aber Sie scheinen verlernt zu haben, der Wahrheit ins Gesicht zu sehen und die Dinge beim Namen zu nennen.«

»Ich glaube nicht, dass es so verkehrt sein kann, sich auf das zu besinnen, was Anlass zur Hoffnung gibt, statt sich wieder und wieder den Schrecken in Erinnerung zu rufen«, entgegnete Eliana lächelnd, um der Unterhaltung eine versöhnliche Note zu geben, während ihr zugleich die Überlegung durch den Kopf schoss, ob Annemaries rigides Urteil den Umständen geschuldet war, die sie allein, ohne familiäre Bindung in Lüneburg hatten stranden lassen. Einem Impuls folgend, legte Eliana der Älteren eine Hand tröstend auf den Arm. Die schwarze Wolle des Mantels fühlte sich unangenehm an, wie aus Draht gesponnen, aber sie nahm die Hand nicht weg. Annemarie erwiderte Elianas Lächeln und legte ihre kleine geäderte Hand auf Elianas.

»Darf ich Ihnen eine Frage stellen?«, sagte Annemarie. Als Eliana nickte, fuhr sie zögernd fort: »Entschuldigen Sie bitte meine Neugier, aber warum ziehen Sie Ihre Mutter nicht endlich ins Vertrauen? Es mag rücksichtsvoll gemeint sein, ihr Kummer ersparen zu wollen, doch was in der Zeitung zu lesen war, lässt sie und auch Ihren Vater gewiss nicht ungerührt.«

»Doch, ich denke schon. Mein Vater hat nur seine Pflanzen im Sinn, was nicht böse gemeint ist. Er hat einfach nicht die Kraft, sich auf mehr als diese Aufgabe zu konzentrieren. Das war schon immer so. Wenn er mehr als eine Sache zu tun hatte, lief irgendeine davon schief. Wie mit den Karakulschafen.« Eliana zuckte mit den Schultern. »Nun, und meine Mutter ... Seitdem Frauke nicht mehr bei uns ist, ist es anders geworden. Wenn sie den Bericht überhaupt gelesen hat, wird sie die Zeitung wie jeden Tag in handliche Quadrate zerrissen haben, die nun auf dem Klo liegen, und sie wird kein Wort darüber verlieren.«

»Frauke?«

»Meine Schwester.«

»Oh.«

»Sie ist fünf Jahre älter als ich und so schön, dass sie jeden Mann hätte heiraten können. Aber sie wollte davon nichts wissen, und ständig gab es Streit darüber. Eines Tages ist sie einfach fortgegangen. Ich glaube, meine Mutter hat das nicht verwunden, mir kam es in den Wochen und Monaten danach so vor, als hätte sie eine innere Zugbrücke hochgezogen. Vielleicht wollte sie sich gegen zukünftige Enttäuschungen von meiner Seite wappnen. Na, und ich bin ja auch eine Enttäuschung auf ganzer Linie.«

»Das dürfen Sie nicht sagen«, rief Annemarie aus. »Ihr Mann säuft, nicht Sie. Vergessen Sie das niemals. Sie sind nicht daran schuld, hören Sie?«

Eliana nickte.

Eine Woche darauf wurde Eliana noch einmal zur Polizei bestellt und von Nowak in epischer Breite und Länge befragt, wie ihre Auseinandersetzung am Morgen verlaufen war und welche Kleidungsstücke John trug, als er verschwand. Simple, naheliegende Fragen, die Nowak umständlich formulierte, dabei die Finger, die Spitzen aneinandergelegt, unablässig spreizte und schloss wie eine tonlose Ziehharmonika. In Sprache und Gestik bot er das perfekte Abbild eines bedeutungslosen Widerlings, dem

die Staatsmacht eine Uniform und damit die Legitimation zur Machtausübung verliehen hatte, aber als Eliana Nowaks hellblauem Blick begegnete, las sie darin zu ihrem Erstaunen weder Genugtuung noch Boshaftigkeit.
Nowak seufzte tief.
»Erkennen Sie dieses Tuch wieder?«
Behutsam breitete der Polizist ein dunkelblaues Seidentuch mit rot-gelbem Paisley-Muster auf dem Schreibtisch aus. Eliana nickte. »Das ist Johns Halstuch.«
Nowak seufzte erneut. »Dort, wo wir das Tuch gefunden haben, haben wir auch eine Jacke gefunden, eine blutdurchtränkte Jacke, um genauer zu sein.«
»Wo?«
»Westlich vom Lüner Holz. Wir haben auch einen Schuh gefunden, ebenfalls voll Blut.« Nowak räusperte sich. Sein Gesicht war puterrot. »Wir vermuten, dass Ihr Mann Opfer eines Verbrechens wurde, aber wir haben weder seinen Leichnam gefunden noch irgendwelche Spuren, die Aufschluss darüber geben könnten, was sich dort abgespielt hat.«
»Was soll das heißen?«, rief Eliana.
Nowak lehnte sich zurück, als würde er jeden Moment erwarten, dass sie über den Schreibtisch langen und ihn ohrfeigen würde. Er heftete seinen Blick auf ein Aquarell, das auf einem Aktenschrank stand und eine Flusslandschaft mit sprudelnder Gischt und fliegenden Fischen zeigte, die Eliana an Johns Erzählungen über seine Reise in die Wildnis Südschwedens erinnerte. Ein Pappkärtchen mit der Zahl 1500 lehnte an dem Bild. »Das viele Blut lässt darauf schließen«, fuhr Nowak fort, »dass er schwer verletzt ist. Wenn er jedoch so schwer verletzt wäre, hätte er sich nicht weit von der Stelle bewegen können, so dass

wir ihn hätten finden müssen. Haben wir aber nicht. Wir haben die Umgebung in einem Umkreis von mehreren Kilometern mit Hunden durchkämmt. Ist es ihm demnach gelungen, sich zu einem Arzt zu schleppen? Nein. Wir haben alle Ärzte in der Umgebung befragt, wir waren auf jedem Gehöft, wir haben keinen Stein auf dem anderen gelassen. Also …«

»Also was?«

»Muss ihn jemand beseitigt haben. So schrecklich diese Vermutung in Ihren Ohren klingen mag, so bedeutet sie doch zugleich Ihre Entlastung, Frau van Steen. Wir glauben nicht, dass Sie körperlich dazu in der Lage wären, einen kräftigen Mann verschwinden zu lassen. Nun, natürlich hätten Sie ihm im Wald auflauern, eins überziehen und hernach begraben können. Jedoch war die Erde zum fraglichen Zeitpunkt gefroren, eine Tatsache, die es im Übrigen jedem schwer gemacht hätte, sich des Opfers zu entledigen.« Sich die Hand vor den Mund haltend, räusperte Nowak sich. »In der näheren Umgebung der Fundstücke haben wir weder Spuren eines Kampfes noch Schleifspuren gefunden, die darauf hindeuten, dass die Leiche fortgeschafft worden ist.« Nowak atmete tief durch. »Alles in allem liegt es für uns deshalb durchaus auch im Bereich des Wahrscheinlichen, dass Ihr Mann das Ganze vorgetäuscht und sich abgesetzt hat. Warum und wohin auch immer.«

»Und was soll ich jetzt tun?«

»Wenn wir ihn weder tot noch lebendig finden, können Sie ihn nach einiger Zeit für tot erklären lassen …« Die hellblauen Augen glitten über Elianas zierliche Gestalt, dann, wie ertappt, senkte Nowak den Blick. »Es tut mir sehr leid, Frau van Steen.«

Wie mag es meinen Orchideen gehen? In dem Maß, wie ich sie vernachlässige, vernachlässigen muss!, blühe ich auf, als ginge ihre Schönheit gleichsam in mich ein. Und ihr Verfall, wenn ein Fehler gemacht wird, zu viel Wasser, zu wenig Wasser, was weiß ich. Gleich bleiben ist schwierig.
PS: Gott ist mein Zeuge, ich habe es nicht gewollt, aber nun ist es geschehen, musste geschehen.
Nun, Herr Doktor, was meinen Sie?
Ich habe einmal getötet. Hat Gott mir den ersten Mord geschenkt, damit ich fähig bin, einen zweiten zu begehen? Tja, Herr Doktor, das wird wohl für immer ein Rätsel bleiben.

8

Man hat immer eine Wahl, ganz gleich, wer das Gegenteil behauptet. Josephines Wahl hatte darin bestanden, zunächst zu erkennen, dass es nicht ein Zeichen der Feigheit ist, abzuwarten und seine Kräfte zu bündeln, statt, was zugegebenermaßen eher dem Bild einer Heroine entspricht, entschlossen voranzustürmen, das Ziel im Blick, die Fackel der Wahrheit, Gerechtigkeit und anderer Illusionen in der Hand.

Die Perücke aus Chinesenhaar brav auf dem Kopf, ging sie jeden Morgen ins Kontor und wartete auf den richtigen Tag, die richtige Stimmung, sie wartete auf eine Regung, eine innere Stimme, eine Eingebung, irgendetwas Bedeutungsvolles, das sie veranlassen würde, ihre Flügel auszubreiten.

Aber sie empfand nur zunehmende Ungeduld. Schließlich packte Josephine einen Koffer, setzte sich in den nächsten Zug nach Wien und stand in dem Moment, als Eliana in Lüneburg dem Polizeibeamten Nowak gegenübersaß, vor einem Palais in der Laudongasse.

Hier wie an den angrenzenden Häusern hatten die Architekten ihre olympischen Phantasien für jedermann sichtbar in Stein gehauen, Nymphen rieben sich an dionysischen Wesen, halb Zeus, halb Faun, ekstatischer Efeu züngelte um schlanke Fesseln und zweiflüglige Fenster, üppige Busen und goldgefasste Brüstungen. Im Erdgeschoss erinnerte sich die Fassade an ihre guten Manieren und schmückte sich lediglich mit einer ornamental ge-

schnitzten Haustür und einem schlichten Emailleschild, auf dem in geschwungenen Lettern zu lesen stand:
Zahnarzt Pawlinger im Durchhaus
Advokaten Haberl & Böhme im 2. Stock, Stiege 3
Kunststopferei Merseburger
Kapellmeister Schauwienold
E. und F. Pfleiderer, im 1. Stock, dreimal läuten
Püschel Geigenbau
Griegoleit, Stiege 4
M. Franzini-Magyary

Als ein Herr mit in sich gekehrter Miene, den Blick auf den Boden geheftet, das Haus verließ, schlüpfte Josephine in den Flur und gelangte in einen Innenhof, in den durch ein verschwenderisch mit blauen und grünen Rhomben verziertes Glasdach ein kränkliches Licht fiel. Es roch nach frischer Wandfarbe. Vier Treppenaufgänge gingen von dem Hof ab. Aufs Geratewohl wandte sich Josephine dem zu, der ihr am nächsten war.

Ihre Wahl stellte sich als ungünstig heraus, und während sie orientierungslos von einem Flur zum nächsten wanderte, dachte sie darüber nach, dass sie herzlich wenig von ihrer Großtante wusste, nicht einmal, auf welcher Etage dieses barocken Alptraums sie residierte. Zweimal im Jahr fiel sie überraschend bei den Kaysers ein, trug die ungeheuerlichsten Modekreationen zur Schau, erzählte frivole Geschichten aus den Wiener Salons, die ihre Mutter schockierten, was Malfalda sichtlich Vergnügen bereitete, und wirbelte mit fröhlicher Grandezza die eherne Ordnung in der Emmastraße durcheinander. Aber sie hielt es nie besonders lange in Bremen aus und verschwand meist ebenso plötzlich, wie sie erschienen war.

Da, ein kurzes, gedämpftes Bellen. Satter Hovawart-Klang,

der eindeutig von einer unteren Etage kam. Seufzend packte Josephine ihren Koffer, der immer schwerer zu werden schien, und stieg die Treppen wieder hinab.
Stiege 1, erste Wohnung, ein Messingklopfer mit den Initialen FM.
Dumpf schlug er auf die Tür. Nur einen Wimpernschlag darauf sah Josephine in die fragenden Augen einer molligen jungen Frau mit weißer gestärkter Schürze über einem schwarzen Kleid und einem weißen Häubchen auf gewelltem karamellbraunem Haar. Mit dem in diesen Häusern üblichen Maß an Dienstbeflissenheit, gepaart mit einer aus der unerschütterlichen Gewissheit in Wien und damit am Nabel der Welt zu leben gespeisten Arroganz musterte sie Josephine. »Bittschön?«, leierte sie, mehr feststellend als fragend, und als Josephine ihren Namen nannte, seufzte sie, als hätte ihr der Besuch einer Verwandten gerade noch gefehlt. Mit einer matten Geste bedeutete sie Josephine, einzutreten.
Die Hunde begannen wieder zu bellen.
Zwei Kreideskizzen hingen an der getäfelten Wand rechts vom Eingang. Josephine konnte weder erkennen, was die wilden Striche darstellen sollten, noch die kurze Signatur entziffern. Wahrscheinlich einer von Malfaldas namenlosen Malerwelpen, die sie zwischen Josefstadt und Spittelberg auflas, mit regelmäßigen Mahlzeiten, dem Erwerb neuer Farben und Leinwände sowie aufmunternden Worten körperlich wie seelisch so weit aufpäppelte, dass sie sich mit den etablierten Hyänen des Wiener Kunstbetriebs messen konnten. Hatten ihre Welpen sich einen Namen gemacht, entließ sie sie aus ihrer Fürsorge (und ihrem Bett) und wandte sich dem nächsten Notfall zu.

Auch diese unkenntlichen Schraffierungen, die den Krakeleien einer Dreijährigen glichen, würden gewiss ihren Eingang in die Annalen dieser Stadt finden, dachte Josephine belustigt. Sie stellte den Koffer ab und reichte der mürrischen Frau ihren Mantel. »Wenn's bittschön einen Moment warten wollen«, leierte sie und tauchte hinein in einen langen Flur, der durch die weinrote Wandfarbe wie eine Ader wirkte, durch die das Leben in dieser Wohnung pulsierte. Josephine folgte ihr diese Ader hinunter, vorbei an einer Küche, einem Esszimmer, einem Salon in Rosa und einem in Mitternachtsblau, dann ging es um noch eine Ecke und noch eine Ecke, als würde die Wohnung nie aufhören. Irgendwo wurde »Der fröhliche Landmann« geübt, Kinderhände mit unrhythmischem Anschlag, eine Zumutung für jedes Klavier. Mit jedem Schritt steigerte sich das Gebell der Hunde.

Endlich blieb Malfaldas Hausangestellte vor einer weißgestrichenen Tür stehen. Vorwurfsvoll blickte sie Josephine an. »Ich muss fragen, ob's den gnädigen Herrschaften passt.«

»Ich bin Malfalda Franzini-Magyarys Großnichte aus Bremen, und Victoria Franzini-Magyary ist meine Großmutter«, wiederholte Josephine geduldig. »Es wird schon in Ordnung sein.« Weil sie jedoch keine Anstalten machte, die Tür zu öffnen, langte Josephine an ihr vorbei und klopfte an. Das Gebell wurde ohrenbetäubend.

»Was ist denn los, Maria?« Malfaldas Stimme klang gedämpft durch die geschlossene Tür.

»Tante Malfalda, ich bin es, Josephine! Darf ich hereinkommen?«

»Nun, das wurde ja auch mal Zeit, dass einer von euch sich hier blicken lässt«, dröhnte es nun laut und erheitert.

Dann zischte es wie eine Siebenschwänzige, kurz und hart: »Aus jetzt.« Die Hunde verstummten.
Die Tür schwang auf. Vier Augenpaare musterten Josephine. Es duftete nach Vanille und Sahne. Auf goldgeränderten Tellern lagen gelbgoldbraune Teigfetzen. Neben Victoria und Malfalda saß je ein goldgelber Wächter, dessen feuchter Blick vom Kaiserschmarren zum Besuch und zurück flog. Überall lagen Bücher herum. Ein Sessel verschwand fast unter einer magentafarbenen, mit gelben und weißen Spiralen bestickten Decke. Zwei aus Silber gehämmerte entengroße Elefanten flankierten einen Kamin, in dem ein Feuer loderte, und trompeteten dem Gast zu.
Hingerissen von dem pittoresken Durcheinander, blieb Josephine stehen. Ein perfekter Rahmen für den Auftakt ihres Abenteuers.
Kaum dass Josephine beide geküsst, Hector und Galatea gestreichelt und vor dem Kamin Platz genommen hatte, entspann sich eine lebhafte Unterhaltung. Wie sich herausstellte und was Malfalda bereits in einigen Briefen an die Kaysers geschildert, Adeline jedoch als »typische wienerische Aufschneiderei« abgetan hatte, bekam Josephines Großmutter der Aufenthalt in der Hauptstadt der Donaumonarchie ausgezeichnet. Das meteorologisch milde wie das soziokulturell anregende Klima des Vielvölkerreigens, Malfaldas gelassene wie selbstbewusste Gesellschaft und die üppige Kost hatten Victorias Hüften ein wenig gerundet und die Wangen gerötet, ihre tiefblauen Augen schienen das Hier und Jetzt zu erblicken, sie erkannte ihre Enkelin, nannte sie sogar beim Namen und warf gelegentlich eine Bemerkung ins Gespräch ein.
Am frühen Abend servierte Maria Beuschel und Weiß-

wein, und während Josephine der Kalbslunge mutig zusprach, sich stumm ermahnend, dass diese säuerliche Raffinesse sich vermutlich recht unspektakulär ausmachen würde im Vergleich mit den gegrillten Heuschrecken, mit denen sie in Mexiko oder Asien zu rechnen hatte, flunkerte sie den beiden Frauen vor, ihr Vater habe ihr einen längeren Urlaub verordnet, damit sie, bevor sie die Position seiner Stellvertreterin antrete, noch einmal ordentlich durchschnaufen könne.

Malfalda hob die Augenbrauen und grinste. Es war offensichtlich, dass sie Josephine kein Wort glaubte. Doch alles, was sie dazu sagte, war: »Jetzt bist halt hier, mach was draus.«

So begann sich Josephine am nächsten Vormittag mit der Fremde bekannt zu machen, die sich als prachtvolle, ein wenig in die Jahre gekommene Adlige mit kleinen Geheimnissen präsentierte. Während mächtige Standbilder, Denkmale und Brunnen ihre historische und politische Bedeutung beschworen, schlichen ihre Liebhaber über die Hinterhöfe, die ganz Wien miteinander zu verbinden schien wie ein weitverzweigtes Flussdelta, angelockt von der Erotik dieses Singsangs, der ihrem weichen Mund entwich, so weich wie Sahnetorte und so nasal, als bedürfte die adelige Dame dringend eines Taschentuchs.

Ermüdet vom Schauen und Laufen, kehrte Josephine am späten Nachmittag ihres ersten Tages in den Armen dieser Schönen in ein Kaffeehaus in der Herrengasse ein, das sich seiner herausragenden Stellung in der Stadt wegen Central nannte. Sie setzte sich an ein rundes Tischchen nahe dem Eingang, bestellte, ohne zu wissen, was sich hinter den französischen Bezeichnungen verbarg, eine Brioche und eine Melange und sah den Kellnern zu, wie

sie beflissen zwischen den dunkellachsfarbenen Marmorsäulen und den Tischen umherglitten, an denen Männer und Frauen saßen, die sich hier auf einen kleinen Braunen mit der Ewigkeit verabredet hatten. Laut Tante Malfalda war das Central derzeit die Keimzelle bedeutsamer kultureller und politischer Entwicklungen. Hier würden Malerei, Musik und Architektur neu erfunden, und es könne gut möglich sein, dass in dem Moment, da sie, Josephine, ahnungslos an ihrem Gebäck knabbere, zwei Tische weiter an einer Revolution gebastelt, eine brandneue Literaturtheorie zum ersten Mal in Worte gekleidet oder ein Theaterstück verfasst wurde, das schon bald um die Welt gehen würde. (Malfaldas Begeisterung wurde indes nicht von jedem geteilt; Karl Kraus, selbst einer der schreibenden Akteure mit einem eigenen Stammtisch im Central, bemerkte einmal bissig, wie anstrengend es doch für all die Talente sein müsse, sich hier dichtgedrängt gegenseitig an der Entfaltung zu hindern.)
Ein Mann mit rundem Schädel, Seitenscheitel im schwarzen Haar und schwarzem Schnauzbart warf Josephine einen kurzen Blick zu, dann vertiefte er sich wieder in ein schmales, in rotes Leder gebundenes Buch. Die Kaffeetasse mit beiden Händen umfassend, blies Josephine die schaumige Milchwolke von einer Seite zur anderen und fragte sich im Stillen, ob dieser Mann einer von den bedeutenden war, vielleicht ein Dichter, Karl Kraus, Stefan Zweig oder Peter Altenburg etwa, und welchen Unterschied es für sie machte, sollte dem so sein. Als sie nicht mehr umhinkam, einzuräumen, dass es ihr völlig gleichgültig war, und sie begriff, dass das hehre Gefühl, inmitten bedeutsamer Menschen zu sein, sich nicht einstellen würde, weil es Malfaldas Gefühl war und nicht ihres, gab

Josephine dem Kellner ein großzügiges Trinkgeld und verließ das Kaffeehaus.
In der Hoffnung, ein eigenes Gefühl für diese Stadt aufzubringen, verbrachte sie die folgenden Tage damit, sich zwischen Prater, Grinzing, Spittelberg und Wilhelminenberg treiben zu lassen, wie eine redliche Reisende es tun sollte, entzückt und rastlos. Ihr Hunger indes wurde wütender, verlangte nach anderer Kost als der mit Zuckerguss und Goldrand, weshalb Josephine auf die Idee verfiel, herauszubekommen, wo ihr Idol, die Wiener Weltreisende Ida Pfeiffer, ihre letzten Tage verbracht hatte, um eine Weile ehrfürchtig vor dem Haus zu stehen, ihr zu huldigen und sich auf diese Weise des eigenen Traums vom Reisen zu versichern. Im Gewirr der Stiegen, Treppen und endlosen Flure (die den Besuch des Rathauses auch heute für ratsuchende Zugereiste so kurzweilig machen) verlief sie sich prompt, bis sie entnervt eine beliebige Tür aufriss und ein bedächtiger Mensch in gezopfter Wolljacke ihr beschied, Auskünfte dieser Art würden nicht erteilt. Enttäuscht irrte Josephine zum Ausgang zurück und schlenderte unschlüssig über den ausgedehnten Rathausplatz, als einige bunte Plakate auf einer Litfaßsäule ihr Interesse weckten. Noch am selben Abend fand sie sich in Gesellschaft lärmender Gardeoffiziere wieder, nannte sich Adeline, was sie nach dem dritten Glas Veltliner zum Schreien komisch fand, und tanzte zu Straußens Walzerträumen. Am nächsten Abend folgte sie der sibyllinischen Ankündigung »Cabaret für Connaisseure« in ein Souterrain in der Schönsterngasse, wo ein todesschöner Hermaphrodit ihr die Tür öffnete, sie nicht mehr aus den Augen ließ und später beiläufig fragte, ob es ihr etwas ausmache, dass er an Syphilis leide und auf eine mitfüh-

lende Hand angewiesen sei, die ihm nächstens den Rücken mit der grauen Quecksilberpaste eincreme, dem einzigen Mittel gegen das Furchtbare.
Josephine war aufs angenehmste schockiert. Sie wandelte auf geheimen Pfaden, endlich, eine Entdeckerin jenseits des breiten Stroms derer, die sich mit dem Offensichtlichen, Naheliegenden, Wiedergekäuten zufriedengaben.
Der Hausmeister, der das Palais, in dem Malfalda wohnte, bewachte wie ein Schießhund und jeden Fehltritt seiner Bewohner mit kleinen Hässlichkeiten ahndete, fraß Josephine aus der Hand und ließ sie zu jeder Stunde ins Haus, auch nach zehn Uhr abends, während die Pfleiderers vom ersten Stock ewig lange klingeln mussten; es hieß, das Klaviergeklimper ihrer Kinder ginge ihm auf die Nerven.
Malfalda und Victoria ließen Josephine eine Weile gewähren, doch als sie am Ende der Woche ein wenig glasig aus der Wäsche guckte, wurde es Malfalda denn doch zu bunt.
»Kind, du brauchst Wurzeln, sonst wirst ewig ein schwaches Hälmchen bleiben …«
So wurde Maria angehalten, die Koffer aus Büffelleder abzustauben, desgleichen den Schuhputzkasten mit den vielen Bürsten und Tiegeln sowie die Hutschachteln aus biegsamem, mit Motiven verziertem Holz, das Teeservice, halb Porzellan, halb Silber, zu putzen und das Sitzklo mit der in Mahagoni eingefassten Porzellanschüssel. Malfalda war der Meinung, Verdauung solle man nicht demokratisieren, schon gar nicht unterwegs.
Maria erledigte die Vorbereitungen routiniert und mit sichtlichem Vergnügen darüber, dass die Herrschaft früher als gewöhnlich von dannen schob und sie früher als gewöhnlich ihren Galan ins Palais bitten konnte. Malfalda wusste, was das Mädchen in ihrer Abwesenheit trieb,

tolerierte es jedoch, und das Mädchen wusste, dass ihre Herrin es wusste, tat aber so, als wüsste sie es nicht. Dies war Teil des Spiels, welches das empfindliche Gleichgewicht zwischen Herrschaft und Dienerschaft wahrte, und das hier im Süden, wo man sich's gern kommod machte, reibungsloser ablief als im humorlosen Norddeutschland. Kein Wunder, dass die Revolution zwanzig Jahre später von Kiel aus donauwärts brandete, nicht umgekehrt.

Keuchend und fluchend schleppte der Hausmeister das Gepäck vors Haus, was Malfalda zu der trockenen Bemerkung veranlasste, er könne noch von Glück sagen, Mozart sei stets mit seinem Klavier gereist. Die Kofferträger am Staatsbahnhof waren an die Extravaganzen reisender Soubretten, Schriftsteller, böhmischer Aristokraten und vor allem der Kaiserin dagegen gewöhnt und blickten gottergeben drein. Ein Sitzklo und zwei riesige Hunde samt Körben zum Bahnsteig 2? Liaber Herrgott, das war doch nachgradig rein gar nix.

Bei Kledering verließ die Raaber Bahn das Wiener Stadtgebiet und dampfte über Himberg Richtung Bruck an der Leitha.

»Möchten Sie eine Orange?«, fragte Victoria den rotgesichtigen Schaffner, der sich erst Stunden nach der Abfahrt blicken ließ und dem der Schlaf noch in den Wimpern hing. Mit einem bedauernden Lächeln und dem Hinweis, er müsse sich sputen, um bis Budapest alle Passagiere zu kontrollieren, lehnte er das freundliche Angebot ab.

Was ist das bloß mit der Orange?, fragte sich Josephine und musterte ihre Großmutter, die gebannt zum Fenster hinaussah, die zarten, pergamentweißen Hände übereinandergelegt wie Taubenflügel.

Malfalda, die Josephines Blick gefolgt war, bemerkte leise: »Gunter und Hendrik haben damals Orangen mitgebracht.«
»Ich weiß«, erwiderte Josephine. Das war alles, was ihrer Großmutter geblieben war, die Erinnerung an ein paar Früchte, die etliche Druckstellen aufgewiesen und das Haus in der Emmastraße mit ihrem Duft überflutet hatten. Josephine war sieben Jahre alt gewesen, sie erinnerte sich jedes schrecklichen Details, und mitunter schien es ihr, als wäre das Vergessen barmherziger. »Aber warum haben sich bloß diese blöden Orangen bei ihr festgesetzt?«
Malfalda schaute ratlos drein.
»Glaubst du, dass die Reise ihr hilft?«
»Gewiss nicht so, wie wir es gerne hätten. Aber deine Großmutter ist stärker, als du denkst, Josephine. Sie kann es vielleicht nicht ausdrücken, doch ich bin überzeugt, dass sie meine Ansicht teilt, dass diese Reise wichtig ist für dich, mein Kind. Du musst wissen, wo deine Familie herkommt, damit du erkennst, wohin du gehen willst.«
Josephine lächelte in sich hinein. Das war typisch Malfalda.
Als ob eine Fahrt nach Ungarn, das die Großeltern vor einem halben Jahrhundert verlassen hatten, um nie wieder zurückzukehren, einem geheimen Initiationsritus gleichkäme, der sie, Josephine, läutern und ihrer Bestimmung entgegentragen könnte.
Einer Bestimmung, die sie doch längst kannte.

Unterdessen rang Eliana mit widersprüchlichen Gefühlen, die ihr zusetzten, umso mehr, als sie weit von dem entfernt waren, was eine Ehefrau in einer solchen Situation dem

Kanon christlichen Verhaltens entsprechend zu fühlen hatte. Aber es war nichts zu machen, sie vermisste John einfach nicht. Das Bild, das sich nach der Begegnung mit Nowak in ihr geformt hatte, ein Bild aus Blut und Entsetzen, blitzte zwar quälend häufig vor ihrem inneren Auge auf, und wenn dies geschah, fanden ihre Hände wie von selbst zusammen zu einem stummen Flehen, John möge unversehrt sein, kein Mensch habe es verdient, sein Leben auf so grausame Weise zu verlieren, bitte, Gott, steh ihm bei – aber Eliana vermisste John nicht. Was sie vermisste, war eine Erinnerung an die Zukunft, an das, was hätte sein können zwischen ihnen, bevor John von diesem anderen John übermannt worden war.
Sie fütterte die Pferde, bezog das Bett frisch und putzte das Haus, kehrte die Glassplitter der zerschlagenen Fenster zu einem glitzernden Haufen, in dem sich ein mildes Frühjahrslicht tausendfach brach, stemmte die beschädigten Bretter aus den Wänden des Badehauses heraus und schichtete das Holz für ein verfrühtes Maifeuer auf, das Stunden brauchte, um zur Glut herabzubrennen. Als es vorbei war, kehrte Eliana ins Haus zurück, bereitete sich einen Pu-Erh-Tee, eine schwarze Köstlichkeit mit leicht erdigem Aroma, die Annemarie ihr empfohlen hatte, kramte in Johns Papieren, bis sie Martens Adresse fand, und schrieb zwei Briefe.
Danach machte sie sich auf den Weg in die Senke.
Der Mutter unsentimentaler Pragmatismus würde sie einhüllen wie ein dickes Fell. Ursel würde die Briefe lesen und die klare Sachlichkeit schätzen, die aus ihnen sprach. Ihr Vater würde ihr sacht über die Wange streicheln, mit der gleichen beiläufigen Zärtlichkeit, die seine Orchideen erblühen ließ, und würde wortlos beschließen, sich Johns

vernachlässigtem Garten anzunehmen. Es würde Apfelkuchen aus den letzten Winteräpfeln geben, und in stillem Einvernehmen würden sie nur wenige Worte über das Geschehen verlieren, weil zu viele Worte nicht linderten, sondern anfachten.
So geschah es.
In Bremen sorgten die Briefe unmittelbar nach ihrer Zustellung für Reaktionen, die unterschiedlicher kaum ausfallen konnten.
Adeline Kayser fluchte, nachdem sie die mageren Zeilen mit zunehmendem Schrecken überflogen hatte. Statt das Teegeschirr an die Wand zu schleudern, was sie am liebsten getan hätte, verließ sie den Salon, warf sich ihren Mantel über und pfiff nach Tallulah. Während Herrin und Hündin zum Bürgerpark strebten, ließ sie ihren wütenden Gedanken freien Lauf.
Wie konnte die Sache nur so aus dem Ruder laufen! Ursel und Walter trugen die Schuld an diesem Fiasko, diese unfähigen Bauersleute, Herrgott noch mal! Lüneburg war von Anfang an eine dumme Idee gewesen. Was sollte jetzt aus Eliana werden? Sollte sie, Adeline, etwa für ihren weiteren Weg Sorge tragen? Hatte sie ihrer moralischen Verpflichtung über die Jahre nicht längst Genüge getan? Und sich in Sicherheit gewiegt! Es war aber auch zu dumm. Dieser Idiot. Der Apfel fällt nicht weit vom Stamm. Sie hätte es wissen müssen, weiß Gott!
Nach einer Viertelstunde stummen Wütens und zackigen Marschierens, dass Sand und Kiesel unter ihren Absätzen aufflogen, hatte Adeline sich gefangen. Es würde gewiss eine vernünftigere, weniger dramatische Erklärung für Johns Verschwinden geben als die Vermutung eines minderbemittelten Dorfpolizisten, John sei Opfer einer Blut-

tat geworden. Am Ende würde sich die ganze Aufregung in Wohlgefallen auflösen, und deshalb würde sie, Adeline, ganz gewiss jetzt nicht die Pferde scheu machen und Hendrik von diesem Unsinn in Kenntnis setzen. Sie beide hatten schließlich genug mit dieser ihrer Tochter zu tun, die nichts Besseres im Sinn gehabt hatte, als sich mir nichts, dir nichts nach Wien abzusetzen, zu dieser Malfalda, die das Leben mit einer Operette verwechselte. Zwar hatte sie den Anstand besessen, Hendrik und ihr eine entsprechende Depesche zu schicken, aber unverfroren hinzugefügt, sie empfehle, das »Kind« so lange gewähren zu lassen, wie es eben brauchte, um klaren Sinnes zu werden. Und Hendrik hatte umgehend sein Einverständnis telegrafiert!
Befeuert von diesem Ärgernis, schlug Adeline erneut die Absätze in den Sand und schoss am Emmasee und allen Schönheiten der wiedererwachten Natur vorüber, während Tallulah ihr in einigem Abstand lustlos folgte.

Zur selben Stunde entspann sich am Brommyplatz im Haus des beliebten Schneiders und seiner bildhübschen Frau und ihren bildhübschen Kindern folgende Unterhaltung:
»Sie muss bei Gericht beantragen, dass er für tot erklärt wird, dann hätten wir endlich die Chance, an ein wenig Geld zu kommen.« Mabel wusste, welche Wirkung diese Bemerkung auf Marten haben würde, aber jetzt war nicht die Zeit, um die Dinge herumzureden. Als Marten sie erwartungsgemäß finster ansah, fügte sie sanft hinzu: »Du bist der Bruder, dir steht etwas zu.«
»Halbbruder, vergiss das nicht.«
»Und wenn schon.« Geschickt setzte sie eine Pause. Blickte betreten zu Boden, biss sich auf die Lippe, nicht

sehr, nur gerade so, dass es so aussah, als ob es schmerzen würde, und verschränkte die Arme vor der Brust. »Ich sage es nur ungern, aber was, wenn sie mehr mit Johns Verschwinden zu tun hat, als sie vorgibt? Was«, Mabel dehnte die Silben aus wie ein Gummiband, »wenn sie von Anfang an auf eine Gelegenheit gelauert hat, ihn um die Ecke zu bringen und das Geld und die Villa für sich zu behalten?«

»Mabel!«

»Ja, was! Du siehst einmal in ihre taubenblauen Augen und glaubst ihr fortan alles, nicht wahr? Aber gerade die Sanften sind die Hintertriebensten. Hör dir doch nur dieses Geschleime an: ›Bitte ich Euch, Eurer lieben Mutter und Schwiegermutter die Wahrheit ihrem Gesundheitszustand entsprechend schonend mitzuteilen, wenn überhaupt. Ich lege dies in Eure Hände.‹ So sanft, so rücksichtsvoll! Dass ich nicht lache.«

»Na ja, wenn du es auch so vorliest …« Marten nahm das Blatt und las die zwei Sätze in neutralem Ton vor. »Was sagst du nun?«

Mabel zog eine Schnute, was ihr, wie sie wusste, gut stand. »Ich meine ja nur, dass wir achtgeben müssen, damit uns die Dinge nicht aus der Hand genommen werden.« Die Bemerkung konnte man als Kapitulation auffassen, und tatsächlich sah Mabel, wie sich der Mann mit dem hübschen Lächeln und dem kraftlosen Rückgrat, mit dem sie verheiratet war, entspannte, seinen Kaffee umrührte, lächelte und einen erleichterten Seufzer unterdrückte. Mabel ihrerseits hätte ums Haar ihre Augen verdreht. Er müsste sie doch mittlerweile besser kennen, wissen, dass sie ihn nicht so schnell davonkommen lassen würde. Aber Marten vertiefte sein Lächeln, trank den Kaffee aus und stand auf. Das war der richtige Moment für den Gegenschlag.

»Mein Gott, Marten, wünschst du dir nicht auch ein wenig mehr als die Almosen, die deine Mutter uns spendet? Und merkst du denn nicht, dass selbst das Wenige mehr ist, als sie eigentlich erübrigen kann! Sie überfordert sich, weil sie dich so sehr liebt. Und du gehst darüber hinweg, als wäre das gar nichts.« Mabels Kinn zitterte, ihre Augen füllten sich mit Tränen. »Deine Mutter und ich haben nicht das allerinnigste Verhältnis, das gebe ich unumwunden zu, aber ich sehe auch, wenn Unrecht geschieht, und halte damit nicht aus Eigennutz hinterm Berg. Du bist ein egoistischer Sohn, mein Lieber, das ist die Wahrheit. Und ein leichtlebiger Ehemann. Du übernimmst keine Verantwortung, in keiner Weise, und wirst es noch schaffen, deine Mutter wie mich vorzeitig ins Grab zu bringen.« Das niedliche Gesicht in den Händen vergraben, schluchzte Mabel, umso bitterlicher, ergriffener von ihren Worten, als sie plötzlich gewahr wurde, dass nicht eins davon gelogen war. Was sie gesagt hatte, entsprach ihrer inneren Wahrheit.

Marten spürte es auch, sein Herz wurde weich und weit.

»Ich werde Eliana schreiben«, sagte er.

Mabel schüttelte den Kopf. Sie wischte sich über das nasse Gesicht. »Du musst sie aufsuchen, um deiner Forderung Nachdruck zu verleihen«, erwiderte sie matt. »Ich habe da eine Idee, nur für den Fall, dass Eliana sich uneinsichtig zeigt. Hast du noch Johns Einladung zur Hochzeit?«

Marten öffnete die Lade des Küchentisches und entnahm ihr das cremefarbene Schreiben mit den schön geschwungenen Buchstaben. »Hier ist sie.«

Mabel nahm es ihm aus der Hand und nickte bedächtig.

»Das kriege ich hin.« Sie warf ihm einen prüfenden Blick zu, dann setzte sie ihn ins Bild. Marten war nicht begeistert, aber Mabel redete und schmeichelte, bis er schließlich nachgab.
Am nächsten Wochenende machte Marten sich auf den Weg nach Lüneburg. Den Sonntagsanzug für Maurermeister Wichlein, der nebenan wohnte, hatte er mit Müh und Not abstecken und heften können, am Taufkleid der kleinen Ilsebill von gegenüber fehlten die Schleifen, aber Mabel hatte versprochen, bei den Familien um Verständnis für die Verzögerung zu werben, die angesichts eines Trauerfalls in der Familie gewiss gewährt werden würde, wie sie meinte. Seine Erwiderung, dass der Trauerfall ja noch gar nicht richtig eingetreten sei, schluckte er hinunter.
Während die Eisenbahn den Bremer Hauptbahnhof am frühen Morgen Richtung Hamburg verließ, begutachtete Marten seine Mitreisenden. Ihm gegenüber am Fenster saß eine Ordensfrau, ein Rosenkranz glitt durch ihre Hände, den Blick darauf gesenkt, bewegte sie lautlos die Lippen. Am Gang hatten zwei Männer Platz genommen, Bauersleute ihrer einfachen Kleidung nach zu schließen, die beide, unmittelbar nachdem der Zug sich in Bewegung gesetzt hatte, in Schlaf fielen. An eine Unterhaltung war also vorerst nicht zu denken.
Um sich abzulenken, aß Marten die Butterbrote, die Mabel ihm eingepackt hatte, blickte kauend aus dem Zugfenster und gab sich eine Weile so theoretischen wie angenehmen Überlegungen hin, wie der, ob die junge Frau in dem maigrünen Kleid, die an dem Bahnübergang wartete, den der Zug eben passiert hatte, mit ihm einen Kaffee trinken und anschließend mit ihm schlafen würde. Oder

der, ob er das Zeug hätte, der beste Schneider von Bremen zu werden; er sah sich Maß nehmen an Senatoren und reichen Kaufleuten und solchen Damen, denen es gefiel, wenn seine Hände sachkundig über Hüften, Schultern und Taillen streiften, dabei wie zufällig Brüste und Halsansätze berührend.

Nach einer Weile verloren diese Phantasien an Reiz, und Marten begann darüber nachzudenken, warum er eigentlich in diesem Zug saß.

Seine Frau konnte bei allem äußeren Liebreiz eine rechte Nervensäge sein, stur wie tausend Esel, allerdings besaß sie einen schärferen Verstand als er, ihr Plan war clever, das musste er ihr lassen. Wenn ihr nur nicht immer derselbe Fehler unterlaufen würde. Sie betrachtete die Dinge ausschließlich aus ihrer Sicht und war nicht willens oder in der Lage, einen anderen Standpunkt zu begreifen. Mabel konnte gar nicht anders, als die Tatsache, dass er Geld von seiner Mutter annahm, als selbstsüchtige Bequemlichkeit zu deuten und als schmachvollen Beweis, dass er nicht Manns genug war, einen anderen als den Weg des geringsten Widerstands einzuschlagen. Mabel meinte es nicht böse, so war sie eben gestrickt.

Tatsächlich ging Marten meistens den Weg des geringsten Widerstands. Aber nicht etwa, weil er keinen Mumm in den Knochen hatte, sondern, weil er der Meinung war, Widerstände auf einem Weg seien keine ehrenvollen Herausforderungen, denen man sich stellen musste, sondern Hinweise des Schicksals, dass es ratsam war, nicht weiterzugehen.

In diesem Fall galt es, herauszufinden, ob Mabels Unmut dazu zählte oder nicht. Also würde er zwei Tage in der Einöde verbringen und abwarten, wie seine Schwägerin

auf die fingierte Verfügung, die Mabel ihm aufgetragen hatte, Eliana zu überreichen, reagieren würde. Sollte sie sich dagegen wehren, konnte er jederzeit die Richtung ändern, sich großmütig zeigen und das Papier zerreißen. Alles hing davon ab, dass er die Widerstände erkannte und rechtzeitig einen anderen Weg einschlug.
Zufrieden mit seiner verqueren Logik, seufzte Marten tief auf und schloss die Augen für ein Schläfchen.
Eliana brauchte einen Moment, um ihn, der im Dämmerlicht des frühen Abends vor ihrer Haustür stand, richtig einzuordnen. Rasch, um sie nicht zu verängstigen, nannte Marten seinen Namen und bat um Entschuldigung für seinen überraschenden Besuch.
Die Tür wurde einen Spaltbreit geöffnet, eine Gaslampe blendete Marten, und er meinte ein Messer aufblitzen zu sehen.
»Ich muss vorsichtig sein«, sagte Eliana, als sie ihn schließlich hereinbat. Marten warf ihr einen mitfühlenden Blick zu. »Ich kann mir schon denken, wie's auf dem Dorf zugeht. Eine hübsche traurige junge Frau«, er vermied das Wort Witwe, um nicht zu riskieren, Eliana zu brüskieren und sie gegen sich einzunehmen, »bringt die Jungbullen in Hitze. Dann ist es ja umso besser, dass ich nun hier hereingeplatzt bin. Ich fürchte allerdings, dass meine Schneider-Statur nicht dazu angetan sein wird, sie in die Flucht zu schlagen.« Marten lächelte sein gewinnendes Lächeln und drückte spaßeshalber auf seinem Bizeps herum.
Eliana lächelte flüchtig. »Das ist es nicht. Die Dörfler sind besser als ihr Ruf. Aber was weiß ich, was in dem kranken Hirn vor sich geht, das John verletzt oder …« Sie verstummte und wandte sich ab.

»Lass mich dir eine Weile zur Seite stehen«, sagte Marten leise. »Ich kann bleiben, solange du es wünschst.« Das war gelogen, aber es war das, was Eliana jetzt brauchte. Das Gefühl, dass jemand für sie da war. Plötzlich fiel ihm die Stille im Haus auf, und die Berechnung wich aufrichtiger Empörung. Wo zum Teufel waren ihre Eltern? Freunde?

»Das ist wirklich sehr, sehr freundlich von dir und Mabel, aber ich möchte niemanden belasten, und außerdem muss ich allein zurechtkommen«, erwiderte Eliana. »Es hilft nicht, zu jammern und zu klagen. Das schürt die Angst, statt sie zu besiegen.«

»Wer hat dir denn das weisgemacht?«, fragte Marten immer noch leise lächelnd. »Geteiltes Leid ist halbes Leid. Wie klingt das?«

Eliana verzog das Gesicht. »Eine dumme Redensart wie die meisten Redensarten. Sie lenken nur davon ab, dass jemand zu faul ist, selbst nachzudenken.« Sie erschrak. »Verzeih, ich wollte damit nicht sagen …«

»Nein, natürlich nicht«, kam Marten ihr liebenswürdig zuvor und zögerte einen Moment. In Elianas Ton hatte ein Hauch von Ungeduld gelegen, fand er, und sie wirkte nicht so erschöpft, wie man es von einer Frau erwarten konnte, deren Ehemann möglicherweise ermordet worden war. Offenbar besaß sie mehr Kraft, als er angenommen hatte. Oder war so kaltblütig, wie Mabel glaubte. In jedem Fall konnte sie wohl einen Stiefel vertragen. »Ich denke, es gibt einige Dinge über John, die du wissen solltest.« Er nestelte das Kuvert aus seiner Jackentasche und hielt es Eliana hin, die einen kurzen Blick darauf warf. Ein Funke glomm in ihren Augen auf, offenkundig hatte sie Johns Schrift erkannt. Nicht übel, Mabel, dachte Marten. »Wir haben den Brief vor etwa einem Jahr erhalten.«

»Er ist an euch gerichtet.«
»Aber er betrifft dich.«
»Ist der Inhalt angetan, ihn bei einer starken Tasse Tee zu lesen?«, fragte Eliana mit einem Anflug von Galgenhumor. Als Marten ein betretenes Gesicht machte und nickte, nahm sie ihm Jacke und Koffer ab und bat ihn, es sich im Wohnzimmer bequem zu machen, während sie für das Abendbrot sorgen wollte.
»Assam, stark und erdig. Genau das Richtige, wenn es gilt, schlechte Nachrichten hinunterzuschlucken«, sagte Eliana, als sie wenig später mit einem gefüllten Tablett zurückkehrte und mit energischen Bewegungen den Esstisch deckte. »Dazu Mutters Butterkekse, frisches Brot und gesalzene Butter, geräucherter Schinken und eingelegter Schafskäse. Ich war leider nicht auf Besuch eingerichtet.«
»Das macht doch nichts«, winkte Marten lächelnd ab und vermied es, den milchig weißen Klotz anzusehen, der in einer Lake schwamm und von dem ein saurer Geruch ausging.
Eliana schenkte ein und schnitt Schinken, Käse und Brot auf.
Eine Weile nippten sie schweigend an dem heißen Tee und aßen. Elianas Blick wanderte von Marten zu dem Kuvert, das er auf einen kleinen Tisch neben dem Sofa gelegt hatte. Sie wirkte nervös, aufgewühlt, wie eine angespannte Feder, bereit, hochzuschnellen und den Brief an sich zu reißen. Als Marten aber das Besteck beiseitelegte und verkündete, es habe großartig gemundet, ließ sie noch einen höflichen Moment vergehen und noch einen, bis Marten seinerseits die Spannung nicht mehr ertrug, sich erhob und den Brief vom Tischchen nahm, um ihn seiner Schwägerin zum zweiten Mal vor die Nase zu halten.

»Bring es hinter dich«, sagte er freundlich.
Eliana begann zu lesen. Als sie fertig war, faltete sie das Blatt Papier sorgfältig zusammen und blickte Marten offen und direkt an. »Das passt zu ihm«, sagte sie schlicht.
»Findest du?« Ihre Ruhe verunsicherte ihn, weil sie nicht preisgab, woher der Wind wehte. Leistete Eliana Widerstand, oder ergab sie sich?
»Ja, das finde ich«, entgegnete sie mit Nachdruck und begann zu erzählen, was sich bis vor kurzem in diesem Haus abgespielt hatte. Sie redete mehr als eine Stunde, sprach sachlich, fast tonlos, was Marten mehr erschütterte, als Tränen und Anklagen es vermocht hätten, weil er Tränen und Anklagen, gerungene Hände und geraufte Haare zur Genüge von Mabels Auftritten kannte und satthatte. »Insofern«, kam Eliana zum Schluss und erlaubte sich einen Anflug von Sarkasmus, »passt es doch ins Bild, dass er euch den ganzen Besitz vermacht hat, meinst du nicht auch?«
»O Gott«, murmelte Marten, »ich hatte keine Ahnung, wie es um John bestellt war.«
»Woher auch?«
Marten schluckte. »Als er dich heiratete, glaubten wir, er hätte sich gefangen, endlich. Aber da haben wir uns wohl gründlich getäuscht.«
»Ich würde einiges darum geben, zu verstehen, warum John so geworden ist«, sagte Eliana leise. »Wenn ich es begreife, kann ich ihm vielleicht verzeihen.«
»Ich fürchte, da kann ich dir nicht helfen«, erwiderte Marten. »John ist zehn Jahre älter als ich, und wir konnten nicht viel miteinander anfangen, aber er mochte mich, das konnte ich spüren. Ich war ein Lausbub, der fürs Lernen nichts übrig hatte. John dagegen gab sich schrecklich

ehrgeizig. Ständig hockte er über irgendwelchen Büchern, und wenn Mutter ihn dabei störte, geriet er in Wut. Es war schwierig mit ihm. Eine harmlose Bemerkung, ein neugieriger Blick konnten genügen, ihn völlig aus dem Gleichgewicht zu bringen.«

»Hat er damals schon angefangen zu trinken?«

»Ich weiß es nicht. Manchmal blieb er tagelang fort. Wenn er zurückkam, brachte er mir immer ein kleines Geschenk mit, ein wenig Schokolade und einmal sogar einen Stoffbären.« Martens Blick verlor sich. »Aber John trieb es einfach zu toll. Er ging dazu über, regelmäßig Geld zu fordern, selbst als erwachsener Mann scheute er nicht davor zurück.« Als der Gedanke heraufdämmerte, dass er, Marten, zwar liebenswürdiger zu Werke ging als sein Halbbruder, aber letztlich genauso schofelig war, verzog er das Gesicht. »Mutter hat ihm immer wieder nachgegeben, aber irgendwann hat sie ihm die Tür gewiesen. Und nie wieder ein Wort mit ihm gewechselt. Sie kann sehr konsequent sein.«

»Hat sie gesagt, was zu diesem endgültigen Zerwürfnis führte?«

»Nein, Mutter ist sehr verschwiegen. Sie hat Jahrzehnte als Dienstmädchen gearbeitet, und in der ganzen Zeit habe ich nicht mehr als den Namen ihrer Herrschaften erfahren. Die Diskretion ist ihr zur zweiten Natur geworden.«

»Glaubst du, dass das schwierige Verhältnis zu John der Grund ist, weshalb eure Mutter an Hysterie erkrankte?«

»Hat er dir das erzählt?« Marten schüttelte den Kopf. »Ich kenne niemanden, der weniger hysterisch ist.«

Eliana überlegte einen Augenblick. »Was ist mit Johns Vater?«

»Mutter hat nie über ihn gesprochen. Er war für sie erledigt, sagte sie immer wieder. John war gerade vier, als sein Vater im Suff von der Kaiserbrücke in die Weser stürzte. Das ist alles, was sie je preisgegeben hat. Aber sie ist ohnehin sehr wortkarg.«

»John ist in Bremen groß geworden?« Bestürzt sah sie ihn an. »Er hat mir und meiner Familie erzählt, dass er von Ameland stammt und ihr alle erst später nach Bremen gezogen seid.«

Verblüfft sah Marten seine Schwägerin an. »Nun, vielleicht hast du es falsch verstanden.«

»Ganz gewiss nicht. Ich habe noch im Ohr, wie er meiner Tante Adeline von der Insel vorschwärmte, wie angenehm das Klima im Frühjahr sei und dass er, weil er die segensreiche Wirkung des Meersalzes auf Herz und Lunge am eigenen Leib erfahren habe, beschlossen habe, ins Heilbadgeschäft einzusteigen.«

»Ja, darin war er wohl auch recht erfolgreich. Wir haben einmal ein Päckchen von ihm bekommen, das mit Salzsäckchen gefüllt war. Obendrauf lag eine Karte mit den lapidaren Worten, er mache jetzt in weißem Gold und würde uns alsbald einmal einladen. Danach hörten wir erst wieder von ihm, als er uns zu eurer Hochzeit einlud.«

»Gewiss, er war sehr erfolgreich, wie man an der Holzhütte hinterm Haus sehen kann«, gab Eliana bitter zurück. »Und die Toten in Bad Elmen werden auch gern bestätigen, wie erfolgreich John war.« Als Marten sie fragend ansah, fasste sie in dürren Worten zusammen, was in der Zeitung zu lesen gewesen war.

Das war es also, dachte Marten. Johns Geheimnis, dessen Existenz Mabel ahnte und um dessentwillen sie ihn, Marten, bis aufs Blut quälte. Deswegen hatte seine Mutter John endgültig die Tür gewiesen.

Betreten senkte Marten den Blick. Das Gespräch nahm eine andere Wendung, als er gehofft und angenommen hatte. Auf diesem Weg wartete kein Widerstand, der ihn zur Umkehr zwang, hier tat sich gleich ein Abgrund auf, vor dem er nun wie gebannt verharrte und weder vor noch zurück konnte. Nicht einen Moment hatte er angenommen, Eliana führe ihn an der Nase herum, alles, was und wie sie es sagte, besaß den Klang der Aufrichtigkeit, des reinen Herzens und weckte sein Mitgefühl und sein Gewissen. Dieses Schwein von seinem Bruder hatte Eliana das Leben zur Hölle gemacht, und nun kam er, der scheinbar gutherzige Bruder, der attraktive, allseits beliebte, und zog ihr lächelnd das Fell über die Ohren. Schon war er versucht, zu erklären, sie solle den Brief vergessen, sie solle alles vergessen, als er sie sagen hörte: »Ich will sein Geld nicht. Ich wusste nicht einmal, dass er welches besitzt. Morgen gehen wir zur Bank, und dann suchen wir uns einen Anwalt, der euch als Erben einträgt.«

Marten leckte sich die Lippen. »Ich möchte, dass du dieses Haus behältst.«

»Ich war hier nicht sehr glücklich, Marten.«

»Es ist doch nur ein Gebäude, ein Haufen Steine und Mörtel. Wenn du nicht darin leben willst, kannst du es doch veräußern. Oder vermieten.«

Eliana lächelte ihn an. »Wenn du meinst.«

Marten erwiderte ihr Lächeln. Nun, da er seine Seele nur halb verkauft hatte, fühlte er sich wohler.

Was von Martens Andeutungen und seinem Lächeln echt war und was davon gelogen und aufgesetzt, vermochte Eliana nicht zu sagen, und es war ihr auch ganz gleich. Diese Verfügung zeigte mit aller Härte, welchen Stellenwert sie für ihren Mann besaß – gar keinen. Und wenn sie trotz allem, was John ihr angetan hatte, dennoch die Augen stets vor der bitteren Wahrheit verschlossen gehalten hatte, so konnte sie nun nicht länger umhin, sich einzugestehen, dass ihre Hoffnung, Johns Liebe zu ihr würde ihm helfen, seine Probleme zu überwinden, nichts als ein Ausdruck ihrer Naivität gewesen war. Paradoxerweise schenkte ihr diese Erkenntnis ein Gefühl innerer Ruhe. Sollte John zurückkehren, woran sie immer noch glaubte, würde sie ihn verlassen. Sie würde von vorn beginnen, ganz von vorn, sie war jung genug, sich ein neues Leben aufzubauen, aus eigener Kraft und gelenkt vom inneren Wollen – und keinesfalls mit dem schmutzigen Geld, das John von seiner Mutter erpresst oder trotz seiner Schandtat in Bad Elmen zusammengerafft hatte. Wäre sie konsequent, würde sie auch die Villa und alles darin sofort sich selbst überlassen, nichts mehr, was mit Johns Geist kontaminiert war, würde in ihrer Nähe und somit angetan sein, sie immer wieder aufs Neue an das ganze Elend zu erinnern und in dieser Erinnerung gefangen zu halten. Auf der anderen Seite hatte Martens lakonischer Hinweis einiges für sich. Der Haufen Steine könnte ihr gutes Geld einbringen, ein Faustpfand für die Zukunft. Es wäre dumm, Martens Angebot auszuschlagen.

Wie der Bankbeamte Schobel ihnen beiden am nächsten Vormittag eröffnete, hatte John im vergangenen Jahr ein wenig Geld so geschickt angelegt, dass sich das bescheidene Vermögen von zehntausend Reichsmark in Form von Wertpapieren in seinem Besitz befand. Marten machte runde Augen, als er die Summe hörte, seine Nasenflügel blähten sich, und an den Schläfen glänzten winzige Schweißperlen.

Ein Koyote in Angst, die fette Beute im letzten Moment noch zu verlieren, dachte Eliana spöttisch. Sollten Mabel und er doch damit selig werden.
Die Villa, deren Wert sich trotz der abseitigen Lage und minderer Bausubstanz auf zwanzigtausend Reichsmark belief, gehörte John und der Bank je zur Hälfte, der Abtrag der Hypothek betrug im Jahr dreihundertsechzig Mark und wurde von Johns Konto getätigt, das bedauerlicherweise, wie Schobel mit spitzen Lippen erläuterte, ins Soll gerutscht sei, vermutlich des ungeklärten Verbleibs des Kontoinhabers und daraus resultierender fehlender Einkünfte wegen. Schobel setzte eine bekümmerte Miene auf und sprach von der traurigen und unangenehmen Situation, in der Eliana sich befinde, jedoch sei es seine Pflicht, sie darauf aufmerksam zu machen, dass, wenn sie die finanziellen Lasten ihres Ehemannes, ob tot oder vermisst, nicht zu tragen bereit sei, das Anwesen in den Besitz der Bank übergehe, was entsprechende Folgen für Eliana nach sich ziehen würde.
Marten wirkte erleichtert; seine großzügige Geste, seiner Schwägerin die Villa zu überlassen, stellte sich mit einem Mal als kluger Schachzug dar.
Eliana hingegen erschrak, als sie die Höhe der jährlichen Zinszahlungen erfuhr, die sie würde aufbringen müssen, um das Haus zu halten.
Auf dem Weg zu Dr. Bossemann, den der Bankbeamte ihnen empfohlen hatte und der nur wenige Schritte vom Stintmarkt entfernt sein Notariat unterhielt, dachte Eliana darüber nach, Martens Angebot auszuschlagen; die finanzielle Belastung war für sie, die keinen Beruf erlernt und noch keine tragfähige Perspektive entwickelt hatte, wie sie ihren Lebensunterhalt verdienen sollte, viel zu hoch.

Aber solange das Gericht ihren Mann nicht für tot erklärt habe, mithin der Nachlass des Vermissten nicht aufgeteilt werden könne, dürfe Eliana die Villa nicht einfach einem Dritten überlassen, machte der Notar, ein hagerer Mann mittleren Alters mit Habichtsaugen und erstaunlich sinnlichen Lippen, deutlich. Sie habe nur die Wahl, den Forderungen der Bank nachzukommen oder das Haus an eben jene zu verlieren. In dem Fall hätte weder sie noch der Halbbruder etwas davon. Bringe Eliana das Geld jedoch auf, könne sie, sobald der Erbfall eingetreten sei und Marten bei seinem Angebot bleibe, ihr die Villa zu überlassen, eben diese verkaufen. Die Wertpapiere zu veräußern, um das Vermögen des Vermissten zur Begleichung der Schulden heranzuziehen, sei nicht möglich, da Eliana keine Vollmacht über das Depot besitze, und selbst wenn, moralisch fragwürdig und rechtlich zweifelhaft, weil Eliana Kenntnis von der Verfügung ihres Ehemanns habe und deshalb sich der Untreue zumindest verdächtig mache, was wiederum eine strafrechtliche Verfolgung nach sich ziehen könne.
»Ich habe demnach viele Pflichten, aber keine Rechte«, sagte Eliana mit einem Anflug von Zynismus, den der hagere Notar mit einem Zucken seiner rechten Augenbraue quittierte. »Alles, was das Gesetz mir zubilligt, ist, meinen Mann für tot erklären zu lassen. Justitia muss wirklich blind sein.«
Schweigend hielt Bossemann Marten das Papier zur Unterschrift hin, das ihn bevollmächtigte, Eliana die Villa im Erbfall zu überschreiben. Dann wandte er sich Eliana zu. »Lassen Sie es ruhig angehen«, empfahl er ihr mit unerwarteter Wärme in der Stimme. »Wenn die erste Aufregung sich gelegt hat, erscheinen die Dinge meist wesentlich weniger dramatisch.«

Die taubenblausanften Augen verdunkelten sich. »Ich kann doch nicht bei Gericht ersuchen, dass mein Ehemann für tot erklärt wird. Das kann ich doch nicht machen! Welcher Christenmensch bringt so etwas übers Herz?«

»Sie werden es tun müssen«, entgegnete Bossemann leichthin. »Andernfalls werden Sie niemals handlungsfähig sein. Bis das Gericht zu einer Entscheidung kommt, wird es ohnehin Monate dauern, wenn nicht Jahre. Je früher Sie sich zu diesem Schritt durchringen, desto besser.« Aufmunternd nickte er Eliana zu und hielt ihr ein Papier und einen Füllfederhalter hin.

Eliana und Marten hatten sich verabschiedet und waren nach Hause gefahren. Die Pferde, gewöhnt an Johns ruppige Kommandos und aggressive Fahrweise, trabten unter Elianas zaghafter Zügelführung selbstbewusst aus der Stadt und durch den Wald. Nach einem bescheidenen Mittagessen, das Eliana aus eingelegten Bohnen, einem Rest Sauerfleisch und Stampfkartoffeln bereitete, wurde Marten unruhig und fragte, ob es Eliana etwas ausmache, wenn er schon heute abreise, er mache sich Gedanken wegen seiner unerledigten Näharbeiten und wegen seiner Frau, die dazu neige, sich über Gebühr zu sorgen und sich aufzuregen. Eliana verkniff sich die Frage, ob Mabel denn nun an Hysterie leide oder nicht, zum einen, weil es sie nicht wirklich interessierte, zum anderen, weil sie vermeiden wollte, die Abreise ihres Schwagers durch eine Unterhaltung in die Länge zu ziehen. Zurückzusinken in die Köstlichkeit ungetrübten, ungefährdeten Alleinseins erschien ihr wie der Himmel auf Erden. Rasch half sie ihrem Schwager, seine wenigen Sachen zusammenzusuchen, und begleitete ihn vor die Tür.

Ein hübscher Mann, dachte Eliana, während sie ihm nachsah, wie er im Maiengrün der Bäume und Büsche, die die Straße säumten, verschwand, aber ein Rückgrat wie ein Wurm.
Vielleicht würde sie seine Mutter aufsuchen, irgendwann. Marten hatte nichts erwähnt, was Johns charakterliche Veränderung hätte begreiflich machen können, aber vielleicht interessierte sie das irgendwann auch einfach nicht mehr. Vielleicht, vielleicht irgendwann, irgendwann.
Als ob ihr Leben zu diesem Vielleicht und Irgendwann geworden wäre. Vielleicht ist Ihr Mann tot, Frau van Steen.
Vielleicht ist er noch am Leben, kommt irgendwann zurück und glaubt, da weiterzumachen, wo er aufgehört hat.
Energisch zog Eliana ihre Strickjacke vor der Brust zusammen. Das musste ein Ende finden. Sie brauchte konkrete Pläne, die das vage Vielleicht und die Illusionen wie die Ängste, die es hervorrief, in Schach hielten. Sie musste sich zusammenreißen und Arbeit suchen.

9

»Sie könnten das Badehaus wieder herrichten«, meinte Annemarie, als Eliana auf der Suche nach einem Rat, der nicht von mütterlicher Fürsorge gefärbt war, wie es von Ursel zu erwarten stand, am nächsten Tag kurz vor Ladenschluss in die Drogerie kam und Annemarie fragte, ob sie einen Spaziergang mit ihr unternehmen wolle.
Nun liefen sie schon eine halbe Stunde am Ufer der Ilmenau entlang, die Säume ihrer Kleider waren beschmutzt von feuchter Erde, es roch nach jungem Flieder und Abwässern, die sich gelb und braun und schaumig in den wehrlosen Fluss ergossen.
»Ich verstehe nichts von Sole-Anwendungen«, entgegnete Eliana abweisend, nicht, weil sie daran zweifelte, sich das erforderliche Wissen aneignen zu können, sondern weil sie es satthatte, John, wenn auch indirekt, weiterhin zum Mittelpunkt ihres Lebens zu machen. »Und mein Ehrgeiz, die erste Frau in Lüneburg zu sein, die ein Badehaus betreibt, ist begrenzt. Überdies werden die Herren Sülfmeister mir nicht eben aufgeschlossener begegnen als meinem Mann.« Eliana zuckte mit den Schultern. »Meine Mutter wird mir anbieten, bei der Schafzucht zu helfen.«
»Und?«
»Scheren. Schlachten. Das Fell abziehen.«
Als Eliana nichts hinzufügte, nickte Annemarie. »Ich verstehe.« Ihre Hand glitt über weiße Fliederblüten, die schwer und satt vom Regen der vergangenen Tage sich

ihnen zuneigten. »Mir ist aufgefallen, dass Sie sehr wortgewandt sind für, verzeihen Sie, eine Schafzüchtertochter.«
»Oh, die Schafzucht hat meine Mutter nur in den letzten Jahren betrieben. Soweit ich weiß, hat sie früher als Pflegerin und Gesellschafterin gearbeitet. Sie hat uns als Kinder vorgelesen und später darauf bestanden, dass Frauke und ich ein Buch pro Monat lesen.« Eliana lächelte in sich hinein. »Frauke hat oft nur so getan, als ob, obwohl sie ganz genau wusste, dass sie damit nicht durchkam, weil Mutter uns Fragen zu stellen pflegte, die nur beantworten kann, wer den Inhalt des jeweiligen Buches kennt. Hatte Frauke gemogelt, gab es keinen Sonntagskuchen für sie.«
»Sie könnten doch ebenfalls als Gesellschafterin arbeiten?«
»Bei wem denn? Bei Frau von Zündt etwa oder dem Bibelforscher? Vielen Dank.«
»Verzeihen Sie, daran habe ich nicht gedacht.«
»Schon gut.«
»Aber dennoch: Warum richten Sie Ihre Villa nicht ein wenig her, vermieten die Zimmer an gepflegte alleinstehende Damen, die froh über geistreiche weibliche Gesellschaft sind?«
Eliana schüttelte den Kopf. »Eine Pension für ältere Damen?«
»Kost und Logis gegen gutes Geld, mit dem Sie die Hypothek leicht abzahlen können.«
»Ich brauche Geld, um die Zimmer einzurichten. Und ich müsste kochen können. Kann ich aber nicht. Mir gelingt gerade eben so ein Omelett.«
Abrupt blieb Annemarie stehen. »Wissen Sie was? Ich suche schon geraume Weile nach einem geräumigeren Quar-

tier mit Garten. Ich bin Ihr Anfang. Und Ihre Prüfung, ob diese Aufgabe die richtige für Sie ist.« Annemarie lachte lauthals, als wäre ihr ein besonders guter Witz eingefallen. »Ich bin eine solvente Mieterin, das können Sie mir glauben.«

»Das kann ich nicht annehmen.«

»Ach was, warum so zögerlich? Sehen Sie, wenn es nicht funktioniert, dividieren wir die ganze Chose wieder auseinander und bleiben gute Freundinnen. Und wenn Ihr Mann zurückkehrt, bin ich ganz schnell fort.«

Ich auch, dachte Eliana lakonisch und musste über sich selbst lachen.

»So ist es recht«, sagte Annemarie und hielt Eliana die Hand hin. »Schlagen Sie ein.«

Annemaries Entschlussfreude hätte man gewiss einiges entgegensetzen können, gesunde Skepsis beispielsweise, aber Eliana tat es wohl, dass ein nahezu fremder Mensch ihr, einer Schwester der Pandora, vertraute und ernsthaft gedachte, das Leben mit ihr zu teilen. »Also abgemacht«, sagte sie und ergriff Annemaries ausgestreckte Hand. »Einen Versuch ist es wert.«

Im Sommer 1898 bezog Annemarie Wagner zwei Zimmer im rückwärtigen Teil des Obergeschosses, Wohn- und Esszimmer wollten sie gemeinsam benutzen, ebenso Küche und Bad. Für zukünftige Pensionsgäste standen zwei leere Zimmer im Erdgeschoss und zwei in der ersten Etage bereit, über deren Möblierung Eliana sich Gedanken machen wollte, sobald sich abzeichnete, ob Annemaries Plan Bestand und Zukunft hatte oder nicht.

Die drückende Atmosphäre im Haus wich einer internatsähnlichen; zwei Frauen, scheinbar ohne jede innere Sinnhaftigkeit zusammengewürfelt von Schicksals wegen, fanden sich morgens zum Frühstück, ließen einander während des Tages los und kamen mit glänzenden Augen zu einem köstlichen, stets von Annemarie zubereiteten Abendessen wieder zusammen. Sie ließen das förmliche Sie fallen, schummelten beim Canasta, lasen sich gegenseitig vor, streiften über das Grundstück und bewunderten Walters gärtnerische Hand, die den Garten zusehends vom Bann der Nichtwürdigung erlöste – alles schien üppiger, lebendiger, bunter –, und sprachen, wenn das Bedürfnis nach dem Zubettgehen beiderseits noch einmal erwachte, mittels zweier Büchsen und einem Bindfaden miteinander; die Verbindung, die Annemarie aus dem Haus Jablonski kannte und in die Villa eingeführt hatte, schepperte und klang hohl, besaß aber dennoch etwas Magisches.

Eines Abends nach Mittsommer hörte Eliana die Kutsche vorfahren und Annemarie ins Haus und die Treppe hinaufstampfen, jeder Schritt ein Ausdruck heller Empörung. Als Annemarie sich nach einer Viertelstunde immer noch nicht im Wohnzimmer blicken ließ, um mit Eliana wie jeden Tag einen Tee einzunehmen, ging sie nach oben und klopfte an ihre Tür.

»Annemarie?«

»Komm rein.«

Annemarie saß bei zugezogenen Vorhängen auf dem Bett. »Jablonski hat mir gekündigt.«

»Ach du lieber Gott.« Eliana ließ sich auf einen Sessel sinken. »Warum denn das?«

Annemarie schnaubte verächtlich. »Tja, warum wohl? Er hat es zwar nicht gesagt, natürlich nicht, aber ich weiß, dass es ihm nicht gepasst hat, dass ich zu dir gezogen bin, statt ihn zu erhören.«

»Jablonski hat es wirklich auf dich abgesehen?« Wider Willen musste Eliana kichern. Der ausgemergelte Drogist gab den Rosenkavalier. Die Gerüchte, die damals durch Lüneburg schwirrten, besaßen also doch einen wahren Kern. Wer hätte das gedacht?
»Lach du nur«, brummte Annemarie. »Ich bin wirklich gern mit ihm wandern gegangen, er war nett und höflich, und ich habe mir nichts dabei gedacht. Ich meine, dieser Spargel und ich, die dicke Putte! Aber mit der Zeit wurden seine Avancen schmieriger und schwer zu ertragen. Wenn er mir nicht zuvorgekommen wäre, wäre ich wohl demnächst von selbst gegangen.«
»Es tut mir wirklich leid für dich. Ich weiß, wie sehr du deine Arbeit liebst.« Eliana stand auf. »Komm, der Mann ist es nicht wert, dass du dich an diesem schönen Abend im Zimmer verkriechst. Wir könnten doch auf der Terrasse essen.« Eliana zögerte, dann fügte sie gedehnt hinzu: »Zur Abwechslung würde ich das Essen zubereiten. Was meinst du?«
Annemarie verzog die schmalen Lippen zu einem schiefen Lächeln. »Kommt nicht in Frage. Mein Bedarf an Katastrophen ist für heute gedeckt. Ehrlich gesagt, habe ich auch keinen Appetit.« Als Eliana sie besorgt musterte, meinte sie: »Mach dir keine Sorgen, mir geht nur so viel durch den Kopf. Siehst du, ich denke schon länger darüber nach, mich auf eigene Füße zu stellen. Ich dachte an die Eröffnung eines kleinen Geschäfts.«
»Das ist ja eine wunderbare Idee!«
»Voraussetzung ist natürlich, dass ich hier einen Kräutergarten anlegen könnte. Für die geheimen Zutaten«, sie zwinkerte Eliana zu, »du weißt schon.«
»Warum nicht«, erwiderte Eliana. »Der Garten ist doch

groß genug. Eigentlich ist er ohnehin viel zu groß, um ihn allein zu bewältigen.«

»Danke«, sagte Annemarie lächelnd und stellte sich ans Fenster. »Ich denke, da drüben ist der richtige Platz. Zwischen den Kirschen und dem Apfelbaum.«

»An der Stelle wollte mein Vater einen Rosengarten anlegen. Weißt du, in der Senke war es stets entweder zu feucht oder zu trocken für Rosen, hier hingegen herrschen ideale Bedingungen, und der Platz ist zudem windgeschützt und vom Haus aus gut zu sehen. Ich glaube, er wäre sehr enttäuscht.«

»Dein Vater wäre gewiss der Letzte, der Kräuter im Schatten ziehen wollte«, bemerkte Annemarie mit einem Unterton, der Eliana missfiel, obwohl sie nicht hätte sagen können, warum.

»Da hast du sicher recht«, gab sie deshalb unverbindlich zurück.

Für Eliana war damit die Entscheidung über die Lage des zukünftigen Kräuterbeets erst einmal vertagt, weshalb es sie mehr erstaunte als bestürzte, einige Tage später feststellen zu müssen, dass sie sich geirrt hatte. Annemarie hatte sich Elianas Abwesenheit – die Gewohnheit, jeden Sonntag mit ihren Eltern in der Senke zu verbringen, hatte Eliana beibehalten – zunutze gemacht, das Unkraut an der für den Rosengarten vorgesehenen Stelle gejätet, einen Erdhaufen von etwa eineinhalb Metern Höhe aufgeschichtet, terrassiert und mit Kieseln verfestigt. Von weitem erinnerte das Ding an einen Turm aus einer anderen Welt, Mittelerde vielleicht oder auch Babel. Eine Herkulesarbeit. Annemarie musste geschuftet haben wie ein Tier. Oder Hilfe gehabt haben.

Den linken Arm lässig auf den Spaten gestützt, die Röcke

hochgenommen und in den Bund gestopft, so dass die wollenen schwarzen Strümpfe zu sehen waren, stand Annemarie vor dem Ding und winkte Eliana zu, die zögerlich, wie von einer plötzlichen Sturmböe gebremst, näher kam.

»Wie findest du unsere Kräuterspirale? Famos, oder? Hildegard von Bingen wäre entzückt, Gott hab die Schutzheilige aller Kräuterweiblein selig!«

»Sehr … imposant, ja. Aber ich hatte dir doch gesagt, dass mein Vater hier seinen Rosengarten anlegen wollte.«

»Sicher, aber dann habe ich erwidert, dass dein Vater niemals Kräuter im Schatten ziehen würde, und du gabst mir recht.«

»In dem Punkt stimmte ich dir zu. Nicht darin, an dieser Stelle so ein … Ding hinzusetzen.« Aufgebracht sah Eliana Annemarie an, die jedoch ungerührt schien, sich bückte, einige Kiesel aufklaubte, nach prüfendem Blick aus halbgeschlossenen Lidern in den Erdhaufen drückte und eine weitere, nahezu perfekte, sich nach oben windende Kieselterrasse vollendete.

»Es tut mir leid, das habe ich wohl gründlich missverstanden. Ich mach's wieder gut«, sagte sie gelassen. »Ich werde alles wieder abtragen und die Erde umgraben, dann denkt dein Vater, wir hätten den Platz für die Rosen vorbereitet. Aber ich bitte um Verständnis, dass ich das erst morgen in Angriff nehme. Ich bin völlig erledigt. Das war Knochenarbeit.«

»Das hast du ganz allein zuwege gebracht?«

»Natürlich, was denkst du denn?« Liebevoll, fast zärtlich betrachtete Annemarie ihr Werk. Dann zuckte sie mit den Schultern. »Sei's drum. Nichts ist für die Ewigkeit.«

»Na ja, jetzt, wo das Ding schon mal da ist …« Angesichts

Annemaries nüchterner Reaktion erschien Eliana das eigene Verhalten kindisch. Der Garten war doch groß genug für zehn dieser Dinger und zehn Rosengärten obendrein. Um der Situation die Spitze zu nehmen, schlug sie einen heiteren, nur eine Nuance vom Neckischen entfernten Ton an, der sich in ihrem Mund so vertraut wie unangenehm anfühlte. »Stell dich schon darauf ein, dass du Vater alles über Kräuterspiralen und deren Hege und Pflege beibringen musst. Er ist süchtig nach Pflanzen.«
Das Ding blieb also, wo es war, es keimte und drängte aus ihm heraus, und drei Wochen später wiegten sich feinstengelige Büschel mit winzigen Blättern im lauen Wind, gepäppelt mit zu Staub gemahlener Hornspäne und genährt von Annemaries ängstlicher Aufmerksamkeit.
Sie erwähnten den Vorfall nicht mehr, aber seit diesem Tag schien Annemaries Herzlichkeit gedämpft. Bei Tisch hatte Eliana Mühe, eine Unterhaltung in Gang zu setzen. Darauf angesprochen, seufzte Annemarie und bat um Entschuldigung, die Kündigung und ihre ungewisse Zukunft würden ihr zu schaffen machen.
Eines Morgens lag ein zusammengefaltetes Blatt Papier auf der Treppe. In knappen drei Zeilen forderte Annemarie Eliana darin auf, ihrer Pflicht nachzukommen, sich an der Gartenarbeit zu beteiligen; es könne nicht angehen, dass sie als Mieterin sämtliche Arbeiten allein zu bewältigen habe. Entgeistert blickte Eliana auf und direkt in Annemaries Augen. Sie hielt ein Tablett in Händen, darauf ein Teller mit geröstetem Brot, Butter und je einem Glas hellroter und goldgelber Marmelade. Der Duft von Johannisbeeren und Orangen lag in der Luft.
»Was ist denn in dich gefahren?«, fragte Eliana. »Das macht doch mein Vater. Und dein Ton …«

»O je, es sollte doch nur ein scherzhafter Appell sein, so wie eine große Schwester die kleine ermahnt.« Annemarie lachte und setzte ihren Weg ins Esszimmer fort. Als sie bemerkte, dass Eliana stehen geblieben war, drehte sie sich um. »Um Himmels willen, bitte, es war dumm von mir, ich hatte einen Weg gesucht, dir auf humoristische Weise etwas beizubringen. Bitte, komm, trink einen Kaffee mit mir, ich muss dir etwas sagen.«

»Sehr witzig.«

»Ich bin in der Tat nicht sehr geschickt, wenn es sich um delikate Dinge handelt«, räumte Annemarie ein. Mit bekümmerter Miene goss sie Kaffee in halbhohe Becher, setzte sich und begann eine Scheibe Brot zu buttern.

»Ich habe deinem Vater gesagt, dass wir den Garten zukünftig selbst bearbeiten wollen.« Das Messer schwang hin und her.

»Hm, ich schätze, dafür hast du eine einleuchtende Erklärung parat, nicht wahr?« Eliana blies so heftig in die Tasse, dass der Kaffee überschwappte.

Annemarie ging nicht darauf ein. Sie legte das Messer ab und betrachtete das Brot wie ein Künstler sein vollendetes Gemälde. »Ist dir denn wirklich nicht aufgefallen, wie sehr er sich quält?«

»Nein!«

»Das ist wohl das Vorrecht der Jugend, nichts zu bemerken, was auf Verfall hinweist, weil Elend und Krankheit noch nicht zu ihrem Erfahrungsschatz gehören.« Während sie das Brot nun in vier gleich große Quadrate teilte und je zwei mit hellroter und goldgelber Marmelade bestrich, schilderte sie, wie Walter, eine mit Erde und Steinen beladene Schubkarre mühsam vor sich herschiebend, aus dem Gleichgewicht geraten und gestürzt sei. »Als ich herbeieilte, winkte er ab und tat so, als wäre nichts passiert, aber ich habe gesehen, dass er humpelte und sein Gesicht sich vor Schmerz verzerrte. Eliana, er ist alt, er ist müde, sein Rücken ist krumm. Deshalb habe ich ihm vorgeschwindelt, wir hätten unsere Neigung zur Gartenarbeit entdeckt.«

»Ich weiß nicht, was ich sagen soll«, murmelte Eliana. Die leise Empörung über Annemaries eigenmächtiges Handeln wich nagenden Schuldgefühlen. Sie nahm einen Schluck Kaffee und kaute eine Weile auf dem Vorwurf herum. Wann hatte sie ihre Eltern zuletzt wachen Sinnes angesehen, ihnen ungeteilte Aufmerksamkeit geschenkt, die Veränderungen registriert, ohne sich vom kindlichen Egoismus beeinflussen zu lassen, der ebenjene aus Angst um die eigene Bequemlichkeit nicht wahrhaben will? Hatte sie es je getan? »Ich fürchte, du hast recht. Ich werde ihn um Verzeihung bitten.«

»Besser nicht.« Annemarie hob die Mundwinkel zu einem nachsichtigen Puttenlächeln. »Weißt du, im Alter ist es mitunter bekömmlicher, die Dinge so stehen zu lassen. Oder kannst du dir vorstellen, dein Vater möchte aus deinem Mund hören, wie schwach und aufgebraucht er ist? Tu ihm das nicht an …«

Eliana nickte. Annemarie vertiefte ihr Puttenlächeln.

Unvermutet hatte sich das Kräfteverhältnis zwischen ihnen verschoben. Aus der keimenden Freundschaft zweier Frauen entwickelte sich im weiteren Verlauf eine geschwisterliche Hierarchie. Annemarie spielte die große Schwester, herrisch und ein wenig streng, reich an Lebenserfahrung und dem Willen, sie in Form von leisen Ermahnungen und sanften Zurechtweisungen an Eliana weiterzugeben, die sich in die Rolle der kleinen Schwester

gedrängt sah, unsicher, ob sie dies als Folge des beträchtlichen Altersunterschieds hinnehmen musste, schwankend zwischen der Verärgerung, gemaßregelt zu werden, und heimlicher Belustigung, wenn Annemarie wieder einmal darauf beharrte, im Recht zu sein, und ihr breites Puttengesicht sich blähte vor Genugtuung.
Tatsächlich lag Annemarie mit ihrer Einschätzung der Dinge häufig richtig, weshalb Eliana in der ersten Zeit dazu neigte, sich mit ihr zu arrangieren. Doch dann begannen seltsame Vorfälle und unangenehme Missverständnisse sich zu häufen, ähnlich dem, dem der Rosengarten zum Opfer gefallen war, und ließen Eliana wechselweise an Annemaries und am eigenen klaren Verstand zweifeln.
Einmal war das frisch gebackene Brot, das Eliana aus der Senke mitgebracht und auf den Küchentisch gelegt hatte, spurlos verschwunden, und Annemarie wollte es nicht gewesen sein. Ein anderes Mal hatte Ursel Eliana abgeholt, um mit ihrer Tochter einen Kürschner in Lüneburg aufzusuchen, der Eliana einen Wintermantel arbeiten sollte. Am Markt hatten sie Frau von Zündt getroffen, die sich mitfühlend nach Elianas Befinden erkundigte. Beim Abendessen sah sich Eliana mit Annemaries Vorwurf konfrontiert, sie und ihre Mutter hätten sie absichtlich nicht gegrüßt. Elianas Beteuerung, Annemarie nicht bemerkt, ja, nicht einmal gewusst zu haben, dass sie sich ebenfalls in der Stadt aufhielt, quittierte sie mit gerunzelter Stirn und kühlem Blick. »Vermutlich willst du mir gleich noch weismachen wollen, dass du das Gespann selbstverständlich nicht verkauft hast.«
»Wovon redest du?«
»Davon, dass unmittelbar nach meiner Rückkehr heute Mittag ein unsympathischer Mann an die Tür klopfte, sich

nicht vorstellte, mir stattdessen einen schmuddeligen Umschlag in die Hand drückte und mich nötigte, ihm den Erhalt von zwanzig Mark für Pferde und Wagen zu quittieren. Nun, was blieb mir übrig? Ich unterschrieb, und wenig später war er damit auf und davon. Ich muss schon sagen, es ist zwar dein Eigentum, aber ich finde es weder nett noch umsichtig, uns der einzigen Transportmöglichkeit zu berauben.«

Wie vom Donner gerührt starrte Eliana Annemarie an. »Willst du mich auf den Arm nehmen?« Als Annemarie nichts erwiderte, schob Eliana den Teller mit der Gemüsesuppe fort; ihr war der Appetit vergangen. Ein Gefühl sagte ihr, dass irgendetwas faul war an dieser Geschichte und dass Annemarie nicht die Wahrheit sagte. Tatsächlich kam nur ein Schluss in Betracht. Annemarie musste den Verkauf von langer Hand geplant oder als spontane Reaktion darauf, von Eliana übersehen worden zu sein, von jetzt auf gleich bewerkstelligt haben. Ob so oder so, die Vorstellung erschien Eliana so naheliegend wie bizarr und völlig rätselhaft. Der Verlust ihrer Mobilität bedeutete für sie beide, mehr denn je an diesen Ort gefesselt zu sein. Adendorf und die Senke könnte man zu Fuß zwar durchaus in zwei Stunden erreichen, nicht so Lüneburg. Warum sollte Annemarie es im Sinn gehabt haben, ihr beider Leben zu erschweren? Unglücklich und verwirrt verfolgte Eliana jede Bewegung auf der gegenüberliegenden Seite des Tisches. Die schmalen Lippen, die sich um den Löffel legten, die Suppe, wie sie in diesem Mund verschwand, die kleinen Hände mit den kurzen Fingern, die das Brot brockten.

Plötzlich schoss Eliana ein anderer Gedanke durch den Kopf, unangenehm auch dieser, aber nicht so bedrängend

wie das Gefühl, das Seltsame direkt gegenüber zu wissen.
»Vielleicht will uns jemand einen Streich spielen?«, sagte sie. »Es könnte doch sein, dass es jemandem nicht passt, was sich hier abspielt, ich meine, dass wir zusammenleben …« Jablonski, fügte sie im Stillen hinzu. Dann durchfuhr sie eisiger Schrecken. John.
»Wer sollte das sein? Jablonski fehlt die kriminelle Energie, und dein Mann hält sich nicht mit Kinkerlitzchen auf. Er hätte die Axt genommen, wie es seine Art ist«, erwiderte Annemarie lakonisch, stand auf, räumte ihren Teller und ihr Besteck ab und verließ steifbeinig das Esszimmer. »Schönen Abend noch.«
In den kommenden Tagen hüllte Annemarie sich in Schweigen, überhörte Elianas Fragen, ging stumm ihrer Arbeit an der Kräuterspirale nach, mied Wohn- und Esszimmer und machte sich im Haus nur durch nachdrücklich zugezogene Türen bemerkbar. Bei jedem erneuten dumpfen Knall zuckte Eliana zusammen und spürte ein schmerzhaftes Ziehen zwischen Bauchnabel und Brustkorb, das sich wellenförmig in ihr ausbreitete und ihr den Atem nahm und sie in das Atlantis ihrer versunkenen Bilder stürzen ließ. Sie meinte, im ganzen Haus rieche es nach bitteren Orangen.
Und das nur, weil irgendwo eine Tür knallte? Wütend und verwirrt fragte Eliana sich, ob sie noch ganz bei Trost war, einer im Grunde genommen fremden Frau zu erlauben, ihre Launen an ihr auszulassen.
Andererseits spürte sie, dass Annemarie ihre Hilfe brauchte, um aus der selbstgewählten Schmollecke zu finden, und geübt darin, an der Unberechenbarkeit eines anderen Menschen vorbeizunavigieren, ging Eliana schließlich dazu über, sich so unbefangen zu geben, als wäre alles in

bester Ordnung. Sobald sie Annemarie erblickte, redete sie fröhlich drauflos und ertränkte sie auf diese Weise gleichsam in Freundlichkeit und Wärme, bis das Eis brach und die Tage zurückfielen in den harmonischen Rhythmus von gemeinsamen Essen und verplauderten Abenden, ansteckendem Gelächter und einvernehmlichen Beschlüssen wie dem, die kuriose Sache mit dem verkauften Gespann ad acta zu legen und ein neues zu kaufen, ein schöneres, praktischeres, geräumigeres mit einem glänzenden Rappen davor, der ein paar Tage später unter mädchenhaftem Gekicher Oregano getauft wurde.

Und so ging es fort, entspannten Tagen folgte eisiges Schweigen, nach einiger Zeit setzte das von Eliana herbeigeredete Tauwetter ein, das die nächste unsichere Schönwetterperiode einleitete. Eine Winzigkeit genügte, eine kleine Unachtsamkeit, und Annemarie erstarrte, verstummte und schlug die Türen zu. Unduldsamere, selbstbewusstere, robustere, weniger verständnisvolle und weniger ängstliche Menschen als Eliana, kurz, viele, sehr viele hätten mit der Unruhestifterin, dieser unmöglichen Person, die entweder keine Erziehung genossen oder den Verstand verloren hatte, längst kurzen Prozess gemacht und die Zweckgemeinschaft aufgekündigt, aber zum einen befürchtete Eliana, keinen solventen Ersatz zu finden und die Idee der Pension begraben zu müssen, und zum anderen fühlte sie sich auf unerklärliche, irritierende Weise zu Annemarie hingezogen und veranlasst, ihr zur Seite zu stehen.

Überdies war sie mittlerweile davon überzeugt, dass Annemaries Motive anders gelagert waren, als es den Anschein gehabt hatte.

Annemarie wollte ihr helfen, die Villa halten zu können,

gewiss, aber sie suchte eben auch Anschluss. Sie war der einsamste Mensch, den Eliana kannte, sie hatte keinen Freund, keine Freundin, keine Angehörigen, sie kreiste nur um sich selbst, und vielleicht gebar sie deshalb mitunter das für ein gedeihliches Zusammenleben wenig förderliche, verstockte, beleidigte Schweigen.

Kein Tag verging, ohne dass Eliana sich Gedanken um Annemarie machte, und als der September anbrach, beschloss sie, dem Drogisten einen Besuch abzustatten. Die Ernte der im Frühsommer gesäten Heilkräuter war zwar üppig ausgefallen, aber das genügte nicht, um ein Geschäft zu betreiben. Auch machte Annemarie keine Anstalten, sich um ein Ladenlokal zu bemühen; genau genommen hatte sie noch keinen einzigen Schritt unternommen, die ersehnte Selbständigkeit anzupacken. Ob ihr der Mut fehlte oder das nötige kaufmännische Wissen, vermochte Eliana nicht zu beurteilen, aber diese Untätigkeit war ganz gewiss auch ein Teil von Annemaries Problem. Eliana hielt es für das Beste, ihr einen Schubs in die richtige Richtung zu geben, und dazu musste sie in Erfahrung bringen, wie das Geschäft mit Kräutern funktionierte. Wenn sie mehr davon verstand, konnte sie Annemarie besser unterstützen.

Mit einem Mal schwebte einer vom Himmel herabfallenden Feder gleich ein Gedanke heran, ein verwegener Gedanke, wie Eliana fand. Obwohl, wenn sie es recht bedachte, so verwegen war die Vorstellung, die vor ihrem inneren Auge aufzog, in Anbetracht der zwar undurchsichtigen, aber unleugbaren familiären Verbindungen vielleicht gar nicht. Im Gegenteil, eigentlich war es verwunderlich, dass sie nicht eher darauf gekommen war. Sie würde Annemaries Kräuterladen ergänzen – mit Tee! Sie würden grünen Tee und schwarzen Tee und aromatisierte Tees aus allen Ländern anbieten, sie würden Hand in Hand arbeiten und sich gegenseitig helfen, die Lücken in ihrem Wissen auszufüllen und das wirtschaftliche Geschick zu erwerben, das ihnen fehlte.

Kurz vor Mittag betrat Eliana die Drogerie am Markt. Anatol Jablonski warf ihr einen Blick zu und flüsterte einer rundlichen jungen Frau mit blonden, um den Kopf gelegten Zöpfen, die hinter dem Tresen stand und mit einer Waage hantierte, etwas zu, woraufhin sie einen Wollmantel anzog und freundlich grüßend an Eliana vorüber zur Tür ging. »Guten Hunger«, rief Jablonski ihr nach, und zu Eliana sagte er: »Wie schön, Sie einmal wiederzusehen. Sie haben sich ja sehr rargemacht. Kein Wunder natürlich, bei den Umständen … Verzeihen Sie mir, ich wollte Ihnen nicht zu nahe treten.« Er machte eine winzige Pause, dann hob er seine dem traurigen Thema angemessen gesenkte Stimme und fragte mit dezenter Munterkeit: »Womit kann ich dienen?«

»Ich hätte gern hundert Gramm Pfefferminztee, aber nicht diesen gewöhnlichen, sondern den mit der süßen Note, den man in Persien und Griechenland trinkt.«

Jablonski klopfte mit dem Zeigefinger auf sein Kinn, schürzte die Lippen, verschwand nach kurzem Nachdenken hinter dem roten Bordellvorhang, zog ihn sorgfältig hinter sich zu und kehrte bald darauf mit einer geöffneten Papiertüte zurück, die er Eliana unter die Nase hielt. »Recht so?«

Es roch nach Scheherezades weichen Worten und morgenländischer Hitze. Eliana nickte. »Wunderbar. Wo kommt der her?«

»Vorgestern wuchs er noch in den Oasen zwischen Tunis

und Marrakesch«, antwortete Jablonski vollmundig. »Eine gute Wahl, Frau van Steen. Achten Sie aber darauf, nicht mehr als zwei, drei Tässchen am Tag zu sich zu nehmen. Und lassen Sie ihn nicht zu lange ziehen. Die Wirkung könnte leicht ... äh ... durchschlagend sein.« Eine feine Röte kroch ihm aus dem Kragen, zog sich am Hals hoch und färbte seine Wangen. »Darf es sonst noch etwas sein?«
»Hm, nun, außerdem brauche ich eine Portion getrockneten ... Schachtelhalm«, sagte Eliana fragend. Du liebe Güte, sie hätte sich besser vorbereiten müssen. Schachtelhalm. Taugte der überhaupt für irgendetwas?
»Adstringierend, blutstillend, harntreibend, entzündungshemmend. Gut gegen Nasenbluten und Frauenleiden. Die Chinesen benutzen den Absud aus getrockneten Halmen auch als Mittel gegen Bindehautentzündung. Ich wüsste jedoch nicht, dass daraus Tee bereitet wird, jedenfalls führen wir ihn nicht.« Jablonskis Eifer erlahmte plötzlich, ein Funke glomm in seinen Augen auf, den Eliana als Argwohn erkannte.
»Ja, da wäre noch etwas«, beeilte sie sich hinzuzufügen, »lassen Sie mich nachdenken ...« Wie bringe ich das Gespräch auf seine Lieferanten? Für die heimischen Heilkräuter arbeitete er gewiss mit den Nonnen zusammen, aber Ginseng und Ingwer kamen doch aus Asien. Oder nicht? »Ja, eine Handvoll Süßholztee und Ing...«
»Hat sie Sie geschickt?«
Überrumpelt sah Eliana ihn an. »Nein, ich ...«
»Es würde auch nichts nützen. Ich habe Frau Wagner wirklich gern, aber ich lasse mir nicht auf der Nase herumtanzen.«
»So nennt man das also, wenn einem eine Dame einen Korb gibt«, versetzte Eliana schneidend.

»Hat Frau Wagner das gesagt?«
»Das musste Sie nicht. Ich bin durchaus imstande, zwei und zwei zusammenzuzählen.« Das war eine glatte Lüge, aber irgendetwas in Jablonskis lauerndem Blick und den nervösen Händen, die auf dem Tresen Klavier spielten, veranlasste sie, Annemarie in Schutz zu nehmen.
»Sie sind im Irrtum, glauben Sie mir«, sagte Jablonski eindringlich. »Wenn ich Ihnen erklären könnte, warum ich Frau Wagner entlassen habe, ohne mich übler Nachrede schuldig zu machen, deretwegen Sie mich bezichtigen könnten, obwohl Aussage gegen Aussage stünde, und Ihr Ruf mit Verlaub nicht unbefleckt ist, würde ich es tun, aber so, wie die Dinge liegen …«
»Guten Hunger, Herr Jablonski«, schnitt Eliana ihm das Wort ab. »Ich hoffe, Sie verschlucken sich an Ihren eigenen Worten.«
Wie eine Löwin, die ihr Junges verteidigt, dachte Eliana belustigt, als sie wieder auf der Straße stand. Zugleich wallte Ärger über sich selbst in ihr auf. Sie hätte es besser wissen müssen. Jablonski war ein Schmierlappen, ein verschmähter Schmierlappen, der mit Dreck warf, in der Hoffnung, dass etwas davon an Annemarie hängenbleiben würde.
»Annemarie ist eine erwachsene Frau. Wenn sie ein Geschäft eröffnen will, wird sie es schon tun. Wenn nicht, auch gut. Was bekümmert es dich?« Mit energischen Bewegungen scheuerte Ursel den Küchentisch und blickte nur ab und an hoch, als ihre Tochter das Gespräch mit dem Drogisten und was dazu geführt hatte wiedergab. Blass und bedrückt saß Eliana auf der Eichenbank. Das Mittagessen, zu dem sie einem spontanen Impuls folgend in der Senke aufgetaucht war, hatte sie kaum angerührt.

Schließlich hatte Ursel genug. »Weißt du was, mein Kind? Du lädst dir Probleme auf den Buckel, die nicht die deinen sind. Wenn du mich fragst, kassier die Miete von Annemarie und basta. Und inseriere in der Zeitung um weitere Mieterinnen für deine Pension. Hast du genug um die Ohren, beschäftigst du dich nicht mit den Blähungen einer Frau Wagner. Oder eines Herrn Jablonski. Ich konnte den noch nie leiden.« Ursel schüttelte den Kopf. »So was. Es würde deinem Gemüt besser bekommen, wenn du meine Schafe scheren würdest.«

Eliana seufzte. »Ich habe A gesagt, also sage ich auch B. Bei den geringsten Schwierigkeiten das Handtuch zu werfen, liegt mir nicht.«

Ursel hielt inne, schmiss den Lappen in die Spüle und setzte sich neben ihre Tochter. Deren feingliedrige Hände in den ihren, dachte sie einen Augenblick nach und suchte nach Worten. »Wir haben dich zu einem aufrechten Menschen erzogen, und dazu gehört, dass du aufrichtig zu dir selbst bist und einen Fehler oder Irrtum korrigierst, wenn du ihn erkennst. Auch wenn es dir oder einem anderen erst einmal weh tut.«

»Aber wie kann ich das wissen?«, begehrte Eliana auf. »Ich kann doch nicht einen Menschen als Fehler oder Irrtum bezeichnen, nur weil sich einige Schwierigkeiten im Umgang mit ihm ergeben?«

»Das mein Kind, vermag ich nicht zu beantworten. Wenn ich es könnte, wäre ich keine Schafzüchterin, sondern Nostradamus. Oder Thomas Mann. Oder Schopenhauer.« Ursel schürzte die Lippen und warf Eliana einen verschmitzten Blick zu. »Nietzsche? Nein, der ist mir zu gewalttätig.«

Eliana lächelte schwach. »Das mit dem Inserat ist eine

gute Idee. Wenn man so aufeinanderhockt wie Annemarie und ich, wird man ja ganz verrückt.« Und was die Idee des gemeinsamen Geschäfts anbelangte, dachte sie bei sich, war es klüger, die ersten Schritte in die Richtung erst dann zu unternehmen, wenn sich ihr Verhältnis entspannt hätte.

»Sag ich doch. Ich bin morgen in der Stadt. Wenn du willst, gebe ich es für dich auf. Was hältst du von: Pensionsgäste (weiblich, ledig) gesucht für großzügige Villa nahe Lüner Holz? Geschmackvolle Zimmer und exquisite Küche.«

»Geschmackvolle Zimmer? Die stehen leer!«

»Gut, also dann: Geräumige Zimmer, nach eigenem Gusto zu möblieren.«

Eliana lächelte ihre Mutter an. Resolut und pragmatisch. Das war typisch Ursel Jürgensen. Für den Aufruhr an Gefühlen, die die Geschehnisse der vergangenen Wochen in Eliana ausgelöst hatten, zeigte sie keinerlei Verständnis und nahm damit Elianas fliegenden Gedanken den Wind aus den Segeln. »Kannst du dir vorstellen, dass John die Sache mit dem Fuhrwerk auf dem Gewissen hat?«

»Ach woher denn?« Ursel seufzte. »Ich fürchte, du musst dich allmählich mit dem Gedanken abfinden, dass John etwas zugestoßen ist. Und du musst dir verzeihen, dass du bei Gericht …«, sie brach ab, als sie bemerkte, wie Elianas Gesichtsausdruck noch gequälter wirkte, und setzte leise hinzu: »Wenn er noch leben würde, wäre er bei dir. Er hat dich über alles geliebt.«

Eliana senkte den Kopf. Wie sehr ihre Mutter sich darin täuschte und was sich tatsächlich in der kurzen Zeit ihrer Ehe abgespielt hat, würde sie vorerst für sich behalten; ihr fehlte die Kraft, den Schrecken noch einmal zu rekapitulieren, und sie sah im Augenblick auch keinen Sinn darin, es zu tun. Das musste noch warten. Eliana verabschiedete sich. »Sag Papa, dass ich sehr enttäuscht war, ihn nicht zu sehen.«

Ursel winkte ab. »Ich sehe ihn selbst kaum. Immer unterwegs, dieser Mann. Denk dir nur, die Bibelforscher, deren verflixten Namen ich mir nicht merken kann, lassen ihn in ihrem Garten ein Gewächshaus errichten. Frau Bibelforscher will unbedingt Tomaten züchten, ganz so wie Papa.«

»Aber ist diese Arbeit nicht zu anstrengend für ihn?«

»Das lass ihn bloß nicht hören! Nein, nein, ganz im Gegenteil, er braucht die Bewegung, sonst wird er lahm, wie ein Rennpferd, das nur im Stall steht.«

»Ich hatte mitunter den Eindruck, er habe Schmerzen, sei jedoch zu stolz, es zuzugeben.«

Ursel sah ihre Tochter forschend an. »Hast du deshalb deine Liebe zur Gartenarbeit entdeckt?« Als Eliana nickte, schüttelte sie nachsichtig den Kopf. »Das war gut gemeint, aber ich muss dir sagen, dass dein Vater doch recht geknickt war, als Annemarie ihm die Neuigkeit zwischen Tür und Angel …« Ursel hielt inne. »Das war ihre Idee, nicht deine. Hab ich recht?« Als Eliana zaghaft nickte, schnalzte sie mit der Zunge. »Die nimmt sich ja ganz schön was heraus, die Dame. Du solltest ein ernstes Wort mit ihr reden. Bist du dazu imstande? Oder brauchst du meine Unterstützung? Es wäre mir eine Freude, ein paar deutliche Worte an Frau Wagner zu richten.«

Aber Eliana wollte davon nichts wissen. Sobald die ersten Pensionsgäste das Haus beleben würden, würde sich das

Problem mit Annemarie von ganz allein erledigen. Wozu sie also vor den Kopf stoßen?
Das Inserat erschien drei Tage später in den *Lüneburger Nachrichten*, pünktlich zum Nachmittagstee, den Eliana und Annemarie einträchtig auf dem Sofa sitzend einnahmen, gut sichtbar auf der vorletzten Seite, in zwölf Punkt und fett gedruckt, oben rechts zwischen der Bekanntmachung für eine Viehauktion in Wilsede und der Todesanzeige für einen einundsiebzigjährigen Sülfmeister.
Annemaries Züge entgleisten, als sie die Zeilen las.
»Jetzt sag bitte nicht, dass du deswegen beleidigt bist«, sagte Eliana so beiläufig, wie sie konnte. »Das war deine Idee, du erinnerst dich.«
»Es wäre ein selbstverständlicher Akt der Höflichkeit gewesen, mich über den Zeitpunkt in Kenntnis zu setzen, wann du meiner überdrüssig wirst und nach frischerer Gesellschaft verlangst. Verwöhntes Gör«, gab Annemarie ohne nennenswerte Erregung in Stimme und Mimik zurück. Dann erhob sie sich und stolzierte davon, nachdem sie mit einer Handbewegung, in der ihre geballte Wut zum Ausdruck kam, die aufgeschlagene Zeitung vom Tisch fegte und mit ihr den Zuckertopf, ihre leere Teetasse, den Kuchenteller, die halbvolle Rum-Karaffe und die Stumpenkerze, die unbemerkt unter das Sofa rollte. Während Eliana, entschlossen, Annemarie dieses Mal nicht mit ihren Allüren durchkommen zu lassen, ihr nach oben folgte, an ihre Zimmertür hämmerte und rief, davor ausharren zu wollen, bis Annemarie gewillt sei, sich wie ein vernünftiger Mensch zu benehmen, hatte das Flämmchen einen Zipfel Papier zu fassen bekommen, wurde gierig, der Rum nährte es, das Papier krümmte sich, bäumte sich

hell lodernd auf, leckte an der weichen Wolle, die zwischen den Sprungfedern des Möbels hervorlugte, und entwickelte sich zu einem veritablen Feuer, das sich ungehindert vom Wohnzimmer in den Flur fraß.

10

»Bevor die Sisi hier geritten ist, war es unser Revier«, bemerkte Malfalda kurz und trocken. Ihr Kinn ruckte in Richtung der ausgedehnten, von Wäldchen unterbrochenen Wiesen, die vor ihnen lagen. Mit etwas Phantasie konnte der in der Ferne schimmernde helle Klecks als Schloss Gödöllö durchgehen. »Ich habe nie begriffen, was die Ungarn an ihr finden.«
Mit den bauschigen Kleidern, die sie am Tag ihrer Ankunft im einen Katzensprung von Budapest entfernten Domony in den hintersten Winkel ihres Kleiderschranks verbannt hatte, war zugleich die Attitüde der Salonlöwin verschwunden. Malfalda trug Reithosen und weiße Bauernhemden und wirkte körperlich wie seelisch transformiert. Maskulin trotz ihrer wogenden Fülle und von einer beiläufigen, aber durchaus angespannten Wachsamkeit, als gälte es, die Ländereien jederzeit gegen Übergriffe zu verteidigen. Die Zeiten, da Domony sich in den Händen wilder Arpaden befand oder von türkischen Belagerern verwüstet wurde, hatten zwar vor hundert Jahren ein Ende gefunden, zirkulierten aber offenkundig noch Generationen später im Blut der Nachfahren.
Malfalda drehte sich zu ihrer Schwester um, auf eine Reaktion hoffend.
Doch Victorias Blick schweifte wie stets freundlich interessiert über das üppige, mit gelben und orangeroten Herbstboten betupfte Grün, kein Funke glomm in ihren blauen Augen auf. Die Heimat blieb ihr fremd, ganz

gleich, wie oft und wie lange sie, Malfalda und Josephine in den vergangenen Wochen Streifzüge zu Pferd durch das Dreieck zwischen Domony, Gödöllö und Budapest unternommen hatten.

»Das ist der Vorteil ihrer Krankheit und des Alters«, fügte Malfalda noch trockener hinzu, »das Leben zeigt sich stets von seiner neuesten Seite. Jede Wegbiegung wird zur Überraschung.« Sie schnalzte leise, und das Pferd, eine bildschöne Apfelschimmelstute, trabte voran, in nördlicher Richtung.

»Ist es noch arg weit?«, fragte Victoria nach einer Weile. »Ich habe Hunger.«

Sofort witterte Malfalda darin eine Abwehrhaltung, mithin, dass der Durchbruch, ein Durchdringen zu Victorias klarem Verstand kurz bevorstehen musste. »Nur noch ein kleines Stück, meine Liebe«, rief sie ihr aufmunternd zu. »Das ist kein Umweg, keine Sorge, ich möchte Josephine nur so viel wie möglich von unserer Heimat zeigen.«

Victoria krauste die Stirn, ließ es aber dabei bewenden.

Als sie an einem verwitterten Holztor vorüberkamen, zügelte Malfalda ihre Stute. Das Tor stand weit offen, der Weg, an dessen Ende ein Gutsgebäude lag, schien die drei Reiterinnen einzuladen, ihm zu folgen und den Kindern, deren Gelächter zu ihnen herüberwehte wie ein warmer Spätsommerwind, einen Augenblick zuzusehen, wie sie zu Boden gefallene Äpfel aufklaubten und in einen großen Korb warfen.

»Das Gut der Franzini-Magyarys«, sagte Malfalda zu Josephine, behielt ihre Schwester jedoch im Auge. »Niemand mehr, der es hätte bewirtschaften können. Deine Großmutter hat es nach dem Tod deines Großvaters verkauft. Hendrik und ich rieten ihr ab, weil sich die Grund-

stückspreise in dem Jahr ganz und gar im Keller befanden, aber sie ließ sich nicht davon abbringen. Sie wollte unbedingt einen Schlussstrich ziehen. Nicht wahr, Victoria?«
Victoria nickte freundlich. »Ein hübsches Haus«, bemerkte sie höflich. »Kennst du die Familie, die dort wohnt?« Ihr Blick fiel auf Josephine, die mit den kinnlang nachgewachsenen, wildgelockten Haaren und den Reithosen, die sie Malfalda abgebettelt und enger genäht hatte, wie ein engelshübscher Junge aussah. »Es ist sein Zuhause«, stellte sie fest, nickte ihrer Enkelin zu und ließ ihr Pferd übergangslos in Schritt fallen. »Ich bin hungrig, ich will heim.«
»So ganz unrecht hat sie ja nicht«, sagte Josephine lakonisch und sah ihrer Großmutter nach. »Ich meine, dass es eines Tages mir gehört hätte. So viel weiß sie also noch.«
Gutgelaunt erwiderte Malfalda: »Das sind die Momente, die mich hoffen lassen, dass Hopfen und Malz bei Victoria nicht ganz verloren sind.«
Josephine teilte die Zuversicht ihrer Großtante keineswegs, wusste aber aus Erfahrung, dass eine Diskussion darüber zwecklos war.
In leichtem Trab folgten sie und Malfalda der schwarzgekleideten Gestalt mit dem Hütchen, die ihr Pferd bald hierhin, bald dorthin dirigierte, bis sich am Horizont eine Ortschaft abzeichnete.
»Sie kennt den Weg im Schlaf«, sagte Malfalda kopfschüttelnd. Ein tiefer Seufzer entrang sich ihrer Brust. »Ein gutes Zeichen.« Als Josephine nichts erwiderte, warf Malfalda ihr einen prüfenden Blick zu. »Du hast dich in den letzten Tagen und Wochen bestimmt mehr als einmal gefragt, was um Himmels willen du hier eigentlich sollst. Hier in der Einöde, wo in Wien der Kongress tanzt.«

»Ehrlich gesagt, ja«, gab Josephine zu. »Aber es ist schön, ich mag die Landschaft, sie weitet mir das Herz. Und es ist tausendmal besser, als in Bremen zu versauern.«

»Ich habe an dir eine gewisse Rastlosigkeit bemerkt und mich gefragt, was es abgesehen vom altersbedingten Hummeljucken damit auf sich haben könnte. Schließlich kam ich zu dem Schluss, dass du auf der Suche sein musst, und auch, wonach.«

»Da bist du mir etwas voraus«, versetzte Josephine mit leiser Ironie. Bei aller Sympathie für Malfalda, warum bildeten sich ältere Menschen bloß immer ein, sie wüssten, was die Welt im Innersten zusammenhält?

»Siehst du, Josephine, irgendwann ist in dieser Familie eine Schiene falsch gelegt worden, und der Zug dampfte in die verkehrte Richtung und tut es bis heute. Geheimnisse und Verwicklungen statt Offenheit und Aufrichtigkeit. Die Familien Roszy und Franzini-Magyary haben den Anfang gemacht, und deine Eltern führen es fort und Ursel und Walter, und wir, auch du und ich, spielen alle mit um Elianas willen, aber auch um unsretwillen. Vielleicht ist das, was du zu finden hoffst, Josephine, die Wahrhaftigkeit, die dieser Familie abhandengekommen ist. Deshalb hielt ich es für ratsam, dir zu zeigen, wo unsere Wurzeln liegen und wo alles seinen Anfang nahm. Die Erde ist ehrlich, sie kann nichts dafür, dass die Menschen, die auf ihr wandeln, es nicht sind.«

Josephine schwieg. Dieser Gedanke hatte etwas für sich, behagte ihr jedoch nicht, zum einen, weil er zu Ende geführt bedeutete, dass ihre Sehnsucht in Wahrheit nicht den Pyramiden und Dächern der Welt galt, mithin, dass sie sich all die Jahre etwas vorgemacht hatte. Zum anderen, weil Malfaldas Ansicht, was die Essenz der Familie ausmachte, ihr reichlich übertrieben vorkam. Die Flucht ihrer Großeltern Gunter und Victoria aus Ungarn lag Jahrzehnte zurück und war keinem düsteren Geheimnis geschuldet, sondern das Ergebnis schnöden Dünkels, den deren Eltern an den Tag gelegt hatten. Auch was Eliana betraf, konnte von einem Geheimnis nicht die Rede sein; eine Tragödie war vor sechzehn Jahren geschehen, der ihre damals vierjährige Cousine ums Haar zum Opfer gefallen wäre. Wie Eliana heute auf eine Enthüllung reagieren würde, wusste niemand, und alle fürchteten sich davor, weshalb sie ängstlich auf den richtigen Zeitpunkt warteten, wenngleich Josephine sich mitunter fragte, wer diesen Zeitpunkt bestimmen sollte, wenn die, die von allem wussten und die die Anzeichen in Elianas Verhalten zu deuten verstanden, Eliana nie zu Gesicht bekamen.

Aber Josephine verspürte nicht die geringste Neigung, ihre Überlegungen zu teilen. All das Gerede half niemandem weiter. Außerdem machte sich ihr Hintern schmerzhaft bemerkbar. »Meinst du?«, war deshalb alles, was sie von sich gab.

»Sehr scharfsinnig«, spottete Malfalda. »Was ich auszudrücken versuchte, ist, dass alles Verhalten, das nicht einer wahrhaftigen Haltung entspringt, ein Gefühl von Geheimnis verursacht, ein klebriges, ungutes Gefühl, dass irgendetwas nicht stimmt … Und zu Anfang traut man sich, vorsichtig nachzufragen, bekommt aber nur Ausflüchte zu hören, die leider so logisch klingen, dass man anfängt, an sich selbst zu zweifeln, und es aufgibt, Fragen zu stellen. Und irgendwann bist du ein Teil dieses Vakuums aus Halbwahrheiten, ob du willst oder nicht, und zwar deshalb, weil du es für normal hältst, keine Fragen

mehr zu stellen, ja, weil dir nicht einmal mehr Fragen einfallen. Kannst du mir folgen?«
»Willst du damit andeuten, dass meine Eltern etwas verschweigen?«
»Nein«, schnitt Malfalda ihr das Wort ab. »Es ging mir darum, dich ungebärdiges Ding darauf aufmerksam zu machen, wie wichtig eine klare Haltung ist. Und stete Wachsamkeit. Der Mechanismus der Lüge ist tückisch.«
»Ich werd's mir merken«, gab Josephine grinsend zurück.
»Das Roszy-Gut werde ich behalten«, fuhr Malfalda nach einer Weile fort. »Eines Tages gehört es dir und Eliana, wenn sie so weit ist. Als ich sie in Lüneburg besuchte, war ich übrigens drauf und dran, ihr zu erzählen, was sich damals zugetragen hat, aber sie wirkte so zart, so zerbrechlich und, wenn ich offen zu dir sein darf, überfordert von diesem Mann, der von allem zu viel ist. Zu groß, zu laut, zu … ach ich weiß nicht, ich mag ihn nicht besonders. Ein Typ wie Torge. Aber sie lieben sich, das kann ein Blinder erkennen.«
»Ich glaube, wenn Eliana die Wahrheit gekannt hätte, hätte sie diesen Kerl nicht geheiratet. Sie hätte gewusst, dass sie ein Abbild ihres Vaters heiratet. So ähnlich sah er doch aus, oder?«
»In der Tat.« Malfalda warf ihr einen kurzen Blick zu. »Abgesehen von den arrangierten Ehen scheint dies bei Liebesheiraten aber in der Natur der Sache zu liegen. Mein Franz sah meinem Vater durchaus ähnlich, ebenso sehnig …« Malfalda brach ab und grinste. »Ich vergesse mich.«
Nach einer halben Stunde erreichten sie Schloss Gödöllö, den weißen Prachtbau mit wechselnder Geschichte. Hier

wohnte kurzzeitig der ungarische Revolutionskämpfer Laszlo Kossuth, später diente er als Sitz einer belgischen Bank, wurde 1866 als Lazarett genutzt und schließlich verschenkt – an Franz Joseph und Elisabeth, das österreichische Kaiserpaar. Sisis Ritt über Land verwandelte die Einöde mit dem jubilierenden Namen in eine bei der Budapester Oberschicht beliebte Sommerfrische und die elf Kilometer entfernt lebenden Bürger von Domony in neidische Gesellen.

Malfalda schien bei den Gödöllöern einen guten Ruf zu genießen; während sie einen Waldweg am Schlosspark entlangritten, lüpften etliche Spaziergänger höflich den Hut, blieben stehen und wechselten ein paar Worte mit ihr. Das Ungarisch rollte von einem zum anderen, eine mitreißende Welle aus weichen Schis, offenen Os und kehligen Chs.

»Wenn du mich fragst, ist es eine Schande, dass du kein Wort Ungarisch sprichst«, meinte Malfalda beiläufig. »Adeline hätte dafür Sorge tragen müssen, dass du es lernst, damit du dich mit deiner Großmutter unterhalten kannst.«

»Aber Oma spricht ausschließlich Deutsch!«, protestierte Josephine.

»Sprich nicht über deine Großmutter, als wäre sie nicht anwesend«, erwiderte Malfalda streng und wandte sich ihrer Schwester zu. »Nicht wahr, Victoria, du weißt dich sehr wohl in unserer Muttersprache auszudrücken, weigerst dich jedoch, davon Gebrauch zu machen, weil …«

»Ich hab's vergessen.« Victoria schnitt eine Grimasse. »Einfach alles weg. Weg.« Sie runzelte die Stirn und setzte gedehnt, als wäre sie selbst überrascht, was plötzlich aus

ihrem Mund drängte, hinzu: »Das Schlimmste ist, dass ich miterleben muss, wie ich langsam verblöde.«
»Nun, wir werden etwas dagegen unternehmen«, erwiderte Malfalda feierlich.
»Es gibt keine Medizin dagegen, das weißt du so gut wie ich.«
»Wir werden sehen ... Um zum Thema zurückzukehren, ich finde es nicht gut, dass Adeline alle Traditionen abschneidet wie du, Josephine, deine Haare.«
Josephine zuckte mit den Schultern. »Sie ist Bremerin und hat nie einen Fuß aus Norddeutschland herausgesetzt. Außerdem hält sie es für ihre Pflicht, an Papas Seite zu bleiben, und wo Papa stets zu finden ist, wissen wir doch alle. Im Kontor. Wie sollte ihr Herz für dieses Land schlagen?«
»Ich weiß«, entgegnete Malfalda seufzend. »Es ist nur so bedauerlich, dass unsere Erinnerungen sterben, wenn niemand sie weitergibt. Nicht wahr, Victoria, wir waren laut und fröhlich und unmöglich! Erzähl Josephine von unserem Großonkel Ottokar, der ... Victoria?«
Aber Victoria hatte sich schon wieder verabschiedet, dorthin, wohin ihr niemand folgen konnte. Malfalda stiegen die Tränen in die Augen, und mit einem Mal tat sie Josephine leid.
Ein untersetzter Mann, der Kleidung nach zu urteilen ein Bauer oder Viehhändler, hastete an ihnen vorbei. Seine Miene spiegelte blankes Entsetzen.
»Brauchen Sie Hilfe?«, rief Malfalda. »So warten Sie doch!«
Schwer atmend blieb der Mann stehen, redete auf Malfalda ein, breitete immer wieder die Arme aus oder griff sich an den kugelrunden, glänzenden Schädel, dem nur mehr ein schütterer Kranz aus grauen Haaren geblieben war. Er

wischte sich die Augen, verabschiedete sich mit erstickter Stimme und lief weiter.
Malfalda sah ihm nach, die Züge erstarrt.
»Was hat er gesagt?«, wollte Josephine wissen.
»Die Kaiserin ist gestern in Genf ermordet worden«, erwiderte sie leise.
»Sterne im Haar«, murmelte Victoria.
»Weiß man, wer es getan hat?«
»So wie es den Anschein hat, ein notorischer Königshasser«, antwortete Malfalda und gab wieder, was sich in diesen Stunden wie ein Schatten auf das ganze Land legte. Demnach war Elisabeth vor ein paar Tagen im Hotel Beau Rivage zu Genf abgestiegen, wie so oft, um ihre Anwesenheit nicht publik werden zu lassen, unter dem Namen Gräfin von Hohenembs; ein Inkognito, das in einer Genfer Zeitung gelüftet wurde. Wie sich später herausstellte, hatte der italienische Anarchist Luigi Lucheni diese Neuigkeit als Chance seines Lebens verstanden. Eigentlich sollte Prinz Henri von Orléans, Kronprätendent von Frankreich, Opfer der mühsam zu einem messerscharfen Dreieck geschliffenen Feile werden, aber der war nicht nach Genf gekommen. Stattdessen eine veritable Kaiserin! Als Elisabeth sich am Vormittag des 10. September 1898 auf dem Weg zur Schiffsanlegestelle am Genfer See machte, stieß Lucheni zu. Elisabeth fiel zu Boden, stand aber wieder auf und eilte zum Schiff. Erst an Bord brach sie zusammen, man öffnete ihr Mieder, erblickte die kleine Einstichstelle am Herzen und brachte die Kaiserin rasch zurück ins Hotel. Um vierzehn Uhr vierzig wurde es traurige Gewissheit. Die Kaiserin von Österreich und von vielen Menschen geliebte und verehrte Königin von Ungarn war tot.

»Sterne im Haar«, wiederholte Victoria sich. »Und schön wie ein Engel.«
»Das hat sie nicht verdient«, bemerkte Malfalda. »Das ganze Leben lang ohne Sinn und Verstand von einem Ort zum nächsten ... eine einzige Flucht vor dem goldenen Käfig der Hofburg. Armes Ding.«
Betreten blickte Josephine zu Boden.
»Kommt, lasst uns nach Hause reiten«, sagte Malfalda. »Es wird Zeit für das Mittagessen.«
Das Gutshaus der Roszys, ein langgestreckter Bau, unter dessen Dach einst neben der Familie auch die Puten lebten, denen die Roszys ihren bescheidenen Wohlstand verdankten, lag geduckt am Ende eines von mächtigen Platanen gesäumten Feldwegs am nördlichen Rand von Domony. Bis auf einen entfernten Vetter, der nach Gödöllö desertiert war, war die Familie dahin; die Eltern Roszy hatten zwei Töchter in die Welt gesetzt, die beide mit einem Franzini-Magyary auf und davon gegangen waren. Obschon Mafaldas Ehemann einem ganz anderen, angesehenen und vermögenden Zweig dieser elenden Sippe angehört hatte, bot der zweifache töchterliche Verrat den Eltern Anlass genug, das eigen Fleisch und Blut zu hassen, die Tiere schlecht zu behandeln und schließlich vor einigen Jahren an Verbitterung einzugehen. Nach ihrem Tod blieben das Haus und die Puten sich selbst überlassen, das eine zerfiel, die anderen gingen kläglich zugrunde. Schließlich nahm Malfalda sich des Jammers an. Zug um Zug ließ sie das Gut instand setzen. Während ihrer Aufenthalte kümmerte sich eine Haushälterin um das Wohl der Gutsherrin und gelegentlich das ihrer sehr jungen, vorwiegend männlichen Gäste. Piri Radovicz wusch, putzte, erledigte große wie kleine Besorgungen und kochte zum Niederknien gut.

Doch heute erwartete die drei Frauen bei ihrer Rückkehr kein angenehmer Duft nach gebratenem Geflügel oder Gulasch.
Malfalda stampfte durch die Diele und riss die Küchentür auf. Die Post lag auf dem Tisch, mehr hatte Piri offenkundig nicht zuwege gebracht. »Sie ist eine glühende Bewunderin der Kaiserin. Ich denke, sie wird in Tränen aufgelöst sein. Vor übermorgen brauchen wir nicht mit ihr zu rechnen.«
Malfalda zuckte mit den Schultern, dann band sie sich eine Schürze um, öffnete und schloss Schubläden und Schränke, förderte Kartoffeln, Butter, Mehl, Eier, einen geräucherten Schinken und Gemüse zutage und begann umstandslos zu schälen, zu schneiden und zu kneten. »Schinken-Gemüse-Auflauf in Blätterteig«, verkündete sie. »Victoria, setz dich, lass die Finger von dem Kartoffelschälmesser! Und du, mein Kind, siehst nach der Post.«
Mit spitzen Fingern und verdrossener Miene nahm Josephine den zuoberst liegenden Brief zur Hand. Die nach rechts geneigte Schrift auf dem Umschlag hatte sie sofort erkannt, und sie schalt sich, nicht schneller reagiert, jugendliche Neugier vortäuschend den Stapel Post an sich gerissen und auf diese Weise das Corpus Delicti unbemerkt an sich gebracht zu haben. Aber jetzt half es ja nichts mehr. Seufzend öffnete sie den Umschlag, begann zu lesen und schrie auf.
»Elianas Haus ist abgebrannt, sie wäre beinahe ums Leben gekommen«, stieß sie hervor.
»O Gott!«, entfuhr es Malfalda.
»Und John ist seit einem halben Jahr spurlos verschwunden, schreibt Vater weiter. ›Das Ganze ist eine furchtbare

Tragödie, und wir sind nun gefordert, Eliana beizustehen, auch und vor allem Du, mein liebes Kind. Ich bitte Dich herzlich, nach Hause zu kommen.‹« Sie stockte. »Woher zum Teufel weiß mein Vater überhaupt, wo wir uns befinden?«

»Von mir selbstverständlich«, gab Malfalda scharf zurück. »Glaubst du, ich hätte deine Eltern im Ungewissen gelassen? Wenn du das meinst, hast du nichts von dem verstanden, was wir vorhin besprochen haben. Im Grunde wäre es deine Aufgabe gewesen, sie in Kenntnis zu setzen und damit die Verantwortung für dein Tun zu übernehmen, nicht wahr? Im Übrigen frage ich mich, von welcher Bedeutung das angesichts dessen ist, was er schreibt.«

Verständnislos blickte Victoria von ihrer Schwester zu ihrer Enkelin. »Was ist denn nur mit euch?«

»Oma, Eliana … du weißt doch, wer Eliana ist?«

»Gewiss. Sie ist ein stilles Kind, und sie lacht nie.«

»Das«, erwiderte Josephine behutsam, »liegt ein paar Jahre zurück. Jetzt ist sie erwachsen und lebt in der Nähe von Lüneburg und musste … musste Schlimmes durchmachen.«

»Sie hat es gesehen?«

»Was meinst du?«

»Sie hat es gesehen.« Mit schreckgeweiteten Augen saß Victoria da.

»Ja«, sagte Josephine und blickte Malfalda hilflos an. Die hob ratlos die Schultern.

»Möchtest du dich etwas ausruhen, Victoria?«

Victoria nickte, griff nach dem ausgestreckten Arm ihrer Schwester und ließ sich nach nebenan führen, in jenes Zimmer, in dem Malfalda und sie ihre Kindheit und

Jugend über geschlafen, gestritten, sich versöhnt und sich ihre Geheimnisse anvertraut hatten und das mithin am besten geeignet war, Victorias unruhigem Geist ein Gefühl von Geborgenheit zu vermitteln.

Als Malfalda in die Küche zurückkehrte, griff sie, nachdem sie kurz auf den Absender gesehen hatte, nach dem zweiten Brief, riss ihn auf und überschlug den Inhalt. Ihre Miene hellte sich ein wenig auf, was Josephine nicht bemerkte, weil sie, den Blick in die Ferne gerichtet, auf den Worten ihres Vaters herumkaute. Keine Frage, dass sie seiner Aufforderung nachkommen würde; sie hatte ihre Cousine von Herzen gern, und wenn es etwas gab, was sie, Josephine, zu deren Trost und Genesung beitragen könnte, wäre sie selbstverständlich zur Stelle. Dennoch konnte sie sich nicht des Eindrucks erwehren, zwischen den Zeilen schwänge ein falscher Ton mit.

»Sonst ist Eliana ihm ganz egal, aber jetzt ist sie das Mittel, um mich zu ködern, nach Hause zu kommen«, sagte Josephine.

Malfalda blickte hoch. »Und selbst wenn, dein Vater hat recht. Die Familie muss Eliana jetzt zur Seite stehen. Man muss ja das Schlimmste befürchten! Ein Rückfall wäre entsetzlich, aber angesichts dessen, was geschehen ist, nicht ausgeschlossen.«

»Das heißt, du und Großmutter reist mit nach Lüneburg?«

Malfalda schüttelte den Kopf. »Wir begleiten dich selbstverständlich ein Stück, müssen aber in Wien bleiben, wenngleich dort sicherlich die Hölle los sein wird. Sisis Beerdigung … Das gibt einen Aufstand, das sag ich dir.« Sie machte eine kleine Pause, sah in Josephines enttäuschtes Gesicht, dann schwenkte sie das Blatt Papier,

das sie in Händen hielt. »Victoria hat einen Termin bei Sigmund Freud.«
»Das ist ja sehr ... nun, fortschrittlich!«, stotterte Josephine. Sie hatte von dem Wiener Nervenarzt schon gehört, dessen Erkenntnisse über ein in der Regel bei Frauen diagnostiziertes seelisches Leiden vor drei Jahren für Aufsehen gesorgt hatten, besaß jedoch keine Vorstellung davon, um was es sich bei den sogenannten Hysteriestudien eigentlich handelte.
Malfalda schnaubte. »Jeder, der nur bis drei zählen kann, hat doch geahnt, dass die Krankheit des Geistes nur in und mit dem Geist geheilt werden kann. Wie denn sonst? Wer sich den Arm bricht, wird doch nicht am Bein geschient! Ich bin äußerst zuversichtlich, was Victoria anbelangt, und ich werde dem Mann vielleicht sogar von Eliana erzählen. Schaden kann es ja wohl kaum.«
»Weiß Mutter davon?«
»Nein, und ich bin jetzt schon gespannt auf ihre Reaktion«, bemerkte Malfalda ironisch. »Deine Mutter mag von alten Traditionen nichts halten, aber ich glaube nicht, dass sie vice versa dem Neuen gegenüber sehr aufgeschlossen ist.«
Wie sich zwei Tage später herausstellte, hatten Josephines dunkle Ahnungen sie nicht getrogen. Ihre Rückkehr nach Bremen war von Nieselregen begleitet, der sich auf die Kleidung legte wie flüssiges Silber, und so stand sie, den Koffer in der Hand, die Augen glänzend wie Flusskiesel, in der Diele ihres Elternhauses an der Emmastraße und blickte ihrer Mutter erwartungsvoll entgegen.
Adeline trug eine ernste Miene zur Schau und ein steingraues Tuchkleid mit schwarzen Biesen, keinen Schmuck,

keinen Zierat. »Wie haben die Ungarn es aufgenommen?«

Josephine brauchte einen Moment, um zu begreifen, dass ihre Mutter um die ermordete Kaiserin trauerte, und schwankend zwischen Mitgefühl und Widerwillen antwortete sie so wahrheitsgemäß wie brüsk: »Ich weiß es nicht. Ich bin ja gleich am nächsten Tag abgereist, damit, wie Vater schrieb, wir uns so schnell wie möglich um Eliana kümmern können. Sie und ich stünden uns doch recht nahe, insofern sei es wünschenswert …«

»Um Eliana kümmern? Was für ein Unsinn!«, fuhr ihre Mutter ihr ins Wort. Ungehalten schüttelte sie den Kopf, zwei steile Falten auf der Stirn. »Wer könnte dies wohl besser als Ursel und Walter!«

Josephine erstarrte, dann stürmte sie, so wie sie war, in Hut und Mantel, an ihrer Mutter vorbei in des Vaters Bibliothek, wo er sich zu dieser frühen Abendstunde im Allgemeinen aufzuhalten pflegte. Wie gewohnt thronte Hendrik Kayser Papiere unterzeichnend hinter seinem Schreibtisch und blickte perplex auf, als er sich unvermutet einer Welle töchterlicher Wut und dem Vorwurf, mit Elianas Unglück Schindluder zu treiben, ausgeliefert sah. Als auch noch seine Frau in der Tür erschien und sich lautstark über Josephines Frechheiten beklagte, fühlte Hendrik sich an einen bäuerlichen Bühnenschwank erinnert. Sein Lachen wand sich aus der Tiefe unaufhaltsam hinan, schon zuckten seine Mundwinkel, seine Lippen teilten sich und entließen diese schallenden Salven. Hendriks Gelächter teilte das Meer der zwiefachen weiblichen Empörung. Mit angedeuteter Kusshand und verschwörerischer Miene wedelte er seine Frau zur Tür hinaus. Seine Tochter ließ sich in einen der Ledersessel fallen.

»Ja, ich habe dich geködert«, gab Hendrik freimütig zu, nachdem er in dessen Pendant Platz genommen hatte, wobei er darauf achtete, die Beine so übereinanderzuschlagen, wie seine Tochter es tat, und den Kopf lässig mit der linken Hand zu stützen, als wäre er plötzlich zu schwer geworden. Hendrik hatte die Erfahrung gemacht, dass es sich günstig auf den Verlauf delikater Verhandlungen auswirkte, wenn er die Körperhaltung seines Gegenübers spiegelte, und seine Tochter bildete diesbezüglich gewiss keine Ausnahme. »Aber dein Verhalten lässt mir ja keine Wahl. Und bevor wir dich ins Kloster stecken«, sagte er augenzwinkernd und um Verständnis werbend, »hör mich wenigstens an.« Er machte eine kurze Pause, dann fuhr er fort: »Die chinesische Kaiserin Cixi hat uns Kiautschou verpachtet.«
Missmutig sah Josephine ihn an. »Freiwillig?«
Hendrik zuckte mit den Schultern. »Da musst du Admiral von Tirpitz fragen. Allerdings bin ich überzeugt, dass die Aussicht, endlich einen Flottenstützpunkt für die kaiserliche Marine in Ostasien errichten zu können, unsere Unterhändler gewiss zu einigen diplomatischen Raffinessen hat greifen lassen. Ein wenig Druck, ein paar Versprechungen … Moralisch gesehen waren wir im Vorteil. Vor einem Jahr wurden zwei deutsche Missionare in China ermordet, und Wilhelm II. sah sich gezwungen, ein Kreuzergeschwader zu entsenden und die Bucht zu besetzen. Daraufhin begann man mit den Verhandlungen.«
»Ich finde, das klingt nach moderner Barbarei«, entgegnete Josephine bissig.
»Der Kaiser macht Weltpolitik, mein Kind«, gab ihr Vater gelassen zurück. »Weltpolitik ohne globale militärische Macht ist aber nicht möglich. Im Frieden verleihen die

Kanonenboote den deutschen Interessen in den Kolonialgebieten Nachdruck, und im Krieg schützen sie die deutschen Handelswege. Ohne militärischen Rückhalt können Kaufleute, ganz gleich welcher Nation, nur schwer Fuß fassen in der Fremde.«

»Und das lassen die Chinesen einfach so mit sich machen?«

»Großbritannien, Frankreich und Russland haben sich ihre chinesischen Stützpunkte bereits vor mehr als einem halben Jahrhundert geschaffen. Warum sollten wir in der Beziehung zurückstecken?«

Schlaff wie eine Gliederpuppe hing Josephine in dem Ledersessel und knibbelte gelangweilt an ihren Mantelknöpfen herum. »Und was hat das mit mir zu tun?«

»China hat sämtliche Hoheitsrechte innerhalb des Pachtgebiets und einer fünfzig Kilometer breiten Sicherheitszone aufgegeben. Und genau dort«, an dieser Stelle hob Hendrik seine Stimme, »werde ich eine Teeplantage errichten!«

Jetzt war Josephines Interesse geweckt. Die Spannung kehrte in ihren Körper zurück, sie beugte sich vor. »Meinst du nicht, dass du diesen Braten mit einigen Rivalen wirst teilen müssen?«

Hendrik winkte ab. »Nein, die Bremer sind viel zu phantasielos für so ein Unternehmen. Sie hoffen lediglich darauf, dass sie endlich ihren Kram in China absetzen können. Ha! Über die Jahrhunderte haben die Chinesen nichts von westlichen Waren wissen wollen, warum sollten sie sich jetzt für Stockschirme und Brieftaschen interessieren? Ein einziges Mal sind sie schwachgeworden und haben es zugelassen, dass die Briten Tee gegen Opium einkauften, und was hatten sie davon? Das ganze chinesi-

sche Reich versank im Opiumrausch, bis der Kaiser die Einfuhr verbot und zwanzigtausend Kisten Opium vernichten ließ.« Hendrik schüttelte den Kopf und blickte aus dem Fenster. »Daraufhin zettelten die Briten den ersten Opiumkrieg an. Die Chinesen hatten keine Chance.«
»Die Chinesen werden nicht gut auf Ausländer zu sprechen sein.«
»Das mag wohl sein. Aber das Land hat die Führung in der Teeversorgung des Weltmarktes seit 1880 kontinuierlich verloren. Früher stammten achtzig Prozent allen Tees, der auf diesem Erdball getrunken wurde, aus dem Süden Chinas, heute sind es nur noch achtunddreißig Prozent. Das heißt, die Chinesen sind unter Druck. Wir werden also zunächst im Pachtgebiet Tee anbauen, dann schieben wir uns ganz gemächlich ins Shandonger Hinterland, und ich lege meine Hand ins Feuer, dass die Chinesen uns keinen Stein in den Weg legen werden. Warum sollten sie? Sie hassen die Engländer und dieses Kraut Assam, das sie in Indien anbauen lassen und das wie getrockneter Affendung schmeckt. Sie werden uns unterstützen.«
»Uns.«
»Mich und dich, ja.«
Dieser Plan klang in Josephines Ohren seltsam naiv. Da Blauäugigkeit das Letzte war, was man ihrem Vater hätte vorwerfen können, musste es einen anderen Beweggrund für sein plötzliches koloniales Engagement geben, zumal in einem Land am anderen Ende der Welt, weiter weg als Afrika und voll unwägbarer Verhältnisse, Sitten und Geheimnisse. Und plötzlich begriff Josephine. »Du meinst, wenn die Reise nach China möglichst beschwerlich verläuft, steht zu hoffen, dass ich danach ein für alle Mal vom Weltreisen die Nase voll habe?«

»So ist es«, räumte ihr Vater fröhlich ein. »Zugleich halte ich es für lehrreich, wenn eine zukünftige Teehändlerin einmal an der Quelle ihrer Ware schnuppert. Ich denke, dass du dich vor Ort der Faszination des Teeanbaus und der chinesischen Kultur ebenso wenig wirst entziehen können wie ich selbst vor vielen, vielen Jahren …« Er verstummte, sein Gesicht nahm einen träumerischen Ausdruck an.

»China hat dir gefallen«, stellte Josephine fest.

»Das kann man sagen.« Hendrik gluckste. »War 'ne feine Sache, mit deinem Großvater die Welt unsicher zu machen, Java, Indien, Mexiko, China, bis …«, er zögerte unmerklich, und Josephine hielt den Atem an, »… bis das Geschäft meine ständige Anwesenheit verlangte«, führte Hendrik seinen Satz zu Ende.

Sie atmete wieder aus. Er hatte es nicht ausgesprochen, und sie wagte es ebenso wenig. Konnte es nicht.

Malfalda hatte recht, sie alle bewegten sich innerhalb eines Systems stillschweigend getroffener Regeln.

»Warum hast du deine Meinung geändert?«, hörte sie sich schließlich fragen.

»Weil Tsingtau nun einmal eine einmalige Gelegenheit bietet, die ich mir nicht entgehen lassen werde. Und du auch nicht, wenn du es mit dem Reisen ernst meinst.«

Josephine nickte bedächtig. Mit einem Mal schwebte ein Gedanke heran, der hoffnungsvolle Erwartungen hinter sich herzog. »Selbstverständlich komme ich mit, was denkst du denn?«, sagte sie weich und zärtlich, dann fügte sie im selben Ton hinzu, was sie eigentlich im Sinn hatte: »Und Eliana wird die Reise gewiss guttun. Aus fernen Gefilden betrachtet wird das Unglück hoffentlich verblassen …«

Die hervorspringenden Augen ihres Vaters schienen noch mehr aus ihren Höhlen zu drängen, der Überraschung in seinem Blick gesellte sich nach und nach väterliche Anerkennung zu, als würde Hendrik Kayser erst in diesem Moment gewahr, dass seine Tochter – an dieser Stelle grübelte er vergeblich über einer passenderen Analogie und dachte also – einen Mordskerl abgab. »Ein kluger Schachzug, das muss ich schon sagen. Aber wozu? Warum möchtest du, dass Eliana uns begleitet? Sie stellt ein gewisses Risiko dar …«

»Wir müssen uns um sie kümmern. Deine Worte, lieber Papa«, entgegnete Josephine ironisch. Dann veränderte sich ihr Gesichtsausdruck, ihr Herz hämmerte, und sie nahm allen Mut zusammen. »Im Gegensatz zu Eliana erinnere ich mich der gemeinsamen Kindheitsjahre sehr wohl. Daran, dass ihre Eltern an Grippe eingingen wie die Ärmsten der Armen in Bremen und sie das mit ansehen musste und von dem Tag an als lebende Tote vor sich hin starrte, nicht sprach, nicht aß und nicht schlief, wochen- und monatelang, bis die Ärzte sie, ein vierjähriges Kind, erst in ein Sanatorium steckten und dann einer Pflegefamilie in der niedersächsischen Diaspora überließen.« Sie sprach schnell, ohne Punkt und Komma, um, einmal unterwegs auf dem unbekannten Pfad, nicht an Fahrt zu verlieren.

»Die Ärzte rieten uns dringend, jede Konfrontation Elianas mit ihrer Heimat oder uns zu vermeiden, um ihren Zustand nicht zu verschlechtern«, erwiderte ihr Vater, die Miene ausdruckslos wie ein Pokerspieler. »Sie genas langsam, aber sie genas, nur ihre Erinnerungen kehrten nicht zurück. Um keinen Rückfall zu riskieren, empfahlen die Ärzte, uns … nun, zurückzuhalten.« Josephine einen

warnenden Blick zuwerfend, fügte er hinzu: »Willst du deiner Mutter und mir vorwerfen, dass wir dem Rat medizinischer Koryphäen Folge leisteten?«
»Du musst doch gespürt haben, dass das nicht richtig war. Hättest du sonst darauf bestanden, dass Ursel und Walter uns zweimal im Jahr besuchten?«
Hendrik runzelte die Stirn. Das tat er selten. Vorsicht ist geboten, dachte Josephine. »Eure Auseinandersetzungen in dieser Angelegenheit waren nicht zu überhören«, sagte sie leise. Am liebsten hätte ihre Mutter Eliana ganz ihrem Schicksal überlassen, davon war Josephine überzeugt; sie wusste nur nicht, warum. Fürchtete sie so sehr um Elianas Gesundheit, oder war Eliana ihr bloß lästig? Bedeutete die Tatsache, eine labile Nichte zu haben, einen Fleck auf ihrem makellosen Leben? Schämte sie sich Elianas? Oder war ihre Mutter einfach kalt wie ein Fisch? Oder gab es noch etwas, dass im Dunkel der damaligen Ereignisse verborgen lag? So viele Vermutungen und Fragen wanden sich um das Schicksalsjahr, doch Josephine behielt sie sämtlich für sich. Ein Wort zu viel, und ihr Vater besäße einen Vorwand, ihren Vorstoß wegen groben Unbetragens abzuschmettern. Nur noch einen Satz, eine Bitte. Sie holte tief Luft, dann sagte sie: »Warum können wir Eliana nicht einfach Vertrauen schenken und uns so benehmen, als wären wir eine ganz normale, mitfühlende Familie, die den umsorgt und auffängt, der Kummer hat?«
Einen Augenblick dachte Hendrik über die Worte seiner Tochter nach. »Entweder besitzt du mehr Courage, mein Kind, als ich glaubte, oder ich verdiene so wenig Respekt, dass meine eigene Tochter sich traut, die Entscheidungen, die deine Mutter und ich getroffen haben, in Frage zu stellen.«

»Weder noch. Ich möchte nur nicht eines Tages aufwachen und wissen, dass ich es verlernt habe, Fragen zu stellen.«
»Ein interessanter Gedanke, der mir sehr nach Malfalda klingt«, sagte er mit mildem Spott und zwinkerte Josephine zu.
Offenkundig hatte ihr Vater nicht lange gebraucht, um zu der Haltung zurückzufinden, die Freund wie Feind gelegentlich verunsicherte, einer Art distanzierter Heiterkeit, so, als würde er das Geschehen und seine Rolle darin vom ersten Rang eines Theaters betrachten. »Bist du dir darüber im Klaren, dass deine Mutter diese Idee nicht goutieren wird?«
Gewonnen. Josephine konnte es kaum fassen. Sie hatte tatsächlich gewonnen. Sie hatte ein Tabu gebrochen, und der Himmel war nicht eingestürzt, im Gegenteil, Empfindungen durchströmten sie, die sie nicht kannte, ein mit einem Hochgefühl vermischtes Erstaunen, wie ein Kind, das die ersten Schritte allein tut.
Josephine blinzelte zurück. »Aber froh, die Diskussion mit deiner rebellischen Tochter nunmehr zu einem befriedigenden Ausgang führen zu können, wirst du sie davon überzeugen!«

Der Brand hatte die kleine Villa teilweise zerstört und unbewohnbar gemacht; sie wieder instand zu setzen würde ein Vermögen kosten. Doch zu Elianas größter Erleichterung hatte John Vorsorge getroffen und eine Versicherung abgeschlossen, deren Police bei der Bank hinterlegt war und die nach Abschluss der Untersuchungen vonseiten der Brandpolizei sowie eines unabhängigen Sachverständigen ausgezahlt werden würde. Die Summe, die Eliana in Aussicht gestellt worden war, hatte ihr Tränen in die Augen getrieben. Mit einem Schlag wäre sie aller finanziellen Sorgen enthoben.

Kehrte John nicht zurück, und die Wahrscheinlichkeit wuchs von Tag zu Tag, und würde für tot erklärt, würde sie das renovierte Haus Marten und Mabel überlassen oder es, falls sie ablehnten, verkaufen. Für Marten war es nur ein Haufen Steine, aber sie, Eliana, wusste, dass die Mauern eine unheilvolle Kraft entfachen konnten, als hätte der andere John die Essenz des Bösen in ihnen versenkt. Wider besseres Wissen war sie geblieben, und dieser Leichtfertigkeit war ein Mensch zum Opfer gefallen.

Zwar hatte die Brandpolizei keine sterblichen Überreste von Annemarie gefunden, doch da sie sich zum Zeitpunkt, da das Feuer, vor allem aber der tödliche Rauch sich in den ersten Stock hinaufarbeiteten, nach Elianas Aussage aber eben dort aufhielt, war es völlig unmöglich, dass sie hatte entkommen können. Das Zimmer war schwarz von Rauch. Das hätte niemand überlebt. Dass darin eine gewisse Ungereimtheit lag – wenn Annemarie verbrannt wäre, hätte auch das Zimmer den Flammen zum Opfer fallen müssen, was nicht der Fall war; also musste Annemarie an Brandvergiftung gestorben sein, was bedeutete, dass sich ihre Leiche in dem Zimmer hätte befinden müssen, was aber auch nicht der Fall war –, fiel in der allgemeinen Aufgeregtheit jedoch nicht weiter auf.

Dass Eliana es dagegen gelungen war, sich zu retten und dabei nur leicht verletzt zu werden, wurde ehrfürchtig als Wunder gewertet, ein Zeichen Gottes, der dieses schwergeprüfte Lamm offensichtlich unter seinen besonderen Schutz gestellt hatte. So schallte es den Gläubigen am nächsten Sonntag von der Kanzel der Adendorfer Johanneskapelle entgegen. Niemand wagte es, sich an dieser Stelle der Predigt zu räuspern oder nur hörbar zu atmen. Anschließend wurde für Annemaries Seelenheil gebetet.

Eliana fühlte sich verwirrt, von einer zittrigen Unruhe erfasst und von Reue und Selbstbezichtigungen erfüllt.

Ein Wunder muss sich anders anfühlen, dachte sie zynisch.

Gott hatte ihr Leben gerettet, aber ob dies wirklich ein Segen oder ein Fluch war, musste sich erst noch herausstellen.

Einstweilen war sie in das Haus in der Senke zurückgekehrt.

Geschult darin, Elianas Befindlichkeit richtig einzuschätzen, beschlossen Ursel und Walter das Narkotikum des Alltags wirken zu lassen und das Geschehen so beiläufig zu behandeln, als wäre es nicht ein furchtbares Unglück, sondern nur eine gewissermaßen von außen aufgenötigte, lästige Veränderung der Umstände. Ansonsten war alles Schaf: Decken walken, Wolle spinnen, in Fett und Innereien wühlen, um sie in Därme zu füllen, Fleisch pökeln und eine Handvoll Lämmchen auf die Welt glitschen lassen, die den Frühling nicht abwarten konnten.

Nach einigen Wochen unter unaufdringlicher Fürsorge hatte Eliana sich gefangen. Die Versicherung hatte zu ihrer und zur Freude der Bank anstandslos gezahlt, so dass in Kürze mit den Aufräum- und zum Frühjahr mit den Instandsetzungsarbeiten begonnen werden konnte. Die wenigen unversehrten, rußfreien Gegenstände und persönlichen Sachen aus ihrem und Annemaries Besitz verstaute Eliana, ohne ihnen mehr als einen Blick zu schenken, in rasch und grob zusammengehauene Holzkisten, die sie auf Walters Fuhrwerk wuchteten und zur Senke

transportierten. Dort, im hinteren Teil des Schafstalls, wurden sie aufbewahrt für den Moment, da Eliana weiteren Gebrauch von ihnen machen wollte.
Nach und nach trauten sich die Mitglieder jenes Lüneburger Kreises, der John und Eliana einst verstoßen hatte, einzuräumen, dass sie sich nicht sehr christlich benommen hatten. Sie sprachen es natürlich nicht offen aus, gaben sich aber anteilnehmend. Der Bibelforscher und seine Frau sandten ein Briefchen, der Jäger Becker ließ anfragen, ob waidmännische oder sonst wie geartete Hilfe gebraucht werde, und die Witwe von Zündt schickte anregende Lektüre, eine Einladung zu ihrer nächsten Soiree und ein Schreiben, in dem sie Eliana freundlich ermahnte, sich nicht hängenzulassen, es gebe hinreichend Möglichkeiten in Lüneburg für eine junge, hübsche Witwe. »Lassen Sie mich nur machen …«, endete der Brief.
Eliana lachte unfroh auf.
Und dann öffnete sie den Brief aus Bremen, und was sie las, erschien ihr wie ein Wink Gottes, als wollte Er sein bockiges Lamm ermuntern, die Sache mit der Rettung vielleicht doch als Segen aufzufassen.

11

Wohin nur, wohin?
Trau dir, trau dich, was nützt die Traute, wenn der Ball sich auf schiefer Ebene befindet?
Bin ausgehöhlt. Wo sich anderer Menschen Temperament und Charakter befinden, bin ich gänzlich hohl und leer.
Wie habe ich nur erwarten, hoffen können, darein meinen Glauben senken, geliebt zu werden. Habe alles getan. Mich zusammengerissen und Geduld bewiesen. Es war nicht genug. Sie ist eine Fremde für mich, und ich allein trage die Schuld daran. War es vermessen zu hoffen … Ja, das war es wohl.
Ich bezweifle, dass Gott wusste, was er tat, als er mich schuf. Falls er mich schuf.
Wohin, nur wohin?
Male meine Worte in den Himmel, in der Hoffnung, dass sie sie liest und versteht.
Und nun zu mir: Geh.

Orangefarbene Kreise, darin dicht an dicht orangefarbene Punkte.
Darunter wie auch auf den nächsten Seiten mit Bleistift gekritzelte, abgebrochene Versuche, niederzuschreiben, wie ein Tag in ihrem Leben verlief. »Stehe auf um sieben, frühstücke um acht mit Adeline und Hendrik. Lese die Zeitung bis zehn.« Oder in wütenden, nach rechts geneigten Versalien: »SCHÖN, SCHÖN, DIESES INZERS-

DORF, ABER WAS SOLL ICH HIER?« Dann wieder: »Malfalda meint es gut, und ich liebe sie sehr, aber ich befürchte, sie verschwendet ihr Geld für eine Krankheit, die ohnehin nicht mehr aufzuhalten ist. Ich bin wunderlich geworden wie viele, wenn nicht die meisten Menschen in meinem Alter. Malfalda sollte Ruhe geben und mich in Ruhe den Verstand verlieren lassen.«

Und immer wieder orangefarbene Kreise mit orangefarbenen Punkten darin.

Malfalda ließ die Blätter, geschöpftes, elfenbeinfarbenes Papier, ein subtiler Hinweis auf das Prestige der Praxis, sinken. »Das hätten Sie sich sparen können. Meinem Schreiben an Dr. Freud können Sie entnehmen …«

»Gewiss«, fuhr Dr. Frank Eberle ihr sanft in die Parade, »aber es widerstrebt mir, mich auf Zeugnisse aus dritter Hand über den Zustand eines Menschen, der mir anvertraut ist, zu verlassen. Hippokrates wäre davon auch nicht begeistert«, schloss er mit leiser Ironie. Seine prachtvollen türkisfarbenen, in ihrer Wirkung von schweren, hängenden Lidern ein wenig beeinträchtigten Augen gaben nicht preis, was er dachte.

Dr. Frank Eberle war fünfunddreißig Jahre alt, einziger Spross einer nicht standesgemäßen, aber innigen Verbindung zwischen dem Wiener Kuchenkönig Franz Schönleitner und seiner türkisäugigen Hasi, einer Modistin aus der Gegend um den Augarten. Sie hatten es gut miteinander, die drei, der Franzl und die Hasi vergötterten einander, ihr Haus in der Prätoriusgasse avancierte zur ersten Adresse für mordslustige Festivitäten, und der kleine Frank, ihr Burschi, fügte sich türkisäugig und goldlockig ins Bild. Ob es an der unmittelbaren Nähe des Botanischen Gartens und seiner beachtlichen Heilpflanzensammlung lag oder an dem alten Mütterchen, das sommers wie winters im Augarten umherlief und sich flüsternd mit den Raben unterhielt, blieb ungewiss, jedenfalls schlug Burschi, kaum großjährig, den Firmenvorsitz des Kuchenimperiums aus, um sich der Medizin und der Seelenkunde zu widmen. Mit dem Geld seines rasch wieder mit ihm versöhnten Vaters richtete Burschi eine geräumige, hell und freundlich möblierte Praxis in der Nähe des berühmt-berüchtigten Sanatoriums in Inzersdorf ein und reüssierte in null Komma nichts. Aus der Praxis wurde eine Privatklinik mit sieben Betten. Wenn's wen wo im Gemüt zwackte und er es sich leisten konnte, konsultierte er Dr. Eberle. Seine türkisfarbenen Augen sahen ins Innere seiner Patienten, erblickten Kammern des Schreckens und Paradiese von anmutiger Demut, je nachdem, und seine angeborene Sensibilität, die ihm trotz des Studiums geblieben war, ließ ihn gelegentlich therapeutische Wege einschlagen, die abseits schulmedizinischer Normen lagen. Er ließ seine Patienten singen, schreiben und malen und verschaffte ihnen auf diese Weise eine Ahnung davon, was schöpferische, innere Freiheit bedeutete, eine Erfahrung, die nicht selten zu vollständiger Heilung führte. Von Elektroschocks hielt der schöne Doktor wenig, und Operationen am Gehirn führte er nur durch, wenn alles andere versagte.

Der Doktor war so schön und jung, dazu unverheiratet, dass es Malfalda schwerfiel, seiner fachlichen Kompetenz zu vertrauen, doch der weniger schöne, aber große Mann aus der Berggasse, der im Begriff stand, Weltruhm zu erlangen, hatte ihn nun einmal empfohlen, nachdem er selbst entschieden hatte, Victoria gehöre in die Hände eines Gehirnspezialisten, und er, Sigmund Freud, sei dies eben leider nicht. Malfalda hatte geargwöhnt, der große Mann befasse sich wohl lieber mit jungen, schönen kranken Frauen, und ließ sich anderntags einen Termin bei Dr. Eberle in Inzersdorf geben.

Nun, nach einer Woche, in der Victoria mehrfach untersucht und vermessen worden war, saß Malfalda dem Arzt gegenüber und beobachtete das Spiel seiner Hände.

Tintenfüller auf, Tintenfüller zu. Schraub, schraub. Linksherum, rechtsherum. Das Geräusch ging Malfalda auf die Nerven.

Schließlich hielt Dr. Frank Eberle inne und hob den Blick. Das Türkis machte einen unwirklichen Eindruck, wie nicht von dieser Welt. »Ich stimme mit meinem Kollegen überein, dass wir Hysterie nahezu ausschließen können.«

Malfalda schnaubte. »Das will ich meinen. Ich konnte mich nie des Eindrucks erwehren, dass Ärzte allzu schnell bei der Hand sind, Frauen als hysterisch zu diskreditieren, wenn es in Wahrheit darum geht, ihnen das eigenständige Denken zu verbieten.«

Ohne auf Malfaldas Bemerkung einzugehen, erklärte Dr. Eberle: »Wir konnten weder Gehstörungen noch Lähmungen feststellen, auch keine Hyperaktivität, den sogenannten Bewegungssturm, der häufig zum körperlichen Beschwerdebild gehört. Ihre Schwester ist etwas zu dünn, besitzt aber einen für ihr Alter gut entwickelten Muskeltonus. Auch die Sinnesorgane funktionieren ohne Einschränkungen. Was die psychische Seite anbelangt, so konnte ich mich in dieser Woche hinreichend davon überzeugen, dass sie kein für die Hysterie typisches Verhalten, dazu zählen beispielsweise Egozentrik, Geltungssucht sowie Kritiksucht, an den Tag legt. Wobei diese Kriterien ohnehin mit größter Vorsicht zu betrachten sind.«

Malfaldas Geduld war strapaziert. »Ich weiß«, sagte sie akzentuiert, jede Silbe ein kurzer Hieb in Richtung des schönen, gelassenen Gegenübers.

Dr. Eberle bedachte Malfalda mit einem gleichmütigen Blick, in dem jedoch für den Bruchteil einer Sekunde das Mitgefühl, das er seinen Patienten entgegenbrachte, mit dem Ekel, den ihre zumeist ungeduldigen, rechthaberischen Angehörigen ihm bereiteten, rang. »Ich stimme auch mit meinem Kollegen überein«, fuhr er fort, »dass es sich hier um einen Fall von Demenz, einer pathologischen Veränderung des Gehirns handeln könnte, wohlgemerkt, könnte. Dafür sprechen die zunehmenden Gedächtnisausfälle ihrer Schwester, ihre Antriebslosigkeit auf der einen Seite, aggressive Schübe wie depressive Stimmungen auf der anderen und eine gewisse Regression in kindliches Verhalten. ›Im Blick auf die Vernunft sind Greise zum zweiten Mal Kinder‹, um Platon zu zitieren.«

»Lässt sich denn dagegen etwas tun?«, fragte Malfalda, der unbehaglich zumute war. Es war ein Kreuz mit dem Alter, und fürchtete sie zwar weder Tod noch Teufel, so doch dies: senil, verblödet und hinfällig auf fremder Leute Hilfe angewiesen zu sein. Um ihre aufkommende Nervosität zu dämpfen, faltete sie ihre Hände und hielt sie fest umklammert.

»Die Mehrheit der Kollegen empfiehlt eine Behandlung, bestehend aus Spaziergängen, kräftiger Nahrung und physischen Reizmitteln wie Senf, Meerrettich, Pfeffer, Schnupftabak, ab und zu einer Portion Opium und ein klein wenig Elektrizität«, erwiderte Dr. Eberle mit einem Anflug milden Spotts.

»Du lieber Gott!«, entfuhr es Malfalda. »Das werde ich nicht zulassen! Meine Schwester an der Opiumpfeife – ich glaube es ja wohl nicht!«
»Beruhigen Sie sich bitte, Frau Franzini-Magyary. Ich halte es lediglich für meine Pflicht, Sie über die therapeutischen Möglichkeiten aufzuklären, bevor ich Ihnen meine Einschätzung der Lage darlege.«
»Und die wäre?«
Dr. Eberle räusperte sich, als wollte er Zeit gewinnen. »Es kann möglicherweise auch sein, dass der Patient sich an Teile seines Lebens deshalb nicht mehr erinnert, weil er sich nicht erinnern will …«
»Wollen Sie damit sagen, meine Schwester tut nur so, als ob?«, brauste Malfalda auf.
»Keineswegs. Diese Vorgänge kann der Patient nicht absichtlich steuern oder gar herbeiführen. Wann und wie es passiert, wissen wir nicht, aber es hat den Anschein, als würden bestimmte Ereignisse in einen Abstellraum des Gehirns gesperrt und der Schlüssel fortgeworfen, wenn Sie mir diese plakative Metapher gestatten. Allerdings stehen wir, was diesen Zweig der Psychologie betrifft, erst ganz am Anfang. Im Fall ihrer Schwester liegt die Frage nahe: Hat eine Wegsperrung bestimmter Ereignisse in einen unzugänglichen Teil des Gehirns ihre Bewusstseinstrübung ausgelöst, und könnte diese Entwicklung aufgehalten werden, wenn der Schlüssel gefunden und der Raum geöffnet wird?«
»Ich verstehe«, erwiderte Malfalda. Im Stillen leistete sie dem Doktor Abbitte; der Mann schien alles andere als eine schöne, aber intellektuell besehen etwas trübe Tasse zu sein.
»Ich kann Ihnen nicht viel Hoffnung machen, dass der

Zustand Ihrer Schwester sich bessert, wenn wir ein wenig in der Vergangenheit graben, aber einen Versuch wäre es wert.« Er machte eine Pause. »Gibt es irgendein Ereignis in Victorias Leben, das sie so belasten könnte, dass sie sich nicht daran erinnern will?«

»Nun ja, der Tod ihrer Tochter und ihres Schwiegersohns hat sie gewiss sehr mitgenommen.«

»Mögen Sie mir davon erzählen?«

»Torge kam von Ameland, ein Holländer, wie er im Buche stand, wild, fröhlich und maßlos, genau wie Judith. Beide hatten ihren Meister gefunden. Judiths Vater hielt nichts davon, das Blut der Familie mit dem holländischen zu mischen, da war er sehr eigen und sehr stur, aber weil Judith drohte, davonzulaufen, nahm Gunter Torge schließlich in Gnaden auf. Judith und Torge heirateten und bekamen ein kleines Mädchen, die wilden Wogen schienen sich zu glätten. Und dann gehen diese beiden starken jungen Menschen eines Tages an Grippe zugrunde ... Es war eine furchtbare Tragödie.«

»Wie hat Victorias Ehemann darauf reagiert?«

»Gunter war zu der Zeit mit seinem Schwiegersohn Hendrik Kayser ...«

Dr. Eberle zog fragend die Augenbrauen hoch.

»Das ist der Ehemann der jüngeren Tochter Adeline, der mehr nach Gunters Geschmack war, weil er ein Kaufmann erster Güte ist«, fügte Malfalda erklärend hinzu und fuhr fort: »Sie waren also auf Reisen, Ceylon, Persien, China, die beiden einte ein ruheloses Wesen. Victoria und Adeline wussten selten genau, wo in der Welt ihre Männer sich gerade herumtrieben, und so blieb nur, ihnen aufs Geratewohl einen Brief hinterherzuschicken. Aber es war Sommer, und es herrschten dreißig Grad. Die Beerdigung hat stattfinden müssen. Im engsten Kreis. Nur Adeline und Victoria. Ich hielt mich in Domony auf, und als meinem Mädchen einfiel, mir die Post hinterherzuschicken, war alles vorbei.« Resigniert hob Malfalda die Hände und ließ sie wie ein Fuhrknecht auf die Oberschenkel knallen, dass die violette Seide ihres gebauschten Reformkleides zitterte. »Und der Brief an Gunter und Hendrik muss zwischen Ceylon und dem Hintern der Welt verlorengegangen sein, denn als sie endlich zurückkehrten, wussten sie von nichts. Sie fielen ins Haus ein, fröhlich und braungebrannt und schwenkten ihre Mitbringsel, Seidenblusen für die Kinder, Apfelsinenöl und Likör für Judith, eine Vase für Adeline und anderes Zeug. Es war so … bizarr.«

»Waren Sie zu dem Zeitpunkt bei Ihrer Schwester?«

»Ja, was denken Sie denn? Auch wenn ich es zur Beerdigung nicht rechtzeitig schaffte, konnte ich sie in der Trauer und der Ungewissheit, wo ihr Mann sich aufhielt, doch nicht alleinlassen.«

»Und was geschah danach?«

»Adeline verbat Hendrik, jemals wieder auf Reisen zu gehen. Gunter wand sich in Gram und Schuldgefühlen und starb im selben Jahr. Ich glaube, er hat den Tod seiner Lieblingstochter nicht verwinden können. Adeline verhärtete zusehends, und meine Schwester wurde still. Ihr Wesen hatte sich verändert.«

»Inwiefern?«

»Victoria wirkte ängstlich und schreckhaft, ausgerechnet sie, die früher eine Schar wild gewordener Puter in Schach halten konnte und schneller als jeder Dorfbursche die Bäume hoch war.« Malfalda überlegte. »Ihr Lachen klang bemüht, angestrengt, das Leben schien ihr zur Last geworden zu sein.«

»Es dauert mitunter mehr als ein Jahr, bis die Trauer einigermaßen überwunden ist«, gab Dr. Eberle zu bedenken. »Die Reaktion Ihrer Schwester scheint mir nicht ungewöhnlich zu sein.«

»Wissen Sie, Victorias Trauer war und ist so abgrundtief, dass Judith und Torge bis heute, sechzehn Jahre nach der Tragödie, keinen Grabstein erhalten haben. Victoria konnte sich einfach nicht entscheiden, behauptete sie. Es sollte der schönste und größte Stein weit und breit sein, ein monumentaler Stein, der den Verstorbenen gerecht würde. Als ob ein Stein einem Menschen gerecht zu werden vermag! Die Wochen und Monate verstrichen, und das Thema wurde nicht mehr aufgegriffen. Zwischenzeitlich hatte Adeline, um das Gerede der Leute zu unterbinden, einen Stein mit Inschrift anfertigen lassen, ganz schlichter anatolischer Aksehir-Marmor, die Namen und Daten in Bronze. Als Victoria den Stein am Grab erblickte, erlitt sie einen Tobsuchtsanfall. Adeline musste den Stein wieder entfernen lassen. Und dabei ist es bis heute geblieben.«

»Nun, wir werden sehen, ob eine behutsame Heranführung an das Thema das Mittel der Wahl ist«, bemerkte Dr. Eberle, schraubte den Tintenfüller auf und notierte etwas in einem kleinen schwarzen Buch. Es war ihm nicht anzumerken, ob er Malfaldas Darstellung der Ereignisse Glauben schenkte.

»Meine Großnichte zeigt übrigens fast die gleichen Symptome.«

Überrascht ließ der Arzt seinen Tintenfüller sinken. »Wie meinen Sie das?«

»Sie war gerade vier, als es passierte, und fiel danach in völlige Agonie. Das arme Kind war mehr tot als lebendig«, erwiderte Malfalda und beschrieb, was sie über Elianas Krankheit, Genesung und den ferneren Verlauf ihres Lebens wusste. »Bis heute traut sich niemand, ihr die Wahrheit zu sagen, und jetzt nach diesem Brandunglück schon gar nicht. Wir haben alle miteinander Angst, dass sie wieder so … ja, abstirbt, ich kann es nicht anders ausdrücken, verzeihen Sie mir.«

»Ich kann natürlich nicht sagen, ob das eine mit dem anderen zusammenhängt, aber Sie haben recht. Es ist bemerkenswert«, sagte Dr. Eberle und sah Malfalda nachdenklich an. »Ich würde Eliana gern kennenlernen. Allerdings wäre es in diesem Fall wohl kontraproduktiv, wenn sie von vornherein wüsste, dass ich Arzt bin. Was meinen Sie, könnten Sie sie unter einem Vorwand nach Wien locken?« In seinen überirdischen Augen tanzte plötzlich der Schalk. »Frauen sind doch in der Hinsicht ausgesprochen einfallsreich, nicht wahr?«

»In der Tat«, gab Malfalda würdevoll zurück, dann seufzte sie. »Leider haben Hendrik und seine Tochter es sich in den Kopf gesetzt, Eliana die Welt zu zeigen. Sie reisen in einem Monat nach China, nach Shanghai. Mit einem Postdampfer«, fügte sie anerkennend hinzu, als würde die Wahl des Schiffs guten Geschmack beweisen.

»Sehr bedauerlich«, meinte Dr. Eberle und reichte Malfalda die Hand. »Ich möchte Ihre Schwester gern noch zwei, drei Tage bei uns haben, danach können wir zu wöchentlichen Sitzungen übergehen.«

Malfalda nickte und verabschiedete sich.

Nachdem sie gegangen war, überließ sich Dr. Frank Eberle seinen Gedanken und seinem Tintenfüller.

Mitte März, Postdampfer, Shanghai, notierte er, starrte auf die Buchstaben und schüttelte den Kopf.

Das konnte man wohl kaum einen Zufall nennen.
Michael würde sich freuen, das zu hören.

Es war bitterkalt, als der Postdampfer Roland auslief. Viel zu kalt, wie Josephine fand, als sie trotz ihres pelzgefütterten Wintermantels zitternd an der Reling stand. Der scharfe Wind trieb ihr die Tränen aus den Augen. Eliana schien es nicht besser zu gehen, auch ihr strömten die Tränen über die geröteten Wangen. Mit einer Hand hielt sie den Kragen ihres Persianers zu – ein Geschenk von Ursel, zum Abschied.
»Und das nur, weil Vater unbedingt zur ersten Teeernte in Hangzhou sein will«, rief Josephine gegen den Lärm der Schiffssirenen an.
»Der alte Kayser weiß eben, was gut ist«, dröhnte es plötzlich hinter ihnen.
Eliana und Josephine fuhren herum und lächelten Hendrik an, der breit grinsend, jeder Zoll ein zufriedener Seelöwe, hinter ihnen aufgetaucht war. »Die erste Ernte fällt immer mit Qingming zusammen«, fuhr er fort, aber Josephine winkte lachend ab und wandte sich wieder nach dem Kai und den vielen Menschen um, die zusahen, wie der mächtige Dampfer ablegte.
Angetan von der Aussicht, nach vielen Jahren endlich wieder den Geschmack der Freiheit zu kosten, ließ Hendrik keine Gelegenheit verstreichen, ihr und Eliana von Qingming, dem Totenfest, zu berichten, das hundertsechs Tage nach der Wintersonnenwende begangen wurde. Dinge, die den Toten gefallen hätten, wurden an den Gräbern geopfert, Weihrauchstäbchen entzündet und sogenanntes Totengeld verbrannt, danach durfte die Trauer der Freude auf den Frühling weichen – alle Welt unter-

nahm Ausflüge ins Grüne und ließ Drachen steigen. Hendrik liebte es, seine Kenntnisse farbenfroh und weitschweifig auszuführen, aber in diesem Fall war Josephine unsicher, ob er sich in der Hoffnung wiederholte, die Sinnfälligkeit dieses chinesischen Brauchs hinsichtlich Elianas Vergangenheit möge sanft eine Saite ihrer verschütteten Erinnerung anschlagen, oder ob er eine Rechtfertigung für die zeitige Abreise suchte.

Ihre Mutter hatte wie eine gereizte Kobra reagiert, als sie erfuhr, welche Pläne Mann und Tochter schmiedeten. Das nächtliche Streitgespräch, das Josephine von der Galerie aus verfolgt hatte, war nicht von Pappe gewesen. Wütende, erbitterte Worte flogen hin und her, dann hatte ihre Mutter plötzlich angefangen zu weinen, verzweifelt und untröstlich, ganz gleich, was ihr Vater Besänftigendes, Aufmunterndes – »Bist doch mein Engel, mein großes, starkes Mädchen, ohne dich gäbe es den Kayser-Tee doch gar nicht!« – murmelte. Die Verzweiflung ihrer Mutter ergriff Josephine, dennoch schien das Ausmaß in keinem Verhältnis zum Anlass zu stehen. Offenkundig gab es Tiefen im Wesen ihrer Mutter, die sie nicht kannte und vielleicht auch nicht das Recht hatte zu kennen. Peinlich berührt hatte Josephine sich zurück in ihr Zimmer geschlichen.

Anderntags war Adeline mit Hendrik ins Kontor marschiert, um sich einen Überblick zu verschaffen. Sie verlor kein Wort über die Reise und übersah geflissentlich sämtliche Vorbereitungen.

Ihr Abschiedskuss am heutigen Morgen roch nach erstickten Tränen.

Josephine scheuchte den Gedanken fort und hakte Eliana und ihren Vater unter. Noch sah das Ufer so norddeutsch

aus wie nur irgendwas. Geduckte Häuschen, Reetdächer, windgepeitschte Menschen, dahinjagende Wolken. Spätestens übermorgen aber würde sich ihnen ein anderes Bild bieten.
Die Route verlief südlich um Spanien herum, führte durchs Mittelmeer und den hundertdreiundsechzig Kilometer langen Suezkanal, seit dessen Eröffnung vor dreißig Jahren es nicht mehr notwendig war, den ganzen afrikanischen Kontinent zu umrunden, um auf dem Seeweg von Europa nach Asien zu gelangen.
»Das Abenteuer beginnt!«, rief Josephine.
»Wir werden sehen«, meinte Eliana zurückhaltend. Aber ihre Augen funkelten.

In den ersten Tagen hielt sich das Abenteuer zwischen gepflegter Langeweile, üppigen Mahlzeiten und höflichem Geplauder verborgen.
Josephine und Eliana vertrieben sich die Vormittagsstunden mit Canasta und Boule, liefen nach dem Mittagessen in strammem Schritt Deck auf, Deck ab, um kein Fett anzusetzen, lasen oder träumten in den Himmel. Während Josephine den Nachmittag über fotografierte und akribisch jede Kleinigkeit in ihrem Reisetagebuch festhielt, verbrachte Eliana die Zeit gern allein in ihrer Kabine, die, anmutig möbliert, die Wände mit goldgelbem, schimmerndem Leder bespannt, dazu angetan war, ihr Gemüt allen bedrängenden Erinnerungen zum Trotz heiter zu stimmen. Wenn sie rücklings mit hinter dem Kopf verschränkten Händen auf dem breiten, mit gelber Seide bezogenem Bett lag und nachdachte, schaukelten die Wellen sie in einen leichten Schlummer und wieder hinaus, wo das Gelb sie umfing und wärmte wie eine freundliche Sonne.

Zu Beginn der Reise gaben Josephine und ihr Vater Eliana zu verstehen, dass sie jederzeit ein offenes Ohr bei ihnen finde, sollte ihr danach zumute sein, ihr Herz auszuschütten, brachten aber im weiteren Verlauf die traurigen Ereignisse um John und Annemarie und den Brand mit keinem Wort zur Sprache, was Eliana dankbar und erleichtert registrierte.
In all dem leidvollen, zerstörerischen Chaos, in das ihr Leben sich in den letzten drei Jahren verwandelt hatte, musste es einen inneren Zusammenhang geben, gleichsam einen Schlüssel, mit dem sich ihr das Geschehen mit einem Mal erschließen würde, und den würde sie nicht zwischen gutgemeinten Ratschlägen und besänftigendem Geplauder finden. Wie sie diesem Schlüssel auf die Spur kommen sollte, war ihr im Moment zwar noch völlig schleierhaft, aber als Gott sie auf diese Reise schickte, geschah das gewiss nicht ohne Hintersinn.
Abgesehen davon war sie das viele Gerede nicht gewöhnt und langsam leid.
Die Abende nämlich verbrachten Hendrik, Josephine und sie in dahinplätscherndem, von leisem Piano untermaltem Salongeplauder mit anderen Passagieren, Kaufleuten aus Bremen und Hamburg, Regierungsbeamten und Ingenieuren auf dem Weg in die neue deutsche Kolonie, die Schutzgebiet genannt wurde, weil diese Bezeichnung, obgleich sperriger, nicht einen so deutlichen imperialistischen Beigeschmack besaß. Es galt, die Worte sorgsam abzuwägen, auch weil Hendrik ihr und Josephine eingeschärft hatte, unter keinen Umständen seine Pläne für Shandong preiszugeben, man könne schließlich nie wissen, mit wem man es zu tun habe, es gebe Trittbrettfahrer und Wirtschaftsspione, raffiniert getarnt

als brave, behäbige Händler oder abenteuerlustige Weltreisende.
Die Zeit verstrich, die Tage glichen Süßwasserperlen, eine wie die andere, ähnlich, aber nicht gleich, die Roland ließ das Mittelmeer hinter sich, zog an Wüsten und Dämmen vorüber, die den Suezkanal säumten, und an den weiten, blanken Wasserflächen der Bitterseen, und gelangte schließlich ins Rote Meer. In Singapur machte der Dampfer fest. Postsäcke wurden an Land geschafft und in Jute verpackte Waren der in der Kronkolonie ansässigen Bremer Kaufleute unter Deck gebracht, etliche Passagiere gingen von Bord, und zwei stiegen zu, ein schwarzgelockter, sehr hellhäutiger schlanker Mann von etwa dreißig Jahren mit aufgekrempelten Hemdsärmeln und lässig über die Schulter geworfener Jacke. Auf der Gangway blieb er stehen, schob seinen Hut in den Nacken und ließ seinen Blick über die an der Reling stehenden Reisenden gleiten, die das Kommen und Gehen vom obersten Deck aus beobachteten. Ihm auf den Fuß folgte ein in ein dunkelrotes wollenes Cape gehüllter glatzköpfiger Asiate. Seine bis zu den Schultern nackten braunen Arme zeigten prächtig ausgebildete Muskeln, und sein Gang erinnerte an einen Panther auf der Jagd, schleichend, schwerelos.
»Mr. Blake Michaels!« Als der Schwarzgelockte das Oberdeck erreichte, streckte Kapitän York Hansen ihm die Hand hin. »Aus New York, nicht wahr? Herzlich willkommen an Bord!« Er wandte sich an den Asiaten. »Und Ihr Name …«
»Kwai Chang Bao«, sagte der Asiate und deutete eine Verneigung an. Ein kaum wahrnehmbares Lächeln umspielte seine Mundwinkel, als er in die Runde der Passa-

giere blickte und der Neugier gewahr wurde, die ihm entgegenschlug. »Ich freue mich, Herr Kapitän, bis Shanghai Ihr Gast zu dürfen sein«, fuhr er in fast fehlerfreiem Deutsch fort. »Ich hoffe zu lernen viel Sprache.«

»Ich bin beeindruckt«, entgegnete der Kapitän und sah auffordernd in die Runde. Die Umstehenden nickten und murmelten Zustimmung. »Wir halten zwar nicht in Shanghai«, fuhr er fort, »aber das ist auch fast der einzige Fehler ... meine Hochachtung!« Er verneigte sich und legte die Handflächen vor der Brust aneinander. »Obschon ich die Ostasien-Route nicht zum ersten Mal befahre, muss ich zugeben, dass ich außer Nihau nur jämmerlich wenige Kenntnisse der chinesischen Sprache vorweisen kann. Namaste fällt mir noch ein, aber das ist indisch oder tibetisch, soweit ich weiß.«

»Guten Tag und: Ich ehre in dir den göttlichen Geist«, übersetzte Blake Michaels die Worte lächelnd. »Was braucht man mehr?«

Hendrik Kayser, der sich mit Josephine und Eliana etwas abseits befand, trat näher. »Habe ich das richtig verstanden, wir halten nicht in Shanghai? Jeder Postdampfer aus Bremen macht in Shanghai fest!«

»Keine Sorge, auch die Roland hält in Shanghai, selbstverständlich, allerdings erst auf dem Rückweg. Ich habe Order erhalten, ohne Stopp nach Kiautschou zu fahren, wir haben dringende Post für Tsingtau, Regierungsunterlagen. Ich hoffe, dass Ihnen daraus keine Unannehmlichkeiten entstehen.«

»Dann ist es zu spät«, entgegnete Hendrik Kayser gereizt und wandte sich ab. Er war es nicht gewöhnt, dass man seine Pläne durchkreuzte, und seine Miene verriet, dass er nicht daran dachte, klein beizugeben, Regierungsunterlagen hin oder her, er war der Kayser. Und es wäre ja wohl gelacht, wenn er kein Gefolge um sich versammeln könnte! Bestimmt war er nicht der einzige Geschäftsmann, den dringende Termine in Shanghai erwarteten. Noch zehn Tage. Zeit genug, eine Meuterei zu organisieren.

Kwai Chang Bao fing an zu kichern und wackelte mit dem Kopf wie eine Gliederpuppe, deren Kopf angenäht werden musste. Er schien sich nicht im Geringsten über die unvermutete Änderung der Route aufzuregen, im Gegenteil. Beim Abendessen, das er und Blake Michaels am Nebentisch der Kaysers sitzend einnahmen, behielt er ein feines, kaum wahrnehmbares Lächeln bei, gelegentlich rollte sogar sein Kichern hinüber zu Hendrik und fiel ihm auf die Nerven.

Unmittelbar nachdem Kwai Chang Bao seine Mahlzeit beendet hatte, stand er auf, verneigte sich mit vor der Brust zusammengelegten Händen und pantherte aus dem Speisesaal, gefolgt von verstohlenen, argwöhnischen oder neugierigen Blicken.

Josephine und Eliana verständigten sich mit einem sanften Druck ihrer Knie, ihm so bald wie möglich zu folgen. Eine Viertelstunde später, die Crème brûlée war vertilgt, klagten beide unisono über unerklärliche, vermutlich klimatisch bedingte Abgeschlagenheit und entschuldigten sich. Hendrik, immer noch darauf herumkauend, wie er es anstellen sollte, den Kapitän zu einem Stopp in Shanghai zu bewegen, ließ sie geistesabwesend gewähren. Allmählich leerte sich der Speisesaal, bis auf Blake Michaels, der in seinem Kaffee rührte und Hendriks lebhaftes Mienenspiel verfolgte.

»Ihr Freund ist ein Gemütsmensch, nicht wahr«, bemerkte Hendrik beiläufig.

Blake Michaels nickte lächelnd. »O ja, er ist uns allen weit voraus.«
Skeptisch sah Hendrik ihn an. Er fand das Gekicher des Asiaten kindisch.
»Er ist Buddhist«, fuhr Blake fort. »Und Buddhisten versuchen, sich nicht von negativen Gefühlen fortreißen zu lassen. ›Auch wenn Räuber und Mörder einem mit einer Säge Glied für Glied abschnitten, wer darüber zornig würde, handelt nicht nach meiner Lehre …‹, so heißt es. ›Nicht soll unser Denken sich verändern, noch wollen wir ein böses Wort von uns geben, sondern gütig und mitleidig bleiben, voll freundlicher Gesinnung und ohne Hass.‹« Er warf Hendrik einen amüsierten Blick zu. »Das klingt doch angenehm und friedlich, nicht wahr?«
»Friedlich? Vielleicht. Vor allem jedoch weltfremd, will mir scheinen, genauso weltfremd wie die Aufforderung, einem Angreifer auch noch die andere Wange hinzuhalten, statt sich zur Wehr zu setzen. Verzeihen Sie mir meine Unverblümtheit, aber ich kann mit diesem weibischen Getue nichts anfangen.« Hendrik hielt inne und setzte hinzu: »Mein Name ist übrigens Hendrik Kayser.«
Er stand auf, ging zum Nebentisch und streckte dem Amerikaner seine rechte Hand hin.
»Freut mich«, sagte Blake Michaels. Sein Händedruck war fest, sein Blick interessiert. »Und im Übrigen mag ich Menschen, die nicht drum herumreden. Gehen wir ein paar Schritte?«
»Gern.«
Die beiden Männer, mit schwerem Schritt der eine, der andere leichtfüßig wie ein Tänzer, ließen den Saal, die an-

grenzende Bar und den großzügigen Salon, aus dem gedämpftes Geplauder drang, links liegen und schlenderten hinaus Richtung Achterdeck.
»Nun, dieses weibische Getue, wie Sie es nennen, hat mit Schwäche nichts zu tun«, nahm Blake den Faden wieder auf. » Es scheint bekömmlicher fürs Gemüt zu sein, die Dinge voller Mitgefühl und Gelassenheit zu betrachten, wie wir an Kwai Chang Bao unschwer erkennen können. Allerdings braucht es wohl einige Zeit der Unterweisung in die Lehre Buddhas, ehe es einem gelingt, die Wut und die Aufregung zu bändigen.«
»Hm«, machte Hendrik. »Ich habe vor zwei Jahrzehnten mehr als einmal den asiatischen Raum bereist und mir wahrhaftig Mühe gegeben, aber Kultur und Mentalität dieser Leute« – Hendrik breitete die Arme aus, als wollte er die Welt umarmen – »versteht kein Mensch aus dem Westen, und wir sollten auch nicht so tun, als ob. Die Adaption solcher Sitten und Gebräuche halte ich persönlich für die hinterhältigste Form der Diskriminierung.« Er ließ die Arme sinken und blieb stehen. »Adaptiere das, was ihnen eigen ist, so dass ihnen zur Abgrenzung gegen die Eroberer gerade einmal die Hautfarbe bleibt.«
Blake ging langsam weiter. Er blinzelte in die Ferne. Zwischen dem aufgewühlten dunkelsilbrigen Meer und dem sternklaren Nachthimmel war der tanzende Horizont nur mehr zu erahnen. »Ich weiß, was Sie meinen. Jedoch könnte man dagegenhalten, es sei eine versöhnliche Geste des Siegers, sich mit der Kultur der Besiegten zu beschäftigen und ihnen dadurch Respekt zu zollen.«
Hendrik winkte ab. »Ich glaube nicht an den Willen zum

Respekt. Zu behaupten, man respektiere den Besiegten, ist nichts als pure Herablassung. Es wäre ehrlicher, das zuzugeben. Dann würden sich die Besiegten nicht in der Illusion wiegen, eine Partnerschaft mit den Besetzern ihres Landes wäre möglich, und sie würden folglich mehr Widerstand leisten, statt zu versuchen sich den Sitten der Sieger anzupassen in der irrigen Annahme, sich auf diese Weise als gleichberechtigte Partner zu empfehlen. Chinesen im Cut, Afrikaner in der Krachledernen, indische Frauen im Taftkleid und deutsche im Lotossitz sind genauso wie Maulesel im Pferdegeschirr – lächerlich.«

»Wer will das bestimmen? Wer definiert, wem der Lotossitz gehört? Sie gehen recht hart mit allen ins Gericht, die sich bemühen, über den eigenen Tellerrand zu blicken, und ich frage mich, warum Sie nicht konsequenterweise daheimbleiben.«

Hendrik verzog das Gesicht zu einem schiefen Lächeln. »Der Geist und der Diskurs sind eine Sache, das Tun eine andere. Mein Leben ist der Handel.«

»Unser Geist bestimmt die Handlungen«, wandte Blake leichthin ein.

»Aber nicht den Handel«, gab Hendrik zurück. »Bei Ihnen ist es doch nicht anders. Die Amerikaner, die ich kennengelernt habe, sind im höchsten Maße daran interessiert, aller Welt die amerikanischen Errungenschaften nahezubringen.« Hendrik lächelte versöhnlich, um seinen Worten die Schärfe zu nehmen. »Wenngleich nur wenige sich bemühen, eine andere Sprache so perfekt zu erlernen wie Sie.«

»Ja, das stimmt«, erwiderte Blake vage, die unausgesprochene Frage überhörend.

»Und nach China führen Sie ... Geschäfte?« Hendrik ließ nicht locker.
»O nein, die Reise ist ganz und gar privater Natur. Ich will meinen Bruder besuchen.«
»Sie machen also gewissermaßen Urlaub.«
»Wenn Sie so wollen, ja.«
»In einer Gegend, die nicht erschlossen ist und wo bislang kaum ein Europäer, geschweige denn ein Amerikaner anzutreffen ist, lebt also Ihr Bruder.«
»Finden Sie das so ungewöhnlich?«, gab Blake erstaunt und ein wenig belustigt zurück. Es war offenkundig, dass er es genoss, Katz und Maus mit seinem neugierigen Gesprächspartner zu spielen.
»Nein, durchaus nicht«, winkte Hendrik ab und fügte in aufreizendem Ton hinzu: »Ein Buddhist, ein perfekt deutschsprechender Amerikaner und sein in China lebender Bruder – das würde ich lediglich als interessantes Zusammentreffen bezeichnen.« Aber Blake ließ sich nicht aus der Reserve locken, Hendrik erntete nur ein sibyllinisches »Nicht wahr!« und brach daraufhin in nachsichtiges Gelächter aus.
Dieser Amerikaner hatte es faustdick hinter den Ohren und führte irgendetwas im Schilde. Er, Hendrik, wäre gut beraten, ihm gegenüber auf der Hut zu sein. Aber Teufel auch, er mochte diesen jungen Mann. »Sie lassen sich wohl nicht so gern in die Karten schauen, was!«
Blake fiel in sein Lachen ein. »Das kommt auf das Spiel an.«

Unterdessen hatte Kwai Chang Bao sich auf dem Vorderdeck niedergelassen, dort, wo der Wind toste und die wenigen Spaziergänger zurück in die Behaglichkeit von

Salon und Bar trieb. Die Beine überkreuz und ineinander verhakt, starrte er regungslos nach vorn auf das Schattenspiel aus bewegter See, vorüberhuschenden Wolken, fahlem Mondlicht und aufspritzender Gischt. Die Temperatur war gefallen. Irgendwo schlug eine Glasenuhr, zwei Doppelschläge, zehn Uhr.

Josephine und Eliana lehnten an der Reling, backbord und gerade noch in Sichtweite von Kwai Chang Bao, flüsterten ab und an miteinander und warteten gebannt, ohne zu wissen, worauf.

Nach einer Stunde wich ihre hitzige Erwartung allmählich Ernüchterung. Der Chinese saß wie in Bronze gegossen da und rührte sich nicht. Der Wind zauste an seinem Umhang wie ein Kind, das die Aufmerksamkeit der Mutter wecken möchte.

Die Kühle der Nacht kroch Eliana unter die Haut, und sie fröstelte. »Wollen wir hineingehen?«

Josephine schüttelte heftig den Kopf. »Auf keinen Fall. Asiaten beherrschen sagenhafte Kunststücke, und wenn der hier eins vollführt, will ich es sehen.«

»Er wird es nicht in unserem Beisein tun«, wandte Eliana ein. »Warum sollte er?«

»Jeder Mann braucht Publikum. Kwai Chang Bao macht da bestimmt keine Ausnahme.«

Eliana unterdrückte ein Kichern. »Na schön. Ich hole aber meinen Mantel, mir wird allmählich kalt. Soll ich dir auch etwas zum Überziehen mitbringen?«

»Ja, das wäre nett.«

Rasch lief sie nach achtern und von dort die Treppe hinunter zum obersten Kabinendeck, den Gang entlang bis zu Nr. 19, schloss auf und griff nach ihrem Wintermantel und einem Wollcape für ihre Cousine. Als

sie auf dem Rückweg das Achterdeck betrat, erblickte sie den Chinesen. Wie zuvor auf dem Vorderdeck saß er nun hier, mit gekreuzten, ineinander verhakten Beinen, auf den nachtfeuchten Planken und starrte auf die See.
Der Arme, dachte Eliana mitfühlend. Offenkundig war er der neugierigen Zuschauerinnen überdrüssig geworden und hatte die Flucht ergriffen. Zu verdenken war es ihm nicht, er musste sich ja vorkommen wie ein Zootier.
Suchend sah sie sich um, aber Josephine war ihm nicht gefolgt.
Mit einem leisen Lächeln auf den Lippen lief Eliana weiter. Das war es dann wohl für heute mit dem Abenteuer. Sie würde ihre Cousine zu einer Partie Schach überreden und dann ins Bett gehen. Aber als Eliana auf dem Vorderdeck ankam, traute sie ihren Augen nicht. Der Chinese hatte sich nicht von der Stelle gerührt.
Eliana starrte ihn an, ihr Herz begann zu hämmern.
Schließlich erbarmte sich der Mann, erhob sich mit einer schnellen Drehung aus dem Lotossitz, als würde er sich von innen her in die Senkrechte schrauben, und verschwand in der Dunkelheit.
»Vielleicht haben wir morgen mehr Glück«, rief Josephine ihr leise lachend zu.
»Saß er die ganze Zeit … so da?«
»Steif wie ein Brett.«
Eliana räusperte sich. »Ja, das ist doch recht unspektakulär«, brachte sie mühsam heraus.
»Was ist mit dir?« Josephine kam mit besorgter Miene näher.
»Gar nichts, ich bin nur ein wenig müde.« Eliana riss sich zusammen. So musste es sein. Sie war erschöpft, der be-

ständige Wind, das feuchte Klima. Da spielten die Sinne gern ein wenig verrückt.
In dem Moment bogen Hendrik und Blake Michaels um die Ecke.
»Habt ihr den armen Mönch in seiner Konzentration gestört?«, rief Hendrik Josephine und Eliana zu. »Er ist wie ein geölter Blitz an uns vorbeigeschossen.«
»Wenn er sich stören lässt, muss er wohl noch etwas üben«, gab Josephine trocken zurück, was ihr Vater mit einem anerkennenden Grinsen quittierte. »Nicht schlecht pariert für eine junge Dame, die vor kurzem von akuter Müdigkeit geplagt war.«
»Vielleicht hat er sich zurückgezogen, um uns weiteres Rätselraten zu ersparen«, meinte Eliana seufzend und zwang sich zu einem flüchtigen Lächeln, das jedoch sofort wieder erlosch, als sie das Trugbild erneut vor ihrem inneren Auge aufsteigen sah.
»Ein interessanter Gedanke«, erwiderte Blake Michaels lächelnd. »Demnach wäre sein Rückzug ein Akt des Mitgefühls. Kwai Chang Bao wäre hocherfreut, dies aus dem Mund einer Europäerin, noch dazu einer so bezaubernden, zu hören.«
»Mädchen, dies ist Blake Michaels«, tönte Hendrik mit stolzgeschwellter Brust, als hätte er seinen Begleiter soeben aus Evas Rippe geformt. »Meine Tochter Josephine und meine Nichte Eliana.«
»Ist er denn wirklich ein richtiger Mönch?«, fragte Josephine.
»Ich weiß es nicht«, erwiderte Blake Michaels. »Um die Wahrheit zu sagen, ich weiß so gut wie nichts über ihn, abgesehen davon, dass er aus der Gegend um Kiautschou stammt.«

»Aber er begleitet Sie doch auf dieser Reise«, wandte Hendrik ein.
»Das eine schließt das andere doch nicht aus«, versetzte Blake. Seine schiefergrauen Augen ruhten nachdenklich auf Eliana. »Allerdings kann ich aus eigener Anschauung berichten, dass viele dieser eigentümlich gekleideten Männer sowohl Mönche als auch Meisterkämpfer sind, die über höchst ungewöhnliche Fähigkeiten verfügen.«
»Deshalb waren und sind die Katholiken so scharf darauf, ganz Asien zu missionieren«, bemerkte Hendrik süffisant. »Diese Mönche sind anscheinend Wölfe und Lämmer zugleich, und das passt dem Klerus nicht. Sie brauchen Lämmer, um ihre Interessen dauerhaft zu verteidigen.«
»Das ist Politik«, sagte Blake Michaels verächtlich. »Wenn es nach der reinen Lehre ginge, wäre Missionarstum überhaupt nicht nötig, denn der Unterschied zwischen Christentum und Buddhismus ist marginal. Jesus wandelt auf dem Wasser, Buddha ebenso. Jesus verwandelt Wasser in Wein, und Buddhas Jünger überwinden die Schwerkraft. Während sie meditieren, schweben sie zehn Zentimeter über dem Boden. Oder sie tauchen an zwei Orten gleichzeitig auf.«
»Mädchen, hört nicht auf ihn!«, rief Hendrik belustigt aus. »Dieser Mann findet zweifellos Vergnügen daran, uns zu verwirren. Meiner Erfahrung nach sind die Chinesen …«
Während Hendrik zu einer seiner weitschweifigen, so poetischen wie derben Schilderungen ansetzte, dachte Eliana über die Bemerkung des Amerikaners nach. Sie erschien ihr ein wenig unvermittelt und dermaßen auf das,

was sie vorhin erlebt hatte, gemünzt, dass es kein Zufall sein konnte. Hatte er gesehen, was sie gesehen hatte? Silben und Laute und leises Gelächter zogen an ihr vorüber, aber Eliana hörte nicht hin. Blake Michaels' schiefergrauer Blick hielt sie gefangen.

12

Durch den Morgendunst schälte sich die Silhouette von Shanghai, verschwommen und in weiter Ferne, mehr zu erahnen als zu erkennen.

Während der vergangenen Woche hatte tropische Hitze geherrscht, die die Nordeuropäer müde und maulfaul machte; abends fiel die Temperatur auf angenehme sechzehn, siebzehn Grad, die Passagiere erwachten aus ihrer Lethargie und holten nach, was sie tagsüber versäumt hatten. Auf allen Decks wurde bis tief in die Nacht flaniert und geflirtet, der Whisky ging allmählich zur Neige.

Auch wenn Hendrik vorgab, Blake Michaels nicht über den Weg zu trauen, war seine Sympathie für ihn offensichtlich. Jeden Abend forderte er den Amerikaner und seinen chinesischen Begleiter auf, sich zu ihm und »seinen Mädchen« zu setzen, was Kwai Chang Bao stets höflich ablehnte. Josephine argwöhnte, dass ihr Vater vielleicht die geheime Hoffnung hegte, seine Tochter an den Mann zu bringen, stellte jedoch rasch fest, dass Blake nichts dergleichen im Sinn hatte. Jedenfalls nicht mit ihr, Josephine … Ruhte sein Blick hingegen auf Eliana, veränderte sich der gleichmütige Ausdruck seiner Augen, wurde wacher, lebendiger. Es schien ihr jedoch ratsam, diese Beobachtung für sich zu behalten. Falls Eliana für einen Flirt schon bereit sein sollte, würde sie Blakes Interesse ohnehin spüren, falls nicht, wäre es taktlos, sie darauf hinzuweisen, und womöglich würde sie mit einer unbedachten

Bemerkung die harmonische Stimmung zerstören, die ihre abendlichen Plauderrunden so angenehm machte.
Selbst Eliana, jeglicher Konversation vor kurzem noch überdrüssig, fand Gefallen an Blake Michaels. Er war ganz gewiss ein attraktiver Bursche, wenn auch auffallend blass, aber anders als ihre Cousine deutete sie den Ausdruck seiner schiefergrauen Augen als unaufdringliche Aufmerksamkeit, die nicht ihr allein galt, sondern ebenso Hendrik, Josephine, Kwai Chang Bao, den Kellnern. Sie genoss Blakes Gesellschaft, sie mochte die Art, wie er lebhaft plauderte, seine schlanken, sehnigen Hände bewegte, ein Whisky-Glas schwenkte und seine Beine übereinanderschlug. Alles wirkte so leicht und behende, ganz anders als die Erdenschwere und beängstigende Unberechenbarkeit, unter der sie gelitten und der sie sich gleichwohl angepasst hatte, so sehr, dass die Existenz des Leichten, Behenden ihr nun wie eine Offenbarung erschien.
Blake erwies sich als glänzender Unterhalter. Er sparte nicht mit Ironie und kleinen, gutmütigen Seitenhieben auf deutsche Kaufleute, deren gradlinige Art zu verhandeln in Asien sowohl belustigte wie befremdete, und zeigte sich andererseits stets bereit, eine andere als die eigene Meinung zu akzeptieren. Freimütig bekannte er, als Michael Schwarzkopf beurkundet zu sein, eine ziemlich öde Kindheit und Jugend als Kind eines recht begüterten bayrischen Ehepaares erlebt zu haben, und wie sehr er es nun genoss, frei von familiären Verpflichtungen den Nabel der Welt, seine neue Heimat seit einigen Jahren, New York, ausgiebig zu erforschen. Einzig sein Entschluss, sich Blake zu nennen, sei übereilt gewesen, der amerikanische Vorname sei viel zu kurz und irgendwie schwächlich, aber sei's drum.

Bei aller zur Schau getragenen Offenheit gab er jedoch weder seinen Beruf preis, noch führte er den Grund seiner Reise genauer aus, und als Hendrik ihn eines Abends augenzwinkernd darauf hinwies, lachte Blake und meinte, er verprasse das Geld seiner verstorbenen Eltern und besuche nun seinen Bruder, daran sei nun wirklich nichts Geheimnisvolles. Was Hendrik denn so vorhabe in Kiautschou …?

Hendrik machte ein Gesicht, als hätte er auf eine Zitrone gebissen, und Eliana, Josephine und Blake lachten, bis Hendrik endlich einfiel. Bis auf Kwai Chang Bao, der stoisch seinen Rhythmus aus Mahlzeiten, schweigsamen Spaziergängen allein und mit Blake Michaels, stundenlanger Versenkung und zeitiger Bettruhe beibehielt, waren es für die meisten Passagiere lange, ausgelassene Nächte.

Als die Silhouette von Shanghai sich ein paar Tage später zu früher Stunde aus dem Morgendunst schälte, befand man sich also noch auf traumverlorener Reise zwischen den Welten, bis ein ohrenbetäubender Knall den Schlummer abrupt beendete. Die Roland erzitterte kurz, dann erstarb das Stampfen der Maschine, und das Schiff begann, sachte auf den Wellen dahinzuschaukeln. Sofort setzte seemännische Geschäftigkeit ein. Rufe und Befehle hallten über die Decks, auf der Brücke versammelte der Kapitän die Offiziere um sich. Nach einer Weile ließen Matrosen ein Rettungsboot zu Wasser, darin zwei in monströse Metallanzüge gesteckte Taucher.

Mittlerweile hatte sich ein Großteil der Passagiere mehr sensationsgierig als ängstlich aus ihren Kabinen gewagt und beobachtete, wie die Taucher sich ins Wasser plumpsen ließen.

»Die Schraube steht, und im Maschinenraum tut sich kein

Mucks mehr«, rief ein Mann aufgebracht in die Runde. »Und der Kapitän hält es nicht einmal für nötig, uns zu informieren, ob der Schaden behoben werden kann.«
»Das ist wirklich unerhört«, pflichtete ihm eine alte Frau bei, deren faltiges Gesicht mit schlupflidrigen Knopfaugen einer hundertjährigen Schildkröte ähnelte.
»Womöglich haben die ein unterirdisches Riff übersehen, und jetzt ist der halbe Rumpf des Schiffs aufgerissen, und wir werden in die Hölle sinken«, bemerkte ein finster dreinblickender Mann, den Eliana von den Salonabenden in unangenehmer Erinnerung hatte. Er bekannte sich zu den »Jüngern des Weltenendes«, das der Menschheit zur Jahrtausendwende blühe, und sah bei jeder Gelegenheit die Reiter der Apokalypse.
»Ach, halten Sie doch den Mund«, entfuhr es Josephine halblaut. Beifälliges Gemurmel erhob sich kurz und verebbte wieder.
Die Anspannung wuchs.
Auch ein zweiter und dritter Tauchgang brachte kein Ergebnis. Die Schraube stand still und starr, im Maschinenraum herrschte Grabesstille. Schließlich sah sich der Kapitän am späten Vormittag genötigt, ein erklärendes Wort an seine Passagiere zu richten. Seine Stimme, die mittels Lautsprecher in alle Gänge, alle Säle und Decks übertragen wurde, klang fremd.
»Nach menschlichem Ermessen droht derzeit keine Gefahr für Leib und Leben, eine genaue Untersuchung und etwaige Reparatur des Schiffs werden jedoch eine Weile in Anspruch nehmen. Die Hafenbehörde in Shanghai untersteht den Briten, die sich nicht so entgegenkommend zeigen, wie es in dieser Situation wünschenswert wäre. Das bedeutet, wir dürfen noch nicht in Shanghai anlegen. Im-

merhin haben sich die Briten bereit erklärt, die Passagiere der Roland nach Shanghai zu bringen. Ich betone ausdrücklich, dass Sie keiner unmittelbaren Gefahr ausgesetzt sind. Es steht Ihnen frei, an Bord zu bleiben oder die Zeit in Shanghai zu verbringen, bis der Schaden behoben ist.« Es knackte und pfiff metallisch, dann war die Ansage beendet.

»Wenn ich's nicht besser wüsste, würde ich sagen, der Mönch hat seine Finger im Spiel. Oder besser gesagt, seinen Geist«, meinte Hendrik trocken, als er und Blake eine Stunde später in die behäbige Godiva kletterten. Zwar war es Hendrik gelungen, zwei Handvoll Rebellen hinter sich zu versammeln, und gemeinsam war man bei York Hansen vorstellig geworden, um ihn zu bewegen, sie in Shanghai an Land gehen zu lassen, aber der Kapitän war hart geblieben. Und nun dies! Hendrik war bester Laune. Suchend blickte er sich nach Josephine und Eliana um, bis er sie am Bug der Godiva stehend entdeckte, neben Kwai Chang Bao, der regungslos, mit vor der Brust verschränkten Armen und mit diesem unbestimmten Lächeln auf den Lippen seinem Ziel entgegensah.

Shanghai empfing die Roland-Flüchtlinge mit apriltypischen vierzehn Grad Celsius und kräftigen Schauern. Das subtropische, feuchte Klima kam erst ab Mai so richtig in Schwung, dann schien die Luft in den engen Gassen des sogenannten Chinesenviertels und den breiten Boulevards der Kolonialisten zu stehen, die Menschen bewegten sich, als würden sie durch zähflüssigen Sirup waten. Doch jetzt blies ein rauher Wind von See über die Stadt und das weite, flache Sumpfland mit den unzähligen Kanälen, die Shanghai mit dem Umland und der Yangtse-Mündung verbanden, wo der Große Gelbe Fluss seine sechstausend

Kilometer lange Reise von Westen im Ostchinesischen Meer beendet.
Die Godiva legte an der Stelle an, die vor einem halben Jahrhundert von britischen Kanonenbooten so lange zerschossen wurde, bis die Chinesen aufgaben und in der Folge den Briten, Amerikanern und Franzosen das Recht einräumten, Konzessionen in Shanghai zu gründen, die nichts anderes waren als Staaten im Staat mit eigener Verwaltung, eigenen Gesetzen und eigener Polizei. Heute blinkten mondäne Bürohäuser am Schauplatz des ersten Opiumkriegs und setzten Schiffsreisende aus aller Welt den ersten Fuß auf Shanghaier Boden.
Leise schwankend und ein wenig breitbeinig nach der langen Seereise gingen Eliana und Josephine die Kaimauer entlang. Um sie herum summte und brummte es, barfüßige Kulis mit spitzen Strohhüten zogen zweirädrige Kutschen hinter sich her, halbnackte, spindeldürre Lastenträger schleppten Kisten und Säcke herum, chinesische Silben flogen hin und her, und es klang ein bisschen wie das Miauen hungriger Katzen.
Hendrik pfiff zwei Rikschas herbei, bugsierte seine Tochter in die erste und bat Blake, Eliana zu begleiten. »Ich weiß nicht, welche Pläne Sie haben, alter Junge, aber ich wäre Ihnen sehr verbunden, wenn Sie sich uns anschließen würden. Und Kwai Chang Bao selbstredend auch. Wo ist er überhaupt?«
Blake zuckte mit den Schultern. »Das weiß Buddha allein. Mir hat er nur zu verstehen gegeben, dass er zu gegebener Zeit von sich hören lässt.«
Unweit der Uferstraße in der Consular Row lag das im Stil der Neorenaissance erbaute Astor, die erste Adresse für Reisende mit Geschmack und Geld. Der britische

Empfangschef hieß sie in feinstem Oxford-Deutsch willkommen, zwei olivhäutige Pagen brachten ihr Gepäck in die erste Etage. In den geräumigen Zimmern verbreiteten frische Lotosblüten einen betörenden Duft. Eliana senkte die Nase in den Strauß, eine Blüte streifte ihre Wange, und es kam ihr vor, als hätte sie nie zuvor etwas so Weiches gefühlt. Ihr Vater wäre begeistert.

Josephine stürmte zur Balkontür und riss sie auf. Kühle, feuchte Luft strömte hinein, schrilles Gelächter, wissendes Gelächter, Gejohle, die Fetzen einer schmachtenden Melodie, der Geruch von verbranntem Fett, verschüttetem Bier und verdorbenem Fleisch. Rasch schloss sie die Tür wieder.

»Wer sagt's denn! Ich wusste doch, dass du deinen Hintern eines Tages von der heimischen Scholle loseisen würdest!«

Breitbeinig, die Hände in die Taschen seiner derben Arbeitshose gesteckt, sah der Mann mit dem breitkrempigen Lederhut und einem gewinnenden Grinsen im wettergegerbten Gesicht seinem Freund entgegen, der mit Tochter und Nichte an der Seite durch die Halle des Astor schritt. Die Kräftige musste Hendriks Tochter sein. Trotz der seltsamen Frisur war ihre Erscheinung von jener kultivierten Attraktivität, die ein Leben in Europa mit sich brachte, wenn man über das nötige Geld verfügte. Die mit den taubenblauen Augen war demnach Hendriks Nichte. Eine hübsche Person, aber irgendwie indifferent; sie könnte ebenso gut eine Dichterin, eine verwöhnte Nichtstuerin oder die Frau eines Landarztes sein.

In seinem Brief, mit dem Hendrik ihr Erscheinen für Qingming angekündigt hatte, hatte er kein Wort über die Gründe verloren, weshalb Eliana sie auf die Reise begleitete, aber Torben schätzte, Hendrik hatte nicht vor, die Wochen seiner neugewonnenen Freiheit ausschließlich mit seiner Tochter zu verbringen, und hatte ihr deshalb Gesellschaft gesucht. Damit hakte Torben das Thema ab. Junge Frauen gab es in Shanghai zuhauf, und ihm gefiel der asiatische Typ weitaus besser als der blutleere nordeuropäische.

Sein Blick wanderte zu Hendrik Kayser.

Er steckte in einem verdammt feinen Zwirn, der sich über einem Wohlstandsbauch wölbte, aber seiner Miene nach zu urteilen schien der Löwe in ihm immer noch wach und nach Beute zu lechzen.

Torbens Grinsen vertiefte sich.

Seitdem Hendrik seiner Frau zuliebe das Reisen aufgegeben hatte, sorgte er, Torben, dafür, dass die Kostbarkeit aus Hangzhou nach Bremen gelangte; Hendrik hatte die Anonymität der Teebörsen von Amsterdam und London von jeher moniert, weil er glaubte, auf diese Art würde dem Betrug Vorschub geleistet, und nachdem sich eine als Earl-Grey-Tee getarnte Lieferung als getrockneter und mit Bergamotte-Öl parfümierter Kuhdung entpuppt hatte, sah er seine Befürchtungen bestätigt. Von dem Tag an traute er keinem Zwischenhändler mehr über den Weg, außer seinem alten Weggefährten Torben. Fortan bereiste der die asiatische Welt, kaufte Tee von Indien bis Russland für Hendrik ein und brach unterwegs das eine oder andere Herz. Nicht für Geld und gute Worte hätte Torben mit jemandem tauschen wollen.

Einzig die steinharte Verdickung, die seit Monaten unterhalb seines Bauchnabels heranwuchs, vermochte seine Zufriedenheit zu erschüttern; er hoffte inständig, seinem alten Freund gutes Theater vorspielen zu können.

»Reiß dich zusammen, alter Junge, wir sind nicht allein!«, gab Hendrik augenzwinkernd zurück und begrüßte ihn mit einem kräftigen Händedruck. Dann stellte er ihn seiner Tochter und seiner Nichte vor, die ihn anstarrten, als wäre er der Jäger des verlorenen Schatzes.

»Wenn man in diesem Land etwas werden will, darf man nicht den feinen Pinkel geben«, sagte Torben belustigt, nahm aber immerhin seinen Hut ab. »Das gilt im Übrigen auch für die Restaurants. Darf ich bitten?« Er ging ihnen voran zur Straße, wo eine ungewöhnlich schmale Kutsche mit einem drahtigen, hochbeinigen Pony davor auf sie wartete.

Munter trabte das Tier die Consular Row in südlicher Richtung entlang, bis sie eine verwitterte, mächtige Mauer passierten und mit einem Schlag sämtliche Monumente, Chiffren und Zeichen der Westmächte hinter sich ließen, um in eine Welt einzutauchen, die seit Jahrhunderten hier ihren angestammten Platz hatte. Die Größe des Ponys und der Kutsche erwiesen sich in den engwinkligen Gassen als Segen. Leise vor sich hin pfeifend, lenkte Torben das Gefährt vorbei an Läden mit Seide, Tee, Elfenbein, Porzellan und Jade, an Fleischergeschäften, wo mit gezieltem Hieb Waschbären geschlachtet wurden, an mit kunstvoll gemalten Phönixen und Drachen geschmückten Verschlägen, in denen prächtig gekleidete Männer vor niedrigen Tischen hockten und mit wissender Miene Münzen vor ihrem besorgt dreinblickenden Gegenüber aufreihten und an flachen Scheiben, halb so groß wie eine Grammophonplatte, herumdrehten.

Vor einem dunkelblaugestrichenen Haus, das in einer Reihe mit anderen dieser Bauart stand, so dicht gedrängt, als würden sie sich gegenseitig stützen, zügelte Torben

Behnke das Pony. »Es wird ein wenig laut sein für europäische Ohren und sehr voll, aber der Besitzer hat mir versprochen, uns einen Platz frei zu halten.«
Eine Welle aus Stimmen, Gelächter und klapperndem Geschirr schlug ihnen entgegen, Rauchschwaden hingen in der Luft. Ohne nach links und rechts zu schauen, bahnte Torben ihnen einen Weg durch die Menge und steuerte den letzten freien Tisch in der hintersten Ecke an.
»Die Japaner besetzen alle guten Restaurants«, brummte Torben, nachdem er Platz genommen und sich umgesehen hatte. »Nachdem China vor drei Jahren den Krieg verloren hat, strömen sie in die Stadt und versuchen auf Teufel komm raus ein Imperium für Baumwollproduktion aus dem Boden zu stampfen.«
»Ich habe in Bremen läuten hören, dass bereits einige Fabriken errichtet wurden, von zwanzig war die Rede und von hundertmal so vielen Arbeitern.«
»Willst du einsteigen? Ich kenne da ein paar Leute …«
»In Baumwolle? Nein, danke. Die Bremer Baumwollbörsianer sind, mit Verlaub, liebe Tochter und liebe Eliana, eine furztrockene Gesellschaft.«
Ein Chinese mit mondrundem Gesicht, das von einem strahlenden Lächeln erhellt wurde, begrüßte Torben, eine zirpende Unterhaltung entspann sich zwischen den beiden, und keine zehn Minuten später schoben flinke Hände eine Unmenge Schüsselchen und Schalen auf den blankgescheuerten Holztisch.
»Von den Kantonesen geht das Gerücht, sie äßen alles, was mit dem Rücken zur Sonne geht«, bemerkte Torben lakonisch, »aber auch hier muss man sich wundern, wie reich Gottes Tisch gedeckt ist. Dies sind Salamander-Krabben-Bällchen.« Mit einem Essstäbchen wies er auf eine der

Schalen und sah abwechselnd Eliana und Josephine an. »Sehen aus wie rotgefärbte Baumwolle kurz vor der Ernte, schmecken aber wirklich köstlich. Hier, geschmortes Schweinefleisch, süßsaurer Kohl, mit Fisch und Hühnchen gefüllte und gedämpfte Teigtaschen, schwere rote Soße aus Sojasprossen, Öl und Reiswein, und hier Gemüse mit angeröstetem Pfeffersalz. Sie werden nie wieder etwas anderes essen wollen.« Jetzt wandte er sich Hendrik zu. »Nicht wahr?«

Hendrik grunzte, füllte das Essen in zwei Schalen und reichte sie an Tochter und Nichte weiter, ehe er sich selbst bediente. Dann griff er zu den Essstäbchen und demonstrierte, wie sie zwischen Daumen, Zeige- und Mittelfinger geklemmt werden. »Das obere Stäbchen muss beweglich sein. So.« Er klapperte mit den Stäbchen. »Und nicht verkanten.«

Was mit dem Rücken zur Sonne geht. Ihrem Gesichtsausdruck nach zu schließen hatte Josephine offensichtlich Mühe, diesen Satz aus ihrem Kopf zu verbannen. Sie schien das Bild toter Ratten und enthäuteter Hunde vor Augen zu haben. Während sie misstrauisch in dem Essen herumstocherte, langte Eliana voller Appetit zu, schnupperte verstohlen an den Speisen und verdrehte genießerisch die Augen.

»Im Herbst gibt's die Große-Schleuse-Krebse aus dem Yangcheng-See, und das ist eine Delikatesse, ich sag's euch«, meinte Torben mit halbvollem Mund. »Ein Jammer, dass ihr dann schon fort seid. Die Viecher werden angeleuchtet, was sie unbegreiflicherweise anlockt, sie klettern die Strohschleusen hinauf und – pardauz – fallen in den Korb.«

»Du bist mir ein rechter Chinese geworden«, lästerte

Hendrik gutmütig, aber mit einem Unterton, den man durchaus als Neid deuten konnte.
»Weil mir das Essen besser schmeckt als Kükenragout und Aal? Dann – von mir aus! Die chinesische Küche vereinigt die Gegensätze, das gefällt mir so gut, die Gerichte sind leicht und schwer, süß und würzig. In einigen Restaurants im Britenviertel versuchen sie, das chinesische Essen zu verwestlichen.« Torben schüttelte sich. »Schmeckt wie gekochter Corgi.«
»Schade, dass es bei uns so etwas nicht gibt«, warf Eliana gedankenverloren ein. »Warum eröffnest du kein chinesisches Restaurant, Onkel Hendrik? Tee und Speisen aus Shanghai! Das müsste doch brummen.«
Hendriks buschige Brauen schossen in die Höhe. »Na, du verfällst vielleicht auf Ideen! Weißt du, in London läuft meines Wissens seit einiger Zeit so ein Etablissement mit einigem Erfolg, aber das englische Essen ist ja auch eine einzige Zumutung. Der Deutsche hingegen wird sich genauso wenig an Reis mit Sojasoße delektieren wie der Chinese an Sauerkraut.« Kauend blickte Hendrik sich um. »Es hat sich nichts verändert«, bemerkte er zufrieden. »Mandarin neben Kulis. In diesem Land ist das gute Essen immer noch eine demokratische Angelegenheit.«
»Das lass mal die Kaiserin nicht hören«, entgegnete Torben ironisch. »Das böse Wort mit D, Cixis Schreckgespenst. Sie hält mit aller Kraft an der Macht fest, die Hofschranzen und ihr verblödeter Neffe fressen ihr aus der Hand, aber die Zeichen mehren sich«, er senkte die Stimme, »dass sich etwas zusammenbraut.«
Hendrik winkte ab. »In diesem Land hat sich schon so oft etwas zusammengebraut und erwies sich am Ende als

Sturm im Wasserglas. Denk nur an die Taiping-Rebellion, die die Shanghaier in Scharen Zuflucht hinter den Mauern der verhassten Ausländer suchen ließ, bis die kurzen Prozess mit den Aufständischen gemacht hat.«

»Dieses Mal ist es anders. Die Stimmung im Volk hat sich verändert, ist überreizt …« Torben brach ab und wandte sich Eliana und Josephine zu, die ihn gespannt und ein wenig ängstlich ansahen. »Keine Sorge, meine Damen. Shanghai wird immer ein Hort des Friedens und des Vergnügens bleiben, meinst du nicht auch, Hendrik?« Er spielte auf ihre Vergangenheit an. Als Hendrik nichts erwiderte, fügte er hinzu: »Wie wäre es mit einem Abstecher ins Franzosenviertel? Es mag fast zwanzig Jahre her sein, aber es hat nichts von seinem Charme verloren, im Gegenteil. Vorgestern hat ein Revuetheater eröffnet, und es hält sich seit einiger Zeit sogar eine recht anständige Kabarett-Truppe. Kein Vergleich mit damals.«

Verdrießlich sah Hendrik seinen Freund an.

Zu dritt, Torben, Hendrik und sein Schwiegervater Gunter, hatten sie 1882 die Sau rausgelassen. Waren nachts durch die Bars und Hinterhoftheater in der französischen Konzession gezogen und regelmäßig versackt. Flöhe und ein juckendes Etwas im Genitalbereich, zwei Souvenirs, die Hendrik auf der Rückfahrt nach Bremen partout nicht loswurde, trugen neben all dem anderen Elend, das sich während ihrer Abwesenheit in der Heimat ereignet hatte, ihren Teil dazu bei, dass Adeline ihn auf die Bibel schwören ließ, sie niemals mehr allein zu lassen. »Wir brechen sehr früh auf«, wechselte er rasch das Thema. »Auch du, alter Junge.«

Torben machte ein betretenes Gesicht. »Die Pferde und

die Ausrüstung stehen bereit. Aber ... ich werde euch nicht begleiten.«

»Das fällt dir ja früh ein.« Mehr verblüfft als verärgert betrachtete Hendrik seinen Freund. »Erfahren wir auch den Grund für deinen Meinungsumschwung? Immerhin lässt du, der perfekt Chinesisch spricht und in der Gegend jeden Baum kennt, uns im Stich.« Er schüttelte den Kopf. »Das hätte ich nicht von dir erwartet.«

Torben lächelte nachsichtig. »Du bist es nur nicht gewöhnt, dass man deine Befehle verweigert. Aber sei unbesorgt, ich habe zwei Träger angeheuert, die den Weg im Schlaf kennen und für deren Zuverlässigkeit ich meine Hand ins Feuer lege. Ihr werdet keine Probleme haben.«

»Und den Grund für deine Entscheidung behältst du für dich.«

Torben dachte an das Ding in seinem Körper, das dort nicht hingehörte. Er dachte an die Worte des britischen Chirurgen, der das Ding übermorgen herausschneiden würde, und sagte sich, dass sein alter Freund unter keinen Umständen die Wahrheit erfahren durfte. Mochte Hendrik in geschäftlichen Angelegenheiten ein harter Hund sein, bedeuteten ihm Loyalität und Hilfsbereitschaft mehr als den meisten Männern, die Torben kannte. Hendrik würde seine Pläne sofort über den Haufen werfen. Und das durfte nicht geschehen. Nicht nach so vielen Jahren, nicht nachdem er sich nach dem ganzen Schlamassel in Bremen endlich wieder vor die Tür getraut hatte.

»Eine unaufschiebbare Angelegenheit«, erwiderte er deshalb lässig. »Aber nichts für die zarten Ohren deiner Begleiterinnen.«

Unaufschiebbare Angelegenheit – Torbens Umschreibung für eine Abtreibung. Er hatte viele Bettgefährtinnen, zumeist Schauspielerinnen, Tänzerinnen, Bardamen, die an Nachwuchs so wenig Interesse zeigten wie er, und taugte er auch nicht zum treuen Ehemann, so fühlte er sich doch verpflichtet, seinen Freundinnen in dieser Stunde irgendwo in einem der winzigen Shikumen Shanghais die Hand zu halten. In Hendriks Blick, mit dem er ihn nun bedachte, lagen Enttäuschung und leise Geringschätzung, und Torben gratulierte sich im Stillen. Er hatte die richtigen Worte gefunden, Hendrik würde nicht mehr auf das Thema eingehen.

Kurze Zeit später drängte Hendrik zum Aufbruch. »Ich lasse gegebenenfalls von mir hören, wenn wir zurück sind«, sagte er mit ausdrucksloser Miene und pfiff nach einer Rikscha.

Wünsch mir Glück, mein Freund, dachte Torben und hob die Hand, als die Rikscha im Gewimmel der Menschen verschwand.

Es mochte eine Stunde vor Mitternacht sein, doch in der geräumigen Hotelhalle herrschte geschäftige Stimmung. Pagen mit Tabletts voller Cognacgläser und Kaffeetassen liefen umher, in wuchtigen Ledersesseln thronten wurstfingrige Männer, hinter der aufgeschlagenen *Shanghai Post* verschanzt. Vor einem gewaltig großen Kamin im Tudor-Stil saß Blake, ein Whisky-Glas in der Hand, die schiefergrauen Augen nachdenklich auf die Flammen gerichtet.

Hendriks Augen glitzerten. Als läge die schwache Witterung eines weit entfernten Beutetiers in der Luft, hob der Löwe seinen Kopf und setzte sich in Bewegung. »Un de perdu, dix de retrouvés«, raunte er Josephine und Eliana zu und zog sie, eine links, die andere rechts im Arm, mit hinüber zu Blakes Tisch. »So sagt man im Franzosenviertel: einen verloren, zehn gewonnen.«

»Du benimmst dich, als hätte Torben Behnke Verrat begangen«, murmelte Josephine, erhielt aber keine Antwort. Der arme Torben, dachte sie bei sich. Ihr Vater schnappte schneller und ausdauernder ein als eine Primadonna an der Mailänder Scala; wer bei ihm in Ungnade fiel, musste sich eine Zeitlang ganz schön abstrampeln, um wieder Boden zu gewinnen.

»Blake und Kwai Chang Bao könnten uns doch begleiten, beide sprechen Chinesisch, und ein Mönch ist gewiss ein guter Geleitschutz in diesem Land«, sagte Eliana mit einem Mal. Perplex über sich selbst, blieb sie stehen.

»Donnerwetter, Mädchen, du nimmst mir die Worte aus dem Mund.« Hendrik sah sie verblüfft an, dann zeigte sich ein breites Lächeln auf seinem Gesicht.

»Du hältst Blake also nicht mehr für einen Handelsspion«, warf Josephine spöttisch ein.

»Meine Pläne werde ich ihm natürlich nicht auf die Nase binden«, erwiderte Hendrik. »Aber Eliana hat recht, seine Gesellschaft könnte für uns von Nutzen sein.«

»Warum eigentlich nicht«, entgegnete Blake, nachdem ihn Hendrik ins Bild gesetzt hatte. »Der große See in Hangzhou gilt ja als die Attraktion für China-Reisende. Ich fürchte nur, dass wir auf Chang Bao verzichten müssen. Seine Familie …« Er ließ den Satz in der Luft hängen. Seine Miene drückte Bedauern aus.

»Und Ihr Bruder?«, warf Hendrik ein. »Sie werden ihn vertrösten müssen.«

Breit grinsend erwiderte Blake: »Machen Sie sich um ihn nur keine Gedanken.«

Und so brach die überschaubare Gesellschaft am Morgen des 28. März 1899 nach Hangzhou in der Provinz Zhejiang auf.
Im Gegensatz zur britischen Kolonie Indien, wo das Bahnstreckennetz sich über 36 188 Kilometer entfaltete, tat sich das Kaiserreich China im Umgang mit dem neuen Verkehrsmittel schwer. Im Land der mannigfaltigen, mutmaßlich aus jenseitigen, himmlischen Gefilden herrührenden mystischen Zeichen galt ein schnaufendes Metallungeheuer, das sich durch die wehrlose Landschaft wälzte, als schlechtes Feng-Shui, als Unglücksbringer für Mensch, Tier und Flora. Konsequenterweise wurde eine erste, gerade mal einen Kilometer lange Schmalspurbahn in Peking sofort nach der Inbetriebnahme zerstört und auch eine zweite, 1876 eröffnete Strecke in Shanghai alsbald wieder stillgelegt.
Wer 1899 nach Hangzhou reisen wollte, musste die hundertneunzig Kilometer also wie ehedem zwanzig Jahre zuvor in südwestlicher Richtung mit Booten, zu Fuß, zu Pferd und per Sänfte überwinden. Die gemischten Gefühle, die Eliana zu Beginn dieses Unternehmens beschlichen hatten, zerstreuten sich, sobald sie die vibrierende Energie der Handelsmetropole hinter sich ließen und sich der Landschaft anvertrauten. In der Ferne zeichnete sich verschwommen ein für die Küstenprovinz typischer Gebirgszug ab, der sie durch die große, von vielen Flüssen durchzogene Ebene begleitete, in der nicht nur Unmengen Reis, Weizen, Mais, Süßkartoffeln, Jute, Baumwolle, Raps und Zuckerrohr gediehen, sondern überdies kostbare Seide für das Kaiserreich produziert wurde. Bald ließen sie die Ebene hinter sich und tauchten ein in die Behaglichkeit ausgedehnter Bambuswälder. Sie unterbrachen

den Weg nur für kurze Pausen mit Blick auf einen der berühmten Wasserfälle, die diese Gegend zur beliebten Sommerfrische der Shanghaier machten, und für die kalten Nächte, die sie im Schutz ihrer Träume und zweier Zelte verbrachten.

Nach fünf Tagen erreichten sie die laut Marco Polo schönste und großartigste Stadt der Welt, Hangzhou am Westsee Xihu. Ursprünglich nur eine Bucht am Qiantang-Fluss, ließen verschiedene Herrscher sie zu einem weitläufigen See mit eindrucksvollem Panorama ausbauen – Pfirsichbäume und Weiden auf den Dämmen, künstlich angelegte Inseln inmitten des Sees, auf denen sich veritable Berge erhoben, anmutige Pavillons mit geschnitzten Drachen auf den geschwungenen Dächern und Namen wie Herbstmond über dem Stillen See, Steinpagoden mit steinernen Wächtern darin, Lagunen mit Goldfischen und einem Meer von Lotosblumen, Bambus- und Palmenhaine und nach allen Seiten offene Tempelbauten mit Altären.

»Das reinste Wunderland«, meinte Josephine kopfschüttelnd. Ihr missfiel die Künstlichkeit der prachtvollen Anlagen, das Gewollte und Inszenierte, das die Provinzauguren des Kaiserreichs diesem Landstrich aufgezwungen hatten, um sich selbst, wie sie sagte, ein Denkmal zu setzen.

»Ich finde es schön, alles wirkt so still und gelassen, als würde nie ein Mensch sich in die Nähe wagen.« Als hätte Gott persönlich Architekt gespielt, fügte Eliana im Stillen hinzu und musste über ihren Gedanken lächeln. Es hatte ganz den Anschein, als würde jeder Schritt, den sie sich weiter vorwärts in dieses unbekannte, fremde Land wagte, sie ein wenig zuversichtlicher stimmen. Weder die Kälte noch die körperliche Belastung machten ihr etwas aus.

Sie fühlte sich kräftiger, frischer, heiterer als je zuvor. Warum diese – oder überhaupt eine – Reise eine derart erstaunliche Wirkung auf Körper und Seele entfalten konnte, war Eliana zwar schleierhaft, aber wer fragt danach, wenn die Augen funkeln und die Mitte von einer inneren Sonne gewärmt wird?

»Was du, liebe Tochter, so verwerflich findest«, gab Hendrik gleichmütig zurück, »ist die Keimzelle dessen, was unsere Familie ernährt. In dieser Gegend erwachte die chinesische Teekultur zum Leben.«

»Das wusste ich nicht«, erwiderte Josephine erstaunt.

»Natürlich nicht, du bist ja damit beschäftigt, deine Weltreisen zu planen«, versetzte ihr Vater spöttisch, und Josephine verzog das Gesicht. »In der Südlichen Song-Dynastie«, fuhr Hendrik fort, »anno 1127 wurde die erste Schale Tee getrunken, und von dem Moment an blühte Hangzhou auf. Teehäuser wurden errichtet, und bis heute schmückt man sie mit Blumen und Girlanden.«

»Werden wir ein Teehaus besuchen?«, fragte Eliana hoffnungsvoll.

»Nein, nicht hier, das überlassen wir den Touristen«, sagte Hendrik abfällig.

»Und was ist mit Qingming?«, warf Josephine herausfordernd ein. »Mussten wir nicht deswegen so früh im Jahr reisen, statt auf gutes Wetter zu warten?«

»Wir sind nicht wegen Qingming hier«, wies Hendrik seine Tochter zurecht, »sondern weil mit diesem Tag die Ernte des besten Tees der Welt beginnt. Und damit wir einigermaßen pünktlich dort eintreffen«, fuhr er gereizt fort, »würde ich jetzt gerne weiterreiten. Wo ist Blake?« Suchend sah er sich um. »Wo steckt der Kerl schon wieder?«

Seufzend schüttelte Hendrik den Kopf, als er ihren Begleiter an eine der Uferweiden gelehnt und in eine Unterhaltung mit den beiden chinesischen Führern vertieft entdeckte. Er gab es zwar nicht zu, hatte sich jedoch von der Gesellschaft des Deutschamerikaners mehr Kurzweil erhofft, während Blake allem Anschein nach besonders daran gelegen war, die Landschaft und die Bevölkerung zu studieren. Beim vorgestrigen Abendessen beiläufig darauf angesprochen, hatte er lachend gemeint, die Rolle des Hofnarren liege ihm fern, überdies habe er an Bord der Roland sein konservatorisches Pulver verschossen, jetzt seien die Kaysers und Frau van Steen an der Reihe, eine Antwort, die Hendrik die Zornesröte ins Gesicht trieb, ehe sein Sinn für Humor siegte und sein Gelächter den Bambus schüttelte.
Dennoch war Eliana überzeugt, dass ihr Onkel immer noch die Hoffnung hegte, dass Blake sich im Verlauf ihrer Reise ein wenig konformistischer geben würde, etwas mehr wie ein Angehöriger einer Kolonialmacht eben, der wusste, zu wem er gehörte.
Ein leises Lächeln huschte über ihre Züge. Sosehr sie Blakes luftige Unterhaltung genossen hatte, so wenig störte sie sich an seiner plötzlichen Schweigsamkeit. Er war in sich gekehrt, das war alles, und dies war vermutlich der Landschaft geschuldet, deren Erhabenheit einen empfindsamen Menschen verstummen lassen konnte. Sein Schweigen erschien ihr beredt, als hielte er stille Zwiesprache mit dem, was ihn umgab. Das gefiel ihr. Und noch eins gefiel Eliana – dass er zu überraschen verstand, ohne zu verstören.
Wortlos griff Hendrik nach den Zügeln seines Pferdes und bedeutete seiner Tochter und seiner Nichte, aufzu-

sitzen. Die lammfrommen Tiere waren gerade richtig für die mangelnde Reiterfahrung der jungen Frauen, aber Hendrik hatte sich in dankbarer Erinnerung an heiße Zeiten für einen nervösen Hengst entschieden, der sich stets an die Spitze des Trosses setzte. Hendrik ritt zu Blake und den Chinesen hinüber. »Lasst uns aufbrechen. Ich möchte vor Einbruch der Dunkelheit unbedingt oben sein.«
Der Weg verlief westlich des Sees und führte in die Berge, die sich abweisend in Nebelschleier hüllten. Dann und wann teilten sich die Schleier und gaben für einen Moment preis, was sie vor neugierigen Blicken zu verbergen trachteten – die heiligen Mauern des Klosters der Seelenzuflucht und die gewaltigen Steinfiguren und Reliefs, die vor neunhundert Jahren in den Fels geschlagen wurden, stumme Gottheiten, zu deren Füßen unzählige Kerzen flackerten.
»Der Dicke da sieht gemütlich aus«, flüsterte Josephine Eliana zu und wies auf einen kolossal beleibten, lachenden Glatzkopf.
»Das ist Maitreya«, sagte Blake leise. »Der Dickbauch-Buddha, der in hundert Jahren leibhaftig erscheinen wird, um die Menschheit zu einem Wandel ihres beschränkten Bewusstseins anzuregen.«
»Warum erst in hundert Jahren?«, gab Josephine grinsend zurück. »Mir fallen jetzt schon einige Kandidaten ein, bei denen der Dicke gut zu tun hätte.«
»Zeig mit einem Finger auf die anderen, dann zeigen drei Finger auf dich«, versetzte Blake. Als Josephine ihn empört ansah, lächelte er ihr freundlich zu, gutmütigen Spott in den Augen.
Der Wald verdichtete sich, und der Weg wurde zum Pfad, der sich an einer sprudelnden Quelle und einem Tempel

vorüberwand. Der gemächliche Tritt der Pferde machte Eliana schläfrig. Traumverloren zuckelte sie hinter Josephine her, Blakes Anwesenheit in ihrem Rücken wissend. Sie fühlte, wie eine sanfte Sinnlichkeit durch ihren Körper zu strömen begann, so sanft, dass sie es schamlos genießen konnte.

Nach einer Weile lichtete sich der Wald und gab den Blick frei auf sattgrüne Hänge. Mit einem Ruck kam Eliana zu sich.

Hunderte, Tausende kleiner Strauchgewächse, Reihe an Reihe, senkrecht wie horizontal, so akkurat, als hätten die Menschen mit den spitzen Hüten, die zwischen den Pflanzen herumwuselten, die Hänge frisiert.

Tee!, dachte Eliana beglückt. Das müssen Teesträucher sein, was sonst?

»Das ist die erste Ernte des Jahres, der First Flush«, rief Hendrik freudig erregt aus. »Das Beste vom Besten.« Er machte eine Pause. »Aber das ist noch nicht alles. Was ihr hier seht, ist der berühmte Drachenbrunnentee, der ausschließlich hier wächst. Die Chinesen nennen ihn Longjing-Tee oder Loong Tseng. Yunnan im Südwesten mag den rauchigen, schokoladigen Schwarztee und den Pu-Errh-Tee haben, in Jianxi mag der Orchideenperlentee gedeihen – gegen den Drachenbrunnentee ist das alles nichts!« Schwungvoll saß Hendrik ab und sah einem ausgemergelten Chinesen entgegen, der auf sie zueilte.

»Herr Liu ist der Leiter der Teeplantage«, sagte Hendrik. »Leider spricht er so wenig Deutsch wie ich Chinesisch …« Er warf Blake einen auffordernden Blick zu.

Blake saß ab, verneigte sich vor Herrn Liu und wechselte ein paar Worte mit ihm, woraufhin beide grinsten.

»Was haben Sie gesagt?«, fragte Hendrik argwöhnisch.

»Dass wir, insbesondere die jungen Damen, uns für die Beschaffenheit des Tees interessieren«, erwiderte Blake. »Und Herr Song, nebenbei bemerkt ist Liu sein Vorname, wenn ich ihn richtig verstanden habe, bittet uns, sein Gast zu sein und eine Schale Tee mit ihm zu teilen.«

Hendrik nickte. »Gut, sagen Sie Herrn L… Song, dass mir die Verwechslung seiner Namen leidtut und dass wir seine Einladung gern annehmen.«

Song Lius Haus bestand aus wenig mehr als ein paar Holzbrettern und einem windschiefen Dach und war bis auf einen Schlafplatz, einen niedrigen Tisch und eine Feuerstelle nicht möbliert. Schweigend knieten sie um den Tisch und beobachteten, wie eine Handvoll welker Blätter im heißen Wasser wieder grün und saftig wurde, als wären sie gerade eben gepflückt worden.

»Das ist das Besondere am Drachenbrunnentee«, meinte Hendrik. »Er verjüngt sich, sobald er mit heißem Wasser in Berührung kommt, und wer weiß, vielleicht überträgt sich diese famose Wirkung auf uns, die wir ihn zu uns nehmen.«

Song Liu sprach auf Blake ein. »Besonders mild und süß gerät der Tee, wenn er mit Wasser aus der Quelle des Laufenden Tigers zubereitet wird«, übersetzte Blake. Hendrik brummte zustimmend, warf seiner Tochter einen forschenden Blick zu und machte eine auffordernde Handbewegung in Song Lius Richtung, der mit leuchtenden Augen fortfuhr, die Legenden zu erzählen, die sich um diesen magischen Ort rankten. Von dem Einsiedler, der die Quelle einst mit Hilfe zweier Tiger gefunden hatte, von den buddhistischen Mönchen, die diese Teegärten vor fast eintausenddreihundert Jahren in der Tang-Zeit angelegt hatten, und von Kaiser Qian Long, dem der Drachen-

brunnentee vor vielen, vielen Monden so vortrefflich mundete, dass er achtzehn Teesträucher pflanzen ließ und feierlich zu Kaisersträuchern erklärte. »Noch heute«, schloss Blake, »hundertfünfzig Jahre danach, stehen diese Sträucher auf dem Löwengipfel in Saft und Kraft und werden ausschließlich für das Kaiserhaus geerntet.«
Song Liu goss Tee nach.
»Wie schmeckt er euch?«, fragte Hendrik erwartungsvoll. »Ich finde, hier vor Ort entfaltet sich das Aroma noch intensiver als bei uns. Vielleicht liegt das an der Luft.«
»Frisch«, meinte Josephine und wich dem enttäuschten Blick ihres Vaters aus.
»Hm«, machte Eliana, die mit geschlossenen Augen an dem Tee roch, »ein Hauch Melisse und Verbene und zum Schluss ein ganz kleines bisschen Vanille.«
»Donnerwetter!« Hendriks Augenbrauen schossen in die Höhe. »Das nenne ich eine feine Nase.«
Eliana zuckte mit den Schultern. »Ich weiß nicht. Manchmal liegen mir Düfte auf der Zunge, die gar nicht vorhanden sein können. Orangen vor allem.« Sie verstummte. Warum war ihr das herausgerutscht? Das war mehr, als sie preiszugeben bereit war. Nie sollte jemand davon erfahren, von diesen … nun ja, Anwandlungen. »Ich glaube, ich brauche ein wenig frische Luft.« Sie stand auf und verließ hastig das Haus.
Hendrik und seine Tochter wechselten einen Blick.

Was sie als Kind geliebt hatte, verfehlte auch jetzt seine Wirkung nicht. Eliana streifte ziellos umher, an den Teesträuchern vorbei, die Hänge hinauf und hinunter. Mit jedem Schritt wich die Anspannung ein wenig mehr von ihr und machte Platz für die Einsamkeit, die sie umarmte wie eine lange vermisste Freundin. Noch stand die fahle Sonne hoch am hellgrauen Himmel; es blieb genügend Zeit, diesen köstlichen Moment zu genießen. Sie folgte einem Pfad, der sie von den Teegärten fortführte und auf halber Höhe des höchsten Hügels, den sie von Song Lius Haus gesehen hatte, vor einem steinernen Tempel endete. Die Gottheit, der der Tempel geweiht war, maß an die zwei Meter und thronte auf einem steinernen Drachen, in der einen Hand eine schmale Vase, in der anderen eine Perle. Sie wirkte zwar weder so gemütlich noch so fröhlich wie der dicke Maitreya, schien Eliana aber direkt ins Herz zu sehen. Irritiert blieb Eliana in der Mitte des Tempelraums stehen.

Plötzlich war Blake hinter ihr. Eliana spürte seine Anwesenheit, bevor er ein Wort sagte. »Das ist Kuan Yin.«

»Wer ist sie?«

»Manche vergleichen sie mit der christlichen Maria. Sie ist bereit, das Leid aller Wesen auf sich zu nehmen, und verzichtet so lange auf den eigenen Eintritt ins Nirwana, bis wir alle, Menschen wie Tiere, erlöst sind.«

»Hm«, machte Eliana, froh, dass Blake ihr Gesicht nicht sah. Die sanfte Sinnlichkeit, die sie vorhin so angenehm durchströmt hatte, war zurückgekehrt; weich und süß floss sie dahin und schien ihre Knochen, ihre Haut, ihre Haare zu liebkosen. Sie wagte kaum zu atmen, aus Furcht, Blake könnte daraus schließen, in welchem Zustand sie sich befand.

»Die Vase, die sie trägt, soll vom heilenden Nektar des Mitgefühls gefüllt sein, die Perle symbolisiert Unsterblichkeit«, fuhr Blake fort. Seine Stimme war eine Spur rauher als gewöhnlich. »Wer Kuan Yin verehrt und sich fleißig in der Kunst des Mitgefühls übt, landet nach seinem Tod in

Amitabhas Paradies – Juwelenbäume, Paläste und Lotosteiche, himmlische Musiker und Tänzer, das volle Programm.«

»Und das ganz ohne Sündenablass«, bemerkte Eliana mit leiser Ironie und fühlte, wie Blakes Lächeln seine Züge erhellte.

»Sie können sogar ihren Tee trinken«, sagte Blake. »Die stark gerollten Blätter entfalten sich beim Aufgießen übrigens zu riesengroßen Teeblättern von bis zu neun Zentimetern Länge.« Er lachte leise. »Möchten Sie noch etwas über die rötliche Färbung der Blätter erfahren? Ihr Onkel hat Herrn Song vorhin groß und breit darüber aufgeklärt. Schade, dass Sie Songs Gesichtsausdruck nicht gesehen haben.«

Eliana fuhr herum. »Hören Sie bloß auf, ich kann nichts mehr dergleichen aufnehmen. Heute Nacht werde ich von laufenden Tigern und gigantischen Teeblättern träumen.«

»Ja, ja, die vielen Details versperren mitunter den Blick für das Ganze.«

»Mein Onkel ist besessen vom Teehandel und von der Idee, seine Tochter zu seiner Nachfolgerin zu machen. Josephine hingegen ist beseelt von ihrer Vision, die ganze Welt zu bereisen. Herr Song redet über den Teegarten, als würde er ihm persönlich gehören, und Sie wissen so viel über dieses Land, als wären Sie Professor an einer Universität.« Sie hielt inne. »Was ich damit sagen will, ist, dass es nicht die vielen Details sind, die mir zu schaffen machen, sondern dass mir klargeworden ist, dass alle Menschen von einem leidenschaftlichen Interesse geleitet sind. Außer mir. Da ist nichts.« Ihre Offenheit einem fast Fremden gegenüber bestürzte Eliana. Das war die Sinnlichkeit, die sie unvorsichtig machte, dieses Begehren, dasselbe

Verlangen, das sie einst für John empfunden und das sie mit Liebe verwechselt hatte.
»Sie haben Ihre Familie«, sagte Blake sanft. »Und Sie haben sich und Ihre Geschichte.«
»Wenn Sie wüssten, was das bedeutet, würden Sie so einen Unsinn für sich behalten«, erwiderte Eliana brüsk und drängte sich ohne ein weiteres Wort an Blake vorbei.

Nachdenklich sah Blake der zierlichen Gestalt nach.
Eine verletzte Seele. Und eine Frau, die er begehrte.
Neben ihm raschelte es kaum wahrnehmbar im Gebüsch.
»Könntest du dir bitte angewöhnen, wie ein normaler Mensch aufzukreuzen, Bao?«
Geschmeidig glitt Kwai Chang Bao an seine Seite.
»Ich wette um deine Kutte, Bao, dass in dieser Familie etwas ganz gewaltig im Argen liegt.«
»Und du möchtest es herausfinden, Bruder meines Herrn.« Kwai Chang Baos Miene war unergründlich.
»So ist es«, sagte Blake. »Wäre ich sonst hier?«
Frank hatte wirklich ins Schwarze getroffen mit seiner Vermutung.

13

Habe ich sie unglücklich gemacht!? Wenn ich doch nur fragen könnte ... Aber nun, da ich tot bin, sollte ich nicht auch ins Schweigen gehen? Keine Fragen mehr, keine Antworten, keine Briefe, die ich zu den anderen schmuggeln muss. Damit alles beieinanderbleibt, es muss beieinanderbleiben, es muss alles immer beieinanderbleiben, und wenn es uns, den dummen, dummen Wesen, schon nicht gelingen will, so müssen wir wenigstens Zeichen setzen, die erkennen lassen, dass wir darum wissen. Der Doktor würde sagen, ich hinterlasse Spuren, in der Hoffnung, gefunden zu werden. Um? Ja, was, um? Von vorn zu beginnen? Gott, für wie dumm hält der Mann mich?

Die dunklen Schläge der Standuhr drangen gedämpft vom Wohnzimmer herüber. Anna zählte nicht mit, was machte es schon, ob es zwölf Uhr mittags oder sechs Uhr abends war. Von dem Tag an, als sie ihr kleines, am Steintor zwischen dem Schlachter Borchers und dem Hutsalon Aurora gebettetes Kurzwarengeschäft verkauft und in den Ruhestand getreten war, hatte sie aufgehört, mitzuzählen. Sie mochte die Uhr nicht, weil ihre Schläge so dumpf klangen wie eine Handvoll Erde, die auf einen Sargdeckel fiel, hatte sie jedoch behalten, weil sie beträchtlichen Wert besaß und im Falle eines Falles eine ordentliche Summe einbringen würde.
Im Falle eines Falles. Anna verzog das Gesicht. Damit

meinte sie ihren Sohn und diese Schwiegertochter, die einen stieren Blick bekam, wenn es um einen neuen Hut und ähnliche Torheiten ging, die ihr Sohn sich nicht erlauben konnte, aber trotzdem kaufte. In letzter Zeit hatte Mabel von einem eigenen Häuschen phantasiert mit einem Kamin und einer verglasten Veranda, und Marten hatte sie angestarrt wie das Kaninchen die Schlange, der dumme Junge, und als sie, Anna, Mabel mit scharfen Worten (»Glaube ja nicht, dass ich diese Dummheit finanziere!«) zur Räson hatte bringen wollen, hatte das freche Ding ihren Sohn angefahren, falls er nicht Manns genug sei, seiner Mutter endlich reinen Wein einzuschenken, würde sie es tun.

Daraufhin war Anna gegangen, sofort, wortlos, sie wollte nichts wissen von irgendetwas. Nicht eingeweiht werden, nur das nicht. An Geheimnissen und Bekenntnissen trug man schwer, zu schwer.

Seitdem hatte Anna den Brommyplatz gemieden.

Die Briefe aus Lüneburg hatten daran nichts geändert.

Ein Schreiben mit einem Wappen auf dem Briefkopf und einem schwer zu entziffernden Stempel über einer unleserlichen Unterschrift. John war tot, stand darin. Das zweite stammte von einem Notar. Marten und Mabel hatten ausgesorgt, fürs Erste jedenfalls. Als Anna las, wie Johns Witwe hieß, schickte sie ihm einen Fluch hinterher.

Anna hatte nicht geweint. Sie hatte beide Briefe in die Holzkiste gelegt, in der sie das wenige aufbewahrte, woran zu erinnern sie sich gestattete. Die zerbrochene Schale eines Austernfischereis, das der kleine John am Ufer der Lesum gefunden hatte. Babyschühchen, verfilzt und schmutzig blau. Einen abgegriffenen Zettel, auf dem mit krakeligen Buchstaben sein Name geschrieben stand.

Der letzte Schlag der Standuhr klang aus.
Anna kehrte zurück, verwundert, was ihren Geist so gefangen nahm, während doch der Tote an ihrem Küchentisch saß.
Seit einer Stunde saß er da, immer noch ein schöner Mann, immer noch diese angespannte Haltung, magerer, als sie ihn in Erinnerung hatte, mit ungekämmtem Haar und schmuddeliger Kleidung. Sie hatte ihn nicht in ihr Wohnzimmer gebeten. Anna lehnte am Spülstein und betrachtete diesen Mann, der ihr Sohn gewesen war, bis zu dem Zeitpunkt, als sie glaubte, seine bösartige Unberechenbarkeit hätte jedes Gefühl für ihn in ihr abgetötet. Sie sah, wie seine Lippen sich bewegten, wie das grünliche Ocker seiner Augen sich verdunkelte, als er von Bad Elmen redete und den Anschuldigungen, von Eliana und dem, was er ihr zugemutet hatte.
»Warum Eliana?«, sagte Anna nach, wie ihr selbst schien, einer Ewigkeit. »Warum nicht irgendeine Schneegans aus Bad Elmen?«
»Ich war unten durch, niemand wollte mehr etwas mit mir zu tun haben, ganz gleich, wie oft ich meine Unschuld beteuerte. Ich hatte Alkohol getrunken, also war ich der Schuldige. Basta. Also ging ich nach Lüneburg, weil dort das richtige Pflaster für meine Fähigkeiten zu sein schien, und da lief Eliana mir über den Weg. Was ist daran so ungewöhnlich?«
»Nichts, nur deine Frage. Mal wieder ein kläglicher Versuch, die Wahrheit zu verschleiern. Ich glaube dir kein Wort.«
Stille senkte sich zwischen sie.
Anna konnte warten.
Schließlich zuckte John mit den Schultern. »Du hast aus

deiner Zeit in der Emmastraße stets ein großes Geheimnis gemacht, und ich hatte mit einem Mal so eine Ahnung, dass es sich lohnen könnte, bei der Hausherrin ein wenig auf den Busch zu klopfen. Tja, kaum saß ich auf dem Kanapee, hat Adeline mir Geld und Eliana angeboten. Was hätte ich deiner Meinung nach tun sollen, pleite, wie ich war, und ohne Aussicht auf eine Anstellung oder irgendetwas, das man mit dem Wort Zukunft in Verbindung bringen konnte?«

»Das heißt, Adeline Kayser hat ihre Nichte dem Sohn eines ehemaligen Dienstmädchens versprochen? Niemals.«

»Nun, sie war der Meinung, ich sei ein Verwandter von Torge Nelissen und stamme von Ameland, und ich habe sie nicht darin korrigiert. Ich muss ihm wohl recht ähnlich sehen. Der Name meines Vaters war in der Hinsicht eine gewisse Hilfe.«

»Dann erweist es sich ja als glückliche Fügung, dass du es abgelehnt hast, ein Drossard zu werden, obwohl mein guter Mann – dein Stiefvater immerhin! – dich so oft darum bat«, erwiderte Anna sarkastisch. »Hat deine Frau dich nie gefragt, warum dein Bruder einen anderen Nachnamen trägt? Warum er in Bremen wohnt statt auf Ameland? Warum ich nichts mit dir zu tun haben will?«

»Eliana stellt nicht so viele Fragen wie du«, versetzte John. »Und selbst wenn mein kleines Manöver herausgekommen wäre, was hätte es mir anhaben können? Ich hatte doch Eliana. Und sie hätte mir verziehen.« Eine müde Handbewegung. »Das ja.«

»Liebst du Eliana?«, rief Anna aufgebracht. »Wenigstens das?«

John nickte langsam. »Du ahnst nicht, wie sehr ich diese Frau liebe. Sie ist mir alles.« Nach kurzer Pause fügte er ironisch hinzu: »Aber wie du dir denken kannst, bin ich nur sporadisch ein guter Ehemann.«

»Du bist krank«, sagte Anna mit leiser Schärfe. »Lass dir endlich deinen Dämon aus dem Gehirn schneiden. So etwas machen die doch heutzutage! Aber dafür bist du zu feige, nicht wahr? Dein armseliges Leben könnte ja dabei draufgehen.« Sie lachte laut auf, aber es klang wie ein Schluchzen. »Und dabei bist du längst tot. Von Amts wegen bestätigt. Mit Wappen und Siegel.«

»Was für alle Beteiligten sicher das Beste ist. Vor allem für Eliana. Sie hat die Villa und die Wertpapiere. Das wird sie über den Kummer hinwegtrösten«, gab John gelassen zurück.

Schon öffnete Anna den Mund, um zu erklären, wie die Dinge sich wirklich verhielten, da erkannte sie in den Augen ihres Sohnes jenen Ausdruck, den sie kannte und fürchtete.

»Damit es dabei bleibt, brauche ich deine Hilfe«, fuhr John fort. »Ich habe es satt, mich als Tagelöhner durchzuschlagen. Ich will ein Zuhause. Du wirst mir doch helfen, Mutter, nicht wahr?«

Sein Ton blieb ruhig, aber Anna hatte über die Jahre gelernt, hinter der scheinbaren Ruhe die innere Erregung und die lauernde Wut zu spüren. Ihre Knie begannen zu zittern.

Zur selben Stunde standen Walter und Ursel vor einem Grab auf dem Friedhof in der Dorfstraße. Während Ursel an dem provisorischen Holzkreuz rüttelte, weil es arg schief im Adendorfer Boden stak, fragte ihr Mann sich, ob die Gloria Dei, die er auf Bitten seiner Frau hin gepflanzt hatte, wahrhaftig das Grab eines Mannes zieren sollte, der seine Frau enterbt hatte, ganz gleich, ob er eines gewaltsamen Todes gestorben war oder nicht.

Notar Bossemann hatte sie vor einigen Tagen aufgesucht und erklärt, dass das Gericht seiner Argumentation, die darauf fußte, dass die polizeilichen Ermittlungsergebnisse die Vermutung zuließen, der Verschollene sei verstorben, willig gefolgt und seinem Antrag erstaunlich rasch stattgegeben habe. Nunmehr sei der Erbfall eingetreten, und der sehe wie folgt aus …

Walter hatte seinen Ohren nicht getraut. »Wenn der Halbbruder nicht so ein anständiger Kerl wäre, säße meine Tochter jetzt also nicht nur ohne Geld, sondern auch ohne das Haus da.«

»So ist es«, bestätigte der Notar und fügte hinzu, dass dies allerdings bedeute, dass Eliana die Hypothek zukünftig weiter abtragen müsse, andernfalls falle das Gebäude der Bank zu. Als Ursel und Walter anmerkten, nach der Instandsetzung der Villa sei noch ein wenig Geld von der Brandversicherung übriggeblieben, wandte Bossemann ein, er wisse zwar nicht, um wie viel es sich handle, aber seiner Erfahrung nach reichten solche Beträge in der Regel nicht mehr als ein knappes halbes Jahr, um allen finanziellen Verpflichtungen nachzukommen. Ursel und Walter wechselten einen ratlosen Blick. »Sind Sie sicher, dass Ihre Frau Tochter überhaupt in das Haus zurückkehren möchte, nach allem, was dort vorgefallen ist?« Bossemanns Miene drückte aus, dass er sich der Indiskretion der Frage bewusst war. »Ich dürfte das eigentlich gar nicht sagen«, beeilte er sich zu erklären, »aber das Schicksal Ihrer Tochter hat mich nicht unberührt gelassen. Zufällig habe ich einen solventen Mieter an der Hand. Er wäre bereit, achtzig Mark im Monat zu zahlen. Ich glaube, damit wäre ihr doch geholfen, meinen Sie nicht?« Er fingerte zwei Blatt Papier aus seiner Aktenmappe. »Wenn Sie hier bitte unterschreiben wollen.«

Als der Mann abgezogen war, federnden Schrittes und anscheinend bestens gelaunt, hatte Ursel mit den Schultern gezuckt und gemeint, das sei die beste Lösung, und er, Walter, hatte seiner Frau zugestimmt. Sie kamen überein, eine Grabstelle für den von Richters Gnaden zum Toten erklärten zu suchen, damit Eliana nach ihrer Rückkehr nicht sogleich mit dieser Pflicht konfrontiert sein würde. Sie hofften, der halbschattige Platz vor einem Weißdorn würde ihre Zustimmung finden. Sie taten, was sie für richtig, mithin für christlich hielten.

Aber die Hände zu falten und eine Andacht zu halten, hier, an dieser Stelle, für einen Lumpen, das brachte Walter nicht über sich.

Ursel begann das Vaterunser zu sprechen und sah ihren Mann auffordernd an. Walter blieb stumm.

Zu dem Gebiet in der Provinz Shandong, das die Deutschen Schutzgebiet nannten, gehörte die Kiautschou-Bucht, zwei Halbinseln, fünfundzwanzig verstreut liegende kleinere Inseln, alles in allem vielleicht sechshundert, siebenhundert Quadratkilometer. Am Pier liefen ein paar Matrosen und Soldaten herum, weiter weg zeichneten sich die Umrisse zweier Handvoll schlichter Häuser ab.

Eine Stadt, die erst noch eine werden wollte.

Stärker hätte der Kontrast nicht sein können. Shanghai, brodelnd, wild, angriffslustig und laut, gleichwohl von Magie und Mythen durchweht, dann das prächtige Hangzhou und die verwunschenen Teegärten. Zauber über allem. Nicht so in Tsingtau. Eliana wünschte, die Roland

hätte nicht repariert und auch kein anderes Schiff sie nach ihrer Rückkehr aus dem Märchenland in diesen unwirtlichen Landstrich bringen können, schalt sich im selben Moment jedoch undankbar und vorschnell.
Während die Kutsche sie an der versammelten Trostlosigkeit ehemaliger Fischerhäuser und halbverfallener Bauernhäuser vorübertrug, warf Eliana ihrer Cousine einen Blick zu, aber Josephine sah so heiter und interessiert drein, wie es sich für jemanden gehört, der sein höchstes Lebensziel darin sieht, eine heitere und interessierte Reisende aus sich zu machen. Wie viel der Tiefe ihres Herzens entsprang und was um ihres Vaters willens vorgetäuscht war, vermochte Eliana nicht zu sagen.
Ihr Blick schweifte zu ihrem Onkel. Er machte einen müden, abgespannten Eindruck, seine Wangen bebten, und er hatte die Augen geschlossen.
Sie wusste, dass Blake sie betrachtete, aber sie war nicht imstande, seinen schiefergrauen Augen zu begegnen. Erst musste sie sicher sein, dass sie die Fassung würde wahren können.
Der Kutscher gab ein schnalzendes Geräusch von sich, gehorsam blieben die Pferde vor einem Gebäude stehen, an dessen beiden Schmalseiten sich in Putz aufgetragene Schriftzeichen befanden.
»Was bedeuten die?«, fragte Josephine sofort.
»Das Zeichen bedeutet Shou und steht für langes Leben. Es soll Glück bringen«, erwiderte Blake.
»Na ja, damit sieht das Hotel wenigstens ein bisschen so aus, als befände es sich auf chinesischem Grund und Boden«, bemerkte sie ironisch. »Wenn es schon Prinz Heinrich heißen und am Kaiser-Wilhelm-Ufer stehen muss.«
Blake lachte.

Was Eliana nicht gefiel. Noch weniger gefiel ihr, dass es ihr nicht gefiel. War sie etwa eifersüchtig? Rasch drängte sie den Gedanken zur Seite und hakte sich bei ihrem Onkel ein, der sie erst verwundert, dann erfreut anschaute und ihre Hand tätschelte. Arm in Arm betraten sie die Lobby des Hotels – Ledersessel, Kamin, nicht allzu protzige Kristalllüster, gemusterte Teppiche in gedämpften Farben.
Zwei Frauen mittleren Alters, jede einen Mann neben sich auf dem halbrunden Hotelsofa, der eine in die Zeitung vertieft, der andere in einem kleinen schwarzen Notizbuch blätternd, verfolgten den Einzug der Neuankömmlinge. Ihrem verdrossenen Gesichtsausdruck nach zu schließen hatte die Reise, vielleicht auch das Leben, ihre Erwartungen nicht erfüllt, aber die für Ende April in Chinas Nordosten eindeutig zu luftigen Musselinkleider mit weiter Taille, eckigem Ausschnitt und halblangen Ärmeln, die beide Frauen trugen, signalisierten dem aufmerksamen Betrachter, dass sie keineswegs die Hoffnung auf Besserung der Lage aufgegeben hatten. Elianas gemurmelte Begrüßung, das Nicken der Kaysers und Blakes zum Gruß erhobene Hand erwiderten sie mit verhaltenem Lächeln, einen Hauch Erregung in den Augen.
»Es wird Zeit, dass ich mich verabschiede«, sagte Blake, nachdem der deutsche Empfangschef den Kaysers und Eliana die Zimmerschlüssel ausgehändigt hatte und Blake auffordernd ansah. »Mein Bruder …«
»Ja, ja, der geheimnisvolle Bruder«, tönte Hendrik gutmütig. »Bestellen Sie ihm einen herzlichen Gruß unbekannterweise. Wir würden uns freuen, Sie und ihn demnächst hier zum Tee begrüßen zu dürfen.«
»Das wird nicht gehen«, entgegnete Blake. »Mein Bruder ist Chinese und darf das Hotel nicht betreten.« Seine

schiefergrauen Augen schimmerten metallisch, als er dem sprachlosen Hendrik die Hand reichte. »Aber Tsingtau bietet dem, was wir gewöhnt sind Zufall zu nennen, genügend Möglichkeiten, unsere Wege sich kreuzen zu lassen.« Bei dieser Bemerkung nickte er freundlich in die Runde, warf Eliana ein kurzes Lächeln zu und verließ das Foyer mit diesen leichten, tänzelnden Schritten, die ihm zu eigen waren.
Verwundert klapperten die Damen in Hellbeige mit den Lidern.
»Sein Bruder ein Chinese!« Erbost sah Hendrik ihm nach. »Für wie dumm hält er uns eigentlich?«

Wenig später schritt Hendrik dynamisch die Promenade entlang, ockergelben Staub an den Schuhen und ein leises Singen im Herzen, das die Missstimmung, die Blakes Abschied begleitet hatte, vergessen machte.
Verflucht, was hatte er es vermisst, ein fremdes Land und seine Menschen zu erobern, sich die Unbekannte bekannt und, ja, auch das, gefügig zu machen. Hendrik lächelte in sich hinein. Er wusste um die Erotik des Begehrens, sie war nicht auf fleischliche Genüsse beschränkt, ganz und gar nicht. Grenzen zu überschreiten und Erfolge zu erringen auf einem Terrain, das nicht das eigene, angestammte war, war ihm schon damals, als er mit seinem Schwiegervater durch die Welt gegondelt war, unwiderstehlich in die Lenden gefahren, und jetzt, in diesem Moment, da er sich anschickte, seinen Streich wider die deutsche Bürokratie und die verwaltenden Bedenkenträger einzufädeln, spürte er erneut dieses angenehme Prickeln zwischen Nabel und Leisten. Wie hatte er so viele Jahre darauf verzichten können?

Einzig Behnke vermisste er schmerzlich. Der alte Freund hätte ihm bei dem Verhandlungsmarathon zur Seite stehen können, der ihn, Hendrik, zweifellos erwartete, an den Abenden hätten sie Whisky getrunken und das Hotelklavier zum Glühen gebracht.
Er schob den Gedanken beiseite und richtete seine Aufmerksamkeit auf die Kasernengebäude, an denen er auf dem Weg zum Gouverneurssitz vorüberkam und die mit langgestreckten Veranden, aufwendig verblendeten Fassaden und flachen Dächern mehr einem mediterranen Seebadhotel als einer militärischen Mannschaftsunterkunft glichen.
Ob er das gelungener fand als die vornehmlich klassizistische Bebauung der britischen Kronkolonie Hongkong und anderer Konzessionsstädte Chinas, wusste Hendrik nicht zu sagen, und es war ihm auch ganz gleich. Von Bedeutung war für ihn lediglich, dass er einen der Architekten kannte, die im Auftrag der Baubehörde eine Infrastruktur sowie staatliche und militärische Bauten errichteten – Jörg Müller-Menckens, ein Sylter mit großem Gebiss und keckerndem Lachen, den Hendrik vor Jahren mit dem Bau seiner Amsterdamer Niederlassung betraut hatte, ein überaus fähiger Kopf und, wie Hendrik erfreut in Bremen in Erfahrung gebracht hatte, mittlerweile der Intimus des Tsingtauer Bauamtsleiters.
Mit Müller-Menckens würde es ein leichtes, elegantes Spiel sein; er würde sofort begreifen, welches wirtschaftliche und politische Potenzial eine Teeplantage im Shandonger Hinterland bot.
Teeplantage! Hendrik lachte und beschleunigte seine Schritte. Was er plante, würde die Briten und Holländer endgültig auf ihre Ränge verweisen. Kaysers Teegarten

würde nämlich weit mehr sein als eine Reihung von Teesträuchern, die Anlage würde eingebettet sein in einen Hotelkomplex mit einer Parkanlage, die chinesische und deutsche Gartenkultur in sich vereinigte.

Nein, Hendrik hegte keinerlei Zweifel, dass er Müller-Menckens für diese Sache gewinnen könnte. Allerdings zierte er sich gern, bevor er Zugeständnisse machte, wollte gebauchpinselt werden, eingewickelt und bezirzt. Ein Narziss, der sich selbst gern reden hörte, und Hendrik würde sich nicht zu schade sein, ihm die Stichworte zu liefern.

Im Verwaltungsgebäude herrschte emsige Betriebsamkeit, Türen klappten, Schreibmaschinen klapperten, Stühle wurden gerückt. Müller-Menckens' Büro lag neben dem des Bauamtsleiters und wurde von einem Wiesel bewacht. Hendrik reckte sein Löwenhaupt und wollte seinen Namen nennen, als Müller-Menckens den Kopf aus der Tür streckte und das Wiesel bat, frischen Kaffee zu holen. Während er sprach, fiel sein Blick auf Hendrik. »Bringen Sie zwei Kaffee und zwei Cognacs«, korrigierte er sich. »Dieser Mann lässt sich nicht abschütteln.«

Sofort ließ das Wiesel seinen Bleistift fallen, glitt geschmeidig hinter seinem Pult hervor und stürzte den Gang hinunter.

Müller-Menckens reichte Hendrik eine weiche, feuchte Rechte und zog ihn in ein geräumiges Büro. »Gut, dass Sie da sind. Männer der Tat können wir hier gebrauchen, das können Sie mir glauben. Fünfzehntausend Chinesen stehen, sagen wir, tausendfünfhundert Deutschen gegenüber.«

Das war Müller-Menckens. Kein: Wie geht es Ihnen? Was führt Sie nach Tsingtau? Sind die Frau Gattin und die

Tochter wohlauf? Gleich hinein in die Bütt, damit niemand ihm die Rede und die Wirkung streitig machte. Hendrik war froh, seine Hausaufgaben erledigt zu haben.
»Ich habe gehört, dass ein Viertel für die Europäer und ein chinesisches Händler- und Handwerkerviertel entstehen soll.«
»Wenn es nur so einfach wäre!«, sprang Müller-Menckens in die Steilvorlage. »In dem zwanzig Quadratkilometer großen Gebiet, das für die künftige Stadtanlage vorgesehen ist, müssen neun Dörfer abgerissen werden. Sonst können wir den Plan vergessen.«
»Und die Bewohner …«
»Werden umgesiedelt«, ergänzte Müller-Menckens und bedeutete Hendrik mit einer Handbewegung, Platz zu nehmen.
Das Wiesel klopfte, trat ein und servierte Kaffee und Cognac auf einem schmiedeeisernen Tisch mit Marmorplatte am Fenster, eine Reminiszenz an Müller-Menckens' Studienjahre in Paris. Hendrik und Müller-Menckens setzten sich und prosteten sich zu.
»Seien wir ehrlich«, sagte Müller-Menckens und beugte sich vor, um die Bedeutung seiner Worte zu unterstreichen, »das übrige Pachtgebiet von Kiautschou umfasst etwas mehr als vierhundertfünfzig Quadratkilometer, darin zweihundertfünfundsiebzig Dörfer mit hunderttausend Menschen. Sie haben genug Platz und vermutlich einen Haufen Verwandter, bei denen sie erst einmal unterkriechen können.« Müller-Menckens zuckte mit den Schultern. »Das klingt zynisch, ich weiß, aber um aus einem Dorf eine Kolonialstadt zu entwickeln, bedarf es gewisser Prioritäten.«
Hendrik musste daran denken, was er auf seinen Reisen

gesehen hatte. Entwurzelte Menschen, zerstörte Altstädte und theatralische Neubauten. Korinthische Säulen in Saigon. Hanoi und die architektonischen Verbrechen am guten Geschmack, die die Franzosen der Dritten Republik auf den Trümmern abgerissener Pagoden und konfuzianischer Examensgebäude errichtet hatten. Kalkutta, eine Stadt der imperialen Paläste, von den Briten immerhin neben die heimische Altstadt gesetzt, nicht an deren Stelle.
»Kommt darauf an, wie man Kolonialstadt definiert. Als Ort der Begegnung der verschiedenen Kulturen oder als Ort der Entmündigung der Einheimischen.« Hendrik lächelte gewinnend, um seinen Worten die Schärfe zu nehmen. Mal sehen, ob der Angriff Müller-Menckens intellektuell beflügelte, so dass er sein zerebrales Gefieder spreizen könnte.
Und richtig. »Haben Sie schon einmal etwas von dem Phänomen der Selbstverwestlichung gehört? Kairo liefert das beste Beispiel dafür. Bis zu seinem Tod vor nicht ganz zehn Jahren hat Pascha Ismail eine Neustadt ganz nach westlichem Vorbild errichten lassen mit Boulevards und Avenuen, einer funktionierenden Kanalisation statt unhygienischer Sickergruben und einem Eisenbahnnetz statt altmodischer Karawanen. Der Mann hat sich dem Westen als Mann der Moderne präsentiert …«
»… und sein Land in den Bankrott geführt«, warf Hendrik süffisant ein, aber Müller-Menckens achtete nicht auf ihn.
»Worauf wir bei der chinesischen Kaiserin vermutlich vergeblich hoffen können«, führte er seinen Satz düster zu Ende. Sein Blick verengte sich.
»Ja, die Dame soll ein traditionalistischer alter Knochen sein«, pflichtete Hendrik ihm bei, »weshalb es sie gewiss

freuen wird, dass in Tsingtau eine strikte Rassentrennung geplant ist.« Müller-Menckens sah ihn scharf an, unsicher, wie Hendrik innerlich grinsend vermutete, ob er es mit einem Ignoranten oder einem Vaterlandsverräter zu tun hatte, und rasch, um nicht an Boden zu verlieren, fügte er hinzu: »Die aus hygienischen Gründen vorgenommen wird, wie ich annehme.«
Müller-Menckens entspannte sich. »Tsingtauer Häuser werden sich durch ein hohes Maß an Feuersicherheit, Festigkeit und Hygiene auszeichnen.«
»Ehrgeizige Vorgaben, das muss ich schon sagen.«
»Es gibt einige, die fürchten, dass eine allzu strenge Bauordnung den Zuzug in das Schutzgebiet und die wirtschaftliche Entwicklung hemmen könnte«, sagte Müller-Menckens. »Mag sein, dass es sich in Shanghai billiger bauen lässt, aber dementsprechend wild sieht die Stadt ja auch aus. Langfristig wird sich die behördliche Regelung auszahlen, davon bin ich überzeugt. Sie teilt die Spreu vom Weizen. Wer nach Tsingtau kommt und sich diesen Anforderungen stellt, beweist Format und Pioniergeist.«
»Das bringt mich zum Grund meines Besuchs …«, setzte Hendrik an, als ein Mann zur Tür hereinstürzte, das empörte Wiesel im Schlepptau.
»Ich bitte um Verzeihung, dieser ungehobelte …«, ächzte das Wiesel, aber der Mann fiel ihm ins Wort.
»Wir sind von einem Trupp schwarzgekleideter und vermummter Chinesen angegriffen worden.« Die Jacke des Mannes war beschmutzt und am Kragen eingerissen. Ein dichter Schleier blonder Haare hing ihm im Gesicht. Unwillig strich er sie zur Seite und legte die unrasierten, glatten Züge eines frischgebackenen Absolventen eines Technikums oder einer Universität frei.

Müller-Menckens wedelte das Wiesel mit einer knappen Geste hinaus. Dann sagte er zu dem Mann gewandt: »Ich erwarte Ihren Bericht heute Nachmittag.«

»Aber …«

»Gab es Tote, Verletzte?«

»Nein.«

»Also bitte.« Müller-Menckens sah gequält drein.

»Wie Sie meinen …« Der Mann nickte ihnen kurz und, wie Hendrik fand, tödlich beleidigt zu und rauschte davon.

»Einer unserer Vermessungsingenieure«, erklärte Müller-Menckens. »Nimmt sich zu wichtig und jede Bagatelle zum Anlass, die Arbeit einzustellen.«

»Einen Überfall würde ich nicht unbedingt als Bagatelle bezeichnen.«

»Ach, na ja, die Chinesen im Hinterland fremdeln eben ein wenig mit uns Langnasen.« Er lachte eine Spur zu laut. »Aber wenn die Eisenbahnlinie fertiggestellt ist, werden auch die hiesigen Bauern schnell darauf kommen, dass sie davon profitieren können. Bin gespannt, wann die ersten Schantunger Getreidesäcke via Jinan verladen werden.«

Fragend hoben sich Hendriks buschige Brauen, und mit einer matten Geste und einem kleinen theatralischen Seufzer leitete Müller-Menckens eine seiner eleganten, prägnanten Abrisse ein, für die ihn überforderte Bauherren und verstörte Verwaltungsbeamte gleichermaßen schätzten.

Seinen Worten zufolge war es zur Durchsetzung wirtschaftlicher und militärischer Interessen in China unerlässlich, den Einfluss des Reichs auf das Hinterland der Kolonie, die Provinz Shandong, die eingedeutscht Schantung hieß, auszudehnen. Zu diesem Zweck hatten die

Deutschen darauf bestanden, dass ihnen die Konzession zum Bau und Betrieb zweier Eisenbahnlinien (von Jiaozhou über Jinan nach Dezhou und von Jiaozhou über Yizhou nach Jinan) erteilt wurde. Überdies verpflichteten sich die Chinesen, deutschen Unternehmen bei der Vergabe von Aufträgen stets den Vorzug zu geben, was im Klartext die Ausschaltung jeglicher Konkurrenz bedeutete. »Kaum war die Tinte unter dem Pachtvertrag trocken, hat das Auswärtige Amt die Wirtschaft zusammengetrommelt, um ein gemeinsames kapitalkräftiges Syndikat zu gründen, das seinerseits zwei Gesellschaften ins Leben rufen wird, die Schantung in Zukunft dominieren werden. Dann werden noch mehr dieser aufgeregten Frischlinge kommen wie unser junger Freund, der mit den Vorbereitungen für die Vermessungsarbeiten für die Eisenbahntrasse nach Jinan beschäftigt ist und der, wie Sie vorhin gewiss bemerkt haben, sich in der Fremde noch nicht ganz zurechtfindet.« Zufrieden mit seiner Zusammenfassung, lehnte Müller-Menckens sich zurück und schlug die langen Beine übereinander.

»Sie sind bemerkenswert gut unterrichtet«, sagte Hendrik. »Dann wissen Sie sicherlich auch, wer sich hinter dem Trupp Schwarzgekleideter verbirgt, der ihn überfallen hat. Wissen Sie, ich befinde mich in Begleitung meiner Tochter und meiner Nichte …«

»Es besteht wirklich kein Grund zur Sorge. Im vergangenen Herbst wurden im Süden der Provinz, genauer gesagt in Rizhao, Konvertiten und deutsche Missionare angegriffen, woraufhin der Bischof von Anzer, ebenfalls ein aufgeregtes Gemüt, beim Gouverneur von Tsingtau einen Truppeneinsatz forderte, was nach einigem Hin und Her vor kurzem nun von Ihrer Majestät, dem Kaiser, gebilligt wurde. Für mein Dafürhalten ein geschickter Schachzug, um die Kirche zu besänftigen.«

»Das bedeutet, deutsche Soldaten …«

»… sind zur Stunde nicht weit von hier im Einsatz, ja.«

»Wir wurden vor unserer Abreise nicht davon in Kenntnis gesetzt«, sagte Hendrik mit jener Art kultivierter Gereiztheit, die hochfahrend wirkt, im Kern jedoch von Verunsicherung und aufkeimender Besorgnis gespeist wird sowie vom Bemühen, eben jene vor anderen und vor allem vor sich selbst zu verbergen.

»Ach, na ja, warum auch? Es ist ein Scharmützel, kein Krieg. Genau das Richtige, damit unsere Soldaten in Übung bleiben«, sagte Müller-Menckens wegwerfend. »Aber nun zu Ihnen. Was führt Sie nach Tsingtau?«

Sein Einsatz. Hendrik zauberte ein zuversichtliches Lächeln auf seine Löwenzüge und beugte sich etwas nach vorn, als wollte er seinem Gegenüber das Geheimnis des Heiligen Grals anvertrauen. »Mein Vorhaben wird dem Deutschen Reich zur Ehre gereichen, ohne die Chinesen zu verärgern, was, wenn ich Ihre Ausführungen richtig verstanden habe, genau das ist, was Tsingtau im Augenblick braucht.« Kurze Kunstpause, dann: »Eine Synthese aus Ost und West.«

»Eine Synthese aus Ost und West«, echote Müller-Menckens gedehnt, ganz erwartungsvolle Aufmerksamkeit. »Fahren Sie fort …«

Unterdessen hatten Eliana und Josephine ein gemeinsames Zimmer bezogen, das vom geschnitzten Mahagonihocker bis zu den gekämmten Teppichfransen dem in Shanghai glich, ein Umstand, der ihnen jäh vor Augen führte, wie konform das Koloniale sich gebärdete und dass sie, so sie beide mehr Inspiration von diesem Aufenthalt erwarteten, als es den frustrierten Damen in Hellbeige offensichtlich vergönnt war, eine Annäherung an das Fremde energisch vorantreiben mussten. So kam es, dass die Cousinen so eilig wie nachlässig ihre Sachen in den Schränken verstauten, das Hotel kurz darauf verließen und sich in der Kutsche, die sie vor einer Stunde hergebracht und die quasi führerlos am Seiteneingang des Prinz Heinrich herumgestanden hatte, davonmachten.

Eliana übernahm die Zügel, Josephine gab aufs Geratewohl die Richtung vor. Das Pferd zog sie kreuz und quer, mal in östlicher, mal in westlicher Richtung durch das Städtchen, das allerorten wilhelminisch herausgeputzt und mit eindrucksvollen Gebäuden und blitzsauberen Straßen auf Kolonialstadt getrimmt wurde, bis die Häuser zusehends einfachen Hütten wichen und der Weg sich zwischen vereinzelten Kiefern und kargem Ackerland zu verlieren drohte. Doch kurz darauf kamen ihnen Chinesen mit Körben voller Gemüse, gewundenen Wurzeln und herabbaumelndem mageren Geflügel entgegen, ärmlich gekleidet die meisten, die Miene undurchschaubar. Einige wenige unterhielten sich und lachten dabei, während sie nebeneinander hergingen, andere schienen sich zu streiten.

Am Ufer eines ausgetrockneten Flusses zügelte Eliana das Pferd.

Vor ihnen lag ein Meer von Ständen und Zelten, die im Wind flatterten wie riesige aufgescheuchte Vögel, zwischen ihnen Tausende von spitzen gelblichen, bald hierhin, bald dorthin tanzenden Hüten, und wie jedes Meer dieser Art auf der ganzen Welt eine unwiderstehliche Anziehungskraft auf das weibliche Geschlecht ausübt, hielt es auch die Cousinen nicht einen Moment länger in der Kutsche.

Hier und da blinkten ein paar Fische in der Sonne, silberschön und großäugig überrascht von ihrem jähen Ende, verströmten Nashis einen sinnlichen, überreifen Duft, kullerten Zwergpomeranzen umeinander wie eine Bande Frühreifer, sickerten Häufchen ungemahlenen Getreides ockergolden aus erdbraunen Säcken. Das Angebot an Lebensmitteln war für einen Markt, zu dem offenkundig aus der Umgebung strömte, was Beine besaß, erstaunlich überschaubar.

Besorgniserregend überschaubar, fand Eliana. Ihr Blick fiel auf einen Verschlag, in dem Bärentatzen, Hasenpfoten, Tigeraugen, getrocknete Schlangen und Echsen säuberlich in Reihen lagen, und betroffen, weil sie diese Dinge für die Lebensmittel der Ärmsten hielt, wandte sie sich ab und lief weiter, als ein unwiderstehlicher Duft sie veranlasste, innezuhalten. Berge getrockneter Kräuter und knisternden Tees! Schon näherte sich ihre Nase einem dieser duftenden Gebirge, als die Chinesin, die hinter den Waren auf einer Holzkiste thronte, Eliana anfauchte und erbost mit den Händen wedelte, als gälte es, einen üblen Gestank zu vertreiben. Eliana setzte eine entschuldigende Miene auf, obwohl sie nicht einsah, warum sie um Verzeihung zu bitten hatte, wenn doch jeder Chinese seine Nase ebenfalls in die angebotenen Waren steckte, um sie zu prüfen.

»Komm«, sagte Josephine. »Wenn sie unser Geld nicht will …«

Zwischen den Lebensmitteln priesen Münzwechsler, Briefschreiber und Wahrsager lautstark ihre Dienste an. Auf zwei notdürftig hergerichteten Reisiglagern trieb ein knorriger alter Mann mit einem zauseligen Bart, der ihm fast bis zum Nabel reichte, dünne lange Nadeln in den holzmageren Leib eines jungen Mädchens, das mit geschlossenen Augen und angespanntem Gesicht dalag, während sich nebenan eine Menge erwartungsvoller Zuschauer um eine improvisierte Bühne versammelt hatte, um den grellgeschminkten Schauspielern einer Wandertruppe bei ihren für den Fremden vollkommen unverständlichen und seltsam manierierten Darbietungen zuzusehen. Eliana und Josephine gingen weiter, vorüber an Korbmachern, Schneidern und Tuchhändlern mit den farbenprächtigsten Stoffen, die Josephine, obschon sie aus ihrer Zeit im Bremer Hafen einiges gewöhnt war, je gesehen hatte. Vor einer Garküche, wie sie sie aus Shanghai kannten, blieben sie stehen. Der Duft, der den Töpfen auf drei Feuern entströmte, war undefinierbar, aromatisch und zugleich seifig. Den Männern, die an einem wackligen Tisch saßen, schien es zu schmecken. Mit rasender Geschwindigkeit schaufelten sie Reis und maronenbraun glänzende schlaffe Fetzen Irgendwas aus der Schale in den Mund. Unschlüssig sahen Eliana und Josephine sich an.

Einer der Männer machte eine Bemerkung, woraufhin sich seine beiden Kumpane zu Eliana und Josephine umwandten. Dann brachen alle drei in Gelächter aus und zeigten mit den Stäbchen auf die Cousinen.

»Was haben Sie gesagt?«, rief Josephine ihnen spöttisch zu. »Wir sprechen noch nicht so fließend Chinesisch, dass wir verstünden, warum Sie sich über uns lustig machen.«

Das Lachen der Männer wurde lauter und, wie Eliana, der die feinen Untertöne, die von bevorstehender Gefahr kündeten, nie entgingen, sofort spürte, aggressiver. »Lass uns weitergehen«, bat sie und wandte sich um, als der

Wortführer aufsprang, neben sie glitt und einen bizarren, obszönen Tanz begann. Sein weitgeöffneter, lachender Mund entblößte grauschwarze Zahnruinen.
»Es sind Söhne einer Hündin. Sie bellen, beißen aber nicht.« Die energische, gleichwohl melodische Stimme gehörte einer Chinesin, die, lässig an einen Holzpfeiler gelehnt, die Szene beobachtet hatte und es nun für an der Zeit hielt, die Meute in ihre Grenzen zu weisen. Schnell und giftig wie Schlangenbisse züngelten chinesische Silben in ihre Richtung, und die Männer, einer nach dem anderen, sahen erst sie an, dann betreten zu Boden, setzten sich wieder und senkten ihre Nasen tief in die Essnäpfe.
Sie kuschen wie Hunde vor der gestrengen Herrin, dachte Josephine und warf der Chinesin einen interessierten Blick zu. Sie war nicht viel älter als sie und Eliana, trug Hosen aus leuchtend roter Seide und eine fast knielange, kragenlose geknöpfte Jacke aus demselben Stoff, das schwarze Haar war seitlich gescheitelt, an den Schläfen ein wenig gebauscht und am Hinterkopf so flach festgesteckt, dass die Frisur auf den ersten Blick wie die eines jungen Pariser Bohemiens aussah.
»Weiße Gesichter nicht gewöhnt«, sagte die junge Frau in einem gesungenen Deutsch, das dem von Kwai Chang Bao ähnelte. »Wenige Deutsche hier, und die sind Polizisten, Soldaten und Wärter von Chinesengefängnis.«
»Kein Wunder, dass sie uns nicht mögen«, bemerkte Eliana,
»Oder uns hassen«, ergänzte Josephine.
»Deutsche beschützen uns vor Räuberbanden. Das ist gut.« So anmutig wie abschließend neigte sich ihr Kopf.
»Ich bin Josephine Kayser, und das ist meine Cousine Eliana van Steen«, sagte Josephine schnell, legte die Hand-

flächen vor der Brust aneinander und verbeugte sich, wie sie es bei Kwai Chang Bao gesehen hatte. »Vielen Dank für Ihre Hilfe. Wir würden uns gern erkenntlich zeigen. Gibt es eine Möglich…«

»Kwai Chang Li«, murmelte die Chinesin gleichermaßen unwillig wie außerstande, die Regeln der Höflichkeit zu verletzen. Einer der Hundesöhne wiederholte den Namen leise und amüsiert, aber auch ein wenig verächtlich, woraufhin die junge Frau einen weiteren Peitschenschlag aus Silben durch die Luft zischen ließ, mit derselben durchschlagenden Wirkung wie zuvor. Ein angedeutetes Verneigen zu Josephine und Eliana, dann tauchte sie in die Menge und entschwand trotz ihrer leuchtenden Kleidung so vollständig ihren Blicken, als hätte sie sich in Luft aufgelöst.

»Sie heißt wie Blakes Freund Kwai Chang«, bemerkte Eliana, nachdem sie und Josephine sich in entgegengesetzter Richtung durch die wachsende Zahl der Marktbesucher gekämpft und zu ihrer Erleichterung Kutsche und Pferd unversehrt vorgefunden hatten. »Ob sie miteinander verwandt sind?«

»Ich weiß nicht, aber ich denke, eher nicht. Bei siebenhundert Familiennamen, die es in China lediglich gibt, erscheint mir der einzelne eher wie ein Sammelbegriff«, meinte Josephine lakonisch. »Zumindest hat Vater mir das so erklärt«, fügte sie hinzu, als sie Elianas tadelnden Blick auffing. »Wer sie wohl ist? Die Jungs haben ja vor ihr gekuscht, als wäre sie die Marktmeisterin. Vielleicht ist ihr Vater aber auch irgendein Mandarin oder so was.«

Josephine fuhr fort, ihre mangelnde Sachkenntnis über chinesische Verhältnisse und Spekulationen über Herkunft und Stand der jungen Chinesin auszubreiten, aber

Eliana achtete nicht auf ihre Cousine. Ihr Blick hing an einer Gruppe mehrerer Kinder, die einer älteren Frau voranhumpelten und -hüpften, je nachdem, welche Gangart ihnen das Schicksal übrig gelassen, nachdem es ihnen ein Bein oder beide genommen, den Rücken seltsam gekrümmt, den Leib aufgetrieben und den Geist umnachtet hatte. »Wir nehmen sie mit«, befand Eliana und brachte die Kutsche neben der Prozession des Elends zum Stehen. Wo Worte unverständlich bleiben, sprechen Hände und Füße, und so schaufelte Eliana in der Luft herum, tätschelte die Kutsche und öffnete den Schlag. Die Mienen der Kinder spiegelten Überraschung, Furcht, gemischt mit Neugier, doch die Alte schlug mit ihrem Stock auf die Kutsche ein und kreischte. Schon drehten sich die Köpfe einiger Marktbeschicker und ihrer Kunden, zigfach schossen böse Blicke in Richtung der Cousinen.

»Machen wir, dass wir wegkommen«, rief Josephine Eliana zu.

Auf dem Rückweg wechselten sie kaum ein Wort miteinander. Das Vergnügen, diesem Tag die Authentizität abzuringen, die ihr Aufenthalt in Tsingtau bislang hatte vermissen lassen, war einer dumpfen Beklommenheit gewichen. Sie spürten es beide, wenn auch aus unterschiedlichen Gründen, die eine, weil ihr zu Bewusstsein kam, dass sich das Fernweh, das sie so sorgsam kultiviert hatte, daheim in Bremen und in der sicheren Behaglichkeit eines deutschen Postdampfers bedeutend besser anfühlte als in freier Wildbahn, die andere, weil sie sich mit einem Mal vollkommen fehl am Platz wusste, fremd in sich selbst, ein Gefühl, das meistens dem vorausging, was sie ihre Alpträume zu nennen gelernt hatte.

Warum zum Teufel war sie, Eliana, bloß auf die Idee verfallen, in der Ferne dem entkommen zu können, was seit Jahren Macht über sie ausübte, wann immer es ihm gefiel?

In bedrücktem Schweigen kehrten die Cousinen ins Hotel zurück, wo der Portier ihnen mit gewichtiger Miene und der Bemerkung, im Schutzgebiet sprächen sich Neuigkeiten schneller herum als anderswo auf Gottes schöner Welt, weil die hiesige Zeitung täglich vermeldete, wer wann mit welchem Schiff in Tsingtau einträfe und wo und wie lange Quartier nähme, ein Kuvert aus blütenfeinem Bütten überreichte. Seiner Meinung nach könne es sich nur um eine Einladung zum Saisonstart der Pferderennen in drei Wochen handeln.

»In drei Wochen!«, rief Josephine.

»Oh, bis dahin werden Sie sich vor Einladungen nicht retten können«, meinte der Portier in vertraulichem Ton. »Und falls Pferderennen Ihnen nicht zusagen, stehen in der nächsten Zeit ebenfalls Turniere verschiedener anderer Sportarten ins Haus, Tennis, Hockey, Polo, Turnen.«

Eliana runzelte die Stirn. Nach gesellschaftlichen Vergnügungen stand ihr im Moment ganz gewiss nicht der Sinn, während ihre Cousine ihrer erfreuten Miene nach zu schließen keineswegs beabsichtigte, die Einladung auszuschlagen.

Tatsächlich schlug Josephine in den nächsten Wochen keine einzige Einladung aus, trieb von einem Sinfoniekonzert zum Schwarz-Weiß-Ball im Offizierskasino, von einer Schiffstaufe zur Grundsteinlegung für das Postgebäude und einen Kindergarten, von einer Turnvereinsgründung (»Frischauf 1898«) zu der eines Bridge-Clubs, manchmal in Begleitung ihres Vaters, häufiger an der Seite

der hellbeigen Damen, seltener mit Eliana, die lieber las oder am Meer spazieren ging, allein, wie es ihre Art war. Stundenlang folgte sie dem Lauf der Küste, bis sie die letzte Menschenseele in diesem Landstrich hinter sich gelassen hatte, dann zog sie Schuhe und Strümpfe aus und lief barfuß in knöcheltiefem Wasser weiter. Die ersten Maitage brachten einen milden Wind und ansteigende Temperaturen, Bäume und Büsche trugen frisches Grün und Blütenweiß, und mit jedem einsamen Nachmittag am Meer kehrte sanfter Friede in Elianas Herz ein.
Umso unwilliger reagierte sie, als ihre Cousine sie am Tag vor der Eröffnung der Rennsaison wortreich drängte, die Kaysers dorthin zu begleiten. Sie verspürte keinen Funken Lust, ehrgeizigen Jockeys dabei zuzusehen, wie sie ihre Tiere mit der Gerte vorantrieben, während das Publikum spitze Schreie (die Damen), dumpfes Raunen (die Herren) und gepflegt formulierte Dummheiten (beide) von sich gab. Aber Josephine ließ nicht locker. Schließlich gab Eliana nach und fand sich bald darauf bei frühsommerlicher Witterung umzingelt von wagenradgroßen Hüten, glänzenden Zylindern, blitzenden Ferngläsern, chinesischen Reitknechten, Offizieren und dem durchdringenden Geruch dampfender Pferdeäpfel ausgesetzt wieder. Irgendjemand drückte ihr ein Glas Sekt in die Hand, sie trank und plauderte – mit ihrem Onkel, dem Mann vom Bauamt mit dem großen Gebiss (Meier-Mentzel? Müller-Mertens?), den hellbeigen Damen (wie Josephine in Erfahrung gebracht hatte, Schwestern aus Köln, Roselotte und Waltraud, verehelichte Wulff bzw. Möbius) und einem unendlich heranflutenden Strom von Leuten, die fröhlich grüßten, parlierten und lachten.
Eliana fühlte sich, als ertränke sie, und als ihr Blick auf der

Suche nach Halt umherschweifte, erkannte sie in einiger Entfernung Blake Michaels.

Sie hatten in der letzten Zeit nichts weiter von ihm gehört. Josephine brachte immer wieder die Rede auf ihn und spekulierte darüber, ob er wirklich bei seinem geheimnisvollen Bruder wohnte, der, so er doch angeblich Chinese war, in einem der chinesischen Viertel oder weiter draußen auf dem Land leben musste, was in keinem Fall dem Niveau eines amerikanischen Gentleman entsprechen könne. Im Plauderton dahingesagt, war es dennoch offensichtlich, dass Josephine ihre Cousine ein wenig aus der Reserve locken wollte, aber Eliana hatte stets nur mit den Schultern gezuckt und das Thema gewechselt.

Zu erregend die Erinnerung an ihre Begegnung im Tempel der Kuan Yin, zu klug seine Worte, zu rätselhaft sein Interesse an ihr, die sich doch so spröde und steif zeigte, zu unerschütterlich seine Liebenswürdigkeit. Blake schien wie geschaffen zu sein, eine Frau glücklich zu machen. Aber hatte sie das nicht auch von John angenommen – und sich so furchtbar in ihm getäuscht!

»Eliana, wach auf! Blake steuert in deine Richtung«, raunte Josephine ihr zu. »Ich liebe die Unkompliziertheit der Amerikaner«, fuhr sie breit grinsend fort, wie jemand, der sich über seinen gelungenen Streich freut, dann winkte sie in die Menge, als hätte sie soeben einen ungemein wichtigen Bekannten ausgemacht, und schlängelte sich davon, ehe Eliana sie daran hindern konnte.

»Warte!«, rief sie ihr nach, aber schon stand Blake neben ihr.

»Was habe ich Ihnen nur getan?«, seufzte er mit gespielter Tragik in Ton und Miene und zog seinen Zylinder. »Ob ein Glas Champagner und ein paar klärende Worte über mein Vergehen, dessen ich mir nicht bewusst bin, das Sie aber gleichwohl gegen mich aufgebracht hat, die Stimmung ein wenig befrieden kann?« Mit einer eleganten Bewegung schnappte er sich zwei Gläser vom Tablett eines umherstreifenden Kellners, reichte Eliana eines, das sie widerstrebend ergriff, und prostete ihr zu. »Schon besser«, sagte Blake lächelnd und fasste mit zwei Fingerspitzen ihren Ellbogen, eine Berührung, so leicht wie der Flügelschlag eines Engels, aber sie genügte, um Eliana in Flammen zu setzen.

Ich muss dem ein Ende bereiten, dachte sie, während sie mit ihm an ihrer Seite auf einen freien Tisch am Rand des Geschehens zusteuerte. »Hören Sie, Blake, ich bin für derlei nicht zu haben«, sagte sie deshalb schärfer, als sie es beabsichtigt hatte. Sie wusste, dass sie sich nun mit einem höflichen, aber nachdrücklichen Nicken verabschieden musste, um die Kurve auch wirklich zu kriegen, doch stattdessen setzte sie sich auf einen der hübsch geschwungenen, mattglänzenden Lehnstühle aus einem Holz, das nicht wie Holz aussah und auch nicht so roch. Unwillkürlich schnupperte Eliana.

»Bambus«, beantwortete Blake ihre stumme Frage. Dann nahm er ihr gegenüber Platz und wiederholte: »Derlei?« In seinen Augen tanzte der Schalk, was Eliana erboste.

»Machen Sie sich nur lustig. Sie wissen genau, was ich meine. Dieses Getändel und Getue mit Champagner und charmantem Wortgeklingel …«

»Nun ja, das ist die zivilisierte Art, einer Dame möglichst subtil zu zeigen, dass einem etwas an ihrer Gesellschaft liegt. Ist es Ihnen lieber, wenn ich die Frau, für die ich mich interessiere, an den Haaren packe und in meinen Bau schleppe?«

»Sie sollen sich gar nicht für mich interessieren. Lassen Sie mich einfach in Ruhe. Ich bringe den Menschen bloß Unglück. Oder sie mir, wie auch immer.«

»Aber was für eine Idee! Kein Mensch bringt einem anderen Unglück!«, rief Blake aus.

»O doch! Wenn gleich zwei Menschen sich in meiner Gegenwart von freundlichen, humorvollen Zeitgenossen nach und nach in unberechenbare Wesen verwandeln, die mit mir spielen wie die Katze mit der Maus, dann ist dieser Gedanke durchaus naheliegend.«

»Wollen Sie damit sagen, Sie hätten Angst, ich würde mich ebenfalls als unberechenbar entpuppen?« Gespanntes Interesse spiegelte sich plötzlich in seinen Augen und ein Funke des Begreifens.

Eliana gab sich einen Ruck. Wozu damit hinterm Berg halten? Ihre und seine Wege trennten sich in absehbarer Zeit, und selbst wenn er sein Wissen über sie ausplaudern sollte, konnte ihr das gleichgültig sein. Außerdem würde es ihre wallende Sinnlichkeit abkühlen, wenn sie sich erinnerte. Also begann Eliana zu erzählen, von John, von Annemarie, von der Tragödie, die über sie alle hereingebrochen war. »Finden Sie immer noch, dass es sich überdreht anhört, wenn ich behaupte, den Menschen Unglück zu bringen und sie mir?«

Die Ellbogen auf die Stuhllehnen gestützt und das Gesicht an die vor dem Kinn gefalteten Hände gelehnt, hatte Blake zugehört. »Nein, überhaupt nicht. In einem gewissen Sinn könnten Sie sogar recht haben, weil der Mensch einem Wiederholungszwang unterliegt. Oder besser gesagt, er folgt einer Art gesetzlichem Muster, das in seiner Familie angelegt ist. Das Dumme daran ist, dass wir uns dessen nicht gewahr sind.«

»Nach Ihren Worten müsste ich also mit einem jähzornigen, krankhaft unbeherrschten, eifersüchtigen und alkoholsüchtigen Vater und einer unberechenbaren, launischen, herrschsüchtigen Mutter geschlagen sein, damit ich mich als Erwachsene in einen Trinker verliebe und nach dessen Verschwinden eine Xanthippe in mein Haus hole, die vorgibt, meine Freundin zu sein.« Eliana schüttelte den Kopf und erwiderte Blakes Blick mit einer Mischung aus Skepsis und Belustigung.

Blake zögerte einen Moment. »In fortschrittlichen Zirkeln wird über die Frage diskutiert, ob der Mensch ausschließlich den Ausschnitt von der Welt wahrzunehmen imstande ist, der den Erfahrungen gleicht, die er von Kindesbeinen an gemacht und verinnerlicht hat. Ein Leben lang suchen wir nach ähnlichen Umständen wie denen, die wir bereits kennen, ganz gleich, wie deprimierend oder elend sie auch gewesen sein mögen. Was man kennt, fürchtet man nicht so sehr wie das Fremde, sei es auch noch so verlockend und harmonisch. Warum, liebe Eliana, riss Huckleberry Finn aus, als die Witwe Douglas ihm ein Heim gegeben und ihn in einen gewaschenen, manierlichen jungen Mann im Samtanzug verwandelt hatte?«

»Sehen Sie gewisse Ähnlichkeiten zwischen mir und der Witwe oder – etwa Huck?«, versetzte Eliana lachend. Dieser Mann war verrückt, aber charmant verrückt, und er brachte sie zum Lachen.

Blake funkelte sie an. »Die Witwe ist zu betulich. Aber Hucks Mut, sein unbedingter Wille, unabhängig zu leben und sich von niemandem etwas vorschreiben zu lassen …«

»Passt besser zu meiner Cousine«, meinte Eliana lakonisch. »Und nebenbei bemerkt, meine Eltern sind recht-

schaffene Leute. Meine Mutter züchtet Karakulschafe, und mein Vater ist Gärtner. Sie bewirtschaften ein kleines Stück Land und hegen das eine oder andere Kümmernis«, sie dachte dabei an Frauke, »aber nie haben sie gegen mich oder meine Schwester die Hand erhoben, sind nie laut geworden. Sie sind bodenständig und aufrichtig.« Wenn auch nicht eben herzlich und ein wenig zu sehr darauf bedacht, für sich zu bleiben, schoss es ihr plötzlich durch den Kopf. Wäre ihr, Elianas, Leben anders verlaufen, wenn sie nicht in der Weltabgeschiedenheit der Jürgensen'schen Senke aufgewachsen wäre? Wenn sie beizeiten mit Menschen zusammengetroffen wäre, deren Alltag und Einstellungen sich von den festgefügten Vorstellungen der Eltern unterschieden? Wenn auf diese Weise eine Fähigkeit in ihr herangereift wäre, die sie vor den dramatischen Fehlentscheidungen, die ihr Dasein verdunkelten und noch lange verdunkeln würden, bewahrt hätte – Menschenkenntnis? Es mochte gut gemeint gewesen sein, aber indem ihre Eltern sie und Frauke vor den Herausforderungen, Gefahren und dem Unglück, das jenseits der vier Wände ihres Hauses jederzeit über sie hätte hereinbrechen können, bewahrten, hatten sie das Leben selbst ausgesperrt. Und ihre Töchter zu weltfremden Menschen erzogen. Vielleicht war Frauke deswegen von einem Tag auf den anderen fortgegangen, vielleicht hatte sie plötzlich erkannt, wie viel ihr vorenthalten worden war und wie viel darauf wartete, entdeckt zu werden.
Aufmerksam verfolgte Blake ihr Mienenspiel. »Ich möchte Ihnen von meinem Freund Prentice erzählen«, sagte er, »meinem verstorbenen Freund Prentice Mulford, um genauer zu sein. Haben Sie den Namen schon einmal gehört?«

Eliana schüttelte den Kopf, und Blake fuhr fort: »Er ist 1834 in Sag Harbor in New York geboren und hatte ein bewegtes Leben als Hotelbesitzer, Goldsucher, Farmer, Koch, Matrose und als Journalist hinter sich, als wir uns bei einer unsäglich miserablen Premiere eines Feydeau-Stücks über den Weg liefen. Zu dem Zeitpunkt hatte er gerade begonnen seine Vorstellungen von dieser Welt und dem, was sie im Innersten zusammenhält, aufzuschreiben. Seine Essays wurden in mehreren Bänden veröffentlicht und trugen den Namen Prentice Mulford weit über die Grenzen des Staates New York hinaus. Und dabei hat er nichts anderes getan, als die Quintessenz dessen, was Buddhismus wie Christentum eint, für den modernen Menschen zu formulieren.« Er machte eine Pause. »Buddha sagt zum Beispiel: ›Alles, was wir sind, ist das Ergebnis unserer Gedanken. Der Geist ist alles. Was wir denken, dazu werden wir.‹ Bei Prentice liest sich das folgendermaßen: ›Gedanken sind Kräfte, Elemente eines unendlichen Bewusstseins, an das wir uns wie an ein Kraftreservoir anschließen können.‹« Blake lächelte im Gedenken an seinen toten Freund. »Ich bin überzeugt, dass man ihn noch in hundert Jahren zitieren wird.«
»Das klingt wunderbar, wirklich«, erwiderte Eliana, »aber fast ein wenig zu simpel, meinen Sie nicht? Wenn es so wäre, wie Ihr Freund und Buddha sagen, müssten wir uns doch nur ein schönes Leben ausdenken, und schwuppdiwupp wäre es da …« Ein nachsichtiges Lächeln lag um ihren Mund. Blake mochte sich weltgewandt geben, aber im Grunde seines Herzens schien er ebenso naiv zu sein wie sie selbst.
»Ich weiß nicht, warum es stets das Komplizierte sein muss, das den Beifall der Menschen findet«, entgegnete

Blake. »Aber davon einmal abgesehen ist nichts so schwierig, wie die eigenen Gedanken zu kontrollieren. In jeder Sekunde unseres Lebens schießen uns Gedanken durch den Kopf, und welcher Art die sind, hängt davon ab, was uns als Kind widerfahren ist.«

»Aber wer denkt denn als Erwachsener noch darüber nach, ob er zu früh aufs Töpfchen musste oder der kleine Bruder stets die besten Apfelstücke bekam?«

Blake lächelte nachsichtig über die Herausforderung, die in Elianas Frage lag. »In jedem Fall kann das, was wir als Kinder erleben, ungehindert seine Spuren in unserer jungen Seele hinterlassen und dort quasi eine Tonfolge hinterlegen, deren wir uns zeitlebens bedienen müssen, mit der wir uns ausdrücken und die unser ganzes Denken und Handeln bestimmt – ohne dass wir es bemerken. Das meinte ich, als ich sagte, der Mensch neige dazu, sich zu wiederholen. Er kann gar nicht anders. Er sucht instinktiv nach Menschen und Situationen, die dieser Tonfolge entsprechen.«

»Das würde bedeuten, dass, wer in seiner Kindheit nichts als Sonnenschein und dicke Pfannkuchen erfahren hat, ein glückliches, zufriedenes Leben führen wird und alle anderen später immer wieder mit Schwierigkeiten, Problemen und Gewalt konfrontiert sind, weil sie es nicht anders gewöhnt sind.«

»Manchmal kann auch ein einmaliges, einschneidendes Erlebnis in einem ansonsten behüteten Dasein dazu führen …«

»Auch damit kann ich leider nicht dienen«, unterbrach Eliana ihn lächelnd. »Aber dass Ausnahmen die Regel bestätigen, hat Ihr Freund in seiner Theorie gewiss berücksichtigt.«

Blake zögerte. Sein Blick umfasste sie mit einer Zärtlichkeit, die ihr Herz in den Himmel trug. Dann fügte er mit wolkenweicher Stimme hinzu: »Es gibt keine Ausnahme. Der ewige Kreis der Wiederholungen lässt sich nur aufhalten, wenn man versteht, was dem Kind, das man einmal war, geschehen ist. In dem Moment verlieren sie ihre Funktion – uns auf etwas aufmerksam zu machen.«

Verunsichert sah Eliana ihn an. Machte er sich einen Spaß daraus, einem Landei aus Norddeutschland einen Bären aufzubinden, oder war ihm daran gelegen, sie Anteil nehmen zu lassen an einer Gedankenwelt, die sich gänzlich von dem unterschied, was man den gesunden Menschenverstand zu nennen pflegte, die ihm aber der Vehemenz seiner Worte nach zu schließen viel bedeutete? Oder war er übergeschnappt? In Bann gezogen von einem Kerl, der beruflich nichts zuwege gebracht hatte, bis ihm eingefallen war, ein Quäntchen Buddhismus mit einer Unze Christentum zu vermengen und ein wenig Mystik obendrauf zu streuen? Dieser Gedanke gefiel Eliana am wenigsten. Sie mochte Blake, und ihn in den Fängen eines esoterischen Rattenfängers zu wähnen, beunruhigte sie.

Um Zeit zu gewinnen, trank Eliana den letzten Schluck Champagner, stellte das Glas behutsam zurück und drehte den Stiel einen Moment zwischen Daumen und Zeigefinger, bis sie schließlich ebenso wolkenweich erwiderte: »Ihr Freund muss ein sehr unglücklicher, verletzter Mensch gewesen sein, andernfalls kann ich mir keinen Grund denken, warum jemand derart zynische Ansichten verbreitet.« Sie zögerte, sprach es aber dann doch aus: »Bedeuten seine Worte doch in der Konsequenz, dass, wer als Erwachsener tyrannisiert, ausgenutzt oder bedroht wird, es bloß versäumt hat, herauszufinden, was ihm als Kind widerfahren ist. Er ist also selber schuld an seinem Unglück.« Eindringlich sah sie ihm in die Augen. »Das meinen Sie nicht ernst, Blake, nicht wahr? Im Grunde Ihres Herzens wissen Sie, was für einen ausgemachten Blödsinn sich Ihr Freund da ausgedacht hat.«

Blake überlegte einen Moment. »Ich will versuchen Ihnen zu erklären, was ich meine. Sehen Sie, ich bin mit dem berühmten goldenen Löffel im Mund geboren worden. In Bayern, dort, wo es am schönsten ist, wo König Ludwig seine Schlösser hinsetzte und der Musik Richard Wagners verfiel. Mir mangelte es an nichts, auch nicht an Liebe und Fürsorge, dennoch entwickelte ich mich zu einem unzufriedenen, zornigen jungen Mann. Ich fühlte mich, als wäre ich beständig in einen zähen Kampf mit einem unsichtbaren Gegner verwickelt, was mich zutiefst verunsicherte und ängstigte und mich Zuflucht zu ebenso unzufriedenen Menschen suchen ließ, die sich ihre Zeit mit dem Glücksspiel und einem Duell nach dem anderen vertrieben.« Er beugte sich vor und sah Eliana eindringlich an. »Vor zehn Jahren verstarb mein Vater ganz plötzlich. Ich musste mich um die Abwicklung seiner Angelegenheiten kümmern, und bei der Überprüfung der Bankkonten stellte ich fest, dass vierteljährlich ein nicht unerheblicher Betrag nach London auf das Konto eines gewissen Taylor Browne überwiesen wurde. Es stellte sich heraus, dass es sich um einen Freund meines Vaters handelte, einen Kaufmann, der regelmäßig nach China segelte, um Tee, Reis und Seide einzukaufen. Mein Vater und er haben sich vor vierzig Jahren, nach dem zweiten Opiumkrieg, in Shanghai kennengelernt. Mein Vater handelte mit Seide, müssen Sie wissen.«

»Dann kam Ihnen der Motorschaden der Roland ebenso

zupass wie uns«, warf Eliana ein, sich fragend, wohin diese Geschichte führen würde.
Blake machte eine wegwerfende Handbewegung. »Als ich das erste Mal nach China reiste, brannte ich darauf, den Spuren meines Vaters zu folgen, aber die Neugier hat sich gegeben. Chang Bao kam der Stopp eher gelegen.« Er holte tief Luft und fuhr fort, den Blick in die Weite gerichtet, als sähe er die Ereignisse wie in einem fernen Land hinter dem Horizont wieder. »Das erklärte jedoch nicht, warum mein Vater seinem Freund regelmäßig Geld überwiesen hatte. Eine geraume Weile wich Taylor meinen Fragen aus, bis er eines Abends nach dem Genuss etlicher Gläser Portweins doch noch mit der Sprache herausrückte. Mein Vater, betonte er, sei ein guter Kerl gewesen, der Verantwortung übernommen habe. Und deshalb habe er für die Chinesin, mit der er während seiner Aufenthalte in Shanghai lebte, und ihren gemeinsamen Sohn regelmäßig eine angemessene Summe geschickt, die ihnen Essen und ein Dach über dem Kopf sicherte. Nicht ein einziges Mal habe Vater mit dem Gedanken gespielt, die Sache im Sande verlaufen zu lassen, auch dann nicht, als Mai Lin, so hieß die Frau, starb. Von da an leitete Taylor das Geld an Mai Lins Sohn weiter. All die Jahre lief das Arrangement über Taylors Londoner Firma, damit es daheim bei der Buchhaltung nicht auffiel.« Blake hielt kurz inne. »Plötzlich bekam alles einen Sinn. Dieser Gegner, gegen den ich kämpfte – das war Vaters Geheimnis. Ich habe als Kind wie als Heranwachsender gespürt, dass irgendetwas nicht in Ordnung war, aber mein Vater sah natürlich keine Veranlassung, über Shanghai zu reden, und meine Mutter gab vor, nicht zu bemerken, was vor sich ging, also richtete ich meine Unruhe und Anspannung gegen mich selbst. Als

ich das an jenem Tag bei Taylor begriff, verloren der Zorn und die Unzufriedenheit gewissermaßen ihre Funktion, nämlich die, mich darauf aufmerksam zu machen, dass etwas ganz und gar nicht stimmte.« Er hob die Hände, als wäre eine Waffe auf ihn gerichtet. »Ich weiß, das klingt verrückt. Aber genauso hat es sich abgespielt, und wenn ich eins gelernt habe aus dieser Geschichte, dann, dass es wichtig ist, seinen Gefühlen zu trauen. Wenn Sie glauben, irgendetwas ist nicht im Lot, können Sie wetten, dass dem so ist, ganz gleich, was andere Ihnen – oder Sie selbst sich – weismachen wollen. Und dieses Etwas treibt Sie um, wühlt in Ihnen, vergiftet Ihre Träume und Ihr Leben. Erst wenn Sie es kennen, verliert es die Macht, die es über Sie hat.«

Als Eliana nichts erwiderte, erklärte Blake, dass er aufgrund dieser Erfahrungen angefangen habe, die Wissenschaft des Geistes, der Psychologie, der Religion sowie der Philosophie zu studieren, erst in München, dann in Wien und schließlich in Boston, ehe er nach New York gezogen sei, wo er Prentice Mulford ein paarmal begegnet sei und wo er, Blake, seit einiger Zeit eine Praxis für Seelenkunde betreibe, was ihm genügend Zeit lasse, seinem zweiten Leben nachzugehen.

Auffordernd sah er Eliana an.

Aber Eliana hatte gar nicht hingehört.

Was Blake über die Macht verborgener Geheimnisse gesagt hatte, bestürzte sie, wühlte sie auf, und obschon ihr Verstand heftig protestierte, fühlte sie sich bis auf den Grund ihrer Seele durchschaut. Sie starrte Blake an, dann erkannte sie in der Gegenwehr ihre einzige Zuflucht. »So, so, Mr. Browne kauft also Tee in China ein, und der Vater handelte mit Seide. Sie würden die Geschichten aus *Tau-*

sendundeine Nacht neu schreiben, wenn Sie mich damit einwickeln und herausfinden könnten, was mein Onkel vorhat, nicht wahr? Oh, ich bin ja auch ein perfektes Opfer. Ohne nennenswerte Bildung, eine Witwe noch dazu, aber ich habe vor Kummer nicht meinen Verstand verloren.« Sie erhob sich. »Leben Sie wohl, Blake, Michael, oder wie Sie sonst heißen mögen.«

»Hören Sie auf, den Unsinn Ihres Onkels wiederzukäuen, Eliana!«, entgegnete Blake sanft. »Begleiten Sie mich zu meinem Bruder. Hören Sie sich die Geschichte unserer Familie aus seinem Mund an. Wollen Sie?«

Die schiefergrauen Augen hielten sie fest, aber Eliana schüttelte nur stumm den Kopf. Während sie sich zu den Gruppen plaudernder Rennbesucher flüchtete, fluchte sie vor sich hin. Er trieb sein Spiel mit ihr, daran konnte es keinen Zweifel geben. Warum zum Teufel glaubte sie Blake Michaels dennoch im Grunde ihres Herzens jedes einzelne Wort?

14

Leise zischend auf und zu gleitende Türen aus Reispapier, eine geschickt angelegte künstliche Quelle, die scheinbar dem Nichts entsprang und in einen Teich mündete, in dem Goldfische unter Lotosblumenblättern, groß wie ein Wok, vor sich hin dösten. Bedienstete in schwarzblauer Kleidung huschten über die Gänge, die an jeder Ecke von üppig geschnitzten Drachen, Phönixen und Tigern bewacht wurden. In geradezu aufdringlicher Weise entsprach das Haus seines Bruders allen Klischees, wie das Haus eines begüterten Chinesen ausgestattet zu sein hatte. Blake kannte seinen Bruder mittlerweile gut, aber nicht gut genug, um sagen zu können, ob dies ein Ausdruck von Selbstironie war. Er selbst schwankte jedenfalls seit seiner Ankunft wie immer, wenn er Lung Jie besuchte, zwischen Belustigung angesichts des Ambientes und Respekt vor dem, was sein Bruder geleistet und zu welchem Glanz er es trotz seiner Herkunft und dem Stigma, Sohn einer Langnase zu sein, gebracht hatte.
Mit gesenktem Blick, den Kopf von einer Kapuze verhüllt, pantherte Kwai Chang Bao wortlos an Blake vorbei, der ihn jedoch an seinem Gang erkannte und begrüßte. Chang Bao murmelte eine Erwiderung und lief weiter. Verdutzt sah Blake ihm nach.
»Ich hoffe, du bist wohlauf, mein Bruder?«
Langsam drehte Blake sich um. »Hat dir und Chang Bao mal jemand gesagt, wie unhöflich lautloses Anschleichen ist?«, versetzte er lächelnd und folgte Lung Jie in einen

der weitläufigen, spärlich möblierten Räume. Auf einem niedrigen Tisch arrangierte ein junges Mädchen, fast noch ein Kind, Teeschalen und süße Küchlein, französischen Petit Fours nicht unähnlich. Blake und Lung Jie setzten sich einander gegenüber. Fasziniert beobachtete Blake, wie sich eine golfballgroße braune Kugel, die in einer gläsernen Kanne schwamm, allmählich zu einer Blüte entfaltete.

»Chang Bao schien mir etwas gehetzt zu sein. Ich hatte den Eindruck, es ist ihm unangenehm, mich hier zu treffen, mich überhaupt je wiedersehen zu müssen«, brach Blake das Schweigen, das so oft zwischen ihnen hing, ohne dass er, Blake, es als bedrückend empfunden hätte. Fragend sah er Lung Jie an.

»Ich habe ihn gebeten, dich im Auge zu behalten, und Chang Bao würde eher sterben, als sein Versprechen zu brechen.«

»Aber findest du nicht, dass er sich sehr verändert hat? Er lacht nicht mehr, wirkt verschlossen, schaut argwöhnisch aus der Wäsche und macht aus allem ein Geheimnis. Als ich die Einladung der Kaysers erhielt, sie nach Hangzhou zu begleiten, gab er vor, seine Familie besuchen zu müssen, als ob ich nicht wüsste, dass seine Eltern und seine Schwester hier oben leben. Und dann taucht er plötzlich am Tempel der Kuan Yin auf, plaudert ein wenig mit mir und verschwindet ebenso unvermittelt wieder.«

Lung Jie zuckte mit den Schultern. »Er hatte in Shanghai einige Angelegenheiten für mich zu erledigen, und diskret, wie er ist, hat er lieber zu einer Ausrede gegriffen, als ein Sterbenswort über mich auszuplaudern.« Blake sah seinen Bruder scharf an, und widerstrebend fügte Lung Jie hinzu: »Er misstraut jedem, der aus dem Westen stammt, das stimmt schon. Aber wenn man bedenkt, wie die imperialistischen Mächte unser Land unter sich aufteilen, als existierten wir Chinesen gar nicht, kann man es ihm vielleicht nicht verübeln.«

Das klang beiläufig, aber Blake nahm in Lung Jies melodischer Stimme einen Unterton wahr, den er nicht einzuordnen vermochte. Forschend blickte er ihm ins Gesicht, doch seine mandelförmigen Augen gaben nichts preis, kein Muskel zuckte in den für einen Enddreißiger bemerkenswert glatten Zügen. Weigerte Blake sich beharrlich, seinen Halbbruder als solchen zu bezeichnen, weil er den Eindruck hatte, dass, wer dies tat, weniger der genealogischen Korrektheit entsprechen wollte, als sich vielmehr der Distanz zu einem ungeliebten Angehörigen zu versichern, musste er doch zugeben, dass dieses Halb eindeutig Lung Jies Äußeres dominierte. Was seinen Charakter betraf, kam er jedoch nach ihrem gemeinsamen Vater. Richard Schwarzkopf hätte, wenn er sich die Mühe gemacht hätte, den Werdegang seines unehelichen Erstgeborenen zu verfolgen, gewiss seine Freude an dessen Zielstrebigkeit und Scharfsinn gehabt, vermutlich mehr als an Blakes Hang zum Philosophieren und seiner leichtfüßigen Art, mit dem Leben zu tanzen.

Als Lung Jie keine Anstalten machte, seine Bemerkung näher zu erläutern, beugte Blake sich vor. »Erinnere dich bitte, dass wir vereinbart hatten, das Geheimnis unseres Vaters das einzige bleiben zu lassen. Entweder reden wir offen und ehrlich miteinander, oder wir lassen es ganz. Willst du mir nicht sagen, was hier los ist? Ich spüre doch, dass dich etwas beschäftigt.«

»Gut, wenn es dein Wunsch ist …« Lung Jie sah zum Fenster hinaus. Die Witterung war umgeschlagen, dunkle

Wolken jagten über den Himmel, ein heftiger Wind strich um das Haus, zerrte an Kirschzweigen und riss die weißrosa Blütenblätter mit sich. »Ich mache mir Sorgen um dieses Land, besonders um Shandong. Wie schon so oft in der Vergangenheit wurde Shandong auch im letzten Jahr von Unwettern und Überschwemmungen heimgesucht, aber dieses Mal war es besonders schlimm. Millionen Obdachlose flüchteten, und wer blieb, hungert bis zum heutigen Tag. Es gibt nicht genügend Nahrungsmittel, der Markt ist leer, und der Handel bricht zusammen. Und was macht der Hof? Erhöht die Steuern und erlaubt es den Ausländern, ihre Waren ins Land zu bringen, was unsere Wirtschaft über kurz oder lang in die Knie zwingt.«

»Ich dachte, eure Kaiserin ist eine geschickte Strategin.«

Lung Jie verzog das Gesicht. »Sie ist alt und hat die Übersicht verloren. Sie glaubt, die alten Schachzüge funktionieren heute so zuverlässig wie damals, aber das Volk hat allmählich genug von der Tyrannei. Es beginnt die Kaiserin genauso zu hassen wie die Ausländer.« Er hielt inne, als das Mädchen zurückkehrte und ihnen von dem Tee einschenkte. Erst als es lautlos davongeschwebt war, sprach er weiter. »Am schlimmsten trifft uns diese Eisenbahn, wie ein wütender Drache wird sie sich durch unsere Erde wühlen, die Äcker zerstören. Dazu kommen die Kirchen, die mit ihren spitzen Türmen die Landschaftsharmonie so gründlich zerstören, dass unsere Feng-Shui-Meister verzweifeln. Außerdem stört der Baulärm die Ruhe der Ahnen.«

»Die Arbeiten haben ja noch gar nicht richtig begonnen«, wandte Blake ein.

»Du hältst mich für abergläubisch, gib es ruhig zu«, erwiderte Lung Jie mit einer wegwerfenden Handbewegung.

»Das macht mir nichts aus. Ich weiß um die Kraft der traditionellen Lehren.« Ein nachsichtiges Lächeln breitete sich auf seinem Gesicht aus. »Wir sehen Muster in der Landschaft und wie sie sich auf unser Gemüt und unseren Erfolg auswirken. Du und dieser Prentice, ihr seht Muster in den Leben selbst. Der Unterschied ist nicht sehr groß, meine ich.«

Blake schürzte die Lippen. »Wobei es für euch leichter ist, die Verantwortung abzugeben. Hat der Feng-Shui-Meister sich verrechnet, trägt er an eurem Unglück die Schuld. In Prentice' Theorie gibt es keine Ausflüchte.«

»Dafür leben wir seit fünftausend Jahren danach, und meines Wissens schwört bis auf eine Handvoll Intellektueller am Hudson die Mehrheit der Westmenschen nicht auf die Kraft der Gedanken, sondern auf die Vorstellung, die Welt und alles, was darin existiert, sei rein materiell.«

»Geschweige denn von Drachen und Phönixen bevölkert«, ergänzte Blake feixend.

Lung Jie schenkte Tee nach. »Es gibt durchaus andere, konkrete Ursachen für den wachsenden Unmut in der Bevölkerung. Zum einen missachten die Deutschen die Verträge mit der chinesischen Seite, in denen eindeutig geregelt ist, dass sämtliche Arbeiten, und dazu zählen auch die Vermessungsarbeiten, mit denen sie bereits begonnen haben, sowie der Erwerb von Grundbesitz gesonderter Verträge mit dem Gouverneur von Shandong bedürfen. Das interessiert die Deutschen gar nicht! Abgesehen davon haben sie den Bauern einen Schleuderpreis für ihr Land gezahlt.«

»Und wie reagiert die Kaiserin auf diese Affronts?«

Lung Jie zuckte mit den Schultern. »China hat so oft sein Gesicht verloren, dass es praktisch keines mehr hat. Viel zu spät bemühte der Hof sich um die Modernisierung des Landes, wofür Ausländer beauftragt werden müssen, weil sie in technischen Belangen überlegen sind. Das kostet. Cixi hat Millionen bei ausländischen Banken aufgenommen, ohne sie je zurückzahlen zu können, da sie über keinerlei regelmäßige Einnahmequellen verfügt. Sie ist in den Händen des Westens. Wie soll sie schon reagieren?«

»Und wo stehst du, Ti Lung Jie?« Blakes Augen verengten sich, nur eine Nuance, aber sie entging Lung Jie keineswegs.

»Es heißt, dass sich einige Männer zusammentun wollen, um die fetten Mandarine und die Feinde des Landes in den Yangtse zu treiben«, entgegnete Lung Jie ausweichend. »Wenn das wahr ist, wäre dies die erste antikoloniale Bewegung, die sich aus dem Volk erhebt.«

»Da bin ich ja zur rechten Zeit am rechten Ort«, warf Blake ironisch ein.

Lung Jie winkte ab und lächelte fein. »Warum seid ihr Amerikaner bloß immer gleich so hysterisch? Die Dinge können ebenso gut im Sande verlaufen. Überdies bist du bei mir vollkommen sicher. In Peking würde ich meine Hand dafür allerdings nicht ins Feuer legen.«

»Du bist der Sohn eines Deutschen.«

»Das weiß ja niemand«, wiegelte Lung Jie ab. »Und abgesehen davon bin ich mächtig genug, um im Hintergrund die Fäden so zu ziehen, dass die Situation für mich und die meinen unter Kontrolle bleibt.« Ein listiger Zug schmiegte sich um seine Augen. »Oder möchtest du lieber einen Abstecher nach Australien unternehmen? In zwei Wochen sticht ein Handelsschiff von Shanghai aus via Sidney in See. Mit einer Ladung Teppichen aus meiner Manufaktur«, fügte Lung Jie erklärend hinzu. »Wie wär's?

Die Ureinwohner beherrschen die Kunst der lautlosen Übermittlung von Gedanken, habe ich mir sagen lassen. Das müsste für dich doch von Interesse sein, Bruder mit dem Herzen eines Hasen.«
Ohne auf Lung Jies kleine Sticheleien einzugehen, schüttelte Blake den Kopf. »Ich kann nicht sofort abreisen.«
Ein Funke glomm in Lung Jies Augen auf, seine Mundwinkel zuckten. »Es war nicht meine Idee, ehrlich miteinander zu sein«, sagte er fröhlich, »aber nun, da wir damit angefangen haben, wollen wir auch dabei bleiben. Wir kommen somit zum Wesentlichen, und du verrätst mir den Grund für den Zauber in deinen Augen, mein Bruder. Wer ist sie also?«
Blake entfuhr ein tiefer Seufzer. »Sie ist wunderschön, und ich glaube, sie ist mir durchaus gewogen. Oder besser gesagt, war. Ich hab's vermasselt. Sie hält mich für einen Handelsspion, der sie mit sterbenslangweiligen Vorträgen über Buddhismus und Prentice Mulford in Trance quatschen will, damit sie das Geheimnis ihres Onkels Hendrik verrät.«
»Hendrik? Hendrik Kayser?«
Als Blake ihn überrascht ansah, klatschte sein Bruder in die Hände und brach in Gelächter aus.

Angetan mit einer turbanähnlichen Kopfbedeckung, weiten Hosen und einem von den Schultern gerade hinabfallenden Regenumhang aus Stroh, wie man ihn in Shanghai trug, machte sich Josephine ein paar Tage später auf den Weg zu den chinesischen Dörfern, entschlossen, den einzigen, wenn auch äußerst flüchtigen Kontakt, den sie bislang zu der Bevölkerung hatte knüpfen können, zu vertiefen. Die sogenannte gute Gesellschaft langweilte sie zu

Tode. Sie hatte es versucht, aber es hatte nicht funktioniert.
Josephine lief an Häuserblocks vorüber, vor denen ausgemergelte Männer in abgetragener Kleidung herumlungerten und auf Arbeit warteten, die unterste Schicht der Kulis, noch ärmer, elender als die, die Rikschas und zweirädrige Karren zogen, Pferdewagen lenkten und nachts auf Holzplanken schliefen. Es roch nach Urin, nach Sommerregen und gedämpftem Weizenbrot, das in einer nahe gelegenen Garküche gebacken wurde. Zögernd lief Josephine weiter Richtung Norden, dorthin, wo sich die Straße sternförmig verzweigte und zu einem Labyrinth unzähliger Gassen wurde. Sie lief und lief, spähte in offen stehende Haustüren, erntete misstrauische Blicke und unfreundliches Gemurmel, dass ihr niemand übersetzen musste. Verwünschungen, ganz gleich, in welcher Sprache, versteht man auf der ganzen Welt.
Plötzlich erblickte sie Kwai Chang Bao. Lautlos und schnell querte er die vor ihr liegende Gasse und verschwand um die nächste Ecke. Josephine rief seinen Namen und lief ihm nach, aber entweder hörte Bao sie nicht oder wollte nicht aufgehalten werden. Sein roter Umhang blitzte bald hier, bald dort auf, wie ein Irrwisch, der sie foppen wollte, und sie, mit einem Mal animiert wie Artemis auf der Jagd, erhöhte ihr Tempo, begann zu rennen, rutschte auf regenfeuchten Steinen aus, verlor das Gleichgewicht und landete bäuchlings in einer Pfütze.
»Können Sie aufstehen?«, fragte eine sanfte Stimme. Josephine blickte auf und geradewegs in ein schräggeschwungenes Augenpaar von der Farbe glänzenden Rabengefieders.
»Ich habe einen Mönch verfolgt«, sagte sie wahrheits-

gemäß und drehte sich vorsichtig auf die Seite. »Aber eigentlich war ich auf der Suche nach Ihnen.«

»Ich verstehe«, erwiderte Li in einem Ton und mit einem Gesichtsausdruck, der verriet, dass sie Josephine kein Wort glaubte. Ihre Augen wanderten über Josephines bizarre Aufmachung, ihre aufgeschlagenen Knie und die böse zerschrammten, blutigen Hände. »Sie haben sich verletzt. Mein Vater wird Ihnen helfen. Kommen Sie. Es ist nicht weit.«

Trotz der Schmerzen, die sie jetzt, da sie sich mit Lis Hilfe aufgerappelt hatte und auf ihren Arm gestützt die Gasse hinaufschlich, überfielen, musste sie innerlich lächeln. Besten Dank, Kwai Chang Bao. Ohne deine unfreiwillige Navigationshilfe hätte ich Li in diesem Gewirr von Häusern, die sich gleichen wie ein Essstäbchen dem anderen, wohl nicht so rasch aufgespürt.

Nach wenigen Minuten standen Josephine und Li vor einem Haus mit sanft geschwungenem Dach und weit offen stehender Holztür, bewacht von einem Drachen, der, die Hände in die Hüften gestemmt, die Stirn so heftig gerunzelt, dass die kräftigen Brauen Schwertern gleich über den dunklen Augen hingen, männlich wie weiblich sein konnte, in jedem Fall aber einen ziemlich schlechtgelaunten Eindruck machte.

»Lian!« Dem Aufschrei des Drachen folgte eine Reihe unfreundlich klingender Laute und unmissverständlicher Gesten, Li möge sich hereinscheren und die andere – Josephine traf ein eindeutiger Blick – dahin zurückschicken, wo sie hergekommen war. Mit einem letzten Knurren wandte er sich ab und verschwand zeternd im Haus.

»Meine Tante Gong Hu«, sagte Li unbeeindruckt, nahm

Josephine bei der Hand und zog sie hinein. »Sie meint es nicht so.«
Davon war Josephine nicht überzeugt, aber die Aussicht, einen Einblick in das China zu bekommen, das die Politiker ihren Bürgern meistens vorenthielten, zerstreute ihre Bedenken. Neugierig sah sie sich um. Sonne flutete ungehindert durch einen weiten, nicht eben hohen und fast leeren Raum, der von papierdünnen Wänden zum rückwärtigen Teil begrenzt war.
»Warten Sie hier.« Li hockte sich hin, schob eine in die Wand gelassene Tür zur Seite und zog sie hinter sich wieder zu. Kurz darauf kehrte sie zurück und bedeutete Josephine, ihr zu folgen. »Mein Vater erwartet Sie.«
»Spricht er auch so gut Deutsch wie Sie?«, fragte Josephine und schalt sich im nächsten Moment eine aufdringliche Idiotin. Li antwortete nicht. Vor einer Reispapiertür blieb sie stehen, wiederholte die umständliche Prozedur des Öffnens in hockender Haltung und schüttelte den Kopf, als Josephine sich anschickte, es ihr nachzutun.
Peinlich berührt von der eigenen Unwissenheit, schritt Josephine durch die Tür und fand sich in einem Raum wieder, der durch die unzähligen Flaschen und Fläschchen, die überall, wo sich Platz bot, herumstanden, sowie eine gewaltige, mit etlichen Schubladen versehene Kommode aus morchelbraunem Holz bedrückend wirkte. An einem Tisch saß ein Mann mit dunkel gegerbtem und von tiefen Furchen durchzogenem Gesicht und blickte ihr mit verhaltener Neugier entgegen.
»Wang Shi Wei«, sagte Li zu Josephine.
Das musste der Name des Mannes sein.
Josephine legte die schmerzenden Handflächen aneinander, verbeugte sich und hoffte, das Richtige zu tun. Wang

Shi Wei erwiderte die Begrüßung mit einer leichten Neigung des Kopfes und einem angedeuteten Lächeln. Während er auf seine Tochter einredete, erhob er sich und wedelte seine Patientin in Richtung eines Feldbetts. Aufatmend legte Josephine sich auf den Rücken. Die Abschürfungen brannten, hinter ihren Augen pochte ein stechender Schmerz. Dankbar beobachtete sie, wie Wang Shi Wei ihre Wunden begutachtete und seine Tochter begann, sie auszuwaschen und zu verbinden.

»Mein Vater möchte wissen, ob Kopf weh macht.«

»Ein wenig.«

»Ist Ihnen übel?«

»Nein.«

»Frieren?«

»Nein.«

»Hm, wie sagt man ...« Li wandte die Augen zur Decke, als stünde dort die deutsche Vokabel, die sie brauchte. Schließlich setzte sie das Verhör fort. »Pipi?«

»Bitte?«

»Wie ist ... Pipi?«

»Ich wüsste gern, warum Sie das wissen müssen«, erwiderte Josephine höflich und bemüht, ihr Befremden nicht allzu deutlich zu zeigen. »Ich bin gestürzt, nicht blasenkrank.«

»Unsere Ärzte«, sagte Li zögernd, »sehen das ganze Bild, nicht nur einen ... Teil. Also?«

Josephine verzog das Gesicht. »Hellgelb.«

»Und Losung?«

»Wie bitte?«

»Hart, fest oder geschmeidig? Oder weich? Wie Perlen von Hasen oder in Stück?«

»Du meine Güte«, murmelte Josephine. Sie spürte, wie

ihr das Blut in die Wangen schoss. Was zum Teufel gingen diesen Dorfdoktor ihre Innereien an? Empört versuchte sie sich aufzusetzen, aber sanft drückte Wang Shi Wei sie zurück auf das Lager, dann tastete er nach ihrem Puls und kommentierte, was er wahrnahm, mit Geräuschen, die Zustimmung ausdrückten. Plötzlich streckte er ihr seine Zunge entgegen. Josephine wich zurück, so weit das Feldbett es erlaubte, was Wang Shi Wei zum Lachen brachte.
»Zeigen Sie Vater bitte Ihre …« Wieder fehlte Li die deutsche Vokabel. Schließlich streckte sie ihre Zunge aus wie ein ungezogenes Kind und deutete erst auf sich, dann auf Josephine, bis diese begriff, und mit einem verhaltenen Seufzer, der ausdrückte, dass sie die Angelegenheit so schnell wie möglich hinter sich bringen wollte, öffnete sie den Mund.
Wang Shi Wei blickte hinein, machte »Hm« und »Eiji«, ehe er plötzlich, ohne Vorwarnung, eine Handvoll hauchdünner Nadeln aus seinem Ärmel zückte und auf Josephine einstach, die vor Entsetzen und Angst aufschrie, sich aufbäumte, aber mit eisernem Griff festgehalten wurde. Wang Shi Wei brummte und betrachtete seine Patientin mit vor der Brust verschränkten Armen, seine Tochter murmelte Laute des Trostes, kosende, weiche Silben, und berührte kurz Josephines Hand.
Mit einem Mal ließ der Schmerz nach, und ein Gefühl unendlicher Ruhe schmeichelte sich durch ihren Körper. Mit einem zufriedenen Ausdruck im Gesicht verschwand Lis Vater.
»Müssen ausruhen«, sagte Li. »Ich werde bleiben.«
Gegen ihren Willen schlief Josephine ein und erwachte erst wieder, als Wang Shi Wei sich über sie beugte und mit einer geschickten Drehung und völlig schmerzlos die

Nadeln aus ihrem Gesicht, von ihren Händen und Knöcheln entfernte und in eine Schale warf, die mit einer milchigen Flüssigkeit bedeckt war. »Kehren Schmerzen zurück, kehren Frau in dieses Haus zurück«, übersetzte Li, was ihr Vater gesagt hatte.

Dann, plötzlich ungeduldig, fast aggressiv wedelte Wang Shi Wei seine Tochter und seine Patientin mit seinen mageren Händen hinaus.

Mittlerweile hatte die Dämmerung eingesetzt und Häuser und Gassen in ein Spiel aus perlgrauen und schiefergrauen Schatten verwandelt. Li hatte darauf bestanden, ihren Gast ein Stück zu begleiten, bis die Straßen wieder deutsche Namen trugen, und kein Aber akzeptiert. Schweigend liefen sie nebeneinanderher.

Mit jedem Schritt wuchs Josephines Verwunderung über die seltsame Art der Behandlung. Was hat es mit diesen Nadeln auf sich? Warum sprechen Sie so gut Deutsch? Warum hatten die Männer auf dem Markt Angst vor Ihnen? Li oder Lian? Josephine warf Li einen verstohlenen Blick zu.

Stur geradeaus schauend, die Miene undurchdringlich, erweckte sie nicht gerade den Anschein, als wäre sie geneigt, Antworten zu erteilen. Dennoch, sie, Josephine, musste es versuchen. Schon öffnete sie den Mund, da packte Li ihren Arm, legte den Finger an die Lippen und zog sie mit sich in eine andere Gasse.

»Was war das?«, fragte Josephine, als Li ihren Arm losließ.

»Eine Speikobra«, erwiderte Li gleichmütig. »Schießt Gift auf Gesicht, macht blind.«

»Oh.«

Li blieb stehen. »Da drüben Ihr Hotel.« Sie verneigte sich

und wich Josephines Blick aus. »Auf Wiedersehen, Fräulein Kayser.«
»Josephine, bitte.«
Widerstrebend nickte Li und wiederholte ihren Namen so gedehnt, als würde sie eine zu heiße, unbekannte Speise kosten.
»Eigentlich Jo.«
»Hm.«
»Li oder Lian?«
»Lian«, kam es zögernd und ein wenig verächtlich. »Anmutige Weide. Li gefällt mir besser.«
»Li und Jo«, sagte Josephine und kicherte leise. »Das klingt lustig, nicht? Wir werden bestimmt gute Freundinnen.« Erwartungsvoll sah sie Li an, aber deren Gesicht verschloss sich wieder. Sie nickte Josephine zu und war im nächsten Moment im Halbdunkel verschwunden.

Sie wusste, dass er sie verfolgte, sie spürte es instinktiv, und sie hörte es – der Sand, der unter seinen nackten Füßen leise knirschte, der flache Atem, der schwere Leinenstoff seines peinlichen Mönchsumhangs, der im Wind flappte wie die ledernen Flügel einer Fledermaus. Das Einzige, was er seit neuestem einigermaßen beherrschte, war die Kunst, sein Chi so zu bündeln, dass er die Illusion seines Bildes an anderen Orten erscheinen lassen konnte. Er hatte es schon zweimal fertiggebracht, sie damit zu überraschen. Aber seinem Namen Ehre bereiten? Das würde er nie lernen. Ungerührt lief sie weiter. Warum Buddha ihn für würdig hielt, den Namen eines Panthers zu tragen, hatte sie schon als Kind nicht verstanden und ihren kleinen Bruder stets die geballte Verachtung der

älteren Schwester spüren lassen. Mit dem Entschluss ihrer Mutter, die Heimat an der Yangtse-Mündung zu verlassen und dem Witwer Wang Shi Wei nach Shandong zu folgen, hatte sich das Verhältnis der Geschwister, damals fünf und sieben, verbessert. Sie hatten nun gemeinsame Feinde – das Heimweh, die humorlose Schwester des Witwers, Tante Gong Hu, den Witwer selbst natürlich, den sie fortan Vater nennen mussten, und dessen Sohn, diese Pestbeule, der es liebte, tote Spinnen und ausgeweidete Kröten aus dem Gruselkabinett seines Vaters zu stehlen und sie unter Lis Schlafdecke zu verstecken.
Unwillkürlich musste Li lächeln. Sie vermisste Chung An. Die Pestbeule war zu einem listigen und zugleich gütigen Mann herangereift, dem alle Segnungen eines guten Feng-Shui zuteil wurden, Wohlstand, Weisheit, eine Frau mit fruchtbarem Schoß, die ihrem Mann bereits zwei kräftige Söhne und eine bildschöne Tochter mit Haaren glänzend wie schwarzblaue Tusche geschenkt hatte. Aller Tradition zum Trotz, die einzig Söhne für wert erachteten und Töchter ertränkten, war die Kleine vom Tag ihrer Geburt an Chung Ans Augapfel, und auch dafür liebte Li ihn sehr. Und als Lis und Chang Baos Mutter vor einigen Jahren starb, fanden sie Trost in Chung Ans starken Armen. Zu Lis Kummer lebte die Familie aber mittlerweile im fernen Tientsin, was gegenseitige Besuche rar und kostbar machte.
Chang Bao trat ihr in den Weg. »Musstest du sie in unser Haus bringen?«
Li schnaubte verächtlich. »Du musst gerade reden, Sohn eines Trampeltiers«, murmelte sie und lief weiter. »Wer hat denn den Amerikaner beschützt?«
»Du weißt genau, dass ich keine Wahl habe. Ich bin an

mein Versprechen gebunden, solange mein Herr es für richtig hält. Du dagegen hast dich freiwillig hergegeben.«
»Hätte ich sie im Dreck liegen lassen sollen?«
»Ich will nur nicht, dass du vergisst, wohin du gehörst.«
Li blieb stehen und funkelte Chang Bao wütend an. »Du hast kein Recht, an mir zu zweifeln. Deine Leute respektieren die Rote Laterne, nur du nicht.«
»Lassen wir das«, lenkte er ein. »Der Plan wurde geändert. Hör gut zu.« Seine Stimme senkte sich zu einem Flüstern. An die Stelle geschwisterlichen Geplänkels trat konzentrierte Aufmerksamkeit. Ein seltsames Gefühl überfiel Li, eine Mischung aus Erregung, wilder Freude und leiser Befürchtung, sie könnte womöglich doch auf dem falschen Weg sein.

»Es war so ... aufregend!« Mit blitzenden Augen schilderte Josephine, während sie sich für das Abendessen umzog, was ihr soeben widerfahren war. »Ich werde die Familie zum Tee in dieses Hotel einladen«, schloss sie selbstgefällig, »und wenn es irgendjemandem aus dieser biederen deutschen Gesellschaft einfallen sollte, an der Anwesenheit meiner Freunde in diesem Haus Anstoß zu nehmen, werde ich einen Skandal auslösen und nackt auf die Straße gehen, das schwöre ich dir!«
Die Vehemenz ihrer Cousine amüsierte Eliana. »Und wenn sie deine Einladung ausschlagen?«, fragte sie beiläufig, während sie sich im Spiegel dabei beobachtete, wie sie ihre dicken dunkelhonigblonden Haare zu einer Hochfrisur aufsteckte. Ihre nackten Schultern schimmerten im Licht der Gaslampen, das schlichte Kleid aus dunkelblauer Seide vertiefte das Taubenblau ihrer Augen. Schmerz und Trauer, die in den letzten Jahren über sie hereinge-

brochen waren, hatten jede kindliche Rundung in ihren Zügen getilgt. Was ihr gut stand, wie sie nun erstaunt feststellte.

»Das werden sie nicht.«

»Da wäre ich mir nicht so sicher. Li und ihr Vater haben Erste Hilfe bei dir geleistet, das muss nicht heißen, dass sie an einer näheren Bekanntschaft interessiert sind.«

»Warum musst du immer so pessimistisch sein?«, fuhr Josephine sie plötzlich an. »Seitdem Blake sich nicht mehr blicken lässt …« Sie brach ab, dann schien sie sich innerlich einen Ruck zu geben und holte tief Luft. »Was ist an dem Nachmittag auf der Rennbahn geschehen? Willst du es mir nicht sagen?«

»Da gibt es nicht viel zu sagen«, erwiderte Eliana leichthin. »Blake wollte mich aushorchen, aber er hat es nicht sonderlich geschickt angestellt.«

»Meinst du nicht, dass es sich um ein Missverständnis handeln könnte?«, wandte Josephine ein und redete gleich weiter, ohne auf Elianas Antwort zu warten: »Weißt du was? Ich lade ihn und seinen geheimnisvollen Bruder ebenfalls zum Tee ein, gemeinsam mit Li und ihrer Familie. Blake spricht schließlich ausgezeichnet Chinesisch und könnte für Li einspringen, wenn sie gerade den Mund voller Käsekuchen nach deutscher Art hat …« Sie lachte über ihren kläglichen Versuch, einen Scherz zu machen.

Mit einem letzten prüfenden Blick in den Spiegel stand Eliana auf, zog das Kleid glatt und stopfte Taschentuch, Kamm und einen Schal in ihre Tasche. »Ich will ihn nicht wiedersehen.«

Es klang so entschlossen, so endgültig, dass Josephine es für ratsam hielt, das Thema Blake fürs Erste nicht mehr zur Sprache zu bringen.

Anderntags schickte Josephine eine Einladung an den »Doktor Wang Shi Wei aus dem Dorf«, wie sie dem Rikscha-Fahrer in Ermangelung einer genauen Adresse einschärfte, der so vehement wie scheinbar begriffsstutzig den Kopf schüttelte, dass der lange dünne Zopf, der ihm den Rücken hinunterhing, flog. Einige Yuan, die sie dem Mann in die Hand drückte, halfen seinem Verständnis schließlich auf die Sprünge.
Zwei Tage später überreichte der Hotelportier Josephine mit verkniffener Miene und spitzen Fingern ein kunstvoll gefaltetes hauchdünnes Blatt graubeigen Papiers, das sich anfühlte wie eine Mischung aus Pergament und Stoff. Vorsichtig faltete Josephine das Papier auseinander und fand zwei Zeilen deutsche Buchstaben, im feinen Schwung des schwarzen Tuschepinsels mühelos zu entziffern. Eine höfliche Ablehnung.

Eben noch angespannt, als gälte es, einem unsichtbaren Feind sekündlich an die Gurgel zu gehen, wurden Lis Bewegungen nun weicher und langsamer, bis sie die Arme sinken ließ. »Du bist der Wind und das Gras, das sich im Wind neigt, dein Atem fließt gerade so wie der Wind, dein Körper wiegt sich im Wind deines Atems, deine Hände halten den Moooond …«, sang sie dazu, und als das langgezogene O verklang, hob sie den Blick und richtete ihn geradewegs auf Josephine, die sich in einiger Entfernung hinter einer knorrigen Kiefer verborgen hielt und sie beobachtete.
Mit betretener Miene kam Josephine aus dem miserablen Versteck hervor. Nachdem sie Lis Brief erhalten hatte, hatte sie ein paar Tage lang auf den Worten herumgekaut und so schlechte Stimmung verbreitet, dass ihr Vater und

Eliana sich jeden Morgen unmittelbar nach dem Frühstück aus dem Staub machten, ihr Vater, um sich irgendeiner Besprechung mit irgendwem aus irgendeinem Amt hinzugeben, Eliana, um wie stets stundenlang in der Gegend herumzulaufen.

Schließlich hatte Josephine es sattgehabt und sich heute an den Rand des Dorfes fahren lassen, in dem Li und ihre Familie wohnte, um … ja, warum vermochte sie nicht genau zu sagen, nur, dass sie sich mit der zwar höflich formulierten, jedoch unumwundenen Zurückweisung ihrer freundlichen Einladung nicht abfinden wollte, und so streifte sie auf der Suche nach dem Haus des Doktors durch die Gassen. Eine sah aus wie die andere. Als sie es endlich fand, klopfte sie an die Tür und fuhr zurück, als sie sich dem zornigen Drachen gegenübersah. Gong Hu fauchte und knallte die Tür zu. Unschlüssig, ob sie in der Nähe auf Li warten oder zurück ins Hotel gehen sollte, schlenderte Josephine in östlicher Richtung davon, bis die Reihen dichtgedrängter Häuschen sich lichteten. Schließlich stand sie vor einem Wäldchen aus gedrungenen, gewundenen, wie in einer Bewegung erstarrten Kiefern, die einen schützenden Gürtel um das Dorf und seine Bewohner bildeten. Der sandige Boden eines ausgetretenen Pfades, der sich durch das Wäldchen wand, federte leicht unter ihren Schritten. Dann und wann blieb Josephine stehen, verzaubert von der Anmut und stillen Kraft, die von den alten Bäumen ausging, und gebremst von einem instinktiven Gefühl, das ihr sagte: Du bist ein Eindringling, du gehörst hier nicht her. Als sie Lis schmale Gestalt in einiger Entfernung erblickte, hatte sie deshalb unwillkürlich gezögert, doch fasziniert von dem, was Li ihrem Körper an Drehungen, Sprüngen und blitzschnellen Schwüngen abrang, war sie unfähig gewesen, den Rückzug anzutreten, hatte dagestanden wie eine Salzsäule, sich an den zerklüfteten Stamm einer Kiefer gelehnt und hinter ihm hervorgespäht. »Ihr würdet jetzt sagen, ich habe mein Gesicht verloren nicht wahr?«, meinte sie seufzend und sah Li verlegen an.

Li zuckte mit den Schultern. »Du musst sagen, du hast den Weg verloren, dann bleibt das Gesicht.« Sie runzelte die Stirn, sichtlich ungehalten und verbesserte sich: »Sie müssen sagen ...«

»O nein, nein«, fiel Josephine ihr ins Wort. »Es ist bei uns üblich, dass Freundinnen du zueinander sagen.« Meine Güte, dachte sie bei sich, sie warb um diese junge Chinesin, um ihre Zuneigung und wohlwollende Aufmerksamkeit, und zuckte offenkundig auch vor unverhohlener, rhetorisch glanzloser Anbiederung nicht zurück. In Bremen wäre ihr so etwas unter keinen Umständen passiert, aber in Bremen war ihr auch nie ein Mensch begegnet, an dessen Bekanntschaft ihr so viel lag. Josephine zögerte, dann sprach sie es aus: »Ich möchte dieses Land und die Menschen, die hier leben, verstehen, aber wie kann ich das, wenn niemand mit mir reden will? Warum ist es nicht möglich, so etwas Banales zu tun, wie auf eine Tasse Tee beisammenzusitzen?«

»Eine Einladung kann angenommen oder ausgeschlagen werden, die Gründe muss man nicht erläutern«, erwiderte Li. »Oder ist das in Europa so üblich?«

»Nein«, sagte Josephine und hob den Blick und die Arme in einer theatralischen Geste, die komische Resignation ausdrücken sollte, gen Himmel, »wir reden um den heißen Brei und erfinden höfliche Lügen.«

»Wir auch.« Li musste sich ein Lachen verbeißen, was ihr sichtlich schwerfiel.

Das Eis, Generationen lang gefroren aus der Angst vor dem Fremden, brach, in winzigen Stücken zwar, aber es brach. »Was hast du vorhin gemacht?«, fragte Josephine schnell und um eine normale Unterhaltung bemüht. »Diese Bewegungen, dieses …« Sie hackte mit den Händen in der Luft herum. »Ein beeindruckender Kampfstil, das muss ich schon sagen.«

»Kein Kampf. Wir nennen es Qi-Gong«, erwiderte Li leichthin.

»Aha.«

»Es gibt ein Kraut, das keine Früchte hervorbringt. Sein Name ist ku-jung. Isst man davon, so bekommt man keine Kinder.« Verständnislos sah Josephine Li an. »Unsere Medizin sagt, Pflanzen und Tiere geben dir, was du benötigst. Qi-Gong lehrt die Bewegungen der Tiere, die den Sturm im Innern beruhigen oder das Feuer anfachen, je nachdem. Wir holen uns im Außen, was im Innern fehlt, damit das Innen ein Ort der Harmonie werden kann und diese Harmonie sich im Außen spiegelt. Reiche und Glückliche sind Qi-Gong-Meister.«

Josephine nickte. So ungewöhnlich Lis Erklärungen in den Ohren einer Europäerin auch klingen mochten, ihr dämmerte, was damit gemeint war, und ihr gefiel der Gedanke, dass Tiere und Pflanzen eine immerwährende Ambulanz für menschliche Kümmernisse und Krankheiten parat hatten. Westliche Wissenschaftler taten all das gewiss als asiatische Poesie ab, wenn sie sich überhaupt damit befassten, aber sie, Josephine, fand es vollkommen einleuchtend und ein Zeichen für die Genialität der Schöpfung, dass ihre Kreaturen miteinander in Wechselwirkung traten.

Ihre Augen leuchteten, und ein Funke begeisterten Verständnisses loderte darin, der untypisch für einen Europäer war und der Li deshalb nicht entging. »Du besitzt große innere Kraft, Tigerkraft, aber dein Chi, sagt mein Vater, fließt nicht ungehemmt.«

»Meint er damit, dass mein Blut zu dick ist? Unsere Ärzte lassen uns zur Ader, um es zu verdünnen und schneller fließen zu lassen.«

Mit leiser Ungeduld und immer wieder nach Worten suchend, schilderte Li, wie in der Vorstellung der Chinesen eine unsichtbare Lebenskraft auf ebenso unsichtbaren Bahnen durch den Körper verläuft und ihn, den Geist und die Seele in vollkommener Harmonie hält, es sei denn, falsche Ernährung, schlechte Gedanken, mangelnde Bewegung und tragische Ereignisse störten das Glück, das in vollkommenem Gleichgewicht liegt. »Alles kommt aus Tao. Pflanzen, Tiere, Sonne, Mond, Regen, Geister in den Bergen und Flüssen, die Kirschblüten und Schnee, die Gottheiten der Erde und des Himmels ... Alles kommt aus Tao und kehrt dahin zurück. Also ist alles ewig eins. Also versuchen wir, in Harmonie mit allem zu leben, das ist.«

»Ich staune über dein Wissen und wie du unsere Sprache beherrschst.«

»Ich höre ältestem Bruder zu. Ältester Bruder lebt in Tientsin, viel Handel mit Deutschen, und er uns gesagt, dass wir Sprache lernen müssen, weil immer mehr Deutsche kommen werden. Jüngerer Bruder verkauft an reichen Mann, der ihn lehrt, Deutsch zu sprechen ... So habe ich gelernt. Jetzt lerne ich von Vater zu heilen.« Li zuckte mit den Schultern. »Vater will es nicht, aber er ist alt, bald wird er gebrechlich sein, dann braucht er Hilfe. Ich will es, ich lerne alles, und dann gehe ich fort, schneide Haar ab und bin ein zhong yi, der Deutsch sprechen kann ...«

»Warum willst du weggehen?«
»Alle wissen, dass ich bin Frau. Frauen dürfen nicht zhong yi sein.«
»Das ist albern.« Aber kein chinesisches Privileg, fügte Josephine in Gedanken hinzu. Im Westen mochte man sich für die Speerspitze der Zivilisation halten und auf die lärmenden, angeblich schmutzigen Asiaten hinabsehen, die ihre Kinder verkauften und Affenhirne aßen, verwehrte jedoch mit derselben Haltung gottgegebener Überlegenheit der weiblichen Hälfte der Bevölkerung nach wie vor den Zugang zu einer Unzahl von handwerklichen, verwaltenden und geisteswissenschaftlichen Berufen, die ausschließlich Männern vorbehalten bleiben sollten.
»Das verstehst du nicht. Es ist kompliziert. Bei uns hat jeder seinen Platz, und wir achten Verschiedenartigkeit. Das ist, um Harmonie zu wahren.«
»Bei uns wird irgendwann das Prinzip der Gleichheit gewinnen«, sagte Josephine im Brustton jenes kämpferischen Idealismus, der jungen Menschen und alten Narren zugestanden wird. Sie dachte an die scharfzüngige Rosa Luxemburg, die ihren sozialdemokratischen Genossen Feuer unterm Hintern machte. »Ich finde den Gedanken, dass alle Menschen gleich sind, wunderbar.«
»Konfuzius sagt: Der Einzelne zählt nichts, die Gemeinschaft alles, und damit Gemeinschaft leben kann, gibt es Kaiser und Untertan, Vater und Sohn, Mann und Frau, älterer und jüngerer Bruder. Davor müssen wir Respekt haben, sonst ist Harmonie gestört.«
»Aber wenn alles bleiben soll, wie es ist, kann sich nichts entwickeln. Meinst du nicht, dass auf die Art jedes Chi in seinem Fluss blockiert wird?«
Li stutzte, dann lachte sie leise. »Tochter eines tausend-

züngigen Drachen«, sagte sie, Anerkennung im Blick, und verbeugte sich.

Mit einem Mal schoss ein blitzendes Etwas um Haaresbreite an Josephines Kopf vorbei und blieb zitternd im Stamm einer Kiefer stecken. Ohne zu zögern ergriff Li das Messer und holte mit einer eleganten, unglaublich präzisen Bewegung aus und schleuderte es zurück.

Also doch, fuhr es Josephine trotz des Schreckens durch den Kopf. Von wegen Qi-Gong und Harmonie. Wer ein Messer auf diese Weise zu benutzen versteht, wusste zu kämpfen.

Sie sah Li in die Augen, und Li las ihre Gedanken.

»Komm nicht wieder«, sagte Li brüsk. »Sie dürfen uns nicht zusammen sehen.«

»Wer sind sie?«

Aber Li antwortete nicht. Mit verschlossener Miene bedeutete sie Josephine, ihr zu folgen, und schlug einen schmalen Pfad ein, der aus dem Wald in entgegengesetzter Richtung, aus der Josephine gekommen war, hinausführte. Auf Umwegen gelangten sie zum Hotel. Li verbeugte sich, und die Art, wie sie es tat, ließ keinen Zweifel aufkommen, dass sie dafür sorgen würde, sich ihre Wege niemals mehr kreuzen zu lassen.

15

Eine Teeplantage mit einem chinesischen Teehaus und einem chinesischen Garten ist nicht im Sinne der Musterkolonie.«

Hendrik Kayser schnaufte laut und verärgert, als er sich Müller-Menckens' blasierte Miene in Erinnerung rief, mit der er ihm, Hendrik, den Beschluss des Bauamtsleiters mitgeteilt hatte. Typisch Müller-Menckens hatte er noch hinter vorgehaltener Hand und mit gesenkter Stimme angedeutet, falls er, Hendrik, sein Vorhaben ein wenig einzudeutschen bereit sei, könne er schon morgen seinen Claim abstecken, da sei er, Müller-Menckens, ganz sicher, er wisse um den Wankelmut des Bauamtsleiters, den er durch vorgetäuschte Härte zu verbergen trachte. Ein klitzekleiner Kompromiss, und Hendriks Angelegenheit befinde sich in trockenen Tüchern.

Klitzekleiner Kompromiss! Hendrik schnaufte erneut, was die Stute unter ihm veranlasste, die Ohren zu spitzen. Was sollte das sein?, hatte er Müller-Menckens entgegengeschleudert. Friesischer Eiergrog statt grünem Tee? Ein bayrischer Biergarten vielleicht? Eine Klause unterm Reetdach, die sonntags nach der Kirche von einem Shanty-Chor in blaugestreiften Hemden heimgesucht wurde?

Ihr Streitgespräch lag nun eine geraume Weile zurück, und noch immer kaute Hendrik darauf herum, wie unangemessen er sich gegenüber einem alten (wenn auch reichlich ignoranten und eitlen) Weggefährten aufgeführt hatte. Bockig wie ein verwöhntes Kind, mit beißendem

Sarkasmus und der Arroganz des erfolgsgewohnten Handelstycoons. Andererseits hatte er in der Vergangenheit stets den richtigen Riecher für lukrative Geschäfte bewiesen und auf diese Weise aus der mittelmäßigen Bremer Teeimportfirma das Kayser-Haus geformt. Sollte er sich jetzt von einem Bürokraten in die Suppe spucken lassen?

Ganz sicher nicht.

Also war Hendrik über seinen Schatten gesprungen und hatte Torben Behnke eine Depesche geschickt, in der er den Freund bat, sich ein wenig umzuhören, diskret ein paar Erkundigungen über den Bauamtsleiter einzuholen sowie über das Land jenseits des deutschen Pachtgebiets. Wenn man ihn, Hendrik, in Tsingtau nicht wollte, würde er eben auf das Hinterland von Shandong ausweichen. Das würde zwar einen weiteren Weg zum Hafen und zur Verladung seiner Teeernte sowie damit verbundene höhere Kosten bedeuten, fiel aber angesichts der Alternative, seinen ehrgeizigen Plan ganz aufzugeben, nicht so sehr ins Gewicht.

Eine Woche darauf war Torbens Antwort gekommen.

Der Bauamtsleiter habe eine weiße Weste, schrieb er. Keine Chance, ihm am Zeug zu flicken. Zweitens sei das Hinterland so zersiedelt, die Besitzverhältnisse so undurchsichtig, dass es mühselig und äußerst zeitraubend zu werden verspreche, die erforderlichen Grundstücke zu erwerben, die in summa ein nennenswertes Areal darstellen könnten. Hendrik musste schmunzeln. Kein Sterbenswörtchen hatte er Torben verraten, aber der alte Fuchs schien zu ahnen, wohin der Hase laufen sollte. Es gebe allerdings, schrieb Torben weiter, einen Großgrundbesitzer, dem etliche Hektar Land in Shandong gehörten, einen begüterten Shanghai-Eurasier, der Deutsch und Englisch spreche und dem Vernehmen nach nicht auf die Hautfarbe oder die Herkunft seiner Geschäftspartner achte. Vielleicht sei es Hendrik möglich, diesen Mann für seine Pläne zu gewinnen. Ti Lung Jie, so sein Name, verbringe die Sommermonate gern im kühleren Norden, sein Haus, das Phönixhaus, befinde sich einen Tagesritt von Tsingtau entfernt am Rande der Jiaolai-Ebene. Einen Versuch sei es wert, Gruß Torben.

Hendrik hatte sofort reagiert und Ti Lung Jie eine Nachricht überbringen lassen, in der er sich als deutscher Großhändler empfahl und um eine Unterredung bat. Zunächst hatte Ti Lung Jies Antwort zu lange für Hendriks Geschmack auf sich warten lassen, aber vor ein paar Tagen hatte er endlich sein Schweigen gebrochen und Hendrik für heute Nachmittag zum Tee gebeten.

Die Sonne brannte auf die knochentrockene Erde, seit drei Wochen war nicht ein Tropfen Regen vom Himmel gefallen, der Wasserspiegel der drei Flüsse, die die Jiaolai-Ebene durchschnitten, war dramatisch gefallen, und die Getreidefelder, die den Weg von der Küste nach Nordwesten säumten, wirkten schütter. Nach einer Weile wich das offene Land sanft gewellten Hügeln, mit viel Phantasie ließ sich in der Ferne Taihang Shan ausmachen, jenes Gebirgsmassiv, das der Provinz Shandong einst ihren Namen – »östlich der Berge« – gegeben hatte.

An einer Wegbiegung zügelte Hendrik die Stute und blickte sich unschlüssig um. Es wäre hilfreich gewesen, einen ortskundigen Kuli mitzunehmen, aber diese Chinesen waren ja alle miteinander fürchterlich schwatzhaft, und Hendrik wollte jedes Gerücht über sich und seine Geschäfte vermeiden. Nur seiner Tochter hatte er unter

dem Siegel strengster Verschwiegenheit erzählt, welchen Schachzug er plante und wohin es ihn am heutigen Tag zog. Schulterzuckend wandte Hendrik sich schließlich nach rechts und folgte einem schmalen Weg, der in einem anmutigen Bogen nach Osten führte und sich nach einiger Zeit zu einer Schotterpiste verbreiterte, auf der wenigstens drei Kutschen nebeneinander Platz gefunden hätten. Bäume und Büsche, die diesem Vorhaben offensichtlich im Weg gewesen waren, lagen entwurzelt am Rand der Piste. Wacholder, Blumeneschen, Ulmen und einige Blauglockenbäume mit ihrer glatten grauen Rinde und den weitverzweigten Kronen, die im Frühjahr so hübsche weiße Blüten trugen. Hendrik ritt weiter, zusehends skeptischer, ob dies der Weg zu Ti Lung Jie sein konnte. Ein chinesischer Großgrundbesitzer, selbst wenn das Blut aus Ost und West in seinen Adern floss, würde doch gewiss sein Gesicht verlieren oder wenigstens irgendwelche zornigen Geister auf den Plan rufen, behandelte er sein Land derart schändlich und würdelos.
Die Augen mit einer Hand beschattend, sah Hendrik sich um. Ein paar hundert Meter weiter markierten zwei schlammbraune Zelte das vorläufige Ende der Piste, ein paar Gerätschaften blinkten in der Sonne, und fünf, sechs Männer in Arbeitskleidung schienen miteinander zu diskutieren. Gestikulierende Hände, ausgebreitete Arme, Finger, die auf Plänen herumwanderten.
Ein Eisenbahnvermessungstrupp. Der kam Hendrik gerade recht. Die Männer kannten sich in dieser Gegend gewiss aus und würden ihm den Weg weisen können. Er nahm ein paar Schlucke Wasser aus seiner Feldflasche und ließ die Stute auf dem weichen Boden neben der steinigen Piste traben. Er warf einen Blick auf seine Uhr. Noch eine

Stunde bis zu seinem Termin. Das musste zu schaffen sein. Mit der Genugtuung des alten Löwen, der schon viele Kämpfe ausgefochten und für sich entschieden hatte, registrierte er, wie die prickelnde Anspannung, die ihn stets vor Verhandlungen befiel, seine Stimmung hob und den kleinen Anflug von Unsicherheit mit sich riss.

»Hallo, guten Tag!«, rief Hendrik, und die Männer drehten sich nach ihm um. In einem von ihnen erkannte Hendrik den jungen Mann wieder, der in Müller-Menckens' Büro gestürmt und von ihm kurz abgefertigt worden war.

Das Letzte, was Hendrik spürte, war eine Hand an seinem Hals und einen rasenden Schmerz, als er vom Pferd auf den Schotter stürzte und eine zärtliche Dunkelheit ihn umfing und forttrug.

Der flackernde Schein einer Kerze ließ die Schatten über die Wände tanzen. Hendrik erkannte einen untersetzten Mann mit hochgekrempelten Hemdsärmeln, eine Frau mit ungebärdigen Locken. Hendriks Lider flatterten kurz, dann schlossen sie sich wieder. In seinem Inneren flogen Bilder und Gedankenfetzen vorüber. Er sah sich auf dem Kamm einer Welle balancierend und hörte, wie sein dröhnendes Lachen vom Grund des Meeres aufstieg. Mit einem Mal drängte ihn etwas hinan, näher und näher an die Oberfläche. Er hatte Durst, schrecklichen Durst, eine eigenartige Hitze brannte in ihm, eine Art kaltes Feuer, das ihn verzehrte und aller Kraft beraubte. Er war nicht imstande, die Augen zu öffnen, geschweige denn, einen klaren Gedanken zu fassen, aber einer, mehr Gefühl als Gedanke, hatte ihn plötzlich gepackt. Wenn nicht ein Wunder geschah, und Hendrik glaubte nicht an Wunder, war dieser Kampf für ihn verloren.

Hendrik war nicht der Mann, der sich Sentimentalitäten hingab. Dennoch bedauerte er es in diesem Moment zutiefst, dass er seiner Frau, oder besser gesagt, dem Engel in ihr, nicht noch einmal in die Augen sehen und erleben durfte, wie das kühle Blassblau sich erwärmte und zu leuchten begann.
Eine tiefe Stimme murmelte etwas von »Gottes Gnade …«, wurde jedoch von einer jüngeren, weiblichen barsch unterbrochen. »Was für ein Arzt sind Sie eigentlich, dass Sie eine simple Kopfverletzung nicht in den Griff bekommen? Seit zehn Tagen liegt mein Vater hier, und jeden Tag verschlechtert sich sein Zustand zusehends.«
»Sie müssen mehr Geduld aufbringen, junge Frau«, gab der Arzt zurück, professionelle Nachsicht mit denen, die sich um ihre Angehörigen sorgen, in der Stimme. »Bei jedem Menschen verläuft der Heilungsprozess anders.«
»Das ist doch nur Gerede«, hörte Hendrik seine Tochter sagen, und die Art, wie sie es sagte, entschlossen und streng, ließ eine Welle väterlichen Stolzes in ihm aufwallen. »Ich hole jetzt einen Arzt, der die Bezeichnung verdient. Mit Ihnen habe ich schon viel zu viel Zeit vergeudet.«
»Jo, sei doch vernünftig. Wo willst du denn um diese Zeit einen anderen Arzt auftreiben? Es ist fast zehn Uhr.«
Das war Eliana, praktisch und erstaunlich nüchtern, keine Spur von Hysterie. Mit größter Willenskraft öffnete Hendrik die Augen zu zwei schmalen Schlitzen und sah gerade noch, wie seine Tochter aus der Tür stürmte und der Arzt, die Instrumententasche in der Hand, erst ihm, dann Eliana einen Blick zuwarf, in dem Bedauern und Resignation lagen.

Hendriks Augen brannten, Tränen begannen ihm über die Wangen zu rollen.
Nachdem der Arzt sich verabschiedet hatte, trat Eliana an Hendriks Bett, zupfte die Decke an den Seiten zurecht, tupfte ihm mit einem feuchten Tuch Stirn und Wangen ab, flüsterte ihm tröstende Worte zu, tauchte einen Finger in ein Glas und strich damit über seine Lippen. Der Geruch von Honig stieg Hendrik in die Nase. Er zwang sich, ruhig zu atmen.
Während er die Bewegungen seiner Nichte mehr spürte als sah, reifte ein Entschluss in ihm. Adeline hatte keine Veranlassung, es zu tun, und wenn sie es nicht tat, würde niemand sonst es wagen, den Mund aufzumachen. Seine Tochter vielleicht, eines Tages, doch sicher war Hendrik sich nicht. Josephine besaß einen gewissen Mumm, aber da ihr Richtung und Klarheit noch abgingen, peilte sie entweder das falsche Ziel an oder schoss darüber hinaus. Mit Victoria war ebenfalls nicht zu rechnen, und Malfalda war mit ihren privaten Operetten beschäftigt.
Es war an ihm, es zu tun, und zwar jetzt.
»Eliana«, begann Hendrik, die Stimme ein rostiges Krächzen, »ich möchte dir etwas erzählen …«

Seitdem ihm der Überfall auf die deutschen Eisenbahnarbeiter und diesen Kaufmann zu Ohren gekommen war, sprach Wang Shi Wei kein Wort mehr mit diesem Nichtsnutz von einem Stiefsohn. Die Yihetuan mochten hehre Ziele verfolgen, die Mittel, derer sie sich bedienten, luden schweres Karma auf ihre Rücken, und Chang Bao war einer von ihnen. Zwar wusste Wang Shi Wei dies nicht mit letzter Gewissheit, aber alle Zeichen sprachen dafür, die bedeutungsvolle Miene, die Chang Bao seit einiger Zeit

zur Schau trug, die Verletzung auf seinem Handrücken, die angeblich von einem Sturz herrührte, aber eher der Abdruck eines menschlichen Gebisses zu sein schien.
Diese Überlegungen sollten Wang Shi Wei eigentlich nicht weiter bekümmern. Chang Bao im Zaum zu halten war Ti Lung Jies Angelegenheit, nicht seine.
Aber es war nun einmal so, dass Wang Shi Wei Gewalt zutiefst verabscheute, mehr, viel mehr noch als die Fremden, die sich in seinem Land breitmachten wie Würmer in einer verdorbenen Arkamuschel; er verabscheute sie seit dem Augenblick, da sein Vater, ein einflussreiches Mitglied der für ihre Brutalität berüchtigten Grünen Bande, ihn gezwungen hatte, mit anzusehen, wie er zwei kleinen Gaunern, die nichts weiter verbrochen hatten, als ein wenig Fisch zu stehlen, erst die Zungen herausreißen und dann den Fisch in den Hals stopfen ließ. Niemals würde Wang Shi Wei vergessen, wie die beiden Jungen, zwölf, dreizehn vielleicht, kaum älter als er selbst, vor seinen Augen erstickten. Als sein Vater das Entsetzen seines Sohnes erkannte, hatte er gelacht und gesagt, Shi Wei müsse gehärtet und geschliffen werden, um das schärfste Schwert Shanghais zu werden und ihm, seinem Vater, Ehre zu erweisen.
Wang Shi Weis Heimat war damals wie heute ein Ort des Schreckens und der Gewalt. Den Triaden war jedes Mittel recht, ihre Ziele durchzusetzen. Darin glichen sie in gewisser Weise dem Kaiserhaus, das es zuließ, dass seine Schranzen sich in seinem Namen drakonischer Strafen bedienten, um das Volk unter Kontrolle zu halten – fast täglich wurden auf den Märkten der Stadt Unschuldige wie Verbrecher gefoltert, ausgepeitscht oder geköpft oder alles nacheinander, und eigentlich hätte der Junge Shi Wei

sich wie die meisten Kinder daran gewöhnen, erst resignieren, dann abstumpfen und schließlich selbst zum Täter werden müssen.
Aber nicht Wang Shi Wei. Der von klein auf die Stimme Kuan Yins vernommen hatte, die ihn lehrte, in die Seelen der Menschen zu blicken und den beschwerlichen Weg eines zhong yi einzuschlagen. Sein Vater hätte ihn umgebracht, hätte er davon erfahren, doch eines Tages fand man ihn mit durchgeschnittener Kehle auf. Er hatte geerntet, was er gesät hatte.
Zufrieden blickte Wang Shi Wei auf die Reihen der erhabenen Juwelen, Hunderte an der Zahl, beharrlich zusammengetragen, gesammelt und sorgfältig verwahrt in winzigen Glasphiolen, Holzschachteln und Keramikflaschen. Auf einem Tablett aus Bambus lagen der zarte Kiefer einer Katze, etliche Schalen der chinesischen Auster und der Arkamuschel, die er demnächst endlich zu Mehl mahlen musste, daneben ruhte ein Haufen feinsten Staubs von der Farbe drei Tage alten Schnees – der pulverisierte Hüftknochen eines Mammuts, für dessen Echtheit der Händler auf dem Markt in Licun Stein und Bein geschworen hatte. Trotz seiner Zweifel hatte Wang Shi Wei das angebliche Fossil erworben, zum einen, weil es Mammutknochen so selten zu kaufen gab, zum anderen, weil manche Präparate sich auf magische Weise mit jener Kraft aufluden, die ihnen zugeschrieben wurde.
Ein kleinerer Teil seiner Schätze bestand aus Mineralien, ein anderer aus Kot vom Eichhörnchen, von der Fledermaus und der Seidenraupe sowie aus Sekreten wie dem aus der Bärengalle. Getrocknete Weichtiere wie der Blutegel gehörten dazu, ebenso wie Tausendfüßler, Seepferdchen, Hirschpenisse und Hörner vom Nashorn, zerteilt

und zerrieben, außerdem Insektenhüllen, Käferpanzer und getrocknete Schlangen. Den weitaus größten Teil jedoch nahmen Hölzer, Rinden, Wurzeln und Knollen ein, die wesentlich einfacher zu beschaffen waren als so manche tierische Ingredienz.

Ein Einzelnes aus dieser Sammlung mochte in seiner Wirkung nutzlos bleiben, in der geschickten Mischung der Mittel lag die Kunst eines zhong yi. Und darin, den Laut der Seele des Patienten zu hören, ihm ins Innere des Körpers zu folgen, dort, wo das Gleichgewicht verloren war und schnellstens wiederhergestellt werden musste, um Beschwerden zu lindern und Krankheiten zu heilen. Wang Shi Wei liebte seine Arbeit so sehr, dass einen Unterschied zwischen schwarzer, weißer, gelber oder roter Hautfarbe zu machen er sich niemals verziehen hätte, ganz gleich, wie sehr er die Fremden aus dem Land wünschte – ihnen die Hilfe zu versagen, wenn sie ihn darum baten, wäre ein Verbrechen, ein Akt der Gewalt gegen Kuan Yin und das Tao. Er würde seine Seele verlieren, dessen war sich Wang Shi Wei gewiss. Aus diesem Grund hatte er die verletzte junge Frau behandelt, die Lian angeschleppt hatte, und aus diesem Grund schrieb er sich auch mit einem Kollegen in Shanghai, der sich seit kurzem mit den todbringenden Wucherungen eines Deutschen herumschlug. Aber zugegebenermaßen war Wang Shi Wei doch ein wenig erleichtert, dass die Fremde sich nicht mehr hatte blicken lassen. Dieser Tage war es nicht immer einfach, das Gleichgewicht zwischen persönlicher Überzeugung einerseits und dem Argwohn seiner Nachbarn andererseits zu wahren, der, von den Yihetuan entzündet, rasch in flammende Feindseligkeit umschlagen konnte.

Vor dem Schrein seiner Ahnen, geschmückt mit leuchten-

den Blüten des Blauregens, kniete Wang Shi Wei nieder, legte die Hände vor der Brust zusammen, verbeugte sich, so tief sein Rücken es zuließ, und lauschte in dieser Haltung mit geschlossenen Augen in die köstliche Stille der Nacht.
Da gewahrte er ein zaghaftes Klopfen an der Vordertür. Nach einem kurzen Moment nur wurde es lauter, fordernder. Nackte Füße huschten über die Bambusmatten, der Türriegel knarrte, und die melodische Stimme seiner Lian mischte sich mit einer anderen hohen, weiblichen. Mit ihrer.
Wang Shi Wei seufzte leise, dann verließ er das Zimmer mit den erhabenen Juwelen und dem Schrein und seinen Gedanken und erblickte seine Tochter und die Fremde, das Mädchen mit der Kraft eines Tigers und dem Chi eines Hasen. Was Lian übersetzte, ließ ihn innerlich noch tiefer seufzen. Heute Nacht würde sich die Kraft des Mammuts beweisen müssen.

Als Josephine mit Lian und einem alten Chinesen im Schlepptau, der so knorrig wie eine hundertjährige Kiefer aussah, ins Hotel zurückkehrte, hatte Hendrik das Bewusstsein schon wieder verloren; der Schweiß lief ihm in Strömen übers Gesicht, und tiefe Seufzer entrangen sich seiner Brust. Es sah dramatisch aus, und so fiel es Josephine nicht weiter auf, dass ihre Cousine in sich gekehrt und nicht ganz bei der Sache zu sein schien. Eliana war es mehr als recht. Aufs äußerste konzentriert, verfolgte sie jede Bewegung des Chinesen – wie er Hendriks Puls noch mal und noch mal befühlte, seinen Mund öffnete und die Zunge betrachtete und minutenlang die Augen geschlossen hielt, wie um sich zu besinnen. Niemand wagte es,

einen Laut von sich zu geben, nur Hendriks flacher, von Seufzern durchbrochener Atem war zu vernehmen.
Indem er versucht hatte, die richtigen Worte herauszubringen, hatte er sich völlig verausgabt. Um ihretwillen. Um der Wahrheit willen. Eliana spürte die aufsteigenden Tränen.
Als Wang Shi Wei schließlich die Augen aufschlug, begegnete er ihrem verschwommenen Blick. Die Andeutung eines aufmunternden Lächelns in den Mundwinkeln, nickte er ihr zu. Dann öffnete er seine Umhängetasche, förderte einen Mörser und drei Säckchen aus hauchdünnem Stoff zutage und machte sich daran, eine winzige Menge ihres pulverähnlichen Inhalts abzumessen und mit etwas Wasser anzurühren. Anschließend schob er seinen Arm unter Hendriks Nacken, hob seinen Kopf ein wenig an und flößte ihm behutsam die sämige Flüssigkeit ein.
»Die Haut von zitternder Zikade«, flüsterte Lian Josephine zu, »gegen das Zittern im Eis« – sie meint Schüttelfrost, dachte Eliana, dankbar für die Ablenkung – »das Horn von große Tier mit Horn besänftigt Feuer. Mammutknochen schenkt Ruhe.«
Vorsichtig bettete Wang Shi Wei den Kopf seines Patienten wieder auf das Kissen. Dann schlug er die Bettdecke zurück, knöpfte Hendriks Nachthemd auf, betastete die Gegend um den Bauchnabel und an den Zehen und trieb mit einem schnellen, kraftvollen Dreh die goldenen Nadeln in Hendriks Fleisch.
Es blutet gar nicht, dachte Eliana verwundert und hörte mit halbem Ohr, wie Lian Josephine zuraunte, die Götter seien friedlich gestimmt, das Feuer werde nunmehr langsam gelöscht, die Morgendämmerung bringe bereits Erleichterung, jedoch würde es einige Zeit in Anspruch

nehmen, das Sha-Chi, das böse Chi, aus dem Körper ihres Vaters zu treiben. Was lange im Geheimen gäre, müsse sachte entlassen werden, sonst drohe ein Schock. Auch brauche sein Chi nun Zeit und Geduld, um wieder zu einem harmonischen Fluss zurückzufinden.

Obwohl Hendriks Fieber am nächsten Morgen fast auf Normaltemperatur sank, bedurfte er in den Tagen und Wochen danach in der Tat intensiver Pflege, um wieder zu Kräften zu kommen. Es schien, als hätten die Verletzung und die Infektion, die das Fieber ausgelöst hatte, alle Reserven dieses doch eigentlich kräftigen, widerstandsfähigen Mannes aufgebraucht. Unterdessen nahm Hendriks Hotelzimmer Ähnlichkeit mit einem Gemischtwarenladen an. Seitdem sich die Nachricht von dem Überfall auf Hendrik und die Eisenbahnarbeiter in Tsingtau verbreitet hatte, trafen beinahe täglich Briefe, Blumen, Süßigkeiten und Obstkörbe ein. Ti Lung Jie ließ eine mit goldenen Drachen verzierte und mit süßlich duftendem Tee gefüllte Kiste aus schwarzem, auf Hochglanz poliertem Holz überreichen, Blake sandte besorgte Zeilen und bat darum, Hendrik besuchen zu dürfen (was Eliana ablehnte), die hellbeigen Schwestern Wulff und Möbius schickten eine Flasche Single Malt Whisky »in Erwartung fröhlicherer Zeiten mit unserem hochgeschätzten Kayser und seiner Tochter« (Eliana wurde nicht erwähnt), und Jörg Müller-Menckens ließ Genesungswünsche vom Bauamtsleiter übermitteln und ein von eigener Hand gegossenes, eine chinesische Landschaft mit allem Drum und Dran – Dschunken, Tempel, Kirschblüten – darstellendes Diorama am Empfang abgeben. Alle Welt schien Anteil zu nehmen an Hendriks Genesung und seinem Lebenswillen mit kleinen Aufmerksamkeiten auf die Sprünge helfen zu wollen. Der Rekonvaleszent indes war noch viel zu schwach, die freundlichen Wünsche aufzunehmen und sich über die Geschenke zu freuen, geschweige denn über die in Aussicht gestellten baldigen Besuche. Auf Geheiß von Wang Shi Wei ließ Josephine deshalb den Hotelportier jedem, der sich nach der Zimmernummer von Hendrik Kayser erkundigte, ausrichten, er befinde sich auf dem Weg der Besserung, sei aber noch nicht in gesellschaftsfähiger Verfassung.

Alle zwei Tage, immer am späten Abend, erschien Wang Shi Wei in Begleitung seiner Tochter Lian, um nach dem Patienten zu sehen, ihm einen dunklen Tee zu verabreichen, dessen strenges Aroma, wie Eliana fand, geeignet war, Tote wieder zum Leben zu erwecken, und die goldenen Nadeln wieder und wieder in seinem Fleisch zu versenken, ohne dass je ein Blutstropfen vergossen worden wäre. Hendrik stöhnte zwar jedes Mal leise auf oder fluchte sogar vernehmlich, wenn die Nadel seine Haut durchstach, doch fast sofort entspannte sich sein Gesichtsausdruck wieder. Das, erklärte Lian eines Abends, ließ den zhong yi die Ankunft des Chi dort, wo es gebraucht wurde, erkennen. Die Augen abwechselnd auf Josephine und ihren Vater gerichtet, setzte sie zu einer ihrer poetischen Erklärungen an, mit denen sie Art und Mittel der Behandlung für drei Menschen aus dem Westen verständlich zu machen suchte.

Wissbegierig, ja, gierig sog Josephine jedes Wort von Lian ein, und Eliana, froh, ihren Geist auf diese Weise wenigstens ein paar Augenblicke lang an die Kette legen zu können, bevor er wieder zurückkehrte zu dem, was Hendrik ihr in der Nacht, in der er glaubte, sterben zu müssen, anvertraut hatte, erfuhr von einem komplizierten System von unsichtbaren Kanälen, die das Chi durch den Organismus transportierten, und »Kornspeicher« und »Paläste« aufwies, zwischen denen ein geregelter Austausch stattfinden müsse, um Stauungen in den Kanälen zu vermeiden, die, einmal entstanden, durch die Nadeln und diesen schrecklichen Tee behoben würden. Lian sprach von »Harmonie« und »Elementen«, von »zu viel Feuer« oder »zu wenig Erde« und von heilenden Übungen für den Körper, die Namen trugen wie »Rückkehr des Frühlings«. Eliana fand, das klinge doch alles recht blumig, mehr nach dem Bericht eines Reisenden, der sich zwischen Wells'schen Utopien und Opiumhöhlen verlaufen hatte, als nach seriöser Medizin, aber wer fragte schon danach, wenn die Therapie gut anschlug? War nicht der, der heilte, im Recht?

»Das klingt schön«, seufzte Josephine jetzt und lächelte Lian hingerissen an.

Doch die sah plötzlich bekümmert drein. In den Städten, berichtete sie, sei die Zahl derer, die ihre Krankheiten nach den importierten westlichen Methoden behandelt haben wollten, gewachsen. Diejenigen, die nach altem Handwerk zu heilen versprachen, wurden in die Enge getrieben, bedroht und diskreditiert.

»Ich möchte, dass ihr tagsüber kommt«, ließ sich Hendrik plötzlich mit klarer Stimme vernehmen. Alle starrten ihn an; es war, als wäre seine Seele nach langer Abwesenheit zurückgeschlüpft in ihr Zuhause und hätte das Licht wieder angemacht. Hendriks hervorstehende Augen glänzten, ein Hauch von Farbe lag auf seinen Wangen, er hatte einen Ellbogen unter seinen Kopf geschoben und lächelte vergnügt in die Runde. Josephine stürzte auf ihren Vater zu und küsste ihn auf die Wange. »Lieber Gott im Himmel!«, rief sie aus. »Er ist übern Berg.« Voller Dankbarkeit trat sie zu Wang Shi Wei und ergriff seine Hände. »Ich bin so unsagbar froh und erleichtert. Wenn Sie und Ihre Familie irgendetwas benötigen, lassen Sie es uns wissen.«

Lian übersetzte, und Wang Shi Wei nickte, wirkte aber peinlich berührt, so als würde ihm die überschwengliche Art, wie Josephine ihre Gefühle zum Ausdruck brachte, geradezu körperliches Unbehagen bereiten, was Josephine in ihrer Begeisterung entweder nicht bemerkte oder nicht bemerken wollte. Ihre Hände hielten die des chinesischen Arztes, als wären sie dort festgewachsen.

»Jeder soll es wissen, wie ihr mir geholfen habt«, fuhr Hendrik fort. »Dass ihr ein Wunder vollbracht habt, wo der Deutsche sich als Quacksalber entlarvt hat.«

Seine erwartungsvolle Miene verriet, dass er Zustimmung und einen Funken Begeisterung für seine Worte als selbstverständlich erachtete, doch Wang Shi Wei schüttelte den Kopf und entzog sich Josephines Griff. Die Geste war unmissverständlich.

Als es an der Tür klopfte, rief Hendrik laut und vernehmlich, er freue sich über Besuch, woraufhin der Hoteldirektor eintrat. Mit einem Ausdruck tiefsten Widerwillens blieb er auf der Schwelle stehen und ließ seinen Blick über die deutsch-chinesische Gesellschaft wandern, die er in Hendriks Zimmer vorfand, presste die Hand vor den Mund, wie es Magenkranke tun, die unter saurem Aufstoßen leiden, und begann weitschweifig die Sicherheitsbestimmungen des Prinz Heinrich zu erläutern, die den Aufenthalt von Chinesen »zwar nicht direkt untersagten, aber auch nicht ausdrücklich gestatteten.«

»Machen Sie sich doch nicht lächerlich!« , tönte es mit

einem Mal im Duett dagegen. Die hellbeigen Schwestern, die eine, Roselotte Wulff, einen Strauß sattgelben Blumenregens in der Hand, die andere, Waltraud Möbius, eine Flasche Single Malt Whisky im Arm, schoben den perplexen Mann resolut zur Seite und schlugen ihm die Tür vor der Nase zu. »Na, wenn das kein veritabler west-östlicher Diwan ist!«, gurrte Waltraud in ironischer Anspielung auf »unsern Joethe« und zitierte in astreinem Kölsch: »Wer sich selbst und andere kennt, wird auch hier erkennen: Orient und Okzident sind nicht mehr zu trennen.« Sie lachte sirrend auf i, wie es ihr eigen war, drückte Hendriks Hand und ließ sich dann umstandslos in einen Sessel fallen. Ihre Schwester unterzog mit dem Ausdruck diebischen Vergnügens Hendriks Zimmer und die Anwesenden einer eingehenden Inspektion, um schließlich ihr ganzes Behagen in den Seufzer zu legen, endlich sei mal etwas los in diesem gottverlassenen Nest, das über Pferderennen hinausgehe und überdies angetan sei, diese speichelleckerische Hofschranzen-Mentalität, die in Tsingtau herrsche – »schlimmer als in Togoland!« –, ein wenig in Wallung zu bringen.

Gelächter auf westlicher Seite, auf chinesischer Seite Blicke, die gewechselt und verstanden wurden.

Schon wurde der Whisky geöffnet und eingeschenkt, schon zogen zum größten Bedauern der hellbeigen Schwestern die Urheber des Skandals mit unbewegten Mienen und eiligen Schrittes ab, von Josephines ängstlichen Blicken verfolgt, die augenscheinlich um die weitere Behandlung ihres Vaters bangte, schon wurde deutlich: Der Überfall auf Hendrik und die Eisenbahnarbeiter rückte in den Hintergrund; jeder war wie zuvor wieder mit sich und seinen Erwartungen, Wünschen, Befürchtungen be-

schäftigt, niemand schien sich weiter um den Vorfall, die Täter, deren Beweggründe, die Ursachen für ihr Handeln sowie die möglichen Folgen für die Zukunft einer Provinz, ja, eines ganzen Landes zu scheren.
Was im Einzelnen und Privaten verzeihlich sein mochte, schlug sich im Allgemeinen und Öffentlichen in einer Form nieder, die sich des bewährten politischen Arsenals bediente – Ignoranz und Rücksichtslosigkeit.
Nach wie vor wurden die chinesischen Bauern für ihre Grundstücke zu gering, zu spät und nach Abzug diverser und nicht nachvollziehbarer Verwaltungskosten entlohnt. Ihre Proteste, die sich gegen diese Praxis richteten, wurden jedoch ebenso ignoriert wie die Ängste der Landbevölkerung vor den Folgen einer Trassenführung, die ohne Rücksicht auf das empfindliche Be- und Entwässerungssystem durch tiefliegende, überschwemmungsgefährdete Gebiete geführt wurde. Statt über Lösungen nachzudenken, wie Land und Leute geschützt werden könnten, versicherte sich die Schantung-Eisenbahngesellschaft bei Gouverneur Paul Jaeschke jedoch lediglich, dass ein militärisches Vorgehen gegen die chinesischen Aggressoren im Falle eines Falles sehr wohl möglich sei.
Diese kaum nennenswerte Störung im Getriebe trübte die aufgeräumte Stimmung der Deutschen in Tsingtau also keineswegs. Allerorten wurde geplant, Grundstein gelegt und hochgezogen, was das Zeug hielt, und alle naselang spuckten Postdampfer und Passagierschiffe neue Ladung an Land – Männer mit Tropenhelmen auf dem Kopf und dem Willen zur Pioniertat im Herzen, Frauen in hellbeigen Spitzenkleidern, volantumspielte Sonnenschirmchen in den behandschuhten Händen. Erwartungsfroh die einen, beklommen die anderen, manche gelangweilt,

abgeklärt, zu lange daran gewöhnt, ihr Dasein zwischen Deutsch-Südwest und Deutsch-Neuguinea zu verbringen.

Wie die hellbeigen Schwestern, die Hendriks langsame Genesung nutzten, um ihn täglich zu besuchen und die eigene Trübsal mit heiteren Anekdoten über ihren Aufenthalt in Togo und die so ehrgeizigen wie trinkfesten Bremer Kaufleute, den Kaffeebaron Gustav Andreesen und den einstigen Schaustellerkönig Armin Merten, dessen Sohn Philipp von beklagenswerter Sensibilität zu sein schien, überspielten. Dann und wann erschien Müller-Menckens, einmal stand der junge Vermessungstechniker in der Tür und erzählte grinsend, einen der Angreifer tüchtig gebissen zu haben, und ein anderes Mal schauten Bekannte von Hendrik auf einen Sprung herein und schimpften über den Schiedsrichter, der das Fußballspiel vom vergangenen Sonnabend so idiotisch gepfiffen habe, dass Schiebung vermutet werden dürfe. Der Rhythmus der Tage war stets derselbe. Entweder schlief Hendrik, bekam Besuch oder wurde mit den goldenen Nadeln gepiesackt.

Aber eines Abends war es so weit.

Hendrik war wach, und sie waren unter sich.

Die Scheu, die Eliana Zuflucht im einsamen Durchdenken und Verdauen dessen, was ihr bisheriges Dasein in Frage stellte, hatte suchen lassen, musste nun überwunden werden, ebenso wie Hendriks Verlegenheit und leise Verärgerung über ein vorschnelles Bekenntnis, das ihm in Bremen noch mächtig Ärger einhandeln würde. Beider Bemühen, die Kluft zu überwinden und die rechten Worte zu finden, verdichtete die Atmosphäre, was selbst Josephine nicht entging, die bislang nichts von Elianas innerem Aufruhr mitbekommen hatte, weil sie nur Augen und Ohren für Lian und ihren Vater gehabt hatte.

»Was ist denn hier los?«, rief sie erstaunt und blickte von ihrem Vater zu ihrer Cousine und wieder zurück, bis sich das langsame Heraufziehen des Begreifens in ihren Zügen zu spiegeln begann.

»Ich habe Eliana die Wahrheit gesagt«, bekannte Hendrik schlicht.

»Endlich ist es heraus!«, rief Josephine, so erfreut wie fassungslos. »Mutter wird toben ...«

»Warum?«, fiel Eliana ihrer Cousine ins Wort. Ihre Stimme klang spröde, wie lange nicht benutzt.

»Du weißt doch, wie sie ist, alle müssen nach ihrer Pfeife tanzen«, winkte Josephine lässig ab, aber, wie es Eliana vorkam, ein wenig zu sehr darauf bedacht, die Rolle ihrer Mutter herunterzuspielen.

Oder war sie, Eliana, bloß zu empfindlich, zu dünnhäutig? Sie blickte an sich hinab, ihre Knie zitterten, die Hände bebten, die Gelassenheit, die sie meinte auf den Spaziergängen am Strand gewonnen zu haben, war vollständig dahin.

»Sie ... das heißt, wir alle hatten Angst, du könntest einen Rückfall erleiden, wenn du die Wahrheit erfährst«, sagte Josephine.

»Rückfall!« Eliana hob den Blick und betrachtete ihre Cousine, als sähe sie sie zum ersten Mal. »Ein Kind verliert seine Eltern an ein und demselben Tag, ist stumm vor lauter Entsetzen, und statt abzuwarten, dass es sich wieder einkriegt und die Sprache wiederfindet, wird es erst in ein Sanatorium und dann zu Pflegeeltern abgeschoben. Wie ist das möglich? Wie konntet ihr das zulassen? Onkel Hendrik!«

»Du hast dich nicht nur geweigert zu sprechen, du warst mehr tot als lebendig, hast kaum etwas gegessen und auf niemanden und nichts reagiert, und das monatelang«, erwiderte Hendrik. »Die Ärzte rieten uns von Anfang an zu diesem Schritt, und weil wir uns so um dich sorgten, haben wir schließlich getan, was sie für richtig hielten.«

»Und aus Sorge um mich habt ihr jahrelang geschwiegen.« Elianas Ton wurde schärfer. »Ihr alle wusstet es, nur ich nicht. Entfernte Verwandte aus Bremen, die ich gnädigerweise Onkel und Tante nennen darf … Ich komme mir vor wie eine komplette Idiotin.«

»Die Ärzte im Sanatorium sagten, wenn das Gedächtnis nicht von allein zurückkehrt, wäre es besser, die Sache auf sich beruhen zu lassen. Es hätte vergleichbare Fälle gegeben, da man den Patienten nach einiger Zeit mit dem Geschehen konfrontiert hätte, und das hätte zu erheblichen Störungen des Gemüts geführt.«

»Als da wären?«

»Ich weiß es nicht genau«, räumte Hendrik ein. »Von Hysterie war die Rede und davon, dass sich manche etwas antun …« Er brach ab und senkte betreten den Blick.

»Natürlich. Wenn etwas nicht ins Konzept passt, wird es Hysterie genannt. Seltsam, dass immer nur Frauen hysterisch sein sollen.« Elianas Schultern sanken herab. Mit einem Mal fühlte sie sich unendlich müde. Auch ihr Onkel und ihre Cousine wirkten mitgenommen. Hendrik hatte die Bettdecke bis ans Kinn gezogen und starrte geistesabwesend den Whisky an, dem seine zahlreichen Besucher kräftig zugesprochen hatten, so dass die bereits dritte Flasche, die die hellbeigen Schwestern angeschleppt hatten, nur mehr zu einem Viertel gefüllt auf seinem

Nachttisch stand, neben Müller-Menckens' bildschönem Diorama.

Josephine hatte die Beine übereinandergeschlagen und wippte mit dem Fuß. Leise sagte sie: »Als Kind hielt ich deine Eltern für Abkömmlinge einer anderen Welt. Judith und Torge. Schon die Namen besaßen einen besonderen Klang. Die Fee und der schwarze Prinz aus dem Norden. Ich habe dich heiß beneidet, Eliana.« Als Eliana nichts erwiderte, überließ sie sich ihren Erinnerungen. »Deine Mutter hatte so schönes Haar, Feenhaar, hell, weich und gewellt, und sie hat uns immer ihre Seidentücher und Bänder gegeben, mit denen wir unser orientalisches Prinzessinnen-Zelt geschmückt haben. Wir waren Prinzessinnen aus dem Morgenland, Scheherezade und Salima.«

»Ach, deswegen ...«, sagte Eliana. Wie oft ihre Cousine ihrem Gedächtnis mit Fragen, die sich auf ihre Kinderspiele bezogen, auf die Sprünge hatte helfen wollen! Wie war es nur möglich, dass die Trauer über den Verlust ihrer Eltern jede noch so kleine Erinnerung an diese Zeit vollständig ausgelöscht hatte? Erinnerungen, die ihr doch Trost hätten spenden können, wenn nicht unmittelbar nach dem Tod ihrer Eltern, so doch später, als sie heranwuchs und sich mitunter so verloren, so schutzlos, so fremd in sich selbst fühlte, dass es sie immer wieder auf ihre einsamen Wanderungen zwischen der Senke und der Ilmenau getrieben hatte – auf der instinktiven Suche nach den Erinnerungen an eine Fee und einen Prinzen, von denen sie gar nicht wusste, dass sie existierten? Und diese Zustände, die sie seit Jahren in Angst und Schrecken versetzten – nichts als Erinnerungen, die verzweifelt hinausdrängten aus ihrem Inneren?

»Und dein Vater war groß und kräftig, ein bildschöner Bursche«, schaltete Hendrik sich ein. »Mit wilden Augen

und schwarzen Locken … Hochintelligent. Spielte Schach, als hätte er's erfunden.« Er warf Eliana einen forschenden Blick zu und redete in weichem Ton weiter: »Es braucht Zeit, dass das Bild Konturen gewinnt und sich festigt, mein Kind. Alles ist ein wenig viel … wir hätten schon längst … deine Tante Adeline wird erleichtert sein … und Ursel und Walter werden stets …«
Hendriks Erklärungen drangen nur noch in Fetzen zu Eliana durch.
Groß und kräftig, wilde Augen.
Sie sprang auf, stürzte auf die Anrichte zu und begann mit fliegenden Fingern durch den Stapel der Karten und Briefe zu blättern, bis sie fand, wonach sie gesucht hatte.
Blake Michaels, c/o – und dann folgten chinesische Schriftzeichen in rotem Wachs. Das Kuvert an die Brust gedrückt, eilte sie entschlossen zur Tür, da wurde sie der bestürzten Mienen ihres Onkels und ihrer Cousine gewahr. »Es ist alles in Ordnung mit mir«, sagte sie lächelnd. »Ich muss nur jemandem Abbitte leisten, dem ich großes Unrecht getan habe.«
»Aber um diese Zeit …«, begehrte Hendrik auf, wurde jedoch von seiner Tochter in energischem Ton unterbrochen.
»Lass sie gehen, Papa. Eliana wird schon wissen, was sie tut.«
Dankbar nickte Eliana ihrer Cousine zu und stürmte zur Tür hinaus und vorbei an dem kräftigen, aber ausgezehrten Mann, der ihr gerade noch ausweichen konnte.
»Deine Krankenschwestern musst du dir wohl noch ein wenig erziehen, Hendrik, alter Junge!« Breit grinsend, den Schatzjägerhut artig in der Hand, trat Torben Behnke ein.

Einmal in Fahrt, war Eliana nicht zu bremsen. Das Gefühl, entschlossen und folgerichtig zu handeln, berauschte sie, und so ließ sie die Einwände des Portiers, der nach einem Blick auf das rote Siegel mit gerunzelter Stirn vom Phönixhaus nahe Jiaozhou sprach und wie wenig anzuraten eine Fahrt in diese unsichere Gegend sei, zumal der geschätzte Herr Kayser doch in relativer Nähe von chinesischen Unholden überfallen worden sei, nicht gelten und bestand darauf, dass er ihr eine Kutsche und einen zuverlässigen Kuli besorgte, der den Weg zum Phönixhaus kannte.
Es war acht Uhr vorbei, als Eliana an die Tür des Hauses klopfte und von einem Diener mit vollkommen ausdruckslosem Gesichtsausdruck hereingebeten wurde. Er zeigte auf eine niedrige Bank, wartete, bis Eliana Platz genommen hatte, und verschwand lautlos.
Was für ein seltsames Haus, dachte Eliana. Überall zirpt und plätschert es. Die grünlich patinierte Bronzeskulptur eines Drachen, die der Bank gegenüber mit Blick zur Haustür auf einem dunkelgrünlackierten Sockel ruhte, wirkte so täuschend echt, dass Eliana meinte, seinen Feueratem riechen zu müssen. Aber hier roch alles nach Sandelholz und Vanille und verströmte exotische Behaglichkeit.
Wie aus dem Boden gewachsen stand plötzlich ein Mann vor ihr, dessen Züge und Haare auf chinesische Abstammung und dessen prächtige Kleidung (glänzendes Leinen, gesäumt mit Goldfäden) darauf schließen ließen, dass sie den Besitzer des Phönixhauses vor sich hatte.
»Ich bin Eliana van Steen. Ich bitte um Verzeihung für meinen unangemeldeten Besuch«, begann sie, hoffend, der Mann würde ein wenig Deutsch verstehen, was, da ein Deutschamerikaner ihn seinen Bruder nannte, vermutet

werden durfte. Sie lachte, als ihr bewusst wurde, dass mit einem Mal alle Zweifel an Blakes Aufrichtigkeit dahin waren. »Ich möchte …«

»Es freut mich, Ihre Bekanntschaft zu machen«, unterbrach der Mann sie sanft und deutete mit vollendeter Anmut eine Verbeugung an. »Wenn Sie gestatten, Ti Lung Jie. Wie kann ich Ihnen behilflich sein?«

»Ich möchte bitte Blake Michaels sprechen. Er wohnt doch hier, nicht wahr?«

»Sie meinen den Handelsspion«, versetzte Lung Jie amüsiert.

»Es ist mir gleichgültig, ob er ein Spion oder der Kurier des Zaren ist. Ich muss ihn unbedingt sprechen.«

»Ich glaube, er ist im inneren Garten«, sagte Lung Jie und forderte Eliana mit einer Handbewegung auf, ihm zu folgen. Während sie das Wasserspiel im Entree des Hauses umrundeten und einen breiten, in sanftem Bogen in den rückwärtigen Teil des Hauses führenden Korridor entlanggingen, setzte er Eliana in sachlichem Ton die Familienverhältnisse auseinander. »Es tut mir sehr leid, dass Ihr werter Onkel auf dem Weg zu mir in diesen abscheulichen Hinterhalt geraten ist«, schloss er. »Ich hätte mir gewünscht, dass unsere Familien sich auf angenehmere Weise miteinander verbinden.« Er begleitete seine Worte mit sibyllinischem Lächeln, das einen Anflug von gutmütiger Frivolität besaß, was Eliana allerdings entging.

»Mein Onkel war auf dem Weg zu Ihnen? Das hat er mit keinem Wort erwähnt«, sagte sie überrascht. »Selbst seiner Tochter hat er nur eine ungefähre Vorstellung von dem vermittelt, was er plante und wohin er ritt, so dass sie dem Suchtrupp immerhin die Richtung nennen konnte, in die er geritten war. Von Ihnen war nie die Rede.«

»Was hätte es auch genützt? Hätte mein Name Ihnen mehr verraten als Ihrem Onkel?«

»Nein, ehrlich gesagt nicht«, räumte Eliana nach kurzem Nachdenken ein. »Blake hat immer nur von seinem Bruder gesprochen, aber nie Ihren vollständigen Namen genannt.«

»Sehen Sie, das entspricht unserer Übereinkunft, einander zu schützen. Blake könnte Ressentiments ausgesetzt sein, wenn herauskommt, dass sein Bruder ein Mischling ist. Bastard nennt man es ja wohl. Und ich bin in China wohlgelittener als Chinese denn als Eurasier. Die Zeiten sind unsicher, man weiß nie, ob einem Freund oder Feind gegenübersteht, und deshalb hält man sich besser bedeckt.«

Vor einem Torbogen blieb Lung Jie stehen. Ein Kiesweg führte durch einen Hain über eine Brücke zu einer Insel inmitten eines spiegelblanken Sees. »Abgesehen davon lassen wir kein Geheimnis unser Verhältnis trüben. Bitte sehr.« Er neigte den Kopf, lächelte Eliana zu und forderte sie mit einer Handbewegung auf, allein hineinzugehen.

Dankbar, diesen Augenblick für sich zu haben, trat Eliana in den inneren Garten. Wacholder, Eschen, Waldkiefern, Wasserfichten, Bambusgehölze zählte sie im Geiste auf. Gefiederte Goldlärchen winkten ihr zu, die hellgrünen, elliptischen Blätter einiger niedrig gehaltenen Gummiulmen streiften ihren Arm, und überall strahlte das Weiß prachtvoller Pfingstrosen auf wie ein lichtvolles Versprechen. Welche Freude hätte ihr Vater an diesem Garten, dachte Eliana mit einer Mischung aus Liebe und Wehmut, weil ihr Vater nicht mehr ihr Vater war. Sie kämpfte die aufsteigenden Tränen nieder und lief über die kleine Brücke.

Als sie Blake erblickte, zog sich ihr Herz vor Freude zusammen.

Er saß an den Stamm eines Baums gelehnt, rechts von sich einen Stapel Bücher, Notizblöcke und allerlei Stifte, links ein Tablett mit einer Glaskaraffe, in der zu einer Kugel, so groß wie eine Spielzeugmurmel, gewickelte Teeblätter tanzten und goldene Wölkchen ins Wasser malten. Blakes Füße wippten im Takt einer stummen Melodie. Seine ganze Aufmerksamkeit schien auf das Papier gerichtet, das er in einer Hand hielt, während die andere Kreise und Achten beschrieb.

»Ich dachte schon, du würdest mich ewig warten lassen«, sagte er beiläufig. Dann hob er lächelnd den Blick.

Von einem Fenster im ersten Stock des Hauses beobachtete Ti Lung Jie, wie sein Bruder aufsprang, diesem feenhaften Mädchen entgegenlief und sie umstandslos bei der Hand nahm.

Sehr schön. Lung Jies Züge legten sich in sonnige Falten. Es wurde Zeit, dass sein Bruder in den Stand der Ehe eintrat. Sein schöpferischer Geist bedurfte der friedlichen Ruhe, die nur die wahre Liebe zu geben vermochte, und auf den ersten Blick schien diese Eliana die Art Frau zu sein, die Ruhe und Frieden geben konnte, obwohl sie selbst danach verlangte. Das war nicht immer so. Frauen, europäische wohlgemerkt, litten unter allen möglichen Bedürftigkeiten und forderten subtil, aber nachdrücklich ein, dass der Ehemann sie beheben möge, durch seine Liebe, sein Verhalten, Geschenke, Zugeständnisse, was auch immer. Ein Alptraum. Chinesische Frauen dagegen klagten nicht und forderten nicht, sie bedienten den Mann, waren ihm im Bett zu Willen und befriedigten ihre sonstigen Bedürfnisse mit ihren Freundinnen, vor allem mit den lao-tongs. Die einen waren zu anstrengend, die anderen inspirierten ihn nicht, weder seine Lenden noch seinen Geist. Die einzige Ausnahme von dieser Regel war Chang Baos Mutter, die er begehrt hatte, doch nicht besitzen durfte, weil sie einem anderen gehörte. Alles, was er für sie hatte tun dürfen, war, sich des wütend lodernden Feuers in ihrem Sohn anzunehmen, ihn bei sich leben und in Buddhas Künsten unterweisen zu lassen. Als sie starb, begrub Ti Lung Jie jede Hoffnung auf eine neue Liebe. Die wahren Gründe jedoch, warum Ti Lung Jie sich nicht hatte entschließen können, sein Junggesellentum aufzugeben, ja, sich sogar – gelegentliche Besuche in gewissen Shanghaier Etablissements einmal abgesehen – erotische Genüsse mit seinen Dienerinnen versagte, lagen in seinen Erfahrungen als Kind zweier Welten, die ihn in jungen Jahren zu dem Schluss geführt hatten, dass Begehren und Verlangen nur Verwirrung stifteten, und in dem, was sich in ihm als Ersatz dafür entwickelt hatte – die Liebe zu diesem Land, dem er von Bluts wegen nur zur Hälfte angehörte. Die Vorstellung, für immer ein Fremder in der Heimat zu sein, hatte ihn früher deprimiert und verbittert und hätte einen einfältigen Menschen möglicherweise in den politischen Fanatismus getrieben, nicht so Ti Lung Jie. Sein scharfer Verstand hatte ihn bereits als Jugendlichen erfassen lassen, dass die Fremdheit, die er empfand, nicht automatisch zu innerer Haltlosigkeit führen musste, sondern ihm helfen konnte, Distanz zu wahren und Weitsicht zu beweisen, wenn andere ihre Zukunft mit heißem Herzen verspielten.

Diese Fähigkeit hatte ihn zu einem der erfolgreichsten Geschäftsleute zwischen Shanghai und Peking werden lassen, und diese Fähigkeit würde ihm auch jetzt den rechten Weg weisen, den Weg zur goldenen Mitte.

Eine kaum wahrnehmbare Veränderung in der Atmosphäre ließ Ti Lung Jie herumfahren. Betreten blieb Kwai Chang Bao stehen.
»Wo willst du hin?«, fragte Ti Lung Jie freundlich, aber Chang Bao schwieg, und bekümmert schüttelte Ti Lung Jie den Kopf. »Ihr seid übers Ziel hinausgeschossen, wie oft soll ich dir das noch sagen? Du und Lian müsst damit aufhören, sonst musst du mich verlassen. Wenn herauskommt, dass du an den Überfällen beteiligt bist, gerate auch ich in Misskredit, verstehst du? Und ich möchte die Sicherheit meines Hauses nicht von zwei aufgeregten Pandajungen in Gefahr bringen lassen.«
Chang Bao streckte sich. »Und du musst dir überlegen, auf welcher Seite du stehst!«
Lung Jie lächelte. »Das musst gerade du sagen, dessen Schwester und Vater das Opfer eures Überfalls gesund pflegen?« Als sein Gegenüber einen wütenden Laut von sich gab, nahm Ti Lung Jie ihn bei den Schultern und zwang ihn, ihm in die Augen zu sehen. »Das ist die Dialektik des Lebens, Chang Bao. Früher oder später wirst du dich ihr nicht länger verschließen können, es sei denn, du möchtest als Unwürdiger, der sich wissentlich unwissentlich gehalten hat, um Schuld auf sich laden zu können, vor Kuan Yins Thron treten.«
Mit einem hasserfüllten Blick riss Kwai Chang Bao sich los.

16

Kaum kursierten die ersten Gerüchte, verkündeten die hellbeigen Schwestern beim Frühstück an einem der nächsten Tage, dergleichen hätten sie in Mexiko erlebt, sie seien nicht gewillt, so etwas noch einmal mitzumachen, und plädierten deshalb dafür, ihre Abreise früher als geplant in die Wege zu leiten. Herr Wulff wiegte den Kopf und betrachtete das Brötchen, das aufgeschnitten auf seinem Teller lag, mit dem Ausdruck tiefsten Bedauerns und murmelte etwas, das wie »wir wollen doch nichts überstürzen« klang. Herr Möbius hingegen machte hinlänglich deutlich, dass er dem Thema wenig Bedeutung beimaß, indem er sich, seine leere Kaffeetasse in der Hand, unwillig nach dem Kellner umdrehte.

»Typhus! Und es gibt bereits Tote!«, zischte Waltraud Möbius daraufhin mit funkelnden Augen, den Oberkörper nach vorn gebeugt, als würde sie beabsichtigen, ihren Mann zu beißen.

Die Akustik im Speisesaal des Prinz Heinrich war ausgezeichnet, und so zischte die Nachricht von Tisch zu Tisch, Bestecke wurden niedergelegt, Augen weiteten sich, Brauen schossen in die Höhe, und Unterhaltungen endeten abrupt.

»Da siehst du, was du angerichtet hast«, knurrte Möbius, hob seine Kaffeetasse und schwenkte sie über seinem Kopf. Laut sagte er: »Bevor ich sterben muss, hätte ich heute gern noch eine Tasse Kaffee getrunken. Würde jemand von den Herren mit der schwarzen Fliege mir diesen letzten Wunsch erfüllen?«

Beifälliges Gelächter, spürbare Entspannung. Augenbrauen lagen wieder, wo sie hingehörten, Gespräche zwischen Menschen, die sich nichts zu sagen wussten, sich jedoch nicht trauten zu schweigen, um sich nicht eingestehen zu müssen, dass sie einander nichts zu sagen wussten, wurden fortgeführt.
Hendrik warf den Kölner Ehepaaren, die zwei Tische weiter ihr Frühstück einnahmen, einen alarmierten Blick zu. »Die Schwestern machten auf mich nicht den Eindruck, als würden sie sich allzu schnell erschüttern lassen. Also«, damit wandte er sich seinem Gast zu, »was ist dran an den Gerüchten?«
»Vielleicht sollten wir diese Unterhaltung nach dem Essen führen«, gab Jörg Müller-Menckens zu bedenken. »Wie bei jedem Gerücht ist die Wahrheit viel weniger dramatisch, also … eigentlich überhaupt nicht dramatisch, jedoch sind die Details gewissermaßen …«
»Seien Sie sicher, dass uns nicht so schnell der Appetit vergeht«, sagte Josephine, setzte eine unschuldige Miene auf und biss herzhaft in ihr mit Himbeermarmelade bestrichenes Brötchen.
»Nur zu«, schaltete sich nun auch Eliana ein. »Wir haben in den vergangenen Wochen Bekanntschaft mit Bärenblut, Tintenfischknorpel und Eichhörnchenkot gemacht. Was soll uns noch aus der Fassung bringen?«
Torben Behnke lachte leise. »Ruhr und Typhus zum Beispiel. Ich schwöre Ihnen, davon wollen Sie nichts wissen.«
Müller-Menckens machte ein verkniffenes Gesicht. »Woher wissen Sie, dass es sich um Ruhr und Typhus handelt?«
»Ganz einfach«, erwiderte Torben leichthin, »ich spreche

den einen oder anderen chinesischen Dialekt, und ich höre mich gern ein wenig um. Wenn von Fieber und Kopfschmerzen, Benommenheit, Verstopfung und darauffolgendem schwerem Durchfall – Verzeihung, die Damen – die Rede ist, weiß ich, was die Glocke geschlagen hat.«
Hendrik unterdrückte ein zufriedenes Grinsen. Torben wusste, wie man die Leute dazu brachte, ihre Deckung aufzugeben.
Und tatsächlich: »Es war ein Fehler, die Kanalisation von Kulis bauen zu lassen«, bekannte Müller-Menckens. »Wie alle Chinesen hocken sie sich einfach irgendwo hin, wenn sie ein Geschäft verrichten müssen, und hier oben«, er pochte mit vier Fingern an seine Schläfe, »reicht es bei denen nicht, um zu denken: Hoppla, vielleicht nicht gerade hier, wo es ins Grundwasser und damit in die Brunnen und von dort aus in die Teetassen gelangen könnte. Was soll's! Gehört doch ohnehin alles zum großen Ganzen, zum Tao!« Er hob die Hände und den Blick in gespielter Resignation zur Decke.
»Was werden Sie gegen die Ausbreitung des Erregers unternehmen?«, fragte Hendrik. Er schob seinen Teller vor und zurück, der Schinken, den er großzügig darauf gehäuft hatte, verströmte einen intensiven Geruch nach dem Rauch, in dem er gereift war.
»Wir werden eine zentrale Wasserversorgung errichten, und wir planen die Abfuhr der … nun ja.«
»Glauben Sie allen Ernstes, dass sich auf diese Weise uraltes tradiertes Verhalten ändern lässt?«, fragte Torben skeptisch.
»Nein, jedenfalls nicht so schnell, wie wir es gerne hätten und es erforderlich wäre, um wenigstens ein Mindestmaß an Hygiene in den chinesischen Vierteln durchzusetzen«,

erwiderte Müller-Menckens und fügte empört hinzu: »Sie waschen sich ja nicht einmal!«
»Doch, aber eben nur einmal im Jahr, zum Neujahrsfest«, warf Eliana ein.
»Und das gründet vor allem auf den Witterungsverhältnissen, mit denen die Menschen hier oben im Norden fertigwerden müssen. Mitunter regnet es acht oder neun Monate nicht, da wird Wasser zu einem knappen Gut.« Herausfordernd blickte sie in die Runde. »Ich würde es mir ebenfalls zweimal überlegen, ob ich mich wasche oder lieber einen Schluck Wasser trinke.«
Hendrik unterdrückte ein unwilliges Grunzen. Es war klar, woher sie dieses Wissen – und seine Bewertung – hernahm.
»Und dafür Krätze, Ekzeme, Abszesse, Trachome, Läuse, Flöhe und Wanzen in Kauf nehme«, ergänzte Müller-Menckens und sah Eliana mit kaum verhohlener Abscheu an.
Das ging zu weit. »Einer ihrer Ärzte hat mir das Leben gerettet«, konterte Hendrik, »da werden sie wohl ein paar Pickel in den Griff bekommen.«
»Das bezweifle ich nicht«, räumte Müller-Menckens ein. »Ich fürchte nur, gegen Typhus sind sie machtlos.«
»Sind sie nicht«, gab Josephine im Brustton der Überzeugung zurück. »Schwerer Typhus wird im Allgemeinen sehr erfolgreich mit Schwitzkuren behandelt, während die Europäer mehr zu einer Art Wechseldusche tendieren, einer Praxis, der schon so mancher Patient leider erlag. Sie sollten wirklich einen chinesischen Arzt zu Rate ziehen«, schloss sie an Müller-Menckens gewandt. »Mit dem, was die Verwaltung von Tsingtau plant, haben sie die Krankheit in zehn Jahren noch nicht besiegt.«

Überrascht sah Hendrik seine Tochter an, unsicher, ob ihm ihre Entwicklung gefiel oder nicht.
Missmutig betrachtete er den Schinken. Eigentlich hatte er Müller-Menckens zum Frühstück gebeten, um ihn gemeinsam mit Torben ordentlich in die Zange zu nehmen. Es hieß, ein Chemieunternehmen plane, eine Heroinproduktion in Tsingtau aufzuziehen – Heroin galt derzeit als Mittel der Wahl gegen die grassierende Opiumsucht der Chinesen, aber auch vieler Briten, Franzosen und Deutscher, die sich in die süß duftende Welt der Träume flüchteten –, und Hendrik wollte in Erfahrung bringen, wo das Werk errichtet werden sollte, um seinen geplanten Teegarten möglichst weit davon entfernt anzulegen. Eine Idylle sollte es werden, kein Aperçu zwischen Betonfabrik und Heroinproduktion. Stattdessen war nun dieses unappetitliche Thema aufs Tapet gebracht worden. Und eins war Hendrik klar: So eitel Müller-Menckens sein mochte und so ausgeprägt sein Hang zur theatralischen Übertreibung, so bewies er, wenn es hart auf hart kam, erstaunlich kühles Blut, ja, Hendrik war sogar der festen Überzeugung, man könnte vom Grad seiner Erregung auf den Ernst der Lage schließen. Je nüchterner Müller-Menckens, desto prekärer die Aussichten. Wenn Hendrik recht behielt, bedeutete dies: Eine Epidemie stand kurz bevor.
Typhus. Das hatte ihm gerade noch gefehlt.
Solange die Sache mit dem Teegarten sich in der Schwebe befand, musste Hendrik vor Ort bleiben. Seine Erkrankung hatte die Verwirklichung seines Plans unnötig in die Länge gezogen; genau genommen befand er sich fast am selben Punkt wie vor drei Monaten bei seiner Ankunft in Tsingtau. Er hielt nichts in Händen, gar nichts. Der

Einzige, auf den er hätte bauen können, weil er über ausreichend Grundbesitz verfügte, Ti Lung Jie, hielt ihn mit Ausflüchten und vorgeschobenem Zeitmangel hin. Es war wie verhext. Der Teegarten schien unter keinem guten Stern zu stehen, aber Hendrik war nicht gewillt, klein beizugeben. »Der Teegarten des Kaysers«, so nannte er sein Vorhaben so selbstironisch wie stolz, würde kein Plan bleiben, so wahr er der Kayser war.
Außerdem verspürte er nicht die geringste Neigung, seiner Frau so bald gegenüberzutreten. Adeline würde ihm die Hölle heißmachen, so viel stand fest. Nicht nur, dass er nun schon viel länger als ursprünglich geplant auf Reisen war, ganz gleich, ob die Erkrankung wesentlich dazu beigetragen hatte oder nicht, hatte er überdies das Geheimnis preisgegeben und möglicherweise eine Lawine losgetreten, die alle mit sich reißen würde, Gott weiß wohin. Noch hatte Eliana die entscheidende Frage nicht gestellt, aber irgendwann würde sie es tun, ganz sicher.
Abzureisen kam also nicht in Frage.
Aber hierbleiben? Hendrik spürte, wie ihm die Kälte in die Füße kroch.
Hierzubleiben würde bedeuten, den Tod, dem er bereits einmal und gerade so eben von der Schippe hatte springen können, noch einmal herauszufordern. Er neigte zwar zur Großspurigkeit, aber nicht zum Selbstbetrug, und so glaubte er nicht, dass so viel göttliches Glück einem Menschen zweimal hintereinander zuteilwerden konnte. Er musste Tsingtau verlassen, sofort. Sie alle mussten Tsingtau verlassen, ohne Ausnahme. Seine Tochter lief ohnehin irgendwie aus dem Ruder und gluckte nur mehr mit der jungen Chinesin herum, statt ihren Trumpf, die Erbin eines bedeutenden deutschen Unternehmens zu sein, auf

dem hiesigen Heiratsmarkt auszuspielen. Und seine Nichte hatte sich in die Arme des Amerikaners geworfen, der nicht einmal so viel Anstand besaß, auf seinen chinesischen Halbbruder dahin gehend einzuwirken, dass er Hendriks Pläne unterstützte.

Beiden, Josephine wie Eliana, musste der Kopf zurechtgerückt werden, und das erforderte Abstand vom Brennpunkt des Geschehens.

Tja, und Torben.

Hendrik warf ihm einen verstohlenen Blick zu. Als der Freund in der Tür seines Hotelzimmers gestanden und breit grinsend behauptet hatte, gute Nachrichten verbreiteten sich schnell, war Hendrik so gerührt gewesen, dass ihm Torbens Veränderung nicht sofort aufgefallen war. Mittlerweile war es jedoch nicht mehr zu übersehen, dass mit ihm etwas nicht in Ordnung war. Er wirkte matt und magerer als bei ihrer letzten Begegnung in Shanghai, die mit einem Missklang geendet hatte, und schien ganz und gar nicht in der Verfassung, tückische Typhuserreger abwehren zu können. Hendriks fragenden Augen war Torben bislang beharrlich ausgewichen, so dass er zu dem einzigen Schluss kommen musste, der ihm sinnvoll erschien: Die Frau, um deretwillen Torben sie allein nach Hangzhou hatte reisen lassen – sie im Stich gelassen hatte! –, musste ihn ordentlich Nerven gekostet haben. Doch die Erklärung kam ihm unzureichend vor, und das ungute Gefühl, das ihn bisweilen beschlich, veranlasste ihn stets aufs Neue, in Torbens Zügen nach verräterischen Anzeichen von Opiummissbrauch, Syphilis oder Trunksucht zu forschen. Aber er war schließlich kein Arzt.

Innerlich seufzend richtete Hendrik seinen Blick zurück auf seinen Teller.

Über dem Dilemma, in das ihn die Nachricht vom Ausbruch des Typhus an diesem Morgen gestürzt hatte, brütete er in wachsender Sorge zwei Tage und eine schlaflose Nacht lang, dann bescherte ihm das Schicksal eine überraschende Lösung, die es ihm erlaubte, mehrere Fliegen mit einer Klappe zu schlagen.

Möbius, der streitbare Kölner, hatte sich gegen seine Frau und die Wulffs durchgesetzt. Statt China zu verlassen, hatte das Quartett nun vor, in ein paar Tagen nach Peking zu reisen und im Hause eines mit ihnen befreundeten, kürzlich verwitweten Hamburger Kaufmanns Quartier zu beziehen. Das erzählte er Hendrik eines späten Nachmittags bei einem Whisky in der Lobby des Hotels. Ob Hendrik und die Seinen nicht die Gelegenheit wahrnehmen und sie begleiten wollten? Der Hamburger verfüge über eine unverschämt geräumige Villa und würde sich über frisches Blut freuen. Abgesehen davon hätten seine Frau und ihre Schwester doch so viel Gefallen an den Bremern gefunden, es wäre so schade …

Insgeheim hatte Hendrik den Kölner im Verdacht, hauptsächlich daran interessiert zu sein, seine Frau beschäftigt zu wissen, aber das war ja nicht seine Angelegenheit.

Peking! Da hätte er, Hendrik, auch selbst draufkommen können.

Sie würden der Typhusfalle entrinnen, die Mädchen würden aus ihren Verstrickungen gerissen, er bliebe in China, präsent für Ti Lung Jie, und könnte gleichzeitig neue, unter Umständen für seine Pläne weitaus förderlichere Kontakte knüpfen – und überdies das Wiedersehen mit seiner Frau noch etwas hinauszögern.

Hendrik schlug ein.

Nachdem die beiden Männer noch einen Whisky auf ihr

Abkommen getrunken, die Transportmittel und die Route – per Schiff nordwärts Richtung Taku, dann mit der Eisenbahn nach Tientsin und nach Peking – erörtert hatten, wünschte Hendrik seinem Deus ex Machina eine gute Nacht und spazierte pfeifend die Treppe hinauf.

Auf halbem Weg zu seinem Zimmer kam ihm seine Tochter entgegen, die Frisur ein Desaster, die Wangen vor Eifer gerötet, unter dem Arm eine zusammengerollte Zeitung, aus der ein Bündel getrockneten Zeugs lugte. Vermutlich irgend so ein chinesisches Kraut, daran hing ja neuerdings Josephines Herz. Nie zuvor – nicht einmal, wenn es sich um ihre verrückte Idee von den Weltreisen handelte, und geschweige denn, wenn es um ihre zukünftige Aufgabe als Teehändlerin ging – hatte seine Tochter derart leidenschaftliches Interesse an den Tag gelegt, und diese Einsicht überraschte Hendrik und verbitterte ihn zugleich.

Es wurde wirklich Zeit, Tsingtau eine Weile den Rücken zu kehren.

»Wir reisen nach Peking«, hielt er ihr unvermittelt entgegen.

»Was sagst du da?«

»Morgen, spätestens übermorgen. Es kann ja nicht so schwierig sein, ein paar Plätze auf dem Flussdampfer zu ergattern«, erwiderte Hendrik ungehalten.

»Aber Papa, das geht nicht! Ich muss hierbleiben, bei Wang Shi Wei und Li, ich muss mehr über diese Medizin erfahren, und wir müssen gemeinsam überlegen, wie wir dem Typhus Einhalt gebieten können. Wir müssen mit den deutschen Ärzten sprechen und …«

Mit einer Handbewegung, die seinen ganzen Unwillen zum Ausdruck brachte, wischte er ihre Bemerkung beiseite. »Wo ist Eliana?«

Josephine zuckte mit den Schultern. »Ich nehme an, im Phönixhaus.«
»Sodom und Gomorrha«, grollte Hendrik und presste die Lippen zusammen, weil ihm wider Willen, doch unwiderstehlich mit einem Mal die unfreiwillige Komik seiner Darstellung als gestrenger Kayser aufging, und er fuhr seine Tochter an: »Und du tust, was ich sage!«
»Und das wäre?«, gab sie herausfordernd zurück.
»Packen!«
Brüsk drehte Josephine sich um und stürmte die Treppe hinauf, den Rock mit einer Hand geschürzt und zwei Stufen auf einmal nehmend.
Und lass dir nicht einfallen, auszubüxen wie damals nach Wien, wollte Hendrik ihr hinterherrufen, ließ es aber bleiben, um sie nicht womöglich erst auf die Idee zu bringen.
Langsam, den Zimmerschlüssel in der Hand, ging Hendrik seiner Tochter nach, doch dann hielt er inne, drehte sich um und begab sich zurück zur Rezeption. Die Nachricht, die er am Empfangstisch stehend verfasste, war milde und ausgesucht freundlich. In Worten weich wie gebratene Bananen setzte er Ti Lung Jie auseinander, in welche Bredouille ihn das befremdlich enge Verhältnis seiner Nichte zu seinem Bruder gebracht habe. Immer vorausgesetzt, der Eurasier tickte wie jeder Chinese, würde Ti Lung Jie klarwerden … ja, was? Dass er in Hendriks Schuld stand, auch wenn der Versuch, ihn unter Druck zu setzen, durchschaubar war? Dass er im Licht der Moral betrachtet nicht länger umhinkonnte, Hendriks Plänen zuzustimmen, und andernfalls sein Gesicht verlieren würde?
Entnervt knüllte Hendrik das Blatt Papier zusammen. Mit einem Mal widerte ihn an, zu welchen Mitteln er nur

um des Geschäfts willen bereit war zu greifen. Er kickte den Ball in den geschmackloserweise aus einem Nashornfuß gefertigten Papierkorb. Dann griff er zu einem weiteren und berichtete Eliana unverblümt von seinen Plänen und seinem Wunsch, sie möge mit ihm und Josephine kommen, rief, kaum war die Tinte trocken, einen Boy heran, der sie unverzüglich zum Phönixhaus bringen sollte, als ihn jemand sanft am Arm berührte.

»Onkel Hendrik, hast du einen Moment Zeit?«

Hendrik fuhr herum und sah sich Eliana und Blake gegenüber.

Sie suchten sich einen freien Platz in der Lounge, wo Hendrik bis vor kurzem gesessen und mit dem Kölner gebechert hatte, und bestellten drei Tassen Mokka. Aufmerksam musterte Hendrik die Erscheinung seiner Nichte. Was immer sie mit Blake Michaels verband, eine Liebschaft, wie alle Welt sie kannte, war es bestimmt nicht. Weder wirkte Eliana auf eine Art verlegen, wie sie nur die Anwesenheit des Geliebten hervorruft, noch kokettierte sie mit ihm. Auch Blake zeigte keine Anzeichen, wie sie für einen verliebten Galan typisch sind, kein gespreiztes Gefieder, nicht diesen Ausdruck eines zufriedenen Jägers in den Augen. In buddhagleicher Gelassenheit saßen er und Eliana auf dem Sofa am Kamin, als würden sie bereits eine halbe Ewigkeit nebeneinandersitzen und hätten vor, auch die andere Hälfte auf diese Weise zu verbringen. Da schwang kein Zweifel, keine Unsicherheit zwischen ihnen, sondern – Hendrik wusste nicht, wie er es bezeichnen sollte, und entschied sich für innige Vertrautheit, so seltsam ihm dies angesichts der kurzen Zeitspanne, innerhalb derer diese Entwicklung, unbemerkt von ihm, sich vollzogen haben musste, auch vorkam.

Er hatte zwei Verbündete vor sich.
»Ich will und muss mehr über meine Eltern erfahren«, begann Eliana ihr Anliegen darzulegen. »Ich will ihr Grab sehen und mit Walter und Ursel meinen Frieden machen. Jetzt, da ich die Wahrheit kenne, will ich keine Sekunde länger hierbleiben. Deshalb werden Blake und ich übermorgen mit dem Postdampfer zurück nach Bremen reisen.« Ihr Ton war freundlich-bestimmt, ihre Miene offen, und hatte Hendrik bislang das schlechte Gewissen umgetrieben, seine Nichte überstürzt und unbesonnen (wenn auch nicht mit dem ganzen Ausmaß der Lüge, die um sie gewebt worden war) konfrontiert und es insgesamt mit seiner Verantwortung ihr gegenüber während dieser Reise nicht so genau genommen zu haben, erkannte er nun so verblüfft wie erleichtert, dass Eliana aus stabilerem Holz gemacht war, als er – und alle anderen ebenfalls – es für möglich gehalten hatte.
Und so fiel Hendriks Erwiderung für seine Verhältnisse recht schlicht aus. »Das kann ich verstehen, mein Kind.«
Um ihretwillen befiel ihn mit einem Mal die inständige Hoffnung, seine Frau würde die richtigen Worte finden. Die hinlänglich erklärten, warum Judith und Torge, immerhin Tochter und Schwiegersohn eines vermögenden Bremer Teehändlers, ihrem einzigen Kind nicht einen Pfennig vermacht hatten, ohne Eliana dem Entsetzen auszuliefern.

Weder der Spaziergang, den sie nach dem Abendessen mit ihrer Cousine und Blake unternommen, noch der stattliche Whisky, den sie sich vor dem Schlafengehen gegönnt hatte, brachte das gewünschte Ergebnis. Hellwach lag Josephine auf dem Bett, wickelte mit dem Zeigefinger eine

Haarsträhne wieder und wieder um sich selbst und verfolgte mit angespannter Miene die trägen Bewegungen des Deckenventilators, der gegen die stickige Luft ankämpfte und das vom offenen Fenster auf das polierte Parkett und die tapezierten Wände fließende Mondlicht im Takt zerschnitt.

Übermorgen würde sie sich von Lian und Wang Shi Wei verabschieden müssen.

Der Aufruhr an Gefühlen, den dieses Wissen in ihr auslöste und keinen noch so geringen Anflug von Müdigkeit zuließ, war mit nichts vergleichbar, was Josephine bislang als solchen gekannt hatte. Sie empfand grimmigen Zorn auf ihren Vater, der die Entscheidung, abzureisen, in patriarchalischer Selbstherrlichkeit getroffen hatte, ohne sie nach ihrer Meinung zu fragen, und als Folge davon hatte eine Art blinde Entschlossenheit sie erfasst, seinen Anordnungen keinesfalls nachzukommen. Dennoch bedrängte sie die Furcht, ihm am Ende doch nachgeben zu müssen – und damit unwiederbringlich etwas zu verlieren, was sie inspirierte. Was es damit auf sich hatte, vermochte Josephine indes nicht genau zu sagen, es schien aber, als würde einiges zusammenkommen – die Faszination der fremden Kultur und einer Heilkunde, die den Menschen als Einheit betrachtete denn als reparaturbedürftigen Baukasten, die stille, nur mit Blicken bezeugte Anerkennung, die Wang Shi Wei ihrem Interesse an seiner Kunst zollte, das Vertrauen, das Lian zu ihr gefasst hatte – und in der Vermengung ein alchemistisches Wunder vollbringen. In ihr war eine Leidenschaft erwacht, die mit den pubertären Schwärmereien für eine Laufbahn als Weltreisende nichts gemein hatte. Nicht die Welt hatte ihr zu geben, sondern sie, Josephine Kayser, hatte der Welt

einen Beitrag zu leisten, und dieses Land hatte ihr vor Augen geführt, worin er bestand.
Die plötzliche Erkenntnis, was zu tun war, entspannte ihre Züge. Mit einem Seufzer der Erleichterung rollte sie sich auf den Rücken und nahm das Kopfkissen in die Arme.
Sie würde in Tsingtau bleiben. Basta. Sollte ihr Vater doch toben, sie war volljährig und konnte selbst über ihr Leben bestimmen, es wurde Zeit, damit zu beginnen.
Ohne einen einzigen Laut zu verursachen, erschien Lian plötzlich im Fenster und glitt im selben Moment ins Zimmer. Josephine entfuhr ein Laut freudiger Überraschung, schon bedeutete Lian ihr, leise zu sein.
»Schscht«, machte Lian und kniete sich vor Josephines Bett. »Du musst deinen Vater abbringen von dem Plan. Peking ist zu gefährlich.«
»Woher weißt du …?«
»Ihr Europäer seid wie Gewitter in stiller Nacht«, unterbrach Lian sie, ihr Ton klang spöttisch. »Dein Vater rennt herum, sagt jedem, wohin ihr geht. Leichte Beute für Yihetuan, verstehst du? Sie haben deinen Vater angegriffen, und sie werden es wieder tun. Alle aus meinem Dorf wissen es.« Lian senkte den Blick. »Rote Laterne kämpft mit Yihetuan.«
»Rote Laterne«, wiederholte Josephine. »Ah ja.« Ihr Blick wanderte über Lians Kleidung. Rote Seidenhosen, rotes Hemd. Auf den Gesellschaften, die Josephine anfangs so bereitwillig besucht hatte, war dann und wann mit köstlichem Schrecken über die »roten Schwertweiber« und ihre magischen Fähigkeiten gesprochen worden. Es hieß, sie konnten auf dem Wasser wandeln, sich in die Lüfte erheben und mit ihren Laternen, Fächern und Tüchern Feuer

entzünden. Was, darüber war man sich einig, samt und sonders in den Bereich chinesischer Legenden gehörte, wie überhaupt der ganze Unsinn von sich zusammenrottenden chinesischen Bauernmädchen, die mit ein paar versprengten Rebellen gemeinsame Sache machten. Lians Aufmachung und ihr entschlossener Gesichtsausdruck ließen jedoch vermuten, dass sehr wohl eine den Männern ebenbürtige kampfbereite Frauenorganisation existierte. Blitzartig zogen Bilder an Josephine vorüber – Lian, wie sie die dreisten Männer auf dem Markt mit wenigen Worten mundtot machte, Lian, wie sie in einer einzigen geschmeidigen Bewegung das Messer aus der Kiefer zog und zurückschleuderte. »Ich nehme an, du gehörst zu ihnen.« Als Lian stumm nickte, fuhr Josephine fort, wobei sie einen Anflug von Bitterkeit nicht unterdrücken konnte: »Dir ist klar, dass sie unschuldige Menschen verletzen und töten. Wie steht das im Einklang mit dem Tao? Mit dem vielbesungenen Mitgefühl, das eure Handlungen bestimmen soll?«
»Es ist sehr schwer zu erklären«, räumte Lian ein. »Die Qing-Dynastie knechtet uns, die Fremden knechten uns. Die Menschen müssen sich erheben, erst gegen die Fremden, dann gegen die Kaiserin und jeden, der ihr folgt. Viel Zeit wird vergehen. Dann gehört der Drachenthron dem Volk. Das ist Tao. Alles eins. Niemand der Erste, niemand der Beste, alle gleich.«
»Ach nein, ich dachte, du hältst es mit Konfuzius und seiner Idee, nur die Hierarchie schaffe Harmonie.« Josephine sprach schnell weiter, als könnte das Tempo, mit dem sie auf ihre Freundin einredete, darüber entscheiden, ob Lian sich von dem gefährlichen Weg abbringen ließ, den sie eingeschlagen hatte. »Und die Mittel, die ihr

anwendet, um dieses Ziel zu erreichen, sind keine guten Mittel. Kann Gutes erwachsen aus einem Feld, das mit Blut getränkt wurde?«

Statt einer Antwort nahm Lian Josephines Gesicht in beide Hände und sah sie mit einem gleichermaßen flehenden wie fanatischen Ausdruck in den geschwungenen Augen an. »Ich bin deine lao-tong, Freundin von Seele und Herz, alle Zeichen sagen, du bist meine lao-tong, und so bitte ich dich, fortzugehen. Sie legen Feuer in Shandong, und die Feuer werden das Fremde verzehren, in Tsingtau, in Tientsin und in Peking. Viele werden sterben. Geh fort! Versprich es!«

Bestürzt über Lians Worte und verunsichert über den Ausdruck ihrer sonst so sanften Augen nickte Josephine.

»Dieses Versprechen darfst du niemals brechen, hörst du, sonst wird der Phönix, der über uns wacht, zu ewiger Asche.«

»Aber ich will eure Heilkunde erlernen und nach Deutschland bringen. Ich will Vorträge halten und die deutschen Ärzte überzeugen, dass …«

»Du bist eine Fremde«, unterbrach Lian sie brüsk und drehte sich um, so dass sie mit dem Rücken am Bett lehnte, den Blick auf den immer noch in Zeitungspapier gewickelten Kräuterstrauß gerichtet, der auf dem Nachttisch lag und einen süßlichen Duft verströmte. »Wir verraten unsere Geheimnisse Fremden nicht, ihr versteht nicht, ihr glaubt nur an Zahlen und eure Wissenschaft … Der Puls spricht zu uns, und euer Arzt hört ihn nicht.«

»Ich höre ihn.«

»Ehrwürdiger Vater ist nicht einverstanden. Du bist Frau und Fremde.«

»Mein Eindruck ist ein anderer. Erstens bringt er dir alles

bei, was ein zhong yi wissen muss, und du bist eine Frau. Also? Und zweitens habe ich sehr wohl bemerkt, wie er mich ansieht. Und dir ist es ebenfalls nicht entgangen. Er mag mich, und er freut sich über mein Interesse.«

»Du hast Betragen von einem Kind. Siehst nicht, was ist. Nur, was nach deinem Kopf sein sollte.«

»Vielleicht ist das die einzige Art, seinen Weg zu finden, statt den Erwartungen nachzukommen, die andere an einen stellen, ob sie sich Rote Laterne oder sonst wie nennen«, gab Josephine hitzig zurück.

Lians Gesicht verschloss sich, und augenblicklich bereute Josephine ihren barschen Ton. »Ich werde darüber nachdenken. Über Peking, meine ich.«

»Ihr seid in Gefahr. Nachdenken ist nicht genug. Denk an dein Versprechen.« Ohne ein weiteres Wort erhob sich Lian und verschwand so lautlos, wie sie gekommen war, ein Schatten unter vielen.

An Schlaf war nun erst recht nicht mehr zu denken. Mit einem Gefühl nagender Unzulänglichkeit wälzte Josephine sich von einer Seite auf die andere. Sie hatte Lian vor den Kopf gestoßen, sich benommen wie ein Trampeltier und den zarten Keim der Freundschaft mit ziemlicher Wahrscheinlichkeit plattgemacht. Bravo, Jo. Wie willst du aus der Nummer wieder herauskommen?

Aber das war es nicht allein. Wenn Lian es riskierte, die Pläne der Yihetuan und der Roten Laterne auszuplaudern, obwohl sie selbst zu ihnen gehörte, bedeutete das zweierlei. Zum einen, dass Lian sie tatsächlich so gern hatte, wie sie, Josephine, es gehofft hatte, zum anderen aber, dass die Lage in Tsingtau brenzliger war, als es bislang den Anschein gehabt hatte – und wie es der hier ansässigen deutschen Bevölkerung seitens der Verwaltung vermittelt worden war. Und diese Überlegung wiederum zog die Frage nach sich, ob sie, Josephine, nicht verpflichtet war, ihrem Vater von Lians nächtlichem Besuch zu erzählen.

Am nächsten Morgen klopfte Josephine um sieben Uhr früh an die Tür seines Hotelzimmers. Gutgelaunt, wenn auch ein wenig erstaunt, seine Tochter um diese Zeit vor sich zu sehen, ließ Hendrik sie herein. Während er vor einem mannshohen, ein wenig nach hinten geneigten Spiegel letzte Hand an sein Äußeres legte, gab Josephine wieder, was sie von Lian erfahren hatte.

Der Spiegel warf Hendriks halb belustigten, halb ärgerlichen Blick, mit dem er seine Tochter musterte, zurück. »Meinst du nicht auch, dass unser Militär davon Wind bekommen hätte, wenn die Situation auch nur halb so dramatisch wäre, wie deine Freundin dir weismachen will?«

»Sie will mir nichts weismachen.«

Hendrik dachte einen Moment nach. »Nun ja, dieses Land hat uns nicht eingeladen, es zum deutschen Schutzgebiet zu erklären. Vermutlich sähen es die meisten Chinesen lieber, wenn wir alle dahin verschwänden, wo wir hergekommen sind. Der Überfall auf mich spricht eine deutliche Sprache.«

Josephine runzelte die Stirn. Plötzlich schien der Wind aus einer anderen Richtung zu wehen; ein Unterton schwang in den Worten ihres Vaters mit, den Josephine nicht einordnen konnte, der sie jedoch beunruhigte.

»Ich finde, wir sollten kein Risiko eingehen«, fuhr er fort. »Zumindest, was dich betrifft. Torben und ich werden unsere Reise fortsetzen, aber wir sind Männer, das ist etwas anderes. Falls wirklich ein Aufstand losbricht, sind wir in der Lage, zu kämpfen. Für dich ist es unter diesen

Umständen jedoch ratsam, mit Eliana und Blake nach Deutschland zurückzureisen.«

»Das kann nicht dein Ernst sein!«

»Mein Kind, das war keine Diskussionsgrundlage, sondern eine Anweisung. Du reist mit deiner Cousine und ihrem … hm, Freund, was weiß ich. Ich finde es ohnehin nicht angemessen, wenn die beiden allzu viel Zeit allein miteinander verbringen können. Außerdem ist es durchaus möglich, dass Eliana ein bisschen Unterstützung braucht von der Art, wie nur Frauen einander geben. Du verstehst mich.« Dabei zog er seine Weste, die ein wenig über dem Bauch spannte, energisch hinunter, dann befeuchtete er zwei Finger und strich seine Augenbrauen glatt.

Das Thema war offenkundig für ihren Vater damit erledigt, und, wie es Josephine vorkam, zu seiner vollen Zufriedenheit erledigt. Plötzlich keimte der Verdacht in Josephine, sein Einwand könnte in Wirklichkeit nur ein willkommener Vorwand sein, um sie loszuwerden, um mit Torben nach Peking zu reisen und den Geschmack von Freiheit und Abenteuer auszukosten, ohne sich um lästige Verwandtschaft kümmern zu müssen.

Trotz der Empörung, die sich darob in ihr regte, kam Josephine nicht umhin, sich einzugestehen, dass sie andererseits den Hinweis, Eliana sei auf ihre Hilfe angewiesen, nicht ignorieren konnte.

Ihre Mutter konnte ein recht harter Knochen sein; wie sie auf Elianas Wunsch, mehr von ihren Eltern zu erfahren, reagieren würde, stand dahin. Blake, dessen redliche Motive sie nicht im mindesten anzweifelte, würde Eliana gewiss nach Kräften unterstützen. Aber schlussendlich war sie, Josephine, diejenige gewesen, die darauf gepocht hatte, dass Eliana endlich die Wahrheit erfuhr. Jetzt, da der Moment gekommen war, konnte sie ihre Cousine doch nicht im Stich lassen.

»Also gut.« Sie wandte sich ab und schickte sich an, das Zimmer ihres Vaters zu verlassen, aber der Anflug von Bitterkeit, der in den zwei Worten mitschwang, war ihm offenkundig nicht entgangen, denn er riss sich von seinem Spiegelbild los und war mit drei Schritten an der Tür.

»Jo«, sagte er, den ungewohnten Kosenamen auf eine Art betonend, die Zärtlichkeit ausdrückte, ohne Nachgiebigkeit vorzuspiegeln. »Glaubst du wirklich, dass du ausgerechnet hier findest, wonach du suchst?«

17

Wieder trage ich allein die Schuld, und wieder bin ich davongekommen. Ich sollte mich schämen, ich sollte um Vergebung rufen, weil dies wohl die natürliche Reaktion eines Menschen sein sollte, der Gutes im Sinn hat, sich nebenbei einen Streich erlaubt, übers Ziel hinausschießt und sich und andere ins Verderben reißt. Obwohl, was heißt schon Verderben? Verderben kommt von erben, und vielleicht liegt der Hase, mein Hase, da auch im Pfeffer. Wie auch immer, bei mir ist es anders. Ich stelle fest: Ich bin verflucht. Aber ich bin nicht dumm. Es gab nur einen Ort, wohin ich gehen konnte, nachdem sie mich von den Toten erweckt hatten, obwohl ich so gerne mich über den Styx hätte rudern lassen.

Zurück ins Sanatorium also. Ich habe Doktor Morgenstern die ganze Wahrheit gebeichtet, auch die fingierte Freilassung, einfach alles. Sein Bart zitterte. Aber er hat mir nicht geglaubt, wie beabsichtigt – wer sollte diese Geschichte glauben! –, und dann habe ich ein bisschen getobt und gespuckt, und wie ich vorausgesehen habe, hat er mich dann endlich in eine Zelle ohne Fenster bringen und auf eine Matratze schmal wie ein Buchrücken schnallen lassen. Er wird weder Adeline davon unterrichten noch einen Schritt unternehmen, um meine Geschichte zu überprüfen. Weil: Wenn meine Geschichte wahr ist, ist er der Dumme und verliert seinen Ruf, und wenn sie sich als frei

erfunden herausstellt, ist er auch der Dumme, weil er auf mein Geschwätz gehört hat.
Alsbald werde ich mich beruhigen, und ich werde mein Zimmer zurückbekommen und meine Orchideen und das Geld, das sie mir einbringen, um die versteckten Pforten zur Glückseligkeit zu füllen.
Auf unsere gemeinsame Zukunft, Herr Doktor, und auf meine alleine, alleine, alleine.

Wieder ein Tag vorüber, an dem sie ihr Defizit hatte kaschieren können. Sie war gut darin, Anordnungen zu erteilen, Aufgaben zu strukturieren und das reibungslose Ineinandergleiten der hierarchischen Rädchen im Auge zu behalten. Sie besaß ein Gespür fürs Geschäft. Aber nicht die feine Zunge, die Judith vom Vater geerbt hatte. Als Adeline den Earl Grey, den ihr ein Hamburger Händler neulich günstig überlassen hatte, bei der Verkostung im Beisein des jungen Hadeler für ausgezeichnet befunden hatte, hatte er sie mit einem Blick bedacht, der Bände sprach. Die Frau, die bei Kaysers auf Kayserin machte, hatte keine Ahnung, ob sie einen runden, feinabgestimmten Earl Grey oder einen mit modrigem Schiffsbaucharoma vor sich hatte, der die Holzkiste nicht wert war, in der er transportiert wurde, sie konnte nicht einmal einen Oolong aus Yunnan von einem Drachenbrunnentee aus Hangzhou unterscheiden.
Und wenn schon, dachte Adeline grimmig und verzog das Gesicht. Letzten Endes handelte es sich auch nur um eine Frage des persönlichen Geschmacks, mochten die Herren Verkoster einen Schluck Tee auch noch so wichtigtuerisch von einer Backentasche in die andere schieben. Judith hatte derlei Getue nicht nötig gehabt. Sie hatte den

Duft, der aus einer dampfenden Tasse aufstieg, mit leise bebenden Nasenflügeln eingesogen und langsam, Schluck für Schluck, die Tasse geleert, einen Moment mit zum Himmel gewandten Augen gewartet, als ob sie von oben das Urteil empfangen würde, das sie dann mit ihrer hellen, fast metallischen Stimme zu Protokoll gab. Ihr Vater Gunter hatte Judith nicht nur, aber vor allem dafür vergöttert. Mit dem feinen Instinkt der Benachteiligten um Ausgleich und Anerkennung bemüht, züchtete Adeline die Zeremonienmeisterin in sich heran; jeden Sonntag bot sie der Familie einen waschechten Afternoon-Tea. Ihre Begeisterung für die buttrig mürben short breads, Gurkensandwichs, das Wedgwood-Porzellan und die unbedingte Wahrung der Etikette wurde mit zärtlicher Nachsicht seitens der Mutter und väterlicherseits mit zerstreuter Belustigung zur Kenntnis genommen – eine Jungmädchenmarotte, was sonst, seltsam genug für ein Kind ungarischer Herkunft, aber verzeihlich, weil vorübergehend. So was verwächst sich irgendwann.

Auf den Gedanken, ihre Jüngste suchte in der steifen Form den Halt, den sie im Elternhaus nicht finden konnte, verfielen sie nicht, ebenso wenig, wie sie die Vorstellung zulassen konnten, dass das, was sich im Haus weiter abspielte, Grund zur Annahme lieferte, ihre Älteste und ihr Mann stünden im Begriff, allen Halt zu verlieren. Die Rede war von »heißblütigem Temperament«, von »herzhafter Lebenslust«, von »über die Stränge schlagen, haha!« und davon, dass sich so was schon irgendwann verwüchse.

Ob die Ereignisse von damals, deren Folgen Adelines Denken und Handeln und die Geschicke der Familie bis heute beeinflussten, hätten verhindert werden können, wenn die Dinge offen auf den Tisch gelegt worden wären, hatte Adeline sich in der Vergangenheit oft gefragt, aber stets verneint. Sie glaubte nicht an die heilsame Kraft des Wortes. Weder Bitten noch Beschwörungen konnten einen Menschen davon abhalten, sich ins Unglück zu stürzen, wenn dies sein Wille war – auf welcher zerstörerischen Neigung der auch immer gründen mochte.

Ein zartes Winseln riss Adeline aus ihren düsteren Gedanken. Sie seufzte und tätschelte Tallulahs Kopf. Mit untrüglichem Gespür für den nahenden Aufbruch hatte die Hündin, die bis eben unter Hendriks Schreibtisch gelegen und ihrem Frauchen die Füße gewärmt hatte, neben ihr Position bezogen. »Hast recht«, sagte Adeline. »Gehen wir heim.« Woraufhin Tallulah begann, aufgeregt im Zimmer umherzulaufen und dabei hohe, winselnde Laute auszustoßen. Rasch packte Adeline ihre Sachen – den mit Perlmutt und Onyx verzierten Füllfederhalter ihres Vaters, ein Päckchen Assam, einen Stapel Aufzeichnungen, die Adelines Berechnungen über Chancen und Risiken einer Kayser-Dependance in Wien enthielten – in Hendriks dunkelbraune Rindsledertasche, die vom täglichen Gebrauch an Schnalle, Griff und Ecken abgenutzt aussah und nicht zu Adelines tadelloser Erscheinung passte.

Ich sehe aus wie eine Frauenrechtlerin, kam es Adeline in den Sinn. Und gewissermaßen war sie das ja auch: Sie arbeitete, während ihr Mann auf Vergnügungsreise war.

Ein bitteres Lächeln umspielte ihre Mundwinkel, als sie die Bürotür hinter sich schloss und mit der hocherfreuten Tallulah vorweg den Flur zu den übrigen Büros entlangging. Wie jeden Tag öffnete sie fünfmal nacheinander eine Tür, steckte den Kopf hinein und verabschiedete sich mit einem flüchtigen Blick in die Runde von dem Prokuris-

ten, dem jungen Hadeler und den übrigen Angestellten. Nicht eben herzlich, aber besser als nichts.
Erst als sie vor dem Kontorhaus stand und die funkelnagelneue Motorkutsche betrachtete, erhellten sich ihre Züge. Das Ding röhrte und ächzte zwar, sobald es sich in Bewegung setzte, und auf den Straßen erntete sie missbilligende Blicke und gelegentlich sogar wüste Beschimpfungen, aber was waren das für Lappalien angesichts des Vergnügens, das ihr dieses Gefährt bereitete. Anfangs hatte sie sich gescholten, den Kauf unbesonnen und einzig aus dem Bedürfnis heraus, ihrem Hallodri von Ehemann eins auszuwischen, getätigt zu haben. Aber dann, nachdem sie partout keinen Kutscher hatte auftreiben können, der bereit war, sich hinter das Steuer zu setzen – was waren Männer bloß für Memmen! –, hatte sie die Sache in wütender Entschlossenheit selbst angepackt. Seit diesem Tag tuckerte Adeline Kayser, die Hündin neben sich, mit zwanzig Sachen durch Bremen und genoss jede Sekunde.
Während Adeline nun das Gefährt über das feuchte Kopfsteinpflaster lenkte, kroch ihr die Novemberstimmung in Herz und Gemüt. Sie mochte es, wenn die Nebel wallten und die kahlen Äste der Bäume wie flehentlich erhobene Arme gen Himmel sich reckten. Es schien ihr, als ob die ungemütliche Witterung ihr, Adeline, eine in den Tiefen ihrer Seele verborgene Heiterkeit deutlicher zu Bewusstsein kommen lassen würde, als ein Sommertag es vermochte. Sommertage überstrahlten feinere Regungen im Allgemeinen, Novembertage brachten sie zur Geltung, geradeso wie ein unscheinbares Mädchen an der Seite einer hübschen Freundin deren Schönheit kontrastierte und auf diese Weise zum Leuchten brachte.
Adeline lächelte über ihren Gedanken. Gleich waren sie

und Tallulah daheim. Als Erstes würde sie die Hündin füttern. Rindsleber, Tallulahs Lieblingsessen, stand heute auf dem Speiseplan. Und danach würde sie ein Bad nehmen, o ja, das würde sie. Sie würde sich im heißen Wasser räkeln wie Moby Dick und später eingecremt und in einen weißen Bademantel gehüllt auf ihrem Bett liegen, Pralinen futtern und Tee mit ordentlich Rum und reichlich Kandis schlürfen. Wenn Hendrik es sich gutgehen ließ, konnte sie das auch.

Mehr als ein halbes Jahr war er nun schon fort. Die Rede war von drei Monaten gewesen. In seinen Briefen fand er wortreiche Erklärungen für diesen Umstand, der angeblich darauf gründete, dass die Mühlen der Bürokratie in Tsingtau noch langsamer mahlten als in Berlin und die Verhandlungen mit einem Grundbesitzer sich bedauerlicherweise in die Länge zögen, aber Adeline konnte sich des unguten Gefühls nicht erwehren, dass Hendrik die Reise – ganz so, wie sie es befürchtet hatte – so genoss, dass er gegen die Verzögerungen nicht das Geringste einzuwenden hatte, im Gegenteil: sie womöglich sogar forcierte.

Vorsichtig bog Adeline von der Parkallee in die Emmastraße und bremste vor ihrem Haus. Mit einem Huster erstarb der Motor. Als sie ausstieg, bemerkte sie aus dem Augenwinkel, wie eine Gardine im Parterrefenster der gegenüberliegenden Villa beiseitegeschoben wurde.

Adeline drehte sich um und winkte. Die Gardine schloss sich wieder.

Blöde Kuh, die Kannegießer. Gönnt anderen nicht das Schwarze unterm Nagel.

Adeline stieß ein verächtliches Lachen aus, schloss die Tür auf und betrat den hell erleuchteten Flur. Die *Nachtwache*

blickte ihr entgegen. Das neue Mädchen – Käthe II. – hatte gewissenhaft die Messinglampen poliert und entzündet, die Dielen gebohnert, die Teppiche geklopft und schamponiert, alles roch frisch und sauber und strahlte Wohlstand und Behaglichkeit aus.
Adeline seufzte wohlig.
Nur noch rasch Tallulah füttern …
Ein Klopfen an der Tür ließ Adeline herumfahren. Sie reagierte reflexartig, ohne sich auf ihre Stellung als Dame des Hauses zu besinnen und auf Käthe II. zu warten, der das Empfangen und Abwimmeln unliebiger Gäste oblag. Adeline riss die Tür auf, die Miene ein einziges Wer-wagt-es-mich-zu-Stören. Vor ihr standen ihre Nichte und ein hochgewachsener, unglaublich attraktiver Bursche. Adelines Miene hellte sich auf, erwartungsvoll blickte sie über Elianas Schulter auf die Straße.
»Sie sind in China geblieben«, sagte Eliana statt einer Begrüßung, und Adeline fuhr zurück, als hätte sie den Leibhaftigen gesehen. »Tante Adeline, darf ich dir Blake Michaels vorstellen?«, fuhr Eliana hastig fort. »Wir sind hier, weil«, sie zögerte, schien sich dann innerlich zu straffen, bevor sie mit fester Stimme fortfuhr, »Onkel Hendrik mir die Wahrheit gesagt hat. Ich weiß, wer meine Eltern waren.«
Jetzt war es an Adeline, sich innerlich zu straffen. Sie bedachte Blake mit einem kurzen, taxierenden Blick, lächelte ihn dann höflich an und forderte ihren Besuch mit einer Handbewegung auf, hereinzukommen. Es galt, die Beherrschung zu bewahren. Keine übereilte Reaktion zu zeigen. Keine Bestürzung, geschweige denn Verärgerung. Verwunderung, ja, eine gewisse Verwunderung war jetzt angebracht, oder besser Überraschung. Sie musste sich

überrascht geben. Und ein wenig besorgt. Und patent, ja, patent war gut in dieser Situation. »Lasst uns in den Salon gehen«, sagte sie deshalb kurz angebunden, aber nicht unfreundlich. »Wichtige Dinge im Leben sollte man sitzend und mit einer Tasse Tee in der Hand besprechen.« Adeline eilte voraus, klingelte, im Salon angekommen, nach Käthe II., bestellte Tee und nach einem fragenden Blick auf ihre Nichte und ihren Begleiter einen Teller mit Sandwichs. Die beiden wirkten nicht allzu hungrig, jedenfalls nicht auf Butterbrote. Sie hatten sich so nahe beieinander auf das Sofa gesetzt, dass es kaum noch schicklich zu nennen war.

Adeline unterdrückte ein anzügliches Lächeln und betrachtete angelegentlich ihre Fingernägel. »Nun denn, liebe Eliana …« Zum Zeichen, dass sie erwartete, dass ihre Nichte den Anfang machte, nickte Adeline ihr zu und erfuhr, welche dramatischen Ereignisse zu Hendriks Bekenntnis geführt hatten. Adeline schwankte zwischen unbändiger Wut über den völlig sinnlosen Anfall plötzlicher Wahrheitsliebe ihres Mannes, tiefer Sorge um seine angegriffene Gesundheit und die Leichtfertigkeit, mit der er sie weiterhin aufs Spiel setzte, indem er nach Peking flüchtete, angeblich vielversprechender Kontakte wegen, tatsächlich jedoch, und dafür hätte Adeline die *Nachtwache* verwettet, um der Begegnung mit ihr, seiner Frau, aus dem Weg zu gehen, weil er wusste, was ihm blühte.

»Und Jo bleibt in Tsingtau, um sich in der Zeit, in der Onkel Hendrik in Peking weilt, um den Teegarten zu kümmern. Blakes Bruder hat versprochen, ein wachsames Auge auf sie zu haben«, kam Eliana zum Ende und erwiderte den innigen, ja, verschwörerischen Blick ihres

Begleiters. Dann wandte sie sich wieder Adeline zu. »Ich hoffe nur, wir kommen nicht allzu ungelegen.«

»O nein …«, setzte Adeline an, da betrat Käthe II., gefolgt von Tallulah, den Salon, und Adeline lenkte das Thema auf die Freuden der Sommerfrische an der norddeutschen Küste, wo zuweilen weite Kiefernwälder, gerade solche wie in China, zu Spaziergängen einluden. Während sie plauderte, ruhte der Blick dieses Fremden auf ihr. Unablässig und mit freundlicher Aufmerksamkeit schien er jedes Wort und jede Regung gleichsam aufzusaugen. Es war irritierend.

Tallulah hingegen fraternisierte mit dem Mann. Nach eingehender Inspektion von Blakes Schuhen legte die Hündin sich ihm zu Füßen, den Kopf auf den Pfoten.

Der niedrige Tisch vor dem Sofa füllte sich mit Tassen, einer Kanne, einem Stövchen und einer Etagere, darauf mit Gurkenscheiben, Cheddar und gekochtem Schinken belegte Sandwichs. Schließlich verließ Käthe II. mit dem obligatorischen »Kann ich sonst noch etwas für Sie tun, gnädige Frau?«, das verneint wurde, den Salon.

»Bitte«, sagte Adeline zu Eliana und Blake und wies auf die Etagere, nahm selbst jedoch nur eine Tasse Tee. »Um es unumwunden einzugestehen, liebe Eliana, siehst du mich erschüttert und ein wenig beschämt, dass mein lieber Mann unter dem Eindruck, sich in tödlicher Bedrängnis zu befinden, dennoch für den Schritt die Kraft aufbrachte, zu dem mir so lange der Mut fehlte. Es geschah aus Sorge um dich, wir alle waren uns darin einig, aber wenn ich sehe, mit welch grandioser Haltung du diese für dich sicher bestürzende Neuigkeit aufnimmst, beschämt es mich noch mehr, mir nicht eher ein Herz gefasst zu haben.« Sie wiegte den Kopf, die Mundwinkel nach unten gezogen, tief zerknirscht, aber überzeugt, Vergebung zu erlangen, ohne darum bitten zu müssen. »Jedoch ist die Sorge um dich nicht allein der Grund für mein Schweigen. Es sind die Geschehnisse selbst, die mich hindern. Noch nach so vielen Jahren bewegt mich der bloße Gedanke an meine Schwester und meinen Schwager und die Umstände ihres Todes zutiefst ...«, ihre Stimme klang rauher als gewöhnlich, drohte gar zu brechen, Adeline räusperte sich, ehe sie den Satz mühsam zu Ende brachte, »weil sie so elendiglich zugrunde gegangen sind.«

Elianas Lippen formten ein tonloses Oh.

»Ja, es war schrecklich, das will und kann ich nicht verhehlen. Mein Vater, also dein Großvater, liebe Eliana, und dein Onkel Hendrik reisten durch China, derweil meine Mutter, deine Großmutter Victoria also, und ich das Haus hüteten und die Geschäfte so gut es ging verwalteten. Für eine junge Ehe war die Situation nicht so einfach zu verkraften, das kannst du mir glauben ... Der Ehemann ständig unterwegs, die Tochter im selben Jahr geboren wie die Ehe geschlossen, was stets Anlass für Gerede gegeben hatte ... Aber ich schweife ab, verzeih bitte, Eliana. An dem bewussten Abend also saßen Victoria und ich im Salon und lasen, da schellte es plötzlich, und weil unser Mädchen Ausgang hatte, öffnete ich die Tür und sah mich dem Hausmädchen von Judith und Torge gegenüber. Sie war völlig verzweifelt, weinte und schrie, ich müsse mit ihr kommen, es gehe um Leben und Tod. Und so stürzten Victoria und ich so, wie wir waren, ohne Hut und Schal, aus dem Haus und nach nebenan.« Adeline nahm einen Schluck Tee. »Wir fanden deinen Vater tot, noch glühend heiß vom Fieber, das ihn dahingerafft hatte. Du knietest vor seinem Bett und hast dir die Seele aus dem Leib gebrüllt. Deine Mutter lag neben ihm, sie war noch bei Bewusstsein.«

Eliana schluckte. »Hat sie noch etwas gesagt?«

»Ja, das hat sie«, antwortete Adeline. Mühsam kämpfte sie die aufsteigende Panik nieder, die ihr wie eh und je den Hals zuschnürte, wenn sie an die Sommernacht vor achtzehn Jahren dachte. »Sie hat mich und Victoria gebeten, uns um ihr geliebtes kleines Mädchen zu kümmern, um dich, Eliana. Und sie …«

»Ja?«, hauchte Eliana.

Adeline zögerte. »Nun, einmal muss es ja heraus. Sie gestand uns, dass dein Vater die reichliche Mitgift, die Judith zuteilgeworden war, durch zwielichtige Geschäfte fast vollständig durchgebracht hatte. Der klägliche Rest reichte gerade für deine Schulausbildung sowie Kost und Logis bei Walter und Ursel. Es tut mir sehr leid, Eliana, wenn du gehofft hast …«

»Nein, das habe ich nicht«, fiel Eliana ihr brüsk ins Wort. »Das Einzige, was mich interessiert, ist, wer meine Eltern waren und was geschehen ist und warum. Ich will begreifen, woher meine inneren Qualen rühren, die ich mein Leben lang erdulden musste. Hast du eine blasse Vorstellung davon, wie es ist, von der Angst gejagt zu werden, irgendetwas wäre nicht in Ordnung mit einem?«

»Es tut mir leid, ich ahnte ja nicht … Ich nahm an, Gott in seiner Barmherzigkeit hat dir die Erinnerungen auf ewig genommen, damit sie dich nicht quälen.«

»Nein, ganz so war es leider nicht. Gott hat es vorgezogen, mir die Erinnerungen zu lassen, sie jedoch in unverständliche, furchteinflößende Bilder und Gefühle zu kleiden.« Sie machte eine Pause und rückte noch einen Zentimeter näher an diesen Blake heran. »Verzeih, Tante

Adeline, ich weiß, dass Schuldzuweisungen uns nicht weiterbringen. Aber vielleicht verstehst du jetzt, warum es mir so wichtig ist, die ganze Wahrheit zu erfahren. Ich hoffe inständig, dass ich mich dann endlich einmal … heil fühle.«

Betreten senkte Adeline den Blick. Das Unbehagen kroch ihr den Rücken hinauf und stellte ihr die Nackenhaare auf. Aber sie war nun einmal dazu verpflichtet, dieses Haus zu schützen. »Wir nahmen dich in unsere Obhut und begruben deine Eltern am übernächsten Tag. Wegen der Hitze konnten wir nicht länger warten. Als Hendrik und mein Vater endlich aus China zurückkehrten, kamen sie in ein Haus der Trauer. Mein Vater war blind vor Schmerz, wie von Sinnen raste er gegen Gott und sich selbst. Er ließ sogar ihr Haus abreißen, als trüge es eine Mitschuld an der Tragödie. Eine Woche später erlitt er einen Herzanfall und starb.« Ein tiefer Seufzer entrang sich ihrer Brust. »Deine Großmutter hat seinen Tod nie verwunden. Seit diesem Tag begann sie wunderlich zu werden.«

Fragend hob Blake die Augenbrauen.

»Sie erkennt uns nicht mehr und redet in Rätseln«, erklärte Adeline. »Es ist traurig, aber offen gesagt in Gesellschaft mitunter auch sehr peinlich. Ich habe keine Ahnung, wie Malfalda das aushält.«

»Sie ist in Wien? Wie schade«, sagte Eliana. »Ich hatte gehofft …«

»Ach, mein Kind, ich kann es mir schon denken«, unterbrach Adeline sie mit einem Ausdruck tiefen Mitgefühls, »aber es steht nicht zu erwarten, dass meine liebe Mutter jemals wieder ein vernünftiges Wort hervorbringt, ganz gleich, wie gut ihr das Klima an der Donau und Malfaldas,

nun, wie soll ich es nennen, sagen wir, unkonventionelle Art bekommen mag.«
»Josephine erzählte mir, dass Malfalda einen Psychiater konsultieren wollte.«
Adelines Brauen schossen in die Höhe. »Was sie mir wohlweislich verschwiegen hat! Als ob je ein Mensch seinen Verstand mit Hilfe von Elektroschocks zurückerlangt hätte!«
»Soweit ich weiß, gibt es einige vielversprechende Therapien, die ohne Folterinstrumente auskommen«, warf Blake lächelnd ein. »Die Patienten schildern dabei ihre Träume und Gedanken, und der Arzt kann daraus Schlüsse ziehen, welche Ursache der Krankheit zugrunde liegt.«
»Wie wunderbar«, gab Adeline glatt zurück, obwohl eine heiße Welle der Furcht sie bei Blakes Worten erfasst hatte. Nur die Ruhe, ermahnte sie sich und setzte eine Miene auf, die, so hoffte sie, aufrichtiges Interesse bei gleichzeitiger würdevoller Resignation spiegelte. »Das ist wunderbar«, wiederholte sie, »aber ich lebe seit achtzehn Jahren mit einem Menschen, dessen geistigen Verfall ich mit ansehen musste, und mir fehlt die Kraft, mir vorzustellen, dass meine Mutter jemals aus der Isolation ihres kranken Gemüts wieder herausfindet. Ich glaube nicht, dass ihre Krankheit umkehrbar ist. Sie kann sich ja kaum noch ausdrücken.«
»Sie fragt immerzu, ob jemand eine Orange möchte«, fügte Eliana an Blake gewandt hinzu. »Was ich immer für einen merkwürdigen Zufall hielt, weil der Geschmack von Orangen mir doch auf der Zunge liegt, wenn ich mich unwohl fühle.«
»Das ist ganz und gar kein Zufall, mein Kind«, sagte Adeline weich. »Seit dem Tag, da unser Vater von seiner ersten

Reise nach China ein paar Kisten getrocknete Kumquats und Persimonen mitbrachte, war deine Mutter ganz vernarrt in den Duft und den Geschmack der Früchte. Sie sprach aber nie von Apfelsinen, sondern stets von Orangen, wobei sie das a wie ein langgezogenes, helles O aussprach. Tja, sie fand den Klang des Wortes eleganter als den von Apfelsine. Deine Mutter war in solchen Dingen sehr eigen. Ein wenig kapriziös könnte man sogar sagen.«

»Sie achtete auf den Klang der Wörter. Genau wie ich es tue.« Beglückt sah Eliana Blake an.

»Ja«, beeilte Adeline sich hinzuzufügen, »deswegen mochte sie den Nachnamen von Torge auch so gern. Nelissen, sagte sie, geht runter wie Öl.« Adeline stand auf und trat neben die Kredenz. Sie bückte sich und angelte mit der rechten Hand nach einem Gegenstand, der sich zwischen der Rückwand des Möbels und der Wand befand. Schließlich zog sie ein Ölgemälde hervor. Den Staub, der sich auf dem Rahmen gesammelt hatte, sachte fortpustend, trug sie es hinüber zu Eliana und Blake und lehnte es an einen Sessel. »Das ist unsere Familie vor nicht ganz vierzig Jahren. Damals war Judith acht«, sie wies auf ein mageres, hübsches Kind mit zu Zöpfen gebändigter blonder Haarpracht und einnehmendem Lächeln, das auf dem Schoß einer zierlichen Frau saß, »und ich«, ihr Finger wanderte weiter zu dem ernst dreinschauenden Kind, das danebenstand, die Hand eines stattlichen Mannes auf der Schulter, »gerade sieben Jahre alt.«

Die Enttäuschung stand Eliana ins Gesicht geschrieben. »Eine Daguerreotypie aus späteren Jahren würde meine Erinnerung vielleicht eher fördern ...«

Adeline schüttelte den Kopf. »Es tut mir so leid, Eliana,

aber wir haben es versäumt. Erst war der Mann ständig ausgebucht, dann die Kamera kaputt, dann war Vater wieder auf Reisen, stets kam irgendetwas dazwischen …«

»Aber anlässlich der Hochzeit von Judith und Torge standen doch gewiss ausreichend Zeit und ein intakter Apparat zur Verfügung«, warf Blake leichthin, doch mit einem lauernden Unterton ein, der Adeline nicht entging.

Im ersten Moment drängte es sie, scharf zu parieren – was bildete dieser Fremde sich eigentlich ein! –, aber ein Angriff würde ihn womöglich auf die Idee bringen, sie fühlte sich genötigt, sich zu verteidigen. Also schluckte sie die Bemerkung hinunter und sagte stattdessen zu Eliana gewandt: »Im ersten Schmerz hat deine Großmutter alles verbrannt, heimlich, während ich mit dem Herrn vom Bestattungsunternehmen den Ablauf der Trauerfeier besprach. Als ich die Bescherung im Kamin ihres Schlafzimmers entdeckte und meine Mutter zur Rede stellte, brach sie weinend zusammen. Der Anblick der von ihr über alles geliebten Menschen, der sie jeden Tag an ihr verlorenes Glück erinnerte, war mehr, als sie hatte ertragen können. Nun, was sie nicht wusste, war, dass ich natürlich auch ein Exemplar der Hochzeitsaufnahme besaß, und um es vor ihrem Zugriff zu retten, habe ich es auf dem Dachboden versteckt. Ich suche es gleich morgen heraus. Ach, was rede ich denn! Kommen Sie, Blake, zack, zack.«

Gehorsam stand Blake auf, zwinkerte Eliana zu und folgte Adeline hinauf in die zweite Etage zu einer schmalen, steilen Holzstiege, an deren Fuß sie stehen blieb und Blake die Petroleumlampe in die Hand drückte. »Seien Sie so freundlich. Sie finden die Aufnahme im untersten der drei übereinandergestapelten Koffer, gerade vor, beim

Schornstein. Und passen Sie auf, wohin Sie treten. Es hat sich doch allerlei dort oben angesammelt.«

Teure Schuhe, dachte Adeline, während sie Blake nachsah. Schien eine gute Partie zu sein, dieser Amerikaner.

Vom Dachboden war gedämpftes Gepolter zu vernehmen und das Schnappen der Verschlüsse. Dann: »Nein, hier drin befindet sich nichts außer Herrenhemden und dergleichen.«

»Es handelt sich um ein Futteral aus Saffianleder. Es muss dort sein!«

»Ich sehe in den anderen Koffern nach«, sagte Blake.

Wieder gedämpftes Gepolter, schnappende Verschlüsse, dann Schritte nach links, nach rechts und wieder zurück. Ein Schaben, ein Schieben, ein Klirren, ein dumpfer Schlag, ein leises Fluchen.

»Vorsicht mit den Schrägen!«

»Danke, schon passiert.«

»Schlimm?«

»Nicht der Rede wert.«

»Und?«

Blakes blasses Gesicht erschien in der Lukenöffnung. »Nichts.« Leichtfüßig kletterte er die Stiege hinab.

»Sie muss sie gefunden und vernichtet haben«, bemerkte Adeline.

»So muss es wohl gewesen sein«, versetzte Blake mit unverhohlenem Sarkasmus in Stimme und Miene, was Adeline derart in Rage brachte, dass sie alle Vorsicht fahren ließ.

»Sie«, dabei stocherte sie mit dem Zeigefinger in die Luft, »haben nicht das Recht und noch weniger Grund, mir mit Misstrauen zu begegnen. Was sich hier zugetragen hat, war ein schreckliches, namenloses Unglück, das die Lebenden beinahe mit in den Abgrund gerissen hätte. Vor allem Eliana. Judiths Hausmädchen war so krank vor Entsetzen, dass sie den Dienst quittieren musste. Und ich habe den Rest der Familie zusammengehalten, so gut ich konnte. Also sehen Sie mich gefälligst nicht so an! Wenn ich sage, meine Mutter wird diese Aufnahme vermutlich ebenso verbrannt haben wie alle anderen, dann haben Sie meine Worte nicht anzuzweifeln.«

»Wie hieß das Mädchen?« Unbemerkt von Adeline und Blake war Eliana den erregten Stimmen gefolgt. Alle Farbe war aus ihrem Gesicht gewichen, doch in ihrem Ton schwang, zaghaft zwar, aber unüberhörbar, freudige Erregung mit. »Hieß es Lele?«

»Nicht, dass ich wüsste, für uns war sie schlicht und ergreifend Anna. Allerdings … Da war ein zweiter Vorname. Ina. Nein, Isa. Genau, Anna Isa.«

»Vielleicht habe ich sie ja so genannt. Vielleicht gefiel mir der Name Anna nicht. Wie Kinder eben so sind. Sie denken sich einfach einen anderen Namen aus.« Die Freude in ihrer Stimme verebbte.

»Erinnerst du dich daran? Das wäre ja … nun, ein erster Schritt!«

»Ja. Nein. Ich weiß es nicht. Vielleicht.«

»Wissen Sie, wo diese Anna wohnt?«, schaltete Blake sich ein. »Und wie ihr Nachname lautet?«

»Ich fürchte, weder noch«, antwortete Adeline. »Haben Sie eine Vorstellung davon, wie viele Mädchen seitdem in unseren Diensten standen? Legionen! Es ist so schwierig, gutes Personal zu finden. Davon jedoch einmal abgesehen, muss ich zugeben, dass ich nicht erpicht darauf war, mir nun ausgerechnet einen Namen zu merken, der mit dieser Tragödie verknüpft war. Zumal Anna bald darauf kündigte. Ein, zwei Jahre später hörte ich, dass die gute Seele an Schwindsucht erkrankt und dann gestorben war.«

Als Adeline eine halbe Stunde später die Haustür hinter Eliana und Blake schloss, seufzte sie erleichtert auf, überzeugt, ihre Sache gut gemacht zu haben. Käthe II. würde nicht begeistert sein, zu dieser späten Stunde noch einmal gerufen zu werden. Aber das heiße Bad und die Pralinen hatte sie, Adeline, sich wirklich verdient.

Eine schmale Mondsichel spiegelte sich im Hollersee, der schwarz und unbewegt dalag. Eliana hatte die Gardine beiseitegeschoben und das Fenster weit geöffnet. Die Unterarme auf die Fensterbank gestützt, beugte sie sich ein wenig vor, wie um der kühlen Nachtluft, die ins Zimmer strömte, entgegenzukommen, und blickte in die Dunkelheit, die sich jenseits des spärlich beschienenen Wassers in die Unendlichkeit dehnte.

Ihre Reise war noch nicht zu Ende. Sie hatte gerade erst begonnen.

Nicht in dem fernen Land hatte das Abenteuer auf sie gewartet, sondern in der Heimat, an dem Ort, wo der Ursprung dessen lag, was über ihr Dasein entschieden hatte – eine Lüge. Welche Motive ihre Familie auch bewogen hatten, welche guten Gründe Adeline und Hendrik auch anführten, um ihr Verhalten zu rechtfertigen – es war und blieb eine Lüge.

Und Eliana wartete auf die Wut. Seit jener Nacht in Tsingtau wartete sie darauf, dass sich wilder, gesunder, archaischer, heiliger Zorn auf die Bremer Bagage in ihr regte und sie drängte, ihm Luft zu verschaffen. Stattdessen fühlte sie sich jetzt, da alles plötzlich einen Sinn ergab –

der Duft von Orangen, ihr ausgeprägter Sinn für den Klang der Wörter und vor allem ihre Vorliebe für Tee und ihr immer wieder aufflammender Wunsch, ein kleines Teegeschäft zu eröffnen –, leichter, wie von innen heraus angehoben, so als hätten sich in ihr ein Paar Flügel geregt.

Eliana war zwar nicht sicher, ob sie schon bereit war, sich allen Fragen zu stellen, die auf sie einstürmten – allen voran der, ob John tatsächlich ein Abbild ihres Vaters Torge gewesen war. Allein der Gedanke erschien ihr geschmacklos und peinlich. Aber irgendwann würde sie dazu bereit sein, jeden Tag ein wenig mehr, und vielleicht würde sich mit jeder Antwort der Schleier vor ihrem inneren Auge heben und die Erinnerungen ins Licht rücken, die jetzt noch im Dunkeln lagen, und vielleicht würde dieses Licht das Muster auflösen, nach dem ihr Leben bislang verlaufen war.

Eliana lächelte. Nicht vielleicht. Ganz bestimmt. Die Wunden würden heilen, eine nach der anderen. Sie, Eliana van Steen, geborene Nelissen, würde heil sein.

Ihr Lächeln vertiefte sich. Ein Psychiater würde sie und Blake vermutlich für verrückt erklären.

Aber nichts war Eliana in diesem Moment so gleichgültig wie das, was andere von ihr denken mochten. In ihrem tiefsten Inneren hatten Blakes Worte einen Widerhall gefunden, der zu einem Ton und schließlich einer Melodie geworden war, die sie mit Frieden und einem Gefühl der Wahrhaftigkeit erfüllte, wie sie sie nie zuvor gekannt hatte, und die sie dazu brachte, sich – um mit Adeline zu reden – unkonventionell zu benehmen. Ihre Tante hatte sich allerdings jeglichen Kommentars enthalten, als sie erfuhr, dass Eliana, statt sittsam bei ihr in der Emma-

straße zu bleiben, vorhatte, mit Blake im Parkhotel zu übernachten.
Eliana richtete ihren Blick auf das Bett.
Sie waren Verschwörer, so fühlte es sich an, ja, und Liebende, die durch die Zeiten gerast waren auf der Suche nacheinander.
Bei dem Gedanken schüttelte Eliana belustigt den Kopf. Wahrscheinlich war sie doch ein wenig verrückt.
Leise schloss sie das Fenster und schlüpfte zurück unter die Decke zu Blake, in die Wärme seiner Haut, seines Atems, seiner Umarmung.

Der Mann war untersetzt und hatte ein rundes, freundliches Gesicht, das von einem selbstvergessenen Lächeln erhellt wurde. Er saß mit dem Rücken zum Fenster an einem fragilen Schreibtisch, der eher für zierliche Menschen geeignet schien, und blätterte in einem Buch mit leuchtend rotem Umschlag, das den schlichten Titel *New York* trug.
Blake klopfte an die offen stehende Tür, und der Mann fuhr erschrocken zusammen, klappte sogleich das Buch zu und hielt die Hand über den Einband, als gälte es, die Lektüre vor fremden Blicken zu schützen.
Ertappt, Herr Pastor, dachte Blake amüsiert. Laut sagte er: »Ich bitte um Entschuldigung für die Störung. Mein Name ist Blake Michaels. Ich komme aus New York.«
Wie vom Donner gerührt sah der Pastor ihn an, dann hob er kurz den Blick zur Decke und wandte sich daraufhin lächelnd seinem Gast zu. »Die Wege des Herrn sind unergründlich«, erwiderte er, schälte seinen massigen Körper aus dem Stuhl und reichte Blake die Hand. »Ich bin Pastor Ferten, Friedemann Ferten. Ich freue mich, einen

Mann aus Übersee in unserem wunderschönen St.-Petri-Dom begrüßen zu dürfen. Darf ich Sie ein wenig herumführen?«

»Offen gestanden bin ich auf der Suche nach dem Kirchenarchiv. Ich hege die Hoffnung, dort die Hilfe zu finden, die an der Stelle, wo sie angeboten werden sollte, verwehrt wird«, sagte Blake sibyllinisch, und Friedemann Ferten schnappte wie gewünscht nach dem Köder.

»Setzen Sie sich«, sagte er, zwängte sich zurück auf seinen Platz und wies auf einen Holzstuhl, dem eine mitfühlende Seele ein Sitzkissen mit der gestickten Aufforderung, den Herrn zu loben, verpasst hatte. Erwartungsvoll sah er Blake an. »Ich fühle mich Ihrer Heimatstadt von Herzen verbunden. Die Tochter einer mir gut bekannten Familie lebt seit einigen Jahren in New York. Celia Lambert. Das heißt, jetzt ist ihr Name Osborne. Sie hat den Bankier Paul Osborne geheiratet. Sie haben die beiden nicht zufällig kennengelernt?«

Blake schüttelte den Kopf und bemerkte freundlich, New York zähle doch recht viele Einwohner, und überdies liege sein Beritt eher am Broadway denn an der Wall Street. »Eigentlich stamme ich aus Bayern«, fuhr er fort, »und bis vor kurzem hielt ich mich noch in China auf, wo sich meine und die Wege einer reizenden jungen Dame kreuzten.«

»Und welche fromme Seele hoffen Sie in unserem Archiv zu finden?«

»Eine Frau namens Anna. Sie soll angeblich 1883 oder 1884 an Schwindsucht gestorben sein.«

»Und der Nachname?« Ferten nahm einen Bleistift und ein Blatt Papier. »Ich leite Ihre Angaben an die entsprechende Stelle weiter. In ein paar Tagen sollten Sie Bescheid bekommen.«

Blake schlug die Beine übereinander und sagte gedehnt: »Den hätte ich auch gern gewusst.« Und er begann Pastor Ferten darüber ins Bild zu setzen, was sich in Tsingtau ereignet hatte und was Eliana in Bremen zu erfahren hoffte. »Offen gestanden habe ich den Eindruck gewonnen, dass Adeline Kayser nicht geneigt ist, zu kooperieren, jedenfalls nicht in erforderlichem Umfang.« Vielleicht, fügte Blake im Stillen hinzu, weil sie zu hartleibig war, um zu begreifen, wie wichtig es für Eliana war, so viel wie möglich von ihren Eltern zu erfahren. Vielleicht hatte Adeline Kayser sich auch nur so sehr daran gewöhnt, die Dinge unter den Teppich zu kehren, dass es ihr zur zweiten Natur geworden war. »Eliana fiel der Spitzname des Dienstmädchens ein, zumindest hatte es den Anschein, als ob es so wäre. Diese Anna ist ein Anknüpfungspunkt, verstehen Sie, selbst wenn wir ihr Grab vorfinden ...«

Bei Blakes Worten hatte sich Pastor Fertens rundes Gesicht gerötet. »Warum nicht erst einmal unter den Lebenden schauen! Ich meine mich zu entsinnen, dass vor vielen Jahren ein Mädchen nach dem plötzlichen Ableben ihrer Herrschaft zu mir eilte. Sie wirkte äußerst mitgenommen ...« Ferten verstummte plötzlich und blickte betreten zur Seite. »Meine Schweigepflicht. Ich bitte um Verständnis.«

»Eliana muss ihren Frieden machen«, sagte Blake eindringlich, »und dazu benötigt sie jede Hilfe, die sie bekommen kann. Falls diese Anna noch lebt und Sie wissen, wo sie sich aufhält, bitte ich Sie inständig, sie aufzusuchen und ihr zu sagen, dass Eliana sie braucht. Bitte, Pastor Ferten!«

Fertens Miene spiegelte Skepsis und eine Spur von Unbehagen, doch er nickte. »Ich werde sehen, was ich tun kann. Alles Weitere liegt in Gottes Hand.«

Die beiden Männer verabschiedeten sich voneinander, nicht ohne Sympathie, aber gleichermaßen mit gemischten Gefühlen. Während Blake unter den Blicken der in Stein gehauenen und in Holz geschnitzten Heiligen – als da wären der auferstandene Jesus, Apostel Paulus, Johannes der Täufer und die Jungfrau Maria – durch das Mittelschiff des Doms spazierte, ohne ihnen oder den kühnen, himmelwärtsstrebenden Bögen gotischer Sakralarchitektur seine Aufmerksamkeit zu schenken, fragte er sich, wie Eliana die Neuigkeit aufnehmen würde, deren Essenz das enthielt, was Eliana viel zu lange getan hatte – sich in Geduld zu üben.

Zu Blakes Überraschung hatte Eliana in der Zwischenzeit jedoch bereits einen Entschluss gefasst. Nachdem sie mit ihrer Tante gefrühstückt und dabei festgestellt hatte, dass es nicht, wie vermutet, Blakes Anwesenheit gewesen war, die Adeline dazu brachte, wesentliche Informationen zurückzuhalten, sondern dass sie anscheinend wirklich nicht wusste, was mit Anna geschehen war, war Eliana ins Hotel zurückgekehrt, hatte ihre und seine Sachen zusammengepackt, die Hotelrechnung beglichen und für den frühen Nachmittag eine Mietdroschke zum Hauptbahnhof bestellt.

Zur selben Stunde, da Blake und Eliana den Zug bestiegen, erreichte Pastor Ferten das Steintor. Zuvor hatten seine tiefen Seufzer das kleine Büro mit dem viel zu kleinen Schreibtisch verlassen und alle Heiligen mit Sorge erfüllt, so dass sie ihn, der kurz darauf mit bekümmerter Miene an ihnen vorübereilte, erstens nachsahen, dass er ihnen ebenso wenig Aufmerksamkeit schenkte wie der Adept geheimen Gedankenguts von vorhin, und ihm zweitens feinstofflich den Rücken stärkten, damit er tun

konnte, was getan werden musste. Er wählte schlichte Worte. »Eliana braucht Sie.« Ungewöhnlich schlicht für sein eher barockes Naturell, aber, wie er aus früheren Begegnungen wusste, am ehesten geeignet, Anna Isa Magdalena, »Lele«, Drossards verwundetes Herz zu erreichen.
»Man soll die Toten ruhen lassen«, erwiderte sie jedoch, woraufhin Pastor Ferten sich straffte und zu einer seiner beschwörenden Predigten ansetzte, die schon so manches bockige Schaf zurück in die Reihe getrieben hatten.
»In Gottes Namen ersuche ich Sie, Ihren Entschluss noch einmal zu überdenken! Der Herr weiß darum, dass Sie keine Schuld trifft an den schrecklichen Geschehnissen in jener Nacht, als die Grippe grassierte und in Bremen ihre Opfer forderte. Doch nun ist es an der Zeit, Zeugnis abzulegen. Um Elianas willen bitte ich …« Sanft unterbrach Anna ihn. »Sie sollten nicht drauf dringen, Herr Pastor, vor allem um Elianas willen nicht. Glauben Sie mir, vor allem um ihretwillen nicht.«

18

Das Husten und metallene Krächzen schienen die Karakulschafe offenkundig nicht zu mögen. Sie stoben blökend auseinander, fanden sich jedoch unweit der Senke an einer Wacholderhecke wieder zusammen, um eine Weile zu verschnaufen, verwundert aus der lockigen Wolle zu gucken und irgendwann zum Rückweg anzusetzen, nach Hause, in den heimischen Stall zu Futter und Trank und der Frau, die sie hütete.

Die stand nun mit gerunzelter Stirn und in die Hüften gestemmten Armen vor dem Fachhallenhaus und betrachtete das Vehikel, das langsam den Hügel hinabrollte, ihr entgegen, und für den Lärm verantwortlich war, der Tiere und Menschen aus der mittäglichen Ruhe gerissen hatte.

Beinahe jede Minute während der Fahrt von Bremen nach Hamburg und von dort am nächsten Morgen mit der Motorkutsche zu dem Flecken, den Eliana für ihre Geburtsstätte gehalten hatte, hatte sie das, was sie zu sagen hatte, wieder und wieder im Mund gewendet und hin- und hergeschoben, um den sanftesten Klang zu finden, den sie meinte ihren Pflegeeltern schuldig zu sein – und um die ängstliche Beklommenheit zu bannen, die sie bei dem Gedanken an diesen Moment befallen hatte. Eliana wollte die Menschen, die für sie gesorgt hatten, nicht verlieren, sie wollte ihrer Liebe gewiss bleiben, sie wollte der Mutter resolute Ratschläge und des Vaters zerstreute Zärtlichkeit, sie wollte seine Hand an ihrer Wange, als würde er die Beschaffenheit eines Blütenblattes prüfen.

»Na so was!«, rief Ursel, und ein breites Lächeln überzog ihr müdes, von harter Arbeit und rauhem Klima gegerbtes Gesicht. Ihr Blick flog von Eliana zu Blake und wieder zurück.

Als Eliana Ursels Blick begegnete, vergaß sie ihre Formulierungen wie ihre Befürchtungen. Diese Frau hatte sie aufgenommen, als sie ein kleines Kind gewesen war, sie so behutsam wie entschieden erzogen und gelenkt, niemals würde sie ihr, Eliana, ihre Zuneigung entziehen. Wie viele Menschen, denen es nicht vergönnt war oder die sich davor fürchteten, die leuchtende Fülle ihrer inneren Welt zu erkennen, gab Ursel sich in der Regel nicht eben herzlich, aber das sagte nichts über ihre wahren Gefühle aus, sondern war Ausdruck ihres Bedürfnisses, eben jene zu schützen. War das verwunderlich angesichts dessen, was in all den Jahren verborgen gehalten werden musste? Gewiss nicht. Mit einem Mal spürte Eliana, wie sie von einer Welle des Mitgefühls und tiefen Verständnisses für die Frau erfasst wurde, die Mutter zu nennen sie niemals seltsam finden würde.

Nachdem Eliana sie umarmt und den Mann an ihrer Seite vorgestellt hatte, ohne eine Erklärung hinzuzufügen, was genau sie denn mit ihm verband oder in Zukunft verbinden würde, bedachte Ursel Blake mit einem leichten Heben der Mundwinkel, das Wohlwollen ausdrückte, und bat ins Haus zu Frischgebackenem und eben aufgesetztem Tee. Sie deckte den Tisch, gab den duftenden Apfelkuchen auf Teller, schenkte den Tee ein und hörte Eliana zu, bis diese in erwartungsvolles Schweigen fiel.

»Wir fürchteten uns vor diesem Moment ebenso, wie wir wussten, dass er unweigerlich kommen würde«, bekannte

Ursel. »Erinnerst du dich an die Unterwäsche mit dem verunglückten Wappen, die du in der Aussteuerkiste gefunden hast?« Eliana nickte, und Ursel fuhr fort: »Das Höschen war ein Versuch von mir, die Wahrheit anzudeuten, aber die Stickerei war ja so was von missglückt. Ich nahm mir vor, es noch einmal zu probieren, doch bei dem Vorsatz ist es dann geblieben.«

»Und die Babyschühchen mit den winzigen Röschen?«

»Nachdem wir dich aufgenommen hatten, ließ dein Onkel uns alle Kleidung und Spielsachen schicken, die dir gehörten. Es waren aber viele Sachen dabei, die dir gar nicht mehr passten, so dass wir den Eindruck gewannen, er hätte sie deshalb mitgegeben, weil sie hofften, auf diese Weise deine Erinnerung anzuregen. Wir hatten jedoch wenig Platz und mussten daher eine Auswahl treffen. Und so ist es bei den Schühchen, dem Häubchen und der Holzente geblieben, die wir dir geben wollten, sobald deine Verfassung es zugelassen hätte.«

»Aber meine Verfassung ließ es nie zu.« Trotz der Bitterkeit, die Eliana empfand, brachte sie es nicht über sich, ihrer Mutter vorzuwerfen, ihr die Wahrheit vorenthalten zu haben, denn bei Licht besehen hatte sie, Eliana, ganz gewiss nicht den Eindruck erweckt, sie könnte einen Stiefel vertragen. Suchte ein normales, robustes Kind stundenlang die Einsamkeit einer eintönigen Landschaft? Wachte es in der Nacht von den eigenen Schreien auf und lag mit klopfendem Herzen in der Dunkelheit? Stand es minutenlang an einem Teich oder Bachlauf, starrte in das Wasser und stellte sich vor, wie es wohl wäre, mit dem Wasser und den Steinen eins zu werden, davongespült zu werden ins große Meer …

Mitfühlend verfolgte Ursel das Mienenspiel ihrer Tochter.

»Hast du geglaubt, wir hätten nicht bemerkt, wie ängstlich und verloren du dich manchmal fühltest, wie sehr von etwas Namenlosem gequält?«
Eliana zuckte mit den Schultern.
»Wir alle hofften, dass die Zeit deine Wunden heilt, und zu unserer Entschuldigung sei gesagt, dass wir nichts hatten außer unserer Hoffnung. Und so empfand ich jede Gelegenheit, die dazu angetan schien, deine Erinnerungen zu wecken, als erschreckend und freudevoll zugleich. Wie am Tag vor deiner Hochzeit. Ich hielt die Luft an, weil ich meinte, jetzt ist der Augenblick gekommen, jetzt würdest du die Fragen stellen und keine Ausflüchte akzeptieren. Ich muss zugeben, dass ich erleichtert war, als du dich mit meiner Erklärung zufriedengabst.«
»Sie können sich nicht zufällig noch an den Namen des Dienstmädchens erinnern?«, fragte Blake unvermittelt.
Ursel nahm einen Schluck Tee, setzte die Tasse wieder ab, den Blick nachdenklich auf die gescheuerte Tischplatte gerichtet. Zeige- und Mittelfinger zupften am Ausschnitt ihrer Strickjacke herum. »Nein, das tut mir leid. Ich kannte sie ja nicht persönlich. Anna Irgendwas.«
»Die gute Adeline versteht es, ihre Leute an der Kandare zu halten«, meinte Blake in belustigtem Ton, der sich in seiner ernsten Miene jedoch nicht wiederfand.
»Ich weiß nicht, worauf Sie hinauswollen, aber Ihr Ton gefällt mir nicht, junger Mann. Ja, wir hatten uns verpflichtet, die Wahrheit für uns zu behalten. Das bedeutet nicht, dass die Kaysers Macht über uns ausübten«, erwiderte Ursel. »Was hätten sie schon gegen uns unternehmen können? Die paar Groschen behalten, die sie für Eliana zahlten?« Ursel machte eine wegwerfende Handbewegung. »Das Geld zu verlieren wäre schmerzhaft ge-

wesen, gewiss, aber wir hatten doch längst unsere Schafe und Walters Blumen.«

»Sie hätten Ihnen Eliana wegnehmen können«, bemerkte Blake.

Ursel stieß den Atem aus. »Ja, natürlich, aber damit muss man rechnen, wenn man sich auf so eine Sache einlässt, wenngleich die Angehörigen im Allgemeinen froh sind, das Problem los zu sein. Verzeih, Eliana, du weißt, ich halte nichts davon, ein Blatt vor den Mund zu nehmen.«

»Nur in dem einen Ausnahmefall Elianas Herkunft betreffend«, sagte Blake und schüttelte den Kopf. Es war ihm anzusehen, was er davon hielt.

»Andere zu verurteilen ist leicht«, gab Ursel zurück, »aber wenn Sie einmal die Erfahrung machen müssten, wie die Wahrheit von jetzt auf gleich alles auslöscht, was Menschen miteinander verbindet, würden Sie nicht so daherreden.«

»Frauke!«, rief Eliana bestürzt aus.

»Ja, unsere Frauke«, bestätigte Ursel. »Auch ein Pflegekind. Unser erstes. Sie war ein Würmchen von drei Monaten, als sie zu uns kam. Ihre Mutter war ein blutjunges Ding von Adel, das von ihrer Familie in das Hamburger Sanatorium gesteckt wurde, das Adeline Jahre später für dich aussuchte und in dem ich arbeitete. Das Mädchen starb bei der Geburt, und der Leiter fragte mich, ob ich nicht jemanden kenne, der ein Baby aufnehmen wolle. Ich zögerte nicht eine Sekunde. Wie sehr sehnten Walter und ich uns nach Kindern!« Ursel seufzte. »Wir konnten keine eigenen bekommen. Aber das Glück, das wir so unverhofft mit Frauke erleben durften, tröstete uns darüber hinweg. Es lief alles so glatt, dass wir uns kurz darauf entschlossen, ein zweijähriges Zwillingspaar, Simon und

Peter, aufzunehmen, ja, wir planten sogar, noch mehr Kinder in unsere Obhut zu nehmen, um eine große, glückliche Familie zu gründen ... Nun, der Herr bestraft Hoffart, selbst wenn sie im mildtätigen Gewand erscheint. Er nahm die Zwillinge in sein Reich, kaum dass sie drei Wochen bei uns lebten. Mit ihnen begruben Walter und ich unsere Träume, packten unsere Sachen und zogen hierher in die Senke, um unser Leben in friedlicher Abgeschiedenheit zu führen. Einige Jahre später schrieb uns der Leiter, ob wir bereit wären, dich aufzunehmen, ein Bremer Ehepaar suche für die nervenkranke Nichte einen Hort der Ruhe. Wir hielten das für ein Zeichen Gottes. Er hatte uns verziehen.«

»Und Frauke?«, fragte Eliana leise.

»Kurz nach ihrem fünfzehnten Geburtstag hatten Frauke und Walter eine Auseinandersetzung. Frauke poussierte mit einem Burschen, der bei Schnabelmann Bierfässer schleppte, und wir machten uns große Sorgen um sie. Hitzige Worte gingen hier und her, bis Walter der Geduldsfaden riss und ihr entgegenschleuderte, dass ihre Mutter im selben Alter ihre Ehre verloren habe.« Ursel brach ab und zuckte mit den Schultern. »In der Nacht packte Frauke ihre Sachen und verließ uns.«

»Hat sie inzwischen von sich hören lassen?«, fragte Eliana, aber Ursel schüttelte den Kopf.

Unterdessen hatte sich die Dämmerung herangeschlichen, zarte dunkelgraue Schleier wehten von Westen herüber und bedeckten nach und nach den Himmel, den Horizont, die Wälder und Wiesen, Äcker und Sümpfe. Es wurde Zeit, sich den Bedürfnissen des Leibes zu widmen.

Ursel, sichtlich bestrebt, die innere Anspannung, in die das Gespräch sie versetzt hatte, abzuschütteln, bereitete

mit energischen Bewegungen das Abendbrot vor, während Eliana ihre Mädchenkammer für sich und Blake herrichtete. Walter, der zum Essen erschien und durchdringend nach Erde roch, schüttelte Blake die Hand und strich, nachdem er die Neuigkeiten mit stoischem Gesichtsausdruck aufgenommen hatte, seiner Tochter so zärtlich wie zerstreut über die Wange, als würde er die Beschaffenheit eines Blütenblattes prüfen. Wenn Blake nicht zu einer behutsamen Form der Tischplauderei gefunden hätte, wäre an diesem Abend kaum ein Wort mehr gewechselt worden, doch so erfuhren die Jürgensens von den bayrischen Wurzeln ihres Gastes, die in New York ungewöhnliche Blüten trieben.
»Eine Praxis für Seelenkunde, du meine Güte. Aber ich dachte mir schon so was«, meinte Ursel aufgeräumt. »Sie wirken ein bisschen wie von einer anderen Welt. Hören sich alles an, sagen wenig, denken sich viel. Man kann fast zusehen, wie es in Ihrem Kopf arbeitet.«
»Meine private Leidenschaft gehört aber der leichten Muse«, fuhr Blake fort. »Ich schreibe Tanzrevuen und Theaterstücke für den Broadway.«
»Verstehe«, sagte Ursel. Plötzlich verengten sich ihre Augen, doch ehe sie aussprechen konnte, was ihr in den Sinn geschossen war, kam Blake, der offenkundig die richtigen Schlüsse aus der winzigen Veränderung ihres Gesichtsausdrucks gezogen hatte, ihr zuvor. »Keine Sorge, tatsächliche Ereignisse können mich bestenfalls inspirieren.«
»Aber Sie stimmen mir doch zu, dass Elianas Geschichte zumindest eine gute Vorlage für Ihre Arbeit liefert, nicht?«, setzte Ursel nach. Einmal geweckt, ließ ihr Argwohn sich im Allgemeinen nicht so rasch besänftigen.

»Ja, gewiss«, erwiderte Blake gedehnt, »aber ich werde dem Publikum sicher nicht die Lebensgeschichte der Frau zum Fraß vorwerfen, die ich liebe.«
Eliana sah ihn an. In seinen Augen stritt das Wissen, welche Reaktion – Verlegenheit, Rührung – seine Bemerkung hervorrufen könnte, mit einer Art gutmütigem Spott, die er angesichts der boulevardesken Situation – die misstrauische Ursel, der zerstreute Walter, das Blöken der Schafe – wohl empfinden mochte, und so überraschte es Eliana nicht, dass er das Pathos seiner letzten Bemerkung abzumildern versuchte, indem er Ursel ein wenig aufzog. »Aber eine klitzekleine Szene, die auf einer Schaffarm spielt, werden Sie mir doch gönnen, oder?«
Sein Lächeln war so einnehmend, dass sich Ursels Lippen widerwillig kräuselten. Sie drohte scherzhaft mit dem Zeigefinger. Die Unterhaltung wandte sich anderen Themen zu und erstarb schließlich an erschöpfungsbedingter Müdigkeit.
Eine Lüge bringt die nächste hervor, dachte Eliana, als sie wenig später in Blakes Armen lag und das Gespräch mit Ursel Revue passieren ließ. Die Lüge macht weitere unumgänglich, die ihrerseits Halbwahrheiten und Andeutungen gebieren, bis ein undurchdringliches Gewebe entsteht, das vollständig zu entwirren ihr in diesem Moment unmöglich schien.
»Glaubst du, dass die Wahrheit bis in die kleinste Kleinigkeit eines Tages ans Licht kommen wird?«, flüsterte sie, aber Blake antwortete nicht. Eliana lauschte seinen regelmäßigen Atemzügen, bis der Schlaf auch sie zu sich holte.
Nach dem Frühstück am nächsten Morgen schlug Eliana vor, Blake den »Schauplatz ihres Elends« zu zeigen, wie

sie es sarkastisch formulierte, im Bemühen, das Unbehagen, das sie bei der Vorstellung, die Villa zu sehen, beschlich, unter Kontrolle zu bekommen. Sie hasste den Gedanken, dass der Anblick unliebsame Erinnerungen wachrufen und sie erschüttern würde, aber sie wusste, dass sie sich dem stellen musste, wenn sie erfahren wollte, welche Macht das Vergangene noch über sie besaß.
Ein wenig beklommen fühlte sie sich, als sich die Umrisse des Gebäudes zwischen den kahlen Ästen der umstehenden Bäume hindurch abzeichneten, das schon, und ihr Magen schien zu einem festen Klumpen zu schrumpfen. Aber das war nichts im Vergleich zu der abgrundtiefen Verzweiflung und der hilflosen Ohnmacht, die an diesem Ort einst von ihr Besitz ergriffen hatten.
Im Licht dieses Dezembermorgens wirkte das Gelb der vor einem dreiviertel Jahr sanierten Fassade hell wie junger Mais, der Garten lag in winterlichem Schlummer. Die Auffahrt war gekiest, das Laub zu braunen Haufen zusammengerecht, die Kräuterspirale eingeebnet, und an ihrer Stelle waren Rosenstöcke gesetzt worden, die zum Schutz vor der Kälte einen Mantel aus Jute trugen. Ein Mann trat vor die Tür, kurz darauf folgte ihm eine junge Frau mit zwei kleinen Kindern. Fürsorglich legte der Mann einen Arm um ihre Schulter. Gemeinsam gingen sie hinüber zu einer Motorkutsche.
Es kam ihr vor wie eine Szene aus einer Tragikomödie mit dem Titel: So hätte es sein können.
»Ein prachtvolles Anwesen«, bemerkte Blake. Nichts weiter, aber Eliana verstand, welche Frage dahinter wartete, nicht bang, aber um Klarheit bittend, darum, nicht drum herumzureden und keine Ausflüchte zu suchen.
»Ja, das ist es«, sagte Eliana und wandte den Blick von der

jungen Familie ab. »Und ich empfinde keine Angst mehr bei seinem Anblick. Aber ich werde niemals hierher zurückkehren.« Zärtlich griff sie nach Blakes Hand. »Ich werde es Marten überschreiben, Johns Bruder. Es war ohnehin Johns Wunsch. Und Annemaries Dämonen werden Marten und Mabel ebenso wenig behelligen wie die junge Familie.« Sie zögerte. »Hoffen wir's mal.«

Hand in Hand gingen sie zurück zu der Motorkutsche, die Blake am Fuß der Auffahrt geparkt hatte. »Und nun?« Sein Blick so liebevoll wie neugierig. »Eine kurze Fahrt durch die Stadt des weißen Goldes? Bei dem Tempo, das du anschlägst, muss ich dafür sorgen, wenigstens ein bisschen nördliches Flair zu erleben. Für Bremen hast du mir gerade einen Tag gelassen.«

»Immerhin bist du im Dom gewesen«, erwiderte Eliana im gleichen heiteren Ton und kletterte auf den Sitz des hochachsigen Gefährts, unter dessen Chassis eine Schafsfamilie stehend bequem Platz gefunden hätte.

Ich sollte sein Grab besuchen, dachte sie, verwarf den Gedanken jedoch wieder, als sie wenig später die beschauliche Ansammlung von Fachwerk und rotem Backstein an der Ilmenau erreichten. Der Himmel trug die Mischung aus Taubenblau und hellem Ocker, wie sie Schneefall häufig vorausgeht, die Luft roch frisch und fühlte sich weich an. In Kürze würde Lüneburg lockeres, pudriges Weiß tragen.

»Wir sollten unsere kleine Rundtour besser verschieben«, meinte Eliana. »Ursel und Walter werden sich Sorgen machen, wenn es schneit und wir nicht daheim sind. Sie misstrauen der Motorkutsche.« Sie kicherte. »›Kiste‹ hat Vater sie genannt, als er glaubte, ich hörte ihn nicht.«

»Ist gut.« Blake startete den Motor wieder, setzte ein

Stück zurück, um zu wenden, als Eliana ihn sanft am Arm berührte.
»Warte!«, rief sie und deutete auf ein Gebäude an der Nordostseite des Marktes. Als Blake den Motor erneut abstellte und sie fragend ansah, seufzte sie leise. »Ich glaube, ich sollte etwas hinter mich bringen, was ich schon lange hätte tun sollen.« Ohne seine Antwort abzuwarten, kletterte Eliana von dem Wagen herunter und ging auf die Drogerie zu. »Komm mit«, rief sie Blake über ihre Schulter zu. »Der Laden ist sehenswert.«
»Drogerie Anatol Jablonski«, las Blake laut vor, was über der Eingangstür in zwei Ellen großen blassroten Lettern geschrieben stand. »Russische Eier und polnisches Herz. Sehr interessant.«
»Weder noch«, gab Eliana kurz angebunden zurück. »Chinesische Lampions und deutsche Bürsten. Und ein von Annemarie verschmähtes Herz.«
Der Drogist stand allein inmitten seines Sammelsuriums, das an Kuriosität deutlich gewonnen hatte. Ein ausgestopfter Adler äugte Eliana und Blake entgegen, in einer Ecke neben dem Tresen hingen Kleidungsstücke, die in Schnitt und Farbe an die Tracht balinesischer Tempeltänzerinnen erinnerten; aber Bürsten, Rohrzucker und Tee befanden sich wie eh und je an ihrem angestammten Platz.
Als Jablonski Eliana erkannte, hellten seine hageren Züge sich auf. »Welche Freude, Sie wohlauf zu sehen, verehrte Frau van Steen. Wir dachten schon, Sie wollten für immer im Reich der Mitte verweilen.«
Eliana stellte Blake und Jablonski einander vor, und sie plauderten ein wenig über China und Amerika, bis Eliana die Unterhaltung sanft auf Annemarie lenkte. »Ich möchte

Sie um Verzeihung bitten, Herr Jablonski. Ich habe mich Ihnen gegenüber nicht sehr höflich gezeigt. Sie hatten gewiss ihre Gründe, Frau Wagner zu kündigen, und ich hatte nicht das Recht, dies in Zweifel zu ziehen, trotz aller Wertschätzung, die ich für sie empfand.«

Anatol Jablonski machte ein Gesicht, als wünschte er sich ans andere Ende der Welt. »Gott ist mein Zeuge, das ich diese Frau von Herzen gut leiden mochte. Aber wie kann ich ein Geschäft führen mit jemandem an meiner Seite, auf den kein Verlass ist?«

»Wie meinen Sie das?«

Jablonski faltete die Hände und legte sie vor sich auf den Verkaufstresen, schmale, fast zarte Dürer-Hände. »In der ersten Zeit war ihr Benehmen tadellos und ihre Arbeit mustergültig. Aber nach einer Weile, es mögen zwei oder drei Monate vergangen sein, erschien sie immer häufiger zu spät, verlegte wichtige Briefe und verwechselte die Beschriftungen auf den Etiketten. Ich sagte ihr, sie möge sich auf ihre Kräutertees konzentrieren, aber sie hörte nicht auf, sich überall einzumischen und dabei gravierende Fehler zu machen. Das war angesichts der mitunter recht heiklen Waren, die ich vorhalte, nicht tragbar. Einmal hat sie den Extrakt von getrockneter Stevia rebaudiana und Natriumcarbonat falsch ausgezeichnet, stellen Sie sich das bitte vor! Ich musste ihr kündigen, so unangenehm und bedauerlich das für uns beide war.«

Verständnislos und ein wenig ärgerlich sah Eliana den Drogisten an. »Annemarie war die Gewissenhaftigkeit in Person. Nie im Leben hätte sie ein Heilkraut mit einem anderen, geschweige denn einem Scheuerpulver verwechselt.«

»Süßkraut«, korrigierte Jablonski. »Stevia rebaudiana wurde schon von den amazonischen Ureinwohnern …« Der kühle Ausdruck ihrer sonst so taubenblausanften Augen ließ ihn innehalten. »Offen gestanden hatte ich den Eindruck, Frau Wagner legte es darauf an, ihre Arbeit zu verlieren. Ich habe wieder und wieder mit ihr gesprochen und sie inständig gebeten, sich zusammenzureißen, aber meine Worte erreichten sie gar nicht, das konnte ich in ihren Augen sehen. Sie blickte durch mich hindurch, als wäre ich gar nicht vorhanden.«

Mit einem Mal fröstelte Eliana. Diesen Gesichtsausdruck, den Jablonski beschrieb, kannte sie.

Die Türglocke bimmelte, und zwei Damen mittleren Alters, eingehakt und in dunkelbraune Wollmäntel gehüllt, traten ein. Jablonski nickte Eliana und Blake zu und bediente seine Kundinnen auf die ihm eigene ehrerbietige, geschliffene Art, die manchem niedersächsischen Kaltblut gehörig auf die Nerven ging, welche Frauen im Allgemeinen jedoch gut gefiel, so auch den beiden in Dunkelbraun. Bemerkungen flogen hin und her, leises Gelächter belebte die Atmosphäre, ein »Auf Wiedersehen!« mit langgezogenem, tirilierendem ie reizte Eliana und Blake, die beide Mühe hatten, sich das Lachen zu verbeißen. Als Jablonski sich ihnen wieder zuwandte, bemerkte er beiläufig, gelegentlich komme er sich vor wie ein Hofnarr oder eine ländliche Version des Grafen Danilo, und er wisse nicht zu sagen, was verwerflicher sei, beides entspreche nicht im Geringsten seiner Natur, oder besser gesagt, seinem Bestreben. Annemarie Wagner habe das gewusst. In ihrer Gesellschaft habe er ganz er selbst sein können. »Umso schmerzlicher empfand ich ihre Wesensveränderung und empfinde ich heute ihren Verlust.« Er neigte sich ein Stück vor und senkte die Stimme. »Erlauben Sie mir die Frage, wann ihre Angehörigen geruhen, sich für einen Grabstein zu entscheiden?«

»Sie hat meines Wissens keine Familie mehr«, erwiderte Eliana eingedenk dessen, was Annemarie ihr anvertraut, nein, eingeschärft hatte. Dass Annemarie ihre Eigenheiten gehabt hatte, mit denen sie, Eliana, nicht zurechtgekommen war, war kein Grund, die Wünsche der Verstorbenen zu missachten. Aber das würde sie dem Drogisten sicher nicht auf die Nase binden. Auch die Polizei hatte sich schließlich mit Elianas Auskunft, Annemarie Wagner habe sich ihr gegenüber als alleinstehend bezeichnet, zufriedengegeben. »Ich werde mich um die Angelegenheit kümmern.«

»Ein Jahr nach ihrem Tod«, versetzte Jablonski vorwurfsvoll, dann schien ihm etwas einzufallen, denn er riss die Augen auf. »Aber was ist denn mit den Verwandten in dem hübschen Haus? Hat sie Ihnen denn nicht die Aufnahme gezeigt? Sie war doch so stolz darauf, schien mir.«

Eliana schüttelte den Kopf. »Das muss ein Irrtum sein. Annemarie hätte mir gewiss davon erzählt.«

»Mit Verlaub, aber ich erinnere mich sehr gut an diese Unterhaltung, so kurz sie auch war«, widersprach Jablonski. »Und ich sehe das Bild noch vor mir. Ein großes Haus, genau genommen eine Villa mit Erkern und Balkonen und einem Park, der an einen Wald grenzte.«

Eliana sah den Drogisten an. Hatte Annemarie Jablonski einen Bären aufgebunden? Oder hatte sie Eliana angelogen, als sie behauptete, seit vielen Jahren Witwe zu sein und keinen Kontakt zur einzigen Tochter zu pflegen, ja, noch nicht einmal zu wissen, wo sie lebte oder ob sie verheiratet war? Und – falls dem tatsächlich so sein sollte – welche Konsequenzen würde Eliana daraus ziehen müssen?

»Mehr hat sie nicht preisgegeben«, fuhr Anatol Jablonski fort. »Außer, dass sie unter Umständen gewillt sei, eines Tages dorthin zurückzukehren.«
Plötzlich hatte Eliana es sehr eilig, sich zu verabschieden.
»Oh, gestatten Sie mir noch die Bemerkung, dass Sie mit der Wahl der jungen Bossemanns als Mieter der Villa eine gute Hand bewiesen haben. Das Anwesen sieht seitdem so gepflegt …«
Doch Eliana vernahm seine Worte nicht mehr.
Verblüfft und ein wenig gekränkt sah Jablonski ihr und Blake nach, als sie das Geschäft verließen, und obschon ihn niemand hörte, brachte er seinen Satz zu Ende: »… aus, leider ganz im Gegensatz zur Ruhestätte Ihres Mannes, Gott hab ihn selig. Das Kreuz ist doch recht schief für einen Christenmenschen.«
Indes fiel die erste Schneeflocke.
»Ihre Leiche wurde nie gefunden«, sagte Eliana nach einer Weile. »Polizei und Feuerwehr ließen lediglich verlauten, dass niemand solch einen Brand überleben könnte.«
»Aber jetzt sind dir Zweifel gekommen, und du glaubst, sie hätte sich in dem geheimnisvollen Haus versteckt?«
»Nein, das wäre zu viel gesagt. Jablonskis Bemerkung hat mir allerdings zu denken gegeben.«
»Darin versteht er sich«, warf Blake amüsiert ein. »Pathos hinter vorgehaltener Hand. Er sollte zur Revue wechseln.«
»Außerdem muss ich gestehen, dass ich es bislang nicht über mich gebracht habe, Annemaries verbliebene Habseligkeiten zu sortieren. Es ist nicht viel, aber mit etwas Glück finden wir die Aufnahme. Und dann …« Eliana zuckte mit den Schultern.
»… sehen wir weiter«, ergänzte Blake.

Als die Senke in Sicht kam, stellte Blake den Motor aus Rücksicht auf die Schafe ab, und ließ die Kutsche den Abhang hinunterrollen. Der Schnee hatte eine zartweiße Decke über Wege und Gehöft ausgebreitet, die Fenster des Hauses waren erleuchtet, und aus der Tür, die in den Schafstall führte, drang der milde Schein einer Laterne. Inmitten der Herde hockte Ursel auf einem Schemel, hielt ein Schaf im Schwitzkasten und bearbeitete mit der freien Hand dessen Ohr. »Milben«, sagte sie kurz angebunden, als Eliana und Blake den Stall betraten.

»Ich will Blake nur rasch etwas zeigen, und dann kümmere ich mich ums Abendessen«, rief Eliana.

»Sehr schön«, erwiderte Ursel zufrieden, schien aber wohl eher das Ergebnis ihrer Bemühungen zu meinen. Sie ließ das Schaf los und versuchte das nächste zu packen, das jedoch geschmeidig entwich. »Na komm, Ramses, mach deinem Namen Ehre«, lockte Ursel mit blütenweicher Stimme.

»Ramses?«, echote Blake leise, während er Eliana in den rückwärtigen Teil des Gebäudes folgte.

»Oh, wir haben auch Napoleon, Daphne, Osiris, Eurydike, Kassiopeia und Aurora zu bieten!« Eliana warf ihm über die Schulter ein amüsiertes Lächeln zu. »Mutter sucht die Namen passend zum Charakter der Tiere aus und erzählt ihnen, welche Geschichte sich mit ihrem Namen verbindet.«

»Warum macht sie das?«

»Sie glaubt, dass es Tiere glücklich macht, wenn man mit ihnen spricht. Und damit sie selbst auch etwas davon hat, erzählt sie ihnen griechische Sagen oder liest ihnen vor.«

»Das ist bemerkenswert«, meinte Blake.

»Sie liebt die Schafe, und sie liebt Bücher«, sagte Eliana und blieb stehen. »Da drüben sind sie.«
Zwei Holzkisten waren aufeinandergestapelt und mit Jutesäcken notdürftig gegen Kälte und Feuchtigkeit geschützt worden. Der Deckel der zuoberst stehenden Kiste war nicht zugenagelt, worüber Eliana sich kurz wunderte, ehe der Geruch nach ungelüfteter Wolle, altem Papier und Mäusekot ihr entgegenschlug. »Ich hätte das ganze Zeug am liebsten weggeschmissen, aber Vater meinte, man wüsste nie, wozu das eine oder andere noch einmal gut sein könnte«, sagte Eliana. »Also hat er alles mitgenommen, was noch halbwegs ansehnlich aussah, und es hier hineingestopft. Jetzt sieh dir nur dieses Sammelsurium an!« Seufzend begann sie sich durch Wolltücher, Schuhe, vergilbte Wäsche, Mäusenester, Bücher, Teedosen, fünf ineinandergestapelte Übertöpfe und angefressene Handtücher zu wühlen; sie stieß auf Tennisschläger, ein Nähkörbchen mit gesticktem Enzian auf dem Deckel und eine rechteckige Blechdose mit der Aufschrift Nürnberger Lebkuchen.
Die Daguerreotypie fanden sie darin nicht, aber einen Haufen Zettel und ein Bündel Briefe, von einem rosa Satinband zusammengehalten.
»Liebesbriefe?« Überrascht betrachtete Eliana das Bündel und drehte es hin und her. Weder auf der Rückseite des letzten Kuverts noch auf der Vorderseite des ersten befand sich ein Absender. Behutsam öffnete Eliana die Schleife. Was sie hier tat, empfand sie als unverzeihlichen Eingriff in Annemaries offenbar sorgsam gehütete Vergangenheit. Dennoch war sie außerstande, sich der Faszination zu entziehen, die es mit sich bringt, wenn sich unverhofft die Gelegenheit bietet, den Schleier der Maya zu

lüften. Aufs Geratewohl griff Eliana in das Bündel, zog ein Kuvert hervor, entnahm ihm ein Blatt Papier und begann zu lesen.

Der erste Satz ließ ihr den Atem stocken. Sie ließ das Blatt sinken und starrte Blake an. »Sie hat John umgebracht.«

Unterdessen hatten sich ein paar tausend Kilometer weiter östlich einige Dramolette abgespielt, die zwar im Einzelnen nicht dazu angetan waren, den Gang der Geschichte nachhaltig zu beeinflussen, jedoch zu den Wassern gehörten, die im Begriff waren, sich zu einer mächtigen Welle zu vereinen und mit sich zu reißen, was sich ihr in den Weg stellte.

Als Lian ihm anvertraute, die Fremde beabsichtige, die chinesische Heilkunde – bei ihm! – zu studieren und in alle Welt hinauszutragen, hatte nachsichtige Belustigung Wang Shi Weis Lippen gekräuselt, und ein warmes, weiches Gefühl hatte sich in seiner Mitte ausgebreitet, dem er sich für einen kurzen, köstlichen Moment lang hingab, bis ihm einfiel, dass Eitelkeit blind für die eigenen Schwächen macht und taub für die Hilferufe der Seelen und also von ihm, der auf dem Pfad in Kuan Yins Arme wandelte, überwunden werden musste.

»Der Wunsch der Fremden mag ehrenwert erscheinen«, sagte er daraufhin zu Lian, »doch er trägt zugleich die Saat dessen in sich, was unser Land seiner Kraft beraubt. Wir müssen vorsichtig sein. Die Fremden verstehen sich nicht auf den ewigen Kreislauf von Geben und Nehmen, sie treiben Wunden in unser Land und zwingen uns ihren Glauben und ihre Heilkunst auf. Das Gleichgewicht ist gestört. Das Schwert, das ihr, du und deinesgleichen, in verabscheuungswürdiger Weise erhebt, bringt es nicht zurück, aber sich mit den Fremden gemein zu machen ebenso wenig. Jeder sollte sich in Demut auf sich selbst besinnen.«

In dem Augenblick hatte Wang Shi Wei eine Bewegung wahrgenommen und war herumgefahren. Da stand sie, mit einem Koffer in der Hand, schlammbedecktem Kleid und entschlossenem Gesichtsausdruck. Die Fremde mit der Kraft des Tigers. Neben ihr die zeternde Gong, die die Haustür geöffnet und an der sie sich vorbeigedrängt haben musste.

Einen Atemzug lang hatte Wang Shi Wei gezögert, doch schließlich drehte er ihr und seiner Schwester brüsk den Rücken zu und forderte seine Tochter ruhig, aber entschieden auf, die Worte »Verlassen Sie unser Haus, und kehren Sie nie mehr hierher zurück!« zu übersetzen. Dann war er gegangen, die Frage beiseiteschiebend, inwieweit eine Haltung, die einem Menschen jegliches mitfühlende Entgegenkommen verweigerte, nicht in ihrem Kern dem entsprach, was er Lian und Chang Bao und all den Wassern, die im Begriff waren, zur Welle zu werden, vorwarf. Mithin: Ob er sich deshalb zu denen zählen musste, deren Weg er zutiefst missbilligte.

Lians Dramolett hingegen war von abgrundtiefer Enttäuschung getragen.

Niemals würde eine lao-tong ein Versprechen brechen, dachte sie, als sie Josephine erblickte. Versprechen, mit zarter Stimme gegeben, waren heilig, sie zu brechen unverzeihlich. Diese deutsche Frau, die sie auf eine kindische, verquere Art für ihre Seelenschwester gehalten hatte, hatte es weder verstanden, noch respektierte sie es. Mit der Dreistigkeit eines Gibbonaffen tauchte sie im Haus ihrer Familie auf, und der Blick aus diesen wasserblauen

Augen ließ keinen Zweifel aufkommen, dass sie dafür auch noch Anerkennung erwartete. Josephine hatte flach geatmet und von ihrem Herzen gesprochen, das nicht mehr wie das eines Hasen sei, weshalb sie den Mut habe fassen können, den ausdrücklichen Befehl ihres Vaters zu missachten, um der Stimme eben jenes Herzens zu folgen. Sie hatte gelächelt, wie sie es immer getan hatte, breit, dabei das halbe Gebiss zur Schau stellend, aber in diesem Moment meinte Lian zu bemerken, wie ähnlich es dem Lächeln war, das alle fremden Frauen aufsetzten, wenn sie einander Wohlwollen vorspielten.

Da hatte Lian sich unmerklich verneigt, die Worte ihres Vaters halblaut übersetzt und war ihm ohne ein weiteres Wort gefolgt.

Auf der Straße vor Wang Shi Weis Haus waren die Nachbarn inzwischen Zeugen von Kwai Chang Baos wütenden Zauberkräften geworden.

An diesem Nachmittag hatte er auf Ti Lung Jies Geheiß seinem Stiefvater und der Tante Ehre erweisen und ihnen einen Korb mit Geschenken – frisch geerntete Persimonen, zwei am selben Vormittag geschlachtete Enten sowie eine Handvoll Halbedelsteine für Wang Shi Weis Arzneifundus – überbringen sollen. Doch als Chang Bao auf das kleine Haus zuritt, wurde er Zeuge, wie seine Tante Gong die Fremde hereinließ. Er zügelte das Pferd, zögerte zwei, drei Wimpernschläge lang, dann machte er kehrt.

Hätte er nur einen Moment länger innegehalten, hätte er gesehen, wie die Fremde das Haus nach kaum mehr Zeit, als ein Phönix braucht, um von einem Zweig zum nächsten zu fliegen, verließ und an ihrem Gesichtsausdruck und ihrer Haltung erkannt, dass die Seinen sich für den richtigen Weg entschieden hatten, den, den in naher Zukunft alle in Shandong gehen mussten, wenn ihnen Ehre und Leben lieb waren.

Vielleicht hätte die Freude und die Genugtuung, die Kwai Chang Bao zweifellos in diesem Moment empfunden hätte, ihn davon abgehalten, sich in Wut zu denken und auf und davon zu reiten, um in den gemeinsamen Kampf zu ziehen, um dort, unter Gleichgesinnten, Gleichwütenden, Gleichverzweifelten und Gleichhoffenden das zu suchen, was er am dringendsten brauchte – das Gefühl, irgendwohin zu gehören. Vielleicht.

Aber so überließ er sich den Gedanken, die schon seit langem in ihm gärten und sein Blut säuerten.

Ti Lung Jie hatte ihn gekauft.

Seine Schwester verachtete ihn.

Der Mann, den er Ehrwürdiger Vater nennen musste, kroch den Fremden in den Hintern.

Chang Bao stieß einen Schrei aus und warf den Korb in hohem Bogen von sich. Dann galoppierte er davon.

Als Ti Lung Jie bei Einbruch der Dunkelheit die Abwesenheit Chang Baos auffiel, wusste er, dass alle seine Bemühungen, den Jungen zu gängeln und vor sich selbst zu schützen, vergeblich waren. Weder das Geld, das er dem Anführer von Chang Baos Truppe hatte zukommen lassen, noch der Druck, den er auf ihn ausgeübt hatte, indem er ihm damit drohte, seine Familie seines Grund und Bodens zu verweisen, hatte diesen Augenblick der Wahrheit verhindert, und die Wahrheit lautete: Chang Bao war fort. Er, Ti Lung Jie, hatte versagt. Der goldene Mittelweg, auf dem er sich stets hatte halten können, indem er sich der erforderlichen Mittel bediente, ganz gleich, ob es sich um weise Taktik oder brutale Einschüchterung handelte, hatte sich in diesem Fall als Sackgasse erwiesen.

Wie viele seiner Hausdiener und seiner Angestellten würden Chang Baos Beispiel folgen?
Ti Lung Jie spürte, wie ihm die Situation zu entgleiten drohte; das Gefühl der Verunsicherung, das ihn darob befiel, machte ihn weich und führte im folgenden Verlauf des Geschehens zu einer Entscheidung, die Ti Lung Jie noch vor kurzem nicht getroffen hätte.
Er schickte einen Diener zu Wang Shi Wei, der ihm wenig später aufgeregt berichtete, zwar habe der zhong yi seinen Sohn nicht zu Gesicht bekommen, aber die Nachbarn hätten ihm berichtet, dass diese Fremde wieder in ihrer Gasse aufgetaucht und kurz darauf ein Dämon in Chang Bao gefahren sei, der tote Enten und haufenweise Edelsteine durch die Luft habe fliegen lassen, was die Fremde weinend davongetrieben habe.
Du liebe Kuan Yin, hatte Ti Lung Jie gedacht, diese Frau sollte sich doch auf dem Schiff nach Europa befinden. Gemeinsam mit seinem Bruder und dessen zukünftiger Gemahlin. Was hatte sie nur bei Wang Shi Wei verloren? Und welche Rolle spielte Chang Bao dabei? Waren er und Josephine Kayser aneinandergeraten? Und war sie nun, da doch ihr Vater nach Peking gereist war, ganz allein auf sich gestellt? Und: Konnte er tatsächlich so tun, als wüsste er von nichts?
Nein. Wie die Dinge lagen, war er gezwungen, sich um diese gestrandete Deutsche zu kümmern, nur weil sie in Kürze zur Familie gehören würde. Welche Auswirkung sein Entschluss auf die Moral seiner Angestellten zeitigen würde, musste er in Kuan Yins Hände legen.
Seufzend hatte Ti Lung Jie seinem Diener angewiesen, ihm ein Pferd zu satteln.
Bei dem, was Josephine seit ihrer Flucht aus dem Hotel

am Morgen erlebt hatte, handelte es sich natürlich ebenfalls um ein kleines Drama aus Zurückweisung auf ganzer Linie, enttäuschten Hoffnungen und unerfüllten Erwartungen. Als Ti Lung Jie aufsaß, zeichnete sich das versöhnliche Ende noch nicht ab.
Nachdem Wang Shi Wei sie barsch abgefertigt und selbst Lian sich kühl von ihr abgewandt hatte, war Josephine, unschlüssig, wie sie die restlos verfahrene Lage, in die sie sich manövriert hatte, zum Guten wenden sollte, lange ziellos herumgelaufen, ehe sie schließlich ins Prinz Heinrich zurückkehrte und zu ihrem Entsetzen ihren Vater und Torben in der Lobby antraf. Die sich doch eigentlich auf dem Weg nach Peking befinden sollten.
Josephine hatte versucht, zu retten, was zu retten war, doch jeden Versuch, ihre Beweggründe verständlich zu machen, hatte Hendrik mit dem Hinweis auf ihre beispiellose Rücksichtslosigkeit im Keim erstickt, mit der sie es in Kauf genommen habe, ihren Vater in größte Sorge zu stürzen, seine geschäftlichen Pläne zu vereiteln und seine Reputation zu beschädigen.
»Du hast mich zu einer lächerlichen Figur gemacht! Einfach zu verschwinden! Die Gesichter der Kölner hättest du sehen müssen! In Peking lacht man bereits über mich!«
»Ich habe dir einen Brief hinterlegt, in dem ich dir erklärte, dass ich nur einen Einblick in Shi Weis Arbeit gewinnen wollte, ich habe dich gebeten, mir drei Monate zu geben …«
»Um festzustellen, dass du einer blödsinnigen Idee nachjagst?«
»Du vergisst, dass diese Medizin dir das Leben gerettet hat!«
»Was nicht bedeutet, dass ich ihr meine Tochter opfere!

Wir reisen mit dem nächsten Schiff nach Hause. Das ist mein letztes Wort, und lass dir nicht einfallen, die Flucht anzutreten. Ich lasse dich von Soldaten suchen und zurückbringen!«

Wütend war sie aufgesprungen und aus der Lobby marschiert, Ti Lung Jie direkt vor die Füße.

Abgehetzt und unglücklich, wie sie wirkte, wusste er, wen er vor sich hatte, stellte sich vor und lud Josephine ein, Gast in seinem Haus zu sein, »weil es in Anbetracht der angespannten Lage in ganz Shandong angeraten scheint, die Angehörige meiner zukünftigen Schwägerin in Sicherheit zu bringen«. Seine Miene so ausdruckslos, dass man sie auch als ablehnend hätte interpretieren können, aber Josephine, ganz Tochter eines gewieften Kaufmanns, hatte nur ein Auge für die Chance, die sich ihr bot. Instinktiv ahnend, dass Blakes Bruder nur deshalb über seinen Schatten sprang, weil er sie allein und schutzlos wähnte, griff sie zu einem bewährten Mittel gegen Widerspruch und andere Unarten eines Gesprächspartners – sie quatschte ihn voll, mit Freude, Begeisterung und heller Aufregung und von einem beiläufigen und von einem seligen Lächeln begleiteten »Wie sehr mein Vater sich freuen wird! Die Familie geht ihm über alles …« und so weiter.

Ti Lung Jie hatte gelächelt, und Josephine hatte zurückgelächelt. Er hatte ihr kleines Manöver durchschaut, aber es schien ihn zu amüsieren.

Noch am selben Abend waren Hendrik, Josephine und Torben ins Phönixhaus gezogen.

In die Welt, die mit Drachen und Phönixen bevölkert war, wo die Tische aus reinem Gold gemacht schienen und ein Wasserlauf die Zimmer durchschnitt und in einen Teich im Herzen des Hauses mündete, drang keine Nachricht von außen. Während sich in Teilen der Provinz die Überfälle der Yihetuan auf Deutsche, Engländer, Franzosen und chinesische Konvertiten häuften, so dass der eine oder andere Entscheidungsträger der Westmächte seine Überheblichkeit fahren ließ und sich zu einer Reaktion gezwungen sah, zeichnete sich im Phönixhaus eine vorsichtige Überwindung der beiderseitigen Voreingenommenheit ab. Bereits kurze Zeit nach Ankunft der drei Deutschen tönte Hendriks Gelächter wie ein entfesseltes Mantra auf dem Buchstaben A durch das Haus, steckte Diener und Küchenmädchen an und entlockte selbst Ti Lung Jie ein zustimmendes Grinsen.

An diesem Nachmittag im Dezember hatte Josephine es sich unter einem Baum im inneren Garten des Phönixhauses bequem gemacht. Das Moos war weich, aber feucht, die Luft winterfrisch, und so hatte sie sich eine Matte besorgt und ein Kissen, auf dem sie jetzt ruhte, in Fuchspelze gehüllt, an den Baum gelehnt und den Blick in den zartblauen Himmel gerichtet.

Ihre Enttäuschung über Lians und Wang Shi Weis Verhalten ihr gegenüber war in dem Maße gewichen, wie die Erkenntnis im Laufe dieser Wochen gewachsen war, dass sie ihnen – und sich selbst – zu viel zugemutet hatte. Sie hatte ihnen ihre Freundschaft aufgedrängt und ihr Bestreben, sich als guter Mensch, als Gegenentwurf zum Bild des ignoranten Imperialisten zu erweisen, und dabei hatte sie keinen Gedanken darauf verwendet, dass die häufige Anwesenheit einer Deutschen im Chinesenviertel die Familie möglicherweise in Schwierigkeiten bringen oder in Gewissenskonflikte stürzen könnte.

Das Geräusch sich nähernder Schritte riss sie aus ihrer

Selbstversunkenheit. Sie wandte sich um und sah ihren Vater auf sich zukommen.

»Ich habe dir noch nicht ganz verziehen, falls du das denken solltest!«, rief er ihr aufgeräumt entgegen. Nachdem er die Brücke überquert hatte, setzte er sich zu ihr. Seine Stimme klang gedämpft, aber die freudige Erwartung, die darin schwang, war nicht zu überhören. »Meine Bemühungen, Ti Lung Jie von den Vorteilen eines gemeinsamen Geschäfts zu überzeugen, scheinen Früchte zu tragen.«

»Du meinst, du hast so lange auf ihn eingeredet, bis er aufgegeben hat«, neckte sie ihn.

»Er will uns etwas zeigen, was er noch nie jemandem gezeigt hat und das angeblich angetan sei, meine Überlegungen in andere Bahnen zu lenken.« Leise lachend fügte er hinzu: »Der Junge versteht etwas von Inszenierung, weiß Gott.«

Plötzlich durchschnitt ein Schrei die Luft.

Es klang wie ein Vogel, dem die Flügel gebrochen wurden.

19

Zur selben Stunde wurde in der Senke heftig diskutiert.

»Hier steht: ›Hat Gott mir den ersten Mord geschenkt, damit ich fähig bin, den zweiten zu begehen?‹« Eliana ließ das Blatt sinken und sah in die Runde. Ursel hatte Schafe und Milben sich selbst überlassen, Walter aus seinem Glaspalast geworfen, wie sie das Gewächshaus nannte, in dem er Orchideen und Tomaten züchtete, und war mit ihm schnurstracks ins Haus marschiert, um einen anständigen Kaffee zu kochen, der sie alle wach und bei Verstand halten sollte. Tatsächlich aber drehten sie sich im Kreis. Die Briefe, die Eliana aus der Kiste zutage gefördert hatte, lagen auf dem Esstisch, elfenbeinfarbenes Papier, eine sanft geschwungene Schrift, die Worte aneinandergereiht, ohne dass deren Sinn sich zweifelsfrei erschloss. »Das kann doch nur bedeuten, dass John der Erste auf ihrer Liste war und ich die Zweite gewesen wäre.«

»Es könnte ebenso gut heißen, dass sie erst einen Unbekannten und dann John ermordet hat«, meinte Ursel. Sie schauderte und fügte sarkastisch hinzu: »Ihren Mann vielleicht? Den, der angeblich verstorben ist?«

»Es ist in keinem einzigen Brief ausdrücklich von John die Rede«, gab Blake zu bedenken. »Es sind seltsame Briefe, das finde ich auch, aber wir sollten uns davor hüten, uns in etwas hineinzusteigern.«

Eliana sah ihn aufgebracht an. »Du hast gut reden. Wenn

es nicht John war, den sie getötet hat, dann war es ein anderer. Wie würdest du dich fühlen, wenn dir klar würde, dass du Monate deines Lebens mit einer Mörderin unter einem Dach verbracht hast?«
»Erkennst du die Schrift überhaupt wieder?« Blakes Stimme war seidenweich, aber sein Blick bedeutete ihr, dass er nicht vorhatte, die Rolle des Advocatus Diaboli so bald aufzugeben.
»Ja, sie hat mir einmal einen Zettel hingelegt«, gab Eliana kühl zurück. »Es ging um die Gartenarbeit. Verdrehtes Zeug.«
»Kein Absender. Annemarie Wagner als Empfängerin. Ihre Schrift. Wer soll die Briefe denn sonst geschrieben haben?«, nahm Ursel ihre Tochter in Schutz. Sie knuffte Walter in die Seite. »Kannst du vielleicht auch mal etwas dazu sagen?«
Walter zuckte mit den Schultern. »Wer schreibt sich selbst Briefe und bindet sie mit einem rosa Band zusammen, als handle es sich um die kostbaren Zeilen eines geliebten Menschen. Macht doch niemand.«
»Wer könnte der geheimnisvolle Absender sein?«
»Aber hier«, Eliana wühlte in den Briefen und fand den gesuchten, »steht doch ganz klar: ›Liebesbriefe an mich selbst‹.«
»Das heißt aber nicht, dass es ihre Liebesbriefe an sich selbst waren. Du hast nur einen Zettel mit ein paar Worten darauf in Erinnerung und glaubst, bei den Briefen handelt es sich um Annemaries. Aber ebenso können es die Briefe einer anderen Person mit einer ähnlichen Schrift sein, die diese Briefe an sich selbst geschrieben hat und die Annemarie aus welchen Gründen auch immer verwahrt hat.«

»Das glaube ich nicht.« Eliana schüttelte den Kopf. Walter und Ursel ebenfalls.
»Ich auch nicht«, gab Blake zu. »Aber wir müssen alle Möglichkeiten bedenken.«
»Wozu?« Walter zuckte mit den Schultern. »Ob es wirklich Annemarie war, die diese Briefe geschrieben hat, werden wir nicht herausfinden. Sie ist tot. Die Flammen haben nichts von ihr übriggelassen.«
»Was das betrifft, hatte ich von Anfang an Zweifel«, bekannte Ursel. »Die Villa ist ja nicht bis auf die Grundmauern abgebrannt, da hätte sich doch irgendetwas finden müssen, der Schädel oder ...« Sie verstummte.
»Niemand hat sie je wiedergesehen«, bemerkte Eliana. »Andernfalls wäre derjenige gewiss sofort zur Polizei gelaufen, und in Windeseile hätte sich die Nachricht verbreitet.«
»Vielleicht war sie froh über die Gelegenheit, sich aus dem Staub zu machen«, meinte Walter. »Vielleicht fürchtete sie, dass der Mord an John«, er warf Blake einen schnellen Blick zu, »oder wem auch immer ans Licht kommen könnte ...«
»Was sollen wir also tun?«, fragte Ursel. »Von Hof zu Hof laufen und, wohlgemerkt ein dreiviertel Jahr nach ihrem Tod, herumfragen, ob jemand sie gesehen hat?«
Einvernehmliches Kopfschütteln.
Hätten sie es doch getan, allen Befürchtungen, sich lächerlich zu machen, zum Trotz. Dann hätten sie erfahren, dass Mamsell und Köchin unisono Annemarie schon zu deren und Johns Lebzeiten misstrauten, weil sie sie in der Küche hatten herumspionieren sehen und daraufhin ihr Refugium wie ein Schießhund bewacht hatten.
Sie hätten mit wachsendem Erstaunen Frau Bibelforscher

(deren Namen Eliana danach nie mehr vergessen hätte) gelauscht, wie sie mit gedämpfter Stimme und seligem Blick zu berichten gewusst hätte, dass sie Annemarie nach dem Brand noch einmal erblickt hatte, o ja, in der Nähe der Senke, nur schemenhaft, wie es ja im Allgemeinen der Fall war, wenn der Herr jemandem die Gnade zuteilwerden ließ, das Bild einer Auferstandenen zu schauen. Sie, Frau Bibelforscher, hätte hinzugefügt, sich als auserwählt zu betrachten und mithin nicht gewillt zu sein, die Gnade des Herrn durch ignorante Ordnungshüter in Frage stellen zu lassen, sie breche ihr Schweigen nur, um Eliana zu versichern, dass Annemarie eingegangen sei in das Reich Gottes, vor der Polizei hingegen leugne sie alles, um die heilige Sache nicht in Zweifel ziehen zu lassen, verstehen Sie?

Aber so blieben diese aufschlussreichen Ausführungen im Reich der Möglichkeiten, und die in solchen Fällen allgemein übliche Vorgehensweise drängte sich in den Vordergrund. »Wir sollten die Polizei informieren«, meinte Walter. Er machte den Eindruck, weniger überzeugt von seinem Vorschlag zu sein als vielmehr bestrebt, dieser fruchtlosen Diskussion ein Ende zu bereiten und wieder in die friedliche Welt seines Glaspalastes zu ziehen.

»Alles, was wir haben, sind Briefe mit ein, zwei Aussagen, die sich als verdächtig auslegen lassen«, widersprach seine Frau ihm, »aber ebenso gut als Zeugnis einer krankhaften Veranlagung gelten können. Ich meine, sie schreibt doch nichts Konkretes, es handelt sich doch nur um düstere Andeutungen, und offen gestanden glaube ich nicht, dass Annemarie, pummelig und unbeweglich, wie sie war, gegen einen Hünen von einem Mann etwas auszurichten gehabt hatte. Vielleicht *hätte* sie ihm gerne etwas angetan,

vielleicht war sie aus irgendeinem Grund«, damit wandte sie sich ihrer Tochter zu und sah sie eindringlich an, »furchtbar wütend auf ihn.«
Eliana nickte. »Sie hat mir von Anfang an geraten, John zu verlassen. Trinker bleibt Trinker, meinte sie, und die Art, wie sie das zu mir sagte, war sehr bestimmt.« Bei ihren Worten hätte man eine Stecknadel zu Boden fallen hören. »Annemarie wusste um unsere Probleme.« Als sie Ursels und Walters Gesichtsausdruck sah, fügte sie widerstrebend hinzu: »Ich hatte Angst, ihr könntet mir die Schuld daran geben, und ich hatte Angst … Ach, ich weiß nicht. Ich war einfach voller Angst.«
Walter blickte betreten drein. »Aber wenn wir gewusst hätten, wie schlecht er dich behandelt …«
»Hättet ihr John nicht davon abhalten können, so weiterzumachen, und mich nicht davon, zu ihm zu halten und zu hoffen, dass er sich eines schönen Tages ändert«, führte Eliana seinen Satz zu Ende. »Ich liebte ihn, Vater. Keine zehn Pferde hätten mich von ihm fortgebracht.« Sie hielt ihm die geöffneten Hände entgegen, die er zögernd, fast schüchtern ergriff.
»Was tun wir also?«, nahm Ursel nach einer Weile den Faden wieder auf.
Ratlos hob Eliana die Schultern. »Es hilft ja nichts. Wir können die Angelegenheit nicht unterm Deckel halten. Morgen übergebe ich Herrn Nowak die Briefe. Soll die Polizei sich doch den Kopf darüber zerbrechen.«
So geschah es.
Herr Nowak, sichtlich erfreut, Eliana wiederzusehen, aber nicht eben begeistert, in einer abgeschlossenen Sache – noch dazu wenige Monate vor seinem endgültigen Dienstende – wieder tätig werden zu müssen, nahm die

Briefe mit spitzen Fingern an sich und las einen nach dem anderen. Zwischendurch schweifte sein Blick über Elianas Erscheinung, wanderte hoch zu der Flusslandschaft in Aquarellfarben, an der nun ein Pappkärtchen lehnte, auf dem die Zahl 1250 stand, um bedauernd wieder zurückzukehren zu den »Phantastereien einer bedürftigen Seele«, wie er das Ergebnis seiner Lektüre schließlich zusammenfasste. Man werde den neuen Hinweisen selbstverständlich nachgehen und gegebenenfalls von sich hören lassen.

Das klang, wie es gemeint war, vage, und Eliana vermochte nicht zu sagen, ob das offenkundige Desinteresse seitens des Beamten Nowak sie beruhigen oder empören sollte.

Als Anfang des Jahres Tauwetter einsetzte, beschlossen Eliana und Blake, nach Wien zu reisen. Der Verdacht, der post mortem auf Annemarie gefallen war, bedrückte Eliana nachhaltiger, als es zunächst den Anschein gehabt hatte. Sie spürte, dass es ihrem angespannten Zustand besser bekam, sich mit ihrer Herkunft zu befassen, als über die rätselhaften Ereignisse und die Frage, inwieweit Annemarie darin verstrickt war, nachzugrübeln. Die Hoffnung, mehr über ihre Eltern zu erfahren, trieb sie zu Malfalda und Victoria Franzini-Magyary. Malfalda hatte bestimmt einiges zu berichten, und von Josephine wusste Eliana, dass ihre Großmutter (wie seltsam sich dieses Wort noch in Elianas Mund ausnahm!) durchaus Momente erlebte, in denen die Vergangenheit ins Licht trat. Eliana, schwor sich, so lange an ihrer Seite auszuharren, bis einer dieser Momente gekommen sein würde.

Wien empfing sie mit frühlingshaften Temperaturen sowie einigen tausend Krokussen, die sich ihrer innewohnenden Bestimmung entsprechend durch die Reste hartnäckigen Schnees kämpften, um das Grau und Braun des sterbenden Winters alsbald mit einer Woge in Gelb und Violett zu überfluten.

Der Liebreiz der Stadt entging Eliana keineswegs, aber während der Fiaker, weinrot der Lack, mehlweiß die Schimmel, über den Opernring und vorüber an unzähligen sinnlichen, lüsternen Formen in Stein und Marmor fuhr, spürte sie, wie ihre Anspannung wuchs, umso mehr, da auch Blakes Miene nicht die gewohnte heitere Gelassenheit spiegelte. Und nicht zum ersten Mal fragte Eliana sich, ob sie diesem Mann, der sie zweifellos liebte, nicht zu viel abverlangte – ihretwegen hatte er den Aufenthalt bei seinem Bruder vorzeitig abgebrochen, ihretwegen kehrte er nicht nach New York und zu seinen Patienten wie seinen Schauspielern zurück, reiste stattdessen quer durch die norddeutsche Provinz, ließ sich von Ursel beargwöhnen und von Adeline abkanzeln. Und jetzt auch noch Wien! Tausend Kilometer Strapaze, um einer vagen Hoffnung willen …

Er schien ihre Gedanken zu spüren. »Es ist nicht die Reise«, sagte er mit dem Versuch eines Lächelns, »ich habe mich nur gerade gefragt, was mein alter Freund Frank so treibt …«

»Wir könnten ihn doch besuchen«, schlug Eliana vor.

»Ein andermal«, meinte Blake. »Nach dem, was du mir über deine Tante Malfalda berichtet hast, erwartet uns ein interessantes, aber anstrengendes Schauspiel.«

Und auf Malfalda war Verlass.

Sie thronte am geöffneten Fenster im Salon, neben sich Victoria, durchscheinender denn je, trug die Farben der Krokusse und zeigte zunächst burschikose Begeisterung für den überraschenden Besuch – »Ja, bist mir denn vom

Himmel gefallen, noch dazu mit einem teuflisch hübschen Burschen an der Seite!« –, die alsbald in Genugtuung umschlug, als sie erfuhr, welche Geschehnisse Eliana und Blake nach Wien getrieben hatten. »Geh, Victoria, ist das nicht eine Freude! Deine Enkelin weiß Bescheid, und ihren Verstand hat's allen Unkenrufen der guten Adeline zum Trotz behalten!« Doch ihre Schwester lächelte so freundlich wie geistesabwesend vor sich hin. »Gerad jetzt«, Malfalda griff nach Victorias Hand und drückte sie, »du verpasst das große Finale.«

»Ich hatte gehofft …«, begann Eliana, aber Malfalda schnitt ihr mit großer Geste das Wort ab.

»Natürlich hast du gehofft. Und weiß Gott, was wir alles unternommen haben, was man eben tun kann, wenn's dunkel wird da herinnen.« Sie tippte sich an die Stirn. »Die Seelenklempner in Inzersdorf faselten von altersbedingtem Gehirnschwund und von einer hysterischen Veranlagung mit Verfolgungswahn.« Als sie Elianas fragenden Blick auffing, fügte sie wegwerfend hinzu: »Deine Großmutter und ich haben ein Weilchen bei diesem Modekram mitgemacht, aber es brachte gar nichts ein, nicht wahr, Victoria? Nur einen Haufen krauser Aufzeichnungen, die einen das Fürchten lehren könnten …«

Blake sah sie aufmerksam an.

»… und die wir allesamt ins Feuer geworfen haben, junger Mann. Sind Sie ein Kollege, Sie gucken so gierig!«

»Ich habe mich nur gerade gefragt, ob die Therapie auch Mal- und Gesangsstunden beinhaltete.«

»Singen musste sie zum Glück nicht, aber der schöne Doktor trug Victoria auf, zu malen, was ihr in den Sinn kam. Also hat's Orangen gemalt, nix als Orangen und dunkle Gestalten.«

»Der schöne Doktor?« Blake grinste breit, aber Malfalda achtete nicht auf ihn.
Sie schüttelte sich bei dem Gedanken an das, was ihre Schwester gemalt und geschrieben hatte. »Wenn man nach unserem Tod dieses babylonische Zeugs gefunden hätte! Nicht auszudenken!« Sie seufzte schwer, dann warf sie ihren seidenen Schal über die linke Schulter, erhob sich und schlenderte zu einem zierlichen, mutmaßlich aus englischer Produktion stammenden Sofatable, zog die linke der beiden zierlichen Schubladen heraus und entnahm ihr einen flachen Gegenstand. »Gott sei Dank hatte sie einen lichten Moment, als wir ihre Koffer packten, und sie erinnerte sich an den Schatz auf dem Dachboden, nicht wahr, Victoria? Die gute Adeline hatte es dort versteckt, aber du warst weder blind noch bettlägerig, du hast sie dabei beobachtet und bist hernach von Zeit zu Zeit nach oben geschlichen, um genau das zu tun, was Adeline dir vermutlich ersparen wollte – den Schmerz zu ertragen.« Sie zuckte mit den Schultern und hielt Eliana das Futteral hin. »Ist immer noch besser, als zu vergessen, wie das eigene Kind einmal aussah. Oder die eigenen Eltern …«
Eliana nahm das Futteral entgegen. Das Saffianleder lag blütenweich in ihren Händen, streichelte ihre Haut, als sie es öffnete, und veränderte seine Textur selbstverständlich auch dann nicht, als Elianas Temperatur sank, ihr Atem flacher wurde und sie drei Wörter herauspresste, die im Raum stehen blieben wie Totenwächter.

Die Nachrichten aus China waren beunruhigend.
Mit gerunzelter Stirn überflog Adeline die hingeworfenen Zeilen, die drei Seiten Papier bedeckten und sie darüber aufklärten, dass Hendrik und Josephine sich in der Pflege

Torbens abwechselten, der sterbenskrank und vor kurzem zusammengebrochen sei, dass ein gewisser Wang Shi Wei dessen Qualen mit Kräutern, Wurzeln und Eichhörnchenkot versuchte zu lindern, dass eben jener Chinese sich entgegen seinem ersten Entschluss dazu durchgerungen habe, Josephine die Grundlagen seiner Medizin nahezubringen, weil seine Tochter mit der Roten Laterne davongelaufen sei und das erneute Zusammentreffen mit Josephine ihm Strafe und Mahnung der Göttin Kuan Yin sei, sein Herz allen Menschen zu öffnen, dass Josephine darüber sehr glücklich sei und er, Hendrik, mittlerweile dazu neige, ihrem Interesse nicht im Wege zu stehen (immerhin habe der zhong yi auch sein Leben gerettet!). Ferner baue Blakes Bruder, eigentlich Halbbruder, einen lebensverlängernden Tee an geheimem Ort an und habe eingewilligt, Hendrik den Vertrieb in Europa anzuvertrauen, was ihn zu der dreimal unterstrichenen Bemerkung »Kein Teegarten, dafür ein Teewunder!« hingerissen hatte.

Ja, Hendrik gebrauchte viele Worte, um zu verschleiern, worauf sie in Adelines Augen hinausliefen – ihre Tochter und ihr Ehemann hatten vollkommen den Verstand verloren.

Was die Zeitungen berichteten – dass die Yihetuan, von den Europäern und Amerikanern wegen ihrer Kampftechniken Boxer genannt, ihre Attacken gegen chinesische Christen und ausländische Einrichtungen auf die Hauptstadt ausdehnten, wo sie Ausländer wie Einheimische in Angst und Schrecken versetzten, dass die Kaiserinwitwe und Regentin Cixi am 11. Januar 1900 betonte, bei einem Teil der Boxer handle es sich um gesetzestreue Menschen –, erwähnte Hendrik wie nebenbei und in beiläufigem Ton.

»Wir leben hier auf einer Insel des Friedens«, schrieb er, »und nur wenige Gerüchte dringen zu uns durch. Demnach wird gemunkelt, dass die Boxer nun doch verboten werden sollen, es aber zu befürchten steht, dass sich reguläre kaiserliche Truppen in Peking und Tientsin mit ihnen verbünden. Ist es nicht ein Segen, dass die Vorsehung mich von dieser Reise abgehalten hat? Sei versichert, liebste Adeline, dass wir bei Ti Lung Jie in bester Obhut sind, und freu Dich mit mir schon jetzt auf den Augenblick in naher Zukunft, da Jo und ich wieder daheim sind mit dem Wundertee im Gepäck (der den Amsterdamern das Fürchten beibringen wird!). In Liebe«, schloss Hendrik.
Seine saloppe bis ungeschickte Wortwahl ließ darauf schließen, dass er entweder sehr in Eile gewesen oder es ihm mehr lästige Pflicht denn inneres Bedürfnis war, seine Frau über die staunenswerten Ereignisse im Phönixhaus sowie die politische Entwicklung in China zu unterrichten.
Unter normalen Umständen hätte das eine wie das andere Adeline alarmiert und zusammen mit den befremdlichen Neuigkeiten ihre Tochter, deren Neigung und Hendriks skandalöse Billigung dieser Kapriolen betreffend ihr Blut kochen lassen. Aber es handelte sich eben nicht um normale Umstände, und so reagierte Adeline mit einem gleichermaßen ironisch wie resigniert gemurmelten: »Ja, mein Lieber, hier ist auch einiges im Gange.«
Dann faltete sie Hendriks Schreiben sorgfältig zusammen, legte es zu den anderen in eine Schublade ihres Sekretärs und warf einen Blick auf das Telegramm, das sie heute Morgen erhalten hatte, zog einen Bogen Papier heran und schraubte ihren Füllfederhalter auf.
»Als ich Deine Nachricht erhielt, dass Deine Mutter und

Deine verstorbene Freundin aus Lüneburg ein und dieselbe Person sein sollen und dass sie überdies im Verdacht steht, Deinen Ehemann auf dem Gewissen zu haben, wusste ich, dass es Zeit ist, die Dinge beim Namen zu nennen …« Die Trauer, die die dürren Worte auf dem dünnen Telegraphenpapier in ihr ausgelöst hatten, glich einem inneren Schwelbrand, den zu lindern uns das Geschenk der Tränen gegeben wurde, doch Adeline konnte nicht anders, als diese Regung mit jener Entschlossenheit zu unterdrücken, die ihr zur Gewohnheit geworden war und ihr deshalb kaum zu Bewusstsein kam. Sie schrieb ohne einen Moment des Innehaltens und ohne eine Miene zu verziehen, sie schrieb, als wäre sie zur Ader gelassen, und als nichts mehr kam, schrieb sie Elianas Namen auf den Umschlag und lehnte ihn an die Bronzefigurine einer Balletttänzerin, die sie gut sichtbar in die Mitte der Schreibunterlage schob.

Dann wies sie das Dienstmädchen an, ihren Koffer hinunterzutragen, zog ihren Persianermantel an, versicherte Tallulah, dass Käthe II. gut auf sie aufpasse und sie, Frauchen, in zwei Tagen wieder daheim sei, streichelte das weiche Fell und verließ das Haus.

Tallulah, die die Vorgänge aufmerksam verfolgt hatte, begann zu winseln, kaum dass Adelines Parfum verflogen war.

Käthe II., auf einem Hof im Bremer Süden aufgewachsen, wo man so lange kein Aufhebens um ein Tier machte, bis es Matthäi am Letzten stand, und dann auch nur deshalb, weil der Erwerb eines Nachfolgers Geld kostete, ignorierte die hohe Klage. Als sie verebbte und es mit einem Mal still wurde, verdächtig still, fühlte Käthe II. sich in der Pflicht und riss die Tür zum Salon auf. Tallulah lag

friedlich, den blonden Kopf auf den gekreuzten Vorderpfoten gebettet, auf dem Kanapee und äugte ihr teilnahmslos entgegen. Suchend schweifte der Blick des Hausmädchens umher, aber alles schien wie immer picobello, wie geleckt, nichts lag herum, was die Ordnung störte.
Nur die Tänzerin, die eigentlich neben die Lampe mit dem grünen Glasschirm gehörte, befand sich jetzt mitten auf der Schreibunterlage aus grünem Filz. Käthe II. ging hinüber zum Sekretär und schob die Figurine auf ihren Platz zurück.
Wenn's weiter nichts war. Da hatte sie Tallulah aber schon in anderer Form erlebt, dachte Käthe II. bei sich und tätschelte die unschuldig Dösende im Vorbeigehen flüchtig hinter den Ohren. »Braver Hund! Wir machen uns zwei schöne faule Tage, was?«

Ruhelos lief Eliana von dem einen Ende des Zimmers zum anderen. »Wie kann es angehen, dass ich meine eigene Mutter nicht erkenne?«
»Vorausgesetzt, sie ist es tatsächlich«, gab Dr. Frank Eberle zu bedenken.
Am Abend hatte es Sturm geklingelt bei ihm in Inzersdorf, und als er die Tür öffnete, mit mürrischer Miene, weil er bereits im Hausmantel und auf Ruhe und Frieden nach einem anstrengenden Tag in der Klinik (ein Selbstmordversuch, zwei tätliche Angriffe auf einen Pfleger, eine fristlose Entlassung wegen versuchter sexueller Nötigung einer Somnambulen) eingestellt war, fand er sich seinem alten Kommilitonen Michael und einer jungen Frau gegenüber, die ihm als Eliana van Steen vorgestellt wurde und die unter immensem innerem Druck zu stehen schien. Frank schaltete schnell.

Er bat die beiden in sein Wohnzimmer, dessen großzügige Glasfront einen beeindruckenden Blick auf die sanften Ausläufer niederösterreichischen Hügellandes gestattete. Im Kamin loderte ein Feuer. Ein Holzbrett mit einer reichlichen Portion Käsewürfeln, Speckscheiben, Gewürzgurken und daumendicken Scheiben Brot wartete auf einem Tisch neben einem nahe ans Feuer gerückten Ohrensessel. Frank zog ihn wieder ans Sofa, holte eine Flasche Wein und drei Gläser aus der Küche, schenkte ein und erhielt nach seiner umstandslosen Aufforderung: »Dann schießt mal los!« einen Lagebericht, der mit der Entdeckung endete, die Eliana an diesem Tag zuteilgeworden war.

Seitdem lief Eliana auf und ab und beschimpfte sich abwechselnd als dumme Nuss und komplette Idiotin. Jetzt blieb sie stehen und sah Frank auffordernd an. »Dasselbe runde Gesicht, dieselbe Haltung. Ich täusche mich nicht.«

»Die Aufnahme ist vor zwei Jahrzehnten gemacht worden. Ich glaube nicht, dass ich Ihnen erklären muss, wie sehr sich ein Mensch in dieser Zeit verändern kann.«

»Mag sein. Aber stimmen Sie mir zu, dass eine winzige Chance besteht, dass meine Tante Adeline gelogen hat und meine Mutter mitnichten tot und begraben, sondern mir als Annemarie Wagner begegnet ist?«

»Nun, bedenkenswert ist diese Überlegung durchaus …«

»Und wenn es, nur mal angenommen, so ist, warum ist es mir nicht möglich, in dieser Frau meine Mutter wiederzuerkennen? Warum erinnere ich mich an nichts, absolut nichts von dem, was Adeline uns von den Geschehnissen in meinem Elternhaus berichtet hat? Warum entsinne ich mich nicht einmal Adelines als meiner Tante? Das ist doch irrsinnig!«

»Du warst erst vier«, warf Blake sanft ein. »Meine Erinnerungen an die Zeit meiner Kindheit beschränken sich im Wesentlichen darauf, dass mein Vater selten daheim war, unser Dienstmädchen nach Vanille roch und meine Mutter jeden Abend ihr Dekolleté mit einem extra für sie angerührten Wässerchen benetzte.« Als er Elianas skeptischem Blick begegnete, fügte er hinzu: »Und ich besaß ein Teddybären-Paar, für das ich mir so inständig wie vergeblich kleine rote Rucksäcke wünschte. Das könnte man auch als Irrsinn bezeichnen.«

Frank lächelte in sich hinein. Der gute Michael! Er hatte sich nicht verändert. Wie einst war er darum bemüht, anderen das Gefühl zu vermitteln, dass es für alles eine Erklärung gab und dass nichts so schlimm war, wie es im ersten Augenblick schien. Aber seine Liebste hatte für seine Beschwichtigungen augenscheinlich nicht so viel übrig. Ihre Miene machte keinen Hehl daraus, dass sie es satthatte, den Ariadnefaden ihrer persönlichen Geschichte weiterzuverfolgen, ohne absehen zu können, wann sich ein Ende abzeichnen würde. Eliana brauchte handfeste Ergebnisse. Aber die konnte er, Frank, ihr leider auch nicht liefern, allen vielversprechenden neuen Ansätzen der Seelenkunde zum Trotz. »Blake hat schon recht. Darüber hinaus wissen wir jedoch nicht mit Bestimmtheit, was einen partiellen Gedächtnisverlust dieser Art auslösen kann, wir wissen weder, ob es sich dabei um eine seelische Verletzung, noch, ob es sich um das Versagen einer Hirnfunktion handeln kann.«

»Demnach wäre es denkbar«, sagte Eliana, »dass ein Kleinkind, welches den Tod seiner Eltern oder seines Vaters mit ansehen muss, auf diese Weise reagiert?«

Frank nickte. »Möglich, ja. In dem Fall könnte aber die Art, wie jemand stirbt, entscheidend sein.«

»Wie meinen Sie das?«

»Man hat schon Kleinkinder neben ihren toten Geschwistern gefunden, die sich selig mit ihrem Spielzeug beschäftigten. Sie glaubten, ihre Geschwister schliefen. Für kleine Kinder besitzt der Tod nicht zwangsläufig etwas Bedrohliches, es sei denn, die Umstände, die dahin führen, sind es.«

»Meine Tante hat mir erzählt, wie es meinen Eltern angeblich ergangen ist. Falls ihre Version jedoch eine Lüge war, gibt es nur einen Menschen, der darüber Bescheid weiß. Meine Großmutter.« Hoffnungsvoll blickte Eliana Frank an. »Blake hat mir erzählt, dass sie bei Ihnen in Behandlung war.«

Frank warf Blake einen fragenden Blick zu.

»Der schöne Doktor«, sagte Blake, und seine Augen funkelten mutwillig, aber mit seinen nächsten Worten verneinte er indirekt Franks unausgesprochene Frage, ob Eliana von seiner, Franks, kleinen Indiskretion wusste. »Malfalda Franzini-Magyarys prägnante Beschreibung des Seelendoktors, der allerlei Unfug mit ihrer Schwester angestellt hat. Das konntest nur du sein.«

Frank griff den heiteren Ton nicht auf. Er starrte unverwandt auf den Haufen Käsewürfel, als läge darunter die Lösung des Rätsels begraben. »Über die Anamnese sind wir leider nicht hinausgekommen, aber im Vertrauen gesagt, glaube ich nicht, dass wir ihr hätten helfen können. Gegen Altersdemenz ist kein Kraut gewachsen.« Er machte eine Pause, dann fügte er an Eliana gewandt hinzu: »Die Erforschung der Ursachen dieser Art von Gedächtnisverlust steckt ebenso in den Kinderschuhen wie bei allen anderen Formen zerebraler Auffälligkeiten. Es ist daher nicht ausgeschlossen, dass auch Demenz durch ein Ereignis ausgelöst werden kann. Nur im gegenwärtigen Krankheitsstadium Ihrer Großmutter scheint mir die Hoffnung gering, dass sich jemals wieder ein Fenster in die Vergangenheit auftut.«

»Und das finde ich seltsam«, sagte Blake. »Alte Menschen, wie verwirrt auch immer, pflegen sich in der Regel an die Vergangenheit zu erinnern. Die Gegenwart ist es, die ihnen häufig fremd bleibt.«

»Das kommt auf das Stadium an«, gab Frank zu bedenken. »Ist die Krankheit weit fortgeschritten, werden auch diese Erinnerungen gelöscht, ebenso wie nach und nach alles, was einmal erlernt wurde. Die Persönlichkeit stirbt Stück um Stück, und am Ende bleiben nur mehr die Körperfunktionen eines Menschen übrig. Bis der Tod gnädig ist und ihn zu sich holt.«

»Großmutter schien mir von einem inneren Frieden erfüllt«, meinte Eliana. »Als ich erzählte, was sich zugetragen hat und was ich mittlerweile über meine Eltern in Erfahrung gebracht habe, lächelte sie und blickte in die Ferne, als sähe sie von weitem einem Theaterstück zu.«

»Wie hat sie reagiert, als Sie Ihre Freundin Annemarie wiedererkannt haben?«

»Ich habe gerufen: Das ist Annemarie! Nicht mehr, aber mein Entsetzen war ebenso wenig übersehbar wie die Überraschung von Malfalda und Blake. Großmutter hat jedoch nicht einmal mit der Wimper gezuckt. Nur unbestimmt gelächelt. Wir hielten es trotzdem für angebracht, das Gespräch ohne sie fortzusetzen.«

Frank wiegte den Kopf. »Ich neige zu der Ansicht, dass sie sich damals nicht mehr erinnern wollte und jetzt nicht mehr dazu in der Lage ist. Dennoch würden sie Enthüllungen, die sie nicht verstehen kann, nur unnötig aufregen und ängstigen.« Er hielt kurz inne, dann fügte er ironisch hinzu: »Obwohl es Psychiater geben mag, die das Gegenteil empfehlen. In unserer Disziplin ist derzeit so ziemlich alles drin.«

»Adeline ist also die Einzige, die Licht ins Dunkel bringen kann«, bemerkte Blake grimmig. »Wir müssen sie dazu bringen, den Mund aufzumachen.«

»He, Cowboy«, sagte Frank grinsend, »redet ihr in Amerika so mit euren Patienten?«

»Nur in Härtefällen«, gab Blake vergnügt zurück. Nach einem unmerklichen Zögern fügte er beiläufig hinzu: »Danke dir übrigens für das Telegramm. Es wäre aber nicht nötig gewesen.«

Frank vertiefte sein Grinsen. »Du meinst, du wärst auch ohne meinen dezenten Hinweis auf den interessanten Fall aufmerksam geworden?«

»Darauf kannst du wetten.«

Fragend sah Eliana von einem zum anderen. »Sind Geheimnisse nicht angeblich dazu angetan, die Atmosphäre nachhaltig zu vergiften?« Ein Lächeln umspielte ihre Mundwinkel.

»Stimmt, aber die Sünde eines schönen Doktors gehört nicht dazu«, versetzte Blake und erwiderte ihr Lächeln.

Die Freunde verabschiedeten sich voneinander, dann zog Frank Eliana so unbefangen wie herzlich in seine Arme und bot ihr und Blake an, nach Bremen zu kommen, falls sie seiner Unterstützung bedurften. Zugegebenermaßen sei er auch neugierig zu erleben, wie die ins Zwielicht geratene Adeline den Verdacht, einige wesentliche Details in der Geschichte nicht erwähnt zu haben, entkräften würde.

Doch wie Eliana und Blake (nachdem sie einen tränenreichen, von klugen Ratschlägen, wie Adeline am ehesten beizukommen sei, begleiteten Abschied von Malfalda sowie tausend Kilometer mit der Eisenbahn hinter sich gebracht hatten) bei ihrer Ankunft in Bremen feststellen mussten, war Adeline Kayser mit unbekanntem Ziel verreist.

»In zwei Tagen will die gnädige Frau zurück sein«, erklärte Käthe II. und machte keine Anstalten, den von den Strapazen der Reise sichtlich mitgenommenen Besuch hereinzubitten. Ihr Blick schweifte über Elianas zerknittertes graues Reisekostüm und blieb an Blakes Wangen hängen, die ein Eintagebart beschattete, was seinem engelhaften Aussehen jedoch keinen Abbruch tat, im Gegenteil. Käthe II. errötete, als Blakes schiefergraue Augen sich beschwörend in die ihren, maronenbraunen, senkten.

»Frau Kaysers freundliches Angebot, uns ihre Gästezimmer zur Verfügung zu stellen, hat aber doch gewiss Bestand?«

»Oh … ich … nun«, stotterte sie, »ich weiß nicht, die gnädige Frau hat nicht ausdrücklich erwähnt, dass Sie beide …«

»Guten Abend, Eliana.«

Eliana fuhr herum. Eine Frau mit ausdrucksvollen, ein wenig zu scharfen Zügen stand an der Gartenpforte und blickte sie an. Sie trug einen dunkelblauen Wollmantel mit einem schmalen Persianerkragen. Unter dem Mantel blitzte zwei Handbreit der Saum eines steingrauen Rocks hervor und lenkte die Aufmerksamkeit auf ein Paar schwarze Schuhe mit einer silbernen Spange über dem Spann, die für das nasskalte Wetter nicht eben geeignet erschienen. Die

Handtasche, schwarz, mit angeklammerter mauvefarbener Stoffblume am Bügel, war farblich abgestimmt auf den Hut, schwarz, zwei Blüten. Die ganze Erscheinung erweckte den Eindruck, als würde die Frau aus einfachen Verhältnissen stammen und hätte sich für eine besondere Gelegenheit feingemacht.

Sie kam Eliana vage bekannt vor.

»Ich bin Anna Isa Magdalena. Lele. So hast du mich genannt.«

»Lele«, echote Eliana. »Das Hausmädchen meiner Eltern.«

»Gesund und munter«, ergänzte Blake mit leiser Ironie.

»So ist es«, bemerkte Anna, öffnete die Gartenpforte und blieb auf dem kurzen Weg zum Haus stehen. »Pastor Ferten meint, du brauchst meine Hilfe. Nun, hier bin ich.«

Käthe II. beobachtete die Entwicklung mit weitaufgerissenen Augen. Schließlich nahm sie ihren Mut zusammen und sagte: »Die gnädige Frau ist nicht hier, wollen Sie also bitte …«

»Ich kann mein Wissen«, schnitt Anna ihr freundlich das Wort ab, »auch an Ort und Stelle loswerden und die Dame dort«, sie zeigte auf das gegenüberliegende Haus, woraufhin die Gardine im Parterrefenster zurückschwang, »schön laut dran teilhaben lassen, aber du kannst Gift drauf nehmen, Kindchen, dass die gnädige Frau dir die Hölle heißmachen wird, wenn sie erfährt, dass die Nachbarn Bescheid wissen.«

Käthe II. zögerte, dann ließ sie die drei herein und führte sie in den Salon. »Klingeln Sie bitte, wenn Sie etwas wünschen«, sagte sie und blickte so unglücklich drein, dass Eliana sich veranlasst sah zu bemerken, sie würden sich gewiss nicht allzu lange hier aufhalten. Käthe II. knickste,

offensichtlich nicht beruhigt, und verließ das Zimmer. Sie hörten einen leisen Pfiff, dann das klackernde Geräusch von Hundepfoten auf Steinfußboden.
Sie setzten sich. Blake und Eliana auf das Sofa, Anna auf die Kante eines Sessels. Sie hatte die Handtasche auf den Schoß gestellt und umklammerte den Henkel. Die mauvefarbene Stoffblüte ließ den Kopf hängen. Anna bedachte erst Blake, dann Eliana mit prüfendem Blick.
»Ich habe geschworen, diese Geschichte mit ins Grab zu nehmen, aber der Pastor meinte, nur die Wahrheit vermag zu heilen. Ich habe lange darüber nachgedacht, und ich weiß nicht, ob er recht hat. Aber ich will mir nicht eines Tages vorwerfen müssen, dir etwas vorenthalten zu haben, was zu deiner Gesundung hätte beitragen können.«
»O Lele, wenn du wüsstest, wie dankbar ich dir bin«, rief Eliana. »Ich habe das Gefühl, in Halbwahrheiten und Lügen zu ersticken. Selbst Adeline scheint mir nicht die ganze Wahrheit gesagt zu haben …«
Anna sah sie an. Skepsis und Furcht spiegelten sich in ihren Augen von unbestimmter Farbe; es schien, als würde sie ihren Entschluss bereits bereuen.
»Bitte, Lele«, sagte Eliana leise.
»Deine Eltern haben einander geliebt«, begann Anna unvermittelt, stockte kurz und fuhr dann in einem Tempo fort, als würde sie sich selbst davonlaufen, »aber es war eine wilde Liebe zwischen zwei wilden Charakteren. Sie haben gestritten, dass die Fetzen flogen und der Herrgott sich die Ohren zugehalten hat. Es passierte immer, wenn sie einen über den Durst getrunken hatten, und danach herrschte für ein paar Tage Friede und eitel Sonnenschein. Spaziergänge im Bürgerpark mit dir, herausgeputzt wie ein Prinzesschen, Singspiele an verregneten Sonntagen,

Ausflüge an die Lesum, wie es sich für eine Familie von Stand gehörte. Bis das Theater irgendwann wieder von vorne losging.«

Eliana setzte an, eine Frage zu stellen, doch Anna, den Blick unablässig auf den Bügel ihrer Handtasche geheftet, redete weiter, schnell, ohne Punkt und Komma, mehr für sich als für die Anwesenden. »Eines Nachts kommt dein Vater nach Hause, es entzündet sich ein fürchterlicher Streit, ich liege im Bett und lausche, mit einem Mal ein infernalischer Krach. Dann absolute Stille. Ich ziehe mich an und schleiche hinunter, schaue im Salon und im Esszimmer, aber da war niemand, schließlich gehe ich weiter in die Küche. Und da sehe ich das Regal mit den unzähligen Flaschen ihres geliebten Orangenlikörs und den Gläsern mit der Marmelade umgestürzt, der Boden ist bedeckt von den Scherben, und dein Vater liegt darin, auf dem Rücken, seine Arme um dich geschlungen, du hast die Augen aufgerissen wie eine Puppe, es riecht nach Orangen, dass mir fast übel wurde, sie tobt und schreit ihn an, ob er verrückt geworden sei, dann reißt sie dich aus seinen Armen und fängt an zu kreischen wie eine Verrückte – und ich laufe fort, hinüber zu den Kaysers. Die haben sich um alles gekümmert. Adeline und ihre Mutter, meine ich. Die wollten auch, dass ich sag, es war die Grippe. Wenn die Leute erfahren hätten, dass der Herr Nelissen so besoffen war, dass er ins Regal gekippt ist und sein Töchterchen ums Haar mit in den Tod gerissen hat … Hätt nur Gerede gegeben. Das hab ich versprochen. Aber ich hab das alles nicht verkraftet. Deine Mutter schrie zwei Tage wie eine Verrückte und trank wie eine Verrückte, bis sie die Besinnung verlor, dann brach der Kummer ihr das Herz. Das sag ich. Frau Kayser sagt, es war eine

Alkoholvergiftung, der ihr Körper keine Kraft entgegenzusetzen hatte. Ich bin Hals über Kopf fortgelaufen, es war einfach zu viel für mich, bei all den übrigen Sorgen, die mein Junge mir bereitete.« Abrupt verstummte Anna. Dann fügte sie leise hinzu: »Es tut mir wirklich leid, Eliana. Du warst ein gutes Kind. Ich hatte dich … sehr gern.«
»Was ist mit mir passiert an dem Abend, als mein Vater starb?«
Anna bedachte Eliana mit einem mitfühlenden Blick. »Deine Tante hat dich ins Bett gebracht. Du warst nicht verletzt, und ich hoffte, dass du den Schrecken im Schlaf überwindest. Aber so war es leider nicht. Und als deine Mutter starb, wurde es noch ärger mit dir. Offen gestanden glaubte ich, du wolltest deinen Eltern folgen. Da war schon kein Licht mehr in deinen Augen.« Sie öffnete ihre Handtasche und entnahm ihr ein Oktavheft. »Ich habe alles aufgeschrieben, was mir noch im Gedächtnis geblieben war. Vom Tag, als ich meine Stellung bei deinen Eltern antrat, bis zu meiner Kündigung.«
Eliana nahm das Oktavheft, legte es auf ihren Schoß und bedeckte es mit beiden Händen. »Danke«, sagte sie mit brüchiger Stimme und fügte mit schiefem Lächeln hinzu: »Allmählich begreife ich, warum Adeline und die ganze Familie mich vor der Wahrheit schützen wollten.«
»Nur Adeline Kayser und ihre Mutter und ich kennen die Wahrheit. Alle anderen glauben an das Märchen von der Grippe.«
»Ich verstehe. Adeline hat uns alle schützen wollen, nicht wahr?«
Anna zuckte mit den Schultern, erwiderte aber nichts.
»Wissen Sie genau, was Judith zwei Tage später zugestoßen ist?«, fragte Blake sie.

Anna schüttelte den Kopf. »Die wollten sie erst in ein Sanatorium bringen. Aber dann war es ja wohl zu spät. Ich weiß es nicht genau, weil ich an dem Tag mit der Wäsche beschäftigt war. Und ich wollte es auch nicht so genau wissen. Es war wirklich zu viel für mich.« Sie seufzte schwer. »Ich habe mit«, sie stockte, »nun, mit ein wenig Hilfe ein kleines Kurzwarengeschäft am Steintor eröffnet, mich verheiratet und mich bemüht, den Tod meiner Herrschaften zu vergessen.«

»Möglicherweise war Judith zu dem Zeitpunkt nicht tot. Möglicherweise hat sie den Namen Annemarie Wagner angenommen«, fuhr Blake fort, »und möglicherweise hat diese Annemarie Wagner Elianas Ehemann John getötet, ist aber selber angeblich vor einem Jahr bei einem Brand ums Leben gekommen.«

»Judith soll John auf dem Gewissen haben?« Hatte Annas Miene vor kurzem noch eine Mischung aus Verdrossenheit und Erleichterung gespiegelt, die ein Bekenntnis nach langen Jahren des Schweigens und Stillhaltens auslösen kann, so wirkte sie jetzt mit einem Mal geradezu heiter. Schließlich fügte Anna hinzu: »Eliana, ich heiße mit Nachnamen Drossard. Verwitwete van Steen. John ist mein Sohn.«

Blake sah drein, als würde er seinen Ohren nicht trauen. »Und das sagen Sie uns erst jetzt?«

»Eins nach dem anderen, junger Mann. Glauben Sie, mir fällt es leicht, darüber zu sprechen?«

Blake schüttelte den Kopf und sah Eliana besorgt an. Alle Farbe war aus ihren Wangen gewichen. »Wusste er, wer ich in Wirklichkeit war?«, stieß sie hervor.

»Nein, er hat damals lediglich mitbekommen, dass irgendetwas im Hause Nelissen vorgefallen sein musste,

bedrückt und still, wie ich in den Tagen nach meinem Weggang war. Als er Jahre später seine Stellung in Bad Elmen verloren hatte, hat er sich daran erinnert.« Anna schnaufte verächtlich. »Schon als Halbwüchsiger hat er ein erstaunliches Talent entwickelt, versteckte Wunden zu wittern und den Finger hineinzulegen. Nach Bad Elmen stand er unter Druck, keine Stellung, kein Geld, ein schlechter Leumund, also hat er bei Adeline Kayser auf den Busch geklopft und frech behauptet, ein entfernter Verwandter von Torge Nelissen zu sein.«
»Und Tante Adeline hat es geglaubt.«
»John erklärte mir, dass er selbst am meisten überrascht von ihrer überschwenglichen Reaktion war. Sie betonte, wie wichtig ihr der familiäre Zusammenhalt sei, und stellte ihm einfach so und hocherfreut die Mittel zur Verfügung, um sein Leben zu ordnen. Sie hat ihn wohl gebeten, ein Auge auf dich zu haben, und hatte nichts dagegen, als daraus mehr wurde. Als ich erfuhr, wen er zur Frau genommen hatte, habe ich ihn verflucht.« Anna biss sich auf die Lippe. Dann stand sie abrupt auf. »Ich habe genug von der Vergangenheit. Ich hoffe, du verstehst das, Eliana. Ich wünsche dir von Herzen alles Gute. Du hast es verdient.« Sie nickte ihr und Blake zu und verließ den Salon, als würde sie vor den Erinnerungen fliehen.
Als die Tür hinter ihr ins Schloss fiel, nahm Blake Eliana in den Arm. »Mein armer Schatz.«
»Ich will nichts mehr hören, es ist so entsetzlich«, murmelte sie in den dicken Tweedstoff seiner Jacke. »Alles, was mich so gequält hat, war eine Wiederholung dessen, was ich als kleines Mädchen mit ansehen musste. Wie es scheint, habe ich sogar einen Mann geheiratet, der meinem Vater nicht nur äußerlich ähnelte. Gott, wie ist das

nur möglich?« Am liebsten hätte sie sich in seiner Achselhöhle verkrochen.
Gedankenverloren streichelte Blake ihr weiches Haar. »Ich habe das Gefühl, deine Reise nähert sich ihrem Ende. Eine Kurve noch, eine Serpentine vielleicht, und dann bist du auf dem Gipfel und schaust, wie die Vergangenheit sich erklärt, die Gegenwart sich beruhigt und eine Zukunft vor dir liegt, die du selbst bestimmst, weil die Dämonen der Vergangenheit keine Macht mehr über dich haben.«
»Glaubst du das wirklich, Blake?« Eliana hatte sich aufgerichtet und sah ihm forschend ins Gesicht.
»Ja, das glaube ich. Ich glaube auch an die Magie des Lebens und an Wunder wie das, das mich auf denselben Postdampfer geschickt hat wie dich.« Blake zog die Brauen hoch, und seine Mundwinkel zuckten in gespielter Zerknirschung. »Meinst du, dass du dich daran gewöhnen kannst, mit einem Mann zu leben, der ein wenig anders denkt als die meisten?«
»Du glaubst an Wunder, und das soll mir nicht gefallen?«, gab Eliana zurück. »Was für eine Idee.« Sie seufzte tief, lehnte den Kopf wieder an seine Schulter, schloss die Augen und ließ sich forttragen.
Als Käthe II. den Salon betrat und die schlafende Eliana und ihren hellwachen, verliebt dreinschauenden Beschützer erblickte, nickte sie ihm verständnisinnig zu und schlich leise wieder hinaus.

Schattige Hügel, in der Ferne aufragende Hänge und mittendrin wie eine Perle in einer Muschel die Stein gewordene Fieberphantasie eines armen Irren. Als ob man in solcher Umgebung Heilung finden könnte. Dass ihr dieser Zusammenhang nicht damals aufgefallen war, gehörte – wie der bedauerliche Umstand, den Namen Wagner nicht als das verstanden zu haben, was er war, eine ironische Anspielung – zu den kleinen Lässlichkeiten, die in der Summe ergaben, dass sie versagt hatte.

Adeline wandte den Blick von Schloss Neuschwanstein ab und heftete ihn auf die Rücken der Bücher, die sich auf dem Schreibtisch stapelten, vor dem sie Platz genommen hatte, die hohe Stimme der Sekretärin noch im Ohr, die ihr »mindestens eine halbe Stunde Wartezeit« in Aussicht gestellt hatte.

Ihr war es gleich. Sie war gekommen, um Licht ins Dunkel zu bringen, und ob sie das sofort oder in zwei Stunden täte, war nicht von Belang.

An irgendeiner Stelle des verschlungenen Weges, den sie eingeschlagen hatte – hatte einschlagen müssen! –, war ihre Aufmerksamkeit erlahmt, und nach sorgfältiger Überlegung hatte sie erkannt, wann dies geschehen war und auch, aus welchen Gründen. Bequemlichkeit lautete der eine. Der kindische Wunsch, der Last der Verantwortung zu entkommen, der andere. Beide hatten ihr den klaren Blick verstellt, als es galt, genau hinzusehen.

Die Tür wurde geöffnet, und Dr. Morgenstern segelte in sein Ordinationszimmer, seine Miene eine Mischung aus kaum verhohlener Ungeduld und jener mitfühlenden Zugewandtheit, die ihm den Ruf eingetragen hatte, immer ein offenes Ohr für die Nöte seiner Patienten und deren Angehörige zu haben. »Frau Kayser, was für eine angenehme Überraschung!«, sagte er in sonorem Ton, die langgliedrigen Hände ineinandergelegt.

»Das glaube ich kaum«, entgegnete Adeline trocken. Sie wartete, bis der Arzt ihr gegenüber Platz genommen hatte, und reichte ihm ein Blatt Papier. »Haben Sie das geschrieben?«

Unverblümte Direktheit gehörte anscheinend nicht zu der Art, die Angehörige ihm gegenüber im Allgemeinen an den Tag legten, denn der Arzt hob kurz die schmalen Brauen und warf Adeline einen tadelnden Blick zu, bevor er das Blatt an sich nahm. Nachdem er die Zeilen überflogen hatte, hielt er einen Moment inne, lächelte flüchtig und drehte sich zu dem hinter ihm befindlichen Regal um, auf dem ledergebundene und mit goldenen Versalien bedruckte Mappen in Reihen standen. Eine davon zog er heraus, blätterte darin und hielt Adeline schließlich die aufgeschlagene Seite hin. »Haben Sie *das* geschrieben?«

Adeline rückte näher. »Guter Gott, nein, selbstverständlich nicht!«

»Ebenso wenig, wie ich *jenen* Brief verfasst habe.« Sein Kinn wies auf das mit dem Briefkopf des Sanatoriums bedruckte Blatt Papier, das Adeline ihm gereicht hatte.

Für einen Moment stand die Luft still.

Adeline hatte Mühe, ihre Fassung zu bewahren. In Anbetracht dessen, was an zerstörerischer Energie in ihrer Schwester lauerte, hätte sie es besser wissen müssen. Sie hätte es voraussehen müssen.

Doch Dr. Morgenstern kam ihr zuvor. »Ich hätte es wissen müssen«, räumte er ein. »Menschen mit ihrem Krankheitsbild zeigen häufig erstaunliche, wenngleich punktuelle intellektuelle Leistungsfähigkeit. Gleichzeitig schreitet das pathologische Verhalten fort, ich nenne nur die Unberechenbarkeit, Selbstgerechtigkeit, das Selbstmitleid, die Rechthaberei und die mangelnde Einsicht in die Situation.« Er machte eine Pause, dann fügte er lakonisch,

fast ein wenig belustigt hinzu: »Ihre Schwester hat uns verladen.«
Mehr als das, Herr Doktor, dachte Adeline. Sie hat einen Menschen auf dem Gewissen. Und sie ist tot.
Adeline fröstelte, als ihr bewusst wurde, dass sie und der Arzt gleichermaßen Schuld trugen an dem, was Judith ihrer eigenen Tochter und deren Mann angetan hatte und was ihr am Ende widerfahren war. Ohne sichtbare Regung setzte sie den Arzt davon in Kenntnis.
»Aber das ist nicht möglich!«, rief er aus. »Sie ist vor einiger Zeit wieder hier aufgetaucht und erzählte, sie komme draußen nicht zurecht, fühle sich verloren und kurz davor, sich etwas anzutun. Glücklicherweise war ich in der Lage, ihrem Wunsch, wieder Teil unserer, sagen wir, Genesungsgemeinschaft zu werden, sofort nachzukommen. Sie hat sich in ihrem neuen Zimmer auf Anhieb wohl gefühlt.«
Adeline starrte ihn an wie ein Kalb mit zwei Köpfen. »Und ihr Zustand?«, stieß sie hervor, während die Freude der Erleichterung ihr die Röte ins Gesicht trieb.
Dr. Morgenstern seufzte. »Die suizidale Tendenz war meiner Ansicht nach vorgeschoben, aber es gibt ja, wie Sie wissen, eine andere Großbaustelle, an der wir fleißig werkeln.« Er verzog das Gesicht über seine saloppe Formulierung und fügte hinzu: »Wir können nichts reparieren, was zerstört ist.«
»Und wer bezahlt ihre Behandlung, Kost und Logis, Kleidung, Friseur?«, fragte Adeline und fügte in Anspielung auf den Wortlaut des Briefs, der vor ihr auf dem Schreibtisch lag, mit mildem Spott hinzu: »Volk und Vaterland?«
Dr. Morgenstern errötete und wich Adelines forschendem Blick aus. »Nun, in besonderen Fällen übernimmt

unsere Klinik die Kosten. Aus medizinischer Sicht ist es höchst aufschlussreich …«

Adeline hörte den weitschweifigen Ausführungen des Arztes nur mit halbem Ohr zu. Sie besaß einen scharfen Verstand, der sich von einem weißen Kittel und einem Blechding um den Hals nicht blenden ließ. »Ich sage Ihnen, was sich hier zugetragen hat«, schnitt sie ihm das Wort ab. Dr. Morgenstern zuckte zurück. »Nachdem Judith sich aus dem Staub gemacht hat«, fuhr Adeline fort, »dämmerte es Ihnen, dass Ihnen ein kapitaler Fehler unterlaufen war. Dass Sie nicht gemerkt haben, dass Judith Pfleger und Krankenschwestern mit Geld und guten Worten für ihre Ziele eingespannt hat. Ist es nicht so? Aber Ihnen waren die Hände gebunden. Sie konnten mich wohl kaum von Judiths Flucht in Kenntnis setzen, weil Sie damit Ihren Ruf aufs Spiel gesetzt hätten. Sie wissen, dass ich nicht zimperlich bin. Tja, und als Judith zurückkehrte, haben Sie den Entschluss gefasst, die Kosten aus eigener Tasche zu zahlen und kein Wort über das Geschehen verlauten zu lassen, um einem Skandal aus dem Weg zu gehen. Ist es nicht so, Dr. Morgenstern?« Der Arzt erwiderte nichts, und Adeline fügte hinzu: »Sie hätten doch damit rechnen müssen, dass ich zwischenzeitlich hier auftauche.«

»Nein«, entgegnete er bissig, »das war in der ganzen Angelegenheit das Einzige, worauf ich mich einigermaßen verlassen konnte – Ihr Desinteresse an Ihrer Schwester. Im ersten Jahr ihres Aufenthalts haben Sie sie hin und wieder besucht, später schrieben Sie ihr, wenn es hochkam, zwei-, dreimal im Jahr. Geschenke! O ja, die kamen regelmäßig. Da sind Sie im Übrigen nicht die Einzige. Viele Angehörige versuchen ihr schlechtes Gewissen mit

teuren Geschenken zu beschwichtigen. Ich denke, der fingierte Brief, den Sie damals erhielten, kam Ihnen durchaus zupass.« Er legte eine kleine Pause ein. Dann: »Ist es nicht so, Frau Kayser?«
Sie maßen sich mit Blicken wie zwei Boxer im Ring.
Schließlich brach der Arzt das Schweigen. »Welche Schritte gedenken Sie nun zu unternehmen?«
Der Ansatz eines sarkastischen Lächelns, das eben noch um seine Mundwinkel spielte, war verflogen. Es war offensichtlich, dass es ihn nicht nur erhebliche Überwindung kostete, diese Frage zu stellen, sondern dass er bereits auf sich zukommen sah, was unweigerlich folgen würde, wenn die Antwort auf seine Frage so lautete, wie er sie von Adeline zu erwarten schien wie von jeder anderen zu Recht aufgebrachten Angehörigen, die – ob ihr eigenes Verhalten moralisch einwandfrei war oder nicht – ihr Vertrauen missbraucht und ihre kranke Verwandte einem unfähigen Trottel ausgeliefert wusste.
Doch es war einer dieser seltenen Momente im Leben der Adeline Kayser, die Hendrik so liebte, weil sich plötzlich und unerwartet der Engel in ihr offenbarte. Die blauen Augen zeigten den warmen Glanz der Güte und das milde Funkeln der Selbstironie. Unhörbar formte sie die Worte: Keine Sorge, Doktor, an all dem, was geschehen ist, trage ich allein die Schuld, nicht Sie, und ich habe nicht vor, ein Gericht mit meinen oder Ihren Bekenntnissen zu langweilen. Leise sagte sie: »Ich möchte Judith sehen.«
Dr. Morgenstern verstand. Sofort flog ein Licht über seine müden Züge. »Ich danke Ihnen«, erwiderte er und atmete geräuschvoll ein. »Wenn Sie mir dann bitte folgen würden.«
Er führte sie von der ersten Etage des dreistöckigen

Gebäudes ins Erdgeschoss und von dort über einen weitläufigen Innenhof zu einem Anbau mit sechs vergitterten Glastüren, die auf sechs schätzungsweise viermal vier Meter große Ziergärten hinausgingen, die sich in jedem Stadium der Pflege, von wütender Akkuratesse bis provozierender Missachtung, befanden. »Ein Experiment«, bemerkte Dr. Morgenstern. Vor einem der Gärten blieb er stehen. Das Stück wies ebenso wie die anderen nichts auf, was versprach, demnächst bunt, duftend und üppig zu blühen. Aber überall ragten struppige Ansätze von irgendetwas aus dem Boden. »Kräuter. Sie kennt sich damit gut aus.« Damit schloss er die Tür auf und ließ Adeline den Vortritt in eine Art Windfang. »Ich werde Ihnen zur Sicherheit eine Krankenschwester schicken. Sie wird hier auf Sie warten. Sie kann nicht verstehen, was drinnen gesprochen wird, aber sie wird Sie hören, wenn Sie laut rufen.« Fragend blickte Adeline ihn an. »Diese Vorrichtung bietet eine diskrete Form der Überwachung bei Besuchen. Normalerweise betreten wir Ärzte und das Personal den Anbau von der anderen Seite, wo die Zimmertüren von einem Korridor abgehen. Aber ich wollte nicht, dass Ihnen der Anblick ihres Gartens entgeht.«

Sonnenlicht flutete in das Zimmer, als Adeline eintrat. Judith blieb mit dem Rücken zur Tür an einem schneeweißen Schreibpult stehen und setzte ihre Tätigkeit nach einem kaum wahrnehmbaren Zögern fort. »Der Brief möchte fertig werden«, murmelte sie. »Es gibt keinen vernünftigen Grund, ihn warten zu lassen, nur weil dich die Reue treibt, mich zu besuchen, obwohl du doch weißt, dass ich es nicht besser verdient habe. Und ich habe doch die wunderbaren Briefe und all das Grün, das heilende. Ja.«

»Natürlich, ich warte. Lass dir Zeit«, erwiderte Adeline, gleichermaßen verwirrt über Judiths Wortwahl wie froh über den Aufschub und die Gelegenheit, sich umzusehen.

Ein breites Bett mit Spitzenvolants an der Tagesdecke. Davor ein Rentierfell. Orchideen in weißen Porzellantöpfen mit goldenen Füßchen und Henkeln. Einen dem Original von Monet ganz passabel nachempfundenen, aber in den Abmaßen unverhältnismäßig groß geratenen Seerosenteich an der dem Bett gegenüberliegenden Wand. Messinglampen. Adeline lächelte flüchtig. Dr. Morgensterns Gewissensbisse mussten erheblich sein, anders war die noble Einrichtung nicht zu erklären.

Die Zeit verstrich. Judith schrieb, legte gelegentlich den Kopf schräg, ächzte und murmelte. Nach einer quälend langen Weile drehte sie sich zu Adeline um. Ihr feenhaftes Aussehen von einst war dahin. Sie ähnelte einer stark gealterten Putte. »Verrückt genug, oder?«, sagte sie spöttisch. »Murmeln und ächzen. Kommt hier gut an.«

»Nicht so verrückt, wie sich als Annemarie Wagner auszugeben und das Leben der eigenen Tochter zu zerstören, nachdem du es beim ersten Mal ja nicht geschafft hast«, entgegnete Adeline schärfer als beabsichtigt, eine unmittelbare Reaktion auf die Selbstgefälligkeit, die in Judiths Worten mitschwang. Adeline bereute es sofort, als sie bemerkte, wie sich Judiths blaue Augen verdunkelten. »Tut mir leid.«

»Warum? Du hast ja recht«, erwiderte Judith und zuckte mit den Schultern. »Ich hab's nicht ertragen, die Rolle der guten Freundin spielen zu müssen, aber es war die einzige Möglichkeit, ihr nahe zu sein. Ich musste die Mörderin abstreifen wie eine Schlange die Haut. Eliana mochte mich

nicht«, schloss sie unvermittelt und drehte sich wieder zu ihrem angefangenen Schreiben herum.
»Deine Muttergefühle haben sich reichlich spät geregt.« Wieder diese Schärfe, dachte Adeline unwillig. Genau wie früher. Judiths kurz angebundene, herablassende Art hatte sie von jeher auf die Palme gebracht, und offenkundig hatte sich an dem Spiel, das das Verhältnis der Schwestern von klein auf bestimmt hatte, nichts geändert.
»Nenn es, wie du willst«, gab Judith gleichmütig zurück. »Ich spürte, dass etwas vorgeht mit ihr, und ich wusste, dass ich die Einzige sein werde, die es sehen kann. Nun, es ist mir geglückt. Den Rest hab ich vermasselt. Aber der Kerl wird sie nie mehr anfassen.«
»Ich kann es nicht glauben, dass du John …«
Judith zuckte wieder mit den Schultern. »Erst wollte ich's mit einem netten Tee versuchen, eine Prise Schierling kommt ganz gut, aber diese Mamsell hatte ihre Augen leider überall. Dann fiel mir ein: Ich hab doch Übung. Ich weiß doch, wie es geht. Ein Hieb auf die Schläfe. Zappenduster. Und weg.«
»Johns Leiche ist nie gefunden worden.«
»Natürlich nicht. Ich hab ihn ins Gebüsch geschleift«, Judith dehnte jedes Wort unerträglich lang, »und den Füchsen und den Wölfen und den Krähen und den Raben und den Ratten und den Würmern überlassen.« Als Adeline nicht reagierte, wechselte sie den Ton und sagte eindringlich: »Adeline, ich habe meinen Mann umgebracht, ohne dass ich es wollte, und mit ihm beinahe meine kleine Tochter. Sein Körper hat sie geschützt. Das war ein Zeichen, verstehst du? Es hat mir die Kraft verliehen, die ich brauchte, um meiner Tochter jetzt zu helfen, verstehst du das? Torges Tod war nicht umsonst! Er hatte einen Sinn!

Er ist gestorben, damit Eliana lebt! Genau wie jetzt. John ist tot, und Eliana lebt.«

»Du hast Torge nicht getötet«, erwiderte Adeline ruhig. »Ich habe es getan.«

Judith stutzte, dann fing sie an zu lachen. »Was soll das werden? Moderne Therapie? Kleiner Test, ob ich wahnsinnig genug bin, jeden Unsinn zu fressen?«

»Du hast Torge unmittelbar hinter der Schläfe erwischt und ihn auf diese Weise bewusstlos geschlagen. Wir hielten ihn nur für tot.« Judith ließ mit keiner Regung erkennen, ob sie die Worte ihrer Schwester aufgenommen hatte, aber Adeline fuhr unbeirrt fort: »Um Zeit zu gewinnen und darüber nachzudenken, wie wir dich vor einer Verhaftung schützen können, haben Anna, Mutter und ich ihn erst einmal in den Werkzeugkeller geschleift, hinter den Säcken mit den Putzlumpen versteckt und abgesperrt. Erst zwei Tage später fasste ich mir ein Herz und ging nach unten. Als ich die Tür aufschloss, lag Torge tot da, unmittelbar vor der Tür, Hammer und Zangen und Brecheisen rundherum verstreut. Er hatte offensichtlich versucht, sich zu befreien. Aber niemand hat ihn gehört. Und das bedeutet, dass er hätte überleben können, wenn ich rechtzeitig einen Arzt geholt hätte.« Als Judith immer noch nicht reagierte, erklärte Adeline, dass sie dem Bestattungsunternehmer weisgemacht habe, ihre Schwester sei an der Costa Brava an der Spanischen Grippe verstorben und wegen der Ansteckungsgefahr und der Hitze eingeäschert worden, wie sie die Asche aus dem Kamin gesammelt und dem Bestatter als ihre Überreste präsentiert habe. »Er war entrüstet über die spanische Version einer Urne, eine schlichte Holzkiste, und gemeinsam suchten wir in seinem Institut ein akzeptableres Gefäß aus. Das teuerste natürlich. Erstaunlich, was die Leute zu schlucken bereit sind, wenn es um den eigenen Vorteil geht und darum, ihre Bequemlichkeit zu wahren.«

»Warum hast du es mir nicht gesagt? Oder Mutter? Oder Anna?« Endlich war ein wenig Bewegung in Judiths Miene gekommen.

»Anna weiß gar nichts. Sie glaubt, Torge wäre ins Regal gestürzt, weil er so betrunken war, und deshalb wollte sie nichts als fort. Sie war mit den Nerven am Ende. Ich habe ihr Geld gegeben, damit sie sich eine Existenz aufbauen kann. Und was die Ereignisse im Lauf der Jahre aus Mutter gemacht haben, willst du gar nicht wissen. Sie kann niemandem mehr etwas gestehen.«

»Lenk nicht ab. Ich hätte eine freie Frau sein können, wenn du oder Mutter den Mund aufgemacht hättet, richtig?« Judith stürzte auf Adeline zu, verharrte jedoch ebenso plötzlich in der Bewegung. Nach einem kurzen Moment hob sie eine Hand und strich sacht über Adelines Wange. »Eifersucht«, sagte sie in singendem Ton. »Ja, ja, die schöne, glückliche Judith, Papas Liebling mit der feinen Nase und der feinen Zunge, und der schöne, aufregende Torge, der mich vor Lust schreien ließ. Dicke, plumpe Adeline. Du hast die Chance ergriffen, einmal in deinem Leben die erste Geige zu spielen.« Judith lächelte flüchtig und zog die Hand zurück. »Verständlich.«

Adeline wich einen Schritt nach hinten. »Ich habe vor allem die Chance ergriffen, dich vor dem Gefängnis zu bewahren. Kein Richter hätte an deine Unschuld geglaubt, wenn herausgekommen wäre, dass Torge dein Geld – das Geld unserer Familie! – durchgebracht und dich zu einer gottverdammten Säuferin gemacht hat.«

Judith schüttelte mit gespielter Missbilligung den Kopf.

»Tststs, böse Worte. Meines Wissens war noch genug Geld vorhanden. Dessen du dich doch nach meinem Ableben bestimmt gern angenommen hast.«
Der Hohn, der Adeline entgegenschlug, ließ sie die Behutsamkeit, die sie hatte walten lassen wollen, um ihrer Schwester die Wahrheit beizubringen, vergessen. »Wir haben dich im Keller unseres Hauses versteckt und abwechselnd Wache gehalten, tagelang, nächtelang«, hielt sie Judith entgegen. »Du warst völlig außer dir, nicht ein vernünftiges Wort war aus dir herauszubekommen, du warst entweder weggetreten oder faseltest unsinniges Zeug und nesteltest mit den Händen in der Luft herum. Nicht einmal hast du nach deiner Tochter gefragt, nicht ein einziges Mal! Du schriest uns an, wir sollten dir was zu trinken besorgen, sonst würdest du dich umbringen. Es war nicht auszuhalten. Mutter und ich kamen schließlich überein, dich zu deinem eigenen Besten in ein Sanatorium zu bringen … weit fort …« Adeline verstummte.
»Mach dir doch nicht so viele Gedanken«, erwiderte Judith freundlich. »Sieh es einmal so: Ich habe Torge verletzt, aber nicht umgebracht, doch du hast es getan, wenn auch nur durch unterlassene Hilfeleistung, also hättest du auch John indirekt töten müssen, um Eliana zu retten. Kannst du mir mal sagen, wie ich dir das hätte begreiflich machen sollen?«
»Hör auf, die Verrückte zu spielen. Der Alkohol hat dein Gehirn nicht so geschädigt, dass …«
»Ich habe zwei Briefe gefälscht«, fuhr Judith ihrer Schwester brüsk ins Wort. »Den Brief von Dr. Morgenstern an Adeline Kayser, in dem Judith als hoffnungsloser Fall beschrieben wird, die niemanden mehr erkennen, geschweige denn Besuche empfangen kann, Briefe seien sinnlos,

das Hirn völlig zerstört. Die Kosten trage die Fürsorge. Zweitens den Brief von Adeline an Dr. Morgenstern, in dem sie Judiths Entlassung anordnet. Drittens habe ich der Sekretärin meinen Schmuck geschenkt und sie dazu gebracht, das Antwortschreiben des Arztes an dich, in dem er seine Bedenken äußert und es bedauert, keine Handhabe zu besitzen, mich festzuhalten, sowie jeden weiteren Brief von dir abzufangen, falls es dir wider Erwarten in den Kopf kommen sollte, dich nach meinem Befinden zu erkundigen.« Judith hielt kurz inne. »Ich habe deine Briefe immer gehasst. Kein Gefühl in den Zeilen. Tote Worte. Dürre Inhaltsangaben.« Sie lächelte verächtlich. »Aber wenigstens wusste ich, dass du mein Kind nach Lüneburg verfrachtet hast. Hat ein Weilchen gedauert, die Sache einzufädeln. Der richtige Mann, der richtige Moment. Aber dann musste ich mich nur noch am Marktplatz aufhalten und warten, dass sie mich findet. Da siehst du es«, schloss sie. »Ich kann klar denken. Ich bin nicht süchtig. Ich trinke nicht mehr als andere Menschen. Deshalb sieh dich verdammt noch mal vor, was du sagst.«
Misstrauisch sah Adeline sie an. Wenn Judith es gelungen war, sich die Freiheit zu erkaufen, sollte es wohl auch kein nennenswertes Problem darstellen, sich den Alkohol zu beschaffen und zu verstecken. Wie Dr. Morgenstern ihr einmal erklärt hatte, war niemand so einfallsreich, wenn es galt, gute Verstecke zu ersinnen, wie ein Alkoholiker. Sie seufzte leise und richtete ihren Blick an den Orchideen vorbei hinaus auf das Stück Garten.
Ihre Schwester tat ihr leid. Aber sie begann auch sich selbst leidzutun, weil ihr eben aufging, dass sie sich mit dem schriftlichen Bekenntnis, das sie in Bremen hinterlassen hatte, weder sich noch ihrer Schwester einen Gefallen

getan hatte. Sie hatte sich die Möglichkeit genommen, Eliana gegenüber Annemaries Ähnlichkeit mit Judith als reinen Zufall abzutun, und ihr, Judith, damit die Freiheit und den Frieden genommen, die ihr das Leben im Sanatorium zweifellos bot, und so stellte Adeline die einzige Frage, die ihr angesichts dieses Umstands noch blieb: »Möchtest du nach Hause kommen, Judith?«

»Bist du verrückt?«
Judiths Antwort, begleitet von einem ironischen Lächeln, verfolgte Adeline. Wie eine Melodie, die sich so lästig wie hartnäckig ins Ohr setzte. Gegen das rhythmische Stampfen des Zuges setzte sie sich durch und gegen Adelines Bemühungen, den Unterhaltungen der Mitreisenden auf dem Weg von Bayern nach Bremen zu folgen. Und sie behielt auch gegen die zweistimmige Erbitterung, die ihr, kaum dass sie das Haus in der Emmastraße betreten hatte, entgegenschlug, noch einen Moment die Oberhand, bis Adeline dämmerte, was die vorwurfsvollen Fragen – Eliana: »Bist du bei meiner Mutter gewesen? Lebt sie noch?« Blake: »Anna Drossard behauptet, Elianas Vater sei betrunken ins Regal gestürzt und ihre Mutter zwei Tage später gestorben. Stimmt das? Und wenn ja, warum haben Sie es anders dargestellt?« Eliana: »Wie kann sie vor achtzehn Jahren gestorben sein, wenn sie noch vor einem Jahr als Annemarie in Lüneburg gelebt hat? Warum um Gottes willen hast du mich angelogen! Sag doch endlich etwas, Tante Adeline!« – zu bedeuten hatten. Ihre Nichte und dieser Blake wussten von nichts. Sie hatten den Brief nicht gelesen.
Um Zeit zu gewinnen und die so unverhoffte wie eigentümliche Gemengelage zu überdenken, überließ Adeline

sich Tallulahs überschäumender Wiedersehensfreude. Wie immer bei solchen Gelegenheiten geriet die Hündin außer Rand und Band, jaulte, weinte wölfisch, schoss, sich ihren Spielball schnappend, durch den Korridor und in den Salon, Adeline eilte hinterdrein, der Ball kullerte unter die Kredenz, Adeline bückte sich und spähte unter das Möbel.

Und entdeckte dreierlei:

Die Tatsache, dass Käthe II. nicht so ordentlich putzte, wie es den Anschein hatte. Den Brief, den sie, Adeline, ihrer Nichte hinterlassen hatte. Und die große, allzu große Versuchung, die in dieser Entdeckung lag.

Epilog

Ein Jahr später

Die Sperrholzkisten waren mit Metallbändern eingefasst, geschwärzte Buchstaben gaben Auskunft, woher die Ware stammte. Darjeeling und Assam aus Ceylon, Drachenbrunnentee und Sieben-Kostbarkeiten-Tee aus Shanghai, Xiancao aus Tsingtau. Es duftete nach Holz und ein klein wenig nach Heu. Sobald Wolfgang Hadeler eine Kiste geöffnet hatte, beugte Eliana sich hinunter, schöpfte eine Handvoll der knisternden Blätter, schnupperte daran und diktierte Hadeler halblaut und bestimmt, wohin die Ware in welcher Menge zu liefern sei. Je fünf Kisten Darjeeling und Xiancao in die Wiener Dependance, drei Kisten Earl Grey nach Aurich. »Schicken Sie den Ostfriesen eine halbe Kiste Xiancao zum Preis einer viertel.« Hadelers Miene drückte aus, dass er diesen Rabatt für übertrieben hielt, aber er sagte nichts. »Die müssen angefüttert werden, wenn Sie verstehen, was ich meine.« Ohne auf Hadelers Entgegnung zu warten, beugte Eliana sich über die nächste Kiste, Nase hinein, klare Anweisungen, keine Widerrede.

Ein leises Lachen ließ Eliana innehalten. Sie und Hadeler drehten sich um. In der Tür stand Josephine. Mit verschränkten Armen an den Rahmen gelehnt, erweckte sie den Eindruck, als hätte sie das Geschehen schon eine Weile verfolgt. Die Cousinen wechselten einen Blick, in dem das Einvernehmen über das Offensichtliche lag: Eliana war die Teehändlerin, die Josephine nie hatte sein wollen. Sie besaß beides, den sensiblen Geschmackssinn und das Gespür fürs Geschäft. Eliana, an deren seelischer Stabilität so viele so lange gezweifelt hatten, war die Zukunft des Teehauses Kayser.

»Die Verkostung«, mahnte Hadeler seine Chefin sanft. »Mit den Lieferungen wären wir jetzt durch, und mir war so, als hörte ich im Moment das Wasser kochen.« Er eilte hinaus.

»Du kommst doch gewiss nur deswegen«, neckte Eliana ihre Cousine.

»Offen gestanden bin ich hier, um mir eine der Schreibmaschinen zu mopsen, damit ich mich endlich daranmachen kann, meinen wilden Aufzeichnungen ein leserliches Bild zu verschaffen. Aber du hast recht, ich kann mir Wolfgangs Gottesdienst nicht entgehen lassen«, erwiderte Josephine leichthin.

Eliana warf ihr einen prüfenden Blick zu. Seite an Seite gingen sie das kurze Stück den Gang entlang zu Hadelers Altar.

»Süßlich, aber nicht zuckrig«, meinte Eliana, »eher wie von einem frischen Unterton begleitetes Süßkraut. Findest du nicht auch?«

Josephine leckte sich die Lippen und verzog sie zu einem breiten Grinsen. »Ganz meine Meinung. Außerdem ist das Zeug gut fürs Herz, fürs Blut und gegen zahlreiche Krankheiten, Fieber, Husten, Hautausschläge, sogar gegen Krebs. In China trinken sie den Xiancao seit Jahrtausenden, und dort weiß man um die heilende Wirkung.« Als sie Elianas skeptischen Blick auffing, fügte sie mit einem trotzigen Unterton hinzu: »Es gibt für mich keinen vernünftigen Grund, warum man sich im Westen gegen die Erkenntnisse einer Nation sperren sollte, die auf eine viel längere kulturelle Tradition zurückblicken kann als die europäischen. Als der verrückte Nero ganz Rom abgefackelt hat, hat man am Yangtse die Kraft des Feuers bereits ungleich sinnvoller für medizinische Behandlungen genutzt.«

Josephine endlich wieder auf dem Kreuzzug, dachte Eliana erfreut.

Die für dieses Jahr letzte Ernte des »Wundertees«, wie Hendrik das neue Produkt aus dem Hause Kayser tatsächlich nannte, war vor einiger Zeit im Überseehafen angekommen, zusammen mit einer ernster und schmaler gewordenen Josephine. Seit ihrer Ankunft hatte sie – ganz gegen ihren gewohnten Mitteilungsdrang – kaum ein Wort über die vergangenen Monate verlauten lassen, die sie bei Ti Lung Jie verbracht hatte.

In den europäischen Zeitungen war vom »Krieg gegen die Boxer« die Rede gewesen, davon, dass Kaiserin Cixi alle ausländischen Diplomaten aus Peking ausgewiesen hatte, nachdem die Westmächte ihre Kriegsschiffe vor der chinesischen Küste zusammengezogen hatten; sie berichteten über das Attentat auf den deutschen Gesandten Clemens Freiherr von Ketteler und die fünfundfünfzig Tage dauernde Belagerung des Pekinger Gesandtschaftsviertels, über dreitausenddreihundert Diplomaten, Soldaten, geflüchtete christliche Chinesen und Zivilisten, die einer Übermacht von geschätzten fünfundzwanzigtausend »Boxern« und chinesischen Soldaten gegenüberstanden. Anfang August war die alliierte Streitmacht auf achtzehntausend Soldaten angewachsen. Am 14. August war die Hauptstadt erobert und der chinesische Kaiserhof in den Westen Chinas geflüchtet.

Josephine war wieder in Schweigen versunken, und Eliana, die die Vermutung hegte, dass die Niedergeschlagenheit auf eben jenen Ereignissen beruhte, sagte: »In der Zeitung stand heute, dass es bald Frieden geben soll. Es wird bereits verhandelt.«

»Frieden?« Josephine schüttelte den Kopf. Einen Moment schien es, als wäre mit dem einen sarkastisch betonten Wort alles gesagt, aber schließlich überlegte sie es sich anders. »Nachdem die alliierten Truppen die Hauptstadt erobert hatten, haben sie sogenannte Strafexpeditionen unternommen. Sie zerstörten mehrere Dörfer in Shandong und töteten mehrere hundert Chinesen. Ich habe es gesehen, ich stand auf einem Hügel und beobachtete, wie der Xiancao geerntet wird. Ich sah das Feuer in Lians Dorf.«

»Ich verstehe«, sagte Eliana mitfühlend.

»Nein«, wehrte Josephine ab. »Du verstehst es nicht, und ich verstehe es auch nicht. Wir setzen uns wie die Parasiten in einem Land fest, das nicht das unsere ist, zetteln einen Krieg an, weil eine Minderheit sich gegen dieses Unrecht zu wehren versucht, und verfolgen und töten deren Anhänger. Frieden wird es bestenfalls auf dem Papier geben.« (Tatsächlich kamen die Verhandlungen darüber erst am 7. September 1901 zum Abschluss und beinhalteten unter anderem, dass der Prinz nach Deutschland reisen und für den Tod des Diplomaten um Verzeihung bitten musste, jedoch nicht, dass die westlichen Regierungshäupter beim chinesischen Volk für die Opfer der Alliierten um Entschuldigung baten.) Josephines Stimme zitterte unmerklich. »Wang Shi Weis Haus steht noch. Ein zhong yi stirbt erst, wenn er nicht mehr gebraucht wird, meinte er.«

»Und Lian und Kwai Chang Bao?«
»Ich habe sie nicht wiedergesehen. Einmal war mir, als sähe ich plötzlich Kwai Chang Bao neben Shi Wei stehen, aber als ich ihn darauf aufmerksam machte, lächelte Shi Wei nur. Und mit einem Mal löste Chang Bao sich vor meinen Augen wieder auf.« Sie hob resigniert die Schultern. »In Deutschland würde man bei mir wohl fortgeschrittene Hysterie diagnostizieren.«
»Weiß man denn gar nichts über ihren Verbleib?«
»Nichts Genaues. Wahrscheinlich sind sie mit den Yihetuan nach Peking gegangen.«
»Ach, Jo, es tut mir so leid. Ich weiß, was Lian dir bedeutet hat.«
Ohne auf Elianas Bemerkung einzugehen, erklärte Josephine, dass ihr in der düsteren Zeit wenigstens nicht das Licht abhandengekommen sei, das ihre Zukunft hell und klar erkennen ließ. »Ich musste mir zwar eingestehen, dass ich das Vorhaben, Hunderte von Wässerchen und Mitteln zu unterscheiden und ihre Herstellung und Anwendung zu beschreiben, unterschätzt habe. Wang Shi Wei hat mir beigebracht, Sekrete abzuzapfen und Exkremente zu mahlen«, sie schüttelte sich bei dem Gedanken, »aber je mehr ich lerne, desto mehr bin ich davon überzeugt, dass die chinesische Heilkunst die Menschen faszinieren wird.« Feierlich fügte sie hinzu: »Ich bin auf dem richtigen Weg, Eliana. Eines Tages werde ich vielleicht auch nach Südamerika reisen, wie ich es immer gesagt habe, und die Geheimnisse der mexikanischen Heiler erforschen. Was diese Menschen zu sagen haben, wird die westliche Medizin verändern, ich schwör's dir.«
Eliana, nicht überzeugt von Josephines Prognose, aber

nicht gewillt, deren wiedererweckte Begeisterung zu dämpfen, fragte: »Wie geht es Torben?«
»Er ist einigermaßen stabil, und es hat sogar den Anschein, als würde der Tumor nicht mehr so rasch wachsen«, erwiderte Josephine. »Aber ob Torben wieder ganz gesund wird …« Sie ließ den halben Satz stehen, nahm einen Schluck Tee und stellte die Tasse behutsam zurück. Dann hob sie den Blick, zum ersten Mal seit ihrer Ankunft schien wieder ein Funke der Belustigung in ihren Augen zu tanzen. »Ich finde«, sagte sie gedehnt, »du hast mich jetzt lange genug ausgequetscht, ohne selbst etwas preiszugeben. Also bitte, ich höre!«
In dem Moment rauschte Hendrik heran wie eine Bugwelle ausgelassenen Frohsinns, Adeline im Schlepp, die den ihnen folgenden Wolfgang Hadeler mit einer für sie typischen Geste – einmaliges, aber unmissverständliches Wedeln mit einer Hand – zum Beidrehen veranlasste.
Im Gegensatz zu ihrem Mann, der vergnügt in die Hände klatschte und äußerst guter Dinge zu sein schien, wirkte Adeline, obschon sie eine gelassene Miene, ein lindgrünes Kostüm und einen sommerfrischen Strohhut zur Schau trug, schlecht gelaunt.
Strafexpedition Nummer fünf, rechnete Eliana in Gedanken nach und bemühte sich um ein unverbindliches Lächeln, während die unwiderstehliche Komik der Situation, die dem dramatischen Geschehen in der Rückschau ein wenig von der finalen Schärfe nahm, ihr erneut vor Augen stand.
Halb hatte Adeline gekniet, halb vor der Kredenz gelegen an jenem Abend ihrer Rückkehr, als sich mit einem Mal ein tiefer Seufzer ihrer Brust entrang, der Tallulah alarmierte. Ungestüm stupste sie ihre Herrin in die Seite.

Wäre Tallulah ein Spaniel, wäre der Stups nicht weiter von Belang gewesen. Aber Tallulah war ein Hovawart. Groß und kräftig und entsprechend fiel der Stups aus. Adeline verlor das Gleichgewicht, ihr Kopf schlug gegen das Möbel, nicht allzu heftig, aber doch so vernehmlich, dass nun wiederum Eliana besorgt herbeistürzte und ihrer Tante aufhalf, während Blake, um an Adelines statt Tallulahs Ball hervorzuholen, sich hinkniete und ebenfalls unter die Kredenz spähte. Und das in Staubwölkchen gebettete Kuvert erblickte. Und es mit spitzen Fingern hervorzog.
Eliana hatte den Brief geöffnet und angefangen zu lesen.
Das Spiel war aus.
Im Sinne des Gesetzes mögen die schuldhaften Folgen unterlassener Hilfestellung verjähren, unter dem strengen Auge der Moral befand sich Adeline in Zugzwang. Dem sie auf die Art und Weise nachkam, die sich in den vergangenen Jahren bewährt hatte, konsequent und ohne sich von sentimentalen Anwandlungen beeinflussen zu lassen. Sie bestätigte den Inhalt des Briefs, beantwortete jede Frage, die Blake und Eliana stellten, und konnte sich gerade noch verkneifen, ihrer Nichte einen Posten im Familienunternehmen anzubieten.
Das holte Hendrik zwei Tage später nach, als er mit der ersten Ladung des Wundertees in der Heimat eintraf. Seiner störrischen Tochter war keine Räson beizubringen gewesen, also hatte er die Rückreise ohne sie angetreten. Als er erfuhr, was sich in der Zwischenzeit zugetragen hatte, verlor er zum ersten Mal die liebevolle Nachsicht, die er seiner Frau eingedenk des Engels in ihr stets hatte angedeihen lassen. Und die Fassung. Er weinte.
Um Torge, den sie hatte sterben lassen. Um sie, die das Geheimnis um ihr und Judiths Verbrechen so lange mit

sich herumgetragen hatte. Um sich, weil er es in all den Jahren nicht geschafft hatte, das Vertrauen seiner Frau in dem Maß zu gewinnen, wie sie es gebraucht hätte, um ihm die Wahrheit gestehen zu können. Und noch einmal mehr um sich, weil ihm bewusst wurde, wie sehr sein Vertrauen in sie beschädigt war, dass in ihm sogar der Verdacht keimen konnte, Adeline hätte den Umstand, dass Torge einen verschwenderischen Lebensstil führte, für ihre Zwecke genutzt, indem sie behauptete, dass von der Mitgift, also von Elianas Erbe, kein Groschen übrig geblieben war. Daraufhin schrie Hendrik seine Frau an, ob sie nicht ganz bei Trost sei, Eliana mit einer lauen Entschuldigung abzuspeisen! Ob sie es riskieren wolle, von einem mit allen Wassern gewaschenen Amerikaner vor den Kadi geschleift und zu einer Entschädigung gezwungen zu werden! Weil dieser Amerikaner das Unrecht, das seiner geliebten Eliana zugefügt worden sei, öffentlich wiedergutgemacht sehen wollte! Er, Hendrik, würde es jedenfalls, wäre er an Blakes Stelle, genau so und nicht anders machen.

Adeline hatte stumm genickt, und Hendrik jagte ein Telegramm in die Senke, um Eliana zu bewegen, nach Bremen zurückzukehren und ihren rechtmäßigen Platz im Kayser-Haus als Erbin ihrer Mutter einzunehmen.

So geschah es.

Eliana willigte in das so eigennützige wie ehrenwerte Angebot ein.

Hendrik strahlte. Er hatte die Wogen geglättet, und wenn auch seine Tochter nicht gedachte, seine Nachfolge anzutreten, bekam er mit Eliana doch seinen Willen. Vollends satt machte es den alten Löwen, als Adeline ihm erklärte, um ihrer verdienten Buße willen sei sie nunmehr bereit, sich mit ihm in der Weltgeschichte herumzutreiben. Seither hatte Adeline eine Sommerfrische in einem Holzhaus im norwegischen Bergen mit Temperaturstürzen auf zehn Grad Celsius überstanden, einen Segeltörn vor der französischen Atlantikküste und zwei wenig dramatische Ausflüge an den Vierwaldstätter See und auf den Darß. Dieses Mal wollte Hendrik es richtig krachen lassen. Er hatte eine, wie er es nannte, Familienroute im Sinn, die sie zunächst zu Ursel und Walter in die Senke, von dort zu Malfalda und Victoria nach Wien und Domony und schließlich nach Genua führen sollte, von wo der Postdampfer Kaiser Wilhelm II. Richtung China ablegen wollte. Ti Lung Jie erwartete ihre Ankunft für Mitte Juni 1901.

»Passt mir gut auf den Earl Grey auf«, flachste Hendrik und drückte Tochter und Nichte jeweils einen Kuss auf die Wange.

»Pass auf, dass Tallulah nicht zu fett wird. Käthe II. neigt neuerdings dazu, das Tier zu verhätscheln«, schärfte Adeline ihrer Tochter zum wiederholten Mal ein. »Und achte darauf, dass sie unter den Möbeln ordentlich putzt.« Sie seufzte schwer und wandte sich an Eliana. »Wie hält Blake das bloß aus? Immer hin und her, von einem Kontinent zum nächsten.« Adeline schüttelte den Kopf, und ein flüchtiges Lächeln huschte über ihre Züge. Ihr Blick traf sich mit Elianas. Ihr beider Verhältnis war nicht herzlich und würde es vermutlich auch niemals werden, aber sie respektierten einander.

Eliana und Josephine winkten ihnen vom Kontorfenster aus nach. Der mattblaue Frühlingshimmel spiegelte sich auf der Weser, die zur Nordsee floss, nicht drängte, nicht stockte, sie floss dahin, weil es so war und immer so sein würde. »Er ist heimgefahren, nach New York«, antwortete Eliana auf Josephines unausgesprochene Frage, die Adeline mit ihrer Bemerkung aufgeworfen hatte. »Im Herbst besuche ich ihn dort.« Sie lächelte ihre Cousine an und fügte hinzu: »Dein Vater meinte neulich, eigentlich wäre eine Kayser-Dependance in New York nicht verkehrt. Andererseits könnte Blake ebenso gut eine Praxis in Bremen eröffnen. Und Theater gibt's hier auch. Und schließlich finde ich die Idee, dass die Kaysers ein chinesisches Restaurant in Bremen eröffnen, immer noch ziemlich verlockend.« Sie lachte leise. »Wir werden sehen.«

Josephine wiegte den Kopf. »Meine Güte, Rosa Luxemburg hätte ja ihre helle Freude an dir! Was für eine Idee! Gewagt, aber gut.«

Einen Moment lang überließen sich beide ihren Gedanken, die in allen Farben das Zukünftige entwarfen, das auf den Erkenntnissen des Vergangenen und Gegenwärtigen beruhte.

In Josephines Fall führte es zurück zu Lian und hin zu den Pyramiden von Chichén Itzá und am Rande zu der Frage, ob man eigentlich einem ehrgeizigen Ziel oder gar einer Vision folgen muss, um sein inneres Glück zu finden, oder ob es nicht genügt, das zu tun, was man von ganzem Herzen liebt – und ob nicht beides ein und dasselbe ist.

In Elianas Gedanken spielten erst Blake und sie eine große, ziemlich heiße Rolle, bis sich andere Bilder heranschoben.

Schloss Neuschwanstein, ein noch arg zerrupfter Kräutergarten im April, später dann im Mai und Juli so duftend und wogend der Lavendel, der Bärlauch, ihre Hand auf dem Arm der Frau, die Mutter zu nennen sie noch

seltsam fand und die mitunter nicht – mehr? – in dieser Welt zu wurzeln schien. Wobei es Eliana zuweilen so vorkam, als würde Judith nur brillant mit den Möglichkeiten, die ihr geblieben waren, spielen. Murmelnd, ächzend, Briefe schreibend, mal Annemarie, mal Judith. Kein Gericht würde diese Frau an dem Mord an John zur Rechenschaft ziehen können. Wem würde es auch nützen? Auch als sie an Johns Grab mit der prachtvollen Gloria Dei gestanden hatte, war sie zu keiner anderen Ansicht gelangt. Ihre Mutter war eine zutiefst verstörte Seele, die ein Leben hatte führen müssen, das selbst Strafe genug bedeutete, und ihr, Eliana, blieb nur eins, was sie tun konnte, um Frieden zu finden – sie musste vergeben.
Es blieben Fragen, deren Antworten Judith und Annemarie ihr bislang schuldig geblieben waren und ihr vielleicht für immer schuldig bleiben würden. Und es würden seelische Beschädigungen bleiben, die Eliana das Erinnern niemals vollständig möglich machen würden.
Aber dennoch, das Leben fühlte sich in jedem Moment ihres Daseins so an, als würde sie in flüssiger Seide baden.
Nur manchmal noch befiel Eliana jäh die Vorstellung, dass von irgendwoher Gefahr drohte, und dann erschrak sie und lauschte und witterte in sich hinein. Aber die jagende Angst blieb aus. Und es roch nie mehr nach Orangen, nirgendwo.
Eliana atmete tief ein und lächelte. »Ja, es ist richtig gut.«

Anna Drossard wollte das Geheimnis ihres Sohnes John bis zu ihrem Tod bewahren. Einige Zeit nach ihrer Begegnung mit Eliana befand sie sich jedoch vor der Frage, was für Eliana schlimmer sein mochte, die eigene Mutter für

die Mörderin ihres Ehemannes zu halten oder zu erfahren, dass ebendieser sie genarrt hatte, dass er den Angriff dieser verrückten, angeblichen Annemarie mit leichter Blessur überstanden und sich, nachdem sie ihn ins Gebüsch geschleift, davongemacht hatte. Anna hatte ihm Geld gegeben (so wie sie ihm stets Geld gegeben hatte, wenn es galt, neu anzufangen, nur einmal hatte sie es nicht getan, damals, als er aus Bad Elmen kommend Zuflucht suchte, was sie um Elianas willen zutiefst bereute) für einen Neuanfang im Südschwedischen.
Schließlich erkannte Anna, dass es nicht an ihr war, diese Frage zu beantworten, und so zog sie ihre guten Schuhe an und machte sich auf den Weg in die Emmastraße, als sie am Sielwall von einer Motorkutsche erfasst wurde, einen Trümmerbruch des Oberschenkelhalses erlitt und im St.-Jürgen-Krankenhaus an den Folgen innerer Blutungen starb.
Johns Spur endet am Oberlauf des Mörrums vor einem Holzhaus mit sechs Gruben darin und ein paar Angeln davor, dort, wo sein Gemüt vor vielen Jahren schon einmal Ruhe und Frieden gefunden hatte. Die Ruhe und der Frieden sollten ihm (und damit Marten und Mabel, die ihren Betrug geglückt glaubten und den jungen Bossemanns die Villa zum Kauf angeboten hatten) noch eine Weile vergönnt sein.
Bis zu jenem nicht mehr allzu fernen Tag, an dem der Polizeibeamte a. D. Ich-vergesse-nie-ein-Gesicht-Nowak das Pappkärtchen mit einem Seufzer des Behagens durchreißen, mit Tränen der Freude in den hellblauen Augen das Aquarell betrachten und dem lieben Gott danken würde. Denn aufgrund einer unverhofften, recht ansehnlichen Erbschaft würde er nun nicht mehr jede Mark

sparen müssen, um seinem Sehnsuchtsziel näher zu kommen, sondern würde sie morgen schon antreten können, seine langersehnte Übersiedlung ins Reich der fetten Lachse, an den Oberlauf des Mörrums, dort, wo es besonders ruhig und friedlich zuging.

Karin Engel

Die Kaffeeprinzessin

Roman

Bremen, Anfang des 20. Jahrhunderts: Für die schöne und kapriziöse Schauspielerin Felicitas geht ein Traum in Erfüllung, als sie in die vornehme Familie Andreesen einheiratet, die ihren Reichtum dem Kaffee verdankt. Doch zunächst ist es nicht leicht für die temperamentvolle und eigenwillige Frau, sich ihren Platz in dieser Welt zu erobern. Vor allem ihre Schwiegermutter Elisabeth beäugt die Fremde mit Misstrauen. Felicitas muss viel Mut und Erfindungsreichtum aufbringen, um sich durchzusetzen. Als sie ihren Mann verliert, scheint sie völlig alleine dazustehen. Und dann ist es ausgerechnet Elisabeth, die ihr neuen Lebensmut gibt ...

»Intelligent geschrieben und herrlich unterhaltend.«
Mindener Tageblatt

Knaur Taschenbuch Verlag

Karin Engel

Das Erbe der Kaffeeprinzessin

Roman

Teresa hat von ihrer Mutter Felicitas, die in Bremen nur die »Kaffeeprinzessin« genannt wird, nicht nur die leuchtend blauen Augen geerbt, sondern auch deren Willensstärke und Durchsetzungsvermögen. Beide Eigenschaften hat sie dringend nötig, als nach dem Krieg die Villa der Familie von den Engländern besetzt wird. Teresa steht vor der schier unlösbaren Aufgabe, das Erbe der Kaffeedynastie Andreesen weiterzuführen. Manchmal möchte sie schier daran verzweifeln, doch sie lässt sich nicht unterkriegen. Als ihr Weg sie nach Brasilien führt, in jenes Land, für das ihr Herz schon seit jeher schlägt, trifft sie dort ihren Geliebten Pedro wieder, den sie nie vergessen hat …

»Gefühlvolle Unterhaltung für Freunde von Familienromanen.«
TV Karstadt

Knaur Taschenbuch Verlag

Karin Engel

Die Schaustellerin

Roman

Die Welt der jungen Celia Lambert ist bunt, voller Abenteuer und Spektakel und ganz anders als jene, die das späte 19. Jahrhundert für eine Frau vorgesehen hat: Celias Eltern sind Schausteller und ziehen seit Generationen von Ort zu Ort, um die Menschen mit ihren Künsten und ihren Fahrgeschäften zu erfreuen. Der Jahrmarkt ist Celias Leidenschaft, doch ihre große Liebe gehört seit langem Philipp Merten, Sohn einer der bedeutendsten Familien Bremens. Mit ihm will sie ihre ehrgeizigen Träume verwirklichen und sich in Amerika Anregungen für neue Sensationen holen. Doch dann verlobt sich Philipp mit einer anderen – ausgerechnet ihrer besten Freundin.
Tief enttäuscht verlässt Celia das Land – und erlebt in Amerika das Abenteuer ihres Lebens …

Kaffee, Liebe und Intrigen. Eine Familiensaga, durch die der Duft von Kaffee zu ziehen scheint!

Knaur Taschenbuch Verlag

Aminosäuren,

B-Vitamine

Biotin

Aminosäuren wie

Arginin und

Cystein enthalten

oder Vitamin ~~B~~ B 7 !!

Zink, Eisen,

Juvel 5 Haar direkt

Euramin Vital Hair

oder Amino-7 Combi

Combi 1